Patrick de Carolis

Patrick de Carolis naît en 1953 à Arles. Il fait ses débuts comme journaliste à FR3 Champagne-Ardenne en 1974, avant de rejoindre TF1, Antenne 2, puis la Cinq où il donne naissance au magazine *Reporters*. Directeur de l'information pour M6, il crée *Zone interdite*, puis réitère l'expérience pour France 3 quelques années plus tard avec *Des racines et des ailes*.

Président de France Télévisions de 2005 à 2010, Patrick de Carolis a également été directeur général du *Figaro Magazine*. Après *Conversation* (Plon, 2001), biographie de Bernadette Chirac réalisée sous forme d'entretien, il a écrit deux romans, *Les demoiselles de Provence* (Plon, 2005) et *La dame du Palatin* (Plon, 2011) ainsi qu'un recueil de poèmes, *Refuge pour temps d'orage* (Plon, 2009), qui a été porté au théâtre en 2011 par Bérengère Dautun.

GW00692157

LA DAME DU PALATIN

PATRICK DE CAROLIS

LA DAME
DU PALATIN

PLON

© Plon, 2011

ISBN : 978-2-266-22005-7

Prologue

An 808 depuis la fondation de Rome (55 après J.-C.)
Rome. Palais impérial

Depuis qu'il a été proclamé César, il y a quelques mois, grâce à la mort opportune de Claude, Néron se tient souvent dans une vaste pièce, à l'écart des salles d'apparat du palais. C'est là qu'il apprend à chanter avec le citharède Terpnus, et qu'à la tombée de la nuit il aime avec ses familiers écouter de la musique et lire des poèmes. Ce soir, mollement allongé sur un lit, l'empereur se fait présenter une multitude de flacons. Les plus anciens sont des alabastres étrusques ou corinthiens, des lécythes grecs, ou des fioles d'Orient agrémentées de fleurs. Les plus récents sont en albâtre ou en verre. En connaisseur, il hume les senteurs qui s'échappent de leurs cols.

Debout devant lui, Phrixius, l'affranchi d'origine grecque chargé de lui choisir parfums et onguents, énumère d'une voix monotone et déférente les provenances et la composition de chaque fragrance : iris de Corinthe ou d'Illyrie, roses de Paestum, de Phasélis ou de Chypre, myrrhe ou myrte de Paphos, violettes de Tusculum, safran de Cilicie, nard de l'Inde, marjolaine de Cos ou de Cyzique… Lorsque l'un d'eux lui plaît, il s'en fait verser une goutte, non pas sur sa face charnue, mais sur le dos de la main, afin qu'il ne soit pas altéré… Phrixius esquisse alors un sourire, croyant qu'il va arrêter son choix. Chaque fois, le silence de l'empereur l'oblige à reprendre son énumération : cardamome et cannelle d'Orient, parfums de Chypre, de Rhodes, de Délos ou de Mendès, en Égypte, parfum royal des souverains parthes. Un tourbillon de senteurs de nature à perturber tout autre odorat que celui de Néron. Soudain, il interrompt l'interminable monologue :

— Laisse-moi choisir tranquillement ! Tes explications me fatiguent. Je sais ce que je cherche. Je veux une essence qui, en se mêlant à la senteur naturelle d'Acté, devienne un parfum extraordinaire…

Acté est une jeune esclave du palais. Avec elle, Néron a découvert, à dix-huit ans, l'amour et le plaisir qu'il n'a jamais connu avec son épouse. Et pour cause, il a toujours refusé de l'approcher ! Il y a deux ans, il a épousé la fille de son père adoptif, l'empereur Claude. Mais Octavie a quatre ans de moins que lui et il n'éprouve pour elle aucune attirance. En revanche, rien ne serait trop beau pour Acté si l'empereur ne craignait sa mère, Agrippine, qui, redoutant sur lui l'emprise de tout autre femme qu'elle, se moquerait de cette passion pour une esclave achetée sur un marché d'Orient. Il veut donc lui offrir un parfum, symbole discret de leur union intime.

Mais d'un geste rapide, Néron renverse les précieux flacons :

— De la pacotille ! Est-ce vraiment tout ce qu'on peut trouver à Rome ?… Trouve-moi quelque chose de comparable au parfum d'immortalité qui émane des voiles de la déesse Déméter et du corps d'Aphrodite.

— Chercher à rivaliser avec les dieux est dangereux, César.

— Ce parfum, je l'ai senti sur une femme.

— Laquelle ?

— Tu ne le croirais pas, répond Néron qui, changeant d'humeur, est ravi de le prendre en défaut.

Phrixius hausse les sourcils, intrigué :

— Si elle vit au palais, je l'aurais bien humé, moi aussi.

— Tu ne connais donc point la jeune épouse de Sénèque !

Phrixius ne réussit pas à dissimuler son étonnement :

— J'ai souvent vu ton conseiller, mais je n'ai qu'aperçu sa femme. Elle ne se montre guère. Bien qu'elle soit jolie, c'est un exemple de discrétion…

— Et un modèle de vertu !

— D'où peut venir son parfum ?

— Sans doute de la Narbonnaise. Elle est native d'Arelate[1], et la fille du préfet de l'annone, Pompeius Paulinus.

— La Narbonnaise ? Je n'ai jamais entendu dire qu'il y avait là-bas un *unguentarius*, un parfumeur digne de ce nom.

— Apprends la modestie, Phrixius. Tu ne sais pas tout.   .

— Je vais y remédier, César.

— Non ! Je le ferai moi-même. Sénèque ne permettrait à aucun autre de demander à sa femme d'où vient son parfum… Seul César peut le faire !

1. Arles.

UNE JEUNESSE ARLÉSIENNE

I

Paulina

An 791 depuis la fondation de Rome (38 après J.-C.)
Arelate

La douceur de l'air et la transparence du ciel, le grondement des eaux du Rhodanus, révèlent enfin, en cette matinée d'avril, l'arrivée du printemps. Dans la résidence du distingué chevalier Pompeius Paulinus règne l'animation qui précède les banquets. Sous la férule de l'intendant Nicephorus, grand escogriffe aux gestes tranchants et à la voix haut perchée, la nombreuse domesticité nettoie l'immense demeure, portant un soin particulier à l'*atrium*, la cour intérieure à ciel ouvert, qu'elle orne de gerbes d'iris et de roses, et aux tables de la vaste salle où va être servi le festin. Sur les divans sont disposés des coussins en tissus filés d'or et, tout autour, de grands vases d'où s'échappent des senteurs délicates. Dans les cuisines en effervescence, une nuée d'esclaves apporte, en un long défilé, amphores de vin et monceaux de vivres : porcs et chevreaux entiers, loirs, poulets, huîtres, poissons, légumes et mille autres victuailles.

L'armateur Pompeius Paulinus, qui séjourne souvent à Rome pour ses affaires, a l'habitude lorsqu'il est de retour en Arelate, cité portuaire de la Gaule narbonnaise, d'offrir des banquets. Accoutumée à la fièvre des préparatifs, sa fille Paulina n'y prête plus guère attention. Elle a douze ans, un âge qui l'exclut des agapes de ses parents et ne l'autorise qu'à participer aux fêtes familiales et aux anniversaires. Aujourd'hui, pourtant, il lui semble que celles-ci ont quelque chose d'exceptionnel. Elle a été dispensée de la leçon quotidienne de son pédagogue, et surtout, aussitôt après le petit déjeuner, sa mère Serena lui a demandé de venir essayer une nouvelle tenue.

Dans la chambre maternelle, Luda, la jeune esclave égyptienne dévolue à son service, ajuste sur la *subucula* – la tunique courte qu'on attache sur les côtés avec des fibules – un *mamillare*, une écharpe qui dissimule les seins. Comme Paulina laisse échapper un petit rire, sa mère la reprend en effleurant du doigt sa poitrine naissante :

— Cela commence à se voir, tu dois maintenant te vêtir comme une femme !

Comme une femme ? Le mot la fait sursauter et même rougir. Si son corps témoigne de légers signes de puberté, Paulina n'est pas encore entrée sous l'égide de Mena, la déesse de l'événement mensuel qui révèle la nubilité[1]. Elle sait que cela lui arrivera un jour prochain. Elle sait aussi que ce sera le prélude, pour elle, du destin de toute fille : le mariage et la maternité. Mais si sa mère l'a élevée dans cette idée, elle n'en saisit pas encore la portée.

Après avoir jeté sur la silhouette de sa fille un regard maternel plein de possession et de fierté, Serena lui fait enfiler une nouvelle tunique, très simple, en soie rose, resserrée sous la poitrine par une ceinture.

— Comme c'est doux ! murmure Paulina.

---

1. Mena est la fille de Leona, la déesse de l'eau, et du dieu Sano, symbole du passage à l'âge adulte.

14

Habituée aux vêtements de coton, elle s'étonne de la sensation de légèreté et de douceur que procure cette étoffe de luxe venue des confins du monde : du lointain pays des Sères.

— Plus tard, après ton mariage, tu porteras des *stolae* plus colorées et par-dessus une *palla*. Je t'apprendrai comment t'en draper et en jouer avec élégance. Quelle que soit ta tenue, n'oublie jamais le plus important : garder, en toute circonstance, une attitude pudique !

Pudicitia ! Un mot que Serena répète à sa fille comme si l'existence d'une dame de haut rang en dépendait.

— Bon ! Maintenant, enlève tout ça et mets ta tunique ordinaire ! Tu te prépareras cet après-midi.

— Mère, est-ce que ce sera pour dîner avec vous ?

— Non, mais tu sais que ce banquet est donné en l'honneur du gouverneur de la *Provincia*[1]. Ton père profitera de l'occasion pour te présenter. Ce soir, toutes les personnalités de la ville seront là, tu dois donc faire honneur au rang et à la qualité de ton père. Après, tu te retireras.

Ravie d'être dispensée du repas, Paulina ne s'inquiète pas moins d'une telle séance. Elle s'en ouvre à Niceta dès que celle-ci la rejoint dans la pièce réservée aux jeux, où volettent librement ses oiseaux fétiches, un couple de colombes.

À peine plus âgée qu'elle, Niceta est sa sœur de lait. Elle est la fille de Rhodia, sa nourrice, une ancienne esclave grecque devenue sa gouvernante depuis que Pompeius Paulinus l'a affranchie. L'une et l'autre font presque partie de la famille et, grâce à la bienveillance des maîtres, Niceta a bénéficié, tout comme Paulina, de l'instruction traditionnelle dispensée aux filles, de sept

---

1. Nom communément employé pour désigner la province de Narbo Martius ou Gaule narbonnaise.

à onze ans, par un *magister ludi*, puis par un *grammaticus*.

Le visage de Niceta est éclairé par des yeux pers pleins de malice, que soulignent des sourcils et une chevelure très sombres. Chaque matin, elle s'efforce de dompter ses boucles pour se coiffer en nattes, comme l'exige la *Domina*[1] Serena.

— Pourquoi fais-tu cette tête ? s'étonne la fillette.

— Ce soir, mon père veut me présenter au gouverneur.

— C'est normal à ton âge, tu vas aussi être présentée à tous les patriciens de la ville, tu devines bien pourquoi.

— Que veux-tu dire ?

— Ne fais pas ta naïve.

Les joues de Paulina rosissent. Lorsqu'elle n'ose s'avouer une pensée, Niceta s'en charge et, en l'occurrence, prononce le mot qu'elle se retient d'exprimer :

— Tes parents pensent à te marier, c'est évident ! Tu as bien douze ans, non ?

Paulina est brusquement saisie d'une irrépressible angoisse. Si son corps commence à ressentir des élans vagues qui se muent parfois, pendant son sommeil, en des rêves aussi troubles que confus, elle n'ose imaginer qu'un homme puisse toucher son corps. Elle sait surtout que le mariage, aussi honorable soit-il, est une servitude, une soumission totale de la femme envers son mari.

— Tu auras la dignité de matrone et il te faudra en accomplir le devoir primordial : assurer la lignée.

L'esprit de Paulina est si imprégné de ces principes qu'ils lui semblent aussi naturels que la suite des jours et des saisons, les apparitions du soleil et de la lune, la naissance et la mort. Elle ne peut donc ignorer que Niceta a raison. Si sa mère ne lui a rien dit des projets de son

1. Maîtresse.

père, c'est qu'il n'a encore aucun prétendant en tête, sinon il aurait déjà envisagé des fiançailles.

— Mais je ne suis pas encore nubile, murmure-t-elle.

— Et alors ? Cela n'empêche rien. Tu sais bien que des filles sont mariées avant qu'elles puissent être mères. N'est-ce pas arrivé à Martiola, l'une de tes amies ?... De toute façon, ce n'est pas toi qui décides.

— Ma mère ne voudra sûrement pas me marier trop tôt.

— Qu'en sais-tu ? Et puis ce n'est pas elle non plus qui décide. Mais de quoi te plains-tu exactement ? Ta naissance te permet d'avoir un époux à la fois riche et de condition supérieure. Tu es en bonne santé, tu lui donneras de beaux enfants, et tu seras une matrone respectée.

Bien que le ton de ces paroles soit sincère, Paulina y perçoit un fond d'amertume mêlée de résignation, ce qui la surprend de la part de Niceta dont elle admire l'assurance, peu commune chez une fille de treize ans.

— Et si celui que mon père choisit est vieux, laid, velu, brutal ?...

— Tes parents ne t'imposeront pas un monstre, j'en suis sûre : ils tiennent à avoir des petits-enfants réussis...

Et Niceta ajoute en esquissant un sourire :

— Et même, pourquoi ne serait-il pas aussi beau qu'Ilion ?

— Cesse de dire des bêtises ! réplique vivement Paulina qui est devenue écarlate et jette des coups d'œil affolés de crainte que ce nom n'ait été entendu.

— J'ai bien vu comment tu le regardais...

— Tu me surveilles ?

— Inutile de te surveiller pour le remarquer !

Paulina hausse les épaules, mais n'en est pas moins inquiète. L'intérêt qu'elle porte à cet Ilion serait-il donc si visible ? Que ses parents l'apprennent et elle serait sévèrement sermonnée. Quant à lui, elle n'ose imaginer ce qui pourrait lui arriver. Préposé aux écritures dans la compagnie de son père, il n'est qu'un jeune affranchi.

D'une beauté singulière, grand et bien découplé, il a un visage d'ange, un regard grave, une chevelure brune ondulée et une peau de bronze, sans doute due à l'origine orientale de sa mère, une esclave achetée à Chypre. Depuis qu'elle l'a aperçu, Paulina ne peut s'empêcher de guetter ses apparitions à la résidence, lorsqu'il y est convoqué par son père. Chaque fois, son cœur se met à battre plus fort, mais c'était secret. Que cette petite futée de Niceta ait pu le deviner l'irrite au point qu'elle s'écrie avec une arrogance inhabituelle :

— Je ne m'occupe pas des employés de mon père, surtout d'un affranchi !

Niceta pâlit. C'est la première fois que Paulina se permet d'exprimer le mépris que tant de patriciens affichent à l'égard des affranchis. Ils leur reprochent une duplicité et une dissimulation, perçus comme un héritage de leur ancienne condition servile.

— Il est fils d'affranchi, donc de condition libre. Comme moi ! réplique sèchement la fille de Rhodia.

— Tu veux dire qu'il ferait un bon mari pour toi : eh bien, restez entre vous !

Niceta réagit cette fois avec une violence surprenante. Elle se dresse brusquement et sort de la pièce en courant, effrayant les deux colombes qui abandonnent leur perchoir pour aller chercher refuge dans le verger.

Paulina se retrouve seule et désemparée. Elle comprend tout d'un coup l'offense faite à Niceta. Comment se fait-il qu'en dépit de l'éducation dispensée par sa mère dans un esprit de générosité et de respect elle ait pu si facilement humilier sa sœur de lait, son amie la plus chère ? Elle refuse de penser que sa réaction ait pu être inspirée par cette morgue que certains prétendent innée chez les patriciens. Non ! Elle ne voulait exprimer qu'un simple agacement. En apercevant les formes blanches des colombes au milieu du feuillage d'un cerisier, elle se souvient brusquement d'une image, celle d'un aigle noir que Niceta lui a avoué un jour voir apparaître, chaque fois qu'une parole ou un geste lui rappelait sa condition de fille d'affranchie. Elle se lève aussitôt pour dissiper le malentendu, et trouve son amie au fond du jardin, en pleurs, blottie sous un cerisier. Elle la prend dans ses bras. Niceta ne résiste pas, mais lui murmure :

— Il faut tuer en toi cet aigle noir, Paulina, sinon il va te ronger le cœur.

*

Grâce à sa situation, au débouché du delta du Rhodanus, Arelate est une cité prospère. Bâtie au pied d'une colline[1] qui surplombe la rive gauche du bras principal, dit Rhodanus Major, elle s'étend aussi rive droite sur une langue de terre : l'île du faubourg gaulois[2], dénommée ainsi car le bras mineur du fleuve la borde. C'est là que s'est développé le port, avec ses hangars de marchandises, ses bassins de construction navale et de radoub, et aux alentours un quartier très animé, où se traitent les affaires liées au commerce fluvial et maritime. Un forum en constitue le centre. Entouré d'un portique de colonnes doriques ornées de statues de divinités en marbre, il rassemble les bureaux des compagnies de navigation (celui de Paulinus en est certainement le plus important par l'activité et le nombre d'employés), les comptoirs financiers et une vaste salle de réunion aux belles proportions, réservée aux corporations nautiques. À côté, quelques boutiques et surtout des tavernes où se rencontrent marins, constructeurs de navires, personnels

1. L'Hauture.
2. En latin, *insula suburbana gallica*. Aujourd'hui, le quartier du Gallègue à Trinquetaille.

des marchands, négociateurs, commerçants de passage. On y discute peu de politique, car c'est au grand forum de la rive gauche que se jouent les élections de la cité.

Sur « l'île », non loin du forum portuaire, mais en retrait, la résidence de Pompeius Paulinus a des airs de palais. Elle s'ouvre par un portique monumental que les méchantes langues – et il y en a pléthore – jugent ostentatoire, révélateur de la prétention, voire de la mégalomanie du propriétaire. Mais dès qu'on le franchit sous le regard vigilant des gardes dirigés par Atisius, un ancien légionnaire d'origine gauloise, il faut être un barbare des marches de l'Empire pour ne pas tomber sous le charme du jardin, véritable symphonie végétale composée par la maîtresse des lieux, *Domina* Serena. Parcouru d'allées sur lesquelles veillent dieux et déesses de pierre, il mêle roses, iris, myrte, plantes aromatiques et espèces exotiques rapportées d'Orient par les navires de la compagnie. Des bosquets de lauriers et de citronniers s'échappe le murmure des eaux qui s'écoulent des fontaines de marbre vers les bassins d'eau claire. Des pavillons enfouis sous la verdure invitent au repos et à la rêverie. Un verger de cerisiers et de poiriers complète l'ensemble. L'allée centrale pavée mène du portique à la résidence, imposant édifice dont la forme circulaire rappelle les anciennes habitations gauloises.

L'*ostium*, où les visiteurs sont accueillis par un portier, le *janitor*, a été conçu dans le même esprit d'ostentation que l'entrée. Il s'ouvre par un monumental péristyle à colonnades de style grec. Une mosaïque dont les motifs géométriques évoquent des fleurs stylisées recouvre le sol, et les murs, en marbre de Paros, sont décorés de bas-reliefs et de peintures reproduisant des exploits de divinités, notamment des Dioscures Castor et Pollux. Car ces dieux de l'hospitalité, reconnaissables à leur allure martiale, leur casque étoilé et leur lance, sont aussi les protecteurs des navigateurs.

Dans l'*atrium*, le ciel répand sa lumière sur un bassin ovale, l'*impluvium*, où évoluent des poissons exotiques aux nageoires démesurées, sous le regard de statues de nymphes dénudées, gracieusement penchées sur l'eau. Tout autour, une suite de pièces, ornées de statuettes en terre ou en bronze représentant des divinités et des gladiateurs, et de grands vases en céramique provenant des ateliers de la Graufesenque. Sur les murs, du marbre veiné de vert et des peintures, que Serena a voulues de style bucolique : oiseaux et poissons, moutons et béliers alternent avec des éphèbes et des nymphes batifolant avec grâce et pudeur auprès de portiques ou dans des bosquets.

Dans le prolongement de l'*atrium*, devant un couloir menant à l'habitation proprement dite, un espace garni de fleurs et d'offrandes est réservé au laraire, l'autel des dieux lares, protecteurs de la demeure. Celui des Pénates, dispensateurs de nourriture et de boisson, voisine avec l'autel garni d'offrandes nourricières consacré aux Mânes, esprits des ancêtres qu'on célèbre deux fois l'an[1], afin de se concilier leurs bonnes grâces et les dissuader de revenir hanter la maison. S'y ajoutent les effigies de divinités honorées en Gaule – les Matres, trois déesses mères, et Bona Dea, la Bonne Déesse, particulièrement vénérée en Narbonnaise, qui veille sur la santé des habitants. Enfin, deux autels sont voués à ceux qui protègent les activités de Paulinus : Mercure, dieu du commerce et des voyages, et Neptune, qui règne sur la mer.

La famille habite une sorte de dépendance en demi-cercle, accolée à l'arrière de cet ensemble. Au rez-de-chaussée sont disposées en éventail la salle à manger et diverses pièces consacrées à l'instruction des enfants ou à leurs jeux. L'étage est réservé aux chambres

---

1. En hiver aux *Parentalia* et au printemps aux *Lemuria*.

– *cubicula* – et à leurs annexes : pièces de rangement, salles de maquillage ou de coiffure. Un édifice de moindre dimension, les thermes, est relié à la résidence par un chemin couvert. Paulinus les a voulus aussi luxueux que possible, sur le modèle de ceux qu'il a pu voir dans les villas de campagne de patriciens romains, avec salle de gymnastique, *sudatorium* pour transpirer, *caldarium* où prendre des bains brûlants, *tepidarium* pour les bains tièdes et *frigidarium* pour les bains froids, tous pavés de mosaïque et aux murs de marbre décorés de festons et d'astragales.

En ce début d'après-midi, Paulina y rejoint sa mère qui sort de ses trois bains aux eaux parfumées. Deux servantes viennent de l'envelopper d'une serviette et l'essuient en la frottant délicatement, mais Serena se dégage et apparaît dans la splendeur de sa nudité. Paulina a déjà vu sa mère au bain, cette fois pourtant, ce n'est plus en mère qu'elle la voit mais en femme, et elle est subjuguée par sa très grande beauté. À trente-deux ans, Serena entremêle en un équilibre parfait fraîcheur juvénile et plénitude du début de la maturité. Son visage, éclairé de larges yeux noirs, a des traits harmonieux et une expression altière, soulignée par un port de tête princier. La chevelure, dense, tombe en cascade brune jusqu'aux reins. Sa peau est soyeuse, lisse, éclatante de blancheur.

— Qu'as-tu à me regarder ainsi ? s'écrie-t-elle, un demi-sourire aux lèvres, en revêtant une *synthesis*, sorte de robe d'intérieur qu'on porte dans l'intimité ou à l'occasion des repas. Allez, va te baigner, puis rejoins-moi dans l'*unctorium*.

Quand Paulina gagne la salle de soins, elle trouve sa mère assise dans un fauteuil en osier à haut dossier, face à la fenêtre, et livrée aux mains agiles d'Eunice, son *ornatrix* personnelle, habile à l'épiler sans lui arracher une plainte. Serena, comme avant chaque réception d'importance, a aussi fait venir Valicinia, une *unguentaria* experte en parfums, onguents, fards et apprêts, qui tient au forum une boutique dont raffolent les matrones d'Arelate. Née sur les bords du Rhône et fille d'esclaves d'un préteur romain en poste en Gaule narbonnaise, elle a été emmenée jeune, avec ses parents, à Rome où elle a été affranchie. Elle a appris l'art de la coiffure, puis la confection des parfums, et a fait preuve d'une telle maîtrise qu'à vingt ans elle était déjà la coqueluche des élégantes de la capitale. Mais une histoire d'amour avec un gladiateur, qui avait pour maîtresse l'épouse d'un sénateur, l'a contrainte à quitter précipitamment la Ville pour fuir la vindicte de l'amante délaissée… C'est désormais au pays qu'elle fait usage de ses talents, et grâce à ses relations, notamment dans le milieu des navigateurs, elle reçoit toutes les nouveautés de Rome et les produits à la mode en provenance d'Égypte, de Grèce ou d'Orient. Toujours à l'affût d'une bonne affaire, Pompeius Paulinus lui a procuré une aide financière pour qu'elle puisse créer onguents et parfums. Aussi apporte-t-elle un soin particulier à satisfaire les exigences de Serena.

Valicinia est venue accompagnée de cinq femmes, et chacune a sa spécialité. Sur une longue table ont été disposés les objets, instruments et produits de beauté nécessaires : miroirs – constitués de plaques de métal bombées –, peignes en ivoire, épingles à cheveux, fers à friser, pots de céramique contenant des huiles, vases à onguents, flacons bleus irisés, aiguières et récipients pourvus de godets pour les fards de divers coloris, blanc de céruse, rouge de frucus, de purpurisum, de minium pour les joues et les lèvres, cendre fine, safran en provenance des rives du Cydnus, poudre de bois de cerf ou de corne, oignon de narcisse, pierre ponce pour les dents… Le plaisir de Paulina est d'humer les senteurs qui s'échappent d'une rangée de flacons, et qui sont destinées à chaque partie du corps – cou, aisselles, bras, seins, pubis, cuisses, mains et pieds.

— Pourquoi y en a-t-il autant ? a-t-elle un jour demandé.

— Ne t'es-tu pas aperçue que chaque partie de ton corps dégage une odeur particulière, plus ou moins forte ?

La jeune fille a toujours été fascinée par la transformation de sa mère lors de telles séances, mais aujourd'hui, c'est elle-même qui va être l'objet des soins. Excitée et tendue à l'idée de sa métamorphose, condition d'entrée dans le monde des adultes, elle éprouve cependant quelque peine à se représenter avec un visage aux joues roses et aux lèvres rouges, et ne parvient à s'imaginer qu'en pâle doublure de sa mère. Elle n'a guère le temps d'y penser davantage car, avec des mains à la fois fermes et caressantes, Valicinia s'empare de son visage, la pédicure de ses orteils, la manucure de ses doigts. S'abandonnant à ces savantes manipulations, elle laisse vagabonder son esprit vers des terres inconnues, parées de splendeurs fantastiques, et, par un phénomène moins étrange qu'il n'y paraît, vers le bel Ilion. Lui qui ne s'est jamais intéressé à elle, il la regarderait sûrement si elle se montrait apprêtée comme une déesse. Elle croiserait enfin son regard et entre eux se nouerait alors un lien secret…

Une voix familière la sort de ces douces pensées, celle de sa tante maternelle Bubate, sa *matertera*, sa petite mère. Survenant comme à son habitude sans s'annoncer, tel un tourbillon, elle s'adresse d'emblée à Valicinia :

— Ah ! La famille va pouvoir s'enorgueillir d'une nouvelle splendeur ! Mais attention ! Pas trop de blanc de céruse, il ne faut pas qu'elle ait l'air maladif. Notre Paulina a naturellement un si joli teint… Pas trop de rouge non plus, on la prendrait pour une de ces Romaines lubriques qui se pavanent autour du Forum.

— Valicinia sait ce qu'elle a à faire ! intervient Serena, qui est maintenant entre les mains de la coiffeuse.

— Je l'espère…

Bubate se penche vers sa sœur pour ajouter à voix basse :

— Je ne comprends pas pourquoi Paulinus tient tant à la présenter au gouverneur. Il ne compte quand même pas la marier à ce vieux satyre ?

— Mais non, voyons !

— J'espère qu'il n'a pas non plus en tête un de ces bellâtres de Rome !

— Que vas-tu imaginer ?

— Il faut trouver à la petite un mari issu de notre peuple, un garçon d'ici, aux racines implantées dans cette terre, notre terre. Ne pas aller chercher un de ces Romains arrogants et vicieux !

— Tu exagères, Bubate. Ne mets pas ces idées dans la tête de cette enfant. Tous les Romains ne sont pas des bêtes féroces.

— Leurs ancêtres ont bien été nourris par une louve, non ?

Bubate ne ressemble guère à sa sœur cadette. Les mauvaises langues chuchotent qu'elles n'ont pas le même père. Plus petite et très vive, incapable de tenir en place, elle a le visage rond, des yeux bleus et une chevelure blonde dont elle est très fière. Elle a été mariée à treize ans à un préteur romain quatre fois plus âgé qu'elle, dont elle a eu un fils, Taminius. Il la trompait abondamment et s'est ruiné pour des courtisanes, avant de mourir assassiné dans une ruelle de Suburra, un quartier mal famé de Rome. Elle en a conçu une haine de la Ville impériale et des Romains, qu'elle ne cesse de vouer aux gémonies. Se retournant vers ses origines familiales, elle a décidé d'adopter en privé le surnom gallique de Bubate, ne supportant plus celui, officiel, de Carentia.

Son beau-frère juge absurde ce qu'il considère comme une gesticulation verbale inutile.

— Nous sommes des citoyens romains à part entière, pas des pérégrins ou des affranchis ! a-t-il clamé un jour, exaspéré.

— Tu peux parler ! N'es-tu pas membre du Conseil des *Galliae*[1] ?

— Les *Galliae* sont maintenant intégrées à l'Empire.

— Intégrées par la force !

— C'est le passé ! Rome nous a ouvert ses portes : n'ai-je pas été admis dans l'ordre équestre ?

— Toutes ses portes ? Non ! Celle du Sénat vous est encore fermée.

— Nous saurons la faire ouvrir.

Bubate a haussé les épaules et rétorqué :

— N'est-il pas aussi légitime pour moi de revendiquer mon appartenance au peuple salien que, pour toi, de prétendre descendre d'une lignée étrusque ?

Cette allusion à des propos qu'il a un jour tenus en public a mis Paulinus dans l'embarras. Jugeant préférable de ne pas poursuivre une discussion périlleuse, il s'est tourné vers Serena :

— Tu devrais dire à ta sœur de se calmer. Elle oublie que son mari romain lui a laissé une jolie fortune.

— Juste retour des choses ! a répliqué Bubate. Ne fais pas semblant d'ignorer que nos ancêtres ont été dépouillés d'une grande partie de leurs terres au profit de la colonie de légionnaires.

Paulinus n'a pas répondu. Quant à Serena, elle a préféré ne pas se mêler à cette conversation. Comme son mari, elle cherche à se fondre dans une société romanisée depuis des décennies. Elle n'en partage pas moins avec sa sœur la fierté d'être issue d'une vieille famille de la

1. Les Gaules.

région, qui porte le *gentilicius*[1] latinisé de Vennonius. Leur grand-père, Vennonius Julius Ateius, a été l'un des constructeurs de navires d'Arelate qui a travaillé pour César et, à ce titre, il a reçu de celui-ci la citoyenneté romaine, avant même la création de la colonie et l'octroi de cette citoyenneté à l'ensemble de la population de la *Provincia*.

Sans partager la vindicte de sa sœur, Serena éprouve une sorte de répulsion à l'égard de Rome, au point d'avoir toujours refusé de s'y établir, en dépit de l'insistance de Paulinus. À travers les récits et les rumeurs qui courent sur les intrigues de la cour des Césars, le voyeurisme de l'empereur Tibère, les folies de Caius Caligula et la conduite des femmes de l'entourage impérial, elle se représente la Ville comme une Babylone perverse, la cité de toutes les turpitudes. Bien qu'elle se considère comme une digne épouse de chevalier romain, elle a gardé, comme sa sœur, l'orgueil de ses origines familiales, fondé sur un profond amour de sa terre natale et des traditions de fierté et de vertu qui y sont attachées. Exemplaire matrone à la romaine, elle n'en est pas moins une complice tacite de Bubate lorsque celle-ci se rend à de mystérieuses réunions hors de la ville, auprès d'un druide. Elle admet également le refus de sa sœur de participer aux réceptions données par Paulinus en l'honneur de magistrats impériaux, comme c'est le cas aujourd'hui.

Serena examine sa coiffure dans le miroir qu'on lui tend. Sa chevelure est devenue une sorte d'échafaudage de boucles composé de quatre rangs de frisures parallèles encadrant le visage.

— Oh, non ! s'écrie-t-elle, j'ai l'air ridicule.

— Votre chevelure est somptueuse, *Domina*, et toutes les dames de la cour sont coiffées ainsi, proteste

1. Nom que portent les personnes d'une *gens* et qui se considèrent comme descendant d'un ancêtre commun.

Valicinia, vexée et contrariée d'être critiquée devant Eunice qui observe son travail avec un sourire ironique, persuadée qu'elle aurait fait aussi bien, sinon mieux.

— Je m'en moque. Réduis-moi ça !

L'*ornatrix* obtempère, appréciant de ne pas recevoir les coups de griffes que lui infligent certaines clientes.

— Êtes-vous satisfaite de votre visage, *Domina* ?

Après s'être longuement regardée, Serena acquiesce. Elle n'entend pas Bubate murmurer : « On dirait un vase à huile égyptien », et se tourne pour observer où en sont les apprêts de sa fille.

— Pas plus de fards pour Paulina, ordonne-t-elle, c'est suffisant… et atténue un peu le rouge des lèvres.

— Et sa chevelure ? Vous m'aviez demandé de ne pas lui faire de frisures…

— En effet. La raie au milieu et la natte en couronne lui vont à ravir !

Elle hume les parfums qui lui sont proposés et en choisit un à base de rose et d'huile de palmier pour le cou et la poitrine, un autre à la myrrhe pour les aisselles et les cuisses, enfin une essence de marjolaine pour ses cheveux. Puis elle se retire dans sa chambre où deux assistantes de Valicinia vont oindre son corps, avant qu'on ne l'habille et la pare de bijoux.

Dès qu'elle est sortie, Bubate s'approche de sa nièce au moment où la maquilleuse présente à celle-ci un miroir :

— Comment te trouves-tu ?

Paulina fait la moue. Bien que le maquillage soit léger, elle ne se reconnaît pas :

— Brusquement, j'ai l'air vieille, dit-elle, déclenchant les rires des femmes.

— Qu'est-ce que tu diras quand tu auras mon âge ?… Il paraît que tu vas être présentée au gouverneur.

— J'ai peur, tante Bubate. Pourquoi ne venez-vous pas avec nous ?

— Une veuve n'a rien à faire dans ce genre de réceptions. Et puis tes parents seront là.

— Avec ce maquillage, tout le monde va me regarder…

— Sache que tu n'es plus une petite fille et que tu es très belle. Les regards que les gens portent sur toi vont changer. Il ne faut pas les craindre, mais les affronter, tu ne dois jamais baisser les yeux.

— Mais le gouverneur…

— Surtout devant lui ! Souviens-toi de ce que je t'ai toujours dit : en toute circonstance, tu dois avoir un air conquérant…

Bubate interrompt le travail de la coiffeuse pour murmurer à l'oreille de sa nièce :

— Ici, dans ce pays, tu es chez toi, lui non. Tes ancêtres ont bâti cette ville, le gouverneur n'est qu'un intrus.

Paulina ne dit mot. Elle a l'habitude d'entendre ce genre de propos dans la bouche de sa tante et, si elle n'en mesure pas vraiment tout le sens, elle en est assez prévenue pour le montrer par un froncement de sourcils. Bubate le perçoit et redoutant de troubler l'adolescente en ce moment important, elle ajoute :

— Écoute, ma petite, ne pense plus à ce que je viens de te dire. L'essentiel est de te montrer digne de ta famille quelle que soit la personne que tu as devant toi. N'oublie pas que ton père est l'un des hommes les plus éminents de cette ville. Et sois toujours fière de ta lignée !

À cet instant, Rhodia, la gouvernante, surgit pour claironner comme à son habitude :

— Paulina ! Ta mère t'attend. On doit t'habiller.

*

Comment Paulina ne serait-elle pas fière de son père ? Pompeius Paulinus peut se targuer à juste titre d'être une figure majeure de la cité, position qu'il doit à sa propre réussite, mais aussi à son grand-père et à son père, qui ont su tirer profit de leurs choix politiques pour développer leur chantier de construction navale. Au siècle précédent, lors de la guerre civile opposant Pompée à César, le grand-père de Paulinus avait adopté le parti du premier ; mais percevant en faveur de qui s'orientait le conflit, il se rallia à César lorsque celui-ci, ayant besoin de douze vaisseaux de haut bord pour réduire la pompéienne Massalia, fit appel aux ateliers navals d'Arelate. Les navires furent construits à une vitesse exceptionnelle et César, victorieux, fonda en Arelate une colonie à laquelle il octroya les droits romains et un vaste territoire confisqué à Massalia. La récompense fut quelque peu atténuée par l'installation sur ces terres de vétérans de la VIᵉ légion.

Dès le Xᵉ siècle avant J.-C., la région avait été habitée par les Ligures, puis par les Grecs de Phocée, fondateurs de Massalia, qui y établirent au VIᵉ siècle le comptoir de Théliné-la Nourricière. Le peuple celte des Saliens leur a succédé aux IVᵉ et IIIᵉ siècles, avant l'arrivée des Romains qui ont créé, en 122 avant J.-C., la province de Narbo Martius. Si la position d'Arelate – « la ville près de l'étang » – semblait avantageuse, elle dépendait à l'époque de l'intense activité sédimentaire du fleuve. Celui-ci n'atteignait la mer qu'à travers un vaste réseau d'étangs et de marécages, par des bras au tracé changeant ou des graus, ce qui rendait la navigation aléatoire. Le consul Marius le comprit et fit creuser un canal, qu'on appellera les Fosses Mariennes. Les navires chargés d'une lourde cargaison purent ainsi remonter le Rhodanus sans s'enliser dans cette partie du delta, plaçant dès lors Arelate en concurrente de Massalia.

Mais la ville n'a connu un véritable essor qu'après la victoire de César et la réorganisation de la Gaule narbonnaise par l'empereur Auguste qui l'a placée sous l'autorité du Sénat romain. Ses habitants, pourvus de la citoyenneté romaine pleine et entière, se distinguent donc de la masse des pérégrins originaires des provinces conquises. Inscrits sur les registres de l'une des trente-cinq tribus du territoire municipal de Rome, ils ont droit de prendre part aux délibérations du peuple dans les assemblées de la capitale.

Quoi que prétende Bubate, cette population est composite. Au fond salien, de souche celto-gauloise, se sont mêlés les vétérans légionnaires, des éléments italiques et méditerranéens, grecs pour la plupart, ainsi que la masse des esclaves et des affranchis d'origines diverses. En tout cas, ils ont su exploiter la double vocation maritime et fluviale de leur ville en un temps où les échanges au sein du vaste empire ont pris une ampleur inégalée. La navigation sur le Rhodanus, principale voie de communication entre la Méditerranée et la Baltique, est intense depuis la plus haute Antiquité. Elle se partage entre les *fabri navales*, constructeurs et architectes navals, et les *nautae Arelatenses*, les bateliers d'Arelate. Ces derniers se répartissent en deux groupes. L'un est celui des *utricularii Arelatenses*, qui comprend tous les nautes liés aux activités fluviales, des utriculaires naviguant en eau de faible profondeur sur des radeaux ou des barques à fond plat, aux nochers en charge des bacs. L'autre groupe, voué au trafic maritime, est celui des *naviculari marini Arelatenses* qui réunit pas moins de cinq corporations. Leur domaine d'activité s'étend jusqu'en Égypte et en Orient. Sur la côte italienne, ils disposent de comptoirs et d'entrepôts à Ostia, le très actif port de Rome, où la compagnie de Paulinus est représentée par son beau-frère Vennonius Tertius, mais aussi à Pouzzoles, à Pompéi et, outre-mer, à Syracuse et à

Alexandrie. Ils y exportent ce que la *Provincia* et les régions riveraines du Rhodanus produisent de céréales, de laine et d'huile.

Pompeius Paulinus peut se flatter d'être le membre le plus influent de ces *naviculari*, et de contrôler indirectement, par son frère Curtius, les activités des *utricularii*. Très vite, il a acquis une certaine notoriété en se faisant élire décurion à vingt-cinq ans, l'âge minimum requis. Il entrait ainsi dans une sorte de sénat municipal chargé de gérer les finances de la ville, de veiller à l'ordre public et d'assurer les relations avec le pouvoir central. Puis sa fortune lui a permis de gravir une marche de plus et d'accéder à l'ordre équestre, éminente dignité qui exige un cens de quatre cent mille sesterces. Comme il se doit, il a pratiqué envers sa ville et non sans munificence le devoir civique de bienfaits. La tradition impose en effet aux notables de financer, lorsqu'ils sont promus, la construction ou la rénovation d'un édifice public, la vanité déterminant le degré de générosité. Paulinus a, lui, choisi de faire ériger la statue d'Auguste qui orne le théâtre, un portique du grand forum et un sanctuaire dédié à Mercure. Le faste déployé lors des banquets d'inauguration est resté gravé dans la mémoire des convives, tous citoyens éminents. Son aura se mesure également à sa clientèle : la foule de ses protégés qui vient chaque matin le saluer avec déférence.

Pourtant, aussi prestigieuse que soit sa position, elle ne suffit pas à ses ambitions, car il cultive un rêve qu'il n'a confié qu'à sa femme : accéder un jour à l'échelon suprême, celui du Sénat, faire partie de ces *clarissimes* parmi lesquels sont recrutés les hauts magistrats de la Ville et les gouverneurs de province. Peu lui importe que la vénérable assemblée, toute-puissante à l'époque de la république et même sous le grand Auguste, ait perdu de son ascendant. Quelle volupté de pouvoir un jour chausser les souliers rouges et porter le *laticlavus*

des sénateurs, aux larges bandes verticales pourpres !
Pour le descendant d'un petit constructeur de barques,
quelle victoire ce serait d'entrer ainsi dans la plus haute
sphère de l'Empire !

Pour l'heure, c'est irréalisable. Si un cens d'un million de sesterces n'est pas un problème pour lui, l'accès
en est interdit aux provinciaux. Qu'à cela ne tienne !
Paulinus ne désespère pas de le faire ouvrir par le tru-
chement du Conseil des Gaules. Cette assemblée d'une
soixantaine de notables est chargée de l'exercice du culte
voué aux dieux de l'Empire, mais aussi de formuler
aspirations et revendications. Paulinus ne ménage pas
ses efforts en ce sens, mais les circonstances ne sont
guère favorables.

La situation politique à Rome est incertaine. Après
l'agitation des dernières années de Tibère, ensanglantées
par une multitude de complots, le jeune Caius vient
d'inaugurer son règne. Ce fils du général bien-aimé Germanicus porte le surnom de Caligula – ou « petite chaus-
sure » –, donné par les soldats au milieu desquels il a
été élevé. Si l'armée et le peuple l'ont d'abord accueilli
avec enthousiasme, il a montré très vite, après avoir reçu
l'investiture du Sénat, des dispositions inquiétantes,
mêlant jeux pervers et cruauté, notamment envers les
sénateurs. N'a-t-il pas fait courir quelques-uns d'entre
eux auprès de sa litière, s'amusant de les voir s'empêtrer
dans leurs toges ? Et pis : après en avoir fait exécuter
un, n'a-t-il pas fait traîner ses entrailles dans la rue ?
N'a-t-il pas ordonné de jeter dans l'arène de hautes personnalités de l'Empire pour le plaisir de les regarder
combattre des gladiateurs ? Et cette histoire de cheval
tant aimé qu'il entoure d'esclaves et songerait, dit-on, à
nommer sénateur ! Pompeius Paulinus s'inquiète de
toutes ces rumeurs que lui transmettent ses agents et son
fils Paulinus le Jeune, envoyé à la capitale à l'âge de
quinze ans pour y aiguiser ses crocs et ses griffes. Nul

ne sait comment va évoluer le règne de cet étrange César…

L'armateur n'est pas découragé pour autant. S'il donne ce soir un banquet, c'est bien sûr afin d'honorer un gouverneur en instance de départ, mais surtout de s'en faire un allié pour la requête qu'il projette de présenter, lui et ses confrères du Conseil des Gaules.

Paulina est maintenant prête. En compagnie de Rhodia, sa gouvernante, elle attend au premier étage que son père la fasse appeler. Elle perçoit la rumeur qui monte de l'*atrium*, et chaque fois que lui parvient la voix puissante du *nomenclator* annonçant l'arrivée d'un nouvel invité, une onde fébrile la traverse et elle crispe ses doigts sur sa *palla*.

— Calme-toi, voyons ! lui répète Rhodia.

Au moment où Paulina se lève pour aller caresser Albilla, sa colombe, un esclave vient enfin annoncer que ses parents l'attendent. Elle se précipite sans même attendre Rhodia, moins par impatience que pour apaiser ses nerfs. Elle dévale l'escalier au risque de trébucher, et traverse le couloir menant à la salle de réception jusqu'à la tenture qui en barre l'entrée. Un esclave soulève le lourd rideau pour la laisser passer et, avançant d'un pas, elle se trouve subitement devant la foule des invités. Évoluant à la lumière de centaines de chandelles, alors que joue un trio de musiciens, ils conversent au milieu d'effluves parfumés, rient aux éclats, jouent de leurs toges ou de leurs *pallae* aux couleurs éclatantes. Paulina se rassure en reconnaissant certains d'entre eux : les parents, amis et protégés de son père, les femmes parées comme des idoles que sa mère reçoit parfois ; il y a l'oncle Curtius, avec son nez qui rejoint presque son menton et ses oreilles décollées, le gros cousin Sulpicius, Atticilla, imposante matrone et proche amie de sa mère, et aussi la jolie veuve Modestina, toute pimpante en *palla* brodée d'or et entourée de jeunes gens empressés. Certains, apercevant Paulina, semblent s'interroger sur cette nouvelle venue ; des femmes la dévisagent, quelques-unes lui sourient. À peine a-t-elle le temps de remarquer une chevelure excessivement haute, un diadème, un bracelet étincelant, un pendentif de style oriental, des chaussures dorées, que la voix impérative de son père la fait sursauter.

— Viens, Paulina, que je te présente…

Le gouverneur est un gros homme chauve, au nez fort, aux lourdes paupières, aux bajoues flasques et au double menton. Il esquisse un sourire en la dévisageant d'une telle façon que Paulina a la pénible impression d'être déshabillée.

— Tu as une fille charmante, Paulinus, dit-il d'une voix grasseyante.

Paulina rougit. Cette sorte de regard lui donne davantage conscience de sa féminité que les premières transformations de son apparence physique, mais déjà, le gouverneur se détourne, sollicité par des invités qui font assaut de déférence et d'obséquiosité.

— Tu peux rentrer maintenant, murmure sa mère, après un temps qui lui a paru interminable.

Soulagée, Paulina se glisse derrière la tenture et se met à courir dans le couloir, comme pour fuir ces regards qui la poursuivent, et retrouver au plus vite la quiétude de son monde. De l'autre, celui des adultes, ne lui parviennent plus qu'un vague brouhaha, un fond de musique et les effluves des agapes.

II

Ilion

Paulina n'a gardé de son apparition à la soirée du gouverneur qu'un seul souvenir, précis et violent : le feu des regards posés sur elle, ou plutôt sur quelqu'un qui lui ressemblait mais n'était plus vraiment elle. Même après s'être débarrassée du fard, elle s'est sentie différente. D'abord, le parfum et les onguents généreusement dispensés par Valicinia, malgré les recommandations de sa mère, avaient tellement imprégné sa peau qu'en se mêlant à sa propre odeur elle a l'impression qu'ils l'ont modifiée, qu'ils lui ont donné une odeur de femme. Et désormais, tout son univers lui paraît changé.

À certaines paroles que Rhodia, sa mère, sa tante ont laissé échapper, elle a compris que Niceta avait eu raison d'évoquer l'idée d'un mariage. Elle ignore simplement si son père lui a déjà choisi ou non un époux. Peut-être a-t-il saisi le prétexte du banquet pour la lui présenter, mais tout s'était passé si vite et son émotion était telle qu'elle n'a remarqué aucun convive, en dehors de ceux qu'elle connaissait déjà et de certains jeunes gens qui faisaient des effets de toge devant la belle Modestina. Ou peut-être a-t-il simplement profité du banquet réunissant l'élite de la *Provincia* pour faire son choix. Paulina n'a pas osé interroger sa mère, préférant se réfugier dans un semblant d'ignorance, rempart plus ou moins confortable. Elle devine cependant qu'elle jouit d'un sursis dont elle redoute le terme.

En attendant, la vie ordinaire reprend son cours. Pour Paulina, elle commence au lever du soleil, lorsque Rhodia la réveille. Après les ablutions, c'est le *jentaculum*, ce léger repas du matin composé d'un petit pain rond frotté d'ail, imbibé d'huile d'olive et accompagné de miel. Il est aussitôt suivi des leçons du *grammaticus* Pelops. Selon la règle s'appliquant aux filles, son instruction primaire s'est arrêtée l'an dernier, lorsqu'elle a atteint ses onze ans, remplacée par l'apprentissage, assuré par sa mère, des fonctions de maîtresse de maison. Mais Serena tient à ce qu'elle connaisse la culture grecque et latine afin de pouvoir un jour en remontrer aux gens de la capitale, trop souvent imbus de leur prétendue supériorité. Elle a insisté auprès de son mari pour que Paulina poursuive son instruction.

— Pourquoi ? Une matrone n'en a pas besoin, a répliqué le chevalier.

— Si un jour ta fille va à Rome, est-ce que tu accepterais, toi qui as l'ambition de porter le *laticlavus* et les chaussures pourpres, de voir ta fille humiliée par une Romaine mieux instruite qu'elle ?

Un tel argument a fait céder Paulinus. Cette ambition de battre les Romains sur leur propre terrain est partagée par le chevalier qui, dans ce but, a intensifié l'éducation et l'instruction de son fils, de deux ans plus âgé que Paulina. Avant même ses sept ans, il l'emmenait visiter la région en bateau et assister à tous les rituels de la vie civique, des célébrations religieuses aux jeux du cirque. Il l'a ensuite envoyé dans la propriété qu'il possède à la campagne, pour lui éviter l'amollissement de la vie citadine. Il y a appris l'écriture, le calcul, et dès l'âge de onze ans, il a été soumis à un régime d'exercices physiques de plus en plus durs : plongeons dans l'eau glacée, longues chevauchées dans la forêt, chasse au sanglier, entraînement au combat avec un ancien gladiateur... À treize ans, Paulinus le Jeune a été ramené en ville pour apprendre l'éloquence auprès d'un rhéteur et s'initier aux affaires, puis, à quinze ans, abandonnant la toge prétexte bordée de pourpre pour revêtir la toge virile, il est parti à Rome parfaire sa formation de bon citoyen.

Serena s'est occupée de Paulina avec autant de rigueur que l'armateur s'est soucié de son fils. Elle lui a inculqué tout ce qu'une fille de haut rang se doit de connaître : des bonnes manières à l'art de gérer les travaux domestiques, ou même de filer la laine, symbole de ce que doit être une vie de femme et de mère. Mais elle ne s'est pas contentée de cette éducation somme toute très classique. Fière de son origine gauloise, elle veut faire de sa fille une matrone modèle, donnant l'exemple de la vertu et de la dignité, au moment où celles-ci lui paraissent si négligées et bafouées dans la capitale. La rumeur, lui apprenant que son mari y entretenait une maîtresse, a renforcé cette conviction !

— Il faut leur montrer que nous ne sommes pas des Barbares, répète-t-elle à Paulina.

Si elle a érigé en modèle Cornelia, la mère des Gracques, ce parangon de la vertu romaine, elle ne se fait pas faute de rappeler l'héroïsme des femmes gauloises et celtes qui ont participé aux combats contre les Romains, lors de la conquête ; échevelées, en vêtements de deuil, brandissant des torches et hurlant des imprécations, elles effrayaient les légionnaires qui, frappés de stupeur, se faisaient massacrer avant que les renforts n'interviennent... Toutefois, Serena s'abstient de célébrer, comme Bubate, le culte de Nantosuelta, divinité de la nature et compagne de Sucellos, le protecteur gaulois des cultures et des forêts. Et elle met en garde sa fille contre certains cultes étrangers tel celui d'Isis, « cette déesse d'Égypte que vénèrent les esclaves, les affranchies et les femmes de bas étage ». Pas question non plus d'honorer Cybèle, la Grande Mère des dieux, servie par les *galli*, des prêtres eunuques, et célébrée au cours de sacrifices sanglants où l'on castre et on immole taureau et bélier.

Paulina s'en tient évidemment aux instructions maternelles et aux pratiques familiales, elle n'en est pas moins intriguée par les mystérieuses absences de la tante Bubate. À ses questions, sa mère s'est toujours bornée à une réponse sans appel :

— Elle vénère des dieux de notre peuple, mais cela ne regarde personne.

Serena dit toujours « notre peuple », marquant ainsi son attachement aux origines familiales, pourtant, comme en matière religieuse, elle ne cesse de naviguer entre ce lien et son intégration à la société romaine, avec pour double gouvernail le sens des intérêts de la famille et celui de la *dignitas*. La langue latine s'étant imposée partout, du moins dans les hautes couches de la société, il était impensable que Paulina s'exprime dans un latin à fort accent local et mâtiné d'expressions d'origine « barbare », à la façon des domestiques, des marins ou des ouvriers. Sa mère a donc toujours choisi avec soin tous ceux qui l'entourent, leur faisant subir un véritable examen de langage et de diction. Rhodia, la nourrice, n'a dû sa promotion au rang de gouvernante qu'à son latin étonnamment parfait.

Comme l'exemple et l'imitation du maître sont les principes de l'instruction, il était capital de confier celle de Paulina, pourtant destinée à ne régner que sur sa maison, à un maître choisi parmi les meilleurs de la province. Ce fut Pelops, un affranchi originaire du Péloponnèse, descendant d'une famille noble, et riche d'une immense culture acquise à Alexandrie et à Syracuse. Cette instruction à domicile paraissait préférable à l'école primaire publique. D'abord, celle-ci est mixte et Serena juge dangereux que sa fille côtoie le moindre garçon hors de son contrôle maternel. Autre inconvénient, elle est située dans une galerie du forum, un lieu dont Serena juge l'atmosphère pernicieuse en raison des rumeurs et des tentations qui y fleurissent. Sans doute faut-il que sa fille connaisse la vie de la cité et de ce qui en est le centre, mais elle seule est habilitée à l'y emmener.

Au fil des ans, Pelops a ainsi appris à Paulina et Niceta, sa sœur de lait, à écrire à l'encre sur un papyrus ou un parchemin, bien que ce support soit trop coûteux pour qu'elles puissent en faire un usage courant. Il leur a fait apprendre par cœur des passages entiers d'Homère et de Virgile, dont elles ont retranscrit des extraits au *stilus* sur des tablettes de cire. Et il les a initiées au calcul : d'abord en comptant sur leurs doigts, puis avec des cailloux, et enfin un *abacus*, une sorte de boulier.

En général attentives, les deux élèves se montrent aujourd'hui quelque peu dissipées. Après les frimas de l'hiver, la douceur de l'air printanier et des rires juvéniles venant du jardin attirent leur attention au point que Pelops redresse sa petite taille, fronce le sourcil, et agite sa férule, dont il n'hésite jamais à asséner quelques coups sur leurs doigts, quand il le juge nécessaire :

— Allons, allons ! Pas de distraction avant d'avoir fini !

— Moi j'ai terminé, maître, annonce Niceta en montrant sa tablette.

Pelops y jette un coup d'œil et fait la moue :

— On ne peut pas dire que tu te sois appliquée. Et toi, Paulina ?

Il se penche sur ce qu'elle a écrit :

— Je serai indulgent aujourd'hui. Rangez vos affaires et disparaissez.

L'heure est enfin venue du *ludus*, le jeu, qui équivaut pour les enfants au loisir des adultes, l'*otium*. Pour Paulina, ce peut être les *latrunculi*, mais elle trouve ce jeu d'échecs un peu complexe, elle préfère s'amuser dans le jardin avec Niceta et quelques petites voisines, que Luda, son esclave, est allée chercher après le *prandium*, le rapide repas de midi.

Elles sont bientôt une demi-douzaine à se poser des devinettes ou à jouer à cache-cache, profitant de tous les bosquets du jardin. Paulina ne se montre pas la plus sage. Très excitée, elle rit beaucoup, par besoin, peut-être, d'extérioriser des envies aussi indéterminées qu'obscures. Elle propose même un grand jeu : échapper à la surveillance de Rhodia et des deux esclaves chargées de veiller sur elle. La petite bande y parvient et, courant à travers champs, se retrouve bientôt devant l'autre bras du fleuve, le petit Rhodanus.

Le fleuve fascine Paulina. Elle en connaît l'importance pour tous, et surtout pour sa famille. Si son père en a tiré et en tire encore sa fortune, il s'évertue à l'en éloigner. Elle a souvent souhaité embarquer avec lui, lorsqu'il remontait le fleuve pour y inspecter un de ses comptoirs, mais ce privilège a toujours été réservé à son frère. Une femme ne navigue pas. La rame, la manoeuvre des voiles, du gouvernail ou de l'ancre n'exigent-elles pas une force virile ? Ce n'est pas non plus la place d'une fille de haut rang, et encore moins d'une matrone, de frayer dans un espace aussi réduit avec les marins, une engeance particulière, réputée pour sa grossièreté. Paulina en est d'autant plus frustrée que c'est sur le fleuve, en tout cas sur les quais du Grand Rhodanus et aux alentours du port qu'elle aurait l'occasion de rencontrer Ilion.

Puisqu'il faut se contenter du petit bras, autant en profiter. Après tout, c'est la même eau qui provient d'une même source. Aussi, s'égaye-t-elle avec ses amies, mais la rive est vaseuse et les imprudentes qui ne peuvent s'agripper aux joncs tombent dans les flots au risque de se laisser emporter par le courant, assez fort en cette saison. Il faut que les esclaves dépêchées par Serena s'y jettent pour les retenir et les ramener sur la berge. Une fois les autres enfants raccompagnées chez elles, Serena inflige à sa fille et à Niceta une sévère réprimande.

— Soulevez vos tuniques ! ordonne-t-elle, avant d'asséner des coups de férule sur les fesses dénudées, tout en prenant soin de ne pas abîmer leur peau.

L'une des qualités de Serena est de ne jamais s'appesantir sur une faute et sa punition. Dès le lendemain, jugeant la sanction suffisante, elle estime qu'il est inutile de priver sa fille d'un de ses plaisirs :

— Prépare-toi, lui dit-elle au milieu de l'après-midi, nous allons au forum.

Paulina adore suivre sa mère quand celle-ci se rend en litière au grand forum, sur la rive gauche du Rhodanus majeur. Pour elle, c'est presque l'étranger, avec tout ce que cela implique d'attrait et de rêve. Serena ne fixe-t-elle pas au fleuve la frontière qui sépare le monde de la *domus* de celui de l'extérieur ? Paulina ne saurait la franchir sans elle et sans une solide protection. Aussi éprouve-t-elle chaque fois une sorte d'enchantement trouble, comme si elle accédait à un plaisir défendu.

L'escorte, commandée par Minucius le manchot, un ancien gladiateur retiré des joutes de cirque après avoir perdu un œil et une main, est composée de cinq esclaves, des Thraces, tout comme les six porteurs de litière. À grands cris et à coups de longs fouets, ils fraient un chemin à la *lectica*, une litière à baldaquin rouge et or, à travers la foule de maraîchers, de commerçants et de paysans qui encombrent la route avec leurs chariots. À l'intérieur, abritée de la poussière et de la curiosité des gens par des voiles bien tirés, Serena est mollement allongée, presque bercée par les légères oscillations de la marche. À ses côtés, Paulina guette avec impatience l'arrivée au forum.

Édifiée autour d'une butte, et sur ses versants, la ville est cernée par une enceinte de pierre. Bâtie selon le plan géométrique habituel des cités romaines, elle est quadrillée de rues dallées, les deux principales étant une voie nord-sud, dite le *cardo*, et une voie est-ouest, appelée le *decumanus*. Le forum, bordé de portiques, en est le cœur. L'épouse du puissant Pompeius Paulinus y fait chaque fois une apparition remarquée. Drapée dans sa *stola* dont elle relève un pan pour s'en couvrir la tête, c'est avec la conscience de son rang et une hautaine élégance qu'elle chemine avec ses chaussures aux lacets dorés. Il émane de sa personne une telle autorité qu'elle n'a nul besoin de Minucius et de ses hommes pour se frayer un chemin au milieu de la cohue.

Dans son ombre, Paulina se sent encore enfant. Intimidée d'ordinaire devant les adultes, elle ne se dérobe pourtant pas aux regards. Son éducation l'a tellement imprégnée de la certitude d'appartenir de par sa naissance à un monde supérieur qu'elle croit avec candeur que chacun la contemple avec respect et admiration. Si elle n'a pas oublié l'incident qui l'a opposée à Niceta à propos du bel Ilion, elle est convaincue de ne pas nourrir en son âme l'aigle noir de l'arrogance. Elle se sentirait plutôt dans le plumage d'Albilla sa colombe, mais une colombe que n'intimide guère l'effronterie des jeunes paons parfumés, apprêtés, aux doigts cerclés de bagues et aux gestes ostentatoires, qui hantent le forum en quête d'aventures galantes. Serena, toujours attentive, lui rappelle parfois de baisser les yeux et de ne pas répondre aux sourires, dignité et pudeur obligent.

— Ce sont des loups, précise-t-elle.

Beaucoup d'autres choses de ce monde plein de tentations sont encore interdites à une jeune fille, comme, par exemple, assister à toutes les représentations au théâtre juché en haut de la colline. Sa mère l'y a bien emmenée, parfois, mais toujours pour entendre réciter des textes d'Homère ou des poèmes de Virgile. Quand elle a osé exprimer le vœu de voir une pantomime ou une pièce de Plaute dont elle a entendu Pelops évoquer de joyeux échos, Serena a répondu :

— C'est obscène ! Tu iras quand tu seras mariée.

Le théâtre se joue aussi, mais sur le registre du réel, au forum, dans les galeries et les *tabernae* qui proposent aux matrones et aux élégantes un foisonnement d'objets de toutes sortes, tissus multicolores, bijoux aux mille éclats. Quel plaisir d'y flâner, de fouiller les étals, de caresser du doigt les flacons d'albâtre, d'ivoire, de corne, ou la soie des mystérieux Sères aux pommettes hautes et aux yeux bridés. Se délecter de toutes ces odeurs venues d'ailleurs, en particulier dans le jardin enchanté de la boutique de Valicinia. Lorsque celle-ci fait humer onguents et parfums à sa mère ou à une cliente, Paulina se laisse enivrer par les effluves qui s'en échappent. Ils lui évoquent des contrées merveilleuses, comme cette Rome dont elle imagine la grandeur, l'éclat, le luxe. N'est-ce pas là que les femmes les plus belles de l'Empire se retrouvent pour y rivaliser d'élégance ?… En revenant si souvent sur les horreurs et autres turpitudes qui seraient le quotidien des habitants de l'*Urbs*, sa mère et surtout Bubate ne font qu'exciter davantage sa curiosité.

Voyant Serena occupée à essayer le nouvel onguent que lui présente une assistante de *l'unguentaria*, Paulina se tourne brusquement vers Valicinia :

— Toi qui y as vécu, à quoi ressemble Rome ?

— Rien n'est plus magnifique ! Là-bas, tout est plus grand, plus beau, plus riche. Et puis il n'y a pas que la cité, il y a la campagne alentour, et la Campanie, et Baïes où tous les patriciens possèdent une villa, où César lui-même a sa résidence…

— Puisque tout est admirable, pourquoi n'es-tu pas restée ?

La jeune femme prononce d'une voix triste :

— J'avais une raison… très particulière.

Voyant le visage de Paulina attentif, et son regard plein de rêves, elle ajoute en souriant :

— Un jour, tu iras là-bas, toi aussi, et tu verras…

— Elle verra quoi ? Que lui racontes-tu, Valicinia ? intervient Serena qui a entendu les derniers mots.

— Rome, *Domina*. La petite m'a demandé comment était la Ville.

— Elle le saura bien assez tôt. Allez, il est temps de rentrer !

Sur le chemin, alors que Paulina se laisse aller à imaginer les splendeurs de la capitale de l'Empire, la litière s'arrête au lieu de s'engager sur le pont de bateaux. Elle sursaute en reconnaissant une voix d'homme disant à Minucius avoir une lettre à remettre à la *Domina*. Celle-ci ouvre le rideau et fait signe à Ilion d'approcher. Il lui tend une boîte contenant une tablette de cire :

— Le maître a dû partir à Lugdunum. Il m'a chargé de vous remettre ceci, *Domina*.

— Qui s'occupera des affaires en son absence ?

— Pour le port et les marchandises, c'est Postumus. Pour le chantier, c'est moi, mais comme je dois faire couper du bois pour les constructions dans la forêt, non loin de la Petite Montagne, le maître m'a également chargé de veiller à ce que votre séjour là-haut se déroule dans de bonnes conditions.

La Petite Montagne est le surnom de leur résidence d'été, située sur les hauteurs[1] qui dominent, au nord, la plaine marécageuse de la rive gauche du Rhodanus.

— Occupe-toi avant tout du chantier, Ilion.

Serena ne remarque pas l'éclair de joie qui illumine le visage de sa fille. Paulina pourra enfin voir de près

1. Aujourd'hui le versant sud des Alpilles.

l'insaisissable Ilion qui a toujours l'air de se tenir à l'écart, de l'éviter même, comme s'il obéissait à une consigne ou craignait quelque reproche. Elle se souvient de ce *grammaticus* qui avait remplacé pendant quelques jours Pelops tombé malade, et que son père avait renvoyé après l'avoir fait rouer de coups pour avoir montré un peu trop d'empressement auprès d'elle. Ilion aurait-il gagné la confiance de ses parents ? Soudain, elle ne pense plus à Rome, mais à cet été qu'elle espère différent des autres.

De retour à la maison, elle demande à sa mère, sur un ton qu'elle s'efforce de rendre désinvolte :

— Quand partons-nous à la Petite Montagne ?

— Dans cinq jours.

Cinq jours, c'est peu, mais en l'occurrence cela lui paraît interminable. À la résidence des Pompeii, règne une fiévreuse animation, car presque toute la maisonnée déménage. La veille du départ, Paulina ne tient plus en place. Au petit matin, elle se fait surprendre dans les thermes, prenant seule un bain ; puis elle demande à Eunice, l'*ornatrix* de sa mère, d'oindre ses cheveux d'huile et de passer un onguent gras sur ses bras et ses jambes, et enfin essaie une série de tuniques, avant de les ranger précipitamment dans un coffre. Son agitation amuse Niceta :

— Que t'arrive-t-il ? On dirait que tu te prépares à un festin. C'est à la campagne qu'on va, l'as-tu oublié ?

Devant le silence agacé de Paulina, sa gouvernante répond avec un sourire indulgent :

— Son corps bouillonne, c'est normal.

Niceta ne se satisfait pas de l'explication. Intriguée, elle décide d'enquêter.

— Je sais pourquoi tu t'agites, s'écrie-t-elle quelques heures plus tard. « Il » va venir là-haut, n'est-ce pas ?

— Qui « il » ?

— Tu le sais très bien !

Paulina hausse les épaules, mais quand Niceta éclate de rire, Paulina ne peut s'empêcher de l'imiter.

*

Paulina se réjouit d'autant plus qu'à la Petite Montagne, elle bénéficie toujours d'une plus grande liberté – même si Pelops les accompagne, l'instruction ne devant pas être interrompue. Elle se voit donc déjà parcourant la garrigue et les forêts odorantes en compagnie du bel affranchi.

Le matin du départ, Paulina est la première levée. Après ses ablutions matinales effectuées avec plus de soin qu'à l'ordinaire pour étouffer les odeurs de la nuit, elle s'enduit d'un mélange de parfum qu'elle s'est confectionné en cachette, mais que Luda, puis Niceta ne peuvent s'empêcher de juger à la fois étrange et trop fort.

— Petite maîtresse, ça sent le…, avance timidement la première.

— Le bouc, tu peux le dire ! ajoute la seconde.

— Tu exagères ! s'écrie Paulina qui consent à se faire frictionner le cou et les bras par les deux filles afin d'atténuer les effluves ; néanmoins, en pénétrant dans la pièce, sa mère ne peut retenir une grimace :

— Avec quoi t'es-tu aspergée ?

— Un parfum, Mère.

— Où l'as-tu trouvé ? Sûrement pas chez moi, ça sent la bête ! Va te nettoyer.

Vexée, penaude, Paulina retourne dans sa chambre et cette fois se déshabille entièrement pour éliminer la mixture. De retour auprès de sa mère, celle-ci hoche la tête :

— Ah ! tu as retrouvé ta fraîcheur naturelle. Tiens, mets un peu de cet onguent à l'iris pour la mettre en valeur. Luda, frictionne-lui le cou, les bras, sans oublier les aisselles !

Elle ajoute avec un froncement de sourcils :

— Mais qu'est-ce qui t'a pris ?

Elle observe attentivement sa fille et jette un coup d'œil sur le bas de la tunique :

— Tu n'as rien senti sur tes jambes cette nuit ? Il n'est rien arrivé ?

— Non, Mère.

— Alors, allons-y !

Devant toute la maisonnée réunie pour la circonstance, Serena monte dans la *carruca*, le char à quatre roues attelé de deux mulets et conduit par un cocher, avant que Paulina ne s'y installe à son tour.

— Est-ce que Niceta peut venir avec nous ?

— Non. Elle ira avec sa mère, voyons ! Tu dois respecter ton rang.

À peine a-t-elle prononcé ces mots que la digne matrone glisse sa *stola* sur sa tête, tire les rideaux et, d'un claquement de mains, donne le signal du départ.

Composé de cinq chariots transportant le personnel et de trois autres contenant divers marchandises, vivres et objets, le cortège s'ébranle, escorté de Minucius et d'une demi-douzaine de cavaliers de sa troupe. Après avoir franchi le pont pour gagner la rive gauche, il longe la limite sud de la ville, prend la direction du nord-est et traverse une grande zone de marais et d'étangs piquetés de roseaux, avant d'aborder les collines, d'abord couvertes d'une garrigue qui répand son parfum de début d'été, puis verdoyantes d'une végétation où se mêlent oliviers, ifs et pins. Avec, en arrière-plan, des falaises entrecoupées de gorges profondes.

Épuisée par une nuit courte, les heures d'excitation passées à chercher des yeux Ilion et l'énervement du départ, Paulina s'endormirait si elle n'était secouée par les cahots d'un chemin étroit et caillouteux. La chaleur est accablante et le trajet lui semble interminable. Lorsque, enfin, le convoi s'engage sur une allée ombragée où résonne le chant des cigales, elle sent une onde de joie l'envahir. La *carruca* entre dans un parc et roule désormais entre deux rangées de cyprès jusqu'au portique d'entrée de la résidence, réplique parfaite de celle d'Arelate.

La propriété est vaste. Elle occupe une partie d'un plateau situé au pied d'une colline, haute de deux cents mètres, et dominé au nord par une masse de blocs calcaires blanchâtres qu'on pourrait prendre pour les fragments d'un Olympe local. Elle est bordée d'un côté par un pré où paissent des moutons, et de l'autre par une oliveraie au feuillage gris-bleu. Le tout forme un îlot bucolique, entouré de vallons plantés de garrigue et de chênes verts.

Le lendemain, reposée par une nuit peuplée de rêves délicieux et par la caresse d'une brise rafraîchissante, Paulina se lève d'un bond. Quelques instants plus tard, elle entraîne Niceta dans le parc. Elle veut cueillir des fleurs et nourrir les poissons du bassin qui recueille l'eau d'une source jaillie d'un énorme rocher. Luda les suit, moins pour les surveiller que pour participer à leurs jeux, car elle est à peine plus âgée. De toute façon, les lieux sont assez sûrs et les dix gardes de Minucius passent leurs journées à jouer aux dés, faire la sieste ou à baguenauder aux alentours plutôt qu'à exercer une inutile surveillance.

Mais déjà Paulina se soucie d'Ilion, elle le cherche des yeux avec une telle insistance que Niceta ne peut s'empêcher de lui dire :

— Ne te fatigue pas, il ne sera ici que dans quelques jours.

— De qui parles-tu ? Figure-toi que c'est à mon frère que je pense.

Niceta éclate de rire. Paulina ne pense jamais à son frère qui s'est toujours comporté à son égard avec l'indifférence d'un adolescent imbu de lui-même et de l'importance que lui donne leur père. Au demeurant, il est toujours à Rome et son arrivée n'est nullement annoncée.

Les jours suivants, Paulina trompe son impatience en s'adonnant à des courses folles à travers la campagne en compagnie de Niceta et de Luda, et à des rêveries solitaires qu'elle protège par un mutisme obstiné. Pour la première fois, elle s'approche des bergers venus de la plaine de la Crau, qui font paître leurs troupeaux sur un pré voisin. Assis sur un fût ou appuyés sur un bâton de sorbier, ils la saluent distraitement. S'adressant à l'un d'eux, elle s'étonne qu'il laisse ses moutons libres de s'éloigner. Jeune, barbu, il porte le cheveu noir et long, et a le regard ardent. Il lui explique dans un latin fortement mâtiné de patois que chaque troupeau a un bouc meneur qui ouvre la voie sur les chemins de transhumance – ou drailles –, guidé par un chardon magique sur lequel est gravé un signe chaldéen.

— On le reconnaît facilement, ajoute-t-il, il porte trois floques, des touffes de longue laine et, au cou, une clochette.

Une semaine passe, puis deux, sans le moindre signe de la venue d'Ilion, et Paulina commence à trouver le séjour monotone. Heureusement, la tante Bubate arrive avec ses lévriers et, comme toujours, dans un tourbillon de vie et de paroles. Malgré les recommandations de Serena, elle ne peut s'empêcher d'évoquer une fois de plus les racines gauloises des Pompeii et des Vennonii. Un jour, se trouvant seule avec sa nièce, elle lui dit en confidence :

— Ton père va sans doute te marier bientôt, on ne sait pas encore avec qui. Si tu dois quitter le pays pour suivre ton époux à Rome ou ailleurs, n'oublie jamais d'où tu viens. Ici, nous sommes sur notre terre, celle qui a échappé aux légionnaires. Et je vais t'emmener voir quelqu'un. Il est le lien que je garde avec notre peuple. Mais il ne faudra rien en dire à personne, tu entends ?

— À la maison, tout le monde sait tout ce que je fais…

— Ne t'inquiète pas, je trouverai le moment propice et un bon prétexte.

Le moment propice sera une absence de cinq jours de Serena, rentrée en Arelate pour des achats, et le prétexte une promenade en montagne.

— Nous irons seules dans ma *carruca*. Clinus, mon esclave, nous conduira, et comme il est muet…

Un matin, de bonne heure, Clinus les emmène donc toutes deux sur un sentier qui serpente entre les falaises de calcaire et débouche sur un passage si étroit que la voiture ne peut s'y engouffrer.

— Il faut continuer à pied. Prends le panier de victuailles, ce sont des offrandes aux divinités, explique Bubate.

Elles s'engagent seules dans un dédale qui aboutit, après maints détours, à un petit temple creusé dans la roche. À l'intérieur brillent des torches. Elles éclairent un autel orné de guirlandes de gui, où sont disposées des effigies de divinités. Soudain, surgissent de la pénombre, l'une après l'autre, trois femmes vêtues de longues tuniques rouges, une blonde et deux brunes. Elles sont jeunes et leurs chevelures leur tombent dans le dos jusqu'aux reins. Paulina les salue et, à sa surprise, elle les voit donner l'accolade à Bubate comme le font les hommes, tout en échangeant avec elle des paroles dans une langue ancienne, encore utilisée par certains villageois. Elles dévisagent Paulina avec une telle curiosité que celle-ci en est intimidée.

— Des servantes du culte de nos dieux, murmure Bubate à l'oreille de Paulina, avant de lui expliquer qui sont ces derniers. Sur cet autel, est représenté Sucellos : protecteur de la nature nourricière, des forêts et des cultures, il peut aussi bien donner la mort que rendre la vie. Voilà pourquoi il a la main gauche posée sur une tête coupée, symbolisant la puissance magique de l'âme des morts, et, dans l'autre, il enserre l'emblème de Jupiter Taranis, dieu du tonnerre, du soleil, de la vie. À côté de lui, c'est Nantosuelta, qui tient dans la main gauche une petite maison à toit pointu, et dans la droite une corne d'abondance. Dans un renfoncement, trône la triade des Matrae, patronnes des eaux, des sources guérisseuses et de l'abondance, et, sur le dernier autel, figure Ana la Grande Déesse, mère de tous les dieux, qui veille sur les feux sacrés et domestiques.

Bubate et Paulina déposent leurs offrandes, puis l'une des femmes les invite à la suivre. Elles pénètrent par une porte étroite dans une pièce faiblement éclairée par trois chandelles de suif et qui se resserre dans le fond, tel un entonnoir. Sur une table sont posés des parchemins et un étrange instrument : un disque de métal de quelques centimètres de diamètre. Alors que Paulina se penche pour l'examiner, une voix grave la fait sursauter :

— Cela sert à établir les cartes du ciel…

Une haute silhouette émerge du fond du temple, un vieillard à la longue barbe blanche, enveloppé dans un drap de même couleur. Il lève une main osseuse pour saluer les deux visiteuses. Sous d'épais sourcils, ses yeux bleus sont si clairs qu'ils donneraient l'impression d'être vides s'ils ne s'allumaient d'éclats soudains, perçants comme des flèches. Pourtant, Paulina ne baisse pas le regard.

— Bubate, je suppose que c'est ta nièce, dit le vieillard.

— Oui, grand maître. Elle est la fille de Pompeius Paulinus et s'appelle Paulina.

Comme celle-ci semble fascinée par l'instrument, le grand maître ajoute :

— Elle est curieuse, c'est bien. Tu te demandes à quoi cela sert de lire la carte du ciel, n'est-ce pas, Paulina ?

— À connaître l'avenir, je le sais, mon maître Pelops me l'a dit. Mais comment pouvez-vous le déchiffrer sur ce disque, Grand Maître ?

— En reportant les données des astres et du temps, je peux établir des horoscopes… Regarde au milieu : il y a une plaque hémisphérique percée d'un orifice et divisée en douze compartiments égaux. Dessus sont gravées des lettres grecques. Au centre, figurent les divinités du Soleil et de la Lune. Autour, il y a trois lignes : sur celle de l'extérieur sont inscrits les douze mois du calendrier égyptien, sur celle du milieu les signes du zodiaque avec leurs planètes, et sur celle de l'intérieur, les douze mois du calendrier romain.

— Si Paulina a besoin de vous, pourra-t-elle venir vous consulter ? s'enquiert Bubate.

— À condition qu'elle soit discrète et que ce ne soit pas pour une prédiction.

— Pourquoi, Grand Maître ?

— Que les princes et les rois cherchent à connaître leur avenir et celui du pays qu'ils gouvernent, c'est compréhensible, mais pour toute autre personne, ce désir est dangereux.

— Pourtant, chacun souhaite savoir ce qui lui adviendra.

— À quoi bon ? Personne ne peut rien y changer. Mieux vaut donc rester dans l'ignorance. D'ailleurs, je ne livre jamais ce que je peux découvrir dans les astres. Ce serait violer le secret de Dis Pater.

Sur ces mots, le grand maître salue et s'éclipse dans les profondeurs de la pénombre, comme une apparition venue d'un autre monde. Les trois femmes du temple saluent à leur tour les visiteuses qui se retirent.

— Qui est-il ? demande Paulina dès qu'elles se sont éloignées.

— On l'appelle familièrement le Vieux de la Forêt, mais son nom est Votienus. Sa famille a ses racines ici,

53

sur cette terre des Nearchi, qui faisaient partie du peuple salien. Je crois savoir qu'à la suite des guerres qui ont abouti au massacre des nôtres, il est parti vers le nord. Il a aussi voyagé en Orient. C'est ainsi qu'il a appris l'art divinatoire et la lecture du calendrier astral égyptien. Plantes médicinales et élixirs n'ont pas de secrets pour lui. Il sait où trouver l'eau lustrale, maîtriser le feu purificateur, deviner d'où viendront le vent et la tempête. Il ne s'égare jamais dans le brouillard et sait évidemment lire dans les astres, comme il te l'a dit, mais aussi dans les entrailles des animaux, le vol des oiseaux, la direction des vents, il sait interpréter les *signa impetrativa*, signes envoyés par les dieux.

— S'il a tant de savoir, pourquoi s'isoler ainsi ?

— Dans le monde où nous vivons, trop de science rend dangereux. L'empereur Tibère a proscrit tous ceux que les Romains appellent druides.

— Et ces trois femmes ?

— Elles entretiennent le temple où sont vénérées les divinités ancestrales. Elles sont vierges.

Paulina reste un moment silencieuse.

— Cet endroit m'a fait peur, avoue-t-elle, je n'oserai jamais y revenir.

— Pourquoi ?

— Le Vieux de la Forêt… il a des yeux qui lancent des éclairs et il m'a regardée d'une drôle de façon… Les trois femmes aussi.

— Tu as trop d'imagination, ma fille. Je t'ai amenée là parce que je suis sûre que tu ne risques rien. Lorsque tu sentiras le besoin de te rassurer, tu verras que tu retrouveras la paix après avoir fait offrande à Sucellos, Nantosuelta, Ana et aux Matrae.

— Me rassurer ? Pourquoi ?

— Pour le moment, tu n'en ressens pas le besoin, mais on ne sait ce qui peut arriver. Si tu savais le réconfort qu'il m'a apporté quand j'ai dû subir la brutalité et les tromperies de mon mari, mais aussi après sa mort, quand je me suis retrouvée seule…

Le lendemain de cette excursion qui n'a pas manqué d'intriguer la maisonnée, Serena est de retour d'Arelate avec une surprise pour sa fille : dans son escorte figure Ilion. Mais discret et sachant rester à sa place, il s'éclipse aussitôt qu'il met pied à terre et rejoint la petite maison réservée au personnel de la compagnie, au fond du parc. Paulina pourrait même l'apercevoir de sa fenêtre s'il ne s'absentait dès l'aube pour diriger l'équipe de bûcherons. Elle ne peut, malgré cette déception, retenir une joie qui étonne sa mère.

— Quelle allégresse ! Je ne t'ai jamais vue comme ça, lui dit-elle.

— C'est l'air de la montagne, commente Bubate, un sourire au coin des lèvres, car elle a surpris les regards et la rougeur de sa nièce à l'arrivée d'Ilion.

Elle n'en dit pas davantage, se souvenant sans doute de son premier émoi amoureux.

Durant quelques jours, Ilion ne se montre pas et Paulina s'énerve. Elle écoute à peine les leçons de Pelops qui est obligé de hausser le ton et d'agiter sa férule. Elle ne redevient attentive que lorsqu'il la menace de la priver de promenades.

Un matin, Niceta lui annonce :

— Tu le verras bientôt, ton Ilion, ma mère m'a dit qu'il doit venir à la résidence pour étudier les travaux à effectuer !

En attendant, Paulina trompe son impatience en essayant de convaincre sa tante de l'emmener en excursion, non pas vers le repaire du Maître enfoui sous le roc, mais plus à l'ouest, du côté de la forêt. Serena n'ayant élevé aucune objection, Bubate accepte volontiers. Au plaisir que lui procure la compagnie juvénile de sa nièce s'ajoute la curiosité. Si, comme elle le soupçonne, Paulina éprouve réellement de l'attirance pour l'affranchi, elle estime de son devoir de la surveiller, voire de la mettre en garde contre une fièvre amoureuse d'autant plus dangereuse, chez une adolescente au seuil de la nubilité, qu'elle ne pourrait amener qu'à une déception. En voiture, dans l'espoir d'en apprendre plus, elle fait mine de s'étonner :

— Je ne savais pas que tu t'intéressais tant à la forêt.

— J'aime la nature, les arbres, les feuillages…

— En ce moment, on en coupe beaucoup.

— C'est pour construire des bateaux.

— On va sûrement rencontrer le personnel du chantier naval.

Paulina ne dit mot, mais dès la première futaie de hêtres, ses yeux fouillent le bois.

— Justement les voilà ! s'écrie-t-elle.

Une cinquantaine d'esclaves, torse nu et couverts de sueur, s'affairent à l'abattage et à la coupe.

— Reste à l'écart, c'est dangereux, recommande Bubate à Clinus.

Mais Paulina a déjà sauté à terre et s'avance d'un pas vif vers le groupe. Surgissant soudain d'un fourré, Ilion se dresse pour lui barrer le chemin avec autorité :

— N'avancez pas, jeune maîtresse. On abat des arbres et vous risquez de vous blesser.

Paulina s'arrête et dévisage Ilion en rougissant.

— Je veux voir ces travaux que l'on fait pour mon père !

— Oui, mais sans vous approcher, le maître m'en a confié la responsabilité, comme celle de votre sécurité.

Il a beau ordonner à deux esclaves de raccompagner Paulina à la voiture, elle ne bouge pas et ils n'osent l'y forcer. C'est Bubate, accourue à sa suite, qui la saisit par le bras et la ramène à la *carruca* :

— Qu'est-ce qui te prend, ma fille ? Tes parents t'ont bien interdit de t'approcher du personnel des chantiers…

Elle regarde Paulina d'un œil sévère :

— On dirait que tu cherches à parler à cet affranchi.

— Je ne fais rien de mal. Je voulais savoir combien d'arbres ils vont abattre.

Bubate hausse les épaules :

— Allons donc ! Ce n'est pas le genre de choses auxquelles s'intéresse une jeune fille. Si ta mère ou ton père l'apprend, malheur !

Paulina est soudain effrayée :

— Tu vas le leur dire ?

— Pour cette fois non, mais ne recommence pas ce petit jeu… Est-ce que Pelops t'a fait lire Virgile ?

— Oui, quelques passages.

— Alors, connais-tu ce dialogue entre Damétas et Ménalque : « Le loup est un danger pour les troupeaux… L'eau est indispensable aux moissons, mais vous, enfants, qui cueillez des fleurs et des fraises, fuyez d'ici, car un serpent est caché sous l'herbe… » ?

— Je ne vois pas de serpent dans cette forêt.

Bubate, agacée, pousse Paulina dans la voiture et ordonne à Clinus de poursuivre l'excursion.

— J'aimerais mieux rentrer, murmure Paulina, je ne me sens pas bien.

Durant tout le trajet de retour, elle ne dit mot. Blottie au fond de la *carruca*, elle s'enferme dans ses pensées, se remémorant sans cesse la scène de la rencontre. Elle n'avait jamais approché Ilion de si près et elle en frissonne encore de plaisir. Certes, sur le moment, la façon dont il a chargé deux esclaves de l'éloigner lui a été intolérable, mais elle a cru deviner dans le regard qu'il a posé sur elle une lueur assez vive pour qu'elle s'en émeuve et imagine que, cette fois, il n'a pas vu en elle une enfant, mais une vraie jeune fille.

Aussitôt rentrée à la maison, elle s'enferme dans sa chambre et, saisissant un miroir, s'y regarde longuement.

— Est-ce qu'il m'a trouvée belle ? s'interroge-t-elle à mi-voix.

Elle sursaute car la porte s'ouvre brusquement. C'est Niceta.

— Alors ? Vous êtes allées en forêt, paraît-il. Tu l'as vu ?

— Je l'ai vu et il m'a parlé, répond Paulina sur un ton dégagé mais son sourire ne trompe pas.

— Que t'a-t-il dit ?

— Que c'était dangereux de s'approcher des arbres qu'il faisait abattre.

— C'est tout ?

— Que veux-tu qu'il dise d'autre ? Et puis de quoi te mêles-tu encore ?

— Je suis ta sœur, non ? Je sais ce que tu as dans le cœur, tu ne peux rien me cacher. Et je suis de ton côté, je te le rappelle. C'est pourquoi je te conseille de ne plus y penser, sinon tu seras malheureuse. Un amour avec un homme de sa condition est impossible.

— Arrête de me le répéter tout le temps ! réplique Paulina sèchement. Je le sais.

Elle paraît soudain si désemparée que Niceta la prend dans ses bras en murmurant :

— C'est donc si sérieux ?

Paulina préfère se taire.

Niceta est partagée entre plusieurs sentiments. Consciente depuis toujours de ne pas être de la même condition que son amie, elle pourrait être tentée de laisser Paulina se débattre entre les élans de son cœur et les règles intangibles de la société. Mais l'affection profonde qu'elle lui porte l'empêche de rester indifférente. À cela s'ajoutent son goût de l'intrigue et, quoiqu'elle s'en défende, une irrépressible envie d'approcher Ilion, avec lequel elle se sent des affinités. Sans le dire à Paulina, elle décide de provoquer une rencontre entre eux. Après avoir observé les allées et venues d'Ilion, elle imagine une escapade au cours de laquelle toutes deux feindraient de se perdre et s'arrangeraient pour qu'il les ramène au domaine. Quand elle dévoile enfin son plan à Paulina, elle juge nécessaire de la prévenir :

— Nous risquons d'être punies !

— Moi, je m'en moque, mais toi, pourquoi prendre ce risque ? Je peux y aller seule.

— Impossible. Il faut d'abord que tu te débarrasses de Luda et des esclaves. Ensuite, tu dois aller assez loin, donc prendre un char ou une *carruca*, autrement dit avoir la complicité d'un cocher. Tu ne peux t'en occuper, moi oui. Et puis, si tu es seule, tu seras plus sévèrement punie et tu devras rester enfermée. Alors, plus d'Ilion. Si c'est moi qui prends l'initiative de l'excursion et déclare que nous nous sommes égarées par ma faute, je serai considérée comme seule responsable.

— Non ! Je ne veux pas que tu sois punie à ma place.

— Peu m'importe d'être privée de sortie. Ici, de toute façon, je m'ennuie…

— Comment vas-tu t'y prendre ?

— Laisse-moi faire.

Et comme Paulina ne semble pas convaincue, Niceta ajoute dans un demi-sourire.

— Tu ne vas tout de même pas me faire une crise de jalousie ! Ne t'inquiète pas, je te laisserai ton Adonis.

Paulina hausse les épaules, mais acquiesce.

Deux jours plus tard, Niceta a tout mis sur pied et son plan peut être exécuté. La *carruca* sur laquelle les deux jeunes filles montent, et que conduit l'esclave muet de Bubate, prend d'abord une direction opposée à celle de la forêt puis, après un large détour, s'approche de l'endroit où a lieu l'abattage. Les passagères en descendent et renvoient la voiture. Guidées par le bruit, elles s'approchent du chantier et, à quelque distance, s'arrêtent, maculent de terre les pans de leurs *pallae*, appellent à l'aide, puis se blottissent au pied d'un chêne, attendant qu'on vienne les chercher.

La première personne qui les découvre est Ilion.

— C'est toi, petite maîtresse ? s'écrie-t-il, stupéfait. Mais que faites-vous ici ?

— Nous nous sommes perdues, répond Niceta.

— Comment êtes-vous venues jusqu'ici ?

— Une *carruca* nous a déposées non loin de là.

Le visage d'Ilion exprime quelque méfiance.

— Vous n'avez pas d'escorte ? Comment a-t-on pu vous laisser partir sans protection ? Savez-vous qu'il y a parfois des bandits qui rôdent ? Heureusement que le chantier n'est pas loin. On va vous donner à boire et je vous ramènerai, j'ai des chevaux.

Après s'être désaltérées, les deux jeunes filles montent en croupe, Paulina derrière Ilion, Niceta derrière l'un des surveillants du chantier.

— Accroche-toi bien à moi, conseille Ilion.

Paulina n'hésite pas. Elle passe ses bras autour du torse du cavalier et se colle à son dos. Durant tout le trajet, fermant les yeux, elle s'abandonne malgré les secousses du galop à la délicieuse sensation d'avoir sous ses doigts et contre sa joue ce corps humide qui palpite sous le léger coton du vêtement. Elle hume cette odeur d'homme qui se mêle à la sienne. Elle sent comme une fièvre monter en elle, la submerger, la poussant à resserrer son étreinte. Elle comprend qu'il s'en étonne à son très rapide mouvement de tête vers elle, mais il ne dit mot. Soudain elle ne perçoit plus aucun mouvement, le cheval semble s'être figé. Paulina rouvre les yeux et aperçoit devant la résidence sa mère, sa tante, plusieurs esclaves et domestiques parmi lesquels le cocher qui les avait conduites dans la forêt. Encore dans l'ivresse de la course, elle entend Niceta expliquer :

— Nous nous sommes égarées, c'est ma faute, *Domina*. Je voulais aller voir un ruisseau où je m'étais baignée l'année dernière, mais je n'ai pas réussi à retrouver le chemin.

— Et vous êtes parties sans escorte et sans m'avoir prévenue, ni toi ni Paulina !

— Ce n'est pas sa faute, ne la punissez pas, je vous en supplie, c'est la mienne.

— Rhodia ! À toi de punir ta fille !

Et se tournant vers Paulina :

— À nous deux maintenant ! Pourquoi as-tu suivi Niceta ? Qu'as-tu donc dans la tête ? En ce moment, tu ne te tiens plus. Il me semble que le climat d'ici ne te convient pas. À partir d'aujourd'hui, interdiction de quitter le parc ! Et pour avoir suivi Niceta sans réfléchir, Pelops te donnera une leçon supplémentaire, l'après-midi.

Bubate a observé la scène en silence. Elle fixe tour à tour sa nièce puis Ilion, et cherche à deviner si le récit de Niceta exprime bien la vérité. Le soir venu, attirant Paulina à l'écart, elle lui dit :

— Tu as de la chance que ta mère ait admis cette histoire. Mais peux-tu me dire qui nous devons croire ?

— Niceta.

— Admettons… Peux-tu alors me dire si Ilion a tenté une approche ?

— Oh non ! Il m'a simplement ramenée ici.

— Tu te souviens de ce que je t'ai dit l'autre jour ?

— Oui, ma tante.

— Alors ne l'oublie pas !

Paulina acquiesce et s'effondre en pleurs.

À son âge, le chagrin dure peu car elle est têtue et déterminée à revoir Ilion. Elle trouve à nouveau en Niceta une complice aussi indispensable qu'amusée à l'idée de transgresser les ordres.

— Il dort bien dans la maison au fond du parc, n'est-ce pas ?

— Oui, mais il n'y vient que la nuit.

— Justement ! Essaie de savoir si c'est surveillé.

Niceta la regarde, étonnée d'une audace qu'elle ne lui connaissait pas.

— Tu te rends compte que cette fois ce serait plus grave.

— Seulement si je me fais surprendre avec lui.

Niceta hoche la tête :

— Et moi, tu sais ce que je risque ?

— Ne t'inquiète pas, j'irai seule.

— Décidément, tu y tiens.

Niceta finit par accepter de se renseigner sur les allées et venues d'Ilion et sur la surveillance des lieux. Une rencontre ne saurait échapper aux regards. Et encore faudrait-il qu'Ilion l'accepte.

— Eh bien, le seul moyen est que tu lui en parles.

— Quoi ? Tu es devenue folle ? s'écrie Niceta. Ne compte pas sur moi, je ne joue plus !

Paulina se renfrogne, lorsque surgit Luda :

— Va tout de suite voir ta mère, elle t'attend dans sa chambre.

Les deux filles se regardent, angoissées à l'idée que la *Domina* puisse soupçonner leur projet, mais c'est une surprise d'un autre ordre qui attend Paulina :

— Ton père est revenu en Arelate. Il veut qu'on le rejoigne…

Serena ajoute en regardant sa fille dans les yeux :

— Cela te concerne.

Paulina pâlit. Elle redoute une réprimande paternelle à propos de son escapade en forêt, mais c'est bien autre chose qu'elle entend :

— Ton père envisage pour toi des fiançailles.

Paulina aurait appris la mort d'Ilion qu'elle n'aurait pas été aussi choquée. Livide, elle bredouille :

— Mais je ne suis même pas…

— Il ne s'agit pas encore de mariage. Il viendra en son temps… Les fiançailles ne sont qu'un engagement réciproque. Et ne fais pas cette tête ! J'ai été mariée à treize ans et n'en suis pas morte.

Sans un mot, Paulina s'enfuit dans sa chambre. Dans son désespoir, même le roucoulement d'Albilla l'insupporte. Elle la chasse avec un tel geste de colère que la colombe s'envole à tire-d'aile pour disparaître dans l'oliveraie.

III

Vesper, l'étoile du soir

Le lendemain du retour en Arelate, après une nuit de somnolence et de sinistres pensées, Paulina ne parvient pas à s'extirper du gouffre où l'annonce de ses fiançailles l'a précipitée, en mettant fin à des rêves qu'elle savait pourtant insensés. Au *jentaculum*, elle ne peut rien avaler, pas même un de ces petits pains tartinés de miel dont elle est si gourmande. Elle préfère aller se réfugier dans un coin du jardin où elle reste prostrée, sourde aux paroles de réconfort de Niceta. Mais très vite son père la fait appeler et elle se rend, le cœur lourd, dans la salle où il se tient pour travailler, au rez-de-chaussée de la maison. Le voyant seul, elle s'inquiète de l'absence de sa mère, comme si on la privait de tout ce qui l'avait jusque-là protégée de la moindre contrariété.

Paulinus vient de dépasser la quarantaine. Corpulent mais nerveux, toujours affairé, il a un visage aux traits marqués, un nez busqué et un regard mobile qui semble vouloir tout appréhender à la fois. Paulina le craint, plutôt pour l'autorité qui se dégage de sa personne qu'en raison d'une réelle sévérité à son égard.

— Pourquoi fais-tu cette tête ? lui demande son père, d'un ton presque amusé.

— Mère m'a dit…

— Qu'il fallait songer à te marier ! Eh bien, ma fille, ce n'est pas aux fauves que je vais te jeter… Il s'appelle

Sulpicius Cossutianus Taurus. Il est issu d'une famille influente, et voué au Sénat puisqu'il vient d'être élu questeur…

Paulina sait que la questure est une magistrature importante qui implique la gestion des finances de la province. En revanche, elle ignore qu'en guise de préliminaires, son père, ayant flairé le bon parti, a fait acheter à cet éventuel fiancé un domaine dans la *Provincia*, et lui a permis de réaliser quelques bonnes affaires.

Il est normal que son père ne lui demande pas son avis, et elle ne se permet pas de l'interroger sur la personnalité de cet homme qu'on lui destine. Pourtant Paulina sent monter en elle le désir de crier son refus, ce que le devoir d'obéissance lui interdit. Elle se contente de demander l'âge de ce Taurus.

— Trente-deux ans, répond son père. Le temps des *sponsalia* te permettra d'apprendre à le connaître et à l'apprécier, car il n'est pas question de te marier avant que tu sois nubile. J'ai prévu un dîner pour que vous puissiez faire connaissance.

Paulina n'en est pas rassurée pour autant, et dès que son père la libère, son premier réflexe est de se précipiter auprès de sa mère pour y chercher un réconfort. Elle croise en chemin Rhodia :

— Où cours-tu comme ça ?

— Voir ma mère.

— Elle est sortie… Il y a un dîner important à préparer et elle tient à s'en occuper elle-même. De toute façon, le maître Pelops t'attend.

Jamais cours n'a été aussi peu opportun. Sourde au discours du maître, elle reste enfermée dans un mutisme qui lui vaut une sévère remontrance. Alors, soudain, elle se lève et s'enfuit dans le parc.

Rhodia et Luda finissent par la trouver assise au pied d'un olivier, mais rien ne peut la convaincre de les suivre. Appelé à la rescousse, Silas, un esclave bon à tout faire, tente de l'emporter dans ses bras, mais Paulina, le visage ruisselant de larmes, se dégage et saute sur ses pieds en hurlant :

— Laisse-moi ! Tu n'as pas le droit de me toucher ! Je vais te faire fouetter.

— Allons, Paulina, calme-toi, intervient Rhodia. Tu te dois d'obéir. Sinon, veux-tu que j'appelle ton père ?

Paulina enrage mais doit se faire une raison. Le sursis dont elle bénéficie depuis le soir de sa présentation au gouverneur est bien expiré. Et le dîner en marquera la fin. Elle sera présentée à l'homme avec qui, désormais, elle devra vivre et partager la couche. À cette pensée, l'angoisse qui la saisit est telle qu'elle croit étouffer. Dans l'*atrium*, elle aperçoit enfin sa mère et se jette dans ses bras.

— Que se passe-t-il ?

— Tu le sais bien, Mère.

— Allons ! Ne fais pas l'enfant.

— J'ai peur…

— De quoi ? Se marier est une chose naturelle.

Paulina regarde sa mère avec un tel air de reproche que celle-ci en est choquée :

— Pourquoi une telle expression ? Je ne t'ai pas inculqué cette insolence !

Le ton est si sec que Paulina ne peut que demander pardon.

— Ton père t'a-t-il parlé de lui ? s'enquiert Serena.

— Il m'a dit qu'il avait trente-deux ans.

— Il est questeur.

— Je le sais.

— Il a une belle fortune, il est vraiment digne de notre rang… et c'est un bel homme. Il a fait preuve de correction en se gardant d'exiger un examen prénuptial.

Paulina frémit à l'évocation de cette investigation effectuée par une sage-femme et que demandent souvent un futur époux et sa famille pour juger de la virginité et de l'aptitude à la maternité de la promise.

— De toute façon, sache que je l'aurais refusé, assure Serena. J'aurais considéré cela comme une marque de défiance intolérable, un outrage à notre famille. Et puis...

Elle enveloppe sa fille d'un regard d'une singulière tendresse pour ajouter :

— Je te connais, tu aurais été bouleversée par ces attouchements odieux, comme moi-même je l'ai été.

— Tu as subi ça, Mère ?

— Oui, pour moi, ce fut comme un viol... mais n'y pensons plus. Quoi qu'il en soit, Taurus a beaucoup de chance d'avoir été choisi par ton père. Son épouse sera pure, bien éduquée, instruite, capable de tisser et de filer la laine, même si cela ne se pratique plus. Une femme capable de lui donner de beaux enfants et pourvue d'une dot considérable. Tu dois savoir que sur ce point ton père a bien fait les choses.

Paulina rougit de s'entendre attribuer toutes ces qualités, mais sa mère ne manque pas l'occasion d'enchaîner sur la litanie des devoirs : fidélité absolue et obéissance totale à l'époux ; ne jamais se départir de la *pudicitia*, expression de la vertu, ni de la *castitas*, cette chasteté qui est l'honneur de toute femme noble. Elle accompagne ces recommandations de l'évocation de quelques histoires exemplaires :

— Souviens-toi de Cornelia, la docte fille du grand Scipion l'Africain et mère des Gracques, Tiberius et Caius, auxquels elle a su inculquer des principes élevés, comme la souveraineté du peuple... Souviens-toi de Lucrèce, l'épouse de Tarquin Collatin. Après avoir été violée par son beau-frère Sextus Tarquin, elle s'est poignardée sous les yeux de son mari et de son père, bien qu'ils lui aient assuré d'être convaincus de son innocence...

Paulina avait jusqu'alors admis cette histoire sans se poser de question, mais cette fois elle s'étonne du suicide de Lucrèce, alors que sa vertu n'avait pas été mise en doute.

— Elle avait été souillée, explique Serena. Son corps et son sang ayant perdu leur pureté, elle ne s'estimait plus digne de donner des enfants à son mari. N'oublie jamais que toute marque qu'un homme fait subir à la chair d'une femme est indélébile. Une femme ne peut appartenir à plusieurs hommes, même successivement.

— Pourtant, il y a des veuves ou des femmes répudiées qui se remarient. Leurs corps portent bien la marque du premier époux.

— C'est vrai, mais c'est contraire à notre conscience. Regarde, par exemple, ta tante Carentia… enfin Bubate. Après la mort de son mari, elle n'a pas trouvé, ni même cherché un autre époux. Si Pelops t'a bien enseigné l'histoire de Rome, tu dois savoir que le sacrifice de Lucrèce a provoqué la révolte du peuple et la chute du roi Tarquin le Superbe.

— Pourquoi ?

— Mais parce que le peuple n'a pas admis qu'un souverain absolu et ses proches aient osé bafouer le caractère sacré du foyer ! C'est ainsi que la république a été instaurée.

Plus que les conséquences historiques de ce viol, c'est autre chose qui préoccupe Paulina :

— Est-ce que tante Bubate est au courant de…

Paulina ne parvient pas à prononcer le mot.

— De tes prochaines fiançailles ? Évidemment ! répond Serena. Elle aurait préféré un homme de la même souche que nous. Tu sais ce qu'elle pense des Romains… On s'est un peu disputées, c'est pourquoi elle boude. Elle refuse même de venir au dîner.

Paulina ne peut s'empêcher de sourire. Le désaccord de Bubate la réjouit, même si elle regrette son absence.

*

Automne 793 depuis la fondation de Rome (39 après J.-C.)

Pour ce premier dîner d'adultes auquel elle va participer, Paulina s'apprête de si mauvaise grâce qu'elle s'attire les remontrances de sa mère. Si ce n'est qu'un simple repas de famille, il s'agit tout de même de sa première rencontre avec son fiancé, avant l'échange solennel des anneaux d'engagement. En l'absence de sa famille qui vit à Rome, Taurus doit venir accompagné d'un cousin, son seul parent présent en Arelate. Cette intimité et la nécessité de respecter les règles strictes imposées à une jeune fille en société ne préoccupent guère Paulina. Par amour-propre et par raison, elle décide de faire bonne figure, bien qu'elle ne puisse se délivrer d'une certaine appréhension. Un bain suivi d'un long massage à l'onguent de myrte finissent par lui apporter quelque détente, et elle se confie sans la moindre réticence aux mains expertes de Valicinia, convoquée pour la circonstance. Elle y trouve même du plaisir. Sa récente coquetterie l'incline à critiquer la coiffure proposée par l'*ornatrix* :

— Avec ces bandeaux, j'ai l'air d'avoir dix ans de plus.

— Dis plutôt que tu as l'air d'une femme, tout simplement, intervient sa mère. Tu ne peux plus garder ta coiffure d'adolescente.

En se regardant dans un miroir, elle remarque en effet une féminité dont elle n'avait pas conscience lors de la soirée du gouverneur.

— Alors, tu te trouves jolie ? lui lance Serena.

— Non, répond-elle avec une évidente mauvaise foi.

Serena hausse les épaules devant ce qu'elle considère comme un enfantillage et lui fait revêtir les vêtements qu'elle a choisis : une *stola* verte, agrémentée d'une *palla* rouge et or.

— Lors du dîner, n'oublie pas de te tenir très droite. Nous n'avons pas pour coutume de nous allonger sur le divan. C'est inconvenant pour une jeune fille.

Les apprêts ont l'avantage de faire oublier à Paulina son anxiété. Mais bien qu'elle s'efforce de feindre l'indifférence, elle ne cesse de surveiller de sa fenêtre le portique d'entrée. Bonne fille, Niceta s'approche et s'abstient pour une fois de plaisanter :

— Ne te ronge pas ainsi, ma sœur. Tu vas voir, il sera ébloui par ta beauté.

— Peu m'importe !

Dans le jardin, pour l'instant, elle ne voit que Nicephorus, l'intendant, qui effectue une dernière inspection et donne quelques ordres à des esclaves. La résidence a été nettoyée et préparée pour la circonstance avec autant de soin que pour un banquet officiel : parfums rares et fleurs somptueuses dans l'*atrium* et le *triclinium*[1], coussins de soie pourpre et or disposés sur les trois divans qui encadrent la table, choix de mets raffinés et de vins rares.

— Les voilà ! s'écrie Niceta.

Paulina regarde les deux invités descendre de leur litière et s'avancer dans l'allée. Il lui semble les avoir aperçus au banquet du gouverneur, mais lequel des deux est Taurus ?

— C'est le grand, avec le nez busqué et les cheveux bouclés, affirme Niceta. Ne te plains pas, il a belle allure.

— Tu crois ?

1. Salle à manger composée de trois lits disposés autour d'une table.

Si Taurus est celui-là, elle peut en effet s'estimer heureuse, au moins du point de vue de l'apparence. L'autre serait alors le cousin, Blaesus. Filiforme, la chevelure savamment frisée sur les tempes, il arbore un visage fardé et agrémenté de « mouches », qu'on appelle *splenia lunata*, l'une près d'un œil, l'autre au coin des lèvres. Il marche en se déhanchant, et ne cesse en parlant de faire danser ses mains alourdies de bagues. Pourvu que Niceta ne se trompe pas et que ce ne soit pas lui, Taurus !

Pour Paulina, le moment est venu de rejoindre sa mère, qui la conduit à l'*atrium* où Paulinus vient d'accueillir ses hôtes. Toute rougissante lorsque son père la présente, elle se rassure en constatant que Taurus est bien l'homme grand, aux épaules larges et portant beau que Niceta avait désigné. Il la dévore de ses yeux bleus avec une telle insistance qu'elle en est gênée et baisse les siens. Voyant son trouble, Paulinus invite ses hôtes à gagner le *triclinium*. Serena s'assied sur le lit central et, impassible, le buste droit, elle jauge le futur époux de sa fille pendant que les esclaves déchaussent les invités, les débarrassent de leurs toges et leur font revêtir une tunique *synthesis*.

— Les dieux ont su se montrer généreux en octroyant à Paulina ce qu'ils avaient accordé à sa mère : la beauté et la grâce, dit Taurus d'une voix enjouée, en prenant ses aises sur le divan, en face de Serena et de Paulina.

La caresse du compliment trouble la jeune fille, malgré la cuirasse de *pudicitia* dont elle se couvre. Alors que les esclaves commencent à apporter les plats, Taurus lui demande quels auteurs elle a étudiés, et d'une voix sonore déclame quelques vers de l'inévitable Virgile : « *Ici, où sont des fontaines d'eau fraîche, Lycoris, où des douces prairies voisinent avec des bois, c'est ici que je vivrai et finirai mes jours avec toi...* » Taurus ne peut imaginer combien cette évocation rustique fait surgir l'image d'Ilion et réveille chez Paulina le souvenir de l'été interrompu. Le coup au cœur est tel qu'elle devient livide. Sa mère se penche vers elle et, inquiète, lui murmure :

— Tu ne te sens pas bien ?

Paulina se ressaisit et hoche négativement la tête, mais sa réaction n'a pas échappé à Taurus qui fronce les sourcils.

— Elle est très émue, c'est sa première *cena* avec des invités, s'empresse d'expliquer Serena.

— C'est compréhensible, se borne-t-il à dire, avant de se tourner vers Paulinus qui parle des derniers événements survenus à Rome.

Les esclaves emplissent les coupes de *mulsum*, un mélange très goûteux de vin et de miel, qui accompagnera les escargots et les huîtres composant la *gustatio*[1]. Pendant que Serena savoure ces dernières avec application, et que les trois hommes apprécient bruyamment la saveur de leur eau et leur chair onctueuse, Paulina, qui n'a guère faim, peut observer Taurus. En le voyant glisser entre ses lèvres un de ces escargots visqueux qui la répugnent, elle ne peut cacher une moue de dégoût. Après l'offrande coutumière aux dieux lares, la *prima mensa* et son interminable cortège de plats succèdent à la *gustatio*. Défile sur la table une multitude de viandes, savamment apprêtées par le chef de cuisine dont Paulinus est particulièrement fier. Ce soir, l'amphitryon ne doit-il pas déployer tout le faste possible, à la fois pour tenir son rang et montrer à un patricien romain qu'un provincial peut recevoir aussi bien, sinon mieux, qu'un notable de l'*Urbs* ? Les deux convives éprouvent quelques difficultés à choisir entre la charcuterie du pays, le pâté de hure de sanglier, le ragoût de porc,

1. Hors-d'œuvre.

l'agneau rôti au feu de bois, les fricassées de canard, le civet de loir ou la volaille en sauce, tous cuisinés avec des herbes aromatiques et divers condiments, en particulier l'indispensable *garum*, la saumure de poisson fermenté dont peu de Romains peuvent se passer. Alors, ils goûtent à tout.

— Il y a longtemps que je n'ai dégusté une cuisine de si haute qualité ! s'écrie Taurus, qui tient entre ses doigts gluants une cuisse de canard. Où as-tu recruté un tel *archimagirus*[1] ?

— Les chefs talentueux ne manquent pas en notre *Provincia*, mais celui-ci est digne d'Apicius, répond Paulinus.

— Je n'en doute pas.

Comparer son chef à Apicius est un immense compliment. Le cuisinier de l'empereur Tibère est entré dans la légende grâce à son esprit inventif et son ouvrage intitulé *De re coquinaria*.

Peu portée à toutes ces « extravagances culinaires », Serena semble indifférente à la gloutonnerie des deux distingués invités, qui apprécient tout aussi visiblement les vins qui leur sont proposés. S'ils trempent à peine leurs lèvres dans celui des coteaux de la *Provincia*, ils font honneur aux crus célèbres comme celui de Falerne, et donnent leur préférence au vin plus corsé de Capoue qu'ils s'abstiennent de couper d'eau, comme cela se pratique à l'ordinaire.

Paulina observe avec effarement Taurus sucer un cuissot de loir dégoulinant de sauce. Elle ne peut s'empêcher d'imaginer que ce sont ces doigts qui vont un jour se poser sur elle, toucher sa peau, que ce sont ces lèvres luisantes de gras qui se colleront à son visage, à sa bouche. Elle pense à ce qu'elle a entendu dire de

1. Chef de cuisine.

l'ivresse, cette folie déclenchée par le dieu Dionysios. Que ce soit lors de conversations surprises entre son père et ses amis, ou par ce qu'elle a vu sur certaines mosaïques où des divinités mi-hommes mi-bêtes se livrent à des danses obscènes au milieu de femmes nues, elle sait qu'il y a des festins au cours desquels les convives sont pris de démence après avoir ingurgité ce breuvage rouge sombre qu'on appelle vin. Elle se refuse à imaginer ce qu'il en sera lorsqu'elle devra vivre avec cet homme, et quand les serviteurs apportent la pâtisserie et les fruits de la *secunda mensa*, elle en arrive à repousser ce qu'elle aime tant, les gâteaux au fromage et au miel, saupoudrés de graines de pavot ou de sésame.

À moitié ivre, Taurus se fait soudain très aimable. Il se laisserait même aller à quelques gestes galants en direction de Paulina si les regards conjugués de Paulinus et de Serena ne le maintenaient dans le respect des convenances. Tout en tentant de cacher la répulsion que le visage congestionné et luisant de son fiancé lui inspire, la jeune fille s'effraie surtout de la lueur étrange qu'elle perçoit dans ses yeux. En détournant le regard, elle aperçoit un avant-bras velu émergeant de sa toge. Instinctivement, elle saisit la main de sa mère qui devine ce qu'elle ressent et lui apporte la délivrance :

— Paulina est très fatiguée, elle n'a pas l'habitude, pardonnez-nous, déclare-t-elle en se levant.

Les deux invités expriment leur compréhension et saluent. En s'éloignant, Paulina entend Taurus déclarer à son père :

— Je te fais compliment de ta fille, Paulinus. C'est une perle qui a reçu tous les bienfaits des dieux.

*

Durant les semaines qui suivent, Paulina ne peut s'empêcher d'associer l'image de Taurus à celle des

esclaves et des débardeurs à demi nus qu'elle peut apercevoir sur les quais ou les chantiers de son père. Elle
imagine sa poitrine, ses bras poilus qui la saisissent, ce
corps humide d'une sueur nauséabonde qui s'allonge sur
elle. Lors d'un cauchemar, elle se voit prise dans une
sarabande de nymphes affolées sur lesquelles fondent
des Taurus cornus aux pattes de bouc, pour l'entraîner
dans un tourbillon d'escargots gluants, tandis qu'Ilion,
juché sur un rocher, assiste à la scène, aussi impassible
qu'un Sphinx égyptien. Réveillée en sursaut, elle se précipite près de sa mère pour se blottir contre elle, comme
elle le faisait quand elle était enfant.

— Mais enfin, que t'arrive-t-il ?

— Mère, j'ai peur de Taurus.

— Calme-toi… Tu l'as vu à table, il est bon vivant,
mais je ne le crois pas méchant. Il aime plaire et sait
sûrement se conduire correctement avec une femme.

— Il était ivre !

— Il avait un peu trop bu, c'est vrai, mais il doit être
capable de se dominer.

Paulina hoche la tête, signifiant qu'elle n'en croit rien
et, à l'évocation de son cauchemar, Serena tente de la
rassurer :

— Moi aussi, j'ai fait ce genre de mauvais rêve avant
mon mariage. Regarde-moi, j'ai survécu à mes noces,
non ? Il faudra bien que tu te maries, comme toutes les
filles ! Et les hommes sont ce qu'ils sont…

Une ombre passe sur le visage de Serena, qui se
reprend aussitôt :

— Je pense que ton père a fait le bon choix.

Paulina ne semble pas convaincue et se confie à
Bubate qui, le dîner passé, vient de nouveau à la résidence. Hostile au choix de Paulinus, par principe, mais
aussi parce qu'elle s'est renseignée sur Taurus, elle juge
préférable de ne pas provoquer des discussions qu'elle
sait inutiles. Voyant sa nièce au bord des larmes, elle

tente de la consoler mais se borne à utiliser les mêmes mots que sa sœur pour ne pas l'accabler davantage, puis l'encourage :

— Écoute, ma petite, redresse-toi ! Tu ne dois pas montrer que tu as peur. En face de toi, tu n'auras qu'un homme. Il est aussi vulnérable que toi. Comme je te l'ai déjà dit, ne baisse jamais le regard, regarde-le droit dans les yeux, tu verras qu'il cédera.

Sans même lui répondre, Paulina soupire :

— Les Vestales ne se marient pas, elles.

— Tu ne rêves quand même pas de rester vierge ! Et puis, toutes les filles qui ont peur du mariage ne peuvent être Vestales… Allons, cesse de te torturer l'esprit. Le moment d'y penser vraiment n'est pas encore venu, que je sache !

Au fil des semaines, alors que l'hiver ralentit les activités et que Mena ne délivre encore aucun signe, Paulina se plaît à espérer que Taurus, lassé d'attendre, finira par rompre. Elle cherche à voir Ilion, mais découvre avec abattement qu'il est de plus en plus souvent parti en voyage. Son père l'a même envoyé en Égypte faire l'achat des céréales destinées au ravitaillement de Rome. Avec le même détachement qu'on prête à ces oiseaux migrateurs qui passent entre les nuages en quête de contrées plus accueillantes, Paulina traverse les fêtes rituelles qui rythment inexorablement le temps. C'est avec indifférence qu'elle accompagne, au début du mois de décembre, sa mère et sa tante pour honorer Bona Dea, la Bonne Déesse, censée favoriser la santé et la fécondité féminines. Alors que les Saturnales l'ont toujours amusée à cause de cette étrange inversion sociale qui voit les esclaves commander à leurs maîtres et ceux-ci les servir à table, elle juge préférable de suivre ses parents et tante Bubate à la résidence d'été où ils ont coutume de se rendre pour échapper à ce jeu. Quelques jours plus tard, elle parvient à éviter les courses de chars que son père parraine en l'honneur d'Epona, divinité celtique protectrice des chevaux.

La nouvelle année et les fêtes qui l'accompagnent débutent sans que l'événement redouté survienne. Après les *Dies parentales*, voués aux parents disparus, ce sont les *Equiria*, célébrés le 27 février et le 14 mars en l'honneur de Mars, originellement pour inaugurer la période des campagnes militaires. Puis les *Matronalia,* où l'on fête les mères en rendant un culte à Junon Lucina, divinité qui délivre la lumière aux enfants. Mais Taurus s'impatiente et demande que l'on procède aux formalités préliminaires, c'est-à-dire que l'on fixe le montant définitif de la dot et la date des fiançailles. Au cours de l'entrevue qu'il a avec Paulinus afin de régler la première question, il lui explique qu'il est prêt à se marier.

— Je te comprends, lui est-il répondu, mais Paulina n'est pas nubile.

— Que crains-tu ? Que je saute sur elle comme un loup affamé ? Je te promets de ne pas la toucher avant qu'elle le soit.

— Pourquoi es-tu si impatient ?

— Tu sais que j'ai répudié Atilia, ma femme, pour épouser ta fille.

— Et alors ?

— Elle menace de m'accuser publiquement d'adultère et de corruption…

— Sur quelle base ?

Taurus esquisse une grimace :

— Elle peut inventer des motifs… Et elle menace aussi de faire un esclandre chez toi.

Paulinus fronce les sourcils et sa mâchoire se crispe. S'il craint une chose, c'est le scandale. Une accusation d'adultère et de corruption dirigée contre le futur mari de sa fille serait pour lui un motif d'annulation. Lui qui brigue honneurs et dignités à Rome ne peut se permettre de voir la réputation des Pompeii éclaboussée, même indirectement.

— Tu n'as aucun moyen de la calmer ?

— Je n'en vois guère. C'est une furie, elle est capable de tout. Je ne peux tout de même pas...

— Évidemment, non ! coupe Paulinus. Je ne pensais pas à ça. Écoute ! Paulina aura bientôt quatorze ans. Il suffit de patienter un peu.

Taurus regarde son interlocuteur dans les yeux :

— Toi, pourquoi ne me fais-tu pas confiance quand je promets de ne rien faire à ta fille avant la Mena ?

Paulinus hoche la tête :

— Je pense qu'il est difficile pour un homme de ne pas toucher à une jolie jeune femme qui vit auprès de lui et partage sa couche.

— Pourquoi ne pas procéder aux *sponsalia* ?

Paulinus hésite avant d'acquiescer. Serena donne à son tour son accord. Quand Paulina apprend la décision de ses parents, elle s'enfuit de la maison et, désespérée, court se jeter dans le fleuve. L'esclave Silas, qui la protège désormais, parvient à la rejoindre dans les flots avant qu'elle ne soit entraînée par le courant, et la ramène sur la berge.

Le jour des fiançailles, c'est une fiancée muette, absente, que sa mère amène devant Taurus. Elle assiste, comme si cela ne la concernait pas, à l'échange d'anneaux rituel. À peine si on l'entend prononcer les phrases de son engagement. Paulina tressaille lorsque Taurus lui prend la main gauche et, comme il fronce légèrement les sourcils, elle la lui abandonne. Il lui passe alors à l'annulaire une bague en or. En retirant sa main, elle croise son regard qui semble l'envelopper, mais se détourne aussitôt, sans pouvoir dissimuler son expression, celle d'un oiseau pris au piège.

Taurus montre pourtant un visage inattendu. Plein de prévenance, il fait oublier le goinfre du dîner et parvient même à plaire à Serena. Les cadeaux qu'il offre sont somptueux : riches tissus d'Orient, flacons de parfums anciens et raffinés, perles d'Orient, bijoux d'or sertis de pierres précieuses. Il montre ainsi sa satisfaction devant la dot fixée à cinq cent mille sesterces, une somme considérable. Bien sûr, selon la loi, Taurus ne pourra en disposer, mais comme elle servira à assurer les frais du ménage, il pourra compter sur un train de vie considérable. Néanmoins, quelque peu inquiet de l'attitude de Paulina, il s'en ouvre à l'issue de la cérémonie à Serena :

— Il faut la comprendre, explique celle-ci. Elle est très jeune. Et puis nous l'avons beaucoup choyée, elle a sans doute peur de ne plus l'être.

— N'aie crainte, je saurai la rassurer, lui donner ce qu'elle croira avoir perdu.

L'accent est d'une telle sincérité que le soir même, Serena, réconfortée, sermonne sa fille :

— Écoute-moi, Paulina. Ressaisis-toi. Ce n'est pas un monstre que tu vas épouser ! Nous avons parlé tous les deux. Il m'a semblé très différent de celui que nous avons vu le soir du festin. Il est prêt à te donner toute son affection, alors ne le décourage pas. Le devoir d'une femme est d'être soumise, mais si, comme toi, elle a du caractère, elle peut avoir de l'influence sur son époux. Même un fauve peut être apprivoisé. Et je te crois capable de le faire parce que tu as en toi ce qui donne de la force : l'orgueil et la volonté.

*

Quelques semaines plus tard, Paulina se réveille avec la sensation qu'un liquide chaud lui coule entre les cuisses. Du sang ! Elle a envie de vomir. Quelque peu affolée par cet épanchement, son premier réflexe est de le cacher comme s'il était honteux. Niceta, qui a vu les taches sur la tunique de nuit, hoche la tête :

— Enfin ! On attend ça depuis longtemps, non ? Tu sais que ça t'arrivera tous les mois, sauf si tu es enceinte.

— Évidemment !

— Alors pourquoi le cacher ? Tu crois pouvoir retarder le mariage ? De toute façon, *Domina* s'en apercevra à ton teint.

Pourtant Paulina est décidée à se taire et confie à Luda le soin de nettoyer sa tunique, mais même si la petite esclave le fait discrètement, Rhodia s'en étonne :

— Qu'es-tu en train de laver ?

Pressée de répondre, Luda est bien obligée de dire la vérité et Rhodia, devinant ce qui s'est passé, s'empresse d'en faire part à Serena. Cette dernière, que ce retard commençait à inquiéter, appelle aussitôt sa fille auprès d'elle :

— Eh bien, te voilà nubile ! s'écrie-t-elle. Allons faire offrande à Mena.

La divinité est censée assurer au flux mensuel un rythme régulier mais, pour Rhodia, c'est insuffisant. La gouvernante propose un rite destiné à la lune, que lui a enseigné une magicienne de Thessalie afin d'assurer la pureté du corps, que l'écoulement pourrait altérer, et de favoriser la fécondité. Serena s'y oppose formellement :

— Voyons, Rhodia ! Pourquoi faire intervenir on ne sait quelle puissance obscure dans ce qui relève de l'ordre naturel ?

— La lune n'est pas une puissance obscure, *Domina* !

— Pourquoi ma fille serait-elle stérile ? rétorque Serena, agacée. Regarde comme ses seins et ses hanches se développent, elle est faite pour enfanter.

En revanche, elle lui impose du repos et une hygiène stricte, lavage du sexe à l'eau tiède avant de l'humecter d'un onguent doux, dont il est dit que l'épouse du grand Auguste, Augusta Livia, aurait fait usage. Lorsque le saignement cesse, elle prescrit des exercices. Paulina obéit mais n'a plus qu'une pensée en tête : l'arrivée de ce désagrément signifie que, dès lors, l'échéance tant redoutée du mariage est proche.

En fait, elle ne conçoit pas vraiment ce qu'implique la vie charnelle d'une femme. Elle en connaît le but : procréer et accomplir ces devoirs sacrés que sont le culte civique et la perpétuation de celui des ancêtres. Mais la pudeur a toujours retenu Serena de lui décrire l'intimité d'un couple. Bubate lui en a souvent fait le reproche :

— Tu la mets sous un étouffoir. Tu dois lui dire la vérité. Une telle *pudicitia* est excessive et risque d'avoir des conséquences déplorables. Tu ne te souviens pas du choc que tu as ressenti quand tu as découvert ce qui se passait pendant la nuit de noces ? Moi, j'ai été dégoûtée…

— Oh toi, tu l'aurais été de toute façon !

— Ah non ! Savoir de quoi il s'agit empêche de la subir comme un viol… et d'ailleurs, cela dépend de qui le fait.

Serena sourit :

— À l'époque, tu aurais évidemment préféré que ce fût le jeune Labenius !

À l'évocation de cet amour de jeunesse, Bubate se renfrogne :

— Ce qui est passé est passé. Occupe-toi du présent et de ta fille. Crois-tu qu'elle ne ressente rien ? Qu'elle n'imagine rien ? Qu'elle ne glisse pas des regards vers quelques jeunes gens ? Il serait temps de lui expliquer certaines choses.

Serena se borne à hausser les épaules, convaincue qu'il sera toujours temps.

Entre ce que Paulina a pu imaginer et ce qu'elle a vu par hasard, en surprenant un esclave de la maison en train de caresser sa femme dans le logis de la domesticité, elle sait que, pour faire des enfants, un homme et une femme se collent l'un à l'autre, mais elle ignore ce qui se passe exactement. Elle a bien aperçu des animaux, en particulier des moutons et des chiens, en train de copuler, mais elle ne peut croire que des hommes puissent se comporter comme des quadrupèdes. Aussi, lorsque sa mère, en recommandant d'utiliser l'onguent de l'impératrice Julia, finit par lui révéler que le mari fait pénétrer son sexe dans la fente qu'elle a entre les cuisses, Paulina s'écrie, épouvantée :

— Mais ce doit être douloureux !

— La première fois seulement, mais si c'est fait doucement, comme tout ce qui est accompli avec tendresse, ça peut être... agréable. Tu dois penser que c'est un acte naturel, comme le fait de se nourrir et se désaltérer, et que cela peut donc devenir un...

Serena s'interrompt car elle allait prononcer le mot « plaisir », synonyme de débauche. La volupté charnelle ne saurait être recherchée qu'avec une courtisane ou une serve.

— Devenir un quoi ? demande Paulina.

— Disons un jeu, oui, un jeu, qui ne peut être agréable que si tu y mets du tien.

— Comment y mettre du sien si l'on n'éprouve pas d'amour ?

— Tu dois être détendue, montrer de l'affection.

— Montrer de l'affection à ce Taurus ? Je le connais à peine.

— Tu apprendras à le connaître. Vous partez pour un long voyage ensemble. Et puis il est bel homme...

— C'est un goinfre !

— Il a fait honneur au repas, c'était exceptionnel, tente d'expliquer Serena.

Paulina reste un instant silencieuse avant de demander :

— Pourquoi Père l'a-t-il choisi ?

— Il a jugé que c'était le meilleur époux pour toi.

— Et toi, Mère ?

Serena marque une très légère hésitation avant de répondre :

— Je l'ai pensé aussi.

*

An 793 depuis la fondation de Rome (40 après J.-C.)

Sitôt connue la nubilité, il reste à fixer une date, décision particulièrement complexe. Nombreuses sont celles à écarter, à commencer par les calendes, qui marquent le début du mois, les nones – le 7 ou le 5 du mois –, les ides – le 15 ou le 13 –, ainsi que leurs lendemains. Également à proscrire certains jours de fête, comme, en février, les *Dies parentales* et surtout les *Feralia* qui les suivent, sinon l'épouse connaîtrait une mort prochaine, les 25 août, 5 octobre, 8 novembre, dates où les Enfers sont ouverts. Il convient d'éliminer certains mois entiers, tel mai où l'on célèbre les *Lemuria*, au cours desquels on s'évertue à empêcher les mânes de revenir hanter le monde des vivants, ou juin qui est en partie néfaste. Il reste tout de même quelques périodes favorables dont on laisse le choix aux augures privés de la famille, après consultation des auspices. Ceux des Pompeii vont indiquer un jour du mois de juin.

Les préparatifs s'engagent aussitôt dans la fièvre, mais Serena tient d'abord à voir les lieux où sa fille devra vivre. Taurus l'invite à lui rendre visite. Située sur la rive gauche comme la plupart des résidences de magistrats romains depuis l'installation de la colonie, la maison est spacieuse et confortable. Serena remarque néanmoins l'exiguïté de la chambre, le *cubiculum*, et l'étroitesse du lit. Si Taurus promet d'y remédier, elle

83

ne peut s'empêcher d'éprouver de la tristesse en pensant à l'épreuve que sa fille va connaître en changeant de lieu et de vie.

Les dernières semaines passent très vite, trop vite pour Paulina dont les pensées flottent dans une confusion où s'entrechoquent rêves d'évasion et cauchemars peuplés de monstres velus. Elle espère une rupture, désespère de ne pouvoir échapper à ce qui a été décidé par les autres, et a si peu d'appétit qu'elle s'attire les remontrances de sa mère :

— Si tu continues, il ne va te rester que la peau et les os !

Et celles de Bubate :

— Ah non ! Se laisser dépérir est un aveu de faiblesse !

Pourtant, Taurus continue de faire preuve d'une extraordinaire gentillesse. Il déploie tout le charme dont il est capable pour plaire à la jeune fiancée et à sa mère, ce qui fait dire à Bubate :

— Il est du genre à apprécier les fruits mûrs.

— Cesse de dire des choses pareilles, feint de s'indigner Serena.

— Il paraît qu'il trompait sa femme de dix-huit ans avec une veuve de trente-cinq ans…

Bubate s'interrompt brusquement, car Paulina vient d'entrer dans l'*atrium*.

— Que dis-tu, tante ? Taurus a été marié ?

Gênée, Bubate répond, non sans avoir lancé un coup d'œil à sa sœur :

— On ne te l'a pas dit ? Il a été marié, mais il a répudié sa femme.

— Pourquoi ?

— Je n'en sais rien, elle devait le tromper, ou le miner.

— L'avez-vous vue ? Est-elle belle ?

— Oui… Elle a surtout des yeux terribles, une chevelure noire et frisée, et une poitrine agressive.

— Je suis sûre qu'il l'a répudiée parce qu'il s'intéressait à ma dot.

Bubate n'ose avouer qu'elle est du même avis.

— Pense plutôt que cette femme est une harpie, et qu'avec toi il choisit la douceur, la pureté, l'innocence.

Paulina sourit tristement… Cette pureté, cette innocence, cette douceur que lui prête sa tante, elle aurait préféré les vouer à celui qui semble la fuir, cet Ilion si insaisissable, rêve devenu lointain, alors qu'arrive, inéluctable, le jour des noces.

La veille, elle abandonne définitivement sa tunique d'adolescente bordée de rouge. Après une dernière nuit virginale où, lorsque le sommeil ne la fuyait pas, l'angoisse lui donnait l'impression d'être précipitée dans un abîme sans fond, Paulina est réveillée à l'aube par Rhodia. Elle l'asperge d'eau froide, lui tend un pot de corne pilée afin qu'elle s'en nettoie les dents, une recette pour faire briller l'émail, puis c'est Serena qui se charge de préparer la future mariée. Aidée de Luda, elle lui frictionne le corps avec cet onguent parfumé à la rose qu'elle apprécie tant.

— Tu as beaucoup transpiré cette nuit, constate-t-elle en lui aspergeant les aisselles d'un parfum plus pénétrant, composé de cypre et de myrrhe.

Elle l'examine ensuite en détail et fait une légère moue en désignant ses jambes :

— Tu vas bientôt avoir besoin d'une épilation. Qu'en penses-tu, Eunice ?

L'ornatrix se penche, passe un doigt sur les mollets et secoue la tête :

— Pour l'instant, c'est inutile, la peau est bien lisse.

Paulina ne retient pas un soupir de soulagement. Eunice se redresse et la fait asseoir sur une chaise pour commencer un ouvrage capital : la coiffure. Elle lui lave les cheveux, puis les sèche avec une serviette avant de les peigner. Elle trace une raie médiane avec une *hasta caelibaris*, sorte de lance en fer à courte hampe, une façon d'invoquer Juno Juga, divinité guerrière et curieusement patronne du mariage. Ensuite Eunice noue six tresses, retenues autour du front par des bandelettes.

Le moment est venu de revêtir la *tunica recta*, blanche et aussi droite que son nom l'indique, taillée dans une pièce d'étoffe tissée de façon traditionnelle, c'est-à-dire par un homme, sur un métier à l'ancienne. Il est en effet important de ne rien changer à la règle coutumière afin de ne pas provoquer de désordre dans le mariage. Ainsi lui serre-t-elle la taille avec une ceinture nouée d'une façon particulière, un nœud d'Hercule que seul l'époux aura le privilège de dénouer. Tandis que Luda la chausse de sandales rouges, Serena lui couvre la tête d'un *flammeum*, un voile orange – la bienfaisante couleur de l'aube –, qui lui encadre joliment le visage et retombe sur ses épaules, puis elle pose par-dessus une couronne de roses mêlées d'iris. En guise de parure, Paulina n'a que le bracelet reçu à sa naissance, le *jadulium*. Elle devra le porter jusqu'au jour où elle enfantera. Désormais la voici prête pour ses noces.

Autrefois, la cérémonie débutait par le sacrifice d'un animal, ce qui permettait aux devins d'interroger les entrailles de la victime. Un temps révolu. Aujourd'hui, les futurs époux se contentent, côte à côte, de faire des offrandes aux dieux dominants, Jupiter, Junon, Vénus, Diane, pour leur demander protection. Après quoi, ils échangent devant les témoins leur consentement mutuel. La voix de Paulina est si faible qu'Atticilla, une proche amie de Serena qui tient le rôle de *pronuba* – sorte de garante de la mariée –, est obligée de lui faire répéter les paroles. Puis elle joint les mains des nouveaux époux. Au contact de celle, large et ferme, de Taurus, Paulina ne peut réprimer un frémissement. Croyant qu'elle veut retirer la sienne, il la serre dans ses doigts avec une telle vigueur qu'elle esquisse une grimace de douleur.

— Doucement, s'empresse de murmurer Atticilla.

Taurus relâche sa prise et, arborant un large sourire, jette un regard circulaire sur la foule des invités qu'il semble prendre à témoin de cet instant solennel, comme s'il s'agissait d'une victoire.

— Pauvre petite, grommelle Bubate entre ses dents.

Elle semble bien être la seule à avoir cette pensée, car une onde de joie parcourt l'assistance. Le moment est enfin venu de participer aux agapes offertes par le père de la mariée. Alors que Taurus fait le tour des invités qui le complimentent, Paulina se colle contre sa mère. Ce sont les derniers moments qu'elle vit dans sa maison natale et à la perspective, maintenant si proche, de la quitter, elle ne retient plus ses larmes.

— Allons ! Ne sois pas si triste, lui souffle Serena à l'oreille en lui essuyant délicatement les joues pour ne pas brouiller le fard. Tu commences une nouvelle vie. C'est à toi de la rendre heureuse.

Elles se dirigent ensemble vers les *triclinia* installés dans le jardin. Au centre, le plus vaste est composé d'un grand divan en demi-lune pour les mariés et leurs parents, autrement dit une douzaine de personnes. Des serviteurs débarrassent les convives de leurs toges ou de leurs *pallae*, les aident à revêtir les *synthesis*, puis les déchaussent et leur lavent les pieds. Tous prennent place sur les divans aux coussins brodés d'or. C'est à Pompeius Paulinus qu'il revient de donner le signal des libations à Jupiter, à l'empereur et à son épouse, avant que de jeunes esclaves présentent coupes et serviettes pour que chacun puisse se rincer les doigts. Débutent alors le service de la *collatio*, et le cortège des hors-d'œuvre.

Paulina s'efforce de paraître heureuse. Un vague sourire figé sur les lèvres, le regard absent, elle touche à peine aux innombrables mets qu'on lui présente, jusqu'au moment où l'étoile Vesper apparaît dans un ciel assombri par le voile du crépuscule, donnant ainsi le signal du départ. Bubate s'approche de sa nièce et lui prend la main.

— Tu es une fille courageuse, Paulina. Alors ne montre pas un visage de victime. La règle est que l'épouse obéisse au mari, mais sache que, dans notre peuple, les femmes ne s'inclinent jamais.

En lisant dans les yeux de sa tante la détermination que celle-ci a toujours essayé de lui transmettre, et dans ceux de sa mère la force de l'amour maternel, elle parvient à surmonter son appréhension. Elle s'applique à rester impassible, mais ne peut réprimer un léger tremblement des lèvres révélant son émotion, surtout lorsqu'on lui fait boire discrètement un gobelet de *cocetum*, potion composée de lait blanc et de miel liquide que l'on donne traditionnellement à la jeune mariée pour la préparer à la nuit de noces. Serena lui murmure à l'oreille des paroles de réconfort mais ne la retient pas quand, selon la coutume, de solides bras arrachent Paulina à son étreinte pour la placer à la tête du cortège qui s'est formé et que mène la *pronuba*.

Les cousins Taminius, fils de Bubate, et Fulvius, fils de l'oncle Quintus, entonnent des chants joyeux, repris en chœur par quelques jeunes gens qui les émaillent de plaisanteries grivoises exaltant les exploits de Priape au gigantesque phallus : une façon de contrer le mauvais œil et de stimuler la fécondité des époux. Étrangère à cette allégresse, Paulina est montée dans la litière aux rideaux ouverts qui se dirige vers le pont de bateaux. Trois jeunes garçons portant des torches, dont l'une est en aubépine, éclairent le chemin. Les devins, vrais ou faux, ont pour pratique d'observer cette dernière pour en tirer des présages. Jusqu'au pont de bateaux, sa brillance laisse augurer un avenir radieux, mais alors qu'on franchit le fleuve, la flamme vacille. Certains, tels que Bubate, y lisent un signe funeste d'autant qu'une autre torche s'éteint. Elle est aussitôt rallumée, et si la flamme de l'aubépine retrouve tout son éclat sur la rive gauche, de sombres pressentiments s'emparent des esprits pessimistes.

Paulina, elle, cherche toujours des yeux Niceta et Luda qui suivent la litière, chargées selon une ancienne coutume de porter, la première une quenouille, la seconde un fuseau, instruments du travail de la laine, symbole de vertu domestique en vérité désuet, les jeunes femmes issues de familles aisées ou aristocratiques n'étant pas plus appelées à s'en servir qu'à moudre le grain ou à pétrir la pâte.

Le cortège s'arrête devant la porte de la maison nuptiale où Taurus l'a précédé afin d'y recevoir sa jeune épousée. Paulina descend de litière pour y déposer des offrandes aux divinités du seuil, oindre d'huile les montants du portique d'entrée et y attacher des bandelettes de laine. Après quoi, les cousins Taminius et Fulvius la soulèvent pour l'aider à en franchir le seuil avec précaution, car il importe de ne pas trébucher, ce qui serait de très mauvais augure.

Elle est accueillie dans l'*atrium* par Taurus qui lui offre le feu et l'eau, symboles de la vie commune et du culte familial, mais aussi éléments vitaux indispensables à la célébration des rites sacrés. Il lui présente également les clés de la maison et Paulina doit prononcer la phrase rituelle : « *Ubi tu Gaius, ego Gaïa* », « Là où tu es Gaius, je suis Gaïa ». Elle hésite, et prononçant la première syllabe de son nom, « Pau… », doit se reprendre. Puis elle offre trois pièces de monnaie à Taurus, aux dieux lares du foyer et aux lares du carrefour le plus voisin. Cet acte la fait solennellement entrer dans la maison de son mari et dans le quartier où elle est située. À ce moment-là, sont lancés des mots d'un vocabulaire auquel Paulina est peu habituée : *mentula*, la verge, *cunnus*, la vulve.

— Ne fais pas cette tête-là, lui glisse Niceta à l'oreille. Il faudra t'habituer à voir ces deux choses et… surtout à les faire vivre !

Sous la protection de la déesse Virginiensis qu'elles viennent d'invoquer, trois honorables matrones dirigées par la *pronuba* Atticilla conduisent la mariée vers le *thalamus*, la chambre nuptiale où doit la rejoindre son époux, tandis que les jeunes gens entonnent un nouveau chant qui invoque le dieu Hymen.

La nuit est maintenant avancée et au-dehors s'affaiblit la rumeur des invités qui se retirent. Le son d'une flûte accompagnée des vibrations harmonieuses d'une cithare s'élève et donne une indéniable poésie à l'atmosphère de la chambre, qui baigne dans une semi-obscurité. Des senteurs capiteuses s'échappent de vasques et des pétales de roses jonchent la mosaïque du sol et le lit, dissimulé derrière un voile pourpre.

Lorsque Taurus pénètre dans la pièce, Paulina est assise sur un divan, le buste droit, les genoux serrés, comme une enfant sage.

— Tu dois être fatiguée, veux-tu prendre un peu de repos ? lui demande-t-il en se débarrassant de sa lourde toge.

Sa voix est si douce qu'elle le regarde avec étonnement, elle s'attendait à ce qu'il se jette brutalement sur elle. Une autre surprise l'attend : une serve fait son apparition, une jeune femme très brune, d'une vingtaine d'années, au corps longiligne mais aux formes pleines et à la démarche voluptueuse. La lumière de la seule lampe à huile suffit à souligner l'harmonie de son visage, encadré par une longue chevelure.

— Nilée est à ton service, annonce Taurus. Elle vient d'Égypte.

Lorsque la jeune esclave s'incline devant elle, Paulina

remarque l'éclat de ses grands yeux d'un noir de jais et sa bouche aux lèvres joliment ourlées.

— Sers-nous du falerne, ordonne Taurus.

— Oh non ! s'écrie Paulina, je ne peux boire du vin.

— Ta mère te l'interdit n'est-ce pas ? Tu sais, tu n'es plus une enfant ! Et le vin adoucit les rapports… Mais je n'irai pas contre ton désir.

Nilée lui verse de l'eau et se retire.

— Tu pourras bien sûr faire venir ta petite esclave Luda. En accord avec ton père, Silas habitera également ici pour assurer ta protection.

Ils sont maintenant seuls et Paulina garde toujours les yeux baissés. Elle se souvient que, lors de leur conversation, sa mère a évoqué ces divinités qui président aux nuits de noces. D'abord Priape, le fils de Dionysos et d'Aphrodite, qui devrait lui apparaître, pourvu de son membre gigantesque, et l'envelopper de son ombre, puis la déesse Virginiensis, qui la confiera au dieu Subigus, maître du rite de l'union charnelle. Prima la placera ensuite sur la couche et l'y maintiendra au cas où elle serait saisie de peur, avant que la déesse Pertunda la perforatrice n'intervienne en aidant son époux à ouvrir la fente étroite de la volupté sous la protection vigilante du dieu Juganus. La pénétration… cet acte qu'elle a tout fait pour oublier et qui, ce soir, obsède son esprit.

Elle craint de souffrir et, en même temps, elle ressent un indéfinissable trouble. Serait-ce vraiment un jeu qu'elle pourrait rendre agréable ? Après tout, Taurus ne lui semble plus le même homme que celui de leur premier dîner. Bubate et Serena attribueraient sans doute ce changement à l'art consommé d'un homme rompu aux exercices amoureux. C'est en pensant à elles et à leurs paroles que Paulina s'efforce de voir dans son attitude de la gentillesse et la volonté de faire oublier un comportement de rustre. Elle se laisse bercer par la musique et, dans la pénombre, incapable de résister à la fatigue d'une si longue journée, elle s'assoupit.

Taurus, débarrassé de sa toge et de son *pallium*, et simplement vêtu de sa tunique de corps, allume une seconde lampe à huile qu'il pose près du divan pour contempler sa jeune épouse endormie. Émergeant des plis de la *stola*, un bras nu effleure le sol. Au-dessus de la sandale dorée qui enserre le pied et dont les lacets s'enroulent autour de la cheville, il entrevoit le galbe d'une jambe. Son regard remonte lentement le long du corps, comme pour évaluer le volume des formes à étreindre. Il se penche sur le visage qu'il frôle de ses lèvres pour capter le souffle régulier de la respiration, puis brusquement, avec des gestes sûrs, il soulève la robe, dénoue la ceinture de la tunique nuptiale, dévoile avec précaution une épaule, un sein, une cuisse. Il caresse légèrement la peau lisse, fraîche, avant d'en humer l'odeur délicate.

Il achève de dénuder ce corps juvénile qu'il contemple un instant, et le porte sur le lit. Les yeux de Paulina restent clos mais, si elle n'est pas vraiment éveillée, elle flotte dans un demi-sommeil. Devant cette offrande que lui font les dieux, Taurus est saisi d'un violent désir. Il écarte les jambes et fixe la ligne pure du sexe vierge sous le pubis légèrement ombragé. Il soulève les hanches et plonge dans cette fleur à peine éclose. Paulina pousse un cri de douleur, ouvre des yeux effrayés et esquisse un mouvement de recul, mais il l'enveloppe fermement de ses bras et applique ses lèvres sur sa bouche entrouverte. Elle sent une étrange chaleur l'envahir et, fermant les yeux, elle s'abandonne. Lorsqu'il se retire après un dernier soubresaut, elle replie ses jambes et se recroqueville sur elle-même, comme une enfant.

Taurus éteint la lampe et la nuit enveloppe les nouveaux époux, tandis que s'éclipsent les invisibles, mais très présentes, divinités de la nuit de noces.

IV

Une jeune matrone

> « Vénus impose ses lois au ciel, à la terre,
> aux ondes dont elle est née... elle a appris
> à chaque homme à s'unir à une compagne.
> Qu'est-ce donc qui fait naître toutes les
> espèces ailées, sinon la suave volupté ? »
>
> *Ovide, Les Fastes.*

Les deux solides Thraces, qui portent la *sella* à rideaux rouges et aux montants dorés dans laquelle est assise Paulina, traversent d'un pas rapide le parc de la résidence des Pompeii, suivis de trois cavaliers, de Silas et deux gardes. À l'entrée de l'*atrium*, ils posent leurs brancards, et Paulina écarte les rideaux pour mettre pied à terre, accueillie par une grande partie de la domesticité, curieuse de voir comment la jeune fille de la maison s'est transformée en dame respectable.

— Elle a toujours l'air aussi timide, murmure une servante.

— En tout cas, avec la *stola* et cette façon de jouer avec le pan de sa *palla*, elle a l'élégance de sa mère, admire une autre.

— Le Romain a de la chance.

Rhodia, elle, ne cache pas son émotion :

— Tu es plus belle que jamais, lui dit-elle.

— Tu exagères toujours, Rhodia. Où est Niceta ?

— Elle est sortie faire des achats.

Paulina fait une moue de déception mais, apercevant sa mère, elle court se jeter dans ses bras. Serena l'entraîne dans la pièce où elle a l'habitude de recevoir ses amies. Son regard, scrutant le visage de sa fille, exprime une curiosité inquiète. C'est la première fois qu'elle la voit depuis son mariage et, durant les deux semaines qui se sont écoulées, elle n'a cessé de s'interroger sur la façon dont Paulina était entrée dans sa nouvelle existence et sur le comportement de Taurus.

Elle a en effet de son gendre une opinion qui, au fil des mois, n'a cessé d'évoluer et qu'elle a jugé préférable de taire. Lorsqu'elle avait fait sa connaissance, elle avait été séduite par sa prestance et son apparente civilité, mais il avait dévoilé lors du dîner de présentation une facette différente de son caractère, l'oubli fâcheux des convenances lors d'une circonstance importante. Certes, il avait déployé au cours des fiançailles tout le charme dont il pouvait se révéler capable, bien que les regards appuyés qu'il lui avait adressés l'aient quelque peu inquiétée. Elle avait cru y lire de la lubricité, et les réflexions de Bubate sur le goût qu'il aurait pour les femmes mûres avaient confirmé cette impression. Comment ne s'inquiéterait-elle pas pour sa fille, jetée à peine pubère dans les bras de cet homme dont elle ne parvient toujours pas à cerner la vraie personnalité ? Ce n'est certainement pas son mari qui pourrait la rassurer. Obnubilé par la couleur pourpre qui revêt la famille de Taurus, il estime qu'il n'y avait pas en Arelate de meilleur parti. Seule compte l'entrée de sa fille dans le cercle le plus huppé de Rome, comme un prélude à la sienne.

— Tu n'as pas mauvaise mine, ma fille. Luda m'a dit que la nourriture est excellente. Mais dors-tu bien ?

— Non, plutôt mal.

— Mais pourquoi ?

— Il y a plus de bruit là-bas qu'ici.

— Du bruit ?

— Le forum n'est pas loin.

— Il y a du bruit même la nuit ?

— Cela commence très tôt.

Serena n'ose approfondir la conversation. Bubate, qui vient d'arriver, le fait à sa place :

— Alors, ma nièce ! Je te trouve un peu pâlotte. Ton mari se comporte bien avec toi, au moins ?

Paulina répond d'un vague signe de tête. Que signifie pour elle bien ou mal se comporter ? Depuis la première nuit, Taurus accomplit son devoir avec assiduité et respecte la règle imposée aux rapports charnels entre époux qui bannit toute fantaisie. Il se permet toutefois des caresses préliminaires, indispensables pour désarmer le réflexe de défense persistant qui tend le corps de Paulina. Il parvient ainsi à obtenir un réel abandon et certains signes que sa vanité masculine interprète comme un début de plaisir, des gémissements et une crispation des mains sur le lit, encore qu'ils puissent être de simples manifestations de douleur.

— Que veut dire ce hochement de tête ? Oui ou non ? demande Bubate.

— Il est très correct.

Serena et sa sœur échangent un coup d'œil et, après un silence, Bubate l'interroge d'un ton abrupt :

— Tu es une femme maintenant, non ?

— Évidemment ! Je suis mariée, répond Paulina sans vouloir en dire davantage.

Surprises et plutôt inquiètes de cette réaction, les deux femmes n'insistent pas, admettant que la petite puisse avoir des secrets. Paulina ne peut avouer que dans les bras de Taurus, elle éprouve du plaisir, mais n'atteint jamais l'extase. Dans ces moments de volupté, le visage d'Ilion s'impose à elle et il lui semble que c'est à lui qu'elle se donne, lui qui la possède. Elle en éprouve de la culpabilité, le sentiment de commettre un adultère, et pourtant, elle ne cherche nullement à chasser cette image. Comment pourrait-elle confier de telles choses aux deux femmes ?

Serena et Bubate souhaiteraient lui demander comment s'organise la vie domestique dans son nouveau foyer, mais Paulina, apercevant Niceta, demande l'autorisation de la rejoindre.

— Va ! lui répond sa mère, quelque peu déconcertée.

Après son départ, Bubate se contente d'observer :

— On doit bien comprendre qu'elle préfère confier ses secrets à Niceta.

— Crois-tu que le mariage soit consommé ?

— Pourquoi ne le serait-il pas ? Taurus n'est pas homme à observer la continence avec une si jeune et jolie épouse.

— Je me demande comment cela s'est passé…

— On ne le saura que plus tard. De toute façon, que pouvons-nous faire ? Comme pour nous-mêmes, il ne s'offre que deux voies à notre Paulina : celle de la vertu et de la soumission, ou celle de la révolte et de la débauche. Il est facile de deviner laquelle elle choisira.

Peu loquace avec sa mère et sa tante, Paulina aurait cependant beaucoup à dire sur ses premiers jours et premières nuits d'épouse. Niceta est bien la seule auprès de laquelle elle pourrait s'épancher, et pourtant, lorsque sa sœur de lait lui demande comment elle se sent maintenant qu'elle est femme, elle éprouve quelque peine à sortir de sa réserve.

— Je regrette la maison, dit-elle.

— Celle de ton mari est moins grande, mais elle est belle aussi. Je pensais plutôt à…

— À quoi ?

— C'est la première fois que tu dors avec un homme, non ? A-t-il été gentil ?

— Gentil ? Qu'entends-tu par gentil ?

— Tu en avais peur… Alors, s'est-il montré brutal ?

Paulina cueille une fleur et l'agite en souriant d'une façon énigmatique :

— Eh bien, non, tout va bien.

— Tu n'as pas eu mal ?

Paulina lâche un petit rire embarrassé.

— Pourquoi veux-tu le savoir ?

— Je suis curieuse, tu le sais bien.

— Eh bien, oui, j'ai eu mal. Comme toutes les filles, je suppose.

Le regard de Niceta reste interrogatif, comme si elle attendait des confidences plus précises, mais la langue de Paulina ne se déliera que pour donner des détails anodins, sur la vie de tous les jours, et surtout évoquer l'esclave Nilée :

— C'est une fille d'Égypte. Elle a la peau très brune, des yeux immenses, une large bouche, elle est très belle.

— Il doit avoir couché avec elle, ils le font tous. C'est comme ça que je suis née.

— Il peut faire ce qu'il veut. Je m'en moque.

— On dit ça, mais aucune femme ne peut vraiment l'accepter.

— On ne peut être jaloux que si on…

Elle hésite à prononcer le mot qui lui est venu à l'esprit, d'autant qu'il est de règle de l'éviter, par décence, quand il s'agit d'une relation conjugale :

— … si on tient à quelqu'un.

— Tu finiras par « y tenir », comme tu dis. Ma mère m'a souvent dit qu'une épouse bien traitée en vient toujours à aimer le père de ses enfants. Moi, je n'y crois pas trop.

Paulina ne dit mot. Elle songe à sa première réaction quand Taurus l'a prise dans ses bras, à l'odeur et au contact de cette peau étrangère, à la vive mais brève douleur qui lui a arraché un cri, mais aussi aux nuits qui ont suivi, aux frissons qui ont parcouru son corps et qui ne devaient rien à la fraîcheur nocturne, mais à l'image d'Ilion qui lui a fait accepter l'ardeur des étreintes de Taurus. Elle brûle d'en parler à Niceta, d'avouer que le souvenir de l'affranchi resurgit dans l'obscurité de la chambre conjugale et qu'il lui fait découvrir le plaisir de l'étreinte. Mais elle se retient et demande brusquement :

— Et toi, qu'as-tu fait depuis mon départ ? Tu continues de suivre les leçons de maître Pelops ?

— Tu sais bien que le maître est parti à Rome. Je travaille avec ma mère, mais je continue d'étudier des textes. Il m'en a laissé plusieurs. Et toi, que fais-tu de tes journées ?

— Je n'ai pas le temps d'étudier. Je dois m'occuper de la maison. Il y a moins de serviteurs et d'esclaves qu'ici, juste une vingtaine, mais ils sont plus remuants. Heureusement que j'ai Luda avec moi et que Silas leur fait peur. S'il n'était pas à mes côtés quand je donne des ordres, ils n'obéiraient pas.

Niceta sourit, mais un voile de tristesse obscurcit son regard :

— Te voilà jeune matrone... Un jour, tu ne me connaîtras plus.

— Pourquoi dis-tu ça ?

— Tu vas sans doute aller à Rome...

— En ce cas, tu viendras avec moi.

— Comment ça ?

— Je vais te faire engager par Taurus.

Le visage de Niceta s'éclaire cette fois d'un franc sourire.

— Crois-tu qu'il acceptera ?

— Je me trompe peut-être, mais j'ai l'impression qu'il ne me refusera rien.

*

Hiver 793-printemps 794 depuis la fondation de Rome (40-41 après J.-C.)

Les premiers mois, Taurus ne se contente pas de remplir avec ardeur son devoir d'époux soucieux d'assurer sa descendance, et de donner un citoyen de plus à la Ville maîtresse du monde. Très attentionné, il s'efforce de rendre agréable l'existence de sa jeune femme. Il lui accorde la compagnie quotidienne de Niceta, la comble de cadeaux, de bijoux. On pourrait même affirmer qu'il en est amoureux. Les femmes de la maison Pompeius s'en aperçoivent lorsqu'il vient rendre visite à son beau-père, en compagnie de son épouse dont l'épanouissement les surprend.

— Elle semble heureuse, qu'en penses-tu ? demande un jour Serena à Rhodia.

— Je le crois aussi, *Domina*. Elle est détendue, elle sourit, ses yeux brillent, c'est le signe que son mari se comporte comme il faut.

— Je suppose qu'elle va bientôt nous annoncer la venue d'un héritier…

Curieusement, Bubate garde le silence.

— Pourquoi ne dis-tu rien ? Tu n'es pas d'accord ? s'étonne sa sœur.

— Je me méfie de ce genre d'homme. Comment pourrait-il avoir un comportement différent alors qu'on lui met sur sa couche une vierge aussi fraîche et joliment dotée ?

Serena hausse les épaules :

— Pourquoi faut-il que tu voies tout en noir ?

— Il y a des rumeurs…

— Ah non ! Ne commence pas avec les ragots.

Bubate retient sa langue, sans avouer que ces bruits l'inquiètent. Afin d'assurer à sa nièce le bonheur conjugal, elle est discrètement allée le 1er avril, jour consacré à Vénus Verticordia, faire des offrandes au temple de la déesse, mère d'Eros, l'Amour, et d'Antéros, l'Amour partagé. Elle accorde en effet crédit à ce qui se dit sous les portiques du forum où déambulent les bavards de la cité. Ils ironisent sur la sagesse de la conduite de Taurus, dont les frasques animaient autrefois le petit monde des courtisanes de la *Provincia*. Bubate se doute bien que son expérience des choses de l'amour a permis que s'accomplisse en douceur la mue de la jeune fille en femme, mais elle a trop souffert de l'inconstance masculine pour ne pas savoir que ce genre d'homme se lasse vite d'une seule compagne, surtout si elle est inexpérimentée.

Quoi qu'il en soit, Taurus confine Paulina dans une sorte de cocon domestique. Il évite de sortir avec elle et, ne pouvant l'empêcher de rendre visite à ses parents, ajoute à l'escorte de Silas l'inévitable Nilée en guise de chaperon. D'abord obéissante, Paulina finit par étouffer dans cette maison aux allures de prison et ne supporte plus la présence à ses côtés de l'esclave égyptienne. Si sa mère considère le comportement de Taurus comme une preuve de son « attachement », Bubate, plutôt sceptique, pousse sa nièce à réagir :

— Attachement ou pas, une épouse n'est pas une esclave.

Niceta, qui a rejoint Paulina en sa nouvelle demeure, lui fait écho :

— Ne te laisse pas faire : même Albilla ta colombe est plus libre que toi ! Elle, au moins, peut voleter dans le jardin. Lui, il se rend où il veut. On l'a vu aux courses de chars et aux combats de gladiateurs…

— Je le sais, il parle tout le temps de ces combats sanglants, regrettant ceux de Rome où on livre des malheureux en pâture aux ours ou aux tigres, mais je n'ai nulle envie de le suivre, tu sais que j'ai horreur du sang.

— Alors pourquoi ne pas l'accompagner aux courses de chars ? Tu y allais autrefois.

— Franchement, cela m'ennuie.

— Demande-lui de t'emmener au théâtre !

Paulina a toujours rêvé d'assister à une comédie, surtout depuis que Pelops lui a parlé de Plaute dont il lisait parfois certains textes, choisis avec soin, mais assez amusants pour lui faire imaginer ce que peut être une comédie entière. Elle en avait été privée par sa mère qui jugeait obscène toute pièce de Plaute ou de Térence, ce qui n'avait fait qu'exalter son envie d'assister à une pantomime, spectacle théâtral plus que jamais en vogue dans toutes les provinces de l'Empire.

La maison de Taurus étant située en contrebas du théâtre, érigé presque au faîte de la butte sur le *decumanus*, lors des spectacles, la musique et les clameurs du public parviennent jusqu'à Paulina, ainsi que les commentaires et les rires des spectateurs qui passent dans la rue à la fin de la pièce.

— Tu ne vas jamais au théâtre ? demande-t-elle, le soir venu, à Taurus.

— Ici, rarement. J'y vais à Rome, où il y a des acteurs remarquables et un grand choix de représentations.

— J'aimerais tant voir une *fabula togata* de Plaute depuis que mon maître Pelops m'en a lu des extraits…

— Tu risques d'attendre longtemps, ça ne se joue plus ! Et puis toutes les comédies de Plaute ne sont pas bonnes à lire, encore moins à voir.

— Pourquoi ?

— Ton maître ne t'a sûrement pas lu *Asinaria* ou *Casina*… ou *Truculentus* !

— Pourquoi ? Qu'y a-t-il de mauvais dans ces pièces ?

— C'est obscène.

— Ah, toi aussi ! Quand tu dis ça, j'ai l'impression d'entendre ma mère, rétorque Paulina.

Taurus comprend les réticences de Serena : dans *Asinaria* ou *La Comédie des ânes*, un père exige pour prix de son indulgence une nuit d'amour avec sa future belle-fille ; dans *Casina* ou *Les Tireurs de sort*, un père, son fils et deux esclaves tirent au sort la fille et la sœur des deux premiers. Quant à *Truculentus* ou *Le Brutal*, l'intrigue se déroule dans le milieu de la prostitution.

— Elle a eu raison de te protéger, assure Taurus, jouant le bien-pensant. Si tu n'es plus une petite fille, tu te dois, en tant qu'épouse d'un préteur, de respecter les convenances. Et puis tu es trop pudique pour ne pas t'offusquer des grossièretés qui s'y débitent. De toute façon, on ne joue plus au théâtre que de la pantomime.

— Pourras-tu m'y emmener un jour ?

— On verra, répond Taurus, manifestement réticent.

Têtue, Paulina lui redemande à plusieurs reprises. Il tergiverse en invoquant le froid de l'hiver, ses occupations, une pantomime jouée par un mauvais histrion… L'argument semble chaque fois plausible, mais Taurus se garde d'avouer que la raison principale de sa réticence à ouvrir la cage dorée de sa jeune épouse est la crainte de l'exposer à une agression d'Atilia, son ex-femme, et d'être éclaboussé par le scandale.

L'obstination de Paulina finit tout de même par triompher. La malice féminine dont elle ne manque pas lui fait choisir le moment le plus favorable pour relancer sa demande – celui où Taurus vient de connaître le bonheur dans ses bras et ne peut rien lui refuser.

— Il paraît que Garganus va donner une représentation de pantomime. Pourras-tu m'y emmener ? demande-t-elle d'une voix douce, alors qu'il est sur le point de s'endormir.

Garganus est un histrion qui remporte un grand succès dans toute la Narbonnaise dont il est originaire.

— Tu y tiens tant que ça ? bredouille Taurus.

— J'y tiens, oui.

Il finit par promettre et, après quelques atermoiements, lui annonce au printemps qu'il va l'emmener au théâtre.

Pour Paulina, la victoire remportée et la perspective de sortir de son confinement, de se mêler de nouveau à la foule la réjouissent davantage que la satisfaction de pouvoir enfin assister à une représentation. Elle s'y prépare avec fébrilité, avec l'aide d'Eunice, l'*ornatrix* que sa mère lui a envoyée pour l'initier à tous les secrets qu'une jeune femme de condition élevée se doit de connaître afin de paraître avec élégance dans la haute société. Niceta est stupéfaite du résultat obtenu par l'habile Eunice, dont les mains savent jouer comme d'un instrument de la batterie de pots, flacons, aryballes ou alabastres, gutti ou pixides dont elle dispose pour composer ses pommades et ses fards. Le front et la tendre peau des bras sont lissés d'un onguent avant d'être blanchis à la craie et à la céruse, les joues et la bouche sont rougies d'un mélange d'ocre, de fucus et de lie-de-vin, les cils et les yeux cernés de poudre d'antimoine. Excitée comme si elle devait elle-même profiter de cette sortie, Niceta prend le relais d'Eunice pour compléter la parure de la jeune déesse en l'aidant à choisir ses bijoux, collier et pendentif, bagues et bracelets, et en lui passant aux chevilles des anneaux d'or ou *periscelidis*.

— Quelle chance il a, ce préteur Taurus, murmure-t-elle.

Paulina éclate d'un rire plein de candeur :

— Que dis-tu ? Tu sembles jalouse.

— C'est vrai, je le suis.

Ce soir, la *cavea* en demi-cercle est déjà pleine de plusieurs milliers de spectateurs qui occupent les trente-trois rangées de gradins, lorsque le préteur Taurus et son épouse prennent place sur les sièges qui leur sont réservés au premier rang. Leur apparition suscite d'autant plus de curiosité que le mariage de la fille du puissant et richissime Pompeius Paulinus a été aussi abondamment commenté que la réclusion de la jeune mariée. Les commères du forum n'ont pas manqué d'imagination pour en déduire les causes, qui allaient d'une maladie incurable à la séquestration par cette brute de préteur romain, en passant par les motifs les plus honteux qui soient. C'est donc, ce soir, un avant-spectacle qui est offert aux notables et chevaliers, décurions et magistrats municipaux installés sur les gradins inférieurs proches de la scène, comme à l'humble peuple juché sur les travées supérieures. À la vue de la beauté juvénile de Paulina, de l'éclat de sa peau d'une blancheur aristocratique et de son élégance, un murmure se fait entendre où se mêlent sympathie et admiration, mais aussi l'inévitable envie que suscite la fortune. Tandis que la jeune femme, consciente de l'effet qu'elle produit, en ressent à la fois fierté et gêne, Taurus se rengorge comme un jeune coq.

La cité d'Arelate est fière de son théâtre car, au sein de l'Empire, il est l'un des premiers à être bâti en pierre. La construction de ce monumental édifice a commencé sous le règne d'Auguste qui l'a dédié à Apollon, et s'est achevée une quarantaine d'années plus tard. La scène est constituée d'une longue plate-forme de bois sous laquelle une machinerie peut être actionnée. Le mur du fond forme un décor majestueux grâce à une multitude de colonnes aux chapiteaux et entablements en marbre de Carrare de style corinthien, qui rappelle, dit-on en Arelate, la demeure impériale d'Auguste sur le Palatin. Il est creusé de niches abritant des statues de divinités, celle du centre protège un Auguste torse nu, représenté en Apollon citharède avec, à ses côtés, Vénus Victrix et Vénus Genitrix. Paulina n'est pas insensible à cette expression de l'orgueil et de la gloire de Rome. Comment ne ressentirait-elle pas la fierté d'appartenir, par son père et par son époux, à l'ordre dirigeant de cet Empire, maître du monde par la grâce des dieux ?

Soudain, la musique annonçant le début du spectacle fait tourner les têtes vers la scène, où est attendue l'entrée de Garganus. Comme tous les grands acteurs de pantomime, un art dont le grand Auguste était un fervent amateur, il jouit d'une immense popularité, en raison de son talent, mais aussi parce que, originaire de la *Provincia*, il a su conquérir le difficile public de Rome. Ses gratifications sont considérables, lui assurant un train de vie luxueux et tapageur. Ce retour dans son pays natal, après une tournée en Cisalpine et dans le nord de la péninsule italique, s'annonce triomphal.

Dans une pantomime, l'histrion interprète seul une tragédie dans laquelle il incarne plusieurs personnages ; il s'exprime exclusivement par la gestuelle, la mimique et la danse, soutenu par un chœur et des joueurs de flûte, de syrinx, de cithare et de lyre. L'absence de paroles lui assure un grand succès dans les provinces, où les nuances et les expressions particulières de la langue latine et, à plus forte raison, la langue grecque des tragédies ne sont pas toujours comprises par le public populaire. L'intrigue est fondée le plus souvent sur une histoire mythologique aux résonances sociales : le thème que propose Garganus ce soir est celui des amours d'Enée et de Didon. Paulina se souvient des parties de l'*Énéide* que Pelops lui a fait étudier : la chute de Troie, Énée prédisant la fondation de Rome, la fuite de ce dernier, de son père Anchise, de son fils Ascagne et des Troyens survivants, le dramatique périple à travers la mer jusqu'à Carthage, la rencontre d'Énée et de la reine Didon, leur passion interrompue par les dieux qui rappellent à Énée sa destinée et lui font quitter l'Afrique pour Rome, Didon se suicidant avec l'épée laissée par Énée, les retrouvailles des deux amants aux Enfers...

Un tonnerre d'applaudissements accueille l'entrée de

Garganus ; le public, déjà conquis, réagit avec vivacité au moindre geste de son idole. L'agitation est à son comble lorsqu'il mime, aidé de ses masques et par une singulière puissance évocatrice, les péripéties du drame, l'arrivée à Carthage où les compagnons d'Énée ne sont plus que trois, et surtout les amours du héros et de la reine Didon. Un grondement dans les travées populaires accueille l'intervention des dieux séparant les amants, mais c'est lors du suicide de Didon et de la rencontre aux Enfers que l'émotion atteint son comble.

À cet instant, d'une travée supérieure, surgit tout à coup une femme, *palla* en désordre, qui bouscule les spectateurs, brandit un long couteau et se rue sur Paulina en hurlant : « Je vous tuerai tous les deux, je vous tuerai… » Taurus, qui craignait un esclandre et s'était peu à peu rassuré au fil du spectacle, pâlit en reconnaissant Atilia et se dresse pour faire front. Mais Silas, ses hommes et les gardes du préteur ont déjà bondi pour maîtriser la furie qui se débat avec énergie. En hurlant des insultes et des menaces, Atilia est enfin emmenée hors du théâtre.

Après ce moment de frayeur au cours duquel elle s'est blottie contre Taurus, Paulina se ressaisit. Elle retrouve le sens de la dignité si profondément inculqué en elle qu'il lui est devenu naturel, et se rassoit pour regarder la danse de Garganus. Tout à son rôle et superbe d'indifférence, l'acteur poursuit en effet ses gesticulations dramatiques au son des flûtes et des trompettes qui ont haussé le ton. La jeune femme, apparemment attentive, dissimule une intense émotion que seul trahit un imperceptible tremblement de ses mains.

Le public, lui, reste debout. Hormis une minorité, il oublie la pantomime et commente avec passion la tragi-comédie qui vient de se dérouler sous ses yeux, à la fureur de Garganus qui, s'en apercevant, quitte la scène. Certains, ravis d'avoir assisté à cet esclandre mondain, s'amusent de voir la mine embarrassée du préteur, d'autres sont scandalisés du comportement indigne d'Atilia, mais nombre de femmes plaignent la malheureuse « répudiée d'une honteuse façon et par cupidité ». Pour elles, il n'est pas douteux que l'attrait de la dot de la fille du richissime Pompeius a inspiré le comportement de Taurus. La disparition de Garganus provoque la fin du spectacle, et le couple qui lui a pratiquement volé la vedette se retire sous les regards curieux. Paulina s'engouffre dans la *sella*, tandis que Taurus décide de rentrer à pied, suivi de son escorte. Il a retrouvé toute sa superbe de Romain et marche la tête haute, après avoir rejeté sa toge autour de ses épaules dans un mouvement théâtral. Il se tourne même vers la foule pour lui envoyer un salut, tel un César triomphant.

Chez les Pompeii, l'affaire est accueillie avec consternation. Paulinus déteste le scandale. Il convoque son gendre pour lui demander de mettre un terme aux agissements d'Atilia, mais celui-ci se montre pondéré :

— Je la ferai surveiller…

— C'est une sanction qu'il faut !

— Une sanction ? Pour quel motif ?

— Tentative de meurtre.

Taurus secoue la tête :

— Toi qui crains tant le scandale, tu devrais savoir qu'en portant l'affaire en justice on l'aggraverait. Elle m'accuserait de toutes sortes de méfaits, des calomnies bien sûr, mais une calomnie éclabousse l'entourage et il en demeure toujours quelque chose. Ta fille serait la première à en souffrir.

Ces arguments pourtant convaincants ne suffisent pas à apaiser Paulinus :

— Elle va sûrement recommencer. Pourquoi ne pas la faire partir d'ici ? En lui faisant peur, par exemple.

— Elle n'a peur de rien…

Taurus réfléchit un instant :

— Je vais voir si je peux l'éloigner.

Serena, elle, se soucie avant tout des conséquences de l'incident sur sa fille et des menaces de mort proférées, mais celle-ci l'étonne en répondant :

— Ne t'inquiète pas, Mère, je ne crains personne. Je suis bien protégée par Silas. Tu sais qu'il est intervenu tout de suite… Et puis je comprends cette femme.

— Cette harpie ?

— Je n'aimerais pas être répudiée de cette façon.

— Tu as raison ! intervient Bubate. Et je te félicite pour ton courage…

Se tournant vers Serena, elle ajoute :

— Tu peux être fière de ta fille.

Paulina arbore alors un sourire qui se transforme soudain en grimace.

— Que t'arrive-t-il ? s'inquiètent la mère et la tante en l'entourant.

— Je me sens mal…

Les deux femmes se regardent.

— C'est la première fois que tu as cette nausée ?

Paulina acquiesce.

— Ce mois-ci, as-tu eu… ?

— Non !

— Alors tu es enceinte ! s'écrie Serena qui ne dissimule pas sa joie. Je commençais à me faire du souci.

— Moi, je m'en suis doutée, prétend Bubate. Je l'avais deviné à ton teint, ta poitrine…

Paulina accueille la nouvelle avec une certaine fierté. La maternité ne lui a-t-elle pas été toujours présentée comme la consécration de la condition de matrone ? N'a-t-elle pas souvent entendu dire que des femmes avaient été répudiées pour cause de stérilité ? Et la répudiation n'est-elle pas le comble de l'humiliation ?

— Bon ! Maintenant plus de discours ! proclame Serena. À partir d'aujourd'hui, il faut surveiller tes mouvements, ta nourriture, éviter les déplacements trop longs, les chocs, les émotions, jusqu'à l'accouchement. Sois prudente, un ennui est vite arrivé !

De retour chez elle, Paulina s'enferme dans sa chambre et se dénude pour observer son corps. Elle s'étonne de le trouver normal, sinon un léger gonflement des seins. Quant au ventre, il est encore plat, bien sûr, mais ce n'est pas sans plaisir qu'elle le caresse en sachant qu'il contient le germe d'un être vivant. Aussi est-ce avec un peu d'orgueil qu'elle annonce la nouvelle à Taurus lorsqu'il rentre à la maison. Il l'accueille avec une satisfaction mesurée qui n'est pas éloignée de l'indifférence.

— On dirait que cela ne te fait pas plaisir, remarque-t-elle.

— Si, voyons, je suis très content ! Mais tu sais bien que je n'ai pas coutume de manifester avec éclat mes sentiments… d'ailleurs, comme j'étais persuadé que cet événement surviendrait bientôt, j'ai fait partir Atilia d'Arelate. Ainsi, tu n'auras plus rien à craindre d'elle.

Paulina est sur le point de lui demander comment il y est parvenu, mais elle se ravise. Après tout, peu lui importe. L'éloignement de cette folle n'a guère d'importance au regard du bonheur qui l'attend.

*

Paulina s'aperçoit très vite que la grossesse est, selon ce que lui a dit sa mère, « un état désagréable mais naturel et nécessaire, qu'il faut essayer de supporter au mieux ». Si les nausées du début se sont atténuées, elle ressent du dégoût pour la viande, ne supporte plus les œufs, et ne peut accepter que du miel ou du fromage. Curieusement, elle aime sucer des écorces de fruits acides et a des envies d'huîtres. Le traitement pour favoriser le bon déroulement de la grossesse est quelque peu étouffant, chaque personne de l'entourage ayant ses propres recettes. Silamilla l'*obstetrix*, sage-femme qui avait déjà pris soin de sa mère, lui impose un bandage abdominal, Serena des onctions malodorantes qui ne procurent pas toujours le bien-être attendu, Bubate des amulettes d'armoise et de concombre sauvage pour prévenir les risques d'avortement et qu'il faut porter au contact du corps ou dans des sachets fixés à la taille ou à la jambe, Rhodia des potions amères qu'elle concocte en secret… Si l'on y ajoute les multiples conseils pour préserver sa beauté, éviter les vergetures ou toute autre trace sur la peau, Paulina a l'impression d'être devenue un jouet vivant pour toutes les femmes qui gravitent autour d'elle. Il reste encore Hélios, le médecin grec de la famille que Serena appelle au moindre signe qu'elle juge inquiétant et dont les prescriptions contredisent souvent celles de la sage-femme. Si celle-ci recommande avec vigueur de refuser tout rapport sexuel, considéré comme nuisible au fœtus, Hélios les juge au contraire possibles, mais en ajoutant un étrange conseil : afin d'éviter une pression sur le ventre, et si c'est un garçon que Paulina désire, il conviendrait que, durant l'acte, elle adopte la position du Parthe.

— Qu'est-ce que cela signifie ? demande-t-elle, sidérée.

Hélios sort de son sac un rouleau de parchemin sur lequel est dessiné un guerrier parthe chevauchant le dos tourné à la crinière pour tirer à l'arc sur un poursuivant.

— Je ne comprends pas, murmure Paulina.

— C'est simple, imite ce cavalier.

Paulina, qui n'a fait l'amour que dans la position agréée par les convenances, c'est-à-dire allongée sous son mari, toute fantaisie entre époux étant assimilée à de la débauche, est à la fois choquée et saisie d'une envie de rire. Revenue de sa stupeur, elle réplique :

— Comment oses-tu me conseiller ça, Hélios ? Je ne suis pas une courtisane !

Elle refuse dorénavant toute consultation de ce médecin, sans en donner la raison mais d'une façon si catégorique que Serena se demande si le Grec n'a pas commis quelque attouchement, comme il en a la réputation.

— Je ne l'aurais pas permis ! s'écrie Paulina. Je lui ai simplement demandé comment savoir si l'enfant sera ou non un garçon.

— Quel imposteur ! s'indigne Bubate. Pour le savoir, il suffit de regarder la forme du ventre…

Elle soulève d'autorité la tunique de Paulina et, après en avoir jugé, déclare :

— Il est ovale, ce sera un garçon. Quand il est rond, c'est une fille.

À l'approche du neuvième mois, au printemps de l'an 795[1], l'inquiétude que suscitent tant d'accidents survenus lors des couches prend le pas sur le reste des soucis. Est alors déployé un arsenal de prières et d'offrandes à Nona, Decima, Partula, divinités protectrices de l'enfantement, à Antevorta et Postvorta, censées faciliter l'accouchement, à Juno Lucina qui fait accéder l'enfant à la lumière du jour. Lorsque se manifestent enfin les signes du terme, l'attirail nécessaire – linges, cuvettes et la chaise en bois sur laquelle s'assoira Paulina pour accoucher – est disposé dans une chambre aménagée pour la circonstance. Dès le début des douleurs, Paulinus lui-même va chercher la sage-femme et l'accompagne, avec ses deux assistantes, chez Taurus qui a pris pour sa part quelques mesures rituelles : trois de ses amis ont fait le tour de la maison, en ont frappé le seuil avec une hache et un pilon avant de le balayer, afin d'écarter toute malveillance de Silvanus, divinité hostile aux femmes en couches.

---

1. An 42 de l'ère chrétienne.

Le moment venu, les assistantes font lever Paulina de son lit et la placent sur le siège, tandis que Silamilla s'installe sur un tabouret tout près d'elle et l'aide du geste et de la voix jusqu'au moment où, sous le regard de Serena, de Bubate et de Rhodia, l'enfant arrive au monde. La sage-femme coupe le cordon ombilical avec un roseau taillé tandis que les femmes de la maison, toutes accourues, manifestent bruyamment leur joie.

— Un garçon, je l'avais dit ! s'écrie Bubate, triomphante.

Le plus profond bonheur, c'est évidemment Paulina qui l'éprouve lorsque Silamilla, après avoir lavé l'enfant, le lui présente. Elle l'entoure de ses bras, le hume et le contemple avec émerveillement. Taurus fait alors son apparition. Il ne prononce aucune parole, mais couvre le nouveau-né et à la mère d'un regard si affectueux qu'elle en est émue mais aussi rassurée de lui voir une mine réjouie, comme si elle avait craint quelque déception.

Il reste à faire officiellement accepter le garçon par son père. Silamilla le retire de l'étreinte de sa mère, le pose sur le sol aux pieds de Taurus en annonçant d'un ton solennel qu'il est de sexe masculin et n'est atteint d'aucun mal ou défaut physique. Ce dernier le soulève, signifiant ainsi qu'il le reconnaît, s'engage à le nourrir et à l'intégrer dans le culte familial en le prenant sous son autorité de *pater familias*. En l'occurrence, il n'y avait aucune raison qu'il en fût autrement et que cet enfant mâle, désiré par les deux familles, fût rejeté et abandonné sur la voie publique, voire étouffé comme cela arrive, surtout quand il s'agit d'une fille.

En raison de sa fragilité, le nouveau-né reste enfermé pendant huit jours avec sa mère, sous la surveillance de la sage-femme. Le troisième jour, celle-ci lui donne un premier bain d'eau salée afin de raffermir la peau, mais coupé d'huile et d'un peu de miel pour l'adoucir. Le neuvième est accompli un deuxième rite, celui du *Dies lustricus*, le jour lustral, cérémonie de purification qui inclut, outre le nouveau-né et la mère, tous ceux ou celles qui ont participé à l'accouchement. À cette occasion, il reçoit de son père un *cognomen*, un troisième nom.

— Ce sera Balbus, décide Taurus en lui passant autour du cou un cordon auquel est attachée une bulle en or, à la fois amulette protectrice et symbole de la virilité guerrière, ainsi qu'une petite clochette de bronze dont le son est censé éloigner les fantômes et les démons malfaisants.

La vie de Balbus s'annonce longue et heureuse.

V

La trahison de Vénus

Entourée d'un cercle de femmes présidé par Serena, Paulina se consacre à son rôle de mère. Si elle écoute, sans exaspération, la multitude de conseils dont on la submerge, elle décide de s'occuper elle-même de son enfant plutôt que d'en laisser le soin au contingent d'esclaves vouées à son service. Elle préfère aussi allaiter Balbus, au grand regret de sa mère qui a déjà recruté une nourrice à la campagne.

— Tu as tort. Tu es encore trop fatiguée de tes couches et il lui faut le lait d'une femme vigoureuse.

— Il paraît que le premier lait maternel est très bon pour la santé du petit.

— Qui t'a dit pareille chose ?

— Rhodia.

Serena se tourne vers celle-ci :

— D'où tiens-tu cette idée ?

— Chez nous, *Domina*, on suit le précepte de Damastès, un grand médecin grec des temps très anciens, et j'ai constaté que c'était souvent juste.

— Tu t'es bien gardée de me le dire quand je t'ai engagée pour allaiter mes enfants !… En tout cas, mon fils et ma fille s'en sont bien portés.

— La règle n'est pas absolue, *Domina*.

Serena revient à la charge en s'adressant à sa fille :

114

— Tu auras vite les seins tombants et flétris, Paulina ! Il faut te garder belle pour ton mari.

— Il se contentera de ce qu'il trouvera.

L'entêtement de Paulina n'a d'égal que celui de sa mère, qui interroge aussitôt la sage-femme. Cette dernière confirme l'avis de Rhodia, vivement approuvé par Bubate :

— Paulina est saine et jeune, et sa poitrine restera ferme. D'ailleurs, je n'ai jamais entendu que nos ancêtres aient laissé une louve allaiter des enfants !

L'allusion à la légende fondatrice de Rome fait hausser les épaules à Serena, qui finit néanmoins par céder devant la détermination de sa fille.

L'emmaillotement que l'on réserve aux nouveau-nés préoccupe Paulina. Elle avait déjà vu des bébés emprisonnés de la tête aux orteils par une large bandelette mais, en enserrant le sien de façon tellement étroite, en particulier aux jointures, elle s'est demandé s'il n'allait pas étouffer.

— Mais non ! Il faut le protéger du froid, des chocs, et surtout lui éviter des malformations, ont recommandé toutes les femmes, cette fois à l'unisson.

Paulina s'est néanmoins refusée à trop comprimer le petit corps et à placer autour de sa poitrine un anneau de fer permettant de le soulever, voire de l'accrocher au mur !

— Ce n'est pas un gigot ! s'est-elle écriée.

— Ne t'en fais pas, petite maîtresse, aucun nourrisson n'en est mort, a répondu Silimilla. Sache qu'un corps, ça se forme, et pour qu'il soit bien formé, il faut le maintenir emmailloté au moins quarante jours, quitte à délivrer la partie inférieure pour ses besoins.

Au terme de cette période, Paulina s'empresse d'enlever le bandage, mais Silimilla interrompt l'opération :

— Pas si vite, petite maîtresse, il faut d'abord dégager

la main droite, et attendre trois jours avant de libérer la gauche.

— Pourquoi ?

— Pour qu'il soit droitier, voyons !

Paulina s'incline, sachant la malédiction qui s'attache aux gauchers, la *manus sinistra* étant vouée aux mauvaises actions. Lorsque, enfin, elle peut démailloter le petit corps tout entier, elle a le sentiment d'être elle-même libérée. Elle palpe son enfant, le tourne et retourne dans tous les sens, le dévorant de ses yeux débordants de tendresse, et quand elle lui donne le sein, c'est son propre sang, sa propre énergie qu'elle a la sensation de lui communiquer.

— Tu es toute ma vie, murmure-t-elle.

Elle ne respire que pour lui, ne pense qu'a lui. Il réussit même à lui faire oublier son amour pour Ilion. Elle ne consent à le confier à Niceta ou à Luda que par obligation, par exemple lorsqu'elle doit faire des offrandes aux *indigitamenta*, ces divinités qu'on pourrait qualifier de mineures si chacune n'avait son importance. Après Juno Lucina qui a présidé à l'enfantement, c'est à Vitumnus, maître du souffle vital, et à Sentinus, qui veille sur l'éclosion des sens, qu'elle adresse ses dévotions, sans oublier Vaticanus, chef d'orchestre des premiers vagissements, Cunina la protectrice du berceau, Ruminus qui surveille le bon déroulement de l'allaitement, et Paventinus qui dresse autour du nourrisson une barrière contre la peur.

Paulina consacre chacun de ses instants à Balbus, sans se rendre compte qu'elle en oublie d'être une épouse. À peine accorde-t-elle un regard à Taurus quand il vient voir comment se portent la mère et l'enfant. Après l'accouchement, elle a dormi plusieurs semaines seule, hors de la chambre conjugale, sur la recommandation expresse de Silimilla. Pour sa part, Taurus n'a manifesté aucune hâte à reprendre leurs rapports intimes, et même lorsque la période de repos s'est achevée, il n'a pas cherché à partager la même couche.

Sa mère, mise au courant de cette situation par Luda, s'en inquiète.

— Il me semble que tu n'as pas encore rejoint ton mari, observe-t-elle un jour. Il ne te l'a pas demandé ?

— Non, il sait que je dois me remettre.

Serena fronce les sourcils :

— Cela fait deux mois que tu as accouché. Tu es bien remise maintenant.

— Je dois m'occuper de mon fils.

— De ton mari aussi ! Il ne faut pas que l'interruption dure trop longtemps. Un homme a besoin d'une femme. S'il n'a pas ce qu'il faut chez lui, il va le chercher ailleurs.

L'argument est assez convaincant pour que Paulina décide un soir de rejoindre la chambre conjugale. Lorsque Taurus, qui a dîné avec des amis, rentre à la maison quelque peu éméché, il est surpris de l'y trouver, mais ne se prive pas de sauter sur ce corps qui s'offre. Si son ardeur montre que son désir est resté intact, Paulina subit l'assaut sans plaisir. Elle ne peut réprimer une moue de dégoût lorsqu'il lui souffle au visage son haleine lourde et avinée, mais l'étreinte est rapide et Taurus s'endort aussitôt. Le lendemain matin, il lui demande d'un ton sec si elle se ressent encore de son accouchement.

— Il m'en reste quelque fatigue, avoue-t-elle.

— Pas pour t'occuper de Balbus ! N'as-tu pas assez de servantes pour ça ? Tu continues à l'allaiter, n'est-ce pas ?

La question la fait sursauter. Se souvenant de la réflexion de sa mère sur ses seins, elle lui répond avec une agressivité qu'elle ne se connaissait pas :

— Pourquoi me demandes-tu ça ?

— Il y a bien une nourrice, que je sache.

— Je tiens à donner mon lait à mon enfant et à m'en occuper moi-même.

— On dirait qu'il n'y a que lui qui compte pour toi ! réplique-t-il en quittant brusquement la pièce.

La nuit suivante, alors qu'il l'étreint à nouveau, agacé de tenir dans ses bras un corps presque inerte et saisi d'une envie de le punir, il le retourne d'un mouvement brusque et saisissant les hanches lui soulève les fesses. Elle lui échappe et lui fait face :

— Que fais-tu ? Tu me prends pour une courtisane ?

Il ricane :

— Toi qui aimes lire Ovide, n'a-t-il pas écrit que Vénus jouissait de ses ébats de mille façons ?

Aussi peu instruite qu'elle soit des choses de l'amour et des textes d'Ovide sur le sujet, Paulina en sait assez pour comprendre le sens de cette réflexion. Elle ne dit mot et enfouit sa tête sous la couverture. Taurus n'insiste pas. Il se lève et va dormir dans une autre chambre.

Paulina ne tient nullement à ce que leur relation se dégrade, surtout lorsque Niceta lui rappelle le danger que représente la présence d'une esclave aussi belle que Nilée. Aussi, lorsque Taurus, au retour d'un voyage dans la *Provincia*, revient partager la couche conjugale, elle se montre moins froide et réagit aux caresses. Elle ne parvient pourtant pas à s'abandonner totalement. Comme il n'est pas dans son caractère de simuler ce qu'elle ne ressent pas, l'inévitable ne tarde pas à se produire : Taurus se montre de plus en plus distant jusqu'à ne plus la toucher.

Un matin, se souvenant de ce que sa mère lui a dit à propos des effets de la grossesse sur le corps des femmes, Paulina ôte sa tunique pour examiner son corps, surtout sa poitrine et son ventre. Elle constate que la première est encore ferme et, si les pointes en sont légèrement violacées, traces des mordillements du bébé, elle est même plus ronde qu'avant la maternité. Quant au ventre, la peau porte des signes de distension, mais il est aussi plat qu'auparavant.

Quelque temps plus tard, Taurus lui annonce qu'il doit se rendre à Rome :

— Je suis appelé par César Claude. Tu sais qu'il a succédé à Caius Caligula, et il veut reprendre en mains l'administration de l'Empire.

Paulina accueille la nouvelle avec soulagement, convaincue que cette séparation provisoire, avec la liberté qu'elle implique, ne saurait être que bénéfique. Mais à peine est-il parti qu'elle se découvre de nouveau enceinte.

*

Paulina conduit cette fois sa grossesse avec sérénité. Bien qu'elle n'allaite plus Balbus, confié à une nourrice, elle s'occupe de lui avec la même attention. Serena s'en réjouit, tout en s'étonnant du détachement de sa fille quand elle s'inquiète de l'absence prolongée de Taurus.

— Qu'il soit ici ou à Rome, quelle différence ? répond Paulina.

— Cela fait plusieurs mois qu'il est parti ! Tu vas accoucher avant son retour...

Elle se retient d'ajouter : « Si tant est qu'il revienne un jour » et confie à Bubate son sentiment :

— Paulina ne semble plus guère éprouver d'affection pour son mari.

— Comment veux-tu qu'il en soit autrement ? Vous l'avez mariée à un rustre qui a su vous jouer une jolie pantomime.

Six mois après son départ, le « rustre » est de retour en Arelate. Paulina, à quelques semaines d'un nouvel accouchement, l'accueille avec indifférence, sans même prendre la peine de la masquer sous des sourires de convention. Elle le retrouve en effet tel qu'il lui était apparu la première fois, cynique et arrogant jusqu'à la grossièreté. Elle a l'impression qu'à Rome, ce temple du pouvoir et de la débauche, il a perdu irrévocablement le masque de dignité qu'il avait réussi à se composer.

Un soir, il surgit en pagne, obscène, dans la chambre où Paulina a pris l'habitude de passer la nuit. Elle est en train d'endormir le petit Balbus dans son berceau. Ivre, il la saisit brutalement par le bras, l'entraîne dans la chambre conjugale et la jette sur le lit.

— Tu me fais mal, crie-t-elle, je suis enceinte !

En se relevant, elle voit une femme nue qui s'échappe de l'alcôve réservée à la toilette, en essayant de se couvrir d'un linge : Nilée.

— Où vas-tu, toi ? rugit Taurus. Reste ici pour montrer à la matrone ce qu'une esclave égyptienne sait faire sur un lit.

Nilée se garde d'obéir. Il se retourne alors vers Paulina, dénude ses seins, soulève sa tunique, et ricane :

— Oh là, c'est déjà assez gros !

Et il s'abat sur elle pour la pénétrer avec une violence inouïe. Elle pousse un cri et gémit à la fois de colère et de douleur. Lorsqu'il en a fini et qu'il sombre dans le sommeil, Paulina court se réfugier dans l'autre chambre. Elle s'asperge d'eau froide, se lave le corps et le sexe pour faire disparaître les traces de ce véritable viol. Incapable de trouver le sommeil, elle ne parvient pas non plus à ôter de son esprit l'image de Nilée, splendide dans sa nudité, réincarnation de Vénus émergeant des flots. Elle l'imagine sur le lit conjugal, en sueur, gémissant de plaisir dans les bras de Taurus. Elle a même l'impression de sentir son odeur. Pourtant, ce n'est pas de la jalousie qu'elle éprouve, mais un flot de sentiments où se mêlent confusément le dégoût, la colère, l'envie de fuir, et le souvenir de celui qui a illuminé ses rêves d'adolescente, Ilion. Elle ressent, pour la première fois, une envie de détruire qu'elle n'ose appeler de la haine.

Dès les premières lueurs de l'aube, elle réveille Niceta et la fait venir dans sa chambre pour lui raconter ce qui s'est passé, se délivrer des visions qui l'obsèdent.

— Qu'importe qu'il couche avec cette esclave, ils le font tous. Il ne t'a pas donné de coup dans le ventre, au moins ?

— Si, il m'a fait mal…

— Je vais appeler la sage-femme.

— Ce n'est pas la peine.

Retrouvant peu à peu son calme, elle s'interroge :

— Comment se fait-il qu'il ait tant changé depuis qu'il s'est rendu à Rome ? Les premiers temps du mariage, il était si attentionné, si gentil, affectueux même…

Niceta hausse les épaules :

— C'était de la comédie. Il s'est montré gentil au début parce qu'il se liait à la fille d'un riche notable et que sa fonction de préteur l'obligeait à une certaine dignité, en tout cas en plein jour. Dans l'ombre, il buvait et couchait avec la Nilée quand tu étais occupée ailleurs. Sous une figure humaine, c'est une bête… comme tous les hommes.

— Tu parles comme si tu en avais connu des dizaines !

— Je sais regarder ce qui se passe autour de nous, et ma mère m'a prévenue. C'est pourquoi je ne me marierai jamais.

— Tu veux rester vierge ?

Niceta sourit :

— À moi de te faire confidence : je ne le suis plus.

Paulina ne cache pas sa stupéfaction :

— Eh bien ! Tu es une vraie cachottière… Et avec qui tu as… ?

— Egestos, l'un des jardiniers.

— C'est un esclave ! Et il a à peine seize ans.

— Deux bonnes raisons pour moi de l'avoir choisi ! Il fait ce que je veux et il est d'une condition inférieure. J'en ajoute une autre : il est beau.

— Et si tu as un enfant ? Tu ne vas pas l'exposer[1] au moins !

— Non ! Je ne ferai jamais une chose pareille. Je prends des précautions pour ne pas en avoir, et si ça arrive, je le garderai.

Les deux jeunes femmes observent le silence un moment, comme si elles réfléchissaient à leurs conditions respectives. C'est Niceta qui le rompt :

— Toi, malheureusement, il faudra t'habituer à subir ta brute de mari.

— Je ne le pourrai pas longtemps !

Niceta hoche la tête :

— Pauvre petite sœur, ne te fais pas d'illusions, tu es prise dans des chaînes difficiles à défaire.

Une fois seule, Paulina ne peut s'empêcher de penser au couple qu'elle forme avec Taurus. Comment s'étonner qu'en ce moment il lui préfère une Nilée jeune et belle, avec sa peau brune, ses seins pointus, sa cambrure et ses longues jambes aux fines jointures ? Pourtant, malgré sa colère, elle ne se sent pas la force de rejeter les règles qu'on lui a si profondément inculquées. Fille de chevalier, elle se doit de rester à sa place, même si elle ne peut admettre d'être trompée. Alors, subitement, dans un geste de fureur et d'impuissance, elle brise tout ce qu'elle trouve à portée de sa main.

Le soir même, elle a la surprise de découvrir que Taurus semble avoir oublié ce qui s'est passé la veille. Sans être vraiment prévenant, il retrouve le sens de la civilité et se soucie de l'évolution de la grossesse de Paulina, de la santé de son fils, de sa croissance. Lorsque

1. Abandonner un nouveau-né en le déposant dans la rue.

Luda lui présente Balbus, il lui caresse la joue et sourit, satisfait :

— Tu l'as bien soigné, dit-il à Paulina.

Elle hausse les épaules :

— Évidemment ! Je suis sa mère.

Il esquisse un vague sourire et sort sans ajouter un mot d'excuse pour sa conduite de la nuit. Il est le maître et le sait.

Son accès de gentillesse est éphémère. Au fil des jours, leurs relations se distendent à nouveau. Ils dorment dans deux chambres séparées et ne partagent plus aucune intimité. Les soins prodigués à son enfant absorbent entièrement Paulina. Elle s'affole lorsque surviennent une fièvre, des douleurs qui le font geindre et crier, mais il ne s'agit le plus souvent que des effets d'une poussée dentaire, auxquels on remédie par des bains chauds et en massant les gencives du nourrisson avec de la graisse de poule.

Elle est enceinte de huit mois quand soudain les contractions se manifestent avec de plus en plus d'intensité, annonçant un accouchement prématuré. Appelée de toute urgence, Silamilla la sage-femme s'enferme avec elle dans la chambre, d'où parviennent des cris de douleur. Elle en ressort quelques heures plus tard pour déclarer, les traits défaits :

— Juno Lucina n'a pas accordé sa protection.

Toutes les femmes de la maisonnée comprennent que la délivrance s'est mal passée : Paulina a accouché d'un enfant mort-né. Elles se précipitent dans la chambre. Serena se penche sur sa fille qui est inondée de sueur et respire difficilement. Elle lui éponge le front avec un linge imbibé d'eau fraîche, lui caresse les joues.

— Comment te sens-tu ? lui demande-t-elle.

Paulina a les yeux clos. Elle a cru se vider de son sang et de ses entrailles, et a perdu connaissance. Elle a vu planer l'ombre de la mort. Rouvrant les yeux et voyant au-dessus d'elle sa mère et le cercle des regards anxieux, elle murmure :

— Je suis vivante, Mère, mais mon enfant...

La voix s'éteint rapidement et le visage se couvre de larmes. Silamilla murmure à l'oreille de Serena :

— Elle a perdu beaucoup de sang. Mais elle se rétablira.

— Est-ce qu'elle pourra encore enfanter ?

— Pourquoi pas ?

Cette réponse ne rassure pas Serena, bien qu'elle ait elle-même fait une fausse couche avant de tomber enceinte de Paulina. Elle mande un médecin récemment arrivé en Arelate et dont on lui a dit le plus grand bien. Il interroge la sage-femme, examine Paulina, puis affirme sur un ton docte que cela dépendra de la volonté des dieux et de Vénus Verticordia.

*

Pour quelque temps alitée, Paulina se montre plus déprimée que fatiguée. Sa vie d'épouse lui semble un tel échec qu'elle sombrerait dans le désespoir s'il n'y avait, dans le petit lit dressé près du sien, Balbus. Et la présence à son chevet de sa mère, de sa tante, de Niceta, de Rhodia, lui apporte plus de réconfort que les paroles peu amènes assénées par Taurus : « Tu as eu de la chance de ne pas succomber comme d'autres femmes », ou : « Au moins, tu pourras te consacrer entièrement à notre fils ».

Il festoie d'ailleurs sans vergogne avec son cousin Blaesus, qui est revenu en Arelate avec lui. Paulina déteste ce personnage apprêté comme une femme, avec sa chevelure frisée, son visage fardé, ses bagues aux doigts et son regard graveleux. Serena et Bubate éprouvent les mêmes sentiments envers ce tortueux maître de la flagornerie.

— Je me demande s'il n'y a pas autre chose entre ces deux-là qu'une simple amitié de cousins, suggère cette dernière.

— Tu as mauvais esprit, dit Serena. Je crois plutôt qu'ils partagent les mêmes bonnes fortunes…

— Ils chassent dans les deux sexes.

— Le gibier de Taurus est plutôt féminin.

Effectivement, Paulina ne tarde pas à découvrir que son mari a une maîtresse en ville, avec laquelle il s'affiche dans des festins et qu'il emmène en tournée dans la *Provincia*. Elle charge Niceta de se renseigner sur cette femme.

— C'est une affranchie de Narbo Martis[1], elle est éthiopienne, dit Niceta.

— Décidément, il aime la peau brune !

On a l'habitude de qualifier d'« éthiopien » tous les gens d'Afrique ; celle-ci est en fait une ancienne esclave libyenne, amenée à Narbo Martis par un commerçant rhodanien qui l'a affranchie avant de mourir.

— Que Taurus aime les peaux sombres, c'est son affaire, dit Niceta, mais ce qui m'inquiète c'est que cette femme vient d'une contrée où l'on sait jeter des sorts et même faire entendre des voix capables d'égarer les esprits. Ma mère m'a dit que ces gens peuvent inverser la réalité, muer la beauté en laideur, l'indifférence en passion. Certains ont des yeux qui peuvent lier quelqu'un ou le tuer, rien qu'en le regardant. Malheur à celui qui succombe à un tel sortilège !

Mise au courant par sa fille des frasques et de l'infidélité de Taurus, Serena en informe Paulinus, qui vient de rentrer, lui aussi, d'un voyage à Rome. Il n'en est pas étonné :

1. Narbonne.

— Là-bas, sa conduite a défrayé la chronique.

— Tu l'as rencontré ?

— Non, je n'ai pas eu le temps et lui n'a pas cherché à me voir. Il était trop occupé à courir les *lupanaria*, et aussi à intriguer auprès de César.

— Dans quel but ?

— Pour obtenir une promotion lucrative.

— Quoi ! Il n'est pas content de son sort ? Comme s'il ne lui avait pas suffi de réaliser, grâce à toi, de fructueuses opérations.

Taurus s'est en effet considérablement enrichi avec les intérêts des prêts et les revenus des affaires que son beau-père lui a permis de réaliser.

— Il a ses entrées au palais de César grâce à son cousin, révèle Paulinus.

— Blaesus ?

— Oui, c'est un intrigant, un rat du Palatin. Il était déjà bien en cour sous le règne de Caius Caligula. On m'a dit qu'il participait même à ses orgies. Il a surtout réussi l'exploit de se maintenir dans le cercle du pouvoir en s'infiltrant dans l'entourage de Claude, grâce à deux de ses favoris : l'eunuque Posidès qui a été son amant, et l'affranchi préposé à la correspondance impériale, Narcisse, l'un des hommes les plus puissants de Rome.

— Pourquoi Blaesus est-il revenu ici avec Taurus ? Ils ne se quittent pas.

— Je l'ignore, mais s'il l'entraîne, comme à Rome, dans des beuveries et des orgies, je vais intervenir pour protéger notre fille.

— Il se moque d'elle…

— Alors, je vais le calmer !

Paulinus, consterné, est déterminé à agir. Bien que sa fille dépende de l'autorité maritale et non plus de la sienne, il sait que, au-delà des règles et des lois, comptent les rapports de force et d'influence. Et sur ce plan, il est bien armé.

L'entretien, qui a lieu dans son bureau du port, est orageux. Des éclats de voix parviennent sur le chantier naval et les échos s'en répandent parmi le personnel de Paulinus qui en fait des gorges chaudes. Peu importe les rumeurs, Paulinus sort vainqueur du duel verbal, après avoir menacé son gendre de dénoncer quelques faits de corruption dont celui-ci s'est rendu coupable.

De façon subite, Taurus se rapproche de sa femme… Le premier soir où il la rejoint, Paulina est trop en colère pour ne pas le repousser, mais comme il revient plusieurs nuits de suite en y mettant les formes, elle finit par céder à un sentiment mitigé, où se mêlent lassitude et ce sens du devoir si profondément enraciné en elle.

Pendant deux mois, il s'invite ainsi presque chaque nuit dans sa chambre, animé de la même ardeur qu'au début du mariage. Elle ne peut résister au plaisir qu'il sait donner, oubliant que cette assiduité est due, au moins pour une part, à l'intervention de son père. Elle serait prête à croire à un regain d'affection, à défaut d'amour, si Niceta ne lui avait révélé un jour que la Libyenne venait de donner naissance à une fille. Furieuse, elle se persuade que Taurus n'est revenu vers elle que faute de pouvoir satisfaire sa débordante sensualité avec sa maîtresse enceinte. Lorsqu'il tente de s'approcher d'elle ce soir-là, elle s'enferme dans sa chambre et lui crie :

— Va rejoindre ton Éthiopienne !

Taurus n'insiste pas. La rupture est dès lors inévitable, mais il n'ose pas aller jusqu'à la répudiation. Il a plusieurs raisons de ménager sa femme et son beau-père. Outre le souci de préserver ses intérêts matériels, puisqu'en cas de divorce il lui faudrait restituer la dot, il doit tenir compte des relations que Paulinus a su nouer dans les milieux du pouvoir. Lui aussi a ses entrées au palais impérial grâce à l'amitié d'un des puissants affranchis qui entoure celui-ci, Marcus Antonius Pallas.

Cet ancien esclave, affranchi par Antonia, la mère de

Claude, est chargé de la gestion financière de l'Empire. Son influence rivalise avec celle de Narcisse, le protecteur de Blaesus. Au moment où Taurus est sur le point d'obtenir une importante promotion, il n'a aucun intérêt à rompre ses liens avec les Pompeii. La situation reste donc incertaine jusqu'à ce qu'il annonce à Paulina son départ en une province lointaine d'Asie Mineure, la Cilicie. Il doit y exercer la haute fonction de procurateur-gouverneur pour une durée de cinq ans, sauf imprévu.

— Je suppose que tu ne tiens pas à m'accompagner, ajoute-t-il.

— Certainement pas. Et moi, je suppose que tu n'y pars pas seul.

Taurus fait un geste vague.

— Il vaut mieux que nous en restions là, dit-il. Je te laisse Balbus. Je sais que tu l'élèveras de la meilleure façon possible.

Paulina, sans lui répondre, le laisse partir. Si elle est soulagée de n'avoir plus à supporter une présence devenue odieuse, elle n'en est pas moins affectée par ce qui ressemble à un divorce. À la douleur profonde causée par la naissance d'un enfant mort-né, à l'humiliation d'avoir été trompée, voilà que s'ajoute l'amertume d'être presque officiellement abandonnée. L'affection dont elle est entourée ne suffit pas à alléger la peine dans laquelle elle s'enferme. Elle refuse de voir quiconque, sauf Niceta, et se nourrit à peine.

Pendant quelque temps, elle laisse même Luda et les servantes s'occuper de Balbus, comme si elle reprochait à l'enfant d'avoir monopolisé son attention au moment où elle aurait dû prendre soin d'elle-même. Mais ce sentiment dure peu et elle se rend très vite compte que le petit est sa seule et véritable consolation. Elle sort alors de sa solitude et lui consacre à nouveau tout son temps. Elle lui donne ses bains d'eau froide, le prépare à la marche par une gymnastique que lui conseille

Serena, et au développement de l'indispensable virilité en lui tirant le prépuce.

— Et dire qu'on fortifie ainsi l'instrument à faire souffrir les femmes ! dit Bubate.

La remarque fait rire Paulina.

— C'est bien la première fois depuis longtemps que je te vois rire, s'écrie sa mère, réjouie de la voir reprendre quelque force et s'adonner à ses devoirs maternels.

Serena lui reproche néanmoins de négliger ce qu'elle considère comme essentiel : la dévotion aux divinités en charge de la croissance de l'enfant, les Potina et Educa, instructrices du boire et du manger, Stativus, tuteur de la station debout, les Adeona et Abeona qui devraient écarter les dangers, et surtout Juno Iterduca et Domiduca qui contrôlent l'ensemble.

— Toutes mes prières et mes offrandes n'ont pas empêché la perte de mon enfant et la stérilité de mes entrailles ! réplique Paulina.

— Il ne faut pas parler de la sorte. Tu vas attirer les foudres divines !

— Tu as surtout oublié les divinités de notre peuple, dit Bubate. Il aurait fallu te rendre au temple de la montagne où se célèbre le culte de Nantosuelta, celle qui veille sur la famille et le feu sacré. Pourquoi ne pas y aller maintenant ? L'été commence et il serait bon pour toi et Balbus d'aller respirer l'air des hauteurs et reprendre des forces. Cela fait si longtemps que tu n'es plus retournée à la Petite Montagne, sans doute à cause de ce maudit Taurus... Je te conduirai chez le Vieux de la Forêt.

*

Le voyage à travers les étangs et dans les senteurs estivales de la garrigue réveille une vague de sensations et de souvenirs des temps heureux. Assise dans la *carruca*, Balbus blotti dans ses bras, Paulina se laisse envahir par un plaisir qu'elle ne se croyait plus capable d'éprouver. Elle éclate de rire aux rumeurs du forum rapportées par Niceta, aux récits des mésaventures de telle matrone empanachée dont la perruque de cheveux indiens s'est envolée dans un courant d'air, ou de telle autre dont un vilain chien a déchiré la *stola* et la tunique de corps, laissant ainsi ses fesses à nu.

— Il y a longtemps que je ne t'ai vue d'une telle humeur, constate Niceta.

— Si tu savais à quel point je comprends ce qu'est la liberté.

— Oh là ! Attention à ce mot. Ne te fais pas trop d'illusion sur ce que tu appelles liberté. Elle a plusieurs têtes, plusieurs visages, plusieurs formes, parce que la vraie liberté est un leurre, même pour toi.

— Je ne comprends pas.

— Tu crois être libre car tu as le sentiment de t'être débarrassée de liens qui t'étouffaient, mais ta condition t'en impose d'autres. S'il y a des femmes capables de les rejeter, ce n'est certainement pas ton cas.

— Tu veux dire que je suis moins libre que toi…

— Ma condition est inférieure à la tienne et beaucoup de choses me sont interdites, mais je ne suis pas emprisonnée dans toutes ces règles qui font, paraît-il, une vraie matrone.

Paulina ne dit mot. Elle écarte la ridelle et regarde les feuillages vert-gris des oliviers qui couvrent les pentes. Elle en hume le souffle sec qui la ramène à cet été où elle rêvait d'amours pures et bucoliques avec celui qui avait éveillé son cœur et troublé pour la première fois ses sens. Le mariage, cette obligation imposée à son corps et à son esprit, et la maternité, devoir mué en une source de tendresse, ont fait d'Ilion une sorte d'ombre irréelle, revenue hanter ses pensées comme pour lui rappeler qu'il pouvait exister un autre monde, un havre de paix et de sérénité auquel elle aspire plus que tout.

En abordant la montée qui mène à la résidence, les effluves de la résine des pins bordant l'étroite route, puis l'odeur d'un troupeau de moutons paissant dans un pré lui remémorent sa randonnée vers la forêt à la recherche de l'insaisissable affranchi. Niceta, devinant ses pensées, dit soudain :

— Quand je pense à nos promenades… Dire que, depuis ton mariage, tu n'es plus revenue ici. Avoue que tu avais peur de voir Ilion.

— Mais non ! Taurus déteste la campagne. Et puis il y a eu Balbus…

Paulina hésite un instant, avant de demander sur un ton faussement détaché :

— Sais-tu ce qu'« il » est devenu ?

— Tu le sais bien, il dirige les comptoirs de ton père sur le fleuve.

Paulina hoche la tête :

— Cela, je le sais. Mais a-t-il une femme, des enfants ?

— Je crois…

Niceta regarde Paulina en souriant.

— Tu penses encore à lui, n'est-ce pas ?

— Qu'est-ce que ça veut dire, « penser à lui »? C'est de la simple curiosité ! Je ne suis pas venue ici pour faire revivre les illusions de mon adolescence…

Elle dresse Balbus sur ses jambes et le fait sautiller.

— Il y a mon fils maintenant. Rien d'autre ne compte pour moi. C'est pour lui que je vis et que je viens ici, tu le sais bien.

Niceta ne dit mot, mais le ton de Paulina est trop agacé et véhément pour ne pas trahir la persistance d'un sentiment qu'elle se cache peut-être à elle-même.

Le petit convoi est maintenant arrivé. En l'absence de Serena, restée en ville, c'est Bubate qui dirige la maisonnée. Elle le fait avec autorité mais, n'oubliant pas le but du séjour, elle envoie son cocher Clinus le muet annoncer, par gestes, sa visite au Vieux de la Forêt.

Le soir venu, Paulina se retire dans sa chambre avec Balbus qu'elle pose, endormi, sur le lit. Elle s'allonge à son côté. Par la fenêtre ouverte, elle peut contempler le ciel limpide, illuminé par une lune presque entière. La main posée sur le petit corps, elle se sent pénétrée par sa chaleur. C'est un instant magique, une bouffée de joie après tant de remous, de tensions et de tristesse. Elle a l'impression de flotter dans un espace où les peurs se sont dissipées, où le temps s'est aboli, où le murmure de la brise compose la seule musique. C'est avec douceur qu'elle se laisse glisser dans un sommeil abyssal.

Il fait jour lorsqu'elle est réveillée par Balbus. Aussitôt après ses ablutions matinales, Bubate la fait appeler pour se rendre dans le refuge du Vieux ; elles sont accompagnées cette fois de Silas et de quelques esclaves, chargés de porter offrandes, diverses victuailles, et de la volaille pour les sacrifices. À leur arrivée, elles sont accueillies par les trois jeunes femmes silencieuses, gardiennes du modeste temple voué aux divinités dont les représentations en bois s'alignent sur les autels. Bubate fait signe à Silas de déposer les offrandes puis de se retirer. Les trois femmes s'étant éclipsées à leur tour, elle invite sa nièce à prier pour la santé de Balbus.

Paulina se recueille longuement et, après tant d'épreuves subies ces derniers mois, submergée par l'émotion, elle ne peut retenir ses larmes. Bubate l'entoure de ses bras et elles restent un moment ainsi, dans la faible lumière du sanctuaire, jusqu'à ce qu'elles sentent une présence silencieuse. Elles se retournent et voient l'imposante silhouette du Vieux qui leur souhaite la bienvenue et les invite à le suivre. Il les conduit à l'extérieur jusqu'à un petit enclos creusé dans la roche calcaire d'où jaillit une source.

— Asseyez-vous, dit-il en désignant un banc de pierre. La dernière fois, Bubate, tu m'avais amené ta nièce pour que je lui parle de notre peuple afin que la mémoire ancestrale ne se perde pas. Mais vous étiez pressées par le temps. Pouvez-vous rester plus longuement aujourd'hui ?

— Tout le temps que tu voudras, Grand Maître.

— Tu sais que ma parole est mesurée. On m'a dit que ta nièce a traversé quelques épreuves. Je veux juste l'instruire sur l'essentiel, non la consoler, mais tenter de lui faire comprendre qu'elle peut trouver en elle l'énergie nécessaire pour surmonter ses souffrances.

Et s'adressant à Paulina, il poursuit :

— Sache que je ne suis pas un prêtre qui va t'imposer des rites, un culte à honorer. Ce n'est pas moi qui ai bâti le temple, mais des fidèles de nos divinités ancestrales qui veulent se sentir protégés, comme ta tante Bubate. Ils ne sont plus guère nombreux. Presque tous nos frères se sont tournés vers les dieux des Romains. As-tu entendu parler de Diviciacos ?

— Non.

— C'était un druide des Eduens. Il s'était lié d'amitié avec Cicéron et César. La plupart des nôtres ont suivi son exemple. Ils ont abjuré nos croyances, nos traditions, et adopté celles des Romains.

— Pourquoi ?

— Ils n'ont pu résister à la force de la vague qui a déferlé sur les peuples des *Galliae*. Beaucoup ont cru y voir leur intérêt. Nous étions trop divisés, ou plutôt nos chefs l'étaient. Chacun cherchant à s'imposer aux autres, ils ont fini par faire appel aux Romains qui, à l'exemple de César, n'ont pas laissé échapper l'occasion. Redoutable est la ruse politique des descendants de Romulus et de Remus…

— Et vous-même, Maître, qu'avez-vous fait ?

— Je n'étais pas né lors des grands événements qui ont conduit à l'intégration des *Galliae* dans l'Empire, mais j'ai grandi dans une famille du peuple salien des *Nearchi*, dont les racines sont ici, dans cette terre que nous foulons. Mon père n'a jamais voulu se laisser engloutir par la vague venue de Rome. Il s'est rebellé et, pour échapper au glaive des conquérants, il a dû s'éloigner vers le nord. Il nous a emmenés avec lui. Nous avons même traversé la mer et cherché refuge chez nos frères de l'île de Britannia. C'est là que j'ai acquis le savoir de ceux qu'on appelle druides…

— La magie ?

Le Vieux se lisse la barbe et hoche la tête :

— Ah ! Voilà bien ce que les Romains ont réussi à faire croire : les druides seraient de vulgaires sorciers, des mages aux prédictions fondées sur le vent, des prêtres pratiquant des offrandes sanglantes ! Nous, peuples des *Galliae*, n'aurions été que des sauvages, des brutes ne connaissant que la guerre, se livrant à des sacrifices humains et se vantant d'exploits imaginaires. Non ! Nous ne sommes pas des bêtes et nous avions des hommes sages et savants pour nous instruire, nous guider, rendre la justice. Nos druides étudiaient la *physiologia*, la science de la nature, et ils étaient capables d'en percer le secret. Ils étaient des hommes de paix et de justice qui s'interposaient lorsqu'il y avait un conflit entre les familles ou les clans. Ils savaient aussi lire dans les étoiles les changements de climat. Ils étaient écoutés et respectés… Mais tout cela a presque entièrement disparu.

— Pourquoi es-tu venu ici ?

— Mon père nous parlait beaucoup de notre pays, de cette terre ancestrale où coule le grand fleuve. Je savais que ce n'était plus ce qu'il avait connu et que Rome, qui avait su envelopper notre peuple dans les plis de sa toge, se méfiait de nous. Certains chefs se sont révoltés, comme il y a une vingtaine d'années Sacrovir l'Eduen et Florus le Trévire. Ils ont été vaincus, c'est vrai, et se sont noblement donné la mort.

— Tu crois possible un nouveau soulèvement ?

— Cela pourrait arriver si un gouverneur romain ou des légions commettaient des exactions, mais je n'approuve pas qui fait couler le sang. Ce n'est pas le glaive qui règle les problèmes, mais la justice et la foi en la destinée de l'homme au-delà même de la mort, telles que les professaient nos sages, nos druides.

— La destinée de l'homme au-delà de la mort ? s'étonne Paulina.

— Nous croyons en une âme immortelle qui survit au corps dans lequel elle a élu domicile, et qui peut s'abriter dans un autre corps au gré de Dis Pater, divinité suprême dont nous sommes les enfants.

— Mais Dis Pater n'est-il pas le dieu des ténèbres ?

— C'est un allié de Pluton, qui gouverne les Enfers, et sous son égide s'accomplissent les migrations, car l'âme continue de vivre. Sache qu'autrefois nous incinérions nos morts, afin que leur âme puisse rejoindre Dis Pater au royaume des ombres. Voilà pourquoi, selon notre tradition, nous comptons le temps non par jours mais par nuits. Nous croyons que ce temps ne s'arrêtera jamais, même si le ciel pourrait tomber sur la terre, y répandre le feu et la noyer sous les eaux.

— Le monde des hommes pourrait être réduit en cendres et englouti ? C'est effrayant, murmure Paulina.

— Nous croyons aussi que le monde pourra renaître de ses cendres, émerger à nouveau. Sais-tu que c'est cette foi en l'immortalité de l'âme et la continuité du temps qui rendait nos guerriers indomptables ?

Le Vieux, fixant Paulina, ajoute :

— Cette foi peut également permettre de surmonter

les souffrances qu'infligent la vie et la stupidité des hommes.

Bien que la conviction du discours, de la voix, du ton, de toute la personne même du Vieux enveloppe Paulina de sa force, elle reste perplexe. Cette histoire d'immortalité de l'âme et de renouveau du monde lui semble trop abstraite, trop éloignée de ses soucis de l'heure. Ce dernier s'en doute et reprend avec douceur :

— Réfléchis bien à ce que je viens de te dire. Je sais que cela bouleverse les croyances qu'on t'a inculquées, mais la vérité s'impose un jour ou l'autre.

Bubate, qui n'a dit mot, approuve d'un signe de tête.

— As-tu des questions à me poser ? demande le Vieux.

— Je me souviens d'un disque de métal qui te permettait de lire dans les mouvements des astres...

Le Vieux plisse les yeux et ses lèvres esquissent un demi-sourire comme s'il devinait l'arrière-pensée de Paulina.

— J'ai été initié en Britannia et en Égypte à la science de la divination, ainsi qu'à celle des nombres. Pourquoi me parles-tu de cela ?

— Peux-tu prédire mon destin ?

— Ne t'ai-je pas déjà dit que ce désir-là était dangereux ? D'une prédiction, on ne retient que la partie ténébreuse. La vie ressemble à une roue qui roule un jour dans l'herbe tendre, un autre dans le sable, un autre dans le marais. L'essentiel est qu'elle ne se brise ou ne s'enlise pas. À nous d'agir en conséquence, mais la solution ne dépend pas toujours de nous. La seule chose que nous pouvons faire est de saisir la moindre initiative qui nous est accordée par le destin.

— Il ne me l'a jamais accordée.

— C'est ce que tu crois. Entre les différentes voies qu'il nous offre, nous avons le choix.

— N'est-ce pas Dis Pater, ou un autre dieu, qui a le pouvoir de nous l'imposer et d'arrêter la roue ?

— Dis Pater a le pouvoir de la faire rouler à nouveau, voilà ce qu'il faut avoir présent à l'esprit. On appelle cela l'espérance. Si tu es venue me demander un conseil, je te recommande d'y penser et de vivre ta vie telle qu'elle se présente, avec son tourbillon de couleurs et cette succession de saisons de feu et de glace.

VI

La caresse d'Isis

An 797 depuis la fondation de Rome (44 après J.-C.)

Après sa visite dans l'antre du Vieux de la Forêt, Paulina s'abandonne à la quiétude de son existence à la Petite Montagne. Elle s'émerveille des progrès de Balbus dont le moindre geste l'attendrit et se promène longuement dans les bois ou sur les reliefs accidentés aux formes fantasmagoriques. Au milieu de cette nature sauvage aux senteurs exaltées par la violence du soleil, elle retrouve sa joie de vivre. Elle découvre les œuvres d'Ovide que sa mère lui a toujours présenté comme un débauché cynique : « N'a-t-il pas été exilé au bout du monde pour cette raison ? » De retour en Arelate, elle assiste, en compagnie de son père, à des représentations de pantomime données par Garganus et sa troupe de musiciens. Dirigés par le citharède Arto, ils sont entretenus par Paulinus, qui prodigue de plus en plus ses bienfaits aux arts et aux jeux. Il organise des courses de chevaux élevés en Gaule narbonnaise et fait venir à prix d'or de célèbres gladiateurs pour combattre dans une arène assez rudimentaire aménagée sur le versant nord de la butte. Aux habitants d'Arelate, il a promis la construction d'un véritable amphithéâtre, projet que tente de devancer, pour lui faire de l'ombre, le décurion Verconnius, notable enrichi dans le commerce rhodanien.

Paulina n'a que dix-huit ans, mais sa beauté a mûri sans que ses deux grossesses aient laissé de traces. Son corps est sorti des incertitudes de l'adolescence. Il s'est étoffé et son élégance naturelle le met pleinement en valeur. Elle s'en rend compte aux regards qui s'attardent sur elle lorsqu'elle se rend sur le forum, chez Valicinia, et au théâtre où elle ne peut s'empêcher de penser aux conseils que donne Ovide dans son *Art d'aimer* : « *C'est surtout au théâtre qu'il faut tendre tes filets : le théâtre est l'endroit le plus fertile en occasions propices. Tu y trouveras telle beauté qui te séduira, telle autre que tu pourras tromper, telle qui ne sera pour toi qu'un caprice passager, telle enfin que tu voudras fixer...* » Certains bellâtres, sachant que son mari est absent, ou supposant même qu'elle est divorcée, se permettent de l'aborder. L'un d'entre eux, un après-midi, parvient à se glisser près d'elle au moment où elle se dirige vers la boutique d'onguents et de parfums.

— Je serais honoré si tu m'accordais la faveur de venir dîner chez moi. Je t'ai vue au théâtre et, depuis, je ne pense qu'à toi. J'aimerais t'offrir une pantomime puisque tu sembles les apprécier. Il y a dans notre ville un jeune histrion prodige de quatorze ans à peine, Illyrias. Il interprète à merveille les personnages de femme.

— Comment peux-tu être aussi impudent ? Je suis mariée, réplique-t-elle en le toisant d'un regard glacial qui refroidit son ardeur, avant même que n'intervienne Silas pour écarter l'importun.

Insensible aux ragots et aux perfidies qui évoquent sa répudiation en assurant que Taurus l'a quittée parce qu'elle serait devenue stérile, elle a trouvé un équilibre, presque une forme de bonheur, malgré les épreuves qui ont laissé au fond de son cœur une angoisse toujours prête à ressurgir.

À la fin de l'année, survient une nouvelle inattendue : au cours d'un naufrage provoqué par une tempête au large des côtes de Cilicie, le navire sur lequel s'était embarqué Taurus a sombré corps et biens. Une mort redoutée entre toutes, car sans incinération ni inhumation, l'âme est condamnée à errer durant mille années sur les bords du Styx sans pouvoir le franchir et accéder ainsi au séjour éternel.

— Les dieux l'ont puni, déclarent sa mère et Bubate à l'unisson.

En dépit de sa rancune, Paulina ne se réjouit pas de cette disparition. Elle accueille sans émotion ce qu'elle considère comme une décision du destin. Elle pense surtout à son fils qui ne bénéficiera pas de la protection paternelle et dont le tuteur, désigné par Taurus, est le dépravé Blaesus.

— Ne t'inquiète pas de cela, lui dit Paulinus. Je suis en mesure d'éloigner de lui ce Blaesus. Et puis on lui trouvera plus tard un père adoptif.

Niceta a un autre point de vue :

— Tu devrais te réjouir, tu es veuve, c'est-à-dire libre, tu es belle, tu n'as même pas vingt ans, tu peux te remarier.

— Me remarier ? C'est ça que tu appelles la liberté, toi qui as choisi un amant que tu peux commander ! se récrie Paulina.

— Ma condition n'a rien à voir avec la tienne. Tu sais bien que, depuis une loi du divin Auguste, les veuves comme toi ont intérêt à se remarier.

— Je sais, sinon elles ne peuvent hériter, sauf si elles ont plus de cinquante ans ou au moins trois enfants. Mais je ne tiens pas à retomber dans le même piège. Surtout, quel comportement aurait un homme à l'égard de Balbus, un enfant qui ne serait pas de son sang ?

Du fait des circonstances du décès, de l'éloignement et de leur séparation, Paulina est dispensée d'avoir à accomplir le rite des funérailles. Pour avoir assisté, petite, à celles de l'époux de Bubate, elle en connaît l'interminable déroulement : sinistre appel du défunt à trois reprises, soins au corps avant de le déposer sur un lit funéraire orné de fleurs et de placer une pièce de monnaie dans sa bouche en guise de paiement à Charon, le nautonier des Enfers. Exposition du corps durant plusieurs jours au cours desquels défilent relations du défunt et pleureuses échevelées, cortège entonnant des chants funèbres jusqu'au lieu où est incinéré le corps... Paulina peut se borner à faire des offrandes aux divinités des Enfers et à porter le deuil pendant un an.

La vie ordinaire poursuit son cours. Alors qu'à Rome Claude, le successeur de Caius Caligula, jouit de la faveur du peuple grâce à une conduite empreinte de modestie, en Arelate le fleuve inquiète les riverains et les corporations. Des pluies particulièrement abondantes le font déborder malgré un récent aménagement des berges ; l'eau parvient même à inonder le jardin des Pompeii et à atteindre l'*atrium*. Mais les dieux se montrent bienveillants en permettant une décrue rapide. Paulina, constatant les ravages, songe à la roue du destin évoquée par le Vieux. Cette pensée ne va pas la quitter. De retour à la Petite Montagne, l'été suivant, quand elle revient sur ses quatre années de mariage, elle confie à Niceta :

— Tout cela s'est évanoui comme une poussière balayée par le vent. J'en suis parfois à me demander si Taurus a vraiment existé...

Niceta désigne Balbus qui joue avec Luda :

— Il a au moins laissé une trace.

— J'ai presque le sentiment qu'il n'y a été pour rien.

Niceta éclate de rire :

— Le père serait-il Jupiter ?

— Après tout, peut-être…

— En tout cas, avec Balbus, il te reste le meilleur !

Le visage de Paulina s'éclaire d'un sourire, que vient très vite voiler un soupçon d'inquiétude.

— Voilà pourquoi je dois le protéger.

— Que veux-tu qu'il lui arrive ? Regarde-le ! Il est en bonne santé, il rit tout le temps.

Paulina ne dit mot. Elle ne peut pourtant se débarrasser de l'anxiété qui lui inspire des cauchemars récurrents dans lesquels sa colombe Albilla se mue en corbeau avant de se faire dévorer par un butor. Un matin, au réveil, elle la cherche en vain des yeux. L'oiseau a l'habitude de voleter librement à l'extérieur, mais finit toujours par revenir. Cette fois les heures passent sans qu'il réapparaisse. Toute la maisonnée, alertée, se met à sa recherche. Un esclave le trouve finalement à la limite du jardin, déchiqueté.

Paulina, aussi impressionnée qu'affectée, décide de retourner voir le Vieux de la Forêt avec l'espoir qu'il accepte de lui prédire l'avenir.

Le visage enseveli sous sa chevelure et sa barbe blanches, l'ermite l'accueille avec une bienveillance toute paternelle :

— Que t'arrive-t-il ? Tu as l'air tourmentée.

— Je n'ai que dix-neuf ans, mais j'aimerais savoir quel futur les dieux réservent à mon fils et à moi-même.

— Je croyais t'avoir détournée de ce genre de préoccupation, Paulina. Je te répète que ce n'est pas une bonne idée. Il faut prendre de l'existence ce qu'elle t'offre ou t'impose, et en résoudre les problèmes quand ils surviennent. Vis donc dans le présent.

— Je m'y efforce, mais je ne peux me débarrasser de la peur de ce qui va arriver.

— Si tu cherches à te rassurer, sache qu'établir la

ligne de ton destin selon les astres revient à calculer la date de ta mort et, cela, tu es trop jeune pour le savoir.

— Je pourrais diriger ma vie en conséquence et orienter celle de mon fils pour qu'il soit heureux.

— Si je ne te connaissais pas, je dirais que c'est de la vanité. En tout cas, c'est une illusion.

— Tant pis pour moi. Je vous en supplie…

Le Vieux lâche un soupir :

— Tu es têtue comme ta tante…

Il la regarde et dit :

— Ce que je peux faire pour toi, c'est interpréter les signes que délivrent la nature, les vents, les oiseaux, mais rien n'est moins sûr car ces signes sont mouvants et souvent contradictoires. Laisse-moi une mèche de tes cheveux et je te ferai savoir ce que j'ai vu.

Deux semaines plus tard, un berger vient à la résidence et demande à voir Paulina. Il est porteur d'un message oral du Vieux qu'il récite d'un ton mécanique :

— Le maître a dit : « J'ai observé le vol d'un aigle et celui d'un corbeau. Le premier est passé sur ma gauche, signe de mauvais augure, le second sur ma droite, signe de bon augure. Pendant les deux orages qui ont éclaté à trois jours d'intervalle, j'ai observé le sens des éclairs : ils étaient d'abord dirigés vers l'ouest, mauvais signe, puis vers l'est, bon signe. Après un sacrifice à Dis Pater, j'ai étudié les viscères d'un agneau : ils dessinaient deux arcs de cercle, l'un face à l'autre. J'en ai déduit que la roue de ta vie peut tourner dans l'herbe fleurie, mais aussi s'enfoncer dans un marécage. Tu es vouée à connaître la joie et la douleur, le malheur et le bonheur. »

Paulina est déçue. Ce genre de prédiction est banal. Tous les augures en sont capables. Quant au résultat final, il est si équivoque qu'elle se demande si le Vieux lui dit toute la vérité ou se moque d'elle. Mise au courant, Bubate s'écrie :

— Comment peux-tu douter du maître ? Se moquer de toi ? C'est insensé ! Le crois-tu capable d'affabulation ?

— J'en espérais plus de lui.

*

La nouvelle année – an 799 de la fondation de Rome[1] – s'ouvre sous les meilleurs auspices. Le premier jour, les oiseaux ont pris leur envol dans la bonne direction et chacun formule ses vœux, espérant que les dieux prêteront l'oreille à toutes les prières. On vénère surtout Janus, le portier de l'habitation des dieux, qui voit ce que nulle autre divinité ne peut voir. La lecture d'Ovide a appris à Paulina qu'il était autrefois appelé Chaos avant de réapparaître avec un double visage, une fois l'ordre des choses rétabli. Représenté avec un bâton dans la main droite, une clé dans sa gauche, Janus regarde donc en même temps la rue et le foyer domestique, le ciel et l'océan, les nuages et la terre, l'Orient et l'Occident. Paulina se demande si ce n'est pas à lui qu'elle aurait dû demander protection, puisque lui est confiée la garde de cet univers immense. Ne veille-t-il pas aux portes du ciel avec le cortège des heures ? Elle décide de lui faire des offrandes. Bien lui en prend car, grâce à lui, les neuf premiers mois de l'année s'écoulent paisiblement. Au dixième, tout bascule.

Au cœur de l'automne, les nuits de Balbus sont soudain agitées de fortes fièvres. Hélios, le médecin grec revenu en grâce chez les Pompeii, affirme qu'elles sont dues à une poussée dentaire. Les remèdes qu'il préconise restent sans effet. Il diagnostique alors une infection de la gorge et prescrit une autre médication, aussi peu efficace.

1. 46 après J.-C.

En entendant un matin les hurlements du petit, Paulina se précipite et surprend, atterrée, la nourrice qui, ayant saisi Balbus par les pieds, est en train de le secouer sur le seuil de la maison. Serena est également accourue, ainsi que Rhodia.

— Tu es folle ! Arrête ça tout de suite, lui ordonne-t-elle.

— Il faut l'agiter sept fois, répond la nourrice avec assurance.

Ce remède-là non plus ne donne aucun résultat. La crainte du pire envahit les esprits, car chacune des femmes sait que les dieux ne permettent pas à tous les enfants de vivre. Serena et Bubate en ont fait l'expérience. Tant d'exemples le confirment, comme celui célèbre de Cornelia, la mère des Gracques, qui n'a pu voir grandir que trois de ses douze enfants.

Tout est mis en œuvre pour tenter d'apaiser la colère des dieux : des incantations nocturnes aux offrandes aux divinités préposées à la santé, en passant par divers remèdes indiqués par Hippocrate, Esculape ou leurs disciples. Bubate se rend chez le Vieux de la Forêt qui lui remet une drogue de sa composition en précisant que, si le mal est vraiment profond et inscrit dans la destinée du petit, il faut s'en remettre à la volonté de Dis Pater. Il guidera son âme vers le séjour des ténèbres avant qu'elle ne retrouve un corps. Il ne se trompe pas, car la roue de la vie s'enlise peu à peu. L'état de Balbus s'aggrave. Il ne peut plus rien avaler et maigrit de jour en jour jusqu'à ce qu'un matin Paulina, qui a veillé toute la nuit à son chevet, pousse un long cri de douleur : il ne respire plus.

Abîme vertigineux, insondable que celui dans lequel Paulina sombre depuis cet instant où elle a senti sous ses doigts la terrible roideur de la mort. La vie semble à son tour l'abandonner. Tous ceux qui l'entourent se muent en fantômes. Durant les obsèques qu'elle a été incapable d'organiser, elle reste silencieuse, pétrifiée. Elle ne se nourrit plus et, réfugiée dans le jardin, elle demeure immobile des heures durant, comme si le froid lui-même ne pouvait plus l'atteindre. Absente du monde des vivants, elle donne l'impression d'être emportée elle aussi par le nautonier du Styx. Quand on lui adresse la parole, elle marmonne machinalement des mots incompréhensibles, des bribes de phrases retenues de ses lectures de Virgile : « *Dans la nuit solitaire, ils allaient... vers les demeures de Pluton et les royaumes sans existence... sous la rare clarté d'une lune incertaine...* »

— Elle divague. Je crains que son esprit ne soit dérangé, confie sa mère à Bubate. Il faut l'extraire du gouffre où elle s'enfonce.

— Partons ensemble à la Petite Montagne.

— Nous sommes en février, il y fait encore froid...

— Elle doit quitter le lieu du malheur.

— Tu vas encore l'emmener voir le Vieux et aggraver son état ?

— Ce que le Vieux pourrait lui dire lui apporterait du réconfort.

Serena hausse les épaules mais, admettant que le climat des hauteurs ne peut être que bénéfique, elle propose ce séjour à Paulina.

— Nous resterons avec toi, ta tante et moi. Niceta viendra aussi.

Le regard perdu, Paulina acquiesce d'un vague signe de tête signifiant :

— Emmenez-moi où vous voulez, peu m'importe.

Ce n'est qu'après les derniers soubresauts de l'hiver, lorsque la nature commence à revivre que Paulina sort peu à peu de sa prostration.

— Elle reprend des couleurs, constate sa mère, mais la lumière de son regard est si faible que je m'inquiète pour son esprit. On dirait qu'il s'est vidé de toute pensée.

— L'important est que la gangue des ténèbres se soit brisée. Je crois que c'est le cas. Ta fille est plus forte que tu ne le crois. Il y a en elle un souffle indestructible. Quant à son esprit, son silence ne signifie pas qu'il est vide.

Bubate ne se trompe pas. Une pensée occupe en effet l'esprit de Paulina, mais elle est impie. Lorsque sa mère et sa tante font leurs dévotions rituelles aux divinités domestiques, elle s'en abstient.

— Veux-tu t'attirer d'autres malheurs ? s'indigne Serena.

Sortant brusquement de son mutisme, Paulina réplique sur un ton ferme :

— Je ne vois pas ce qui pourrait m'arriver de pire.

Bubate ne peut retenir un léger sourire. Cette réponse n'est-elle pas le signe que sa nièce est en train de sortir du gouffre ?

— Te souviens-tu de ce que t'a dit le Vieux ? lui demande-t-elle. « La roue de ta vie est vouée à tourner dans l'herbe fleurie ou dans le marécage… »

— Il n'y aura plus jamais d'herbe fleurie pour moi.

— Tu ne peux dire une telle chose. Tu dois sortir de la saison de glace.

— Je n'en ai pas la force.

— Ce n'est pas une question de force, mais de croyance.

— Je n'ai pas cette croyance, répond Paulina en retournant dans le jardin, à l'ombre des arbres.

Niceta vient l'y retrouver :

— J'ai entendu ta conversation avec ta tante. Tu ne peux rester continuellement prostrée, petite sœur.

— Ma vie est finie.

— C'est stupide de dire ça ! Tant qu'il y a le moindre souffle, la vie continue… Je vais te conduire demain matin en un lieu où ton âme va pouvoir revivre…

Paulina a un sourire désabusé :

— Tu remplaces tante Bubate ?

— Ah ! Tu réagis enfin ! Non, ce n'est pas chez le Vieux de la Forêt que nous irons. J'ai l'impression que ce qu'il t'a dit ne te permet pas de retrouver la lumière.

*

Le lendemain, dès l'aube, elle réveille Paulina et toutes deux montent dans la *carruca* que conduit Belinus, un esclave un peu simplet que Niceta a subjugué au point qu'il lui est entièrement dévoué. Les sentiers, portant encore les marques de l'hiver, sont cahoteux, défoncés de fondrières.

— Peux-tu me dire où tu m'emmènes ? demande Paulina entre deux secousses.

— Tu verras bien… Te souviens-tu de ce que notre maître Pelops nous a appris des dieux égyptiens Isis et Osiris ?

— Je n'ai plus de mémoire, je ne veux plus en avoir.

— Eh bien, je vais te raconter leur histoire : Osiris et Isis étaient frère et sœur et aussi époux. Ils régnaient sur l'Égypte et avaient un frère, Seth. Celui-ci, jaloux, enferma Osiris dans un coffre qu'il jeta dans le Nil. Isis retrouva le corps en Phénicie et le ramena en Égypte. Seth s'en empara pour le dépecer et en dispersa les divers morceaux. Isis se lança à leur recherche et rendit la vie à son époux et frère bien-aimé. Ils eurent un fils, Horus, puis Osiris regagna les Enfers, tandis qu'Isis aida Horus à chasser l'usurpateur Seth et à monter sur le trône.

— Pourquoi me racontes-tu tout cela ?

— Tu vas voir.

La *carruca* vient de s'arrêter à l'orée d'un bois, devant un petit temple juché sur un tertre. L'architecture en est banale et il ne se distinguerait des autres sanctuaires s'il ne semblait clos, bien qu'une dizaine de personnes, toutes des femmes de condition humble, soient rassemblées au pied des marches qui y conduisent.

— Le sanctuaire d'Isis… Ces gens sont venus pour le rite matinal, explique Niceta qui descend de voiture.

— Tu vénères cette divinité égyptienne ? s'étonne Paulina, que le caractère insolite de la découverte sort soudain de sa léthargie.

— Il vaut mieux ne pas le révéler à tes parents, sinon je serais punie ou chassée pour t'avoir amenée ici… Mais toi, cela te déplaît-il ?

Paulina secoue la tête avec indifférence. Elle a entendu beaucoup de choses sur ce culte et n'en a gardé que des idées plus ou moins embrouillées. Pour Serena et Bubate, seules les courtisanes, les prostituées et les femmes perverses vénèrent Isis, et leurs cérémonies ne seraient que des spectacles, agrémentés de lumières, de musique et de danses qui tournent parfois à l'orgie. Pourtant, Paulinus s'est toujours abstenu de la moindre critique. Nombreux sont en effet les marins de sa compagnie qui vénèrent en Isis leur protectrice tutélaire, dont le culte s'est répandu dans l'Empire depuis près de deux siècles. Marins, marchands, affranchis ou esclaves l'ayant introduit dans les ports comme celui d'Ostia, il s'est diffusé dans toute l'Italie au point que le futur Auguste a tenté de s'y opposer, le couple formé par Isis et son époux-frère rappelant l'histoire trouble des amours d'Antoine et de la reine Cléopâtre. Tibère a suivi la même politique restrictive, en l'interdisant et en faisant détruire ses temples, mais les adeptes ont réussi à y faire échec et à reconstruire les sanctuaires. Il semble que ce succès soit en partie lié à la fascination qu'exerce sur le peuple une Égypte réputée mystérieuse, vouée aux plaisirs sensuels et incarnée par Cléopâtre, fascination assortie d'une crainte irrationnelle teintée de xénophobie. Quoi qu'il en soit, Isis est également honorée en haut lieu. La rumeur selon laquelle Caius Caligula lui aurait consacré un autel dans son palais avait pour origine les relations intimes que l'empereur entretenait avec ses sœurs, en particulier avec Drusilla, ce que nul n'ignorait. On en déduisait qu'il ne pouvait qu'être attiré par des dieux incestueux. Quant à Claude, l'actuel César, il ne semble pas hostile au culte d'Isis, puisque l'un de ses proches, l'affranchi Harpocrate, le pratique ouvertement. Au cœur de Rome se dresse même un temple voué à cette déesse.

Pour l'heure, Paulina, circonspecte, reste dans la voiture. L'étroite porte du temple vient de s'ouvrir, laissant apparaître un prêtre âgé d'une trentaine d'années. Revêtu d'une longue tunique de lin blanc, le crâne rasé, il a un teint basané qu'éclairent de grands yeux noirs. Il répond au salut des fidèles et les invite d'un geste à gravir les marches pour le rejoindre.

— Viens avec moi, dit Niceta.

— Je ne suis pas une fidèle.

— Ne t'inquiète donc pas.

Paulina se résout à la suivre et toutes deux rejoignent le groupe au seuil de la porte, que personne ne franchit.

— Seuls les prêtres peuvent entrer dans la *cella*, la salle sacrée, précise Niceta.

Comme toutes les femmes connaissent la fille de Pompeius Paulinus, elles lui laissent le premier rang. De là, elle entrevoit l'intérieur de cette *cella* : la lumière des chandelles est assez faible mais suffisante pour éclairer les fresques colorées qui mettent en scène des serpents, des animaux hybrides et la célébration d'un sacrifice. Au centre se dressent les statues des époux divins, de taille humaine et peintes de couleurs vives. La chevelure d'Isis est noire, bouclée, ornée d'une fleur de lotus et de deux cornes enserrant une plaque circulaire en forme de miroir – « la lune » expliquera plus tard Niceta. Elle arbore sur sa poitrine un nœud, « signe de son pouvoir magique », et tient dans ses mains une corne d'abondance, un gouvernail, un vase contenant de l'eau du Nil, et une mesure à grain. Osiris est représenté momifié, le corps serré dans un linceul de lin sous lequel il croise ses bras sur la poitrine et d'où n'émergent que sa tête et ses mains nues qui tiennent les insignes de sa royauté. Sur sa tête est posée une couronne. Jeux d'ombres et de lumières obliques se conjuguent pour répandre dans ce temple une atmosphère étrange.

Le prêtre revêt le couple divin d'atours somptueux et le pare de bijoux que lui présentent deux prêtresses surgies silencieusement du fond du temple et vêtues, comme la déesse, d'une tunique de lin et d'un châle noué sur la poitrine. À la fin de ce cérémonial, les fidèles se prosternent et le prêtre, accompagné d'un sistre, entonne un long chant repris par tous en une incantation qui se répercute en écho dans le vallon et sur la colline. Après avoir été aspergées d'eau lustrale, les dévotes se dispersent en silence.

Niceta et Paulina vont s'asseoir sur une souche, à l'ombre d'un figuier, afin d'attendre le prêtre qui ne tarde pas à les rejoindre. Il observe fixement Paulina avant de lui adresser la parole avec une grande douceur :

— Niceta m'a parlé des épreuves que tu as traversées. Elle pense que parmi nous tu retrouveras le goût de vivre. Mais c'est à toi d'y consentir. Tu peux être une simple fidèle et, sous certaines conditions, te soumettre à un rite d'initiation. Tu as dû entendre beaucoup de mensonges sur notre culte. Nous respectons des règles rigoureuses, entre autres dans notre façon de nous nourrir, et nous prônons la chasteté. Nous avons le souci de soutenir les fidèles dont la conscience pourrait être troublée. Quant aux célébrations de notre culte, elles expriment nos croyances… Viens donc avec Niceta assister au *Navigium Isidis*, qui aura lieu bientôt.

Paulina est embarrassée. Elle n'a nulle envie de répondre à l'invitation, mais n'ose, par déférence, opposer un refus. Elle ramène le voile de sa *palla* sur son visage, comme pour masquer sa réponse. Niceta, devinant sa pensée, intervient :

— Je l'amènerai, assure-t-elle.

À leur retour à la résidence, Serena accable Niceta de reproches, non pour avoir emmené sa fille au temple d'Isis, ce qu'elle ignore, mais pour l'avoir entraînée dans une longue randonnée alors que la froidure couvre encore la campagne.

— Tu ne vois pas qu'elle est encore faible ? Tu veux la tuer ? Tu mériterais quinze coups de fouet.

Bien qu'humiliée par cette dernière phrase qui la relègue au rang de simple esclave, Niceta ne renonce pas à son projet de conduire Paulina à la célébration du *Navigium Isidis*, prévue pour le cinquième jour du mois de mars.

— Tu viendras avec moi ? lui demande-t-elle.

— Pourquoi Isis me consolerait-elle de la perte de ce que j'avais de plus cher et que la Bona Dea, la Déesse Mère et toutes les autres divinités n'ont pu m'éviter ?

Cette réponse ne décourage pas Niceta. Elle interprète ce refus comme une simple réticence, voire une hésitation. Il lui semble en revanche plus difficile de contourner l'opposition de la *Domina*.

La veille de la célébration, elle déclare à Paulina :

— Je pars demain matin très tôt. Viendras-tu avec moi ?

Paulina secoue la tête.

— Tu as tort, reprend Niceta. Tu ne mesures pas la bonté et la puissance de notre divine Isis. Elle domine toutes les autres divinités. Ce n'est pas sans raison qu'on l'appelle de mille noms : *Domina Victrix, Triumphalis...*

— Bona Dea aussi...

— Isis n'est pas seulement une déesse souveraine, elle prodigue consolation, réconfort, guérison de tous les maux, physiques et moraux.

— Les Matrae aussi…

— As-tu osé te confier aux Déesses Mères, leur faire part de tes angoisses ? Non, évidemment ! Elles sont inaccessibles, perchées sur leurs nuées, tandis que notre Isis reste proche de ceux qui l'adorent.

— Comment cela ?

— Elle écoute les demandes, les craintes et les prières de ses fidèles, il suffit d'être initié ou de passer par l'intermédiaire d'un de ses prêtres. Si tu t'étais placée sous sa protection, tu aurais pu te confier à elle et elle aurait maintenu une bonne entente avec ton époux, elle aurait aussi préservé la vie de tes enfants, car elle a le pouvoir de prolonger les jours d'un être au cœur pur au-delà du temps fixé par les destins.

— C'est trop tard, murmure Paulina.

— J'aurais pu t'amener plus tôt à elle, mais je ne me suis convertie que l'année dernière… Il n'est jamais trop tard, ma sœur, ta vie n'est pas finie. La déesse est une magicienne, elle détient un pouvoir immense qui peut faire renaître ceux qui ont déjà rejoint les Enfers.

— Dis Pater, en lequel croyaient nos ancêtres, les Saliens, règne lui aussi sur les Enfers et peut faire renaître les âmes dans d'autres corps.

— C'est le Vieux de la Forêt qui te l'a dit ? L'as-tu écouté ? As-tu prié Dis Pater, lui as-tu offert des offrandes, as-tu fait un sacrifice ?

— Non.

— Pourquoi ?

— Je ne sais pas… Je respecte les dieux malgré le sort dont ils m'ont accablée, mais je crois que la dévotion sert surtout à nous rassurer. Expliquer les malheurs qui nous frappent par la colère des dieux ne me satisfait pas. Je n'ai rien fait qui ait pu la déclencher. Non ! Je ne les ai jamais offensés ! Je ne peux m'empêcher de me demander pourquoi ils m'ont imposé de si terribles épreuves.

Niceta, émue, prend Paulina dans ses bras :

— Je te comprends, petite sœur, mais reconnais que, si les dieux que tu vénères t'ont déçue, Isis n'en fait pas partie. Alors pourquoi ne pas lui adresser tes prières ? Tu peux commencer par respecter les rites et devenir une simple fidèle. De toute façon, pour être initié aux mystères sacrés, les conditions sont sévères, il faut entre autres avoir vu apparaître la déesse.

— À quoi bon respecter ces rites, si je ne crois pas aux mystères ?

— Réfléchis encore. Si tu te décides, sache qu'il faudra partir de bonne heure pour éviter que la *Domina* ne s'y oppose, et parce qu'on ne doit pas arriver en retard. Après les offrandes et les prières au temple, nous nous rendrons en procession au fleuve, pour l'embarquement d'Isis.

Le lendemain, alors que Niceta a rejoint avant l'aube un convoi de fidèles venus de la ville, Paulina reste indécise, tiraillée entre le désir et la crainte de rompre avec les dieux traditionnels et la liberté qui lui est offerte de choisir une nouvelle divinité. Elle craint que cette liberté ne soit un piège de ces dieux ingrats et malveillants qui s'acharnent sur elle. L'image du petit corps glacé de Balbus contre sa poitrine la décide à aller découvrir ce culte étranger. Elle se lève, s'habille à la hâte après ses ablutions, et se précipite vers l'écurie, où elle ordonne à l'un des esclaves affectés aux voitures de préparer une *carruca* et d'en prendre les rênes.

— Je t'indiquerai le chemin.

La matinée est déjà avancée lorsque, au moment d'aborder le chemin menant au temple, elle entend des clameurs. Au détour d'une lignée d'ifs apparaît soudain une foule qui descend en procession vers les étangs pour atteindre le Rhodanus en amont d'Arelate.

Surprise qu'il y ait tant de fidèles, elle ordonne à

l'esclave d'arrêter la *carruca* à l'ombre d'un if. De là, elle assiste, médusée, au spectacle. En tête du cortège, quelque trois cents hommes et femmes, affublés de costumes aussi divers que bariolés. Elle distingue, mêlés en un plaisant désordre, un hoplite grec en courte chlamyde[1] feignant d'embrocher un animal, des légionnaires casqués exécutant des moulinets avec leurs lances, un gladiateur masqué et équipé de pied en cap, au côté d'un trio de magistrats en toge pourpre et chaussés de brodequins dorés, un histrion efféminé couvert de bijoux, des oiseleurs, des pêcheurs, des bûcherons, des marins… Certains sont déguisés en animaux – chameaux, ours, tigres, lions, singes, ânes –, d'autres figurent des personnages de légende et, parfois, les parodient de façon grotesque. Cette bizarre assemblée est suivie d'un groupe considérable de femmes en robe blanche, la tête couronnée de guirlandes. Les unes sèment des fleurs ou répandent des parfums, les autres miment les gestes d'une *ornatrix* coiffant et apprêtant la déesse. Et parmi elles, Niceta. Vient ensuite la masse des fidèles qui défilent en brandissant des torches et des lanternes. Sur leurs pas, des chœurs de jeunes chanteurs, des flûtistes et des joueurs de sistre rivalisant de joyeuse virtuosité et dont les dérapages aigus ne semblent pas heurter un groupe remarquablement sérieux, sans doute les initiés aux mystères sacrés. De tous âges, ils sont vêtus de longues robes de lin blanc, les hommes ont le crâne ras, les femmes la tête couverte de voiles diaphanes. Ils précèdent une cohorte de prêtres et de prêtresses, sept d'entre eux portant un emblème sacré : une lampe en forme de nef émettant une lumière quasi irréelle, un autel, une palme en or aux feuilles savamment ouvragées, un caducée, une main de justice, un vase de forme arrondie à la façon

---

1. Vêtement grec, drapé, fixé par une fibule sur l'épaule.

d'une mamelle contenant du lait, un van d'or empli de rameaux. Derrière eux, le défilé des représentations divines : Horus à tête de chien, la vache Hathor, Isis figurée de façon plutôt surprenante par une urne galbée en or, et Osiris momifié. Un vénérable pontife, tenant une couronne de roses et un sistre, clôt la procession.

Paulina hésite un long moment à la rejoindre, à s'introduire dans cet apparat qui lui est si étranger avec ses couleurs exotiques et son rituel énigmatique. Outre la crainte de se voir repoussée comme une intruse, elle a le sentiment qu'elle n'y serait pas à sa place, sans pour autant pouvoir se défendre d'une inexplicable attirance. Comme l'esclave la regarde, attendant ses ordres, elle lui dit soudain :

— Suis le cortège.

Elle est loin de se douter de la surprise qui l'attend.

Lorsque la *carruca* arrive à proximité du fleuve, la foule des fidèles est rassemblée devant un embarcadère. Un navire de commerce de dimensions moyennes y est amarré. Sa nef est décorée de peintures de style égyptien figurant des personnages hiératiques, et à son mât est accrochée une voile blanche brodée de hiéroglyphes. Le pontife s'engage sur le ponton, suivi des prêtres et des prêtresses portant les emblèmes et les représentations divines.

Personne ne prête attention à Paulina qui est descendue de la *carruca* après l'avoir fait arrêter à quelque distance. Elle cherche des yeux Niceta et s'approche de la foule jusqu'à ce qu'elle la voie s'avancer vers elle.

— Te voilà ! J'étais sûre que tu finirais par te décider. Tu vas assister à l'embarquement d'Isis pour la quête sacrée. Après la cérémonie, tu pourras rencontrer notre grand pontife… si tu le désires.

— Je ne le sais pas encore…

— Pourquoi es-tu venue alors ? Suis-moi ! Ne reste

pas là comme si tu étais punie. Rapprochons-nous pour la cérémonie.

Elle prend la main de Paulina et toutes deux se mêlent aux fidèles regroupés au bord de l'eau.

Soudain, l'assistance devient silencieuse. Et l'on n'entend plus que le clapotis de l'eau sur la coque du navire, lorsque s'élève la voix nasillarde du pontife qui prononce une prière en égyptien, puis procède à la purification de la nef avec une torche, un œuf et du soufre. Les prêtresses déposent des offrandes sur le pont qu'elles parsèment de parfums et d'aromates. Le pontife annonce alors solennellement, en égyptien et en latin, l'ouverture annuelle de la navigation. Les prêtres larguent les amarres du navire, sous les clameurs de joie des fidèles, des initiés et de quelques bateliers venus des environs.

Le regard de Paulina s'arrête sur l'homme qui dirige la manœuvre. Elle réprime un frémissement, mais Niceta remarque l'éclair qui traverse ses prunelles et murmure :

— Oui, c'est bien lui, Ilion.

Paulina se ressaisit et, affectant l'indifférence, demande :

— C'est un initié ?

— Non, un simple fidèle. Depuis longtemps. C'est d'ailleurs grâce à lui que ce navire a été construit sur les chantiers de ton père.

— Tu ne m'en as rien dit.

— Tu méprisais notre culte.

Paulina regarde fixement Niceta :

— C'est pour me le faire rencontrer que tu m'as entraînée ici, n'est-ce pas ?

— Pas du tout ! Je t'en aurais parlé.

Paulina reste sceptique.

— La cérémonie est-elle achevée ? demande-t-elle.

— Non, la nef ne va faire qu'un tour symbolique, nous retournerons ensuite en procession au temple pour y replacer les effigies et les objets sacrés. On y prononcera les vœux adressés à César et à tous les marins et navigateurs de l'Empire. Après quoi, nous baiserons les pieds de la déesse et la couvrirons de fleurs et de rameaux verts.

— Je vais rentrer chez moi.

— Pourquoi ? Tu ne veux pas rencontrer le pontife ou un prêtre ?

— Je ne sens pas en moi la moindre flamme.

— Alors pourquoi es-tu venue ?

— J'étais indécise, je voulais voir…

— Est-ce la vue d'Ilion qui te fait fuir ?

— Mais non, voyons ! Comment peux-tu croire cela ?

— À ton trouble, je devine que tu penses encore à lui et que tu as peur de tes sentiments.

— Je ne fuis personne et je n'ai pas peur de mes sentiments ! Je ne suis plus une petite fille, Niceta. Je suis fatiguée, je rentre.

Pivotant sur ses talons, elle rejoint d'un pas vif la *carruca*.

*

Quelques jours plus tard, toute la maisonnée est de retour en Arelate. Serena et Bubate ont cédé au désir de Paulina, imaginant qu'elle souhaite retrouver l'animation urbaine. Elles ont d'ailleurs cru que la longue promenade dont elles n'avaient pas été prévenues était le signe de la fin de sa prostration. Bubate a certes été effleurée par l'idée que la remuante Niceta y était mêlée, mais sans soupçonner qu'il pût s'agir du culte d'Isis, dont elle ignore avec superbe les manifestations. Qu'importe la raison, l'essentiel était de ne pas contrarier une heureuse convalescence.

Niceta connaît trop sa « petite sœur » pour ne pas croire que ce retour soudain ressemble à une fuite. Comme elle ne peut rien lui cacher, elle finit par lui confier son impression. Mais Paulina, d'un ton violent, lui réplique :

— Fuir ? Mais quoi ? De quoi aurais-je peur ? Après tout ce que les dieux m'ont infligé, que puis-je craindre d'autre ? Cesse donc de te faire des idées stupides !

Niceta est pourtant certaine que Paulina veut échapper au souvenir de cet été où, pour la seule fois de sa vie, elle a éprouvé cet émoi troublant qu'on appelle l'amour. Ne fuit-elle pas plutôt ce qui pourrait la faire à nouveau souffrir ?

Depuis l'instant où la *carruca* l'a ramenée à la résidence, Paulina est en effet hantée par l'image d'Ilion qui n'avait jamais vraiment disparu de ses pensées. Le bel affranchi s'était simplement paré au fil du temps d'une sorte d'irréalité comparable à celle des personnages qui hantent le monde légendaire des dieux. Le revoir soudain bien vivant a provoqué une émotion qu'elle a tenté par réflexe de masquer, mais qui la bouleverse. N'y tenant plus, elle s'en ouvre à Niceta :

— Je ne pense qu'à lui, tu sais.

— Je l'ai bien deviné. Au moins, cela te fait revivre, mais pourquoi te ronger ainsi ? Éprouver de l'attirance pour quelqu'un n'est pas un mal. Et ne crois-tu pas que tu mérites un véritable amour ?

— Cet amour est interdit...

— Le mariage oui, pas l'amour.

— L'amour doit être réciproque. N'est-il pas marié, lui ?

— Je me suis renseignée, il vivait avec une affranchie d'Arausio[1], mais il l'a chassée, paraît-il, je ne sais pour quel motif.

Le visage de Paulina s'éclaire un instant, avant de se rembrunir.

1. Orange.

— Il est trop tard.

— Tu dis toujours ça !

— De toute façon, c'est impossible.

— Quoi ? Qu'est-ce qui est impossible, qu'une femme de vingt ans, libérée du devoir conjugal et durement éprouvée par la perte de deux enfants, puisse éprouver à nouveau des sentiments pour un homme ? Jette donc aux orties ta *palla* de matrone et rejoins-moi sous l'aile d'Isis. Elle aide et protège tous ceux qui sont touchés par l'amour, comme elle a protégé Io, aimée de Jupiter, contre la jalousie de Junon.

— Tu divagues, Niceta. Ce serait une rupture avec les miens, avec ma famille. Je n'en ai ni le courage, ni même l'envie.

— Alors, prends la voie de l'ombre. La nature offre une multitude de refuges et il n'y aura pas un Polyphème pour écraser ton Acis sous un rocher.

Le sourire de Paulina ne dissimule plus son envie de revoir Ilion :

— Où est-il en ce moment ? demande-t-elle.

— Comme la saison de la navigation vient de débuter, je crois qu'il est parti sur le Rhodanus.

*

Les semaines passent sans que le retour d'Ilion soit annoncé. Paulina ne vit plus que dans cette attente, avec l'impression de retrouver la fraîcheur de l'adolescence. À nouveau, et au soulagement de sa mère et de sa tante, elle prend soin d'elle-même, passe de longs moments entre les mains de son *ornatrix*, se rend à plusieurs reprises à la boutique de Valicinia dont elle essaie les nouveaux parfums.

Elle prend même un certain plaisir à se montrer au forum, comme pour mesurer dans le regard des hommes sa capacité à plaire. Elle a parfois un peu honte de ce comportement, mais cela disparaît dans la fièvre qui l'emporte où se mêlent l'amertume des années passées, le regret d'avoir laissé filer le temps et le désir qui la submerge lorsqu'elle se trouve la nuit, seule sur sa couche.

Niceta finit par lui apprendre qu'Ilion vient de réapparaître sur les chantiers. Paulina trouve des prétextes pour le voir. Elle l'aperçoit un jour alors qu'il est occupé à diriger une opération d'embarquement de marchandises. Leurs regards se croisent. Paulina s'enhardit et s'approche.

— Où vont ces marchandises ? En Orient ? demande-t-elle à Ilion qui la salue avec respect.

Surpris, il bredouille une réponse puis, apercevant dans les yeux de la jeune matrone une étrange flamme, juge préférable de battre en retraite. Mais elle poursuit :

— Je crois que tu connais bien l'Orient et les cultes qui s'y pratiquent. Pourrais-tu m'instruire sur le sujet ?

Il affiche un air embarrassé :

— Je ne sais pas grand-chose, *Domina*.

— Cela m'étonne, tu es pourtant un fidèle d'Isis. Je t'ai vu au *Navigium Isidis*.

Il détourne les yeux et se met à compter les amphores portées par une file d'esclaves.

— Pardonne-moi, *Domina*, mais le maître m'a ordonné de lui apporter à Ostia beaucoup de choses, des produits d'ici...

— Tu repars ?

— Je vais lui livrer ce qu'il demande. Peut-être qu'à mon retour, dans trois mois...

— C'est cela ! À ton retour, lâche Paulina, désappointée, qui s'en va aussitôt retrouver Niceta pour lui raconter la brève rencontre.

— Trois mois, ce n'est pas long, lui dit cette dernière.

— Peut-être ne reviendra-t-il pas... Mon père pourrait le garder à Ostia.

— Il y a quelques semaines tu dépérissais, ta vie était finie, et maintenant tu brûles d'impatience. Tu ne t'es pas convertie, mais notre vénérée Isis, déesse de la renaissance, semble t'avoir distinguée en te rendant le souffle. Pas même Vénus Genitrix n'a ce pouvoir de redonner vie par l'amour !

Elle regarde Paulina en souriant :

— Ce qui m'amuse est que ta mère et ta tante ne se doutent de rien. En tout cas, tu as pris l'initiative.

— C'est peu honorable.

— Qu'importe ! Ta *stola* de matrone n'est tout de même pas en fer.

Interminable attente ! Alors que toute la nature s'enflamme au soleil et que grondent les eaux du fleuve prêtes à déborder des rives, Paulina est hantée par certaines phrases de *L'Art d'aimer* d'Ovide dont elle a appris des passages entiers : « *L'heure passée est sans retour, profite du bel âge, il s'envole si vite… !* » La nuit, lorsqu'elle est en proie à l'insomnie, elle ne peut s'empêcher d'imaginer Niceta dans les bras d'Egestos, son jeune amant, et quand enfin elle cède au sommeil, il s'anime de rêves brûlants. La plupart du temps, c'est Isis qui lui apparaît, une Isis aux yeux étincelants, un bandeau de vipères ceignant sa lourde chevelure couronnée d'une lune. Toujours vêtue d'un somptueux voile parsemé d'étoiles et de pierreries, mais assez transparent pour laisser deviner un corps aux formes épanouies, elle se livre pieds nus à une danse envoûtante, avant de se donner à un Osiris ressemblant à Ilion. Alors, une voix douce lui murmure : « Ne pleure donc plus sur tes malheurs, je suis venue pour faire cesser le carnage des fauves, calmer les flots de la tempête, te rendre la vie, te donner l'amour ! »

Pourtant, à la fin du mois de juin, quand toute la maisonnée est de nouveau installée à la Petite Montagne,

Paulina ne manifeste guère de joie à l'annonce du retour d'Ilion.

— On dirait que tu t'en moques, s'étonne Niceta. Si c'était moi, j'exploserais.

— Mais si, je me réjouis…

— Cela ne se voit pas !

— J'ai trop attendu.

Paulina se sent toujours liée au devoir de décence qui s'impose à toute matrone. Et la perspective de réaliser un rêve d'adolescente lui semble soudain ridicule.

— Je ne te comprends pas, dit Niceta. Sais-tu au moins ce que tu veux ?

— Je ne sais plus.

Déçue de voir tourner court une aventure qui l'amuse tant, Niceta insiste :

— Si tu ne réagis pas, tu vas finir comme ces vieilles édentées qui survivent, accrochées à leurs regrets comme des naufragées à une planche vermoulue.

L'image est trop forte pour que Paulina ne réagisse pas. Elle répond qu'elle ne peut faire le premier pas.

— Ah ! C'est donc ça ! Tu voudrais qu'il le fasse, lui ! Incorrigible fierté de matrone !

— Non, de femme !

— Tu peux attendre longtemps. Il n'osera jamais.

— Puisque tu y tiens tant, arrange une rencontre.

— J'allais te le proposer, petite sœur.

Quelques jours plus tard, Niceta annonce :

— Le 19 juillet, premier jour des *Lucaria*[1], il t'attendra l'après-midi dans une cabane nichée dans un vallon. Elle est abandonnée.

— Comment y aller ?

— À pied. Tu vois ces blocs qui forment une sorte de rempart à la limite ouest du parc ? Il existe un passage

1. Fête célébrant le 19 et le 21 juillet les travaux forestiers.

étroit où personne ne s'aventure. La cabane se trouve juste derrière. Je t'y amènerai.

À la perspective d'un tête-à-tête, Paulina sent une onde brûlante parcourir son corps. Elle en rougit comme une jeune vierge. Avec volubilité, elle pose une multitude de questions : comment a-t-elle fait pour lui parler ? Que lui a-t-il dit ? Et lui, comment a-t-il réagi ? A-t-il accepté tout de suite ?

— C'est un homme. En existe-t-il un seul qui repousserait l'occasion de connaître une belle jeune femme ?

Présenter comme une banalité une rencontre si importante pour elle agace Paulina, mais elle se borne à demander si Ilion a été surpris.

— Il n'est pas naïf, répond Niceta. Il y a longtemps qu'il a compris tes sentiments.

— Crois-tu qu'il en éprouve pour moi ?

— Depuis un certain temps, j'en suis persuadée, mais il ne pouvait le montrer pour les raisons que tu sais.

— Pourquoi accepte-t-il aujourd'hui une rencontre qui lui semblait interdite ?

— D'abord, il n'y a plus aucun risque de commettre un adultère. Et puis l'amour est un sentiment irrésistible. Si les hommes imposent des lois absurdes, les dieux autorisent les passions sincères. D'ailleurs, ce n'est plus à Vénus Genitrix ou Verticordia que tu dois t'en remettre mais à l'autre Vénus, celle qui est descendue du mont Eryx pour favoriser ces amours-là… puisque tu te refuses à notre divine Isis.

« L'amour », mot magique qui bouleverse Paulina et que chante le poète Albius Tibullus dans une élégie : « *Amour plus précieux que l'or, au visage de jeune homme lisse, brillant… qui te serrera sur sa jeune poitrine, te couvrira de baisers humides…* » Que de fois elle a rêvé de vivre cette étreinte !

En ce premier jour des *Lucaria*, aucun nuage ne trouble la profondeur du ciel mais, à l'horizon, le bleu prend un ton gris sombre annonciateur d'un orage. Au fond du parc, les deux jeunes femmes se glissent derrière les rochers et Paulina découvre une petite cabane en torchis au toit de chaume.

— C'est là, dit Niceta. Un vrai nid, ne trouves-tu pas ? ajoute-t-elle en ouvrant la porte en bois.

Ilion est déjà là. Sa silhouette se découpe dans le rayon de lumière qui traverse la pénombre. C'est bien le bel affranchi de son adolescence, le *« jeune homme au visage lisse et brillant »* de l'élégie. Le cœur battant, elle fait un pas vers lui.

— Vous n'avez certainement pas besoin de moi, je vous laisse, dit Niceta qui s'éclipse, non sans refermer avec soin la porte.

Ilion n'a pas bougé.

— Tu voulais apprendre des choses sur l'Orient, *Domina* ? demande-t-il.

Paulina est gênée de cette déférence. Alors que Taurus s'est toujours comporté comme un maître, elle se trouve soudain dans une situation aux rapports inversés.

— Ne m'appelle pas *Domina*. Mon nom est Paulina.

— Je le sais, *Dom...*

Il se reprend aussitôt :

— Si tu veux connaître le culte d'Isis, Niceta peut t'en parler.

Elle le fixe d'un regard sans ambiguïté et se rapproche de lui presque à le toucher :

— C'est de ta bouche que je veux l'entendre. Ne feins pas d'ignorer que je nourris pour toi, et depuis longtemps, certains sentiments.

Soudain, un violent coup de vent pénètre par les fenêtres restées ouvertes, apportant une puissante odeur de terre mouillée. Le tonnerre frappe un premier coup qui se prolonge en une cascade d'échos, et des éclairs strient le ciel. La pluie se met à tomber à grosses gouttes. Il fait aussi sombre qu'au crépuscule. Comme si l'orage le libérait de sa réserve, Ilion saisit la main de Paulina et y dépose ses lèvres. Après les derniers embrassements brutaux de Taurus, elle ne croyait plus possible qu'un homme puisse faire un geste aussi respectueux et tendre. Parcourue d'un frisson, elle s'abandonne aux bras qui l'étreignent aussi naturellement que s'ils s'étaient déclarés leur amour et se fréquentaient depuis toujours.

Les mains douces et fermes d'Ilion la dénudent et il se débarrasse de ses vêtements avant de l'attirer à lui. D'un même mouvement, ils se laissent glisser sur la litière de son dressée dans le fond et mêlent leurs souffles, leurs sueurs. Elle l'entoure de ses bras, se colle à lui et cède sans retenue au désir qui sourd du plus profond d'elle-même, jusqu'à la jouissance qu'ils connaissent en même temps. Bercés par le bruissement de la pluie, ils prolongent cet instant précieux où le temps semble suspendu, dilué dans l'éternité.

Paulina n'avait jamais imaginé pouvoir connaître une telle intensité dans le plaisir, ce mot banni par la *pudicitia*, associé à l'infamante débauche. Aussi se demande-t-elle comment les dieux si longtemps choyés ont pu la priver de cette volupté pour laquelle il est dit qu'eux-mêmes passent leur temps en intrigues et en luttes ? Elle ne se pose aucune autre question. Curieusement, alors qu'elle a tant à lui demander, alors qu'elle veut savoir tout de lui, s'il a une autre femme, s'il en a connu beaucoup, s'il a des enfants, s'il a rêvé d'elle, elle ne dit mot et savoure ce moment qu'elle voudrait faire durer indéfiniment. Lui aussi reste silencieux, la caressant de ses yeux, comme s'il découvrait un trésor jusqu'alors inaccessible. Pourtant, si elle le regardait bien, elle découvrirait dans ses prunelles sombres de la peur.

La pluie a maintenant cessé et Ilion lui dit doucement de rentrer avant qu'on ne s'inquiète d'elle. Elle éprouve quelque peine à émerger de son bonheur, tente de le retenir, mais il se dégage avec la souplesse d'un chat et prend ses vêtements. Instant fugace où elle le voit nu, beau comme un dieu. Néanmoins les gestes banals et les vêtements ordinaires rompent la magie. Alors elle se rhabille à son tour. Comme il est prêt à partir, il la regarde d'un air interrogatif. Elle répond aussitôt :

— Après-demain, ici ?

Il acquiesce dans un murmure.

Les rencontres furtives vont se multiplier sans éveiller le moindre soupçon. Niceta est experte dans l'art de détourner l'attention et de protéger un secret. Elles se poursuivent tout l'automne, même après leur retour en ville. Il arrive à Ilion de s'absenter, mais pour peu de temps. Il n'en donne pas la raison et Paulina s'abstient de la lui demander. Elle ne veut surtout pas savoir s'il rejoint une femme ou une famille.

Leur nid est désormais une maison qui sert de réserve aux amphores de vin avant l'embarquement, au bord du Petit Rhodanus, là où Paulina, enfant, aimait aller jouer avec ses amies.

— Vous y serez tranquilles. Si des importuns surviennent, il y a une barque couverte où tu pourras te cacher, précise Niceta, qui ajoute dans un sourire et avec un éclair de malice dans les yeux : Rien de tel que le clapotis de l'eau pour favoriser les épanchements.

Paulina pourrait lui répondre qu'ils n'ont nul besoin de cette musique.

Vénus a décidé de protéger ce bonheur et Pan, le cornu aux pieds de bouc qui veille sur le passage des saisons, prolonge au-delà de l'automne leur idylle. Ni le vent du nord, ni le froid de l'hiver n'en amoindrissent l'intensité. Elle atteint même un paroxysme sensuel lorsqu'un jour de neige ils se pelotonnent sous une peau de mouton. L'odeur que Paulina ne peut normalement supporter se mêle à celle de la sueur et de l'intimité de leurs corps pour exalter son désir et la fureur de l'étreinte. Elle capture Ilion plus qu'elle ne se donne à lui. Elle ne craint même pas d'être enceinte, malgré les avertissements de Niceta qui lui propose des moyens de l'éviter.

— Tant mieux si cela m'arrive. J'aurai un enfant de celui que j'aime.

Mais aucun signe de cette grossesse qu'elle craignait et espérait à la fois, pour mettre fin à une clandestinité de plus en plus insupportable, ne se manifeste. Elle s'en étonne, sans avoir le temps de s'interroger davantage. Un jour, le jeu s'interrompt brusquement : Ilion lui annonce son prochain départ pour l'Égypte, sur l'ordre du *Dominus* qui a envoyé un message de Rome. Il est chargé d'y organiser l'exportation de blé vers la Ville.

Paulina est anéantie :

— Et quand pars-tu ?

— Dans deux mois, mais auparavant, je dois inspecter les comptoirs du Rhodanus.

Ils se rencontrent la veille de son départ. Jamais ils ne se sont aimés avec autant de passion, le goût salé des larmes donnant à leurs étreintes une douceur amère. Quand vient le moment de se quitter, elle le regarde droit dans les yeux :

— Tu reviendras avant de partir en Égypte, n'est-ce pas ?

C'est davantage un ordre qu'une question.

— Évidemment, je reviendrai !

Paulina croit déceler dans le ton d'Ilion un tel manque de conviction qu'elle le soupçonne de ne pas dire toute la vérité. Il le perçoit et s'empresse d'ajouter :

— Je dois repasser par Arelate, ne serait-ce que pour te voir.

Paulina doit bien se contenter de cette affirmation. Durant les semaines qui suivent, une question l'obsède :

— Ne crois-tu pas que mon père cherche à l'éloigner de moi ? demande-t-elle à Niceta.

— Ne commence pas à te mettre cette idée en tête. Prends patience.

— Es-tu sûre que personne d'autre que toi n'est au courant ?

— Pour autant que je le sache, non.

Un autre soupçon commence à hanter l'esprit de Paulina : ne serait-ce pas Ilion lui-même qui, effrayé des conséquences d'une éventuelle découverte et n'osant rompre, aurait jugé bon de s'éloigner ? Elle s'efforce de garder confiance lorsque survient une nouvelle qui semble confirmer le motif avancé par Ilion.

Pompeius Paulinus vient d'être nommé préfet de l'annone, une magistrature d'une importance considérable puisqu'il devra diriger l'administration chargée des subsistances de Rome, souci majeur du pouvoir impérial. Surpeuplée, la capitale du puissant Empire est en effet devenue tributaire pour son approvisionnement en céréales de l'Égypte, de l'Afrique ou de l'Espagne. Les distributions gratuites de blé, d'abord exceptionnelles à l'époque républicaine, sont devenues monnaie courante avec les lois frumentaires des Gracques prévoyant des distributions à une population en constant accroissement. Depuis Auguste, à Rome, deux cent mille citoyens reçoivent ainsi le blé de l'État. Le moindre manque peut provoquer des émeutes. Le fardeau est d'autant plus lourd qu'en Italie, dans la plupart des grandes propriétés, les terres à céréales ont été converties en pâturages, l'élevage étant jugé plus rentable par les propriétaires. L'importation est donc devenue le moyen essentiel d'assurer l'alimentation de la Ville. Le pouvoir impérial a dû prodiguer des privilèges aux producteurs et marchands de province ou de l'étranger pour les encourager à envoyer en priorité leur blé à la capitale, ainsi que divers avantages aux armateurs et aux chantiers navals comme ceux d'Arelate.

On ne saurait donc s'étonner que Paulinus, chevalier et armateur, ait réussi à décrocher la fonction prestigieuse de préfet de l'annone. Que lui-même ait des propriétés en Égypte et en Espagne ne manque pas de le faire accuser de corruption mais, fort de la faveur de César, que lui importent les envieux ! Sa nomination fait souffler un vent de fierté sur Arelate et sur sa famille. Son prestige est d'autant plus grand dans la *Provincia* qu'il a largement contribué à obtenir, avec ses collègues du Conseil des Gaules, un sénatus-consulte ouvrant les portes du Sénat aux notables des provinces gauloises.

À la nouvelle de la promotion de son père, Paulina s'efforce de participer à l'allégresse familiale. Elle espère encore revoir Ilion avant qu'il ne parte dans la lointaine Égypte. Mais l'espoir s'amincit, au fil des jours. Un matin, surprenant une conversation de l'intendant Nicephorus, elle apprend qu'Ilion est déjà parti pour l'Égypte.

— Sans même me prévenir ! s'écrie-t-elle en se jetant en larmes, dans les bras de Niceta.

— Il est difficile de retenir l'eau entre ses doigts.

— Tu m'as pourtant dit que personne n'était au courant.

— J'ai tout fait pour protéger ton secret, mais je ne suis pas derrière chaque arbre ou chaque buisson. Et puis, je ne vois pas pourquoi ta mère ne t'aurait rien dit si elle l'avait su.

Paulina s'enferme dès lors dans sa chambre, songeant un moment au suicide, mais ce serait céder aux coups portés par le destin, et sa fierté ne peut l'accepter. Voyant dans le silence d'Ilion une trahison, ou soupçonnant un complot parental pour briser une liaison déshonorante, elle se laisse gagner par la colère. Afin d'en avoir le cœur net, l'idée l'effleure de tout avouer à sa mère, mais elle ne parvient à s'y décider. Le lien qui l'a unie à Ilion ne peut s'être rompu de cette façon. Pourquoi n'aurait-elle pas le courage d'aller le chercher au-delà des mers pour lui demander les raisons de sa fuite ? Le monde est vaste mais aucun lieu n'est inaccessible.

Elle tourne et retourne cette idée dans sa tête, lorsque à la fin du mois d'août, sa mère reçoit de son père une lettre lui demandant de le rejoindre à Rome. Ses fonctions le contraignent désormais à y vivre, et comme elles lui imposent de recevoir, il a besoin d'elle pour tenir dignement sa maison. Serena hésite. Très attachée à sa ville, elle ne tient pas à s'installer dans la capitale, qui lui a toujours inspiré de la crainte. Après mûre réflexion, elle invoque une extrême fatigue pour rester en Arelate et demande à Paulinus de patienter. Paulina y voit aussitôt l'occasion de sortir de son désespoir :

— Mère, laisse-moi y aller à ta place, propose-t-elle. Je n'ai plus rien à faire ici. Je suis profondément attachée à cette ville, à cette terre, mais j'y ai vécu trop de malheurs. Il faut que j'aille respirer un autre air.

— Voudrais-tu me laisser seule ?

— Tu n'es pas seule, Mère. Il y a autour de toi tante Bubate, la famille, tes amies. Et puis ce ne sera que pour un temps. Tu pourras venir à Rome au printemps de l'an prochain.

À la surprise de Paulina, sa mère accepte sans élever d'autre objection :

— Tu es libre, ma fille, je vais écrire à ton père.

Un mois et demi plus tard, la réponse de Paulinus parvient en Arelate. Il donne son agrément. Il est temps, car le dernier navire, avant l'arrêt de la navigation pour l'hiver, s'apprête à partir vers Ostia. Une fois les indispensables auspices consultés, Paulina se prépare à faire ses adieux à Arelate et à embarquer sur le *Gaïa*.

Elle vient d'avoir vingt-deux ans.

VII

L'exilé

An 801 depuis la fondation de Rome, mi-octobre (48 après J.-C.)

Le jour du départ, toute la maisonnée a tenu à accompagner Paulina jusqu'au quai. Pour la première fois en public, Serena serre sa fille dans ses bras et ne retient pas ses larmes.

— Je vous rejoindrai bientôt… peut-être, murmure-t-elle.

Bubate se tient raide, mais ses yeux sont embués et elle ne cesse de marmonner : « Tu reviendras, n'est-ce pas ? Tu reviendras, j'en suis sûre ! » À son côté, son fils Taminius, imbu de son importance depuis qu'il remplace son oncle à la direction de la compagnie, surveille du regard les opérations d'embarquement. En retrait, Rhodia sanglote et presse la main de sa fille, comme si elle craignait de la voir partir elle aussi. Paulina a en effet promis à Niceta de la faire venir à Rome avec Egestos dès qu'elle sera installée. Derrière elles, les servantes forment un groupe compact, les plus jeunes, indifférentes, les plus âgées très émues. Paulina les salue de main avant de s'arracher aux bras de sa mère, de sa tante, de Rhodia et de Niceta, et de monter sur le bateau, suivie de Luda, en pleurs, et de Silas, impassible.

Pendant que retentissent les ordres du capitaine et les voix des marins qui font appareiller le navire à la rame, Paulina reste un moment sur le pont, puis court brusquement vers la proue pour ne plus voir ces êtres chers dont elle ne s'était jamais séparée et qu'elle laisse derrière elle, avec la crainte de ne pas leur avoir assez manifesté son affection et sa reconnaissance.

En regardant les eaux verdâtres que fend l'étrave du navire, elle a l'impression que le cercle où elle a été enfermée est en train de s'ouvrir. Les brèves et rares promenades faites avec son père à travers le vaste delta ne lui avaient pas permis de percer le mystère de ce fleuve, dont le bruit la berçait depuis sa naissance, quand le tumulte de ses crues ne l'effrayait pas. Depuis sa liaison avec Ilion, ce Rhodanus est devenu la porte où le seul homme qu'elle a aimé s'est engouffré pour disparaître. À la vue des bateaux qui le sillonnent, petites embarcations à fond plat pour les cours d'eau peu profonds ou barques de pêcheurs aux ailes de papillon, elle ne peut s'empêcher de penser à lui, jusqu'à ce qu'elle sente sur son visage la caresse du souffle marin et que bientôt s'ouvre devant elle cette immensité bleue qu'elle n'avait encore jamais vue. Elle a alors le sentiment que les dieux, ou le destin, lui offrent une chance de revivre.

Poussé par ses voiles carrées accrochées à ses trois mâts, le *Gaïa* vogue allègrement vers l'est. C'est le bateau le plus récent de la flotte de Pompeius Paulinus, qui compte quelque trente unités, ce qui en fait l'une des plus importantes de l'Empire. Long d'une quarantaine de mètres et large d'une quinzaine, sa proue en forme de bec de cygne est décorée de la double effigie des Dioscures, Castor et Pollux, divinités protectrices des navigateurs. Sa coque arrondie contient dans ses flancs une importante cargaison : amphores d'huile d'olive, grandes jarres en céramique, tonneaux de bois – invention gauloise pour contenir du vin –, sacs de céréales provenant des régions riveraines du Rhodanus et de la *Provincia...*

La plupart du temps, les traversées s'effectuent en convois en raison de la piraterie endémique, mais lorsqu'il n'y a qu'une seule unité, Paulinus impose la présence à bord d'une vingtaine d'hommes armés. De toute façon, il est prévu de longer autant que possible les côtes pour éviter les attaques et trouver refuge en cas de tempête, ou se ravitailler en nourriture, les victuailles étant limitées afin de réserver le maximum de place à la cargaison marchande, profit oblige.

Paulina est choyée par le capitaine, surnommé le Bélier, une sorte de colosse au menton en galoche et au front bas, et par l'équipage, trop heureux d'avoir à bord la fille du patron, jeune, belle et surtout dénuée de l'odieuse prétention affichée par tant de matrones. Elle est également l'objet de la curiosité des passagers, une dizaine, tous des commerçants. Les uns sont de Rome ou de Campanie et y retournent après avoir vendu les produits de la péninsule et acheté ceux des provinces galliques. Les autres sont de Gaule narbonnaise et vont négocier à Rome leur huile, leur charcuterie et leurs céréales. Paulina en reconnaît quelques-uns pour les avoir vus à des réceptions données par son père, et bien qu'elle s'agace de leurs regards indiscrets, voire plus ou moins concupiscents, elle leur fait bonne figure. La plupart du temps, elle prend le parti de s'isoler dans un coin du pont pour contempler la mer, un spectacle apaisant qui éloigne les pensées moroses.

Après être passé au large d'un port annoncé comme celui de Massilia, le *Gaïa* fait une première escale sur l'une des îles Stéchades[1] où l'équipage dresse un campement au bord d'une plage et va acheter des vivres dans

1. Îles d'Hyères.

174

un village de pêcheurs voisin. La paix des lieux est néanmoins troublée par un vent qui inquiète l'un des marchands de la *Provincia* :

— Après la mi-août, le ciel peut se fâcher. Il y a quelques années, l'empereur Claude qui allait en expédition en Britannia a essuyé dans ces parages une tempête. Il a même failli périr.

— Si tu avais peur, il ne fallait pas t'embarquer ! rétorque le Bélier.

— Je ne pouvais pas attendre le printemps.

— Plains-toi ! Ce vent-là va nous faire arriver plus vite.

Le lendemain à l'aube, le *Gaïa* lève l'ancre et vogue allègrement, poussé par le même souffle. Alors qu'il aborde la côte ligure, le capitaine décide de couper droit à travers le large golfe de Ligurie afin de rejoindre plus directement la côte étrusque. La décision suscite des remous parmi les passagers, surtout les Romains, qui rappellent les risques encourus en s'éloignant des rivages, mais le Bélier balaie les objections avec rudesse :

— En vingt ans, je n'ai jamais subi de tempête dans ces parages. Quant aux pirates, on a ce qu'il faut pour les recevoir ! dit-il en désignant l'escorte de Bataves, connus pour leur bravoure.

— Et les vivres ?

— On en a assez pour les deux jours de traversée.

Paulina est la seule à se réjouir de cette initiative. La houle, qui rend malade Luda, Silas et plusieurs passagers, lui fait imaginer que le *Gaïa* pourrait aller jusqu'en Égypte par on ne sait quelle erreur ou lubie du capitaine. Elle en vient même à le souhaiter.

Un des commerçants romains lui demande d'ordonner au capitaine de reprendre un itinéraire plus prudent. Elle répond qu'elle fait entièrement confiance au Bélier, « un navigateur de grande expérience ».

La première journée donne raison à ce dernier. La houle se calme, un vent raisonnable permet d'avancer, aucun navire de pirates ne se manifeste et la nuit impose sa sérénité sous un ciel scintillant d'étoiles. Le lendemain, il semble qu'il en sera de même, lorsqu'en début d'après-midi commence à souffler un vent froid venant du nord-est. Dans l'équipage qui s'agite circule le mot « gregale ». Il parvient aux oreilles des passagers et fait renaître l'inquiétude. Presque tous ont entendu parler de ce vent souvent redoutable.

— Ne vous inquiétez pas, il ne souffle pas en cette saison, assure le Bélier.

— Tu veux dire en été, mais nous sommes en octobre !

— Ne soyez pas couards ! Quand on navigue à la voile, il faut du vent pour avancer !

Aussi assurée soit-elle, la voix du capitaine est rapidement couverte par un coup de vent qui se prolonge et chacun voit avec appréhension un mur épais de nuages barrer l'horizon à l'est. Le soleil prend une coloration rousse avant de disparaître, laissant croire que la nuit va tomber, pendant que la mer devient d'une sinistre grisaille. Le vent souffle par rafales de plus en plus puissantes. Les marins se démènent sur le pont pour tirer sur les cargues et replier les voiles sur les vergues afin de les soustraire à cette fureur. À la barre, le Bélier est incapable de maintenir la trajectoire et la houle prend le navire par le travers. Les ordres, mêlés aux cris des passagers affolés, se perdent dans le mugissement du vent et le fracas des trombes d'eau qui se déversent sur le pont. Alors que des corps roulent ou s'agrippent les uns aux autres, Paulina et Luda, trempées jusqu'aux os, s'accrochent à Silas, mais tous trois sont violemment projetés sur le pont avant d'être bloqués dans une encoignure, havre provisoire en cette tourmente.

Serrant contre elle une Luda agitée de tremblements, Paulina est étrangement calme. Elle ne songe ni à la fin de la tempête, ni à un éventuel sauvetage, mais à la mort, comme si les dieux l'avaient déjà ordonnée. Résignée en cet instant qu'elle croit être le dernier, elle imagine le chagrin de ses proches et, non sans ironie, a une pensée pour Taurus. Serait-elle donc vouée à partager son sort, en disparaissant en mer comme lui ? Va-t-elle le croiser, comme tout naufragé, dans le monde des âmes errantes privées de sépulture ? Paradoxalement, cette idée la ranime et elle s'efforce de réconforter Luda :

— Ne t'inquiète pas, les dieux ne vont pas nous abandonner !

La tempête atteint son paroxysme, et le navire, ballotté comme une coquille vide, vibre de toute sa charpente, roule ou tangue, on ne sait plus. Il pique du nez dans le creux des vagues couronnées d'écume. Aux gerbes de mer qui s'abattent sur le pont s'ajoutent des cataractes de pluie, dont le martèlement se mêle aux craquements des mâts. L'un d'eux finit par céder et en tombant assomme deux matelots qui sont emportés par une lame. « À l'aide ! » hurle l'un des marchands en tentant de se retenir au bastingage, mais une secousse le projette, tel un fétu de paille, dans une énorme vague qui l'avale aussitôt. Certains trouvent aide auprès de leurs esclaves, qui essaient de les mener vers une petite barque de secours attachée à la poupe, espoir de sauvetage insensé car le frêle esquif serait destiné à un engloutissement inéluctable. D'autres implorent les dieux ou se recroquevillent en attendant d'être emportés vers le royaume de la nuit. Quelqu'un marmonne : « C'est à cause du nom de ce bateau ! » Gaïa n'est-elle pas la mère de Typhon, le monstre qui déclenche les tempêtes ?

Le navire est hors de tout contrôle, il donne l'impression de se diriger parfois vers l'est et la côte ligure, parfois vers l'ouest et le grand large. Chaque minute qui passe dure une éternité. Le cauchemar se prolonge jusqu'à ce qu'enfin apparaissent les premiers signes d'apaisement. Le vent faiblit, le ciel s'éclaircit, la pluie se mue en crachin, la houle baisse d'intensité. Trempés, transis de froid, épuisés, équipage, escorte et passagers gisent sur le pont au milieu des mâts, des bris de charpente, des cordages et des voiles, n'osant encore croire à l'accalmie. Le capitaine est le premier à reprendre ses esprits. Il fait le tour du bateau et compte les pertes humaines : trois passagers et deux marins disparus. Les dégâts matériels sont considérables. La cargaison d'huile et de vin est en partie perdue. La moitié des *dolia*, ces jarres en céramique pouvant contenir près de deux mille litres de vin, et les trois quarts des amphores d'huile se sont brisées, les fagots servant de cales ayant été dispersés. Seuls les tonneaux ont résisté. C'est une catastrophe financière pour les marchands qui ne tardent pas à retrouver le sens de leurs intérêts et accusent d'incompétence le capitaine, tout en l'accablant d'injures. Il y répond par un superbe mépris avant de sortir de ses gonds et de les menacer de les faire jeter à l'eau par les Bataves. Soudain, une autre voix, féminine celle-là, s'élève :

— Vous n'avez pas honte de protester alors que vous avez été épargnés par les dieux !

Tous les regards se tournent vers Paulina, debout, semblable à une figure de proue, splendide dans sa tunique mouillée qui lui colle au corps. Personne n'ose lui répondre.

La mer redevenue paisible, chacun se demande comment, sans voilure, le *Gaïa* va pouvoir reprendre sa route. Aux interrogations, le Bélier réplique qu'il sait situer la position du navire et prévoit d'atteindre bientôt une côte, sans préciser laquelle. Le *Gaïa* continue en fait de dériver. Il faut se partager les quelques vivres sauvés du naufrage et le vin, seule boisson à bord mais en assez grande quantité pour noyer protestations et soucis dans d'inévitables beuveries. Silas est même obligé, à plusieurs reprises, de brandir son bâton pour protéger Paulina et Luda des entreprises de marins et de commerçants ivres.

Les dieux finissent par abréger l'épreuve. Deux jours après la tempête, ils font apparaître la terre, mais peut-être veulent-ils s'amuser car celle-ci est à l'ouest.

— Ce n'est pas la côte d'Etrurie !

— Non, c'est l'île de Corsica, répond le capitaine sans émotion.

Le désappointement est général, mais la résignation à ce qui apparaît comme un moindre mal l'emporte. Tous savent que cette île n'est pas très éloignée du continent et que sur ses rives se sont établies deux colonies romaines. La perspective d'y trouver asile en attendant une liaison avec le continent apaise la colère.

La nuit commence à tomber lorsque le capitaine jette l'ancre à proximité d'une longue plage de sable où il fait débarquer l'ensemble des passagers.

— On campe ici, déclare-t-il. Nous partirons demain à Alalia[1], où je pourrai faire réparer le bateau.

Cette fois, personne n'élève d'objection.

*

Après une nuit à la belle étoile, bercée par le murmure de l'onde sur le sable d'or, toute la compagnie est réveillée par un trio d'hommes à l'aspect à la fois farouche et placide, accompagnés d'un mulet lourdement chargé.

— Ils veulent un butin ? s'écrie un marchand effrayé.

En examinant tous ces étrangers, le plus âgé d'entre

1. Aléria.

179

eux se borne à dire dans un étrange langage, du latin mâtiné d'intonations bizarres :

— Le gregale, hein ? Très mauvais.

— Alalia se trouve loin ? demande le Bélier.

— Non, plus au sud… Un demi-jour de marche… besoin d'eau, de vivres ?

Sans attendre la réponse, il fait un signe à l'un de ses compagnons qui sort quelques victuailles d'un sac accroché au bas du mulet et le dépose devant le Bélier :

— Du miel, du fromage, des olives, du pain. Pour l'eau, il y en a là-haut…

Il désigne un escarpement rocheux piqueté de figuiers au milieu desquels on distingue la tache grise d'une habitation en pierre.

— La maison du Romain, dit l'homme.

— Que fait-il là ?

La réponse est une simple moue appuyée d'un haussement d'épaules et le trio s'éloigne. Un des passagers s'étonne :

— Ils ne se font pas payer ?

— Je connais les gens de cette île, dit le capitaine. On dit qu'ils n'aiment pas les étrangers, mais ils sont hospitaliers avec ceux qui ne les menacent pas.

Chacun se restaure avec les provisions du bienfaiteur corse. Un jeune homme au teint cuivré et aux cheveux crépus se tient à l'écart et observe le groupe avec curiosité. Le Bélier finit par l'interpeller :

— Qui es-tu, toi ?

— Je suis de Chypre. Je m'appelle Xyrax, répond l'inconnu en bon latin de Rome.

— Il paraît qu'il y a de l'eau un peu plus haut. Tu peux nous y conduire ?

— Si vous voulez, c'est là qu'habite mon maître.

— Ton maître ? C'est un Romain ?

— Oui, un philosophe.

— Alors c'est un banni ! Qui viendrait vivre ici de son plein gré ?

— Comment s'appelle-t-il ? demande Paulina.

— Lucius Annaeus Seneca.

Ce nom éveille la curiosité de tous. Paulina se souvient qu'après la mort de Balbus, Atticilla, une amie de sa mère, lui avait conseillé la lecture d'un ouvrage de cet écrivain de renom : *Consolation à Marcia*, adressé à une femme qui avait perdu son fils. Elle n'avait pas eu le courage de s'y plonger, persuadée que sa douleur en aurait été accrue. Aujourd'hui, elle est curieuse de le connaître, elle se demande si la rencontre de cet homme célèbre, et frappé d'une sanction impériale, ne lui apporterait pas la lumière de son expérience sur le destin que les dieux réservent aux hommes. Alors que le Bélier désigne les marins chargés d'aller chercher l'eau, elle décide de les accompagner.

— Non, *Domina* ! N'y va pas. Je suis responsable de ta sécurité. La tempête t'a épuisée et il faudra marcher longtemps au milieu des ronces sur des sentiers escarpés, alors que tes sandales sont encore mouillées et abîmées par le sel. Et puis, ces broussailles sont des nids à embuscades.

— La *Domina* n'a rien à craindre, intervient Xyrax, qui ne cesse de lorgner Luda dont les rondeurs semblent à son goût. La région est tranquille et mon maître sera heureux d'accueillir une grande dame. Il y a sept ans qu'il a quitté Rome et il se morfond. C'est lui qui m'a envoyé me renseigner sur le bateau et les passagers.

— Je te suis, tranche Paulina.

Elle ajuste les lacets de ses sandales et lui emboîte le pas, suivi par Luda, Silas, une poignée de marins chargés d'outres à remplir et une escorte de cinq Bataves. Le chemin se révèle pénible car le soleil frappe déjà fort et la chaleur est accablante. Il serpente au milieu d'une végétation parfumée mais très dense, qui griffe les pieds et les jambes, et lacère les tuniques. La source n'est atteinte qu'en début d'après-midi ; chacun se désaltère avec délice d'eau fraîche. Au moment de repartir, Paulina leur annonce qu'elle ne redescend pas avec eux car elle souhaite rendre visite au Romain.

— Le capitaine sera furieux si on rentre sans toi, *Domina*, objecte l'un d'eux.

Paulina demande à Xyrax, en pleine conversation avec une Luda rouge de plaisir :

— Pourras-tu nous accompagner ensuite à Alalia ?

— Ne vous inquiétez pas, vous pourrez même y aller à dos de mulet, assure-t-il en désignant les sandales très abîmées des deux femmes.

— Vous avez entendu, vous autres ? Dites au capitaine de ne pas s'occuper de moi. On vous rejoindra ce soir ou demain à Alalia.

La demeure de l'exilé ne se trouve qu'à quelques pas de la source. C'est une maison de pierre adossée à un rocher, entourée de figuiers et d'oliviers. Un homme d'un certain âge s'avance sur le seuil pour les accueillir.

— Mon maître, murmure Xyrax.

Sénèque est plutôt grand et maigre. Il a le visage hâlé, les joues creuses, les pommettes saillantes, et sur un front ridé des mèches assez longues qui grisonnent comme sa barbe. Son sourire est un peu triste mais ses yeux noirs brillent et sa voix grave se fait chaleureuse quand il invite Paulina à entrer en son « palais », s'excusant de n'avoir à lui offrir pour siège qu'une chaise en bois un peu branlante.

— Sirmia ! Sers-nous à boire au lieu de rester plantée là ! lance-t-il à une esclave plantureuse, au beau visage et à l'allure un peu sauvage, qui se tient à quelques pas. Il y a des années que je n'ai pas reçu de visite, il a fallu une tempête et un naufrage pour que j'aie ce privilège !

Comment se fait-il que votre navire ait échoué ici ? D'où venez-vous ?

— D'Arelate…

— La cité des chantiers navals, en Gaule narbonnaise ?

— Oui, et nous nous dirigions vers Ostia. Le capitaine a voulu couper droit dans le golfe de Ligurie et s'est éloigné de la côte, le gregale a fait le reste…

— La fortune ne sourit pas toujours aux audacieux, mais elle consent parfois à éclairer l'existence d'un banni !

Sirmia dépose sur une petite table, non loin d'eux, une cruche, du pain, des olives et du miel, avant de leur présenter deux gobelets d'eau fraîche.

— Tu étais la seule femme à bord ? s'étonne Sénèque. Quel courage !

— Oui, le *Gaïa* appartient à mon père, le chevalier Pompeius Paulinus…

— Ah ! Pompeius Paulinus, le nouveau préfet de l'annone ?

— Tu es bien informé, maître.

— Certaines personnes de la colonie d'Alalia me tiennent au courant de ce qui se passe à Rome. Puis-je savoir aussi pourquoi tu es venue jusqu'à moi ? Tu ne dois pas être habituée à escalader des rochers.

— Je voulais te rencontrer : une amie de ma mère m'a recommandé la lecture de ta *Consolation à Marcia*.

— Pourquoi ce conseil ?

— Je venais de perdre mon enfant.

Sénèque la regarde avec compassion :

— Une mère ne peut rien connaître de pire… Qu'as-tu pensé de mon traité ?

Paulina rougit, confuse :

— Pardonne-moi, j'avoue ne pas l'avoir lu… Je n'en ai pas eu le courage, j'étais anéantie.

— Je sais ce que c'est… J'ai perdu un fils, moi aussi.

183

Apparemment neutre, le ton de Sénèque n'en laisse pas moins percer son émotion.

— Qui est cette Marcia à qui tu dédies ton ouvrage ? demande Paulina.

— La fille d'un ami, le sénateur Cremutius Cordus, un homme éminent et digne, un remarquable historien qui a payé de sa vie sa franchise et sa liberté d'esprit...

Paulina reprend après un instant de silence :

— Comment ta femme est-elle parvenue à supporter la disparition de votre enfant ?

— Elle ne l'a pas pu, elle est morte de chagrin... Et aussi de remords.

— De remords ? Mais pourquoi ?

— Elle croyait que la maladie de notre fils était due à une négligence de sa part. Je n'ai jamais réussi à la persuader du contraire...

Une ombre voile le regard de Sénèque.

— J'ai écrit *Consolation* en pensant à elle. Je ne sais si j'ai réussi à convaincre Marcia que la mort est une loi de la nature qu'il nous faut accepter. Je lui exposais en même temps les consolations qui nous aident à supporter la sévérité de cette loi : le souvenir des jours heureux, le bonheur de l'âme séparée du corps, divinisée dans le ciel des astres...

— De telles pensées m'auraient été d'un grand réconfort ! Me permettrais-tu de lire ton traité ?

— Lis ce que tu veux, dit Sénèque en désignant des rouleaux de papyrus posés sur une table. Mais que recherches-tu ?

La jeune femme hésite à répondre. Sa pudeur l'a toujours empêchée d'exprimer ses sentiments, excepté devant Niceta, sa confidente, mais l'homme qui lui fait face pose sur elle un regard si bienveillant, si paternel, qu'elle se décide :

— J'aimerais savoir pourquoi les dieux se sont acharnés sur moi, pourquoi sont-ils restés sourds à mes appels ?… Pourquoi il y a parfum et poison, vice et vertu, fortune et désespoir ? Et comment accepter tous ces maux que les dieux m'ont envoyés alors que je n'ai commis aucun crime, aucun mensonge, aucun sacrilège !

Sénèque la regarde, surpris par cette véhémence :

— Écoute, Paulina ! Il est conforme à la nature de regretter et de pleurer un proche que l'on a perdu, mais c'est une faiblesse de se livrer à une douleur sans fin. Dans *Consolation*, je proposais à Marcia de comparer deux attitudes, celles de deux femmes remarquables de notre passé. L'une est Octavia, la sœur du divin Auguste, l'autre est Livia, son épouse. Toutes deux ont vu mourir un fils dans la fleur de l'âge, fils qu'elles espéraient voir un jour régner. Octavia s'est vouée tout entière à son deuil, ne cessant de se lamenter, prenant en aversion toutes les mères, se retranchant du monde des vivants… Livia, elle, a laissé son chagrin partir avec son fils, dans la tombe…

— J'ai plutôt réagi comme Octavia.

— N'imagine pas que le chagrin de Livia était léger. À en croire les témoignages, il était vif mais digne. La douleur se doit d'être modeste. C'est folie de se punir, d'aggraver ses peines, et absurdité de vivre dans la seule pensée d'un fils défunt, alors qu'un jour ou l'autre on le rejoindra.

— Une telle douleur ne se commande pas.

— C'est vrai, mais Livia a su trouver le courage de la surmonter. On ne s'afflige des misères qui s'abattent sur nous, on ne s'en indigne que par ignorance de la nature et de la condition humaine.

— Je suis bien loin d'atteindre à la sagesse, comme toi.

— Je ne crois pas avoir encore atteint à la sagesse. J'essaie d'y parvenir par la pensée, la réflexion.

— Je ne sais si j'en serais capable.

— Tu as tort d'en douter, tout être intelligent peut le

faire. Il faut simplement en avoir la volonté. Crois-tu d'ailleurs que je n'ai pas de faiblesses ? Je dois faire un effort constant pour les surmonter...

Il s'interrompt un instant avant de poursuivre :

— Ne pense donc plus aux malheurs, Paulina, tu es jeune, tu peux encore connaître le bonheur, avoir d'autres enfants...

— Mon mari est mort.

Il hausse les épaules :

— Une veuve peut se remarier... Pourquoi es-tu partie d'Arelate ?

— Pour fuir le brouillard qui m'enveloppait et m'empêchait de voir le soleil. Fuir la douleur liée à ce lieu, le regard des gens, l'attitude de ma famille, de mon entourage...

— Ce ne sont là que poussières dans une existence. Crois-tu pouvoir trouver l'oubli à Rome ? Méfie-toi des illusions. Toutes sortes d'individus y accourent pour y chercher gloire ou fortune, beaucoup n'y trouvent que ruine ou désespoir. Et certains, comme toi, pour tourner le dos à leur passé.

— Je cherche plutôt à savoir s'il est possible de commencer une autre existence et si le destin peut être changé.

Sénèque hoche la tête :

— Veux-tu mon avis ? Le destin, selon moi, n'est rien d'autre que la nature et où qu'elle soit, elle reste ce qu'elle est. Tenter d'en connaître le secret est une quête sans fin qui s'enroule autour du temps. Et ce temps se joue de nous, Paulina. Cela fait sept ans que je suis exilé, et qu'ai-je appris d'autre que je ne savais déjà ? Nous sommes les esclaves de cette reine cruelle, inexorable, que certains appellent Fortune, ou *Fatum*. Un être humain n'est qu'un vase fragile et le moindre choc peut le briser. Voilà pourquoi il faut se forger une défense aussi imparable que possible. Cette défense, c'est la sagesse...

Sénèque semble vouloir ajouter autre chose, mais il a soudain le souffle court. Il se lève en murmurant une excuse et va s'enfermer dans la pièce voisine. Paulina l'entend tousser, une toux de poitrine, forte et profonde, suivie d'un souffle rauque, comme s'il étouffait. Inquiète, elle s'apprête à appeler Xyrax, mais Sirmia surgit, une fiole à la main, et court porter secours à son maître.

Sénèque ne réapparaît qu'une heure plus tard. Il a l'air très las.

— Tu vas bien ? demande-t-elle.

— Ce n'est rien, ces crises font partie de ma vie, mais elles me fatiguent, répond-il d'une voix un peu sourde. Pardonne-moi de me retirer. Il va bientôt faire nuit, j'ai une chambre pour les visiteurs, hélas rarement occupée...

Il ajoute en souriant :

— Je ne sais ce qui m'a valu de recevoir ce don de Typhon...

Pendant que Paulina, restée seule, prend le repas que lui sert Sirmia, elle voit Xyrax sortir de la chambre de son maître.

— Comment va-t-il ? s'enquiert-elle.

— Bien. La crise ne dure qu'une heure... Depuis qu'il est ici, il va mieux, et il irait encore mieux s'il pouvait retourner à Rome. Cela fait sept ans qu'il se morfond sur ces rochers et ta visite est une vraie source de joie. Sirmia t'a préparé un lit, tu peux t'y reposer.

*

Malgré la fatigue accumulée depuis la tempête, Paulina trouve difficilement le sommeil dans la petite chambre au dur lit de bois. Les paroles de Sénèque lui reviennent sans cesse à l'esprit, sa voix surtout résonne encore à ses oreilles. Une voix chaude, enveloppante, comme la musique d'une flûte dans un bocage. L'exilé lui apparaît comme un guide, tel qu'aurait pu l'être le Vieux de la Forêt si elle avait été capable de comprendre son message. Sénèque ne serait-il pas aussi l'homme, le père ou le frère qui lui a toujours manqué ? Paulinus a si souvent été absent, excepté pour lui infliger obligations et servitudes, Paulinus le Jeune, un frère pratiquement invisible, Taurus un faux compagnon, époux éphémère et pour finir indigne. Quant à l'amant disparu en de lointains brouillards, si le souvenir des moments où elle basculait dans une jouissance extrême revient parfois la troubler, il n'est plus qu'une ombre soupçonnée de trahison. Et maintenant, voilà que cet ermite parvient, grâce à ses paroles, à lui faire entrevoir une issue à ses angoisses, sans qu'elle ait à entrer dans le jeu équivoque et décevant de l'amour. N'est-il pas le premier homme à l'écouter, à essayer de la comprendre sans tenter de la séduire ?

En s'éveillant le lendemain, Paulina a le cœur léger. Cela ne lui était pas arrivé depuis longtemps, très longtemps. Mais elle est désappointée de ne pas voir son hôte et s'en inquiète.

— Il est parti marcher dans la montagne avec Xyrax, lui indique Sirmia.

À son retour, Sénèque semble revigoré :

— J'ai toujours lutté contre le mal en fortifiant mon corps, mes poumons, mon sang, explique-t-il. Je chemine entre rocs et maquis, je cours dans les bois. Xyrax, en m'accompagnant, me communique la vitalité de ses vingt-trois ans.

En regardant cet homme à la chevelure en désordre et à la barbe embroussaillée, Paulina l'imagine en *tunica laticlavia*, avec cette large bande rouge indiquant son rang sénatorial, en train de prononcer un discours devant les Pères, ou déambulant dans le Palatin en devisant de philosophie.

— Pour toi qui approchais les princes et qui as connu la célébrité, l'exil doit être une grande souffrance.

— Ne confonds pas exil – le fait de vivre dans un autre pays que le sien – et bannissement. Je suis né en Bétique où vivait ma famille, et mon père m'a envoyé tout jeune à Rome. C'était d'une certaine manière un exil et je l'ai ressenti ainsi, mais il ne faut pas se tromper sur les mots. Ce genre d'exil-là est un simple changement de lieu. Pour la plupart des étrangers qui ne cessent de déferler à Rome, je suppose qu'être privé de sa patrie doit être un supplice insupportable, d'autant qu'ils doivent affronter pauvreté, mépris, voire opprobre. Pourtant, Rome est aussi un refuge, comme elle l'a été pour Enée... J'ai connu ensuite une autre forme d'exil. À la demande de mon père, j'ai vécu en Égypte, pour tenter d'apaiser mes pénibles crises d'étouffement.

Paulina, d'une voix soudain moins assurée :

— Alors, tu connais bien ce pays ?

— J'y suis resté cinq ans. Mon oncle maternel y était préfet, j'habitais chez lui, et ma tante m'a choyé. Ce genre d'exil est un bonheur. J'ai pu rencontrer en Alexandrie nombre de savants égyptiens qui m'ont beaucoup appris.

— Et comment te portais-tu ?

— Le climat m'a fait du bien. J'en suis revenu presque guéri... enfin pas tout à fait, comme tu l'as vu, mais désormais, je prends ces crises comme un entraînement à la mort...

Il s'interrompt en voyant Paulina se raidir.

— Pardonne-moi d'avoir prononcé ce mot, mais la mort fait partie de notre existence. La volonté divine impose à chacun de nous un temps de vie qui lui est propre. Cela n'empêche pas de lutter, comme je le fais, pour que la vie vaille la peine d'être vécue, et pour surmonter des épreuves telles que le bannissement...

— Une des épreuves doit être de vivre ici, sur un caillou, après avoir connu une vie de patricien à Rome ?

Sénèque sourit :

— J'ai vu une certaine commisération dans ton regard lorsque tu as observé la maison, les objets, la rocaille, l'aridité des lieux, non ?

— Pas du tout ! Je pensais seulement à ce que devait être ta vie à Rome...

— Je ne me suis jamais senti lié par la fortune, les honneurs, le succès. Le malheur épargne celui qui ne se laisse pas griser par la prospérité ou l'opulence. Le dénuement n'est pas un mal si l'on a appris à se préserver de ces fléaux destructeurs que sont le luxe, la cupidité, et les extravagances qu'ils inspirent. Connais-tu l'histoire d'Apicius, mort il y a quelques années ?

— Non, mon père m'a seulement dit qu'il était un amateur de bonne chère.

— Il était richissime et a dépensé quelque cent millions de sesterces pour assouvir sa gourmandise, chaque orgie lui en coûtait des milliers. Un jour, accablé de dettes, il a voulu pour la première fois faire le compte de ses biens. Il lui restait dix millions. Une fortune pour quiconque, une misère pour lui ! Pourtant il n'a envisagé qu'une seule option, le suicide ! Tu imagines à quel degré de corruption et de stupidité il était parvenu ! En vérité, il faut peu de chose pour l'entretien d'un homme. Comme Homère, je n'ai ici que deux esclaves : Xyrax, qui est aussi mon scribe, et Sirmia, qui vient de Pannonie... Évidemment, cela doit te paraître misérable, à toi, fille du riche Pompeius Paulinus.

Paulina réplique avec vivacité :

— Je ne suis pas aussi attachée que tu le crois à la richesse. Arelate n'est pas Rome ! Nous y vivons bien, mais dans la simplicité et la modestie.

— Pardonne-moi, je ne voulais pas te froisser… Quoi qu'il en soit, le bannissement reste une épreuve. J'avoue que je l'ai difficilement supporté au début.

Il prend une tablette de cire posée sur une table et la tend à Paulina :

— Tiens, lis ces vers.

Elle lit à haute voix :

Corsica, épouvantable séjour,
Alors que le soleil de l'été brûle ton sol aride
Et que Sirius assèche les eaux des torrents,
Inhospitalière Corsica fatale à l'étranger,
Épargne-moi, banni dont l'exil est la tombe.

— À un certain moment, j'ai même été si abattu que j'ai pensé à la mort et, comme toujours en cette circonstance, à la ville où je suis né.

Il récite :

Prends le deuil, ô Cordoue,
Les cendres de ton bien-aimé poète
Qui meurt loin de toi attendent tes larmes.

— Des amis sont-ils venus te voir ? s'enquiert Paulina.

Il lève les bras au ciel :

— Le bannissement a le don de décourager les amitiés… Rares sont ceux qui, comme Caesennius Maximus, sont venus me rendre visite. Ou qui m'ont témoigné leur appui, risquant ainsi leur réputation et leur liberté, comme Caius Passenius Crispus, mort l'an dernier. Je lui ai dédié ce poème…

Il tend un papyrus à Paulina.

Crispus, pour le naufragé que je suis tu es le havre,
Toi qui m'honores de ton amitié,

Sache que dans ma souffrance,
Ton aile me rassure et me guide...

— Et crois-moi, j'avais particulièrement besoin du soutien de cet homme d'une grande noblesse, car la plus forte douleur a été et reste l'injustice qui a motivé mon bannissement. Qu'y a-t-il de plus intolérable que d'être accusé à tort ?

— Tu as été accusé à tort ? De quoi ?

— Inutile de s'attarder là-dessus ! Je risque de céder à la colère.

— Y céder ne fait-il pas du bien ?

— Peut-être pour certains, mais pour moi, la colère est un véritable délire, se récrie Sénèque. Un délire difficile à maîtriser, j'ai écrit un texte pour le condamner. Laissons-le aux tyrans...

Un bruit de chevauchée et des éclats de voix l'interrompent.

— On vient me chercher, dit Paulina, une pointe de regret dans la voix, en voyant entrer Xyrax suivi du capitaine du navire naufragé, et de deux cavaliers.

Le Bélier, tout en sueur, explique à Paulina que la réparation du *Gaïa* est commencée mais qu'elle durera au moins deux semaines. Il lui demande si elle désire, comme tous les autres passagers, prendre un bateau qui doit partir le lendemain à destination d'Ostia, ou si elle préfère rentrer avec le *Gaïa* et son équipage.

— C'est le navire de mon père, c'est avec toi que je rentre.

— En attendant, *Domina*, viens-tu avec nous à Alalia ou bien...

Sénèque intervient aussitôt :

— Écoute, Paulina, si tu ne trouves pas ce logis trop simple, accepte mon hospitalité.

— Je gagnerai Alalia plus tard, lorsque le bateau sera prêt, répond Paulina au capitaine.

— Il y a longtemps que je n'ai entendu parole plus agréable, murmure Sénèque.

*

Paulina se réjouit d'avoir décidé de rester quelques jours dans le repaire de l'exilé, sans trop savoir si elle y a été incitée par le besoin de poursuivre un dialogue qui lui a apporté un singulier réconfort, d'entendre cette voix qui la rassure, de se sentir écoutée et comprise, ou si c'est l'appréhension inavouée d'affronter Rome et un monde inconnu qui l'a motivée. Il s'y ajoute la curiosité. Bien que Sénèque lui ait confié quelques-uns de ses sentiments, elle aimerait en apprendre davantage sur cet homme en quête de sagesse, sur son passé, sur le motif de sa présence ici. Aussi est-elle un peu déçue que, les jours suivants, il lui consacre peu de temps. Après ses randonnées, il passe des heures à écrire ou à dicter des textes à Xyrax. Pour converser, il ne reste guère que la fin de la journée, déjà brève à cette époque de l'année, et les repas du soir. C'est en ces moments crépusculaires, si propices aux confidences, que Paulina apprend à découvrir la personnalité de son hôte.

Elle remarque sa sobriété.

— J'ai appris à me passer de viande et de vin. Il m'est arrivé de manger de la viande de mouton et de boire du vin miellé, mais j'ai toujours su garder la mesure. Je tiens cela de mes premiers maîtres stoïciens : Sotion d'Alexandrie, les deux Sextii, le Vieux et le Jeune, et aussi Attale… Sotion m'a expliqué que, selon Pythagore, une parenté universelle lie tous les êtres, hommes et animaux, et une transmutation sans fin les fait passer d'un corps à l'autre. Ainsi, en plantant ses dents dans la chair d'un animal, comment savoir si ce n'est pas celle d'un membre de sa famille ?

— Quelle horreur !

— Sextius le Vieux, lui, estimait qu'il existe assez d'aliments pour que l'homme se nourrisse sans verser le sang, et que déchirer des chairs est une jouissance qui conduit à la cruauté. Il jugeait d'ailleurs que varier les mets nuit à la santé. Je partage cet avis, c'est pourquoi j'ai renoncé aux huîtres et aux champignons, d'une part car ce sont des douceurs perfides qui incitent à manger alors qu'on n'a plus faim, mais aussi parce que la chair visqueuse et trempée de fange de l'huître, et celle, imprégnée de boue, du champignon sont nuisibles à mon estomac, tout comme le *garum*, cette saumure qui le brûle… Quant à Attale, il me subjuguait quand il dissertait sur les erreurs, les maux, les vices de l'existence, démontrant qu'au-delà du strict besoin vital tout n'est qu'inutilité, gêne et fardeau. Il suffisait qu'il fasse l'éloge de la pauvreté pour que j'y aspire, qu'il condamne les voluptés illicites ou superflues et vante la continence pour que je renonce à l'intempérance et à la sensualité.

Paulina se demande en regardant Sénèque s'il respecte cette continence avec Sirmia, voire Xyrax, tous deux jeunes et attirants. Représentent-ils pour lui des « douceurs perfides » ?

— Quand tu étais jeune, as-tu été sujet à cette sensualité et à cette intempérance ?

La réponse est quelque peu ambiguë :

— La jeunesse te permet le meilleur et le pire. Plus tard, j'ai cédé aux tentations du monde que je fréquentais… Ici au moins, je peux retrouver la simplicité qui m'a été enseignée. Je peux m'interdire les parfums, la meilleure odeur n'est-elle pas de n'en avoir aucune ?

— Pourtant, la sueur…

— L'eau suffit et il y a une source pure à côté. Et puis ne vois-tu pas comme je suis maigre ? J'ai également appris à me passer de bain chaud, que j'estime inutile.

Sénèque regarde Paulina en souriant :

— Alors ? En sais-tu assez sur une vie de stoïcien ? Sache que je suis encore loin d'avoir atteint la sagesse. Voilà pourquoi je m'impose chaque soir un examen de conscience : je soumets tout ce que j'ai fait dans la journée à une critique raisonnée, une habitude prise lorsque je suivais les cours en grec de Sextius le Vieux.

Le lendemain, il est un sujet que Paulina hésite à aborder car il n'y a fait qu'une allusion en invoquant son injustice : c'est la raison de son exil. Lorsqu'elle s'y décide, il hausse les épaules avec agacement, puis finit par confier :

— Je n'aime pas en parler, mais à Rome, tu pourras entendre sur moi bien des mensonges. L'envie y est un poison très actif. Il vaut donc mieux que tu apprennes la vérité de ma bouche. Je suppose que la réputation de Valeria Messalina, l'épouse de l'empereur, est parvenue jusqu'en Gaule narbonnaise.

— On dit qu'elle a eu beaucoup d'amants…

— Elle trompe le prince et se livre à la débauche dans les bas quartiers, mais surtout, ce qui est grave pour l'Empire, elle est influencée par l'affranchi Narcisse, qui dirige le service de la correspondance impériale. Cet individu redoutable rêve d'instaurer à son profit un régime tyrannique, à l'orientale. Jusque-là, deux obstacles se sont dressés contre son projet, le Sénat et la famille de Germanicus. Tu sais que celui-ci descendait par les femmes du dieu Auguste et jouissait d'une grande popularité auprès du peuple et d'une partie des sénateurs… L'empereur Claude avait une grande affection pour l'une de ses filles, Julia Livilla, dont elle était la nièce. Cela a suffi pour exciter la jalousie de Messaline qui a réussi à l'écarter avec l'appui de Narcisse, en la faisant accuser devant le Sénat d'adultère.

— L'accusation est grave, dit Paulina, qui sait que la *Lex Iulia de adulteriis* d'Auguste prévoit qu'en cas d'adultère la femme soit bannie dans une île et une partie de ses biens confisquée.

— Assez grave pour que le Sénat confirme l'accusation. Et comme il fallait un comparse…

— Ce fut toi ! Pourquoi ? Tu fréquentais Julia Livilla ?

— Pas davantage que n'importe qui à la cour. C'était un prétexte. Le vrai motif était que je représentais au Sénat un parti hostile au pouvoir impérial absolu que Narcisse voulait instaurer. Déjà Caius Caligula avait donné l'ordre de m'exécuter. Il l'a annulé parce qu'une de ses maîtresses lui a dit qu'il fallait laisser la tâche aux dieux, puisque j'étais malade et que j'allais bientôt mourir !

— Je croyais l'empereur Claude moins tyrannique.

— Son style est différent. Il gouverne avec une bande d'affranchis qui me craignent. Parmi mes amis, il y avait le père de Marcia, Cremutius Cordus, exécuté par Tibère, Caius Passienus Crispus, dont je t'ai parlé et qui avait épousé Agrippine, la sœur de Julia Livilla. Il y avait aussi Lucilius le Jeune, impliqué dans une conjuration sénatoriale. Nous étions tous partisans de rendre prestige et pouvoir au Sénat, que Caius Caligula n'avait cessé d'humilier. L'odieux Narcisse et Messaline ont donc fait d'une pierre deux coups, en frappant notre parti et en exilant la pauvre Julia. Encore heureux qu'ils ne m'aient pas fait assassiner, comme elle !

— Tu aurais pu être relégué au bout du monde, tel Ovide, observe Paulina qui ne doute pas de la sincérité de Sénèque.

— En fait, le prince a commué le bannissement en relégation, une peine qui m'a permis de choisir mon lieu de résidence, contrairement au malheureux Ovide, et aussi de garder une partie de mes biens.

— Il est donc capable de mansuétude.

— Une mansuétude inspirée par la hantise du complot. Il craignait que, en raison de la sympathie dont je bénéficiais, les sénateurs ne s'agitent.

— Tu as donc choisi la Corsica…

— À cause de sa proximité, mais je ne la croyais pas si sauvage. Je me suis rendu compte que l'isolement n'est pas lié à la distance.

— Pourquoi avoir choisi cet endroit à l'écart de tout ? Il doit bien exister sur cette île des lieux plus hospitaliers.

— Sans doute, mais je voulais rester à proximité de la côte, en me persuadant que le retour sur le continent serait plus facile, et à une distance raisonnable de nos deux colonies, Mariana, plus au nord, et Alalia, pour ne pas être soumis à une proche surveillance.

— Tu n'as guère reçu de visites, mais il y a des habitants sur cette île. Nous en avons rencontré quelques-uns au bord de la mer. Les fréquentes-tu ?

— Pas au début de mon séjour. D'abord de quoi aurais-je pu parler ? J'ignorais leur langue : un mélange de grec, de cantabrique, de ligure, de latin. Et puis les Romains d'Alalia m'en ont dit pis que pendre. Certains affirment qu'ils ont pour première coutume la vengeance, pour seconde la rapine, pour troisième le mensonge, et pour quatrième la négation des dieux. J'avais aussi lu le géographe grec Strabon qui les jugeait pires que des bêtes féroces et les accusait de vivre de brigandage. Je savais qu'ils avaient opposé une farouche résistance à nos armées lors de la conquête. Les Corses prisonniers ne supportaient pas leur condition d'esclaves et refusaient d'obéir. En tout cas, sur l'île, nos légions ne s'aventurent guère à l'intérieur, surtout dans des régions isolées telles que la Licnini[1] à l'ouest, ou la Subasani[2] au sud, où les gens sont de véritables fauves.

1. Le Niolu.
2. L'Alta Rocca.

— Pourtant, les alentours semblent calmes. Quelles sont tes relations avec les Corses maintenant ?

— J'avoue avoir rejeté sur eux la rancœur de ma relégation. Xyrax qui leur achète des vivres me dit toujours qu'ils ne sont pas aussi farouches qu'ils en ont l'air. Ils sont hospitaliers et, s'ils ne respectent que leurs propres lois, ils ont un sens pointilleux de la justice. Ils règlent leurs différends entre eux. En tout cas, ils n'ont jamais cherché à m'approcher.

— C'est normal.

— Tu trouves ? s'étonne Sénèque.

— Les Romains sont leurs conquérants. Les bergers de notre *Provincia* aiment, eux aussi, rester entre eux et détestent les Romains qu'ils considèrent comme des intrus.

Il esquisse une moue.

— Je comprendrais mieux cette attitude de la part de barbares des contrées lointaines. Ici, la conquête est déjà ancienne, il me semble qu'on leur a apporté des lois justes, comme à tous les peuples soumis, et que rien ne s'oppose à ce que chacun puisse se créer une place dans notre société.

— Je le sais, c'est le cas de notre famille, mais même parmi nous, il y a des gens qui tiennent à leur manière de vivre, à maintenir leurs traditions. N'est-ce pas ainsi en Bétique ?

Sénèque, silencieux, réfléchit, en se lissant la barbe :

— J'ai très peu vécu en Bétique… et je reste encore trop obnubilé par ma présence forcée ici. Tu as peut-être raison, Paulina…

— En sept années, as-tu beaucoup écrit ?

— Oui, des tragédies. J'ai achevé un *Agamemnon*, une *Médée*, en ce moment je travaille sur un *Thyeste*.

— Thyeste ?

— Oui, le frère d'Atrée, le roi de Mycènes. L'histoire est pleine de fureur. Thyeste, qui briguait la couronne de son frère Atrée, roi d'Argos, devint l'amant de sa belle-sœur. Elle l'aida à dérober le bélier d'or, sorte de palladium de la royauté, et ils eurent ensemble plusieurs enfants. Mais après avoir perdu le trône, il fut condamné à errer misérablement. Sous prétexte de se réconcilier avec lui, son frère Atrée l'attira, lui prit ses enfants, les tua et lui en fit dévorer les restes. Terrifiant crime de la vengeance, qui a fait reculer le soleil…

Sénèque fait un geste circulaire vers les cimes de granit :

— Ne pourrait-on croire que cela s'est passé là-haut, sur ces crêtes splendides ? J'y ai vu aussi Egisthe assassinant Agamemnon, Médée, éperdue d'amour et de passion pour Jason, tuant leurs enfants pour se venger d'être abandonnée. Je crois que nulle part ailleurs on éprouve avec autant d'intensité le sentiment de sa destinée…

Paulina découvre derrière le masque du sage un étrange poète, mais Sénèque ajoute :

— Un jour, j'en ferai lecture à Rome, lorsque j'y retournerai.

Il reste un long moment pensif.

— Ce retour, l'as-tu sollicité ? demande brusquement Paulina.

Sénèque hoche la tête :

— J'ai écrit il y a trois ans une *Consolatio* à un ami, Polybe, le secrétaire impérial aux études, qui venait de perdre son frère. Il est très proche de l'empereur Claude.

— Et alors ?

— Je n'ai pas reçu la réponse que j'espérais. Pourtant, Polybe est bien placé, il aide le prince dans ses recherches historiques sur l'Etrurie.

— Depuis lors, as-tu fait une autre tentative ?

— Non, mais je ne désespère pas.

La conversation s'éteint lentement, avec la tombée de la nuit.

Les jours suivants, entre une promenade sur les bords de la Touola et la lecture de quelques poésies, c'est Paulina qui parle. Sans qu'il le lui ait demandé, elle raconte son enfance, les espoirs déçus de l'adolescence, son expérience malheureuse du mariage, mais, par pudeur, elle ne dit mot de son ancien amant.

Après l'avoir écouté, Sénèque se borne à dire :

— L'avantage que donne l'infortune en assénant ses coups est qu'elle endurcit l'âme, et c'est cette âme qui fait ta richesse.

Le lendemain, le Bélier vient chercher Paulina. Il est en chariot, accompagné de Luda, de Silas, et d'un trio de gardes bataves à cheval.

— Je regrette que tu t'en ailles, dit Sénèque. Nous avions entamé une belle amitié. Je te remercie de ce que tu m'as apporté.

— Qu'ai-je pu te donner ?

— Je te dois d'avoir compris que je nourrissais des sentiments indignes. Moi qui croyais avoir assimilé les principes de mes maîtres, j'avais oublié que tous les lieux de la terre étaient la patrie du sage. Je me suis rendu compte que j'ai cédé à l'égoïsme, que je croyais avoir étouffé, en ne cherchant pas à connaître les habitants de cette île, et à un sentiment de supériorité, en n'imaginant pas le rejet de nos lois et de nos règles.

Paulina garde le silence. Comment ne s'étonnerait-elle pas d'avoir pu agiter la conscience d'un homme tel que Sénèque ?

— Je ne sais que te dire, murmure-t-elle.

— Il faut maintenant que tu partes. J'espère te revoir un jour prochain.

— Un jour prochain à Rome ? Tu m'as dit que tu ne désespérais pas.

— C'est vrai. Messaline est morte… J'ignore de quelle façon, mais il n'a sûrement pas manqué de gens pour la pousser dans le Styx, à commencer par Narcisse, son âme damnée. Elle a commis trop d'excès. Bien qu'étant déjà l'épouse de César, il paraît qu'elle a osé se marier avec ce Caius Silius qui aspirait au principat !

— Quelle honte !

— Sa mort change beaucoup de choses, les rapports de force se modifient sur le Palatin. J'ai des amis qui vont enfin pouvoir me défendre. Je suis convaincu qu'Agrippine va prendre de l'importance.

— Elle est une de tes amies ?

— Une ancienne et fidèle amitié. Je peux compter sur elle. Je connais son caractère, son ambition et son habileté. Elle a réussi à ne pas subir la vindicte de Messaline, un exploit ! Je sais qu'elle bénéficie de l'appui de Pallas, l'affranchi chargé des comptes de la cour. Je pense lui envoyer une tablette, mais j'hésite à la confier à mon émissaire habituel d'Alalia, car elle risque d'être interceptée.

— Je pourrai la remettre à Agrippine, propose spontanément Paulina. Mon père a maintenant ses entrées au palais, je crois qu'il y a beaucoup d'amis.

— Tu me rendrais un grand service ! Je vais l'écrire, je n'en ai que pour un instant.

Il prend sur une étagère une tablette de buis double, saisit un stylet et grave sa missive sur la cire teintée de noir de l'un des deux volets. Paulina le regarde écrire, admirant la rapidité avec laquelle il trace les mots. Elle perçoit aussi l'émotion qui se lit sur son visage lorsqu'il s'interrompt brièvement pour réfléchir. Après avoir relu son texte, satisfait, il rabat le deuxième volet resté vierge, et appose son sceau sur la tablette avant de la remettre à Paulina. Puis il lui donne brusquement l'accolade et la tient si serrée qu'elle en est gênée.

— Pardonne-moi, dit-il en la relâchant. Ta visite et

ton séjour ont été pour moi comme une fontaine de jouvence !

— Tu peux compter sur moi, dit-elle, émue, avant de monter dans le chariot, suivie de Luda.

Alors que le petit cortège s'éloigne, Sénèque dit à Sirmia et à Xyrax :

— Je crois qu'avec une telle messagère, je ne resterai plus longtemps ici…

Et se penchant à l'oreille du scribe qui regarde partir Luda, il ajoute :

— Tu la retrouveras bientôt, la petite servante !

LA DAME DU PALATIN

I

L'*Urbs*

An 801 depuis la fondation de Rome (48 après J.-C.)

— On arrive, *Domina* ! s'écrie le Bélier en montrant le port d'Ostia vers lequel il dirige son bâtiment. Cette fois, Castor et Pollux nous ont protégés.

Le capitaine est d'autant plus soulagé qu'en ce début de novembre, le *Gaïa* est presque le seul à avoir navigué en pleine mer.

Hormis des petites embarcations de pêcheurs et une quadrirème de combat aux allures de forteresse flottante, le *Gaïa* croise peu de navires. Le port est en cours de réaménagement.

— Il était temps, commente le Bélier. Il y a des années que le port est engorgé. Il paraît que le grand Julius César voulait déjà l'agrandir. Je me demande pourquoi on a tant tardé à le faire. Plus d'un bateau est venu s'échouer sur le sable. Un jour, deux cents navires ont même coulé devant le port parce qu'ils n'avaient pas pu y entrer.

Sur cette côte, la Tyrrhénienne change très souvent d'humeur et les naufrages sont fréquents, mais c'est surtout l'ensablement qui menace l'embouchure du Tibre, où ne peuvent entrer les navires de fort tonnage ; quant au port lui-même, avec le développement du trafic maritime, il est devenu trop exigu. L'empereur Claude a donc entrepris de grands travaux afin d'élargir la rade et renforcer la défense d'Ostia en construisant une jetée circulaire ouverte en son milieu.

Selon la légende, c'est ici qu'Énée aurait débarqué. Le fondateur du port aurait été Ancus Martius, le quatrième roi de Rome. Mais, pour Paulina, Ostia représente surtout le seuil de Rome et de sa nouvelle vie.

Le *Gaïa* pénètre entre les deux branches de la jetée et passe à côté d'un îlot central artificiel en cours d'édification.

— On va y construire un phare, explique le Bélier. Sa base en sera le bateau qui a rapporté d'Égypte l'obélisque d'Héliopolis dressé au Circus Maximus.

Si le trafic est faible en raison de l'hiver qui commence, les quais sont encombrés de navires de commerce, tels les onéraires ou les *corbitae*, ou de guerre comme des trirèmes. En raison de son tonnage, le *Gaïa* ne peut naviguer sur le Tibre. Il manœuvre donc pour accoster à l'un des bras de la jetée, où s'alignent sur plusieurs rangs entrepôts et greniers. Paulina, émue, se rend compte qu'elle est au cœur de l'activité de son père. Courbés sous le poids de leur fardeau, des cohortes de débardeurs arpentent, telles des fourmis cheminant sur des tiges de jonc, les minces passerelles reliant le quai à des embarcations plus petites, les *naves caudicariae*. Ils déchargent certaines marchandises destinées à être exportées et en emportent d'autres vers l'Emporium, le port fluvial de Rome. Des milliers de produits venant des provinces d'outre-mer, c'est l'indispensable grain nourricier, le blé, essentiellement importé d'Égypte et d'Afrique, qui en est le plus précieux. Collecté par les employés de l'annone, il est expédié sur une flotte de transports que le peuple attend avec anxiété, l'arrivage pouvant être contrarié par un caprice du Nil, une tempête ou quelque autre entrave résultant d'une colère des dieux.

Saluée par le Bélier et l'équipage, Paulina, suivie de Luda et de Silas, est accueillie au pied de la passerelle par un employé de la compagnie paternelle, qu'elle reconnaît pour l'avoir vu en Arelate. Il lui souhaite la bienvenue avec déférence et l'invite à le suivre vers l'embarcation qui doit la conduire à Rome. Ils passent devant les entrepôts à deux niveaux, où les débardeurs déversent leurs sacs de grains dans un énorme récipient sous le contrôle d'un mesureur de blé.

La cité d'Ostia s'étend vers l'intérieur des terres, elle dispose de sanctuaires, d'un théâtre et d'un centre, la place des Corporations, forum où voisinent quelque soixante-dix comptoirs, et autour duquel se déploie un quartier de luxueuses villas affichant la prospérité de leurs propriétaires.

— J'imagine que le comptoir de la Compagnie se trouve par ici, demande Paulina alors qu'ils s'avancent vers le bateau qui les attend.

— Oui, *Domina*. Voulez-vous y aller ?

Elle hésite un bref instant. La pensée l'effleure que, par on ne sait quelle improbable circonstance, elle pourrait peut-être y rencontrer Ilion. Puis, très vite, elle se demande comment a pu subsister en elle le désir de voir celui qui l'a abandonnée comme une vulgaire esclave. La honte de cette faiblesse l'incite à refuser et elle s'engage sur la passerelle.

L'embarcation, propulsée à la rame par une vingtaine d'esclaves, est celle qu'utilise d'habitude son père. Un timonier juché dans une petite cabine en hauteur guide le bateau pour le faire entrer dans le Tibre par un canal, la Fosse Trajane. La remontée à contre-courant est lente, et tandis que Paulina, assise dans un habitacle richement décoré, regarde défiler les rives, l'anxiété le dispute à sa curiosité. Elle s'inquiète de devoir vivre avec ce père qu'elle connaît si peu et qui n'a jamais manifesté à son égard de réels sentiments d'affection, voire de compréhension au moment des épreuves, lui qui a toujours pris ses décisions dans le seul souci de ce qu'il appelle « les intérêts et la dignité de la famille ».

Avec l'arrivée à l'Emporium, Paulina retrouve son entrain. Le port s'étire entre deux méandres, le long de la rive gauche, ce qui n'est pas sans lui rappeler Arelate. Une légende dit qu'ici a débarqué Io, la mère de Bacchus poursuivie par Junon, et que, sans l'intervention d'Hercule, des femmes aux pratiques étranges lui auraient enlevé son enfant...

Le quai est bordé comme à Ostia d'une ligne d'entrepôts, mais aussi de comptoirs et de boutiques. Derrière se dressent des immeubles d'habitation qu'on appelle *insulae*, dont certains sont hauts de plusieurs étages.

En débarquant au milieu d'une foule qui se presse, s'interpelle ou s'invective, Paulina n'a pas le temps de se sentir perdue. Elle est aussitôt invitée à monter dans une litière aux enjolivures dorées et aux rideaux de soie que son père lui a envoyée. Les six *lecticarii*, ou porteurs, sont originaires de Bithynie. D'une grande robustesse, ils sont très habiles pour se frayer un chemin au milieu de la cohue du quartier commerçant qui prolonge l'Emporium, tout en évitant à leur passagère d'être secouée. Précédée par un esclave tonitruant et armé d'un fouet afin de mieux dégager la route, la litière se dirige à travers les ruelles encombrées vers l'Aventin, la colline située au sud du Palatin et qui domine la rive gauche du fleuve, entre le coude de Testaccio et l'île Tiberina. Les *lecticarii* montrent qu'ils ont aussi du souffle, car la montée est plutôt rude pour accéder à la résidence de Pompeius Paulinus, bâtie au milieu d'élégantes maisons de patriciens venus chercher la quiétude sur les hauteurs, à l'écart du centre de la cité. Paulina est enfin dans cette

Urbs qui se déploie devant elle, avec ses sept collines et son aura de légendes… Pourtant, sans raison réelle, sinon pour céder à la tension de ses nerfs au moment où sa vie s'engage dans une nouvelle voie, elle ne peut retenir ses larmes.

L'accueil chaleureux de son frère la surprend agréablement.

— Quelle joie de découvrir une petite sœur aussi belle ! s'écrie-t-il en la détaillant des pieds à la tête jusqu'à la faire rougir.

Ils ont tous les deux l'impression de se voir pour la première fois. Paulinus Minor, ou le Jeune, pour le distinguer de son père, Paulinus Major, dit l'Ancien, avait gardé d'elle l'image d'une adolescente dont la modestie lui était apparue comme le signe d'un caractère effacé. Il s'attendait à voir débarquer une provinciale plus ou moins bien fagotée, et n'en revient pas de voir une jeune femme dont la distinction et l'élégance n'ont rien à envier aux Romaines qui brillent dans les cercles les plus huppés.

Paulina regarde son frère avec la même curiosité. Moins grand qu'elle ne l'imaginait mais râblé, aussi prodigue de paroles que de gestes, il porte sa toge avec désinvolture. Elle lui trouve dans les traits du visage et dans les yeux, qu'il a grands et bruns, une ressemblance avec leur mère et avec elle-même, plutôt qu'avec leur père.

— Père n'a pu t'attendre, dit-il. Il est très occupé, ses fonctions sont lourdes et il s'y épuise.

Sous les regards attentifs des domestiques qui saluent la fille du maître, il la conduit à l'*atrium* où il lui présente l'intendante, une affranchie d'une quarantaine d'années qui la dévisage avec un brin d'insolence avant de s'éclipser.

— C'est à elle que tu devras t'imposer, explique-t-il. Le personnel l'appelle Rubellina à cause de son teint qui devient rougeaud lorsqu'elle est énervée ou en colère, ce qui lui arrive souvent. Elle mène le personnel à la baguette. À la moindre incartade ou erreur, les coups pleuvent !

Paulina imagine que l'intendante doit peut-être cette autorité à la faveur du maître, auquel la rumeur parvenue en Arelate attribue une ou plusieurs maîtresses. Son frère devine sa pensée, car il s'empresse de lui confier à voix basse :

— Non, elle n'est pas ce que tu crois… Notre père a bien une concubine, mais elle ne met jamais les pieds ici. Il la rencontre discrètement dans une maison qui se trouve au pied de l'Aventin.

Il entraîne Paulina au jardin, véritable reproduction de celui d'Arelate. Tout en prenant un rafraîchissement, il la submerge de questions sur son voyage, la tempête, s'étonne qu'elle ait osé s'embarquer en cette saison, et de l'itinéraire risqué du capitaine.

— Je comprends que tu aies voulu quitter Arelate, dit-il. Je sais ce que tu as vécu et j'en ai été profondément attristé, crois-moi. J'ai voulu t'écrire, j'ai même commencé une lettre, mais je ne savais comment exprimer mes pensées.

Le ton à la fois pudique et sincère de ce frère qui l'avait jusqu'alors complètement ignorée, même lors de ses très brefs séjours en Arelate, émeut profondément Paulina.

— J'ai décidé de tourner le dos au passé, murmure-t-elle.

— Rome te le fera oublier, et je t'y aiderai. Je dispose de liberté en ce moment.

— Pourquoi ?

— Je viens d'être élu à la questure… enfin, disons plutôt désigné par le prince ! Je n'entrerai pas en fonctions avant le 5 décembre.

— Notre père doit jubiler.

— Il s'est bien démené auprès de César, précise le Jeune.

Paulina n'ignore pas que chaque pas dans le *cursus honorum* exige des appuis et des intrigues. Tout candidat à une magistrature doit avoir l'aval du prince pour se présenter et être élu. Son frère, bien qu'il ne soit pas hanté par une ambition forcenée, n'a cessé de bénéficier du soutien paternel depuis qu'il a été envoyé à la capitale, aussitôt après avoir revêtu la toge virile, à l'âge de quinze ans, afin de s'initier aux jeux de la vie politique. À peine sorti de l'adolescence, il n'avait pas évité les pièges que tend Rome aux tempéraments enclins à saisir de l'existence ce qui est le plus plaisant et le plus clinquant. Dépucelé par une jeune veuve de sénateur, il avait enrichi cette première expérience dans les bras d'une affranchie originaire de Chypre mariée à un richissime armateur d'Ostia, ainsi que sur les lits usés des prostituées du Vélabre et de Suburra. À dix-huit ans, après une année passée à s'ennuyer dans les fonctions administratives du *vigintiviratus*, première étape du *cursus*, il avait accompli un an de service militaire comme tribun *laticlavus* dans une légion. Revenu à Rome, et bien qu'alerté par ce qui était arrivé à son oncle, l'époux de Bubate, il avait repris ses habitudes dans les mêmes quartiers, dont il aimait l'atmosphère lourde, l'odeur de stupre sordide, l'ombre d'indéfinissables dangers, ingrédients qui donnent, à certains, une saveur particulière au plaisir. Il avait fallu une agression par un maquereau ivre pendant qu'il s'amusait avec une jeune louve, pour qu'il renonçât à fréquenter ces lieux. Il s'en était bien sorti, avec seulement quelques estafilades, dont l'une sur la joue a laissé une cicatrice, qui lui permet de se vanter auprès des femmes d'exploits guerriers sur le limes de Germanie supérieure, où son père l'a ensuite fait envoyer. Il y a servi dans la cavalerie. Les Romains n'étant pas particulièrement doués pour la monte guerrière, les effectifs y sont recrutés parmi les populations de province habituées à la race chevaline, comme les gens des *Galliae*. Le Jeune est un excellent cavalier, mais plus porté sur la chasse que sur la guerre. Dénué de toute vocation militaire et nostalgique de Rome, il est parvenu à se faire rappeler dans la capitale où il a vite repris ses habitudes de jeune célibataire, papillonnant d'une femme à l'autre. Cependant son père ne l'entendait pas ainsi. Il n'a pas envoyé son fils à Rome pour son bon plaisir, mais pour monter jusqu'aux plus hauts degrés de l'échelle sociale. Le Jeune n'ayant pas hérité de son sens de l'intrigue ni de sa rouerie, deux qualités, ou vices, indispensables pour y parvenir, il lui a fait obtenir, puisqu'il vient d'avoir vingt-cinq ans, âge minimum requis, l'une des deux questures du prince, sorte de secrétariat qui permet d'entrer dans le cercle étroit du pouvoir.

— Viens ! Il faut que tu connaisses la maison ! dit le Jeune à sa sœur, en l'entraînant à l'intérieur.

Les dimensions et le confort de la résidence rappellent ceux d'Arelate, mais la décoration en est plus somptueuse. Les peintures murales aux couleurs éclatantes représentent des scènes marines mythologiques, tels le voyage d'Énée et les exploits d'Hercule combattant l'Hydre de Lerne, les statues de divinités et une multitude d'objets précieux composent un ensemble digne des demeures princières du Palatin, telles que Paulina se les imagine.

Lorsque Rubellina lui présente la trentaine d'esclaves qui constituent la domesticité, elle remarque chez la plupart des femmes un mélange de méfiance craintive et d'obséquiosité, et chez quelques-unes une curiosité à la limite de l'arrogance, comme si elles ne la considéraient pas comme une vraie *Domina*. Le regard que lui adresse

Luda, qui se tient ou plutôt est tenue à l'écart, est un véritable appel. Elle comprend tout de suite qu'elle doit prendre l'ascendant sur Rubellina et sa troupe, et c'est sur un ton sec qu'elle les interpelle :

— Écoutez-moi, tous et toutes. Désormais c'est moi qui décide ici ! Je ne veux pas bousculer ton organisation, Rubellina, mais pour chaque décision importante, tu devras t'adresser à moi ! Et n'oubliez pas que Silas et Luda relèvent de ma seule autorité.

Le visage crispé et le cou raide, l'intendante acquiesce, tandis que l'ensemble du personnel s'incline.

— Une vraie matrone ! murmure le Jeune, étonné.

— Eh bien, voilà la matrone dont j'ai besoin ! Bienvenue chez toi, Paulina ! s'exclame une voix qu'elle reconnaît.

Pompeius Paulinus l'Ancien vient d'apparaître, essoufflé comme s'il avait couru. De forte corpulence, il transpire alors que la température de ce début d'hiver est plutôt fraîche. Un trio d'esclaves s'affaire pour le débarrasser de sa toge, le revêtir d'une tunique d'intérieur en soie, arranger le divan d'un *triclinium* pour qu'il puisse s'y allonger, puis le déchausser et lui laver les pieds. Il en profite pour s'adresser à sa fille et lui demander des nouvelles de Serena et du reste de la famille, avant d'évoquer rapidement la tempête en déplorant l'imbécillité du capitaine.

— Je l'ai mis à pied. Il s'occupe maintenant du déchargement des marchandises à Ostia… Enfin ! Il a pu te ramener saine et sauve…

Et s'adressant à son fils :

— Toi, fais-lui connaître Rome, mais pas les quartiers puants comme le Vélabre ou Suburra.

— C'est déjà convenu, Père.

— De toute façon, Paulina, tu auras fort à faire. Je dois recevoir du monde ici et t'emmener au Palatin pour te présenter au prince… Mais dis-moi, ajoute-t-il d'un ton sévère, il paraît qu'en Corsica tu as rencontré Sénèque.

— C'est exact. Est-ce répréhensible ?

— Sais-tu pourquoi il a été banni ?

— Il me l'a dit.

— Une affaire assez grave pour que tu évites cette visite, de surcroît assez longue, à ce qu'on m'a dit.

— Il m'a offert l'hospitalité. Pourquoi l'aurais-je refusée ? Nous avons beaucoup parlé, il m'a éclairée sur bon nombre de choses. Je crois que je lui ai apporté un certain réconfort, le malheureux se morfond là-bas depuis sept ans.

— Voilà ce qu'on encourt à jouer les séducteurs et à se mêler d'affaires princières !

— Il m'a assuré avoir été victime d'une injustice.

— C'est ce qu'on dit toujours pour apaiser sa conscience.

— Il espère que le prince mettra fin à sa relégation. Justement ! Je lui ai promis de remettre une lettre à la princesse Agrippine.

— Quoi ? s'écrie Paulinus en levant les bras au ciel. Comment as-tu pu accepter de porter le courrier d'un banni ? On ne doit jamais se mêler d'affaires qui ne nous regardent pas.

— Agrippine est la nièce du prince.

— Et alors ? Ne sais-tu pas qu'il y a en ce moment une lutte féroce entre trois femmes pour prendre la place de Messaline ? Si Agrippine est l'une des trois, elle n'a pas encore gagné.

— Elle n'en est pas loin, intervient le Jeune. Elle est déjà dans le lit de César, ce qui lui donne une avance confortable.

Le père lui décoche un regard sévère :

— Toi, tu parles trop !

Et s'adressant à sa fille :

— Nous devons éviter de commettre un faux pas avant de savoir qui va remporter la victoire, simple question de prudence élémentaire. César est imprévisible, il change souvent d'idée. La moindre erreur peut être fatale. N'oublie pas, Paulina, que tu n'es plus chez nous, en Arelate, où tout finit par s'arranger.

— Pour moi, rien ne s'est arrangé, Père, murmure Paulina.

Un instant interloqué, l'Ancien adoucit le ton :

— Je déplore ce qui t'est arrivé, ma fille, mais c'est du passé. Désormais, tu vas vivre ici. Il faut que tu comprennes que je remplis des fonctions importantes… J'ai mis des années à obtenir la faveur du prince. Je ne tiens pas à ce que ma position soit compromise par les malheurs d'un banni.

Paulina, les lèvres serrées, ne baisse pas la tête sous la remontrance, comme elle le faisait autrefois. Elle regarde fixement son père, qui en est surpris mais semble hésiter à répondre au défi ainsi lancé à son autorité. Le Jeune s'empresse d'intervenir :

— Ne t'inquiète pas, Paulina, ce n'est que l'affaire de quelques jours, le temps qu'Agrippine assure sa victoire, n'est-ce pas, Père ?

L'Ancien garde un moment le silence, avant de déclarer :

— Ton frère a raison… pour une fois. Il faut attendre. Pour l'instant, pas question de transmettre cette lettre, ni d'évoquer Sénèque.

Et affectant un air enjoué avant de se retirer :

— Ce soir, ne te préoccupe pas de moi, je suis invité à un banquet.

Resté seul avec une Paulina renfrognée, le Jeune lui exprime son étonnement :

— Tu as défié son autorité ! Il n'aime pas ça.

— Détrompe-toi. Je n'ai défié personne. J'ai été éduquée pour me soumettre à l'autorité paternelle. C'est ce que j'ai fait toute ma vie et, en échange, les dieux m'ont punie. Mais je n'ai pas un tempérament à me révolter. Je rêve au contraire de concorde, et je connais mes devoirs. Seulement, je ne baisse plus les yeux comme une esclave, et lorsque je prends un engagement ou une décision, je ne tiens pas à ce qu'on y fasse obstacle. C'est ma façon de rompre avec le passé.

— Rassure-toi. Notre père ne fera pas obstacle à ton engagement. Il est simplement prudent. Sache que l'empereur est un être faible qui change d'opinions comme de tuniques. Il est entouré d'une bande d'affranchis qui tirent les ficelles et s'arrachent ses faveurs. Le Palatin est une arène qui n'a rien à envier à la férocité des jeux de l'amphithéâtre. On y flaire aussi l'odeur du sang. La différence est que cela se déroule à huis clos.

— Que sais-tu d'Agrippine ?

— C'est une tigresse.

— Tu as dit qu'elle était bien placée pour gagner…

— Elle a des atouts que ses rivales n'ont pas.

— Ses rivales ?

— Il y en a deux, chacune soutenue par un des affranchis. L'une est Lollia Paulina. Son protecteur est Calliste. Elle a été l'une des épouses de Caius Caligula. Sa beauté est un atout et comme elle n'a pas d'enfant, ceux du prince – Octavie et Britannicus – n'auraient rien à craindre d'elle.

— Qui est l'autre ?

— Aelia Paetina. Elle a été déjà l'épouse du prince, dont elle a eu une fille, Antonia, avant d'être répudiée.

— Pour quel motif ?

— Des offenses légères. Elle est soutenue par Narcisse, le plus redoutable des affranchis. Chargé de la correspondance impériale, il a du poids.

— Elle a des chances ?

— Comme Lollia Paulina, mais Agrippine, elle, est déjà dans le lit impérial ! Et elle a d'autres atouts : elle est l'arrière-petite-fille du dieu Auguste par sa mère et de l'*Augusta* Livia par son père. Caius Caligula était son frère, Tibère son grand-oncle. Et sans doute le plus important : elle est la fille du grand Germanicus, adoré de l'armée et de la plèbe.

— Elle a un fils, je crois.

— Oui, Lucius Domitius. Il est de la lignée princière des Julii et pourrait faire de l'ombre à Britannicus, mais Agrippine est encore en âge d'être mère et, si elle avait d'autres enfants, ils seraient, eux, de la famille des Claudii, celle de notre empereur Claude.

— Sénèque m'a dit qu'elle était soutenue par Pallas.

— Évidemment ! Il est son amant.

— Si je comprends bien, elle a la victoire à portée de main.

— Elle a pourtant une faiblesse. L'empereur étant son oncle, le mariage poserait problème. L'inceste peut être fréquent à l'ombre du palais, mais dans le cas d'une union officielle, ce serait inacceptable. Il faudrait obtenir l'accord du Sénat et de la garde prétorienne.

— Est-ce vraiment impossible ?

— Avec Agrippine, tout est possible. Elle est intelligente, froide et quand elle plante ses crocs sur une proie, elle ne la lâche jamais. Elle est bien capable de trouver une solution. En tout cas, il y va de notre intérêt qu'elle l'emporte.

— Pourquoi ?

— Notre père et moi-même sommes des amis de Pallas.

Paulina lève un sourcil étonné :

— En ce cas, je ne comprends pas la crainte de notre père. Il me serait facile de remettre la lettre de Sénèque.

— Notre père a raison d'être prudent. On a connu de tels revirements de la part de notre César Claude !

Sais-tu qu'il a condamné quelqu'un au supplice après l'avoir encensé ? Personne, même dans le cercle des favoris, n'est à l'abri d'une de ses lubies. Sois patiente. Après tout, Sénèque est depuis sept ans en exil, il peut bien attendre encore quelques semaines.

La patience, c'est ce qu'on a souvent demandé à Paulina. Trop souvent même, surtout lors des pires épreuves. Cette fois, il s'agit d'une simple promesse, mais elle lui attribue une grande importance, convaincue que le sort d'un homme, d'un banni en dépend. Quelle victoire si un Sénèque pouvait être rappelé d'exil grâce à elle ! Elle prend donc patience.

Alors qu'elle est venue à Rome pour chercher l'oubli et mener une existence de matrone en s'occupant de la maison de son père, elle se rend compte qu'un simple geste de générosité et de sympathie suffit à la mêler aux intrigues qui agitent la cour impériale et expose sa famille aux caprices du prince. A-t-elle bien fait de quitter le nid d'Arelate, si chaleureux en dépit des drames vécus ? À force de l'avoir éduquée dans la vertu et d'avoir voulu la protéger, sa mère ne l'a-t-elle pas maintenue dans un état d'innocence qui lui a valu tant de déceptions et l'a rendue vulnérable aux coups du destin ? Sera-t-elle capable d'affronter la violence de Rome ? Une seule attitude lui semble possible : faire face aux réalités de sa nouvelle existence sans rien abdiquer de ce qu'elle considère comme ses devoirs.

*

Paulina, qui a grandi en Arelate dans un cercle essentiellement féminin, partage désormais sa vie entre deux hommes. Certes, son père, absorbé par ses activités, se montre peu durant les premières semaines. Il donne quelques dîners à la maison, pour une poignée de convives – la plupart faisant partie de sa nombreuse clientèle –, avec lesquels il complote on ne sait quelles affaires. En revanche, son frère consacre ses dernières semaines de liberté à lui faire découvrir cette Rome étrange, grouillante, pétrie d'orgueil.

Ils parcourent la grande cité en litière, sur les solides épaules des *lecticarii* de Bithynie. Les itinéraires sont choisis selon l'humeur du Jeune et ses envies de visiter une boutique, de déguster un vin, de saluer un ami, de capter les rumeurs échappées du palais des Césars. Ils longent la Via Sacra, la voie des triomphes empruntée par les glorieux vainqueurs, qui défilent avec leurs troupes, leurs prisonniers et leur butin du Champ de Mars au monumental Circus Maximus, avant d'aller accomplir un sacrifice sur le Capitole. Comme elle lui a dit aimer les jardins, il l'emmène visiter ceux de Pompée, puis ceux de Lucullus, splendeur entachée du sang de Messaline qui y a été assassinée. Il l'entraîne dans une ronde qui finit, sa jovialité aidant, par faire s'évanouir toute crainte dans le tourbillon de bruits et de clameurs qui anime les rues encombrées de litières rivalisant d'ornements clinquants, s'entrecroisant au milieu des quolibets ou des moqueries lorsque, par un rideau ouvert, est reconnue une personnalité.

Avant l'heure du passage rituel et délassant aux thermes, ils se rendent au Forum de César, vaste esplanade, à l'origine un marché et qui est devenue, à l'initiative du conquérant, le véritable cœur de l'*Urbs*. Achevé sous le règne d'Auguste, il est voué à la glorification de la *gens* Julia avec, en son centre, la statue équestre du grand empereur dont le cheval a d'étranges sabots en forme de doigts. Le temple de Vénus Genitrix, protectrice de la *gens* princière, affiche un grand luxe avec ses murs de marbre jaune veiné de rouge et ses très nombreuses œuvres d'art, sculptures et peintures rapportées par l'empereur des pays conquis. Autour s'alignent les colonnes, également de marbre, d'un grand portique où se nichent des boutiques et où déambule une foule bariolée. Romains de souche et cousins de la péninsule italique, provinciaux de Bétique, de Cisalpine ou de Narbonnaise, blonds Germains, Syriens à la barbe teinte en rouge, Numides et Juifs basanés, et même des Indiens, toutes les ethnies qui composent l'Empire s'y croisent ou y font des affaires. On y voit de jeunes paons au regard conquérant, de vieux et dignes patriciens, des adolescents imberbes à la grâce féminine, des beautés aux tuniques multicolores qui font tinter leurs bracelets, mais aussi, çà et là, sur les bords de ce flot ininterrompu de promeneurs, la mêlée grise et brune des mendiants et des vendeurs à la sauvette d'on ne sait quelle drogue miracle, et sur laquelle tranche le sillage blanc de prêtres d'Isis au crâne ras.

Le Jeune emmène sa sœur aux Saepta, autre place à portique. Destinée à l'origine aux comices, elle a été transformée par Marcus Vinicius Agrippa, compagnon d'armes, homme de confiance et gendre d'Auguste. Rome doit, entre autres, à ce grand urbaniste l'aqueduc Aqua Virgo et les premiers thermes de la ville. La place est surtout devenue le lieu de rendez-vous des riches patriciennes. Des élégantes en quête d'aventures viennent s'y promener sous le regard des statues qui l'ornent, ou satisfaire leurs envies de luxe dans les boutiques d'objets anciens, les joailleries, les magasins de tissus ou les perruquiers.

Alors que Paulina s'attarde devant les éventaires des marchands de parfums, le Jeune lui demande :

— Quelle différence vois-tu avec Arelate ?

— Pour le moment, je ne vois que l'apparence. Tout est plus grand, plus monumental, beaucoup de monde, beaucoup de bruit.

— Pourtant, les charrois sont interdits pendant la journée.

— Il n'y a pas que les charrois qui font du bruit. En Arelate, on n'est certes pas muet, mais ici tout le monde crie. Et puis, il y a ces cortèges continuels qui font de la musique…

— Dis plutôt de la cacophonie.

— Tout ce qu'il y a chez nous est ici multiplié.

— Quoi encore ?

— Les femmes ! Je n'en ai jamais vu autant avec des coiffures extravagantes, des visages complètement peints…

— J'imagine la tête de notre mère si elle suivait cette mode !

— Et celle de tante Bubate, ajoute Paulina en éclatant de rire. Je comprends qu'elles craignent les fantaisies que voudrait imposer Eunice, notre *ornatrix*.

— C'est la première fois que je t'entends rire, remarque le Jeune.

— Et tous ces bijoux ! Les Romaines s'en affublent tant que, si elles tombaient dans le Tibre, elles couleraient à pic… Mais dis-moi ! Comment trouves-tu ma *stola*, ma *palla* ? N'ai-je pas l'air d'une campagnarde ?

— Tu plaisantes ? Quand tu descends de litière, il suffit d'observer les gens pour voir à leur regard que tu n'as rien à envier à la plus élégante des patriciennes. D'ailleurs, j'ai toujours constaté quand j'allais en Arelate qu'on y était à la mode de la capitale.

— Ce qui diffère aussi, c'est ce monde bariolé qu'on croise ici, dit Paulina et, suivant du regard une litière éclatante de couleurs et ornée d'éléments clinquants, elle ajoute : On te fait signe !

Du rideau qui s'est ouvert émergent un minois outrageusement maquillé et une main qui s'agite au bout d'un bras cerclé de bracelets tintinnabulants. Le Jeune répond d'un salut.

— Qui est-ce ? s'enquiert Paulina.

— Calpurnia… Elle a un corps sublime qui lui a ouvert toutes les portes, même celles du palais. Narcisse l'a introduite auprès du prince qui apprécie beaucoup ses talents. C'est elle que ce fourbe d'affranchi a envoyée dénoncer le mariage de Messaline avec Caius Silius. On sait ce qui est arrivé ensuite. Narcisse, qui est cupide mais pas avare, a su la récompenser, et elle mène grand train.

Avant de remonter en litière, Paulina exprime le désir d'aller chez un libraire.

— Tu cherches un ouvrage de Sénèque ? Il ne t'en a pas fait lire en Corsica ? demande le Jeune sur un ton légèrement ironique.

Elle hausse les épaules :

— Pourquoi ? Est-il interdit aux femmes de lire ?

— Pas du tout, mais ne te vexe pas si je te dis que les femmes qui lisent sont assommantes…

— Ne me confonds pas avec tes Romaines ! Je ne lis pas pour me faire valoir dans les banquets.

— Je sais… Viens, des libraires, il y en a à quelques pas.

Ils tournent dans l'Argiletum, une rue qui débouche dans la Via Sacra, et où s'alignent des éventaires de libraires. Paulina y jette un coup d'œil. Trois *Consolations* sont bien en vue, ainsi qu'un ouvrage intitulé *De ira*.

— Un succès, dit le libraire, aussitôt accouru en la voyant s'y intéresser. Je vous recommande la *Consolation à Helvie*. C'est touchant et digne.

— Et la *Consolation à Polybe* ?

— C'est autre chose… Elle vous intéresse ?

Paulina acquiesce et achète le rouleau.

— Tu ne prends que celui-là ? s'étonne le Jeune. Ce n'est pas le meilleur. Je l'ai lu, il caresse un peu trop celui qui l'a expédié en exil.

Paulina ne relève pas la critique.

— Qu'y a-t-il plus loin, là où il y a ces hautes *insulae* ? préfère-t-elle lui demander en quittant la librairie.

— Un quartier qu'une personne de distinction se doit d'éviter. Notre oncle y a été assassiné, et moi j'ai failli l'être.

— Suburra ?

— Pis que le Vélabre et le Trastevere ! C'est un cloaque, un composé de misère et de sordide, un marché où tout peut s'acheter, enfants, adolescents, esclaves ou hommes de main.

— Les *insulae* sont bien hautes...

— De vraies fourmilières, un univers de crasse voué à l'écroulement ou au feu. Dire que Messaline y venait, préférant au lit du prince l'un de ces réduits puants où pour une paire d'as[1] on se paie une fille ou un garçon !

— C'est incroyable ! murmure Paulina.

— Et pourtant, c'est là aussi que le grand Julius César est né... Tu vois, à Rome, tout est possible, le pire côtoie parfois le meilleur, c'est ce qui fait son charme, sa grandeur, et son immortalité. Carthage a pu être détruite, Rome ne le sera jamais !

Ils remontent en litière.

— Tu m'as dit que tu aimerais aller au théâtre, allons-y ! propose le Jeune. Dommage que Mnester ait été exécuté...

Paulina connaissait de réputation ce mime célèbre par son talent et ses caprices. Il avait été l'amant de Caius Caligula avant d'être celui de Messaline, sur ordre de Claude, époux complaisant. Elle en était si éprise qu'elle avait commandé une statue de lui faite avec le bronze de monnaies frappées à l'effigie de Caligula.

— Exécuté ? Pourquoi ?

— Il a été emporté par la vague de répression qui a

1. Un as équivaut à un quart de sesterce.

suivi la conjuration de Caius Silius, le bellâtre qui avait pris la place de l'empereur sur la natte où Messaline aimait faire ses cabrioles, et qui a cru aussi pouvoir le remplacer sur le trône.

— Messaline ! Encore elle et encore du sang !… Et puis non ! Je ne tiens pas à aller au théâtre. Je penserais trop à Sénèque qui doit s'impatienter en croyant que la princesse a lu sa lettre.

— Décidément, le philosophe t'obsède.

— J'ai honte vis-à-vis de lui. Cela fait un mois et demi que je suis arrivée et je n'ai pas encore rempli ma promesse. Pourquoi ai-je écouté Père ? Pourquoi t'ai-je écouté ? Je suis stupide. J'aurais dû tenter d'aller voir Agrippine. S'il n'y a aucune nouvelle dans les jours à venir, je le ferai.

— Puisque tu es si déterminée, je verrai comment t'aider.

Un après-midi, avant de raccompagner Paulina à la maison, le Jeune tient à faire un tour aux Rostres, situés sur le Forum, à son extrémité ouest. L'origine du nom vient des six *rostra* – éperons de bronze de navires pris aux Volsques d'Antium au cours des guerres latines – qui y sont exposés. Alors qu'ils étaient situés initialement près de la Curie et affectés aux comices électoraux, Jules César les a fait déplacer, sans se douter bien entendu qu'il y serait assassiné et que son corps serait exposé sur la tribune d'où les candidats et les magistrats haranguaient la foule. Les restes de Cicéron y furent également exhibés. Les élections ayant été étouffées par l'autorité impériale, les passionnés du verbe viennent y commenter les événements ou les dernières décisions du pouvoir, et, si des actes solennels s'y déroulent encore, c'est surtout un réservoir d'informations et de rumeurs émanant du Sénat et du Palais. Justement, une grande animation y règne et des groupes d'hommes en toge semblent engagés dans de véhéments conciliabules.

— Signe qu'il se passe quelque chose…, commente le Jeune qui va se mêler à l'un d'eux.

Il revient quelques instants plus tard à la litière, avec un sourire entendu :

— Je crois que tu pourras bientôt remettre la lettre qui t'a été confiée à sa destinataire. Je t'en dirai plus demain.

*

À en croire le Jeune, lorsqu'il lui rapporte les rumeurs glanées aux Rostres, la victoire d'Agrippine est en passe d'être acquise.

— Le mariage est décidé ? demande Paulina.

— Le bruit s'en répand. Agrippine est d'une remarquable habileté. Elle a su faire jouer la popularité de son père Germanicus auprès des sénateurs et des prétoriens et, en s'arrangeant pour que tout le monde sache qu'elle est la maîtresse du prince, elle place pratiquement le Sénat et l'armée devant le fait accompli. Quant au peuple, il colporte des propos attendris sur les épreuves qu'elle a subies dans sa jeunesse. La pauvre n'a-t-elle pas perdu son père quand elle n'avait que quatre ans ? N'a-t-elle pas souffert de voir sa mère mourir de faim en prison, et ses frères exposés à la haine de Tibère ? N'a-t-elle pas été victime avec ses sœurs de la folie incestueuse de leur frère Caius Caligula, puis de la vindicte de Messaline ? Sans parler de son mariage imposé avec l'ignoble Domitius Ahenobarbus, une vraie brute, celui-là !

— Il me semble que son désir de revanche se justifie, non ?

— Sans doute. Encore faut-il avoir le tempérament et la volonté nécessaires pour la prendre, cette revanche.

Moi, je la crois surtout ambitieuse... et il ne faut pas oublier qu'elle a un fils.

— En tout cas, elle doit posséder des vertus pour que Sénèque la considère comme une amie.

— Ils font partie du même monde. Et elle a un joli corps...

— Tu crois qu'il y a entre eux un lien plus intime ?

— Je n'en sais rien. Il y a bien eu cette affaire d'adultère avec sa sœur...

— Il m'a affirmé que c'était faux, je te l'ai dit.

Le Jeune esquisse une moue de doute, mais Paulina ne tient pas à engager une discussion sur ce sujet. Après tout, que sait-elle du passé de Sénèque ? De toute façon, elle accorde foi à ce qu'il lui a affirmé et son long exil ne justifie-t-il pas qu'il fasse appel à une Agrippine dont il connaît l'ambition et la capacité à la réaliser ? Quant à cette dernière, les épreuves qu'elle a subies rappellent à Paulina ses propres drames. Toutes deux ont été victimes de la violence des hommes et des dieux. Toutes deux y ont survécu et cherchent à se débarrasser des lourdes chaînes qu'on leur a imposées. Paulina ne peut s'empêcher d'éprouver compréhension et sympathie pour cette femme décidée à prendre une revanche sur le sort. Elle décide de ne plus attendre et de la rencontrer.

— Je veux remettre la lettre à Agrippine, dit-elle brusquement. Peux-tu m'arranger une rencontre puisque tu m'as dit bien connaître Pallas ?

Le Jeune fronce les sourcils :

— Tu sais bien qu'il faut l'accord de Père.

— Il s'y opposera. Je lui en parlerai après avoir vu Agrippine.

— Eh bien ! Te voilà devenue une vraie Romaine ! On a raison de dire que l'air de la Ville donne aux femmes le goût de l'indépendance.

— Ce n'est pas l'air de Rome, mais les coups reçus qui me l'ont donné.

Le Jeune réfléchit un moment avant de répondre :

— Puisque tu y tiens, je te signale une occasion. Les Jeux plébéiens commencent demain…

— Tu ne vas pas m'emmener à un combat de gladiateurs au moins ! Je déteste ça…

— Tu y as déjà assisté ?

— Taurus voulait m'y traîner, il adorait ça. Il m'en parlait pour voir mon dégoût et s'en délecter. Il me disait qu'en Arelate ce n'était qu'un spectacle pour femmes, tandis qu'ici il paraît que c'est incomparable. Déjà, je trouve que le combat en lui-même est épouvantable, mais les exécutions des condamnés, les mises à mort des vaincus, et même l'horrible *venatio*, cette chasse préliminaire… On m'a dit qu'on affublait certains d'ailes, pour figurer Icare, et que, d'un échafaudage, on les précipitait dans l'arène où ils étaient dévorés par des lions… Tout ce sang me fait horreur !

— Ne t'inquiète pas ! Il ne s'agit pas de gladiateurs ni de massacre, mais de courses de chars qui se déroulent lors des trois derniers jours des jeux. César viendra comme toujours accompagné d'Agrippine, car elle ne manque pas une occasion de se montrer en public avec lui. Père y sera son invité. Il fait partie de l'association hippique patronnant l'écurie à casaque rouge, *russata*, qui va faire courir des chevaux blancs, arrivés de la *Provincia* par un *bippago*, un navire spécial. Le prince est très curieux de les voir. Demande à Père de t'y emmener, il sera enchanté. Il te présentera sans doute à César et à Agrippine.

— Je ne pourrai quand même pas lui remettre la lettre en public !

— Évidemment non, mais tu t'arrangeras pour lui dire un mot et solliciter une entrevue.

Paulina sourit :

— Je savais que tu me trouverais une occasion, tu sais bien manœuvrer, mon frère !

*

Les Jeux plébéiens sont la grande attraction populaire avant l'entrée dans l'hiver. Donnés en l'honneur de Jupiter Optimus Maximus, ils commencent par une procession solennelle qui part du Capitole, traverse le Forum Romanum pour gagner le Circus Maximus. Au cours des premières journées, sont offerts des jeux scéniques dans les théâtres de Marcellus et de Balbus, mais si ces spectacles de pantomime ont du succès, ce sont les courses de chars qui déchaînent les passions. Le peuple et les empereurs eux-mêmes voient, dans la fureur spectaculaire de la compétition et la beauté des chevaux au galop, le mythe de la victoire incarnée par Pégase, le cheval ailé porteur des éclairs de Zeus, et dans les auriges triomphants, des incarnations de Persée délivrant Andromède ou de Bellérophon, pourfendeur de la Chimère.

Leur vogue est telle que le nombre de courses organisées en une journée n'a cessé d'augmenter depuis le divin Auguste. D'une douzaine, il est passé à une cinquantaine sous Claude, de quoi rassasier tous ceux qui partagent la folie du jeu, autant dire la plupart des Romains. Du Palatin aux tavernes de Suburra, des thermes aux portiques du Forum, on discute à perdre haleine des qualités ou des défauts de telle écurie, ou *factio*, et de tel aurige ; on pronostique et on parie gros. Cette fois, on n'en finit pas de s'interroger sur ces fameux chevaux blancs venus de la gauloise *Provincia* à l'initiative du préfet de l'annone, Pompeius Paulinus, et dont son fils ne cesse de vanter les qualités exceptionnelles pour faire monter les enjeux. Selon lui, ceux qu'on importe à grands frais de Bétique, de Numidie ou de Grèce ne seraient en comparaison que des bourrins ! Au surplus, l'Ancien a fait engager le conducteur le plus habile du temps, surnommé Scorpius Praedexter, le « scorpion ambidextre ».

À l'approche des Jeux, Paulina se montre impatiente et fébrile, non à cause de l'événement en lui-même, car elle n'aime guère les courses, mais à la perspective de figurer en public au côté de son père, et surtout d'être présentée au prince et à Agrippine, personnages qui lui ont toujours paru aussi lointains que les divinités de l'Olympe. Le matin même de la course, elle se lève très tôt, la première épreuve étant prévue au début de la matinée, pour se livrer aux soins diligents de Luda et de Catiola, sa nouvelle *ornitrix*.

Originaire de la *Provincia* et recrutée sur la recommandation de Valicinia, celle-ci est très bavarde. Lorsque Paulina avoue ne pas apprécier les courses de chars et détester les sanglants combats de gladiateurs, elle lui dit de sa voix haut perchée :

— Moi, j'aime les courses de quadriges, mais la fête du Cheval d'octobre a bien failli m'en dégoûter. Sais-tu ce qui s'y passe, *Domina* ?

— Je croyais surtout que cela ne se pratiquait plus. N'est-ce pas un rite très ancien qui remonte aux Étrusques ?

— Oui, c'est un sacrifice à Mars qui a lieu aux ides d'octobre. À l'issue de la course, on immole le cheval de droite de l'attelage vainqueur. On lui coupe la tête qu'on jette en pâture aux gens des quartiers voisins. Il faut voir les bagarres que ça déclenche.

Paulina pâlit :

— Quelle horreur !

Inquiète, Luda lance un regard sévère à Catiola et glisse à l'oreille de sa maîtresse :

— Remets-toi, *Domina*. Il n'y aura pas de sang aujourd'hui, seulement beaucoup de poussière. Pense que tu vas rencontrer César, il faut que tu fasses bonne figure !

Après la coiffure et le maquillage, léger comme le lui a enseigné sa mère, elle se laisse revêtir d'une *stola* garance serrée sous la poitrine et à la taille par deux ceintures brodées d'or, et par-dessus d'une *palla* jaune pâle. Elle essaie de nouvelles chaussures dont les lanières enserrent ses fines chevilles et, satisfaite après un dernier coup d'œil dans un miroir et l'aval de Luda et de Catiola, elle monte dans la litière qui la conduit au Circus Maximus.

Le Maximus, le plus ancien et le plus impressionnant des cirques voués aux courses, dresse sa structure de bois dans la vallée Murcia, entre les deux collines du Palatin et de l'Aventin. Couvrant une large superficie, il est tourné vers le Vélabre dans sa partie ouest, où sont établies les remises des chevaux, les *carceres*, au nombre de douze, comme les constellations du zodiaque. Sa *cavea* peut accueillir quelque deux cent cinquante mille spectateurs. À l'arrivée de Paulina, dont la litière a été prise dans un véritable embouteillage, les gradins sont déjà combles, la foule ayant afflué depuis l'aube pour attendre l'ouverture des portes. Le peuple des humbles, avec femmes et marmaille, a pris d'assaut les travées supérieures où il s'y entasse. L'événement est assez important pour que les consuls, précédés de licteurs portant haches et verges, les magistrats et les fonctionnaires du palais, les officiers de la garde prétorienne, les sénateurs et les chevaliers viennent y assister avec leurs épouses revêtues de leurs plus beaux atours. Tous ces figurants du grand théâtre impérial s'installent dans les travées inférieures, où les consuls sont seuls à bénéficier de sièges en pierre, par la grâce de l'empereur régnant.

Paulina, elle, est accueillie par son frère qui la conduit au niveau du *pulvinar*, la loge impériale, à l'entrée de laquelle son père et une douzaine d'invités devisent en attendant le prince. Celui-ci se fait quelque peu désirer et le public populaire, commençant à s'agiter, prend pour cibles de ses quolibets les sénateurs en vue, jusqu'à ce que le son rauque des trompes annonce l'arrivée du prince.

Il apparaît enfin, accompagné d'Agrippine. Vêtu d'une simple toge bordée de pourpre, il est grand, enveloppé et légèrement voûté. Une chevelure grisonnante couronne son visage mince. Il semble à Paulina qu'il dodeline du chef et que ses mains tremblent. Répondant d'un signe aux saluts des invités, il marmonne en entrant dans la loge d'une démarche curieusement incertaine :

— On est en retard, c'est mauvais pour les chevaux. Ils doivent piaffer. Entrez et installez-vous.

Paulina ne quitte pas des yeux Agrippine, qui lui a à peine accordé un regard, sans doute pressée de figurer au côté du prince, salué par des dizaines de milliers de mouchoirs et une immense clameur déferlant en vagues autour de l'arène. Elle l'a trouvée jolie femme, vive et sûre d'elle, mais elle ne la voit plus que de dos, masquée par une brochette de toges formant un rideau derrière le couple.

— Les affranchis de César, glisse le Jeune à l'oreille de Paulina. Le petit grassouillet imberbe est l'eunuque Posidès, celui à la toge immense et aux bracelets d'or, c'est Arpocras le vaniteux, la grande couleuvre au nez de vautour, c'est Narcisse, et la fouine qui s'agite sans cesse, c'est Pallas.

Paulina ne peut s'empêcher de penser qu'Agrippine doit être possédée d'une singulière ambition pour partager sa couche avec des hommes aussi peu attirants que le prince et ce Pallas. Elle songe à tout ce que son père lui a dit de Claude : « Un être défavorisé par la nature, longtemps méprisé par sa famille, encore que Caius Caligula, son neveu, l'ait fait consul. Une élocution bégayante, une instabilité de caractère qui le fait passer brusquement du rire à des colères terribles qui vont jusqu'à lui faire monter de l'écume aux lèvres et condamner au supplice des gens innocents. » Selon le Jeune, il serait un goinfre et un obsédé sexuel, mais aussi un lettré qui écrit une histoire des Étrusques. S'il se comporte souvent de manière bizarre, sinon ridicule, Paulinus l'Ancien lui reconnaît de la générosité – ce qui est normal, puisqu'il lui doit ses fonctions à l'annone : « On peut se moquer de ses défauts et de ses travers, au moins se soucie-t-il du bien-être du peuple. Il me soutient efficacement lorsque je m'efforce d'améliorer les services de l'annone. Et puis, c'est lui qui a décidé de grands travaux comme l'agrandissement du port d'Ostia ou l'aménagement du lac Ricin afin d'éviter des inondations catastrophiques. » En revanche, c'est sa passion des jeux que souligne toujours le Jeune : « Il les a multipliés. L'an dernier, il a même fait célébrer à nouveau les Jeux séculaires, estimant que le divin Auguste les avait faits trop tôt ! C'est lui qui a fait édifier les remises en marbre, installer les bornes de bronze doré aux extrémités de la *spina*, les sièges de pierre pour les sénateurs, lui encore qui a fait ajouter un quatrième attelage, alors qu'auparavant il n'y en avait que trois en course. Rappelle-toi qu'en Arelate, il ne peut y en avoir que deux de front, car la piste n'est pas assez large. »

Une nouvelle clameur s'élève, cette fois pour saluer l'apparition, dans une tribune placée au-dessus des remises, du *curulis magistratus* qui préside aux courses. En tunique pourpre et toge brodée, avec sur la tête une lourde couronne d'or qu'il semble avoir quelque peine à porter, il tient à la main un bâton d'ivoire en forme d'aigle aux ailes déployées. Aidé de ses assistants, il procède cérémonieusement au tirage au sort des places dévolues sur la piste aux équipages. Des cavaliers surgissent pour en informer le public de la voix et à l'aide de pancartes. Les portes des douze remises s'ouvrent alors simultanément et les concurrents se présentent, les biges – à deux chevaux – en tête puisqu'ils doivent courir les premiers, suivis des quadriges. Toutes sortes de cris fusent à leur adresse, pour les encourager ou les défier, jusqu'à ce qu'ils regagnent les remises.

La piste longe et contourne un muret long de sept cent cinquante pieds[1] se terminant à chacune de ses extrémités par une *meta*, une borne en bronze doré. Sur cette *spina*, ou épine dorsale, s'alignent des statues de divinités, des animaux de pierre, des autels, un bassin d'eau pour asperger les chevaux et les auriges en course, sept gros œufs en bois, les *septem ova*, et sept dauphins de bronze, qu'on fait tour à tour culbuter pour marquer chaque tour de piste. Dominant le tout se dresse l'obélisque de granit rapporté d'Héliopolis sur l'ordre d'Auguste.

L'assourdissante sonnerie des trompettes retentit pour annoncer le début de la première course. Le magistrat président lance sur la piste un carré de tissu rouge et, aussitôt, les portes des *carceres* s'ouvrent, libérant les quatre biges qui se placent sur la ligne de départ avant que les chevaux, breloques autour de l'encolure, médaillons au poitrail et plumets aux couleurs de leur faction accrochés à leur crinière et à leur queue, s'élancent à pleine vitesse pour sept tours, au total un parcours de près de quatre mille mètres.

Dressés sur leurs chars à deux roues, les quatre auriges, casque sur la tête, tunique courte et protections de cuir à la poitrine et aux jambes, se provoquent en hurlant des imprécations. D'une main, ils font claquer leurs fouets sur les croupes, de l'autre, ils tiennent les rênes, si longues qu'elles leur entourent la taille pour éviter qu'elles ne s'enchevêtrent. Ils portent d'ailleurs un couteau pour les trancher en cas d'accident, afin de ne pas être traînés à terre et heurtés par les autres concurrents.

---

1. Environ deux cents mètres.

Car, dans la fureur de la compétition, l'accident est fréquent et l'excitation du public pousse les concurrents à prendre tous les risques. Il suffit d'un virage serré pour qu'un char parte en voltige, qu'une poussée volontaire fasse basculer un rival sur la *spina*, ou encore qu'en ligne droite et course de front les roues se heurtent, et qu'un aurige soit projeté sur la piste et piétiné par les sabots d'un équipage concurrent. Cette fois, la course s'achève sans autre incident que la perte d'une roue et le décrochage de l'un des attelages, leurs auriges parvenant à sauter sur la piste sans dommage. Acclamé, le vainqueur reçoit du président sa récompense : une couronne de laurier à feuilles d'or et d'argent, ainsi qu'une palme. Il percevra plus tard une somme d'argent. D'autres courses de biges s'enchaînent, entrecoupées d'intermèdes divers sur fond de cymbales et de flûtes : acrobaties de *desultores* montant deux chevaux à la fois, pugilats à terre, assez violents pour écœurer Paulina qui préférerait que son père profite de ces interruptions pour la présenter. Au lieu de cela, elle a l'impression d'être tenue à l'écart, comme d'autres invités, pendant que de proches courtisans accaparent César et Agrippine.

Son frère remarque son désappointement et se penche vers elle pour lui murmurer à l'oreille :

— Je comprends que tu n'apprécies pas, c'est normal, tu ne paries pas. Mais les quadriges vont maintenant entrer en piste. Tu verras, c'est autre chose, d'autant qu'il y aura nos chevaux blancs et Scorpius Praedexter !

— J'attends plutôt que Père me présente à la princesse.

— Patiente, le prince n'aime pas être dérangé pendant les courses.

Paulina se fait une raison et regarde les courses de quadriges qui commencent dans l'enthousiasme général. Le spectacle est effectivement prodigieux. L'ambidextre déclenche une ovation chaque fois qu'il change les rênes de main pour manœuvrer ses deux *funales*. Ces chevaux ne sont liés à l'attelage que par une simple corde afin qu'ils aient plus de liberté pour contourner la borne, le plus souple étant à gauche, du côté de celle-ci, le plus puissant à droite pour l'accélération en ligne droite. À chaque virage, il prend le maximum de risques et n'a aucun scrupule à bousculer ses rivaux qu'il parvient, dans un nuage de poussière, à déséquilibrer à diverses reprises au point que l'un d'eux, violemment éjecté et heurté par l'attelage qui suit, est tué. Exploitant au mieux la vitesse et l'endurance des chevaux blancs, il remporte trois victoires de suite pour l'écurie *russata*. Le délire s'est emparé du cirque et du *pulvinar*, où le prince, aussi rouge que la casaque du gagnant, se tourne vers Pompeius Paulinus l'Ancien pour le féliciter :

— J'ignorais que vous aviez de tels chevaux en Narbonnaise !

— Ils sont vigoureux parce qu'on les entraîne sur des terrains difficiles, souvent spongieux, et ils sont turbulents, mais Scorpius Praedexter a su les conduire de main de maître.

Alors qu'ils poursuivent leur conversation sur l'élevage dans le delta du Rhodanus, Agrippine semble intriguée par la présence de la jeune femme assise au côté du préfet de l'annone. Informée par Pallas, elle ne cesse de lui jeter cette sorte de coups d'œil qu'une femme adresse à une jeune et jolie inconnue dont elle pourrait craindre la rivalité. Elle glisse un mot au prince qui interrompt son dialogue hippique pour dire au préfet de l'annone :

— Je connais bien ton fils, mais tu ne m'as pas présenté ta fille, Paulinus.

L'Ancien s'exécute aussitôt et c'est une Paulina rougissante que le prince examine avec intérêt, et qu'Agrippine dévisage avec un demi-sourire.

— Tu viens d'arriver à Rome, lui dit-elle. Mais ton père te met au secret. Craint-il qu'on ne t'enlève ?

Paulina ne sait que répondre, mais comme son père et le prince reprennent leur dialogue, elle lui dit à mi-voix :

— Pourrais-je te rencontrer en privé, princesse ?

Agrippine la regarde, étonnée :

— Volontiers. As-tu quelque chose de particulier à me dire ?

Paulina baisse la voix :

— J'ai une tablette à te remettre de la part de Sénèque.

— Ah ! Alors viens chez moi demain.

Tandis que les courses reprennent, Paulina, l'esprit tranquille, les regarde sans vraiment les voir. Si son père ne s'est aperçu de rien, son frère se penche vers elle pour lui glisser à l'oreille :

— Bien joué, ma sœur.

*

C'est dans sa villa de Tusculum qu'Agrippine reçoit une Paulina nerveuse, impressionnée, mais heureuse et fière d'une initiative prise sans l'autorisation paternelle.

La fille de Germanicus se tient dans son jardin, à demi allongée sur un lit posé au bord d'un bassin. Elle devise avec une amie et semble de bonne humeur. Elle se redresse à peine pour répondre au salut de Paulina qu'elle invite familièrement à s'asseoir près d'elle. Le corps aux formes harmonieuses se devine aisément sous une *palla* de soie réséda que soulève la pointe des seins, à l'évidence libres de tout *mamillare*. Le bras, dégagé, révèle une peau laiteuse qui semble n'avoir jamais été frappée par le soleil. Le visage est d'un ovale parfait, avec un nez droit, un front haut, une bouche bien dessinée, et surtout des yeux pers à l'éclat glacé qui semblent, comme ceux des chats, voir au-delà de ce qu'ils regardent. Paulina remarque les chevilles fines et les pieds menus, joliment cambrés, qui émergent de la robe. L'ensemble est à l'évidence attirant, mais la souplesse des lignes est contredite par une certaine sécheresse dans les gestes. Ainsi donne-t-elle ses ordres aux domestiques d'une main droite dont l'index est constamment pointé.

Elle hume l'air et dévisage Paulina en souriant.

— Ton parfum est étonnant, est-ce en Gaule narbonnaise qu'on le confectionne ?

— Oui, il est fabriqué par une *unguentaria* de chez nous.

— Remarquable ! N'est-ce pas, Acerronia ?

L'amie acquiesce mollement.

— Tu as donc une tablette de Sénèque à me remettre ? Comment cela se fait-il ? Tu es allée en Corsica ?

— Le navire qui m'amenait à Ostia a failli faire naufrage et a échoué sur la côte de l'île, répond Paulina en lui tendant la tablette.

Agrippine lit le texte sans montrer le moindre sentiment. Un curieux sifflement se fait entendre, modulé et rythmé comme s'il devait se muer en langage.

— La grive, explique Acerronia.

— C'est étrange, on dirait qu'elle veut parler.

— Voilà pourquoi on raconte au Forum que j'ai dressé une grive à parler le latin, dit Agrippine en posant la tablette sur la table, avant d'ajouter : Ainsi donc, tu as vu ce pauvre Sénèque ! Es-tu restée longtemps là-bas ?

— Trois semaines.

Agrippine regarde fixement Paulina, un léger sourire aux lèvres :

— Le temps tout de même de faire ample connaissance… Il a dû être heureux de voir surgir une jeune femme dans sa solitude. Plus de sept années dans cette île, le temps doit lui paraître long ! Que peut-il bien faire de ses journées… et de ses nuits ?

— Il écrit, il marche beaucoup, pour sa santé…

— Justement, comment se porte-t-il ?

— Bien, mais il a encore des crises.

Agrippine s'adresse en riant à son amie, restée silencieuse :

— Acerronia, tu imagines ce bavard sans Sénat, sans comices, sans Forum ?

Les deux femmes éclatent de rire.

— L'exil devrait l'avoir fait progresser sur la voie de la sagesse, poursuit Agrippine. Je me demande ce qu'il peut écrire. En tout cas, il doit se rendre compte que sa *Consolation à Polybe* était mal venue…

— C'était inopportun ! affirme Acerronia.

Agrippine se tourne vers Paulina :

— L'as-tu lue ?

— Très récemment.

— Qu'en penses-tu ?

— Je ne sais pas si c'était inopportun, mais il en a espéré un geste de sympathie de Polybe et un geste de clémence du prince. Il a été sans doute très déçu.

— Moi, je pense qu'il s'est abaissé en faisant un éloge excessif du prince, dit Acerronia.

— Je crois qu'il a plutôt voulu donner une leçon de clémence au prince, réplique Paulina sur un ton si vif qu'Agrippine en est interloquée.

— Tiens ! Je vois qu'en trois semaines, il a su te convaincre…

— Nous n'avons pas discuté de cette *Consolation*.

Agrippine fronce le sourcil avant de répondre assez sèchement :

— S'il espérait obtenir son retour, ce n'était pas une bonne tactique de passer par Polybe. Le prince aurait été sensible à l'éloge, s'il en avait eu connaissance, mais

Polybe était un couard. Je suis sûre qu'il n'a pas osé le lui faire lire…

Elle s'interrompt un instant pour donner un ordre à un esclave, avant de reprendre la conversation :

— Qu'écrivait-il d'autre, notre bon philosophe stoïcien ?

— Des tragédies.

— Tiens ! C'est intéressant.

— Il dit que le paysage fantastique de l'île l'inspire.

— Quels sont ses sujets ?

— Il y a un *Agamemnon*, une *Médée*, je crois… Mais je ne suis pas assez indiscrète pour lui avoir demandé de les lire.

— D'autres ne se seraient pas gênées !

Elle ponctue son propos d'un coup d'œil lancé à Acerronia qui éclate de rire.

— Il n'a pas essayé de te séduire, Paulina ?

— Non… non…

— Je suis convaincue qu'il se serait heurté à un refus, n'est-ce pas ? Si ce n'est pour l'épouser, pourquoi une jeune femme nouerait-elle une idylle avec un homme aussi âgé ? Mais parle-moi un peu de toi. Tu viens donc d'arriver à Rome. As-tu passé toute ta vie en Arelate ?

— Oui, j'y suis née. Je ne l'avais jamais quitté auparavant.

— Tu as une pointe d'accent gallique… Es-tu mariée ?

— Je l'ai été. Je suis veuve.

— Veuve et si jeune, et si belle !… Que comptes-tu faire ici ? Te remarier sans doute.

— Ma mère ne peut pas venir et je dois tenir la maison de mon père.

— Tu auras fort à faire. Paulinus reçoit beaucoup. Heureusement pour toi, il voyage également beaucoup…

Elle dévisage à nouveau Paulina de son œil pers :

— Je suppose qu'il va te trouver un époux. Cela ne

manque pas ici, mais en trouver un beau, jeune, riche et attentionné n'est pas chose aisée. Viens donc me voir, je te ferai rencontrer des gens qui te plairont.

Agrippine fait un signe à une servante et lui ordonne de faire préparer une litière, signe que le moment est venu pour Paulina de prendre congé. Alors qu'elle est sur le point de quitter le jardin, Agrippine lui lance :

— Ne t'inquiète pas pour notre ermite, Paulina, je vais obtenir la fin de son exil. J'ai un grand projet pour lui.

Sur le chemin du retour, Paulina est soulagée et surtout satisfaite d'avoir tenu sa parole et de contribuer, comme vient de le lui promettre Agrippine, à la fin du bannissement du maître. Pour la première fois, elle a le sentiment d'avoir vraiment franchi le seuil de l'*Urbs*.

II

Le retour du banni

Paulina, après sa rencontre avec Agrippine, retrouve d'autant plus confiance en elle-même que son père a changé d'attitude à son égard. Vexé de ne pas en avoir été prévenu, signe, selon lui, d'« un manque de respect filial », il a manifesté sa colère, puis son réalisme a repris le dessus. Il sait qu'un lien entre sa fille et Agrippine, à la fois nièce, favorite et probablement future épouse du prince, ne peut que renforcer sa propre position auprès de ce dernier. Il exprimera même sa satisfaction, mais de façon détournée, en louant l'autorité que Paulina exerce sur la *familia*, Rubellina comprise, et sa maîtrise dans l'organisation des festins.

Celui que le Jeune a offert, pour fêter son entrée en fonctions comme préteur, a été un succès. Paulina s'est occupée de la composition du menu, ce qui n'a pas été sans mal, car elle a dû calmer les ardeurs de l'*archimagirus* Spurius. Celui-ci, pour flatter les goûts ostentatoires de Paulinus l'Ancien, avait pris l'habitude d'inventer des plats plus spectaculaires que digestes. En revanche, elle a laissé à son frère le soin d'organiser les intermèdes, avec des jongleurs de Pergame et des danseuses dont les tuniques courtes et transparentes ne cachent rien de leurs corps blancs comme des lis et de leurs noires floraisons. Elle s'est abstenue de participer au repas, mais n'a pu résister à la curiosité de regarder le spectacle d'un bosquet du jardin, en compagnie d'une Luda très excitée. Elle se serait menti à elle-même si elle s'était prétendue choquée, sinon insensible aux voluptueuses contorsions de ces nymphes. Mais elle ne s'est pas pour autant attardée, la *pudicitia* ayant vite repris ses droits.

Le dernier mois de l'année s'engage sur une note un peu nostalgique avec la fête de Bona Dea, si vénérée en Arelate. Elle se souvient de la dévotion de sa mère et de l'allégresse des femmes de la *familia* avec lesquelles elle se rendait au temple de la divinité pour demander protection, santé et fécondité, une prière qui n'a pas été exaucée. La déception et la rancœur n'ayant pas fait disparaître l'indestructible crainte de la colère des dieux, Paulina se contente cette fois de déposer quelques offrandes sur l'autel du laraire familial. Cela aurait suffi à apaiser sa conscience si Luda ne lui avait dit :

— Tu ne vas pas au temple, *Domina* ? Il est à quelques pas, au pied de la colline… Ta mère n'apprécierait pas.

— Si Mère était ici, elle participerait au rite célébré par l'épouse d'un consul, avec les matrones et les Vestales. Je ne suis pas habilitée à prendre sa place.

Luda, qui sait capter les rumeurs aussi bien que Niceta, se penche à l'oreille de sa maîtresse :

— Tu sais ce qu'on dit de ce temple ?

— Quoi donc ?

— Il s'y passe de drôles de choses, la nuit. Des femmes s'y enferment pour sacrifier une truie, dont elles mangent ensuite la vulve. Elles boivent du vin pur, sont vite ivres et font toutes sortes de choses obscènes…

— Par exemple ?

— Elles se déshabillent et se livrent entre elles à des plaisirs interdits par la décence. Il paraît qu'au milieu de la nuit, on les entend danser et chanter. Ici, on dit que la nymphe Stimula, qui habite le bois de l'Aventin, leur trouble l'esprit. Elles poussent des hurlements et courent toutes nues vers le Tibre pour s'y jeter.

Paulina hausse les épaules.

— Ce doit être un ragot !

— Non, lui explique son frère lorsqu'elle lui rapporte les propos de Luda. C'est une bacchanale, dont l'origine est très ancienne. Il y a longtemps sur l'Aventin, une secte de femmes célébrait ces rites dans un sanctuaire de la triade Liber, Cérès et Libera. Une prêtresse de Campanie, Paculla Annia, ayant décidé d'accepter la présence des hommes, a tout fait basculer dans la débauche. Pendant la nuit, on célébrait les mystères de Bacchus. Hommes et femmes, tous ivres, chantaient, hurlaient, se livraient à des contorsions obscènes autour d'un énorme phallus, et s'accouplaient avec frénésie dans les bois. Déchaînées, les femmes allumaient des torches, faites d'un mélange de soufre et de chaux qui les empêchait de s'éteindre, et couraient se plonger dans le Tibre. Et puis un jour, tout s'est arrêté à cause d'un chevalier qui a voulu se faire initier mais a pris peur quand sa maîtresse lui a raconté ce qui s'y déroulait. Il a dénoncé la secte, qui comptait des milliers d'adeptes, au consul Spurius Postumius ; ce dernier a enquêté et dévoilé l'affaire au Sénat. La réaction a été violente car tout le peuple de Rome réuni en assemblée, de la plèbe aux clarissimes, a considéré que sa cohésion et son existence même étaient menacées. Les membres de la secte furent tous emprisonnés, un grand nombre exécutés. Un sénatus-consulte a interdit la célébration de ce culte à Rome et dans toute l'Italie, mais, bien plus tard, le grand Julius César l'a de nouveau autorisé, on ne sait trop pourquoi.

— Alors les bacchanales continuent aujourd'hui ?

— Il paraît que non, mais, comme vient de le dire Luda, des gens prétendent entendre la nuit des cris de femmes et apercevoir des torches folles traverser le bois…

Le Jeune s'adresse à Luda :

— As-tu vu ou entendu quelque chose ?

Luda secoue avec vigueur la tête. Paulina ajoute :

— Au moins chez nous, en Arelate, la fête de Bona Dea est décente.

— Peut-être, mais sur les collines et les bords du Rhodanus, se déroulent d'étranges pratiques, en particulier chez les fidèles d'Isis qui s'accouplent en plein jour.

— C'est faux ! proteste Paulina. J'ai assisté à une cérémonie, il n'y a eu aucun geste ni acte obscènes.

— Je me demande ce que tu faisais là, s'étonne le Jeune.

— Rien de mal !

— Je te crois… mais Arelate n'est pas uniquement peuplé de vierges et d'eunuques ! Oublie donc un peu ton cher pays et prépare-toi pour la soirée. Car c'est demain que j'entre effectivement en fonctions.

— Mais tu as déjà offert un banquet !

— Ce soir, j'ai juste invité quelques intimes. Je tiens à te présenter une amie qui m'est chère… Elle s'appelle Faustina.

Paulina sourit :

— Je me disais bien que tu me cachais quelqu'un !

— Je ne te la cachais pas. Je ne la connais que depuis peu.

La soirée est joyeuse. Le loir miellé et le paon rôti de Spurius sont jugés succulents et le vin de Falerne réchauffe les douze invités qui font fête à la sœur de leur hôte. Paulina entrevoit pour la première fois la société romaine sous un jour plus amène, mais c'est surtout Faustina qu'elle apprécie. Splendide créature de vingt-cinq ans, cette jeune veuve a les yeux d'un bleu très clair, une chevelure blonde ondulée, des formes opulentes et un sourire éclatant auquel on ne peut résister. Entre les deux femmes, la sympathie est immédiate. En les voyant converser chaleureusement, le Jeune s'écrie :

— Quoi ! Déjà complices ?

— Tu ne crois pas si bien dire, répond Faustina. Figure-toi que nous avons toutes les deux une ennemie commune.

— Que veux-tu dire ?

— Nous avons été confrontées à la même créature abominable, Flavia Atilia.

— Celle qui a tenté de t'empoisonner ?

Et s'adressant à sa sœur :

— Et toi, comment la connais-tu ?

— C'était la première femme de mon mari, Taurus. Au théâtre, en Arelate, elle a tenté de me poignarder !

— Il vaut mieux ne pas se trouver sur son chemin, commente Faustina.

— Je ne la crains plus. C'est si loin...

Paulina est sincère en disant cela. Après tout, cette Atilia n'a-t-elle pas été, comme elle-même, une victime de Taurus ?

— Le vrai monstre était mon mari, qui a aussi été le sien, murmure-t-elle.

Faustina hoche doucement la tête :

— Tu dois avoir raison en ce qui concerne ton mari, mais je connais bien Atilia : sur le plan de la cruauté, elle n'a rien à envier au pire des hommes. Il faudra t'en méfier.

Paulina ne dit mot, mais elle se refuse à croire à une quelconque menace. Elle n'en ressent pas moins un pincement au cœur car une ombre émanant du passé honni vient de faire irruption dans sa nouvelle existence. Elle est bien résolue à l'oublier.

Dix jours plus tard, une autre fête est célébrée à Rome dans une grande liesse populaire, singulièrement plus débridée qu'en Arelate où elle avait les couleurs d'une gentille comédie, surtout chez les Pompeii : les Saturnales. À Rome, la légende originelle prend toute sa signification et ce que les hommes en ont tiré, toute son ampleur. Saturne, le dieu honoré, fut aussi un homme. Fils cadet d'Uranus et de Vesta, la Terre, il avait détrôné son père et obtenu de régner à la place de son frère aîné Titan, à condition de faire périr toute sa postérité. Après une vie divine mouvementée, il devint un simple mortel et se réfugia dans le Latium où il rencontra Janus, le dieu au double visage qui préside aux commencements. Avec lui, il instaura l'âge d'or, enseigna la culture de la terre, inventa celle – ô combien importante pour l'humanité – de la vigne. Soucieux d'équité, il rétablit l'égalité originelle : plus personne ne possédait rien en propre et n'était plus au service d'une autre. Âge éminemment heureux qui devait être dignement célébré. Ainsi furent créées les Saturnales, fête du solstice d'hiver. Durant sept jours, chacun doit porter la même tunique, celle des pauvres, et le bonnet des affranchis, le *pileus libertatis*, car s'instaure le règne de la liberté, et l'ordre social s'inverse : les esclaves prennent la place des maîtres et ceux-ci les servent. Écoles et tribunaux fermés, tous travaux suspendus, exécutions remises, festins offerts, cadeaux échangés, le peuple accroche des figurines au seuil des maisons et aux petits temples des carrefours, et se rend sur l'Aventin. On débarrasse l'effigie ou la statue de Saturne des chaînes que Jupiter lui avait imposées pour le soumettre au rythme des astres et des jours.

Comme nombre de maîtres, chevaliers ou patriciens, Paulinus ne supporte pas cette inversion des classes. En Arelate, il avait réussi à la neutraliser. À Rome, pour éviter son principal désagrément qu'il assimile à une humiliation, il emmène sa fille et son fils – qui conduit l'attelage pour l'occasion – passer ces journées de vacance et de « servitude » temporaires dans une villa qu'il possède sur la côte, près d'Ostia. Seuls les accompagnent Luda et Silas, qui n'ont que faire de jouer les maîtres.

Le site est agréable, même si le ciel en cette saison est plutôt grisâtre et l'horizon brouillé. Pour Paulina, c'est un soulagement, après le tumulte et l'agitation de Rome, de retrouver un peu de calme, de n'entendre que le bruit sourd et rythmé de la mer. Elle espère que ce séjour lui permettra de connaître un peu mieux son père. Sur ce point, elle est vite déçue. Toujours acharné au travail, le préfet de l'annone s'absorbe dans des calculs ou des écritures en pestant contre les erreurs de ses subordonnés et l'absence de scribes pour l'aider. En revanche, Paulinus le Jeune l'emmène voir Faustina qui a hérité de son mari une résidence dans les environs. Une franche amitié se noue entre les deux jeunes femmes.

Cinq jours passent ainsi dans une atmosphère de quiétude, sinon de bonheur. La veille du retour, alors qu'un soleil encore faible donne l'illusion du printemps et fait scintiller la mer qui a retrouvé sa couleur bleutée, Paulina se promène longuement sur la plage, respirant à pleins poumons la brise vivifiante, quand la voix de son frère la fait sursauter :

— Demain, nous retournons en ville.

— Tu ne m'as pas dit comment cela se passait pour toi au palais ?

— Pour moi, très bien.

— Tu vois souvent le prince ?

— Très souvent.

— Et Agrippine ?

— Également. Elle ne le quitte pas ! Elle est désormais sûre de l'emporter sur les autres. Comment pouvait-on en douter ? Elle a trop d'atouts dans son jeu, à commencer par sa lignée. Le prince serait sensible au fait qu'un mariage réunirait la *gens* Claudia et la *gens* Julia, une façon d'en finir avec la lutte qui n'a cessé d'opposer les lignées de Tibère et de Drusus. Mais moi, je crois plutôt que le prince apprécie autre chose. Agrippine sait jouer de son charme, de ses cajoleries, avec impudence. Je l'ai vue dans cet exercice. De quoi rendre à Priape sa vigueur juvénile... Et personne n'ignore que notre César aime les jeux qu'on pratique dans un *cubiculum*.

— Parviendra-t-elle à le conduire au mariage ?

— Je l'en croyais capable, j'en suis maintenant convaincu.

— Aucune rumeur en ce qui concerne Sénèque ?

— Qu'as-tu donc à te tracasser pour Sénèque ?

— Je te l'ai déjà dit. J'ai fait une promesse.

— Oui, et tu l'as tenue. Tu as bien remis la tablette, non ? Que veux-tu de plus ?

— Je serai satisfaite quand on aura mis fin à un bannissement injuste, imposé par la tyrannie de César.

Ce vocabulaire plutôt insolite dans la bouche de sa sœur surprend le Jeune :

— C'est dans la *Consolation à Polybe* que tu as puisé cette idée de tyrannie ? Il s'est livré dans ce texte à un éloge du prince inattendu... et quelque peu éhonté.

— Lis-le toi-même avant de porter un jugement.

Le Jeune l'observe un instant avant de reprendre :

— Qu'est-il vraiment pour toi ?

— Un ami, le premier homme qui a su m'écouter.

— Moi aussi, je crois savoir t'écouter !

— Ce n'est pas la même chose.

— Évidemment ! Mais je te crois très candide, Paulina. Pour un homme, écouter une femme peut être un moyen de lui faire du charme.

— Tiens ! C'est curieux ! Agrippine m'a demandé s'il avait tenté de me séduire.

— Ce n'est pas curieux du tout. Tout homme face à

une jolie femme cherche naturellement à lui plaire... Mais il est vrai que le naturel d'un être qui prétend à la sagesse doit être particulier.

Paulina ne relève pas l'observation. Elle ne tient pas à poursuivre une discussion qu'elle juge inutile. Comment pourrait-elle faire comprendre à son frère, qui ne voit dans les rapports entre hommes et femmes qu'une question de désir amoureux, à quel point ses tête-à-tête avec Sénèque en étaient éloignés ?

— L'air est frais, la nuit va tomber, rentrons, dit-elle soudain.

Quelques jours plus tard, le Jeune rentre du palais en annonçant le remariage du prince :

— Enfin, ça y est ! Mais quelle journée ! Agrippine va atteindre son but, ou plutôt ses deux buts : son propre mariage et celui de son fils Lucius Domitius avec Octavie, la fille de César.

— Mais quel âge ont-ils ? demande Paulina.

— Lucius a onze ans, Octavie neuf.

— Octavie n'est-elle pas déjà fiancée ?

— Agrippine a déniché l'homme capable de trouver le moyen juridique de faire rompre les fiançailles.

— Qui est-ce ?

— Le censeur Lucius Vitellius. Un curieux personnage. Belle carrière, consul à trois reprises. Lorsqu'il était propréteur en Syrie, il s'est distingué en révoquant Ponce Pilate, le préfet de Judée qui s'était occupé d'une nouvelle secte juive et de cet homme, Christos, qui se prétendait envoyé de Dieu. Vitellius a gagné la sympathie des Juifs. Revenu à Rome, il s'est pris de passion pour Messaline, qu'il a suppliée de lui accorder une faveur...

Le Jeune continue en riant :

— Lui permettre de la déchausser, de lui baiser les pieds ! Il paraît qu'ils étaient parfaits et qu'elle les par-

249

fumait d'un onguent à l'iris de Corinthe. Figure-toi qu'il porte encore une sandale de Messaline sur lui !

— Et maintenant il a ceux d'Agrippine, très jolis eux aussi !

— C'est peut-être pour cette raison qu'il plie les genoux devant elle ! plaisante le Jeune.

— Quel motif juridique ce Vitellius a-t-il trouvé pour faire rompre les fiançailles d'Octavie ?

— Le fiancé, Lucius Junius Silanus, a une sœur d'une grande beauté, Junia Calvina, mais elle a la réputation d'être provocante. Cela a suffi à Vitellius, qui est censeur et chargé en principe de contrôler les mœurs, pour l'accuser de relations incestueuses.

— Alors, l'inceste entre frère et sœur serait condamnable, pas celui entre oncle et nièce ?

— Seul compte le résultat, Paulina ! Peu importe que Silanus, qui est préteur et dont la mère est l'arrière-petite-fille du dieu Auguste, soit exclu du Sénat et contraint de démissionner. Désormais, Octavie est libre, la place est dégagée pour Lucius Domitius.

— Et le mariage du prince ?

— Vitellius a imaginé une belle manœuvre. Il a prononcé devant la Curie un discours vibrant de patriotisme : l'intérêt de l'État exige le remariage de César qui doit pouvoir s'appuyer sur une épouse et des enfants, afin d'être libéré des soucis de sa maison et se consacrer pleinement au gouvernement du monde.

— Quel théâtre ! s'écrie Paulina. On dirait du Plaute. Et qu'ont répondu les Pères ?

— Ils ont applaudi, surtout lorsque Vitellius a lancé le nom d'Agrippine. Princesse d'illustre lignée, n'a-t-elle pas prouvé sa fécondité et sa capacité à tenir son rang ? La cause était gagnée d'avance pour la fille de Germanicus. Les plus serviles, ou les plus malins des Pères sont sortis pour rameuter la foule et déclarer qu'ils étaient prêts à forcer César à se remarier ! Une vraie farce.

— Et la question de l'inceste ?

— Vitellius a eu l'idée ingénieuse de proposer un décret qui rendrait légale l'union d'un oncle et d'une nièce. Après être allé au Forum se faire acclamer, le prince est retourné à la Curie demander que le décret soit voté. Une formalité. Le mariage est donc prévu pour janvier…

— Le mois de Janus au double visage, remarque Paulina.

— Maintenant tu vois bien, petite sœur, quel genre de danse est capable d'exécuter Agrippine. Tu n'as plus qu'à attendre tranquillement qu'elle fasse revenir ton ami Sénèque.

*

An 802 depuis la fondation de Rome (49 après J.-C.)

À la date choisie par les augures, quelques jours après les calendes de janvier, Agrippine devient officiellement la quatrième épouse du prince régnant devant les dix témoins requis et après la vérification par l'*auspex* de l'accord du ciel. Le peuple de la Ville, toujours prompt à railler les puissants, ne manque pas de cancaner et de dauber César qui, craignant la fureur des dieux, fait accomplir par les pontifes des sacrifices expiatoires. En revanche, le suicide de Silanus le jour même de la noce ne secoue guère l'opinion et s'oublie dans l'agitation bruyante des célébrations de la nouvelle année.

Agrippine exploite sans tarder sa victoire. Contrairement à Messaline, elle choisit l'éclat du soleil, et non l'obscurité de la débauche dans les sordides compartiments de Suburra. Au palais, elle continue d'organiser sa cour et son réseau de courtisans prêts à tout pour la servir. Outre le noyau d'anciens amis groupés autour de Pallas, elle en attire de nouveaux, tout en composant avec les favoris du prince, rivés aux pans de sa toge pourpre, et menant leurs jeux d'influence avec ce mélange d'arrogance et de servilité qui les rend si impopulaires. Certains sont assez faciles à neutraliser, tels l'eunuque Posidès auquel César a décerné une lance sans fer, distinction réservée aux soldats lors d'un triomphe, ou Arpocras qu'une vanité sans bornes rend malléable. Le privilège de circuler en litière dans la Ville et de donner des spectacles au peuple suffit à le rendre inoffensif. Felix, l'un des plus cupides, qui se targue d'avoir été l'époux de trois reines, aurait pu être gênant bien qu'il soit le frère de Pallas, mais il est loin, en Judée, dont il est le gouverneur. Narcisse, lui, est toujours bien en place. Il a surmonté l'échec de la candidature d'Aelia Paetina en adoptant une attitude circonspecte et, s'il parvient à masquer sa rancœur, il reste le plus dangereux. Agrippine se tient sur ses gardes et l'encercle d'un réseau d'espions.

— La force d'Agrippine est de savoir associer la carotte et le bâton, commente Paulinus le Jeune, qui prend un malin plaisir à dénouer devant sa sœur les fils des intrigues du palais. La carotte consiste à faire obtenir des privilèges à ses partisans, mais aussi à ceux qui se sont compromis dans le meurtre de Messaline et risquent de subir un jour la vengeance de son fils. Le bâton, c'est la mise à l'écart, sinon l'élimination de tous ceux qui sont susceptibles de gêner son ascension. La première victime a été l'une de ses concurrentes dans la course au mariage, Lollia Paulina. Accusée de se répandre en ragots désobligeants et de consulter des mages chaldéens sur la durée du mariage impérial, elle a été mise en accusation devant le Sénat pour complot, puis condamnée au bannissement et à la confiscation presque totale de ses biens. Je viens d'apprendre qu'elle a été contrainte de se suicider en exil.

La cruauté vindicative d'Agrippine ne surprend pas Paulina, qui se souvient de l'impression qu'elle lui avait faite.

— Ce qui m'a frappé chez elle, ce sont ses yeux. Elle a une façon de plisser les paupières qui en adoucit l'éclat, ils semblent alors vouloir te percer à jour. Quand ils se posaient sur moi, je me sentais envahie d'un fluide glacé.

— Je suppose qu'elle ne doit pas glacer le prince. Elle est jolie et a un corps parfait.

— Les traits sont harmonieux, c'est vrai, mais quand elle sourit, on dirait qu'elle porte un masque sous lequel ses lèvres restent pincées et ses dents prêtes à mordre.

— Hé ! Je me laisserais bien mordre, moi.

— Je suis convaincue que Sénèque a succombé lui aussi à son charme…

— C'est probable. Pourquoi serait-il différent des autres hommes ?

— Je ne comprends pas comment un tel sage a pu se laisser enjôler par une telle pantomime.

— Tu es d'une innocence, ma sœur ! Il en a toujours fait partie, de cette pantomime. Il sollicite la clémence de Claude alors qu'il sait très bien que sa cruauté n'a rien à envier à celle d'Agrippine. Le bannissement et l'assassinat de Julia Livilla à l'instigation de Messaline, l'humiliation et le suicide forcé de Silanus ne sont qu'embruns à côté des vagues de sévices et de sang qu'il a fait couler. Sais-tu qu'après avoir répudié sa première femme, Plautia Urgulanilla, il a fait exposer leur fille Claudia nue en prétextant qu'elle était née d'un adultère ? Il a condamné à l'exil et à la mort sa petite-fille Julia, il a fait égorger son gendre Gnaeus Pompeius Magnus. Et je ne compte pas les dizaines de sénateurs et de chevaliers accusés de complots ou d'on ne sait quels délits. Sa passion des courses est admissible, mais celle des spectacles sanglants l'est moins. Il fait ainsi jeter des condamnés en pâture aux fauves !... Eh bien, en demandant à rentrer, Sénèque accepte de jouer le jeu.

Paulina est anéantie par ce discours, dont le ton est passé d'une désinvolture ironique à une sorte de résignation.

— C'est terrible... Comment fais-tu pour servir ce monstre ? murmure-t-elle.

— Ce n'est pas un monstre. C'est notre prince, notre César. Nous, magistrats, avons le devoir de lui obéir, que ce soit pour faire le bien ou le mal. Toi-même, n'en attends-tu pas une décision en faveur de Sénèque ?

Paulina ne peut le nier, mais elle est saisie de l'envie de rompre avec ce monde dont elle espérait la liberté et qui se révèle un champ clos de luttes sans merci. Pourtant, sous le regard de son frère, c'est un sentiment d'amour-propre qui surmonte son dégoût. Comment pourrait-elle assumer de battre ainsi en retraite ? Elle se souvient des paroles de Sénèque. Ne l'a-t-il pas prévenue que la Ville était un manège où tournaient en même temps parfums et poisons, vices et vertus, et qu'on pouvait n'y trouver que mine ou désespoir ? Non ! Elle ne peut s'avouer si vite vaincue. Elle se ressaisit et demande brusquement :

— Tu n'as rien entendu à propos de son retour ?

— Je ne suis pas dans la confidence de la princesse... enfin pas encore.

C'est de la bouche de son père que Paulina apprend quelques jours plus tard le retour à Rome du banni :

— Ainsi en a décidé César, lui annonce-t-il, et tu peux te flatter d'y être pour quelque chose.

Si le respect ne la retenait pas, elle lui rappellerait qu'il s'était fermement opposé à ce qu'elle se fasse l'intermédiaire entre Sénèque et Agrippine.

— Pour si peu, se borne-t-elle à dire.

— Ne minimise pas ton rôle. Pallas m'a dit que la princesse hésitait à confier à Sénèque l'instruction de son fils, mais que le message que tu as transmis l'a décidée.

— C'est donc cela le projet dont elle m'a parlé ?

— Elle veut faire donner à Lucius Domitius une instruction digne d'un prince.

— Sénèque sera un bon précepteur.

— Sur ce point, les opinions divergent, intervient le Jeune. Narcisse n'apprécie guère qu'il prône la clémence et la restitution au Sénat de son pouvoir. Il est étonnant d'ailleurs qu'Agrippine ait songé à Sénèque pour éduquer son fils.

— N'oublie pas que c'est Britannicus et non Lucius qui est l'héritier de Claude, rappelle l'Ancien.

— Jusqu'à nouvel ordre, Père.

— Qu'es-tu en train d'insinuer ?

— On sait de quelle façon le maître de l'Empire et ses épouses règlent les conflits de pouvoir et d'intérêts, et l'on devine l'ambition d'Agrippine. Au palais, personne n'en doute.

L'Ancien lance à son fils un regard sévère :

— Tu ferais bien de tenir ta langue…

Et s'adressant à sa fille :

— En tout cas, on peut s'interroger sur la véritable personnalité de Sénèque. Est-il un vrai sage, un ambitieux, un politicien habile ? Qu'en penses-tu, toi qui as parlé longuement avec lui ?

Paulina regarde son père avec étonnement. C'est bien la première fois qu'il lui demande son avis et parle avec elle d'un tel sujet.

— Je ne sais pas grand-chose de sa vie, répond-elle, mais il m'a semblé intègre et d'une grande hauteur de pensée. Je me demande simplement comment il pourra adapter sa philosophie à la fureur qui sévit dans cette arène aux fauves qu'est le palais.

— Je suis persuadé qu'il retrouvera ses anciennes habitudes, ses amis, les belles patriciennes…

— Si tu penses à Julia Livilla, Père, ils ont tous deux payé cher – elle de sa vie – leur prétendu adultère.

— Prétendu ? Tu es bien affirmative !

— Le vrai motif était politique.

Paulinus l'Ancien éclate de rire :

— Ah ! Il est éloquent, le philosophe ! Je vois qu'il t'a bien convaincue.

— Qu'il ait couché avec Julia Livilla n'aurait rien d'étonnant, renchérit le Jeune. Il paraît qu'elle était très belle.

Le Vieux regarde sa fille avec un sourire indulgent :

— Pourquoi tiens-tu tant à le défendre ? On dirait que tu éprouves quelque sentiment pour lui.

Paulina rougit et répond vivement :

— J'ai le droit d'avoir de l'admiration pour un philosophe et un écrivain, dont le talent est reconnu ! Et puis je l'ai vu malheureux…

— Tu es généreuse, mais ici, il faudra te méfier des colombes, car sous la blancheur de leur plumage peut se cacher un vautour.

*

À la mi-février, après huit ans d'exil, Sénèque foule à nouveau le sol de l'*Urbs*. L'information, aussitôt répandue, est accueillie sur le Palatin comme une nouvelle victoire d'Agrippine. Cette fois, c'est Paulinus le Jeune qui l'apprend à sa sœur. Elle affiche une réaction si modérée qu'il s'étonne :

— Je croyais que ça te ferait davantage plaisir !

— Je suis contente pour lui… mais je ne sais ce que toi et Père vous imaginez…

— Rien de méchant, rassure-toi. Je suppose qu'il va vouloir te rencontrer.

— Peut-être, mais je ne pense pas représenter pour lui une priorité. Il va sûrement avoir fort à faire. Retrouver la lumière et le vacarme de Rome après tant d'années passées sur un rocher presque désert doit être un choc profond.

Elle ne se trompe pas, pour Sénèque c'est même une véritable résurrection. Le hasard qui l'a fait débarquer pendant les Lupercales y ajoute un élément symbolique. Cette fête célébrée par des prêtres appelés Luperques en l'honneur de Faunus Lupercus, le dieu des troupeaux, est liée au mythe de la fondation de Rome : l'allaitement des jumeaux Romulus et Remus par une louve. Les Luperques sacrifient un bouc, taillent des lanières dans sa peau, puis parcourent la ville en frappant les femmes avec ces fouets, afin de les rendre fécondes, avant que la fête ne s'achève sur des éclats de rire, signe de renaissance. Pour le clarissime Sénèque, la vie publique s'offre à nouveau avec son enivrant manège de jeux politiques et de luttes de pouvoir. Aussi, après une nuit passée dans sa maison, conservée par faveur impériale mais qu'il retrouve assez délabrée, s'empresse-t-il d'aller arpenter les allées du Palatin pour se mêler aux toges laticlaves, retrouver ses amis et entrer au palais remercier César de son infinie clémence.

Paulinus le Jeune, qui se trouve alors auprès de Claude, regarde avec curiosité ce personnage qu'il ne connaît que de réputation, hormis quelques écrits et les confidences de sa sœur. Il est étonné de voir, le croyant plus jeune, un homme d'une cinquantaine d'années aux cheveux et à la barbe grisonnantes, au visage creusé de rides, mais auquel le hâle du soleil corse donne un air de santé. Il remarque surtout son aisance et son plaisir à respirer de nouveau l'air du palais.

Respectueusement impassible, le philosophe écoute le sermon quelque peu bégayant que l'empereur lui inflige et qui se voudrait à la fois une leçon et une justification de la sanction infligée :

— Tu devras prendre garde désormais à ne pas mêler plaisir et ambition…

Sénèque se raidit et semble sur le point de contester les deux derniers mots, mais il se tait et laisse le prince poursuivre :

— Tu sais bien que l'intérêt de l'État m'a contraint à te bannir, mais n'ai-je pas adouci la peine ? Ainsi, tu as pu choisir le lieu de relégation et garder une partie de tes biens.

Sénèque peut constater que les années de pouvoir n'ont guère changé le prince, toujours pris dans les contradictions d'une conscience tourmentée. Comment d'ailleurs en serait-il autrement puisqu'il continue de louvoyer entre l'influence de ses affranchis et celle de son épouse ?

— Je t'en suis profondément reconnaissant, César, la clémence est l'apanage du prince.

— Ah ! La clémence ! Tu aimes ce mot, hein !

— C'est plus qu'un mot, c'est la vertu et l'honneur du prince.

Claude fait un geste de la main comme pour balayer du pan de sa toge une mouche importune. Au même instant, Agrippine pénètre dans la vaste salle d'audience, accompagnée de son inséparable amie Acerronia et suivie d'une meute de servantes, auxquelles elle distribue des ordres en faisant cliqueter ses bracelets. L'une d'elles tient haut la cage en or où la grive qui sait parler latin se borne pour l'instant à pépier. Drapée dans une resplendissante *stola* de soie lilas, Agrippine s'avance vers Sénèque qui s'incline devant elle.

— Moi qui te croyais mourant, tu n'as pas si mauvaise mine, à part cette barbe de sauvage ! lui lance-t-elle.

— Alors pourquoi ne pas le renvoyer sur son île ? s'écrie le prince.

La plaisanterie ne fait pas rire Sénèque car elle pourrait facilement se muer en ordre. Mais Claude se désintéresse de lui et engage avec l'eunuque Arpocras une discussion sur l'opportunité de faire revenir les extraordinaires cavaliers de Thessalie, capables de bondir sur l'échine des taureaux sauvages et de les terrasser en les prenant par les cornes. Agrippine fait aussitôt signe à Sénèque de la suivre dans une pièce adjacente.

— Tu crois qu'elle lui donne ses instructions ou un rendez-vous galant ? murmure à l'oreille de Paulinus le Jeune son collègue questeur.

Le conciliabule ne dure guère qu'une dizaine de minutes et Sénèque, serein, s'apprête à saluer l'empereur et à prendre congé quand Agrippine le retient :

— Attends un peu…

Elle fait signe à Paulinus le Jeune de s'approcher et le présente à Sénèque :

— Le questeur est le fils du préfet de l'annone. Tu connais sa sœur. Puisque tu désires la voir, il peut te conduire à elle.

— J'en serais très honoré. Que le clarissime veuille bien m'indiquer un jour.

— Demain après-midi conviendrait-il ?

— Je vous enverrai une litière.

— Qu'elle soit à l'Argiletum, devant la librairie des frères Sosion.

*

Tandis qu'elle se prépare à recevoir son hôte, Paulina se surprend à manifester une fébrilité qui lui fait briser d'un geste brusque un précieux vase à parfum.

259

— Tu es bien nerveuse, *Domina*, lui fait remarquer Luda avec un sourire malicieux.

— Pourquoi le serais-je ? C'est idiot ce que tu dis !

— Tu veux un autre parfum ?

Paulina, se souvenant que Sénèque aime ce qui est naturel, en choisit un très léger, juste pour couvrir une éventuelle odeur de transpiration et, une fois prête, se rend dans le jardin pour calmer sa nervosité. C'est de là qu'elle voit descendre de sa litière un Sénèque méconnaissable, rasé, les cheveux coupés, et revêtu de la toge bordée de pourpre des patriciens. Elle ne cache pas sa joie.

— Te voilà enfin à Rome ! Tout arrive !

Sénèque, touché par son accueil, lui prend la main et la garde un instant :

— Grâce à toi, Paulina.

— Non… j'aurais dû transmettre la tablette plus vite, mais je n'ai pu voir la princesse que quelque temps après mon arrivée.

— Je m'en suis bien douté. Elle a dû être très occupée à assurer sa position, n'est-ce pas ? Les dernières semaines ont été longues, les plus pénibles même de ces sept années, avec les premières, je l'avoue, mais sais-tu ce qui m'a permis de les supporter ?

— L'espoir, je suppose.

— Un peu oui, mais surtout le souvenir de ton passage. Tu as illuminé mon exil de ta beauté et de ta pureté… Ne rougis pas ! Après ton départ, je n'ai cessé de penser à toi comme à une colombe porteuse d'espoir, un augure favorable, bien que je croie peu aux présages.

Paulina ne sait quelle contenance adopter. Revoir Sénèque ici, chez son père, dans une atmosphère si différente de celle de Corsica la déconcerte. Elle ordonne à une esclave d'apporter une cruche d'eau et des olives.

— Ce que tu avais l'habitude de boire et de grignoter, précise-t-elle, mais tu désires peut-être du vin…

— Non, je compte garder ces pratiques frugales. Je m'en suis plutôt bien porté.

Un silence vaguement embarrassé s'installe. Alors que Sénèque l'observe, Paulina se décide à reprendre :

— Je crois savoir que la princesse va te charger d'une importante mission.

— Tiens ! Tu es déjà au courant ? Il est vrai que ton frère est questeur au palais.

— Précepteur du fils de l'impératrice, voilà une belle réhabilitation !

— Surtout une lourde charge. Il faut un bon terreau pour que le pollen se transforme en graines et que ces graines donnent des fruits. Je ne connais pas encore mon élève. Je sais que ses premières années ont été difficiles et son éducation aléatoire, mais mon ami Chaeremon a heureusement pris le relais. Et puis Lucius a onze ans, un âge où l'esprit et le corps sont en pleine mutation.

— Je suppose que beaucoup de philosophes rêveraient d'éduquer et d'instruire un enfant voué aux plus hautes charges.

À ces derniers mots, Sénèque hausse le sourcil :

— N'allons pas trop vite en besogne !

— Personne à Rome ne doute des intentions de l'impératrice concernant son fils, précise Paulina avec un sourire. On se demande juste comment elle va s'y prendre pour faire passer son fils avant Britannicus.

Sénèque pose sur elle un regard surpris :

— Il ne faut pas trop écouter les rumeurs, ces poussières de l'envie.

Comme si ce ton de remontrance la libérait, Paulina réplique :

— Je ne suis pas comme toi, dans l'intimité d'Agrippine pour en juger.

— Intimité ? Le mot n'est pas juste, mais je la connais depuis longtemps, une dizaine d'années ! Son frère Caius Caligula régnait depuis deux ans déjà, j'étais tribun de la plèbe et je m'étais fait connaître par mes discours. Agrippine m'a fait savoir qu'elle désirait me rencontrer parce qu'elle jugeait mes propos audacieux. Elle revenait d'un exil aux îles Pontiae pour une improbable implication dans une conjuration. Elle m'a invité chez elle et m'a dit avoir apprécié le ton et le style nouveau de mes discours. Je l'ai trouvée séduisante, intelligente, curieuse de tout. Elle s'intéressait aux comètes, me posait des questions sur l'Égypte puisque j'y avais vécu. Je lui ai présenté un philosophe égyptien que j'avais connu à Alexandrie, Chaeremon, esprit remarquable qui a adopté la philosophie stoïcienne. Je l'ai d'ailleurs recommandé pour donner des leçons à Lucius sur la religion et la royauté dans son pays, mais afin de lui en représenter les excès, non de les imiter. Elle a très bien compris mes idées sur la manière dont devrait gouverner un prince digne de ce nom, et l'importance d'une Assemblée des Pères pour équilibrer sa toute-puissance. La meilleure garantie contre la tyrannie est dans la sagesse du souverain. Ce sont sans doute ces propos qui l'ont déterminée à me confier le préceptorat de son fils.

— La rumeur est donc mieux qu'une « poussière de l'envie », commente Paulina. Le pouvoir, voilà ce qui intéresse Agrippine.

— Le contraire eût été surprenant de la part d'une femme qui a toujours vécu au milieu des remous agitant la cour des Césars…

Sénèque observe Paulina comme s'il découvrait en elle une autre femme que celle qui lui avait rendu visite en Corsica, et ajoute :

— Dis-moi, on dirait que tu t'es vite initiée à la musique de Rome.

— Ne crois pas ça. Je serais sans doute incapable de la jouer. Seulement, ma rencontre avec Agrippine m'a fait entrevoir une femme redoutable, assez effrayante, et je me demande qui elle est vraiment.

— Chaque être a son mystère mais, en ce qui la concerne, elle a subi tant d'outrages que son comportement peut se comprendre. Elle avait quatre ans quand son père Germanicus est mort, elle a dû suivre sa mère dans de dramatiques pérégrinations avant de la perdre, puis il y a eu les folies de son frère…

— À ce propos, coupe Paulina, est-ce une « poussière de l'envie » ce qu'on raconte de l'inceste commis par Caius Caligula avec ses sœurs ?

— Je n'aime pas parler de ce que j'ignore. Je préfère savoir qu'elle s'est montrée très attentive à ce que je lui ai dit de l'importance pour chacun d'acquérir la maîtrise de son esprit et de ne pas le laisser envahir par les passions.

— Crois-tu qu'elle ait assimilé la leçon ?

— J'en suis persuadé, excepté pour une chose.

— Laquelle ?

— Elle est une mère que je qualifierais d'absolue. Son fils est tout pour elle. L'objet de toute son ambition. Lucius ayant perdu son père à l'âge de trois ans, elle a pris sa place !

Sénèque s'interrompt pour reprendre son souffle. Il laisse échapper un profond soupir qui fait craindre à Paulina une de ces crises d'asthme dont il est coutumier, mais il s'apprête à poursuivre lorsque survient Paulinus l'Ancien.

Le préfet lui souhaite la bienvenue et, après quelques banalités d'usage sur son retour à Rome, le félicite pour sa désignation au préceptorat du « descendant d'Antoine et du divin Auguste ». Sénèque esquisse un geste pour écarter la flagornerie, mais il est surtout surpris de tant de dissemblance entre le père et la fille. Autant celle-ci est jolie, mince, élégante, discrète, autant le père se donne des airs avantageux, jouant de sa corpulence qu'amplifient les replis de sa toge, et soulignant de ses mains baguées l'autorité que lui confère sa fonction. Paulinus représente à ses yeux le type même de ces hauts fonctionnaires vaniteux et pétris d'ambition qu'il raille ou fustige dans ses écrits. Il décide de prendre congé, mais en saluant Paulina lui exprime le désir de la revoir :

— Il me faut un peu de temps pour mettre de l'ordre dans mes affaires. Je t'enverrai un message dès que j'en aurai fini.

*

Lorsque Agrippine prend quelqu'un sous sa protection, elle ne lésine pas sur les faveurs et privilèges qu'elle lui fait accorder par le prince. En même temps que le préceptorat du jeune Lucius Domitius, Sénèque accède à la préture, importante magistrature qui précède le consulat sur l'échelle du *cursus honorum*. Il revient au préteur – en principe élu par les comices centuriates, en fait désigné par César – de régler les litiges entre citoyens et, si nécessaire, de remplacer un temps le consul. Il dispose de l'*imperium*[1], du droit d'auspices majeurs et du privilège de se faire précéder de deux licteurs. Pour l'ancien banni, la revanche est éclatante mais, s'il foule à nouveau les allées du pouvoir, il se doit de mener une existence digne de son rang.

Il a recouvré une bonne partie de ses biens, en particulier sa maison de patricien héritée de son père. Elle est proche du palais impérial, tout sénateur ayant l'obligation de ne pas s'en éloigner, mais l'ayant retrouvée en mauvais état, il a dû y engager des travaux de réfection. De toute façon, le préceptorat lui vaut d'être logé dans le complexe du Palatin, au milieu des demeures prin-

1. Pouvoir suprême détenu par les magistrats romains de très haut rang.

cières. De la fenêtre de son cabinet de travail, il a une vue apaisante sur les pins, les cyprès, les lauriers-roses des jardins du Janicule qui cernent les temples et descendent jusqu'à la rive du Tibre.

Chaque matin, à l'aube, il s'oblige aux mêmes exercices physiques qu'en Corsica. Il prend un bain froid dans l'*euripus*[1] des thermes d'Agrippa, ou, parfois même, plonge dans le Tibre pour y nager quelques instants. Puis il aime arpenter les chemins de la colline en compagnie de Xyrax, mais sans licteurs, avant de dispenser son enseignement à son élève. Agrippine assiste parfois au cours pour juger de la façon dont Lucius assimile les leçons du maître, et aussi vérifier si celui-ci ne s'embarque pas dans l'un de ces développements philosophiques abstraits qu'elle redoute. Une fois le cours terminé et l'élève renvoyé aux jeux de son âge, elle en profite pour évoquer ses projets et avoir un avis.

Ce jour-là, il faut croire qu'il s'agit d'une affaire importante, car elle a pris soin d'éloigner le trio de petits affranchis qui l'espionne, ainsi que les gardes bataves que l'empereur, sous prétexte d'assurer sa protection, a chargés de surveiller ses relations.

— Lucius fait-il quelque progrès ? Il me paraît distrait, commence-t-elle après s'être assise sur un divan, en s'éventant d'un pan de sa *stola*.

— Ne t'inquiète pas. Il est vif d'esprit et curieux. Il est normal qu'il pense aussi à ses jeux. Chaeremon lui a bien enseigné la grammaire et fait connaître les principaux textes. Lucius en a retenu l'essentiel. Si je sens des réticences ou un excès de distraction, je te le dirai. Je vois que tu t'es débarrassée de tes surveillants, tu voulais me dire autre chose ?

1. Le canal.

— J'ai l'intention de faire adopter Lucius par César. Qu'en penses-tu ?

— Que veux-tu que j'en pense ? Je suppose que tu y as bien réfléchi. Cela fait partie de tes objectifs, non ?

Le ton assez sec fait sursauter Agrippine, dont le regard s'enflamme :

— Pourquoi le prends-tu ainsi ? En acceptant le préceptorat de Lucius, tu es entré dans ces « objectifs », comme tu dis. Il est donc normal que je te demande ton avis.

— Ne te fâche pas ! En as-tu déjà parlé à Claude ?

— Pas encore. Il faut dire qu'en ce moment il cajole beaucoup Britannicus et le fait protéger, tu connais sa hantise du complot.

— Justement, méfie-toi. Il ne faut pas le heurter dans son sentiment légitime de paternité. J'ai ainsi l'impression qu'il n'apprécie pas que je vienne instruire ton fils. Ton but est trop voyant. Il ne faut pas aller trop vite en besogne.

Les lèvres d'Agrippine se crispent. Elle n'aime pas qu'on jette sur son chemin le moindre caillou qui puisse ralentir sa marche.

— Je sais ce que je fais !

— Alors pourquoi me demandes-tu mon avis ?

— Parce qu'il compte pour moi...

— Tu me flattes.

— Non, je ne t'ai pas confié l'instruction de mon fils pour te flatter !

Elle se lève et c'est sur un ton plus familier qu'elle demande à Sénèque où il en est de son installation et de la récupération de ses biens.

— Les choses avancent doucement...

— Tu as toujours ton scribe et ta petite esclave ?

— J'en ai retrouvé deux autres ici. Pourquoi ?

— Permets-moi de te donner un conseil. Avec ta situation, tu devrais t'entourer davantage. J'ignore qui t'a coupé cheveux et barbe, mais on dirait un buisson mal taillé. Tu devrais aller chez un bon *tonsor*... et surtout prendre femme. Tu n'es plus en Corsica. Ici, il te faut une épouse pour gérer ta maison, et...

— Et quoi ?

— Disons pour ton confort intime. Ne me dis pas que les Corses t'ont châtré ! Une épouse surveillerait au moins ta tenue.

Il hausse les épaules :

— L'idée ne m'effleure pas.

— Et cette fille du préfet de l'annone ? Elle est jeune, déjà veuve, jolie et distinguée, instruite et vertueuse... Toi qui aimes à dire que les femmes ne comptent plus les années par les consuls mais par le nombre de leurs maris ou de leurs amants, je pense qu'avec celle-ci tu seras tranquille.

Sénèque, impassible, ne répond pas.

— On m'a dit que tu l'as déjà revue, est-ce vrai ? demande-t-elle.

— Je devais la remercier...

— Tu ne l'as vraiment pas touchée en Corsica.

— Il n'est pas dans mes habitudes de me ruer sur toute femme qui passe à proximité, tu le sais bien.

— Il est vrai que tu avais ta petite esclave pannonienne, mais j'imagine qu'une pareille aubaine ne pouvait se refuser.

— Quelle aubaine ? Paulina est une jeune femme pudique et vertueuse, tu l'as dit toi-même. De toute façon, qu'avait-elle à faire d'un homme comme moi ? Tu oublies que j'ai près de cinquante ans.

— Je ne t'ai jamais vu dans une telle forme physique.

— J'ai toujours mes crises, mais elles ont diminué d'intensité, c'est vrai. Je fais ce qu'il faut pour cela.

— Raison de plus pour avoir une bonne épouse à ton côté... d'autant que le préfet est riche. La dot serait importante.

— Tu sais bien que j'ai conservé la moitié de mes biens, pour l'instant cela me suffit largement.

— Allons ! Ne me dis pas que tu es devenu un Diogène ! Il te faut de l'argent pour ta nouvelle existence, tu vis à la cour maintenant. Pompeius Paulinus est un homme d'affaires habile. Il pourrait te conseiller et t'aider à faire fructifier tes revenus. Il a des terres en Gaule, en Égypte. Ses navires sillonnent les mers… Écoute, je vais lui en parler, qu'en dis-tu ?

Sénèque se contente de s'exclamer avec un demi-sourire :

— Tu te fais bien du souci pour le précepteur de ton fils !

*

En cette matinée de printemps, Sénèque est allé se livrer aux soins d'un *tonsor* réputé le plus habile de la ville dans le maniement des instruments assez barbares de son métier, rasoirs de fer plus ou moins bien affilés et ciseaux sans pivot. Il lui fait assez confiance pour ne pas recourir au *dropax*, un onguent épilatoire à base de résine, qu'il juge curieusement peu naturel. Agrippine lui ayant aménagé une rencontre avec Pompeius Paulinus aux thermes d'Agrippa, il s'y rend en début d'après-midi, avant la huitième heure[1] qui a été convenue, afin de se délasser.

Édifié soixante-dix ans plus tôt par Marcus Vipsanius Agrippa, gendre de l'empereur Auguste, l'établissement, qui se situe entre le Panthéon et le théâtre de Pompée, est luxueux : sols en mosaïque, murs de marbre, décoration raffinée, équipement remarquable avec une trentaine de salles communes et de compartiments affectés

1. Au printemps : treize heures à quatorze heures trente.

aux soins corporels, massages ou onctions. Une permet de pratiquer les exercices physiques et un aqueduc nommé l'Aqua Virgo – eau vierge –, relié aux monts Albains, alimente une piscine, le Stagnum Agrippae. Certains jours, on peut assister à un spectacle de pantomime ou d'acrobatie dans une salle pouvant contenir plusieurs centaines de personnes, ou même s'isoler dans la bibliothèque.

Sénèque n'est pas venu pour lire. Il commence par des exercices physiques dans la palestre : course à pied et jeu de balle avec quelques habitués des lieux, qui le reconnaissent. Il prend ensuite un revigorant bain froid dans le *frigidarium* et, quand il en sort, se remet entre les mains expertes d'un masseur, mais refuse l'épilation du corps et l'onction d'huile qu'on lui propose. Il se rhabille et se dirige vers le jardin où il doit retrouver Paulinus. Il a la satisfaction d'y voir peu de monde. Seuls, deux jeunes hommes devisent à l'écart, en amoureux. À peine s'est-il assis sur un banc éloigné d'eux que le préfet arrive. Affable et souriant, il ne perd pas de temps en banalités. Après l'échange de saluts, il déclare d'emblée :

— La princesse m'a dit que tu aurais éventuellement besoin d'aide pour tes affaires.

Sénèque apprécie l'absence de ces flagorneries qui l'indisposent.

— La princesse m'honore de sa sollicitude, répond-il, mais ce n'est pas pour cela que je désirais te rencontrer. J'ai passé l'âge de certaines incertitudes et des décisions mal mûries. Je désire donc épouser ta fille...

Le visage de Paulinus exprime une surprise non feinte, à laquelle viennent se mêler divers sentiments : soulagement de pouvoir marier sa jeune veuve de fille, fierté à la perspective d'une prestigieuse alliance, satisfaction de pénétrer encore davantage dans le cercle du pouvoir, cupidité en évaluant les profits à tirer du patronage de la princesse… Son orgueil le retient pourtant de manifester sa joie et d'accepter aussitôt.

— Crois bien que j'en suis flatté, clarissime. Tu me permets d'en parler à ma fille pour que nous y réfléchissions tous les deux ?

— Bien évidemment. Je me proposais de lui en parler moi-même, mais il me fallait l'accord paternel. Je m'en remets donc à toi.

Paulina s'étonne de voir son père rentrer plus tôt que d'habitude. Il est surtout singulièrement rayonnant.

— Viens dans le *triclinium*, j'ai quelque chose à te dire.

Elle le suit et s'assied en face de lui qui s'est affalé sur le divan.

— Sénèque désire t'épouser.

Abasourdie par cette phrase lâchée comme s'il s'agissait d'annoncer un festin, Paulina chuchote d'une voix presque étouffée par la crainte d'entendre le verdict de l'autorité paternelle :

— Qu'as-tu répondu, Père ?

— Que j'allais t'en parler.

Elle le regarde avec perplexité, le découvrant soudain capable de compréhension et de mansuétude. Toutefois c'est surtout l'idée d'un mariage avec Sénèque qui la stupéfie. Son sentiment pour le philosophe n'est jamais allé au-delà d'une amitié déférente. Elle se rappelle bien avoir ressenti un trouble lorsqu'ils étaient seuls dans la petite maison rustique de Corsica, mais c'était l'atmosphère des lieux et le souvenir récurrent d'Ilion qui le suscitaient. Pour elle, Sénèque est un sage de l'âge de son père qui a été capable de l'écouter et lui a permis de retrouver la sérénité. Et il l'est resté. Alors, comment pourrait-elle imaginer dormir près de lui, sentir son corps desséché contre le sien, ses mains osseuses la caresser, son sexe la pénétrer, et partager avec lui chaque jour de sa vie ?

Paulinus sent bien sa réticence :

— Tu as l'air étonnée. Ne t'es-tu pas rendu compte qu'il éprouve une grande attirance pour toi ?

— J'ai plutôt eu l'impression qu'il me donnait des leçons de stoïcisme.

— La princesse m'a dit à quel point, en Corsica, il avait été frappé par la clarté de ton esprit. Et aussi par ton élégance.

— Quoi ? Tu en as parlé à Agrippine ?

— C'est elle qui m'en a parlé. Elle estime que Sénèque, maintenant précepteur d'un prince, a besoin d'avoir une épouse digne de cette fonction et qui donnerait du lustre à sa maison…

— C'est cela qu'il attend de moi ? Il a besoin d'une intendante en somme.

— Que vas-tu imaginer ? Je suppose que c'est plutôt une épouse capable de lire ses ouvrages, de tenir des conversations avec ses amis, de comprendre sa philosophie.

— Et de lui donner des enfants, sans doute…

— C'est normal.

— Rien ne prouve qu'après la perte de mon deuxième bébé je puisse en avoir d'autres.

— Rien ne prouve non plus le contraire. Tu es jeune, Paulina ! En tout cas, pour Agrippine, tu es la femme qu'il lui faut.

— Si je comprends bien, elle joue les entremetteuses.

Le visage de Paulinus se durcit tout d'un coup et il prend un ton sévère :

— Allons, Paulina ! Ne rejette pas tout ce qui s'offre à toi.

Elle fixe son père et lâche d'une voix à la fois douce et ferme :

— Père, j'ai assez souffert de décisions que je n'avais pas prises concernant ma vie, pour que, cette fois, j'en prenne une moi-même.

Paulinus reste de marbre, mais sa fille le devine assailli de pensées diverses et contradictoires, tiraillé entre le refus de renoncer à son autorité et l'affection qu'il commence à éprouver pour elle, entre l'intérêt personnel et familial que représenterait ce mariage et le souci de ne pas aggraver le sort déjà malheureux de Paulina.

— Écoute, dit-il enfin, un sénateur, écrivain de renom, te voudrait pour épouse. Il a cinquante ans, mais il est proche du pouvoir et, s'il a perdu une partie de son patrimoine, il dispose de moyens pour le reconstituer…

— Cela importe peu pour moi.

— Ne parle donc pas comme une petite fille qui rêve d'Orphée.

Paulina reste un moment silencieuse avant de lui répondre :

— Si tu n'y vois pas d'entorse à mon devoir d'obéissance, Père, je vais y réfléchir.

— Je ne t'imposerai rien, Paulina.

*

Pendant quelques jours, Paulina s'enferme dans ses pensées qu'elle peine à mettre en ordre, du moins à en résoudre les contradictions. Elle ne cesse d'osciller entre l'argument raisonnable énoncé par son père et l'appréhension de découvrir, derrière le sage, un homme qui désire la posséder, entre la perspective d'une existence très honorable et la mémoire à la fois brûlante et glacée d'une passion qui a mal fini.

Elle regrette de n'avoir auprès d'elle ni sa mère, ni tante Bubate, ni surtout Niceta, la sœur, l'irremplaçable confidente. Il y a bien Luda, mais la petite esclave est trop légère d'esprit. À plus de vingt ans, elle est encore une enfant avec tout ce que cela signifie d'irréflexion. Lorsque Paulina lui a parlé du projet de mariage, ne s'est-elle pas aussitôt exclamée :

— Oh, non ! Il est vieux, il tousse tout le temps, son corps est sec comme une branche morte.

— Tu exagères, lui a dit Paulina, non sans trouver quelque vérité dans le propos.

Elle écrit à sa mère pour lui faire part de la demande en mariage. Mais après quelques lignes, elle se borne à révéler que son père lui a promis de respecter sa décision, sans trouver aucune phrase pour expliquer ses sentiments et son indécision.

Elle s'en ouvre à son frère, qui n'a pourtant cessé de lui rappeler que le philosophe n'était qu'un homme comme les autres, avec tout ce que cela implique de passions, de travers, voire de rouerie.

— Tu vois que j'avais raison quand je disais qu'il cherchait à te séduire, lui dit-il. Et je trouve cela rassurant.

— Tu crois vraiment qu'il n'attend de moi qu'une… compagne de lit ?

— Pas seulement. Avec sa situation, il est convenable d'avoir une épouse de qualité… Mais pourquoi t'interroges-tu tant sur ses intentions ? L'important est de savoir ce que toi tu veux.

Elle songe un moment à se confier à Faustina, mais y renonce, sans trop savoir pourquoi. Peut-être par un reste de méfiance à l'égard de tout ce qui est étranger à la famille.

Après tout, qui pourrait mieux répondre aux questions qu'elle se pose sinon Sénèque lui-même ? Elle lui fait donc porter par Luda un message lui demandant de venir la voir.

Sénèque arrive à pied.

— Toujours mon exercice de marche, explique-t-il.

Et comme Paulina l'entraîne dans le jardin, il ajoute :

— Au milieu des fleurs, tu en es la plus belle...

Aussi banal que soit le compliment, elle est troublée.

— Que voulais-tu me dire ? l'interroge-t-il avec une certaine inquiétude.

— Te demander pourquoi tu me veux pour épouse.

Il semble rassuré d'entendre une question plutôt qu'une réponse négative.

— C'est simple. Je ne vois que toi pour partager ma vie. En Corsica, tu as été ma lumière...

— Si peu de temps.

— Tu sais bien que ce n'est pas la durée qui compte, mais l'intensité des sentiments qu'on éprouve. J'admire ta beauté. J'ai pu apprécier ta sensibilité lorsque tu m'as pudiquement raconté ta vie, et que tu m'as proposé ton aide pour me permettre de revenir à Rome. J'ai besoin de m'appuyer sur quelqu'un qui puisse me comprendre, s'entretenir avec moi de mes préoccupations intellectuelles, me soutenir dans les épreuves d'une vie publique pleine de pièges, et me donner ce qui m'a manqué depuis la disparition de ma mère : une affection profonde, au-delà de toute passion charnelle. De toutes les femmes que je connais, aucune ne possède cette fraîcheur d'âme, d'esprit et de corps qui me ranime lorsque mon corps défaille... Tu connais mes crises de toux et d'étouffement. Je sais que ce serait beaucoup te demander, à toi qui as déjà subi tant de sacrifices, de me supporter, mais je crois avoir la capacité de t'offrir l'existence la plus confortable qui soit.

Paulina est trop généreuse pour ne pas être touchée par l'aveu que cet homme de cinquante ans vient de lui faire, ce clarissime a donc besoin d'elle ! Alors qu'il attend une réponse, elle se tait, paralysée à l'idée de prendre une décision. Sans doute Sénèque vient-il de répondre à une des questions qui la tourmentaient, mais il en reste d'autres qu'elle n'ose lui poser, et d'abord comment envisage-t-il leurs rapports intimes ?

Elle sait que lui, le stoïcien, fustige à l'envi le plaisir et ne considère le mariage que comme une union vouée à la procréation. Est-il chaste ? impuissant ? Ou, comme le répète Paulinus le Jeune, un homme comme un autre, qui aurait des pulsions sexuelles conformes à la nature, cette nature à laquelle il a souvent fait référence au cours de leurs conversations. Elle se rappelle s'être interrogée en Corsica sur la façon dont il pouvait satisfaire ses désirs. Elle avait pensé qu'il s'en libérait avec Sirmia, l'esclave de Pannonie si accorte avec ses gros seins et son visage sensuel, à moins que ce ne fût avec Xyrax, le scribe au corps juvénile et aux joues imberbes qui est depuis l'adolescence à son service. Sénèque n'aurait pas été le seul homme à céder à l'attrait de la peau lisse des éphèbes. L'opprobre n'est jeté à Rome que sur ceux qui se livrent passivement à l'homosexualité, non aux disciples de Priape.

Il y a aussi cette affaire d'adultère qui a servi de motif à son bannissement. Peut-elle croire que celui qui était alors un avocat célèbre, une personnalité du monde aristocratique, n'ait pas touché à Julia Livilla, jeune femme réputée d'une grande beauté ? Sortant soudain de son mutisme, Paulina lui dit :

— Mon père m'a dit que la princesse Agrippine lui avait parlé de ton projet de mariage.

— Elle le soutient chaleureusement, c'est vrai. Elle estime que le précepteur de son fils doit avoir un vrai foyer afin de se consacrer pleinement à sa tâche.

Paulina regarde Sénèque dans les yeux :

— Quelle est la nature de vos relations ?

— Tu le sais bien, je te l'ai déjà dit, il y a entre nous une longue amitié, une confiance mutuelle… Mais dis-moi ! Quelles idées t'es-tu mises en tête ? Tu ne crois tout de même pas que je couchais avec les deux sœurs…

— Et avec une ? Julia Livilla ?

— C'était une femme vertueuse. Moi, j'étais marié et ma femme me suffisait !

— Pardonne-moi toutes ces questions, il est normal que je veuille te connaître.

— Alors, es-tu satisfaite ? Sache en tout cas que je considère la fidélité comme un devoir primordial et que je ne t'imposerai jamais des choses qui ne relèvent pas de la stricte loi de la nature. À mon âge je n'ai plus la fougue de la jeunesse, mais l'amour que tu m'inspires ne s'évanouira pas comme fumée au vent.

« Amour » ! Le mot résonne d'étrange façon dans la bouche du stoïcien et à l'oreille de Paulina. En le prononçant, Sénèque, qui en connaît le sens et la valeur, se pose en amant plutôt qu'en époux. Elle-même l'a si rarement entendu formuler à son adresse, même par Ilion, qu'elle en est bouleversée.

— Je crois t'avoir tout dit, du moins l'essentiel. Je te laisse réfléchir, dit Sénèque.

Elle a vingt-trois ans, soif de tendresse et de sérénité. À peine s'est-il éloigné qu'elle sait déjà qu'elle va dire oui.

III

Vénus Verticordia

Depuis que Paulina a annoncé à son père qu'elle acceptait, tout est allé très vite. Paulinus l'Ancien a aussitôt avisé Sénèque qu'il confirmait son consentement et que l'on pouvait commencer les préparatifs du mariage, en feignant d'omettre que sa fille avait donné son accord. Le philosophe s'est retenu d'en sourire. Les deux hommes sont alors passés à l'aspect matériel de l'union : l'établissement du contrat de dot devant deux témoins. Paulinus en a fixé le montant à un million de sesterces, chiffre que le sénateur stoïcien a estimé considérable, mais en fait relativement modeste au regard de la fortune du préfet de l'annone. Père et futur époux n'ont pas caché leur satisfaction, mais l'ont exprimée avec la retenue qui sied à des hommes de leur rang et de leur âge.

Lorsque Sénèque a passé l'*anulus pronubus*, la bague en or symbole de son engagement, au doigt de Paulina, chacun fut convaincu que, sauf accident de la nature, ce mariage-là ne serait ni éphémère ni entaché d'infidélité. Contrairement à ce qui arrive si souvent en ces temps de dérèglement où, selon le fiancé lui-même, tant de femmes, surtout de rang aristocratique, ne prennent mari que pour divorcer.

Paulinus a cru bon d'évoquer en tête à tête avec son futur gendre la situation du patrimoine de celui-ci, après la confiscation attachée à la relégation.

277

— Pardonne mon indiscrétion, mais je suppose que ce qu'on t'a laissé en terres et autres biens ne doit pas être en bon état après sept ans d'absence. Je peux t'aider à y remettre de l'ordre.

Sénèque a refusé avec une politesse que l'Ancien, aussi vexé que désappointé, a jugé quelque peu hautaine. Il reste en lui un orgueil de caste qui l'empêche d'accepter ce qu'il considère comme une aumône de la part de ce chevalier de province dont il épouse pourtant la fille, mais qui, tout préfet de l'annone qu'il soit, n'est pour l'aristocratie de l'*Urbs* qu'un parvenu. Au demeurant, pourquoi lui confierait-il la gestion de son patrimoine alors qu'il est bien capable de s'en occuper lui-même ? N'avait-il pas avant l'exil fait fructifier de belle manière l'héritage de son père et de sa mère ? D'ailleurs, il a déjà repris possession de sa demeure urbaine, au pied du Palatin, et il récupère peu à peu ses propriétés du Latium : l'une est ce qu'on appelle communément une « terre de banlieue », située à un peu plus de six milles[1] de la ville, les autres un vignoble à Nomentum[2], et un domaine à Albanum[3]. Au fur et à mesure qu'il y retourne, il constate un état de délabrement plus ou moins avancé. Seule, la vigne a été épargnée grâce à la fidélité d'un vieux fermier, convaincu de son retour plus ou moins rapide après la prédiction d'on ne sait quelle devineresse.

Pour dégager les habitations de la végétation sauvage qui les étouffe et les remettre en état, il doit engager des frais alors que ses fonctions et sa rentrée probable dans le monde politique le contraignent à avoir un train de vie important. Son traitement lui permet de faire face mais la dot de Paulina n'en est pas moins la bienvenue puisque, même s'il ne peut en disposer à sa guise, elle

---

1. Environ dix kilomètres : 1 mille équivaut à 1 482 mètres.
2. Mentana.
3. Albano Laziale.

a pour objet de subvenir aux frais du foyer. Il attend également du prince un dédommagement pour le préjudice subi. Agrippine lui a promis de le lui obtenir, en lui laissant entendre qu'il s'agirait de terres à blé en Égypte car l'empereur est habilité à y opérer des prélèvements sans contrôle administratif. Somme toute, les perspectives sont bonnes et justifient son refus de l'offre de Paulinus.

Il décide pourtant, et avec l'accord de Paulina, que leur mariage sera célébré de la manière la plus simple possible. Ils n'en sont ni l'un ni l'autre à leurs premières noces et il semble grotesque à Sénèque de se soumettre à cinquante ans au même rituel que lors de son premier mariage, en portant par exemple l'épousée dans ses bras pour lui faire franchir le seuil de la chambre nuptiale. Quant à Paulina, ce sont d'autres coutumes qu'elle juge absurdes, soit parce qu'elles lui rappellent son premier mariage, soit parce qu'elles sont inadaptées à des secondes noces : la participation d'une ordonnatrice *pronuba*, l'accompagnement des trois matrones jusqu'à la chambre nuptiale ou le cortège de jeunes gens chantant l'hyménée et proférant des plaisanteries obscènes. Le respect des dieux exige cependant l'accomplissement de certains rites comme celui des offrandes à Bona Dea, à Junon et à Vénus Verticordia, « qui fait chavirer les cœurs », encore que la condamnation à l'ivresse des sens que professe l'époux stoïcien rende probablement inutile la protection contre les déviances lubriques que cette dernière est censée assurer.

Sénèque ne croyant guère aux auspices, et Paulina les craignant, tous deux ont cependant cédé au souhait de l'Ancien et de Serena de consulter un *auspex*. Le verdict a suscité quelque trouble dans l'esprit de la future épouse. En déterminant une date favorable au mois de juillet, le douzième jour avant les calendes d'août, l'augure a fait remarquer que c'était juste après les

Nones Caprotines. Or, cette fête est célébrée par les matrones et les esclaves, pour une fois réunies, au pied d'un figuier sauvage dont elles extraient le lait afin de l'offrir à Junon en espérant d'elle la fécondité. Cela a suffi pour faire resurgir une question : Paulina pourra-t-elle encore avoir des enfants ? Perturbée, elle en a fait part à sa mère dans la lettre où elle lui annonce sa décision et la date du mariage. Serena a d'abord exprimé son immense regret de ne pouvoir y assister en raison d'une fièvre qui la retenait au lit, puis elle lui a délivré une réponse mi-figue mi-raisin : « *Dulcissima filia*[1], je ne vois pas pourquoi les dieux te refuseraient le bonheur douloureux d'enfanter à nouveau. Tu as vingt-trois ans et ton mari cinquante, me dis-tu. Ce n'est pas cette différence qui déterminera la volonté des dieux. Tout ce que je souhaite est que vous puissiez trouver l'harmonie que tu n'as pas eu la joie de connaître avec ton premier époux… » Ces mots n'ont pas suffi à rassurer Paulina et ce n'est pas sans une certaine inquiétude qu'elle se prépare à la célébration, composée essentiellement de la déclaration solennelle du consentement devant témoins, suivie d'un festin que le préfet de l'annone souhaite grandiose, César et son épouse Agrippine ayant accepté de l'honorer de leur présence.

Ce jour-là, dans la chaleur moite et lourde du plein été romain, Paulina se livre toute la matinée aux mains habiles de Catiola et de Luda. Après avoir procédé à l'épilation des jambes avec une sorte de pommade à base de cire, la première confectionne à la demande de la fiancée une coiffure différente du chignon traditionnel. Luda, elle, s'emploie à la masser et à lui frictionner le

1. Très douce fille

corps d'un onguent parfumé, Paulina se chargeant elle-même d'oindre ses parties intimes.

Pour les vêtements, il ne saurait être question de la tunique droite virginale et de sa ceinture au nœud d'Hercule que l'époux dénoue, ni du voile orangé ou de la couronne de fleurs. Elle revêt une *palla* de soie verte et orange et une *stola* émeraude, chausse de fines sandales rouges à lanières, choisit un parfum rare à base d'iris, et de myrrhe importé de Sidon que Vaticilia lui a envoyé, et pour finir se pare de bijoux que lui avait donnés sa mère et qu'elle n'a encore jamais portés.

En fin de matinée, elle retrouve Sénèque pour la déclaration de consentement mutuel et la jonction des mains devant témoins. Cette fois, l'émotion la submerge et elle ne peut retenir ses larmes. Comme Sénèque se penche vers elle avec sollicitude, elle lui murmure :

— Ce n'est rien… Ce sont des larmes de bonheur.

Il répond d'un sourire et d'une pression de la main. Elle se retire dans ses appartements pour se rafraîchir et changer de robe, puis sort dans les jardins où trois flûtistes et deux cithistes accueillent les invités de leur musique allègre. Ces derniers sont en nombre restreint selon le désir des mariés, ce qui désole les Paulinus père et surtout fils qui auraient voulu convier toute l'élite romaine.

— En deux ans, Père accède à la préfecture de l'annone, moi à la questure du palais, ma sœur se marie avec un sénateur qui est l'un de nos écrivains les plus célèbres, et c'est une cérémonie intime que nous offrons ? s'est écrié le Jeune pour exprimer sa déception.

— Sénèque déteste le faste ostentatoire, et moi aussi, a répliqué Paulina.

— Il t'a déjà convertie à la pingrerie ! Il sait pourtant qu'en une telle occasion offrir un festin est un devoir.

— Comment peux-tu parler ainsi ?

— Paulina a raison ! Un jour, ta langue te jouera de

mauvais tours, renchérit l'Ancien. D'ailleurs, la qualité remplacera la quantité. Le prince sera là avec la princesse. Et Spurius nous promet le meilleur de ce qu'un grand *archimagirus* peut faire.

Parmi les invités des deux familles, figure Annaeus Mela le frère de Sénèque, le seul qui ait préféré aux honneurs du Sénat une carrière assez modeste mais lucrative de procurateur. Les autres sont des parents plus ou moins éloignés. Il y a une douzaine de protégés de Paulinus l'Ancien, accompagnés de leurs épouses couvertes de bijoux, quelques proches du Jeune, parmi lesquels Faustina, et une poignée d'amis de Sénèque, tels l'Égyptien Chaeremon et deux philosophes qui ont été ses condisciples chez les Sextii.

Ils sont tous déjà là, certains à pester contre la lourde chaleur annonciatrice d'un orage, lorsque Paulina fait son apparition, vêtue d'une *palla* de cérémonie blanche et rouge et d'une *stola* bordée d'or, les pieds chaussés de mules rouges aux lacets dorés.

— De quel astre viens-tu ? lui souffle Sénèque à l'oreille, et comme elle semble surprise d'un tel compliment de sa part, il ajoute : J'ai le respect de la beauté, et je ne suis pas le seul, regarde nos invités, ils sont tous subjugués.

Les joues roses, les prunelles brillantes, intimidée, Paulina ramène un pan de sa *stola* sur le bas de son visage comme pour cacher son trouble, et trouve refuge auprès de Faustina dont elle envie l'aisance. En cet instant, elle a l'impression d'être une autre, d'avoir opéré la mue qui lui a fait abandonner la défroque de sa vie passée. Un brouhaha soudain attire l'attention de tous et provoque l'émoi des domestiques. L'orchestre s'empresse de donner à sa musique des accents triomphants, avant que le *nomenclator* n'annonce de toute la puissance de sa voix :

— La princesse Agrippine !

— Et le prince ? s'inquiète à voix basse Paulinus l'Ancien.

Un appariteur de l'escorte accourt pour lui dire que l'Auguste souverain ne viendra pas à cause de l'orage qui va sûrement éclater, ce qui le rend nerveux. L'Ancien ne cache pas sa consternation, mais Sénèque en voyant sa mine lui murmure :

— Tant mieux. Quand il est nerveux, il bégaie. Et puis il perturberait la fête.

Accompagnés de Paulina, tous deux s'en vont accueillir l'impératrice à la descente de sa litière qu'entoure une escouade de porteurs de torche et de Bataves blonds aux airs farouches. Telle une Vénus émergeant d'un flot de soie, Agrippine apparaît entre les rideaux rouges ouverts par deux esclaves. Elle pose avec précaution le pied sur la marche qu'un autre esclave, prosterné, maintient solidement. Resplendissante dans une tenue multicolore, parée des cheveux aux chevilles de lourds bijoux, elle toise l'assemblée qui s'incline.

— Tu es magnifique, Paulina ! dit-elle en jetant un regard à la mariée, et se tournant tour à tour vers Paulinus et Sénèque : Vous pouvez en être fiers.

Elle n'ajoutera rien d'autre car, jusqu'au dîner, elle reçoit les hommages des invités. Sous la direction de Paulinus, les agapes commencent dans une ambiance joyeuse avec la rituelle *gustatio*, suivie de la *prima mensa*. Alors que personne ne s'y attend, le *nomenclator* annonce brusquement l'arrivée du prince. Toute l'assistance se lève pour clamer « *Ave Caesari !* » Claude, descendu de litière, y répond d'un signe de main et s'avance de sa démarche hésitante, accompagné d'Arpocras et de Pallas. Il est suivi de son inséparable camérier, de son *praegustator* chargé de goûter les plats, tandis qu'une vingtaine de gardes prétoriens investissent les jardins, où stationnent les Bataves d'Agrippine.

— Il n'a pas résisté à sa gloutonnerie, murmure celle-ci à l'oreille de Sénèque. Je lui avais signalé que l'*archimagirus* de ton beau-père était remarquable.

Le prince se fait présenter la mariée, comme s'il ne la connaissait pas. Il l'avait pourtant vue au Circus Maximus lors des Jeux plébéiens, mais c'était dans l'atmosphère surexcitée des courses et il n'avait guère prêté attention à cette jeune femme modeste et réservée.

— Sénèque ! Comment as-tu fait pour trouver une telle merveille ? s'écrie-t-il en dévorant Paulina d'un regard concupiscent.

— Nous nous sommes connus en Corsica, César, répond Sénèque qui ne manque pas une occasion de rappeler l'injustice dont il a été victime.

— Eh bien ! Le bannissement a du bon, tu vois !

L'empereur rit de sa propre plaisanterie et se détourne de la jeune mariée pour lorgner les mets posés sur les tables.

Paulinus s'empresse de le conduire au *triclinium* réservé aux souverains et qu'occupe Agrippine. À peine les serviteurs l'ont-ils débarrassé de sa toge, de ses chaussures, lui ont-ils lavé les pieds, les mains, et passé la *synthesis* que César, avant même de s'allonger, se met sans façons à piocher dans les plats déjà disposés sur la table.

— J'avais raison, dit-il la bouche pleine, je voulais expérimenter le savoir-faire de ton *archimagirus*. Je te félicite.

Le chef Spurius s'est effectivement surpassé, moins en originalité qu'en raffinement. L'empereur apprécie, mais se plaint tout à coup qu'on ne serve pas d'huîtres.

— Pourquoi ? Il n'y a pas eu de tempête que je sache ! Fais venir le chef ! hurle-t-il.

— Ne t'en prends pas au chef, César, intervient aussitôt Sénèque. C'est ma faute, il sait que je n'aime pas les huîtres et j'ai oublié de lui dire d'en présenter.

Claude le foudroie du regard, avant de s'étonner dans une diction incertaine :

— Comment peux-tu te priver d'un tel délice ? J'ai toujours pensé que la philosophie ne menait qu'à ce genre d'inepties. Moi, je ne peux me passer de leur saveur…

Il appelle son camérier et lui donne l'ordre d'aller au palais voir s'il n'en reste pas quelques douzaines dans les cuisines.

En attendant, sous le regard affligé de Sénèque, mais ravi de Paulinus l'Ancien, il saisit avec ses doigts dégoulinants d'huile et de sauce tous les mets que l'on fait défiler devant lui, et répond avec enthousiasme, et sans bégayer, aux toasts portés en son honneur avec un falerne de la meilleure cuvée. Tout en brocardant Sénèque et ses amis qui font tache par leur sobriété.

Il est en train de croquer à pleines dents une cuisse de loir savamment apprêtée avec des épices d'Orient, lorsque le camérier est enfin de retour. Couvert de sueur, il avoue n'avoir pas trouvé d'huîtres. La bouche pleine, César rugit, furieux, à la stupeur générale :

— Qu'est-ce que cette histoire d'huîtres ? Pourquoi tu m'en rebats les oreilles ?

Pendant et après le défilé des services, agrémentés de belles pièces montées et entrecoupés d'exhibitions d'acrobates, le vin continue de couler en abondance, même dans le gosier de Sénèque, que la chaleur du festin, confondue avec celle de l'air de plus en plus lourd, a fini par mettre au diapason des autres convives. Encouragée par une Faustina qui se comporte en grande sœur protectrice, Paulina elle-même cède à l'allégresse ambiante en répondant avec une surprenante volubilité aux matrones qui lui demandent d'où vient son parfum.

Alors que le festin s'achève, elle s'arrange pour avaler discrètement un breuvage que lui apporte Luda. Seule, Agrippine le remarque et sourit, devinant qu'il s'agit de la drogue composée de pavot broyé dans du lait et de miel fraîchement prélevé. Avant de rentrer au palais, elle lui dit en confidence :

— C'est une bonne médecine pour faciliter les dispositions nécessaires à la nuit de noces…

Et comme Paulina semble gênée, elle poursuit :

— Oh ! J'ai offensé ta pudeur ? Je sais que tu n'es pas femme à chercher la volupté, mais crois-en ton aînée, il ne faut jamais négliger cet aspect naturel du mariage, quoi que certains moralistes comme ton mari veuillent bien en dire. Le devoir d'une matrone est de faire des enfants, mais elle est aussi femme et ce pauvre Ovide a eu raison d'écrire que la jouissance doit être partagée entre elle et son amant, surtout si celui-ci est son époux… Mais l'as-tu lu au moins ?

— Quelques *Métamorphoses*…

— Ah ! La belle éducation que ta mère a su te donner ! Reste sage, mais ne sois pas esclave de règles qui vont à l'encontre de tes désirs profonds.

Paulina ne sait quelle contenance prendre. De quoi se mêle Agrippine ? Elle pourrait répondre qu'elle est moins innocente qu'elle n'en a l'air et qu'elle a même connu cette jouissance entre les bras d'un amant, mais elle estime n'avoir aucune confidence à faire à quiconque, surtout à cette femme dont elle sent les griffes sous les doigts effilés et joliment aristocratiques.

Le départ du couple impérial met fin au banquet. L'empereur est ivre et un prétorien doit le porter dans ses bras pour le déposer dans sa litière. Après avoir reçu les compliments des invités, les nouveaux mariés peuvent enfin s'éclipser et gagner la demeure privée de Sénèque. S'il habite au Palatin pour les besoins de son préceptorat, il a jugé important d'accueillir, en cette première nuit, son épouse chez lui.

À demi étendus dans leur litière, bercés par la douce oscillation de la marche des *lecticarii*, Paulina et Sénèque sont silencieux. La chaleur étant étouffante, ils ont laissé entrouverts les rideaux. Dans la nuit très noire, on n'entend que le bruit des pas des éclaireurs et des porteurs, et l'espèce de rugissement rauque qu'ils émettent pour marquer le rythme.

Lui, le menton appuyé sur une main, ne cesse de la regarder. Elle a les yeux fermés. Elle pense aux dernières heures, au festin, à des détails insignifiants, au couple impérial et à la réflexion d'Agrippine. Pourquoi lui a-t-elle tenu ces propos ? Quelle arrière-pensée nourrissait-elle ? Peut-être ne s'agissait-il que de paroles de fin d'agapes, lâchées sans véritable intention. Brusquement la voix de Sénèque la fait sursauter :

— À quoi penses-tu ? lui demande-t-il.

Elle ouvre les yeux.

— À la princesse... à l'empereur... à leur relation.

— Pourquoi ?

— Je trouve leur couple étrange. Ils ont vraiment l'air d'être oncle et nièce.

— Pourquoi se soucier d'eux ?

Il lui prend la main et la caresse :

— Ne te poses-tu pas trop de questions sur nous, sur notre union ?

— Je m'en suis posé, c'est vrai, mais plus maintenant, car je sais que notre mariage ne ressemblera pas à mon premier. Tu te souviens que je t'ai dit vouloir venir à Rome pour oublier, pour regarder devant moi ? Il est bien sûr possible que je n'oublie pas tout, mais je sais maintenant que je regarde bien devant moi et que je le fais avec toi à mon côté.

Il porte à ses lèvres la main qu'il tient et attire Paulina contre lui. Sentant la chaleur de ce corps d'homme contre le sien, elle est parcourue d'une onde de bien-être, comme celui que peut ressentir un enfant dans les bras de sa mère, mais les paroles d'Agrippine font soudain resurgir le souvenir d'Ilion, mêlé à celui de Taurus. Elle se redresse si brusquement que sa tête heurte le menton de Sénèque.

— Que se passe-t-il ? s'étonne-t-il.

Elle le regarde et lit dans ses yeux une telle sollicitude qu'elle secoue la tête :

— Rien… un relent de mauvaise mémoire.

Elle lui prend la main et la pose sur sa taille. Surpris, il lui caresse le visage, mais une secousse annonce que la litière est arrivée à destination. Ils mettent pied à terre, et se voient attendus par Xyrax, Luda, Silas et le reste du personnel. S'ils ont renoncé à respecter la totalité du rite des noces, Paulina a insisté pour retenir quelques gestes, comme les offrandes aux divinités du seuil, l'onction d'huile sur les montants du portique d'entrée et les bandelettes de laine qu'elle doit y attacher. Malgré ses réticences, Sénèque lui offre le feu et l'eau, ainsi que les clés de la demeure et tous deux prononcent la formule : « *Ubi tu Gaius, ego Gaïa* », avant que Paulina ne lui offre trois pièces de monnaie ainsi qu'aux dieux lares. Peut-être est-ce à cause des lieux en pleins travaux, du petit nombre de domestiques, et de Sénèque lui-même, à la fois mari et père, mais la répétition de ces gestes n'a réveillé à aucun moment, comme elle l'avait craint, le souvenir de son premier mariage. Lorsqu'il la prend par la main pour gagner la chambre nuptiale, elle sent qu'elle tourne définitivement le dos à son existence passée.

Comme le reste de la maison, la chambre est en réfection. La faible luminosité de deux chandelles atténue l'aspect d'inachevé qu'offrent des murs à moitié repeints et un sol parsemé de fragments de mosaïque, mais le lit semble plutôt insolite avec son armature en bois précieux, son drap et ses coussins brodés, le parfum de rose qui s'en dégage.

— *Dulcissima* Paulina, pardonne ce chantier, mais j'ai tenu à y venir.

— J'en suis heureuse parce que c'est ta maison.

Elle sourit à la vue d'une cruche et de gobelets posés sur une table rustique, identiques à ceux qu'elle avait vus dans la maison de Corsica.

— Luda va t'aider à te préparer pour la nuit, lui répond-il en quittant la chambre.

Paulina est surprise et désappointée. Elle ne s'attendait pas qu'il se précipite sur elle, mais pensait que les instants d'intimité passés dans la litière étaient des prémices favorables à une nuit douce et tendre. Pendant que Luda l'aide à se dévêtir, à se laver et à se parfumer, comme il en est pour toute nouvelle épousée avant d'accomplir le dernier rite sous l'égide de Vénus, elle se demande s'il a l'intention de consommer le mariage, et même s'il en est capable.

Luda partie, elle éteint elle-même les chandelles et s'étend. Malgré sa lassitude, elle ne parvient pas à s'endormir. Il lui semble que des fourmis sillonnent son corps. Il y a si longtemps qu'elle n'a pas ressenti un tel désir d'amour. C'est alors que l'orage éclate, dans un déchaînement d'éclairs et de coups de tonnerre, faisant resurgir le souvenir d'Ilion qui le considérait comme une colère du ciel. Troublée, elle se lève pour aller le contempler lorsqu'une ombre se dresse devant elle et l'enlace.

— Où veux-tu aller ?

Les mains dont elle reconnaît le toucher la poussent doucement sur le lit et lui caressent le visage, le cou, les épaules, lui ôtent la tunique légère. La tête renversée, les yeux clos, elle se laisse emporter par la vague de chaleur qu'elles provoquent et lorsqu'elles s'attardent en son intimité, elle tressaille, étrange sensation de glisser sous la vague qui enfle et dans laquelle elle voudrait se laisser submerger. Avec une infinie douceur, le corps qui l'étreint s'enfonce au plus profond d'elle-même. Elle pousse un cri rauque qui se perd dans le roulement répété mais déclinant du tonnerre qui s'éloigne.

Lorsqu'elle ouvre les yeux, Paulina est seule sur le lit, les bras et les jambes nues chauffées par un soleil déjà haut. Du dehors lui parvient la rumeur de la ville. Elle ressent un singulier bien-être, une sorte d'apaisement. Seul subsiste le sentiment d'avoir vécu cette nuit un rêve étrange, comme si ce n'était pas Sénèque, son mari, qui l'avait aimée et lui avait donné cette jouissance que son corps attendait sans qu'elle ait osé se l'avouer, mais quelque être surnaturel issu des ténèbres à la faveur de l'orage. Elle n'aurait jamais cru pouvoir être aimée avec cet art et un tel respect.

*

C'est une épouse comblée que Sénèque emmène vivre sur la colline du Palatin, dans l'un des appartements d'une résidence attenante au palais, en attendant que les travaux de leur maison soient achevés.

Elle aurait préféré rester là où elle a passé la première nuit de sa nouvelle existence et qui devrait être la *domus* abritant son foyer, mais comment ne pas être fière d'habiter au cœur de cette cité impériale parsemée de demeures princières et de temples, qui lui paraissait, d'Arelate, une sorte d'inaccessible Olympe ? Les villas des personnalités politiques et intellectuelles de l'époque républicaine ont laissé la place aux résidences édifiées par Auguste, qui y installa sa demeure à côté du temple d'Apollon, son patron. C'est en ce sanctuaire qu'il avait fait déposer les livres Sibyllins, l'antique recueil d'oracles que consulte le collège des quinze magistrats, *quinde-cemviri sacris faciundis*, à la suite d'un présage ou d'un prodige, afin de trouver les rites susceptibles d'apaiser la colère des dieux et de protéger Rome.

— La maison du divin Auguste était sobre, sans marbre ni mosaïque précieuse, explique Sénèque à Paulina. Tibère l'a enrichie d'une collection de sculptures et de peintures. Chaque prince a ensuite apporté des aménagements…

Il montre les arcades d'un aqueduc qui franchit la dépression entre le Caelius et le Palatin :

— Cela, c'est Claude qui l'a fait construire. L'eau alimente les thermes privés de l'empereur.

On n'entre pas librement dans cet univers où travaille un personnel innombrable : *janitores* aux portes, *custodiae* à l'accueil des visiteurs, huissiers dirigés par un *magister* armé d'une canne à pommeau qui conduit les visiteurs à l'*atrium, nomenclatores* chargés de les annoncer. Une fourmilière de quelques milliers d'esclaves se vouent dans ces lieux immenses aux multiples fonctions de service, tandis que la sécurité du prince et du palais est assurée par une troupe de surveillants et de gardes armés.

Durant les premières semaines, Paulina reste à l'écart, ne cherchant nullement à s'immiscer dans la cour de César qu'elle se représente comme un bassin de murènes. D'ailleurs, Sénèque lui-même s'abstient de la fréquenter, en tout cas pour l'heure, car il partage son temps entre son enseignement, son cabinet de travail et la consultation d'ouvrages à la bibliothèque impériale attenante au temple d'Apollon. Il reste donc chez lui une bonne partie de la journée. Paulina s'en réjouit, car si les nuits ne sont pas toujours aussi tendrement sensuelles que la première, elle apprécie cette présence qui lui donne l'impression d'avoir enfin un vrai foyer.

Jamais depuis son enfance, un automne aura filé avec autant d'insouciance. Sa principale distraction est de se promener dans Rome en compagnie d'une Faustina aussi extravertie qu'elle-même est réservée. Son frère s'en amuse :

— Notre mère, véritable incarnation de la vertu, et tante Bubate la Gauloise seraient surprises. Et te feraient savoir leur réprobation, sinon leur crainte.

— Pour quelle raison ?

— Leur fille et nièce fréquentant une de ces terribles louves romaines, veuve et maîtresse de leur fils et neveu !

Paulina en rit et, curieuse, demande :

— Ne vas-tu pas l'épouser un jour ?

Le visage de Paulinus le Jeune se rembrunit comme celui d'un enfant que l'on menace de priver de jeux :

— Ce ne serait plus la même chose.

— Et pourquoi ?

— Elle, comme moi, sommes d'autant plus attachés l'un à l'autre que nous sommes libres.

Cette fois, c'est dans les yeux de Paulina que passe un nuage. Le dernier mot prononcé par son frère lui a remis en mémoire ce que lui disait Niceta lorsqu'elle avait appris la mort de Taurus : « Tu devrais te réjouir, tu es veuve, c'est-à-dire libre », elle avait répondu : « Me remarier ? C'est ça que tu appelles la liberté, toi qui as choisi un amant que tu peux commander ? » Elle chasse aussitôt ce qui pourrait ressembler au regret de n'avoir jamais osé vivre une liberté qui exigeait de défier les règles de sa condition.

Quoi qu'il en soit, elle juge préférable de ne pas évoquer Faustina dans ses lettres à sa mère et à sa tante qui lui posent tant de questions sur sa vie avec Sénèque et dans cette cour impériale « peuplée de tigresses et de vautours ». Bubate l'abreuve de conseils sur la façon de résister à l'autorité d'un mari et lui rappelle de ne jamais plier devant un Romain quel qu'il soit. Paulina écrit également à Niceta pour lui confier qu'elle a bien recommencé à vivre et nettoyé sa mémoire des fantômes indésirables. Elle lui propose de venir à Rome, comme elle le lui a promis, mais Niceta décline l'offre et lui révèle qu'elle a trouvé l'harmonie avec son Egestos, que Serena a affranchi et qui lui a donné deux enfants. À la suite de cette nouvelle, Paulina affranchit Luda et comme celle-ci est finalement tombée dans les bras de Xyrax, Sénèque fait de même avec son scribe. Ainsi seront-ils libres de se marier comme des citoyens.

Les fantômes indésirables reviennent parfois hanter Paulina, mais à la façon de quelques nuages qui se dispersent très vite dans le ciel de Rome. Pour l'heure, un seul souci trouble sa sérénité : l'attitude de Sénèque à l'égard de son père, une sorte d'arrogance de patricien qu'elle a remarquée lorsque les deux hommes se rencontrent. Un jour, elle lui raconte la dispute qu'elle avait eue avec Niceta :

— Elle est ma sœur de lait et fille d'affranchie. Elle s'est plainte de ma morgue et m'a mise en garde contre l'aigle noir qui m'habitait.

— L'aigle noir ?

— Pour elle c'est l'animal qui se tapit dans le cœur de ceux qui se croient supérieurs et leur inspire le mépris des autres.

— De la morgue, du mépris, toi ?

— Oui et je l'ai blessée.

Il fixe Paulina en fronçant les sourcils :

— Pourquoi me racontes-tu ça ?

Elle le regarde avec ce mélange de timidité et de défi qui l'avait séduit dès leur première rencontre et répond :

— Parce que je me demande pourquoi tu es si hautain avec certaines personnes.

Il sursaute :

— Tu dis bien hautain ?

— Oui, Sénèque ! Tu ne t'en rends pas compte, parce que chez toi c'est naturel.

— Quoi ! Tu m'appelles Sénèque maintenant ?

— T'appeler Lucius me donne l'impression d'avoir affaire à ton élève.

— À ta guise, mais revenons aux mots que tu as employés. Je serais donc naturellement hautain ? J'aimerais bien savoir avec qui.

— Avec mon père par exemple.

— C'est lui qui te l'a dit ?

— Il a regretté que tu aies refusé son aide pour remettre de l'ordre dans tes affaires. Il l'a fait par gentillesse et générosité, non pour fureter dans tes biens.

Sénèque nie, mais il est embarrassé. Il se connaît assez pour avoir conscience d'éprouver un certain mépris à l'égard des parvenus et des ambitieux de tous crins, friands de faste et de luxe. Et c'est bien ainsi qu'il considère Paulinus l'Ancien. Pourtant, il est si imprégné de la supériorité supposée de sa caste qu'il ne se rend pas compte que les intéressés puissent en concevoir de l'humiliation. Ainsi ne s'est-il jamais posé la question lors de son examen de conscience vespéral. Agacé par cette mise en cause, il esquisse une défense au lieu de reconnaître ce qui lui apparaît comme une faiblesse, sinon une faute indigne :

— Paulina, tu m'as vu vivre en Corsica, m'as-tu jamais vu humilier quelqu'un ou maltraiter un esclave, comme tant de patriciens ?

— Non, mais là-bas, il n'y avait que ton scribe Xyrax et ton esclave Sirmia. Tu te comportais avec eux comme un père. Peut-être qu'en retrouvant ici ton rang…

— Mon rang n'a rien à voir avec mon comportement ! s'écrie-t-il sur un ton vif.

Les yeux de Paulina fixés sur lui sans hargne ni colère le désarment :

— Écoute, *dulcissima*, ton père s'est mépris, ou bien mon refus a peut-être été un peu brutal. Il a dépassé ma pensée. Tu dois croire que je respecte l'acharnement au labeur du préfet, sa générosité. Si j'ai repoussé son offre,

294

c'était simplement parce que je n'en avais pas besoin. Et puis, il s'agissait de notre mariage, je la trouvais mal venue.

— Nos ancêtres étaient des charpentiers, des constructeurs de bateaux, mais ils ont aidé le grand César à vaincre…

— Je le sais.

— Comme eux, mon père a été confronté aux difficultés matérielles, et il en a tiré un esprit réaliste et un langage direct qui peut choquer à la cour des Césars, mais aussi une qualité : la franchise…

— Tu n'as pas à expliquer le comportement de ton père, coupe Sénèque. Et tu te trompes en croyant que je méprise sa proposition. Elle n'était pas opportune, elle l'est devenue aujourd'hui.

— Pourquoi ? Ce n'est pas ce que je viens de te dire qui t'a fait changer d'idée au moins ?

— Absolument pas ! Le dédommagement promis par César m'a été confirmé hier. Il consiste en terres d'Égypte. J'y ai vécu, mais il y a longtemps, je n'y connais plus personne et je ne pourrai m'y rendre. Ton père y envoie régulièrement ses navires, je suppose qu'il a des employés sur place susceptibles de m'informer et de trouver des gens pour s'en occuper…

Sénèque n'a pas brusquement inventé ce besoin d'aide. Il a seulement omis de dire qu'une fois de plus c'est Agrippine qui le lui a suggéré. Lorsqu'il a eu confirmation que les terres données par César étaient en Égypte, il a pensé en confier la gestion à l'ancien intendant égyptien de son oncle, mais a appris qu'il était décédé. Ne connaissant plus personne là-bas, il s'en est ouvert à Agrippine qui lui a tout de suite dit :

— Pourquoi ne demandes-tu pas à Paulinus l'Ancien de te trouver quelqu'un ?

— Il m'a proposé son aide, mais j'ai refusé.

— C'est ridicule ! Il est ton beau-père et lui-même a des biens en Égypte. Ses bateaux y vont régulièrement.

— Je le sais ! Je ne tenais pas à ce qu'il s'intéresse de trop près à mes affaires.

— Je ne comprends pas pourquoi. L'homme n'est sûrement pas capable de parler avec toi de philosophie morale ou des secrets de l'Être, mais il est rompu aux affaires, il dispose d'un réseau dont les ramifications s'étendent à travers l'Empire et il est aussi honnête qu'on peut l'être à la préfecture de l'annone. Ne me dis pas que tu n'y as pas pensé, ou alors je regretterais de t'avoir confié l'instruction de mon fils !

*

Comme à leur première rencontre, Sénèque a donné rendez-vous à Paulinus aux thermes d'Agrippa. Il vient de sortir d'un bain froid dans l'*euripus* lorsque arrive son beau-père d'un pas lourd, le visage fatigué. Enveloppé dans une ample tunique de bain, il l'entraîne à l'écart et ils s'assoient sur un banc de marbre.

— Tu as les yeux cernés, tu travailles trop, Paulinus ! lui dit-il sur un ton plein de sollicitude.

— La gestion de l'annone n'est pas simple. Il faut y prêter une attention constante, parer aux imprévus de la navigation, prendre garde aux malversations, tenir le budget en ordre, surveiller étroitement le tout, sinon on court à la catastrophe : mon prédécesseur a échoué et y a perdu la santé, tu le sais.

— Une bonne raison pour ne pas la perdre, toi.

— Je suis résistant. Et toi, comment cela se passe avec le jeune Lucius ?

— Le garçon est remuant et je dois rattraper les manques de son enfance. Si je t'ai demandé de venir, c'est pour un service. Tu as des biens en Égypte, paraît-il...

— C'est exact. Toi aussi maintenant, m'a-t-on dit ?

— Est-ce Paulina qui t'en a parlé ?

— Non, à l'annone, nous sommes simplement bien informés sur ce pays qui relève de l'empereur et nous fournit un gros pourcentage de notre blé.

— Justement, j'ai reçu des terres en dédommagement. J'ai vécu presque cinq années en Égypte, mais j'ai perdu la plupart des relations que j'avais pu y nouer, excepté quelques philosophes d'Alexandrie, comme mon ami Chaeremon.

— Tu veux que j'y envoie un de mes employés pour voir de quoi il s'agit ?

— Tu me rendrais un grand service.

— Si ce sont des terres, comment vas-tu les exploiter ? Je pourrais aussi te trouver un intendant. Ne t'inquiète pas. Je ne te présenterai pas un gredin.

— J'en suis sûr et je te remercie.

— Tu n'as pas à me remercier. C'est normal. Tu es l'époux de ma fille. D'ailleurs, je t'avais déjà proposé mon aide, mais…

— J'ai refusé, c'est vrai, il ne fallait pas mal le prendre.

— Je ne l'ai pas mal pris… En tout cas, la proposition tient toujours, et je ne pense pas seulement aux terres égyptiennes, précise Paulinus.

Il sait bien que les aristocrates, sénateurs et chevaliers se livrent à des opérations financières de tous ordres, notamment le prêt à intérêt[1], qui a été légalisé deux tiers de siècle auparavant par la *lex Cornelia Pompeia*[2].

— À quoi d'autre alors ?

— À des investissements commerciaux, à des prêts.

— J'en avais réalisé, mais durant ma relégation, je

1. Le taux en était fixé à 12 % par an, soit 1 % par mois.
2. Établie en 88 av. J.-C.

n'ai pu contrôler ou poursuivre ceux que j'avais engagés et j'ai pratiquement tout perdu.

— Il y a des opportunités, des prêts à des villes ou des provinces, comme la Britannia.

Sénèque fait la moue :

— Ce pays conquis par Claude ne me semble pas pacifié.

— Il y a certes des tribus turbulentes mais l'empereur va y envoyer le propréteur Publius Ostorius pour les mettre à la raison. De toute façon, il y aura beaucoup à gagner car le pays aura besoin d'argent pour réparer les dommages et se développer. Si tu as des craintes, il existe aussi des prêts maritimes intéressants. Je peux te choisir des compagnies fiables.

— Je retiens ce que tu me dis, Paulinus, mais ma priorité est pour le moment l'Égypte.

— Je m'en occupe.

Paulina écoute, non sans plaisir, Sénèque lui rapporter qu'il a chargé son père de lui trouver un intendant pour ses terres d'Égypte. L'idée l'effleure que celui-ci pourrait être Ilion, et elle en est amusée, signe que l'affranchi, sans être totalement sorti de sa mémoire, est relégué dans la zone des souvenirs que la vie et le temps se chargent de réduire en cendres. Elle se réjouit aussi que la distance entre son père et son mari s'atténue, bien que tant de choses les séparent. Elle s'étonne tout de même d'entendre Sénèque se soucier de l'état de santé du premier :

— Il m'a paru très fatigué. Je le lui ai dit. Il m'a rétorqué que sa tâche était exigeante, que c'était un devoir sacré de remplir ses fonctions au mieux. Tu devrais lui en dire un mot, toi aussi... Il pourrait bien s'écrouler un jour brutalement.

— Il est très solide, tu sais...

— Certes, mais loin du tumulte de la Cité, je crois avoir compris qu'il est mauvais pour la santé de l'âme de vouer toute son existence au *negotium*, aux affaires.

L'existence est courte. Il importe de réserver du temps à des activités simplement humaines.

— Estimerais-tu qu'organiser le ravitaillement de centaines de milliers d'hommes n'est pas une activité humaine ?

— Ce n'est pas ce que je veux dire, Paulina. Un homme doit chercher à libérer son esprit des contingences du *negotium*. Ton père a déjà beaucoup donné, il atteint un âge où il doit rechercher un équilibre moral qu'il peut trouver dans l'*otium*, le loisir.

— Il n'a pas un tempérament à se prélasser.

— Il ne s'agit pas de se prélasser, ni d'ailleurs de se rouler dans les voluptés si chères à tant d'hommes, mais de trouver un équilibre entre la tâche à accomplir et l'*otium*, le loisir.

Paulina réfléchit un instant et acquiesce :

— Tu dois avoir raison... Mais dis-moi, tu te soucies beaucoup de la santé de mon père. Est-ce pour moi ?

— Certainement, mais c'est aussi parce que j'ai de l'estime pour lui. En l'observant, j'ai constaté qu'il était généreux, et que cette générosité lui fait oublier la vitesse vertigineuse du temps.

— Au fond, n'est-il pas pour toi un cas à étudier ?

— Tu es bien sévère, Paulina. Tout être est pour un philosophe un cas à étudier, ce qui n'empêche pas une amitié de naître. J'ai l'intention de développer tout ce que son « cas », comme tu dis, m'inspire et je le lui dédierai. Me le reprocheras-tu ?

— Pas du tout. Au contraire.

— Alors peux-tu me dire quels sentiments crois-tu qu'il éprouve pour moi ? Il m'a assuré qu'il ne l'avait pas mal pris lorsque, la première fois, j'ai refusé son aide.

Paulina ne s'en étonne pas. Elle a appris à mieux connaître son père. Elle pense que, si Sénèque a pu nourrir quelque prévention non dénuée d'un certain mépris envers lui, son père éprouve à l'égard de son clarissime de gendre nul sentiment d'infériorité. Elle est convaincue que, sûr de lui-même et de ses propres capacités, il s'estime même supérieur sur le plan des actes, considérant que les spéculations intellectuelles relèvent de l'*otium*, ce temps de loisir et de paix qui devrait succéder plutôt que s'opposer au *negotium*, temps de l'effort et d'un combat qu'il faut gagner par une tension continue. Il laisse le premier aux privilégiés de naissance, auxquels l'oisiveté en permet la pratique.

— Je pense qu'il t'apprécie plus que tu ne le crois, mais sans doute moins en tant que philosophe qu'en tant qu'homme. Pour moi, c'est l'essentiel.

*

Alors que les dernières semaines de l'an 802, si riche en événements, semblent devoir se dérouler de façon paisible, Paulina décide de se rendre au temple de Bona Dea, non loin de la demeure paternelle sur l'Aventin, afin de remercier la divinité d'avoir remis sa vie sur une bonne voie, et lui demander ce qu'elle ne lui avait jusqu'alors pas accordé : protection, santé et fécondité. Elle veut surtout se faire pardonner d'avoir négligé la fête de l'année précédente. Sa décision réjouit Luda qui avait été choquée de cette omission. Depuis qu'elle vit avec Xyrax, elle espère en effet avoir un enfant et être exaucée par la Bonne Déesse.

Avant de se rendre au sanctuaire situé dans le bois sacré de Stimula, non loin du temple de cette divinité « qui affole les femmes », Paulina s'inquiète, se souvenant de ce que son frère lui a raconté sur les bacchanales qui s'y sont déroulées autrefois :

— Crois-tu que ces orgies existent encore ? demande-t-elle à Sénèque.

— Je sais que ce culte réunit matrones et esclaves, et que les instincts sauvages qui sommeillent en chacun de nous peuvent se déchaîner. Mais aujourd'hui, cette histoire de démentes qui sillonneraient le bois, nues, relève à mon avis de la fable. Toi qui as habité sur l'Aventin, en as-tu vu ou entendu ?

— Non, mais mon frère affirme que c'est possible.

— Tout est possible et le préfet urbain est quelquefois incapable de sévir, surtout s'il a de la parenté qui s'adonne à ces rites. De toute façon, tu as une escorte : Silas et les six *lecticarii*, mais ne t'y attarde pas, la nuit tombe tôt en hiver.

Lorsque la litière de Paulina arrive aux abords du temple, au pied de la colline, il y règne une grande animation et de l'intérieur parviennent des chants assez lugubres, rythmés par des bruits de pas. Une foule de dévotes, matrones et esclaves, psalmodient des prières avec ferveur, certaines recueillent les offrandes pour les déposer devant la statue qui représente une Bonne Déesse aux formes opulentes. Au pied de l'effigie de pierre gît une truie égorgée, dont le sang est recueilli dans une vasque et mêlé à du vin. Sous les regards méfiants des femmes qui l'entourent, Paulina ressent un certain malaise et Luda donne des signes de fébrilité.

— Qu'as-tu donc à t'agiter ? lui murmure-t-elle à l'oreille.

— Ce n'est rien, *Domina*, bredouille Luda.

Le crépuscule commence à étendre son ombre. L'assemblée se disloque soudain et une partie des dévotes quitte le temple. Une vingtaine de femmes disparaissent silencieusement vers le bois déjà presque entièrement plongé dans l'obscurité. Une fois dehors, Paulina s'aperçoit que Luda ne l'a pas suivie, elle se retourne pour l'appeler, mais la porte vient de se refermer.

Inquiète à l'idée qu'elle ait pu être entraînée contre son gré, elle tente de faire rouvrir le temple. En vain.

— Tu n'es pas d'ici, toi, dit une dévote. Tu ferais mieux de t'en aller.

— Pourquoi ? Qu'ai-je à craindre ?

La femme ne répond pas, lui tourne le dos et s'éloigne. Paulina se décide à rejoindre sa litière.

— Et Luda ? s'enquiert Silas.

— Elle est restée dans le temple. Impossible de faire ouvrir la porte. Tu pourrais essayer avec les *lecticarii*.

— Pardonne-moi, *Domina*, mais il vaut mieux s'en aller, ça sent la magie. Luda sait ce qu'elle fait.

— Que veux-tu dire ?

— Elle fréquente ce sanctuaire, mais n'a jamais osé vous le dire.

De retour au Palatin, Paulina fait part à Sénèque de ce qui s'est passé.

— Ce n'est pas étonnant, se borne-t-il à répondre avec une singulière indifférence. Ta petite Luda est trop curieuse. Elle veut connaître d'autres plaisirs.

— Tu exagères. C'est une fille très prude.

— Je n'en jurerais pas.

Xyrax survient et exprime son inquiétude, mais Paulina est incapable de le rassurer.

Luda ne réapparaît que le lendemain. À demi nue, les vêtements lacérés, elle est sale, échevelée et porte des griffures sur les bras et les jambes. Elle se jette à genoux devant Paulina et lui demande pardon en sanglotant.

— Relève-toi ! Que s'est-il passé ?

— J'ai été violée…

— Où ? Dans le temple ?

— Non ! Dans le bois… J'ai voulu voir ces rites secrets, je me suis laissé entraîner…

— Et qui t'a violée ?

— Ces femmes… Elles m'ont fait boire, j'ai perdu

la tête, j'étais ivre… Elles en ont profité, m'ont déshabillée, fait des choses… Elles étaient folles furieuses… Et puis, des hommes les ont rejointes, de vraies bêtes. Mais ils se sont disputés et j'en ai profité pour m'échapper avant qu'ils aient pu me toucher. Ils étaient trop ivres pour pouvoir me rattraper. J'ai couru comme j'ai pu, j'ai mal partout, *Domina*, je n'en peux plus… J'ai peur de la fureur de Xyrax. Il faut que tu lui parles, *Domina*, que tu lui fasses comprendre que ce n'est pas ma faute.

Paulina la relève et avec l'aide de Sirmia l'emmène aux thermes attenants à la maison. Elle fait aussitôt appeler Annaeus Statius, le médecin de Sénèque, qui procède à un examen minutieux de la jeune femme et lui donne un breuvage à base d'herbes :

— Elle se remettra à une condition : abstinence totale de copulation, et même interdiction de toucher ses parties intimes, sauf pour les humecter délicatement avec cet onguent, dit-il en tendant une fiole.

Le soir, lorsque Sénèque rentre, Paulina lui raconte la mésaventure de Luda en lui demandant d'alerter le préteur sur les débauches qui se déroulent au temple de Bona Dea.

— Inutile.

— Pourquoi ?

— J'ai appris qu'il a déjà tenté de surprendre ceux qui se livrent à ces orgies mais a échoué car, chaque fois, ils étaient prévenus et se dispersaient. Un jour peut-être, il réussira.

Comme Paulina s'indigne, il ajoute :

— Rome est un théâtre où l'on peut jouer toutes les pièces et se livrer aux pires folies…

Quelques jours plus tard ont lieu les Saturnales. Xyrax crée dans la maison une sorte d'îlot où son maître et son épouse trouvent refuge, laissant le reste de la demeure au personnel. Contrairement à Paulinus l'Ancien,

Sénèque refuse de fuir, même s'il déteste ce jeu d'inversion des rôles.

— Je ne peux m'y résoudre, confie-t-il à Paulina. Je n'ai pas encore atteint le degré de sagesse qui pourrait me le faire admettre.

IV

Pantomimes au Palatin

An 803 depuis la fondation de Rome (50 après J.-C.)

Janus, le dieu qui voit tout sans tourner la tête, vient de clore une année et d'en ouvrir une autre. Après le recueillement qui préside à cette période de trêve des conflits, la première parole prononcée est attendue avec autant d'impatience que d'angoisse, car elle annonce l'augure, lu dans le vol d'un oiseau. Puis viennent les traditionnels présents porteurs de chance que l'on échange avec les vœux lancés à l'adresse des dieux. Moments solennels que celui où les deux nouveaux consuls, assistés de prêtres, procèdent au sacrifice de taureaux blancs pour le salut de l'Empire ; celui où le *Rex sacrorum*, héritier spirituel du roi d'antan, annonce au peuple le calendrier du mois et, à son tour, sacrifie à Janus un bélier ; et enfin celui où sont prononcés au Capitole les vœux pour la santé du prince. Dans les jours et les semaines qui suivent, il est donné au peuple romain d'assister avec une curiosité amusée ou résignée, inquiète ou perverse, à une singulière dramaturgie. Sénèque en annonce le prologue à Paulina :

— Agrippine a obtenu de César les fiançailles de Lucius et d'Octavie.

Ce n'est certes pas une surprise. L'éviction du premier

fiancé de la jeune princesse le donnait à prévoir. Le fils d'Agrippine, en devenant le gendre du prince régnant, allait être placé pratiquement au même rang que l'héritier légitime, Britannicus.

Paulina murmure :

— Agrippine me fait vraiment peur…

Sénèque, impassible, ne dit mot. Paulina le regarde sans pouvoir deviner sa désapprobation ou son embarras.

— Puisque tu la connais bien et que tu es le précepteur de son fils, poursuit-elle, t'a-t-elle demandé ton avis ?

— Pourquoi le ferait-elle ? Je ne suis pas son conseiller… Et si je lui livrais ma crainte, ce n'est pas la relégation qui m'attend mais bien pis…

— Que redoutes-tu ?

— Comme elle est prête à tout pour faire accéder son fils au pouvoir suprême et régner à travers lui, elle use de procédés expéditifs qui pourraient provoquer de graves troubles. Britannicus n'a que neuf ans mais il a des partisans, en particulier parmi les prétoriens. Une guerre civile serait catastrophique.

— Tu t'en doutais bien quand elle t'a chargé d'éduquer Lucius.

Sénèque réprime un geste d'agacement :

— Le prix de ma liberté était d'éduquer un garçon appelé à une haute charge, de lui enseigner l'esprit d'équité, le respect de la justice, l'intégrité morale. Cela seul dépend de moi, pas le reste.

L'argument convainc assez Paulina pour qu'elle s'abstienne d'élever la moindre objection.

Après les fiançailles de Lucius avec Octavie, chacun attend l'étape suivante. Cette fois, c'est le Jeune qui en avise Paulina. Par ses fonctions de questeur du prince, il est un témoin privilégié des moindres remous qui agitent le Palatin.

— Elle est vraiment rusée, ton amie Agrippine !

— Elle n'est pas mon amie, proteste vivement Paulina.

— Elle est celle de ton mari, non ? T'a-t-il dit qu'elle va réussir à faire adopter Lucius par César ?

— Non.

— Tiens ! Il doit pourtant être au courant.

— Il n'a pas à me dire tout ce qui se passe au palais.

— Alors écoute, et bouche cousue jusqu'à ce que ça se sache… Agrippine, qui connaît bien le caractère à la fois méfiant et versatile de César, et aussi son affection paternelle pour Britannicus, a jugé préférable de mandater Pallas pour soutenir le projet d'adoption. Il ne faut pas que le prince croie à une manœuvre pour évincer son fils. L'affranchi a su trouver le bon argument politique pour convaincre Claude : la jeunesse de Britannicus, encore incapable de participer aux affaires et d'aider son pauvre père, qui est donc très seul pour gouverner. Le divin Auguste, lui, avait non seulement ses deux petits-fils Caius Caesar et Lucius Caesar, mais aussi ses beaux-fils, fils de l'*Augusta* Livie. Quant à Tibère, il avait trouvé une excellente solution : bien qu'il eût sa propre descendance, il avait adopté Germanicus. Voilà l'exemple à suivre si l'on veut privilégier les intérêts de l'État.

— L'empereur s'est laissé convaincre ? Mais Lucius n'a que treize ans !

Le Jeune éclate de rire.

— Il a aussitôt demandé conseil, et à qui ? À Agrippine bien sûr !

— Quelle pantomime…

— César doit bientôt exposer le projet devant le Sénat. La suite est prévisible. Les Pères ont trop pris l'habitude de plier le genou devant le prince.

Le soir venu, Paulina s'empresse de rapporter à Sénèque les propos de son frère.

— Ton père a raison, le Jeune est un peu trop bavard. Un jour il lui en coûtera, se borne-t-il à répondre.

Une semaine plus tard, le cinquième jour avant les calendes de mars, sous le consulat de Marcus Antistius et de Marcus Suillius, le Sénat vote une loi stipulant que Lucius Domitius Ahenobarbus est officiellement adopté par le prince sous le nom de Nero Claudius Caesar Drusus. Le fils d'Agrippine entre ainsi dans la *gens* des Claudii. La majorité des Pères acclame le nom de Néron, certains l'encensent et adressent au prince des actions de grâces. Ils décernent à Agrippine le titre d'*Augusta*. Lorsque Paulina l'apprend de la bouche de Sénèque, elle lui dit, presque sur un ton de reproche :

— Tu dois être satisfait. L'ascension de ton élève se poursuit.

Mi-étonné mi-agacé, il la regarde avec un rictus faussement amusé :

— On dirait que tu m'en rends responsable.

— Pas du tout ! se récrie-t-elle. Tu m'as déjà dit que ton rôle se limitait à inculquer à ton élève les bons principes. Comme Lucius, ou plutôt Néron, est désormais l'aîné des deux fils de César, je me demande simplement ce qui se passera en cas de succession. L'affrontement que tu m'as dit redouter ne va-t-il pas se produire ?

— Nous n'en sommes pas encore là. Britannicus reste le fils de l'empereur et il est encore jeune.

— Tout de même, comment le prince a-t-il pu accepter de reléguer son propre fils au deuxième rang ?

— Il est devenu le jouet d'Agrippine.

— Ne trouves-tu pas cela injuste ?

— Le jeu du pouvoir repose souvent sur l'injustice. Je m'efforce d'en prévenir Lucius… Comme le peuple n'aime pas l'injustice, cela va jouer en faveur de Britannicus. Et puis la partie est loin d'être jouée. Le fils de

Messaline a une revanche à prendre, il apprendra à réagir, à se défendre, à riposter.

— Avec cette différence qu'il n'a pas de mère pour l'y aider. Je suppose qu'Agrippine ne va pas en rester là. Toi qui as sa confiance, que comptes-tu faire si elle va trop loin ?

Il lâche un discret soupir :

— Ne te méprends pas sur cette confiance. Elle se limite à l'instruction de son fils. Hormis cela, je n'ai aucun pouvoir, aucune influence sur elle.

— Ne m'as-tu pas dit que tu avais des amis au Sénat qui s'opposaient comme toi à un pouvoir absolu à l'orientale ? Où sont-ils passés ?

— Tu oublies mes sept ans d'absence. Certains sont morts, les autres sont isolés au milieu d'un troupeau de brebis. Le prince a le couperet facile, il en a fait exécuter des dizaines. Le pouvoir est passé entre les mains de cette bande d'affranchis et… d'Agrippine.

Un silence succède à cet aveu d'impuissance, mais il ajoute en regardant Paulina dans les yeux :

— Je devine ce que tu penses. Tu veux savoir pourquoi j'ai accepté la tâche qu'Agrippine m'a proposée…

— Pour mettre fin à ton exil…

— Oui, mais ce n'était pas que cela. C'était un défi à relever et en même temps un piège. Un défi parce que le *praeceptor* est précisément celui qui donne à un jeune homme des préceptes, des conseils et une règle de vie. Instruire un garçon d'une telle lignée, petit-fils du noble Germanicus et dont on peut prévoir la grande destinée, combien de philosophes conscients de leurs devoirs auraient refusé de s'en charger ? En bon stoïcien, je me dois de participer à la vie de la Cité et de servir mes semblables. Ma conscience m'imposait donc de prendre une telle responsabilité.

— Et pourquoi un piège ?

— En me confiant ce préceptorat, Agrippine faisait de moi – qui ai toujours défendu avec vigueur l'équilibre entre le pouvoir du prince et celui du Sénat – la caution de sa machination pour écarter Britannicus et mettre à sa place son fils.

— Comment as-tu pu l'accepter ? s'écrie Paulina, interloquée par la franchise de l'aveu.

— Sache que j'ai passé des nuits blanches à y réfléchir. Juste après qu'Agrippine m'a fait savoir qu'elle me confiait le préceptorat, j'ai fait un rêve : Germanicus venait me confier son fils Caius, encore enfant. Était-ce le présage que Lucius serait un nouveau Caius Caligula ? Ou bien Germanicus venait-il se porter garant de son petit-fils Lucius ? Je n'ai su que penser. Entre le pire et le meilleur, c'est le meilleur qui s'est présenté, je me suis souvenu de ce qui m'avait frappé chez le petit Lucius : sa ressemblance avec son grand-père, la douceur de son regard, bref rien de commun avec l'infâme Caligula. Et puis Agrippine m'a parlé de son caractère affectueux, tendre, de son goût pour la musique, la poésie…

Sénèque remarque à ce moment un doute dans les yeux de Paulina :

— Non ! Il n'y avait là aucune tentative de duperie, c'était simplement la sincérité d'une mère. Il y a eu une autre raison : je ne pouvais oublier tout ce que j'avais subi. Qui m'avait envoyé en exil ? Qui avait cherché à me briser ? Messaline et Claude, les parents de Britannicus.

— Tu aurais cédé à la rancune, toi ?

— Il ne s'agit pas de rancune. N'oublie pas qu'avec Claude je reste sous la menace du couperet… Un autre motif a été déterminant : quel qu'ait été le sens de la machination d'Agrippine, le fait de me charger de l'instruction de son fils montre qu'elle est convaincue qu'un gouvernement doit être juste et dominé par la raison…

Sénèque s'interrompt et regarde Paulina avec une certaine contrariété :

— On dirait que tu ne me crois pas entièrement.

— Mais si, voyons ! Je veux simplement savoir comment tu te retrouves impliqué, même indirectement, dans ces intrigues.

— Sache aussi que j'en ai horreur, mais ce n'est pas en me retirant, ce qui serait de ma part une lâcheté, ou en me faisant bannir ou exécuter que les choses changeraient. La perspective de pouvoir un jour infléchir la trajectoire existe bien. Il faut simplement de la patience et de la clairvoyance.

— Pardonne-moi mes doutes.

— Tu n'as pas à te faire pardonner. Si je t'ai voulu pour épouse, c'est justement parce que tu as l'âme pure et l'esprit lucide. J'ai pensé que tu pourrais m'aider à éclairer mon chemin lorsque ma vision est brouillée ou que je me heurte à un mur.

Paulina, émue, s'approche de lui et l'embrasse.

— J'avais besoin que tu me le dises, chuchote-t-elle.

*

Après l'adoption du fils d'Agrippine par le prince, tout Rome parie sur les prochaines étapes de l'ascension du jeune Néron vers le pouvoir suprême. La capitale du monde, qui vit au rythme des célébrations, des fêtes et des jeux, n'est guère troublée par les échos de conflits dans les possessions lointaines. Peu lui importe qu'en Germanie supérieure les Barbares Chattes effectuent des incursions dévastatrices, puisque le légat Publius Pompinius y remet de l'ordre, et qu'en Pannonie, aux environs du Danube, Suèves, Lygiens et Iazyges s'entretuent. En Britannia, les Icéniens se révoltent contre les mesures de désarmement et de cantonnement prises par le propréteur Publius Ostorius qui se heurte aux Silures et aux Brigantes, rassemblés sous l'autorité de Caratacus, le meilleur des chefs bretons. Mais ces troubles ne sont-ils pas des grognements de sauvages plus ou moins tenus en laisse ? La cour, vautrée dans le luxe et l'opulence, est trop occupée à ses jeux d'influences et d'intrigues pour s'en soucier. Elle vit à l'heure du règne quasi absolu de l'*Augusta*.

Omniprésente, elle se montre plus que jamais au côté du prince, qu'il s'agisse de cérémonies publiques ou pour se rendre sur le lieu d'un incendie, l'une des hantises du pouvoir. Si elle consent à se tenir sur une autre estrade lorsque celui-ci reçoit des ambassadeurs étrangers, elle est si occupée à figurer partout en majesté, entourée de ses gardes bataves, que Paulina ne l'a plus approchée depuis son mariage. Il lui arrive de la croiser dans une allée du Capitole, qu'elle parcourt en char, un privilège pourtant réservé aux seuls prêtres, flamines et pontifes, et aux transports d'objets sacrés.

— Elle craint qu'on n'oublie qu'elle est fille d'*Imperator*, sœur et épouse de prince, et mère d'un garçon voué au principat, ironise Paulinus le Jeune, qui avoue supporter de plus en plus difficilement les interventions intempestives de l'*Augusta* dans son travail. Sa vanité a pris de telles proportions qu'elle ne peut plus envisager de coucher avec un vulgaire affranchi sorti d'on ne sait quel ventre d'esclave.

— Elle a chassé Pallas ? s'étonne Paulina.

— Pas du tout ! Il agrémente toujours ses nuits, mais elle répand le bruit qu'il est un descendant des rois d'Arcadie et vante son esprit de sacrifice : n'a-t-il pas renoncé à cette très ancienne noblesse pour se vouer au service de l'empereur et de l'État ? Le consul Soranus a donc proposé que Pallas reçoive en récompense les insignes de préteur et quinze millions de sesterces ! Comme s'il ne s'était pas déjà assez enrichi sur le dos de l'État.

— César a-t-il accepté ?

— Non. Il a dit que son fidèle serviteur devra se contenter de l'honneur d'être à son service et – tiens-toi bien ! – des « mêmes maigres ressources que par le passé » ! Alors que notre bon secrétaire aux finances se vante lui-même de posséder trois millions de sesterces, preuve de sa brillante réussite...

— On dirait que Pallas n'est plus ton ami.

— Il ne l'a jamais été ! proteste le Jeune non sans mauvaise foi.

Dans ses lettres à sa mère et à tante Bubate, Paulina raconte son existence au milieu de ces intrigues, mais elle se garde d'exprimer l'écœurement qui la saisit parfois et prend soin d'éviter les détails qui pourraient les inquiéter ou les choquer. Elle s'abstient même d'évoquer le viol de Luda, n'ayant nulle envie de susciter les commentaires maintes fois répétés sur Rome, « cité des vices et des violences », et sur la cour impériale, « cette arène où s'entrebattent rapaces et fauves ». Les deux femmes entendent pourtant assez de rumeurs en provenance de la capitale pour ne pas s'inquiéter. « Comment fais-tu pour vivre dans des odeurs de stupre et de sang ? » lui écrit un jour Bubate, qu'elle essaie de rassurer en répondant : « À Rome, chacun vit à sa façon. De toute manière, j'ai un époux, un père et un frère qui me protègent. » Les deux femmes ne sauraient en douter. Elles sont d'ailleurs fières que leur fille soit mariée à un clarissime. Quelque peu oublié durant ses années d'exil, Sénèque jouit d'un grand renom, particulièrement en Gaule narbonnaise, moins pour ses écrits que pour avoir épousé une fille d'Arelate.

Cette fierté n'empêche pas les deux femmes de revenir régulièrement dans leurs lettres sur un sujet qui les préoccupe : Paulina n'attend toujours pas d'enfant après plus d'un an de mariage. Paulina en est très agacée. Elle devine que l'une et l'autre, si elles n'y font aucune allusion directe, se demandent si cet époux, célèbre mais âgé, est encore capable de féconder sa femme. Elle-même d'ailleurs se pose la question. Sans doute Sénèque est-il encore assez vigoureux. Il s'oblige à prendre soin de sa santé qui s'était améliorée en Corsica et lui permet de travailler intensément. Ses crises restent assez espacées et, s'il aime à fustiger ceux qui se laissent dominer par les « plaisirs voluptueux », il manifeste dans l'intimité une telle ardeur que Paulina s'étonne que cela ne porte pas ses fruits. Elle lui en fait part un jour et lui demande s'il ne tient pas, comme tout homme, à avoir une progéniture. À sa surprise, il répond qu'il en serait heureux si cela survenait, mais qu'il accepte de toute façon le verdict de la nature.

Paulina consulte alors Annaeus Statius, ancien esclave de Sénèque, qui l'a affranchi et en a fait son médecin personnel.

— Tout est possible, se borne-t-il à dire, non sans un certain embarras, ce qui n'est guère de nature à la rassurer.

— Si cela te tourmente, ajoute Sénèque, interroge l'*archiatros* Xénophon de Cos, chef des médecins de la cour.

Arrivé à Rome vingt-cinq ans plus tôt comme ambassadeur de Cos – l'île de la mer Égée dont la légende dit qu'elle a été colonisée par le peuple d'Épidaure qui vénère Esculape –, Gaius Stertinius Xénophon s'est acquis la faveur du prince qui lui alloue un somptueux traitement de cinq cent mille sesterces par an. Après quelques questions d'ordre intime auxquelles Paulina se refuse à répondre, il lui donne moins un avis qu'un conseil :

— La position est importante. Il faut vous allonger tous les deux sur un plan incliné, la tête en bas, afin que la semence prenne le bon chemin… Il faut aussi que ton mari ne se dépense pas trop en exercices physiques dans la journée et prenne juste avant de copuler un bain chaud.

Ce n'est pas sans réticence que Sénèque se plie à cette prescription. Quelques mois passent sans que se manifeste le moindre signe de grossesse. Paulina finit par révéler au médecin que, plusieurs années auparavant, elle a perdu un enfant en couches. C'est tendre une perche au docte Xénophon qui laisse tomber d'un ton sinistre :

— Tu as sans doute perdu en même temps la graine de la germination.

Cette sentence désespère Paulina, mais lorsque, en larmes, elle en fait part à Sénèque, celui-ci la rassure et prononce de telles paroles de réconfort qu'elle se calme et peu à peu se résigne à ce que lui imposent les dieux, ou la nature selon Sénèque : l'incapacité d'enfanter. Elle met quelque temps à l'annoncer à sa mère qui lui répond : « Lorsque rien ne peut changer une décision des dieux, on doit continuer d'avancer sur le chemin qu'ils t'ont tracé. Si ton mari te garde son affection, comme tu me le dis, ne t'en soucie plus. Qui d'autre pourrait te le reprocher ? »

Le conseil est superflu. Paulina est une honorable dame, épouse du clarissime Sénèque, et se doit d'assumer pleinement son destin. Le printemps fleuri de Rome et l'enchantement des soirées sur les hauteurs du Palatin l'aident à oublier le tumulte des jours, et l'été venu, lorsque l'air et le silence lui manquent, elle les cherche à la campagne, dans la résidence de Numentum, au milieu des vignes chères à Sénèque, ou au bord de la mer, dans la demeure de son père proche d'Ostia.

Cela ne suffit pas à apaiser tous ses états d'âme et à écarter l'inquiétude que lui cause, malgré la longue conversation qu'elle a eue avec Sénèque, les rapports que celui-ci entretient avec Agrippine. Sans doute a-t-il su la convaincre sur le moment de sa bonne foi et des difficultés de sa position, mais elle ne parvient pas à chasser l'idée qu'il existe un autre lien entre eux. Elle aimerait lui parler de la rumeur qui court en ville sur leur prétendue liaison, mais après tout ce qu'il lui a dit, ce serait avouer une suspicion blessante. Elle juge préférable de se confier dans une lettre à Niceta. « Si tu as des doutes, lui répond celle-ci, hume la peau de ton mari, le parfum d'une femme reste longtemps sur le corps d'un amant, même après le bain. » Conseil simpliste qu'elle suit, mais sans rien déceler de suspect, alors qu'Agrippine se parfume d'une fragrance caractéristique, très capiteuse, à base de jasmin et de tubéreuse. Faustina, qu'elle met aussi dans la confidence, parvient à la rassurer, en lui rappelant que Sénèque est à un âge et dans un état de santé qui ne lui permettent sans doute pas de déployer son ardeur sur plusieurs couches à la fois. Elle ajoute un autre argument encore plus convaincant :

— Et puis je ne crois pas qu'Agrippine voie en Sénèque un partenaire idéal, que ce soit pour le plaisir ou dans tout autre domaine.

Pour ce qui est du plaisir, il est évident qu'à Rome nombreux sont les hommes jeunes, vigoureux, experts en l'art d'aimer et disponibles. Paulina finit par chasser ses doutes pour en revenir au rôle qu'elle se doit d'assumer, celui d'une épouse digne de sa condition qui doit veiller au bien-être de son mari, à la bonne tenue de sa maison, et le soutenir dans ses activités. Si elle n'est pas de taille à discuter avec lui de théories philosophiques, elle peut « éclairer son chemin », ainsi qu'il le lui a demandé. Elle aimerait être comme Livie, l'épouse du divin Auguste, avec laquelle elle se sent des affinités. À trente ans, alors qu'elle était la femme de Tiberius Néron qu'elle aimait et dont elle était enceinte, Livie avait été enlevée par le futur empereur. Traitée d'abord comme une servante, elle avait réussi à force de souplesse et d'habileté à prendre de l'ascendant sur le tout-puissant prince et à tisser un réseau d'influence féminin qui lui avait permis d'intervenir dans les affaires politiques, ce qu'elle fit avec un singulier doigté. C'est de cet exemple que Paulina veut s'inspirer afin de soustraire Sénèque aux rets d'Agrippine et à la machination dans laquelle il se trouve impliqué.

Pour l'heure, elle va figurer pour la première fois dans une cérémonie officielle en tant qu'épouse du clarissime.

L'île de Britannia a été conquise il y a peu, mais révoltes et conflits entre tribus s'y multiplient. Lors du neuvième soulèvement, à la fin de la campagne menée par le propréteur Publius Ostorius Scapula, Caratacus, le chef de la résistance, a été livré enchaîné aux Romains par la reine du peuple des Brigantes, Cartimandua, auprès de laquelle il s'était réfugié. Sa renommée est telle qu'une fois ramené à Rome avec ses frères, sa femme et sa fille, le prince décide de présenter au peuple celui qui a osé défier la puissance de Rome et l'a mise en échec durant presque une décennie.

Comme il ne s'agit pas d'un triomphe, la cérémonie doit se dérouler dans la plaine, devant le camp des prétoriens. Personne, ni à la cour, ni dans la Ville, ne veut manquer le spectacle. Agrippine a bien compris que le peuple de Rome ne trouvait plus guère d'occasions d'exprimer son orgueil, fondé sur la conquête du monde, en dehors du spectacle des arènes, succédané dérisoire et sauvage. Elle a vu dans la capture de Caratacus l'occasion de lier l'image de Néron à celle de la victoire. Tout ce qui compte dans l'*Urbs* doit donc y assister. Elle insiste en particulier pour que Sénèque, personnage emblématique du Sénat, et sa femme Paulina figurent dans l'entourage de son fils.

Le spectacle est grandiose. Les prétoriens sont alignés devant leur camp, toutes armes et enseignes scintillant au soleil. Sur une estrade, César trône en *toga picta*, la toge de pourpre brodée d'or. Derrière lui se tiennent, côte à côte, Néron et Britannicus. L'*Augusta* siège sur une autre estrade, face aux enseignes des cohortes prétoriennes, ce que la coutume interdit pourtant aux femmes. Au milieu de la foule des épouses de césariens – les proches du prince –, courtisans, sénateurs et autres dignitaires, Paulina est d'autant plus émue que le vaincu est un Celte.

Quoiqu'elle ne se sente aucune affinité avec les peuples de Britannia, elle ne peut s'empêcher de penser à sa tante Bubate qui revendique une lointaine parenté des ancêtres gaulois avec ces insulaires, et elle les imagine dans la même situation de vaincus. En pensant au Vieux de la Forêt et à ses croyances si pieusement préservées, elle est saisie de nostalgie et se souvient avec émotion des étés de son adolescence, des senteurs de foin et d'herbe sèche, des fugues espiègles avec Niceta, du temple dans la roche et de ses trois gardiennes… À peine écoute-t-elle les propos murmurés autour d'elle sur l'audace de l'*Augusta*, elle en oublierait même où elle se trouve, dans cette suite des maîtres de l'Empire, si les sonneries de trompes n'annonçaient le début de la cérémonie.

Ce n'est pas le rituel accompli par le vainqueur, enveloppé dans sa toge pourpre, qu'elle suit des yeux, mais l'arrivée des vaincus. Précédé de ceux qui ont combattu à ses côtés, des phalères romaines et du butin saisi, puis des membres de sa famille, accablés, Caratacus fait son apparition. La chevelure longue et blonde ébouriffée par la brise, il marche tête haute, le regard droit. Quand tous les siens ont formulé prières et suppliques à l'adresse de César, le Celte prend la parole d'une voix grave, assurée et sonore. Il ne prononce pas une parole pour implorer la pitié, mais rappelle que son passé, son illustre filiation, la puissance de ses ancêtres lui auraient permis en d'autres circonstances d'être reçu ici en ami pour conclure une alliance pacifique :

— J'avais des chevaux, des soldats, des armes, des richesses, je les ai perdus en combattant ! déclare-t-il. Si je m'étais soumis, ta gloire et mon infortune auraient été ensevelies dans un silence éternel, et mon supplice serait tombé dans l'oubli. Mais après avoir rendu ton nom fameux par ma défaite, si tu me conserves la vie, César, je serai à jamais un exemple de ta clémence et de ta générosité.

Un frémissement d'émotion parcourt la foule. Paulina essuie furtivement les larmes qui lui sont montées aux yeux. Tous les regards sont maintenant tournés vers le prince pour attendre sa réponse. La voix est trop faible et le vent disperse ses paroles, mais celles-ci sont partout répandues par ceux qui les ont perçues :

— César a accordé le pardon à Caratacus, à sa femme, à sa fille, à ses frères !... César pardonne !... Caratacus pourra vivre libre à Rome avec les siens !...

Le soulagement est général, car nul n'ignore la cruauté dont le prince peut être capable, et c'est dans une atmosphère recueillie que le chef celte et sa famille sont délivrés de leurs chaînes. Ils adressent aussitôt actions de grâces, vœux et éloges au prince, ainsi qu'à l'*Augusta* qui étend sa main vers Néron, comme pour détourner l'hommage vers lui.

De retour chez eux, Sénèque demande à Paulina ce qu'elle a pensé du spectacle.

— J'ai été bouleversée par Caratacus... et surprise de la clémence de César.

— Moi aussi. Je me réjouis parce qu'on pouvait s'attendre au pire. Et c'est en même temps une excellente leçon de clémence pour Néron.

Pourtant, les jours suivants, les dieux se manifestent par des prodiges inquiétants. Le ciel s'embrase et des astres en feu le traversent durant une journée entière et une nuit. Certains devins affirment que c'est l'annonce d'une ère nouvelle, d'un règne qui répandra une nappe de feu… Quelque temps plus tard, la terre se met à trembler à Rome et en plusieurs points de la péninsule, déclenchant la panique. Nombreuses sont les victimes et les maisons détruites. On invoque les dieux et on s'interroge sur leurs intentions.

— Les dieux n'y sont pour rien ! affirme Sénèque. J'ai étudié le phénomène. La cause est naturelle : ce sont les vents qui soufflent sous la terre dans d'immenses cavernes, ils y tourbillonnent et, en se rencontrant, ils en ébranlent les parois.

C'est ensuite la nuit qui survient en plein jour. Au lieu des familiers étourneaux et de leurs trajectoires joyeusement entrecroisées, une multitude de corbeaux survole la ville avant de se poser sur le Capitole et le temple de Jupiter. Et chacun d'interroger augures et devins. Est-ce un signe de Jupiter pour signifier que Rome vaincra tous ceux qui osent se révolter en Britannia, en Pannonie ou en Arménie ? Les charognards ne sont-ils pas envoyés pour nettoyer l'Empire de leurs dépouilles ?

— Mais non ! assure Sénèque, qui a été informé par Paulinus le Vieux d'une pénurie de grain. Les corbeaux sont simplement affamés.

Paulina se satisfait difficilement de cette explication.

— Tu ne me crois pas ! soupire Sénèque.

— Si, mais je reste inquiète et les présages m'effraient.

— Sais-tu à qui tu me fais penser ? À ces gens qui, revenus d'une longue et grave maladie, ressentent encore frissons et malaises. Alors que les symptômes de leur mal ont disparu, ils se tourmentent de maux imaginaires dont ils attribuent la responsabilité aux dieux. Ne t'enlise pas dans ces sables mouvants où ton âme ne trouvera que doute, mélancolie, langueur, angoisse. Pense plutôt que tout ce qui arrive – charognards, feu du ciel ou tremblement de terre – répond à l'ordre de l'univers. Pour en comprendre les règles, il faut commencer par étudier la nature. Il ne sert donc à rien d'interpréter des phénomènes selon sa propre imagination… Quant à nos actes, seule notre raison doit les dicter.

*

An 804 depuis la fondation de Rome (51 après J.-C.)

Depuis que le nom de Néron circule sur toutes les collines de Rome, les rumeurs vont bon train à propos de celui que certains voient déjà comme le futur César. On dit qu'il est né d'Apollon parce qu'au moment même de sa naissance, le soleil s'est levé sur la mer et l'a éclairé. On dit que l'astrologue Babillus aurait commenté ce prétendu prodige en déclarant que les dieux vouaient l'enfant à la souveraineté suprême et à être le meurtrier de sa mère. Et Agrippine aurait déclaré : « Peu m'importe qu'il me tue ! Pourvu qu'il règne ! » On répète une parole qu'aurait prononcée son père : « D'Agrippine et de moi ne peut naître qu'un être détestable et funeste au bien public. » On ironise sur le fait que l'*Augusta* aurait refusé de lui donner le nom de Claude parce que, à l'époque, celui-ci était la risée de tous. Quant à la rivalité inévitable qui oppose Néron à Britannicus, elle est ancienne. Lors des Jeux séculaires dédiés à Apollon et à Diane, alors que Britannicus avait six ans et Lucius dix, Agrippine avait voulu que son fils participe à la *Troia*, le défilé équestre traditionnel des jeunes patriciens. C'était tout à fait légitime puisqu'il était le petit-fils de Germanicus, et la foule l'avait ovationné en criant le nom de ce héros vénéré. Éclipsé, le malheureux Britannicus avait failli en tomber de cheval.

Messaline y avait vu un avertissement divin et envoyé des tueurs pour éliminer Lucius, mais au moment de l'étrangler, ils se seraient enfuis, épouvantés à la vue d'un serpent sorti de l'oreiller du garçon. Depuis, celui-ci porte un bracelet fait de la peau du reptile.

La première fois que Paulina a vu celui qu'on appelait encore Lucius, c'était dans un couloir du palais. Il lui est apparu comme un jeune garçon au visage joufflu, aux traits doux comme ceux d'une fille. Il avait une façon de pencher légèrement la tête de côté qui le rendait assez attendrissant. Mais sa timidité n'est qu'une apparence, contredite par un regard passant brusquement de la tristesse à une sorte de défi.

Un jour, il s'est approché d'elle et a humé la peau de son bras en s'écriant :

— Tu es Paulina, la femme de mon maître, n'est-ce pas ? J'aime ton parfum !

Puis il lui a brusquement tourné le dos et a disparu, suivi des esclaves affectés à sa garde. Paulina a aussitôt raconté la scène à son frère qui en a ri :

— Il a toutes les audaces ! Je le croise souvent dans le palais ou sous un portique en train de déclamer des vers de l'*Iliade* d'une voix nasillarde. Je l'ai vu hurler contre un esclave qui ne lui avait pas apporté assez vite de l'eau pour ses poissons, mais aussi rire avec d'autres, et même lutiner les femmes. Les courtisans de sa mère s'en amusent et affirment que c'est de l'espièglerie.

— Que disent de Néron les partisans de Britannicus... s'il en reste ?

— Du mal, bien sûr ! Ils rappellent qu'il porte le poids d'une lourde ascendance paternelle : « Bouche de fer et cœur de plomb » était le surnom d'un de ses aïeux. Son grand-père, qui a connu les honneurs du triomphe après la guerre de Germanie, forçait les magistrats à se ranger sur son passage ; consul, il a obligé des chevaliers et des matrones à jouer des pantomimes sur scène, et organisé des combats de bêtes et de gladiateurs si sauvages qu'Auguste lui en a fait remontrance. Le père de Néron a été pire. Il a tué son affranchi qui avait refusé de boire autant de vin qu'il le lui avait ordonné, il a écrasé un enfant sur la voie Appienne sous les sabots de ses chevaux, et arraché un œil à un chevalier romain qui osait le contredire en plein Forum. Sa mauvaise foi se doublait de malhonnêteté, il conservait, par exemple, les récompenses dues aux vainqueurs des courses de chars ! Et pour finir, il a été accusé de lèse-majesté, d'adultère et d'inceste avec sa sœur Lepida.

Étourdie par ce florilège nauséabond, Paulina s'empresse de répéter à Sénèque la réflexion de son élève :

— C'est tout Néron ! À la fois timide et provocateur, sensuel et pudique.

— Il ne ressemble guère à sa mère. Avec ces cheveux d'un blond roux, on dirait un Germain, un Batave ou un Gaulois.

Sénèque lui répond avec un sourire.

— Qu'es-tu en train d'insinuer ? Dans la famille Ahenobarbus, il n'est pas le seul. Voici l'explication qu'on en donne : deux jeunes gens à la figure céleste sont un jour apparus à l'arrière-grand-père de Néron et lui ont ordonné d'annoncer au Sénat et au peuple une victoire. Mais comme celle-ci était encore incertaine, il leur a fallu prouver leur divinité. Par une caresse, ils ont donné à sa barbe et à ses cheveux la couleur du cuivre…

— L'histoire est poétique, mais ne diminue pas le poids de la terrible hérédité de Lucius.

— Heureusement, Néron est aussi le petit-fils de Germanicus… Il lui ressemble d'ailleurs, c'est ce qui m'a frappé quand je l'ai vu la première fois. J'en ai été impressionné. Le garçon mérite également nos efforts pour des raisons que tu peux comprendre, toi qui connais le poids de la souffrance : Lucius n'avait que trois ans quand il a perdu son père. Il a été ensuite ballotté dans les remous familiaux. Caius Caligula lui ayant pris tous ses biens et exilé sa mère, il a vécu enfant chez sa tante Domitia Lepida. Et nul n'ignore que les deux femmes se haïssent.

— Tu as de l'affection pour lui, n'est-ce pas ?

— Je le reconnais, mais cela ne m'aveugle pas. Il n'est pas parfait et il faut rattraper les retards et les manques d'une éducation désordonnée. Chez sa tante Lepida, il a eu pour premiers maîtres deux affranchis, un barbier et un danseur. Celui-ci lui a donné le goût du théâtre et de la musique. Néron ne rêve que de savoir chanter.

— Cela ne doit pas plaire à Agrippine.

— Je l'ai rassurée en affirmant qu'elle pouvait compter sur moi pour combattre les éventuels mauvais instincts qui pourraient se manifester chez lui, et que ce goût-là n'en était pas un. Néron a d'ailleurs des qualités qui peuvent lui permettre de les maîtriser, sinon de les contrebalancer… De toute façon, je reste vigilant. Alors, es-tu rassurée sur le bien-fondé de ma tâche ?

Paulina acquiesce sans grande conviction. Elle pense que Sénèque se veut plus optimiste qu'il ne l'est vraiment, mais elle se garde de lui révéler sa pensée. L'enjeu est trop considérable pour qu'elle se permette de jeter le moindre trouble dans la détermination du précepteur.

Si l'atmosphère au palais semble vouée au rayonnement majestueux de l'*Augusta*, les frictions entre le clan de Britannicus et celui de Néron ne tardent pas à se multiplier. Bien que ses apparitions au palais soient peu fréquentes, Paulina est témoin d'un incident : lors d'une réception, Britannicus, garçon pourtant timide, interpelle Néron du nom de Domitius, comme s'il ignorait son adoption. Toutes les personnes présentes se regardent, interloquées. Le plus étonnant est le sang-froid du fils d'Agrippine. Son visage se crispe mais il s'abstient de répliquer. Lorsque Paulina rapporte la scène à Sénèque en le félicitant d'avoir su inculquer à son élève une telle maîtrise de soi, il hoche la tête :

— Il ne faut pas s'y fier. Sous ses airs d'artiste, Néron a un caractère vindicatif. Une riposte de sa part est à craindre.

La riposte viendra d'Agrippine. En présence de Sénèque qu'elle prend à témoin, elle interpelle le prince qui sort d'une séance à la Curie :

— Ton fils, le fils de Messaline, entretient au palais une atmosphère de discorde intolérable. Si tu n'y mets pas bon ordre, un conflit est inévitable.

— Calme-toi, bredouille Claude.

Agrippine élève encore plus la voix :

— Me calmer ? Voudrais-tu une guerre civile ?

— Britannicus est jeune, il n'a pas voulu froisser Néron.

— Le coupable, poursuit Agrippine avec la même véhémence, est Sosibius ! Je suis sûre qu'il prépare un complot !

« Complot », le mot fait bondir le prince, qu'obsède la crainte récurrente des conjurations. Sosibius, le précepteur de Britannicus, faisait partie de l'entourage de Messaline dont il passait d'ailleurs pour être l'âme damnée. En prononçant son nom, Agrippine vient de faire surgir le spectre d'une vengeance du clan de cette dernière.

— Calme-toi ! répète Claude d'une voix frémissante d'émotion, je vais faire le nécessaire.

Le « nécessaire » sera l'exécution du coupable présumé. Quant au nouveau précepteur de Britannicus, c'est Pallas qui doit le désigner, autant dire que le choix en revient à Agrippine.

— Pauvre Britannicus ! Il est plus que jamais seul dans la nasse, remarque Paulina.

Et regardant Sénèque dans les yeux, elle ajoute :

— Toi aussi d'ailleurs.

— Que dis-tu ? réplique-t-il vivement, je ne suis pris dans aucune nasse. J'ai ma liberté et je sais ce que je fais.

— Ne te mets pas en colère. Tu as écrit toi-même que c'était la pire des maladies.

Il reste un moment silencieux avant de dire :

— Tu as raison de me parler aussi franchement…

Sénèque rentre un jour très soucieux et confie à Paulina :

— Néron a osé déclarer au prince que le comportement agressif de Britannicus ne pouvait surprendre puisqu'il n'était pas son fils, mais celui d'un des nombreux amants de Messaline.

— Qu'a répondu le prince ?

— Il est devenu fou de rage et a voulu frapper Néron, mais il a vacillé sur ses jambes et s'est écroulé. Agrippine a su le calmer.

— A-t-il puni Néron ?

— Non, mais moi, je l'ai réprimandé. Il m'a répondu que Britannicus cherchait toujours à le rabaisser et qu'il ne pouvait le supporter. Je lui ai expliqué que répliquer de la sorte n'était pas digne d'un prince et qu'il lui fallait au contraire montrer de la magnanimité…

Sénèque semble vouloir ajouter quelque chose, mais préfère se taire et se retire dans son cabinet.

L'ascension d'Agrippine et de son fils ne saurait être retardée par ces incidents qui ne sont qu'écume à la surface de l'irrésistible courant qui les pousse vers le pouvoir, noyant au passage quelques règles bien établies. Ainsi Néron prend-il la toge virile alors qu'il n'a pas encore quinze ans, l'âge requis pour cette entrée dans le monde des adultes. À l'issue de la cérémonie qui se déroule au Forum, il distribue vivres au peuple et argent aux soldats. Il porte le bouclier lors de la revue des gardes prétoriennes et rend des actions de grâces à son père devant un Sénat attendri.

Sénèque déplore cette précipitation :

— J'avais pourtant répété à Agrippine que cette hâte était inutile... Autant cracher dans le Tibre !

Paulina ne dit mot, sentant bien qu'il enrage de son impuissance à peser sur les décisions de l'*Augusta* et à influer sur un Sénat devenu le jouet de celle-ci. Dans une nouvelle courbette, les Pères demandent au prince que Néron puisse être nommé consul à vingt ans et qu'en attendant il reçoive le titre de consul désigné (il serait ainsi investi hors de la Ville d'un véritable pouvoir militaire, l'*imperium* proconsulaire). À ce titre, il doit entrer pour la première fois au Sénat et y prononcer un discours.

La veille, Agrippine fait irruption chez Sénèque :

— Tu le lui prépares... Et pèse bien les mots !

— Pourquoi ? Aurais-je l'habitude de ne pas le faire ?

— Ce qui importe...

— Je sais ce qui importe : rassurer les Pères tout en affirmant l'autorité de ton fils.

— J'aime pouvoir compter sur toi.

C'est d'une voix sans ampleur, plutôt aiguë mais assez claire, que Néron prononce le discours concocté par son maître. Les termes en ont été savamment mesurés, gorgés de respect envers la vénérable Assemblée, comme il sied à un jeune prince appelé à de futures responsabilités. « On sent bien la patte de Sénèque », murmure-t-on dans les travées de la Curie, où nul n'ignore son talent d'orateur, indispensable à Rome pour s'imposer sur le terrain politique. Sénèque aime à dire que l'éloquence permet d'assumer la liberté de ses opinions.

Agrippine ne cache pas qu'elle a apprécié le texte du discours. Son but est atteint : montrer à tous que Néron est désormais capable de gérer les affaires de l'État et qu'il est le digne petit-fils de Germanicus. Elle poursuit l'ouvrage en lui faisant décerner le titre de « Prince de la jeunesse » qu'Auguste avait donné à ses deux petits-enfants, Caius et Lucius Caesar. Bientôt Rome pourra voir Néron en représentation publique au côté de César, et en effigie sur les pièces de monnaie.

Cette ascension entraîne *a contrario* un effacement progressif du malheureux Britannicus. Ainsi, lors de jeux donnés par son frère d'adoption, il apparaît en toge prétexte, celle de l'enfance, alors que le « Prince de la jeunesse » est revêtu de la toge pourpre du triomphe. C'en est sans doute trop pour le peuple, à en croire Paulinus le Jeune :

— C'était le soleil et la lune. Une partie était éblouie par l'éclat du premier, l'autre s'apitoyait sur le sort du second. Beaucoup étaient choqués du comportement du prince qui sacrifie ainsi son propre fils.

Paulina, cette fois, se garde du moindre commentaire. Persuadée que les mots sont désormais inutiles, elle se résigne à ne plus tenter de lutter contre ce piège dans lequel elle pense que Sénèque est tombé.

Très consciente que les apparences, les titres et les mots sont fragiles, l'*Augusta* estime que seule compte la maîtrise des hommes et des moyens susceptibles de peser dans les rapports de force. Avec l'aide efficace de Pallas, elle isole Britannicus, dont les alliés et les partisans sont envoyés en exil ou dans de lointaines provinces, quand ils ne sont pas victimes d'accidents. Il y en a un surtout dont elle aimerait se débarrasser mais elle ne trouve aucun prétexte, parce que l'habile Narcisse, chargé de la correspondance impériale, se garde de soutenir Britannicus.

— Évidemment, si le fils de Messaline est appelé un jour à régner, Narcisse qui a organisé l'assassinat de sa mère pourrait craindre sa vengeance, commente le Jeune, en ajoutant : Il ne perd rien pour attendre.

L'*Augusta* ne se contente pas de faire disparaître ennemis réels ou potentiels. Deux hommes lui semblent dangereux en cas de conflit, Rufrius Crispinus et Lucius Geta, les deux préfets du prétoire que l'on sait fidèles à la mémoire de Messaline et sans doute à Britannicus. Saisissant le prétexte de leur mésentente, elle les fait destituer par le prince et remplacer par un ancien procurateur, Afranius Burrus, qui s'est brillamment distingué en Thrace, où il a perdu une main au combat.

— C'est moi qui l'ai recommandé, révèle Sénèque à Paulina.

— Au prince ou à l'*Augusta* ?

— Tu devines bien que c'est à Agrippine.

— Ah ! Elle t'écoute encore ?

Sénèque réprime un geste d'agacement :

— Elle sait parfois reconnaître les conseils avisés. Elle a même confié à Burrus l'instruction militaire de Néron. C'est un homme intelligent et d'une parfaite droiture. Il est originaire de Vasio Vocontiorum[1], en Gaule cisalpine. Avec lui, je n'aurai pas à craindre de coup d'épée dans le dos.

— Qui pourrait en donner l'ordre, sinon Agrippine ?

Sénèque lance à sa femme un regard étonnamment dur :

— Écoute, Paulina, il ne te sert à rien de t'obstiner à la dénigrer.

— Jusqu'à présent, mon intuition ne m'a pas trompée.

— Me fais-tu confiance ou non ?

1. Vaison-la-Romaine.

— Absolument !

— Alors tu dois comprendre qu'il est difficile de naviguer dans des eaux aussi troubles. Je tiens la barre et je sais ce que je fais. Mais j'ai besoin de m'appuyer sur toi et sur des personnes sûres, comme Burrus et ton père.

— Je le comprends parfaitement... Je ne dirai plus rien.

— Je sais aussi aider mes amis. Je viens d'obtenir du prince que les compétences du préfet de l'annone soient étendues aux distributions mensuelles gratuites de blé. Ton père y tenait beaucoup. En cas de menace de pénurie de grain, il faut à tout prix éviter qu'il soit distribué à tort et à travers. Je sais que cela va susciter des remous chez les Pères, car cette responsabilité étant retirée aux anciens préteurs, l'ordre sénatorial en sera privé. Peu importe !

— Je suis heureuse de ce que tu m'apprends.

— Pourquoi ? Ne l'étais-tu pas avant ?

— Je croyais que tu t'étais résigné à ne plus intervenir dans ce type d'affaires.

— Nous nous sommes expliqués là-dessus. Ne t'inquiète pas Je sais distinguer le bon grain de l'ivraie...

Un jour d'hiver, Sénèque, se souvenant de leur première rencontre, lui demande :

— Tu n'as pas lu grand-chose de moi ?

— Tes *Consolations*, je les ai achetées chez les frères Sosion.

— J'ai deux autres textes en cours, l'un est dédié à ton père, l'autre à un ami stoïcien, Aennius Serenus, mais je compte faire une lecture des tragédies que j'ai écrites en Corsica. J'aimerais que tu les lises.

Paulina ouvre le premier rouleau. *Agamemnon*. Dès les premiers mots, elle est saisie par la violence qui s'en dégage : « *Échappé des profondeurs du Tartare, j'ai*

quitté le sombre empire du Jupiter souterrain, pour mon-
ter sur la terre, moi Thyeste... Mon âme est saisie d'hor-
reur, et l'effroi glace tous mes membres... »

Elle plonge aussitôt dans l'atmosphère ténébreuse de
cette histoire de vengeance et de meurtres, l'ombre de
Thyeste poussant son fils Egisthe à séduire Clytemnestre
et à tuer Agamemnon, le vainqueur de Troie.

« *Ô Fortune ! Divinité funeste aux rois soumis à tes*
caprices, clame le chœur des femmes d'Argos, *tu places*
la grandeur souveraine sur une pente rapide au-dessus
d'un abîme. Le sceptre ne laisse aucun repos à ceux qui
le portent, ils ne sont jamais assurés d'un seul jour... »

Lorsque Sénèque lui demande son avis, Paulina
répond spontanément :

— C'est curieux, dans le meurtre d'Agamemnon
commis avec la complicité de sa femme, j'ai vu la prédiction de ce qui pourrait arriver au prince.

Sénèque esquisse une moue mais ne dit mot.

— Ai-je vu juste ? demande-t-elle.

— J'éprouve des difficultés à te répondre. Chacun
peut avoir sa lecture propre... toi par exemple, comment
perçois-tu le personnage de Clytemnestre ?

— Je trouve terrible qu'elle sacrifie tout, vertu, honneur, fidélité conjugale à une passion qui l'entraîne dans
le mal, cela me révulse, tout en...

Elle s'interrompt, comme pour chercher ses mots :

— ... tout en me troublant, surtout lorsque Electre se
demande s'il y a un supplice plus cruel que la mort et
qu'Egisthe répond : « La vie pour celui qui décide de
mourir. »

Sénèque lui tend un autre rouleau. En lisant le titre,
Paulina a un mouvement de recul : *Médée.* Son maître
Pelops lui avait fait lire la tragédie d'Euripide et elle
craint de ne pouvoir supporter cette histoire de femme
qui se venge de la trahison de son amant en tuant leurs
enfants.

— Tu tiens vraiment à ce que je la lise ?

— J'aimerais, mais si tu ne le veux pas...

Elle hésite et prend le rouleau. Cette fois, elle ne s'y plonge qu'avec réticence, mais dès le début elle ne peut résister à l'émotion qui se dégage du long monologue de Médée, sorte d'incantation pathétique :

« ... *S'il te reste quelque chose de ta vigueur première, bannis toute crainte de femme, et revêts-toi de toutes les fureurs du Caucase... Je roule dans mon esprit des projets affreux, inouïs, abominables, qui doivent épouvanter à la fois le ciel et la terre... Venez, déesses qui punissez les crimes, venez avec votre chevelure de serpents en désordre, et des torches funèbres dans vos mains sanglantes, venez telles que vous parûtes autrefois à mes noces... Ma patrie, mon père, mon frère, ma pudeur, je t'ai tout sacrifié : ce fut ma dot...* »

Et cette affirmation, tel un défi lancé aux hommes et aux dieux : « *Maintenant, je suis Médée !* »

Paulina émerge de sa lecture si bouleversée que Sénèque croit en deviner la raison :

— Je suppose que tu n'as pas supporté ce meurtre d'enfants commis par leur mère.

— Odieux, oui ! Mais il y a heureusement cette étrange prédiction : « ... Un âge nouveau viendra où l'Océan relâchera son emprise sur le monde, et un vaste pays s'offrira au regard, et révélera un monde nouveau, et ne sera plus le dernier pays sur terre ! »

— Comment l'interprètes-tu ?

— Comme un espoir pour ceux qui ont survécu à un terrible malheur... Quelle pièce comptes-tu lire en public ?

— *Agamemnon.*

— Pourquoi ?

— Parce que traiter du rapport entre la passion et le pouvoir correspond, je crois, aux temps que nous vivons.

Paulina réfléchit avant d'ajouter :

— Pourquoi as-tu peint la passion poussée jusqu'à la monstruosité ?

— Lorsqu'on explore une terre, se borner à la parcourir ne suffit pas, il faut aller au-delà. On doit être à la fois le renard et la taupe mais aussi l'oiseau qui la survole, sinon comment comprendre les excès d'un Caius Caligula, et tous les crimes des tyrans qui dépassent l'entendement ? Comment comprendre aussi l'âme d'un Claude dans ce qu'elle a de plus obscur ?

— Ne risques-tu pas de t'y perdre toi-même ?

— Non. J'ai appris dans l'île de Corsica à me protéger de la folie.

V

La fin d'un empereur

An 805 depuis la fondation de Rome (52 après J.-C.)

Paulinus l'Ancien, dînant un soir chez Sénèque et sa fille, déplore la reprise des révoltes en Britannia, car elle compromet ses projets d'investissement et les créances que son gendre y a consenties sur son conseil.

— Ne pourrais-tu pas en toucher un mot à l'*Augusta*, afin que César y envoie des renforts ? lui suggère-t-il.

— Je me refuse à la mêler à mes affaires. Je suis d'ailleurs convaincu que le prince prendra de lui-même des mesures. Il considère la Britannia comme sa conquête et ne laissera pas se gâter la situation.

— Je n'en suis pas si sûr.

Paulina, qui a écouté, se réjouit du refus de Sénèque. Voilà au moins un sujet qui échappera à la mainmise d'Agrippine. Quant au rétablissement de l'ordre romain en Britannia, elle a tendance à croire que le prince va le négliger, à en juger par son comportement. Le Palatin ne cesse de résonner des échos des festins qu'il y donne. Il ne semble guère se soucier des conflits lointains, comme le sort de l'Arménie où les Parthes menacent l'influence de Rome, sinon pour se vanter au Sénat d'avoir obtenu la soumission de ces derniers et d'être ainsi l'égal du divin Auguste. Toujours pour égaler les règnes les plus glorieux il a agrandi le *pomerium*, l'enceinte sacrée de Rome. Il applique ainsi une antique coutume déjà suivie par Sylla et César, selon laquelle ceux qui ont agrandi l'Empire ont le pouvoir d'étendre les limites de la Ville.

Avec l'âge, ses travers, notamment sa méfiance maladive, s'aggravent. Pour avoir consulté des mages chaldéens sur la date éventuelle de sa mort, Furius Scribonanius est banni et les astrologues expulsés de la péninsule italienne. Hostile aux religions étrangères lorsqu'elles influent sur les affaires politiques, il lance la chasse aux druides dont l'activité était déjà interdite. En revanche, les Juifs échappent à sa vindicte, malgré les remous et les divisions internes provoqués par une secte qui prend de l'essor depuis la crucifixion en Judée de son fondateur, un certain Christos.

C'est à propos d'un disciple de ce dernier que les relations entre Sénèque et Pallas se crispent. Fort de la confiance de l'*Augusta*, l'affranchi se permet publiquement, devant Sénèque, d'accuser le frère de ce dernier, le proconsul d'Achaïe Marcus Annaeus Novatus – Gallion (du nom de son père adoptif) – de clémence regrettable à l'égard de Saül de Tarse. Ce fidèle de Christos, ardent propagandiste de la secte, avait été traîné devant le proconsul par les Juifs de Corinthe qui lui reprochaient d'inciter leurs coreligionnaires à prier Dieu d'une manière contraire à la « Loi ».

Sénèque, qui a beaucoup d'affection pour son frère – surnommé par ses nombreux amis « le doux Gallion » et respecté de tous –, interpelle Pallas :

— Comment oses-tu accuser un représentant de César d'être clément ? Connais-tu au moins la valeur des mots que tu prononces ?

Pallas, d'abord décontenancé, tente de le prendre de haut :

— La clémence est souvent une faiblesse. Ton frère a refusé de condamner Saül sous prétexte que cet individu est citoyen romain et qu'il faut le juger ici, à Rome.

— N'est-ce pas conforme à la loi ?

— Pourquoi faire venir ici ce Juif ? Il va faire du prosélytisme, mettre du désordre dans la Ville.

— Il en fera chez ses coreligionnaires. En quoi Rome serait-elle touchée ?

— Ces gens-là sont dangereux. Ils se battent entre eux, comme les Samaritains et les Galiléens. Ils se pillent, s'affrontent entre bandes armées. Mon frère Felix, qui est procurateur de Judée, les connaît bien. Il a dû arrêter des violences.

— Il a tout de même fallu que Quadratus, le gouverneur de Syrie, intervienne pour ramener l'ordre…

Sénèque est sur le point de rappeler que Felix s'est enrichi de façon scandaleuse, mais il juge bon de ne pas poursuivre la discussion et se borne à tourner le dos à Pallas.

Lorsque le Jeune, qui a assisté à l'altercation, la rapporte à sa sœur, celle-ci se félicite que Sénèque ait cloué le bec à l'affranchi dont l'outrecuidance est sans limites depuis qu'Agrippine est l'épouse du prince. Mais celle-ci n'aime pas les dissensions au sein de ce qu'elle considère comme sa clientèle. Elle convoque Sénèque et lui en fait le reproche :

— Tu en veux à Pallas parce qu'il a osé critiquer ton frère ?

— Gallion est l'un des hommes les plus intègres de l'Empire et Pallas ne se domine plus. Il est vrai que la sagesse ne peut s'emprunter ni s'acheter. Elle serait d'ailleurs à vendre qu'aujourd'hui personne ne l'achèterait. En revanche, la folie et la vanité trouvent tous les jours des acquéreurs, surtout si elles sont offertes sur un plateau.

— Qu'entends-tu par là ?

— Tu as très bien compris… Parce qu'il vit dans ton sillage, il s'imagine en haut de la vague.

— C'est vrai, reconnaît Agrippine en riant, mais je n'aime pas que mes plus vieux amis se déchirent. Surtout au moment où je m'approche du but.

— Je connais ton but, bien sûr, mais pourquoi en serais-tu si proche ?

— César se ruine la santé en festins. Il mange et boit trop. Il a déjà eu plusieurs malaises. Alors…

Sénèque regarde Agrippine dans les yeux :

— J'espère qu'il n'y a personne autour de lui qui songe à aider le destin.

— Que vas-tu chercher là ? Nous ne sommes pas dans une de tes tragédies ! À propos, ne dois-tu pas en donner lecture ?

— Si, bientôt.

— Attends un peu. Le prince compte inaugurer le nouvel ouvrage sur le lac Fucin. Il en est très fier et il tient à ce que tout le monde puisse l'admirer et le féliciter. Il y aura une gigantesque naumachie. Il faut que tu y accompagnes Néron. Que ta femme vienne aussi, avec les dames de la cour.

À l'est de Rome, le lac Fucin constitue une belle réserve d'eau utile pour l'exploitation des terres alentour, mais une baisse de son niveau était nécessaire afin de gagner des terres cultivables et éviter des débordements entraînant de terribles inondations. Jules César en son temps avait songé à aménager des canalisations, mais rien n'avait été fait jusqu'à Claude qui a repris le projet et fait construire un canal entre le lac Fucin et la rivière Liris. Les travaux ont entraîné des frais considérables et l'emploi d'une main-d'œuvre de trente mille hommes. Ils ont duré onze ans, mais pour Claude, c'était une question de prestige, au même titre que l'agrandissement du port d'Ostia et la construction de l'aqueduc de Rome,

337

l'Anio Novus. L'achèvement du chantier ne pouvait se conclure que par un spectacle étonnant : une naumachie, la reconstitution d'un combat naval en grandeur nature et affrontement réel. Jules César et Auguste en avaient organisé une, mais sur des bassins creusés au bord du Tibre. Rien de comparable cette fois : elle aura lieu sur le vaste lac dont les rives et les collines environnantes pourront accueillir une immense foule.

Paulina, dont la timidité et la modestie n'ont pas diminué en trois ans de vie à Rome dont deux au cœur du Palatin, n'a cette fois manifesté aucune réticence à figurer en public parmi les épouses de clarissimes. Elle ne se défend plus d'en ressentir une certaine fierté, mais sa réserve naturelle lui permet de la masquer. De toute façon, Sénèque lui a représenté l'importance de l'événement :

— Le prince a de multiples défauts, mais on ne peut lui enlever une qualité : la réalisation de travaux utiles au peuple, d'une ampleur telle qu'ils ont fait reculer même les plus grands empereurs. Nous devons le soutenir dans cet œuvre remarquable.

Connaissant la répugnance de sa femme pour la violence, il a ajouté :

— Tu ne verras les combats qu'à distance.

Un nombre impressionnant de gardes protège en effet les spectateurs des combattants, et l'estrade qui accueille les épouses de sénateurs est placée assez loin du lac. Paulina y est entourée de matrones qui lui prodiguent maintes paroles aimables sur sa toilette et son mari, précepteur de celui que tant de Romains voient déjà en César.

Comme toujours, dès que les trompes et les cymbales annoncent l'arrivée de l'empereur, la ferveur s'empare de la foule. Il apparaît, vêtu du *paludamentum* pourpre de chef de guerre, accompagné de l'*Augusta* en *stola*

338

dorée, et suivi par Néron et Britannicus côte à côte. Une immense clameur s'élève, expression spontanée de l'attachement du peuple pour son prince. Claude ne manque pas de majesté lorsque les milliers de combattants, les *naumachiarii*, défilent devant lui. Presque tous sont des prisonniers condamnés à mort à qui on a promis la vie sauve s'ils survivent au combat ou à la noyade. Les autres sont des volontaires, parmi lesquels des chevaliers en mal d'activité guerrière. Armes brandies, tous le saluent d'un retentissant « *Ave Caesar !* » mais, venant des rangs des prisonniers voués au sacrifice, fuse un autre cri jusqu'alors jamais entendu : « *Ave Caesar, morituri te salutant !* » – « Salut César, ceux qui vont mourir te saluent ! »

L'empereur leur répond seulement :

— *Aut non !* – Ou non !

Ceux parmi la foule qui ont entendu se regardent sans comprendre. Quant aux combattants, ils sont stupéfaits. Interprétant ces deux mots comme une grâce, ils rengainent leurs armes et regagnent leurs cantonnements dans un invraisemblable désordre.

Le public, désorienté, ne sait si cette retraite a été ordonnée par l'empereur, ou si c'est un refus d'obéir qui entraînera une intervention violente de la garde prétorienne. Claude se rend compte que la célébration va tourner au désastre. Il décide de rétablir l'ordre et descend du *pulvinar* pour aller, de son pas chancelant, rameuter la troupe des *naumachiarii*. Alors qu'il passe devant le public, il est ovationné. Aux combattants, surpris de le voir au milieu d'eux sans protection, il déclare qu'il leur accordera récompenses et grâce lorsque le combat sera achevé, en aucun cas avant. Il le dit d'une façon si familière, comme s'il s'adressait à chacun d'eux, que tous reprennent leurs armes et leurs rangs, et s'en vont embarquer sur les navires. La naumachie peut enfin débuter.

Au signal donné par le prince, un triton argenté émerge du milieu du lac. Le spectacle ayant pour thème une bataille entre Siciliens et Rhodaniens, douze galères des premiers se précipitent à toutes rames contre douze galères des seconds. Après quelques manœuvres pour s'éviter, se contourner et trouver le meilleur angle d'attaque, le combat commence. Trirèmes et quadrirèmes s'éperonnent, les chocs sont violents, les coques craquent ou se brisent, les hommes se lancent à l'abordage en vociférant. Le corps à corps est intense, sanglant, sans merci, accompagné de hurlements féroces et de gémissements. Imposant et épouvantable spectacle que Paulina, écœurée, se refuse à observer davantage, tandis que le public, partagé, lance encouragements ou insultes. C'est alors que les trompes résonnent pour arrêter le massacre et imposer le silence. Tous les regards se tournent vers l'empereur, attendant son verdict.

— Ces hommes sont des criminels, déclare-t-il, mais ils ont combattu avec une vaillance digne des plus valeureux de nos guerriers. J'annule toutes les condamnations à mort.

Une clameur unanime accueille la clémence de César. Le moment est venu d'ouvrir solennellement le canal. Les flots jaillissent, mais si fort qu'ils déferlent sur les rives et emportent tout sur leur passage : radeaux, carcasses des navires, cadavres des combattants. Cette fois, la panique est générale. Paulina, heureusement placée sur une berge un peu haute, parvient à s'enfuir vers la colline la plus proche, où la rejoint Sénèque. Le prince, l'*Augusta* et leur entourage, restés sur leur tribune surélevée mais entourée d'eau, contemplent, impuissants, le spectacle.

— Il y a une malfaçon, et sans doute des malversations : ceux qui les ont commises vont le payer cher, dit Sénèque qui regagne avec Paulina leur litière laissée à quelque distance de là.

La réaction du prince ne se fait pas attendre. Il ne décolère pas et cherche les responsables. Il y en a un surtout, sur lequel Agrippine va s'acharner : Narcisse. L'homme qui avait osé proposer sa rivale Aelia Paetina en mariage à Claude a été le *minister operis*, la personne en charge de l'ouvrage. Malgré ses dénégations, il apparaît que des travaux indispensables n'ont pas été exécutés, que le lit du lac n'a pas été suffisamment creusé, que des sommes importantes ont été détournées à la faveur de participations financières demandées à des particuliers. Il est cependant difficile d'abattre un homme comme Narcisse et, en dépit des preuves accumulées contre lui, César se refuse à le faire condamner.

— Évidemment ! commente Paulinus le Jeune. Il existe entre eux un lien très fort, le cadavre de Messaline.

— Il y avait longtemps qu'Agrippine n'avait pas subi un échec, constate Sénèque, cela pourrait la faire réfléchir.

— Elle a planté trop profondément ses griffes sur César pour les retirer. Elle n'est pas femme à lâcher sa proie. Elle ira jusqu'au bout, lui répond Paulina.

Sénèque se contente d'acquiescer en silence.

*

An 806 depuis la fondation de Rome (53 après J.-C.)

Avant d'aller « au bout » de son ambition, Agrippine s'emploie à renforcer son ouvrage par le mariage de Néron et d'Octavie, qui vient d'atteindre l'âge de la nubilité. La noce est célébrée en grande pompe, agrémentée de jeux du cirque et de nouvelles distributions de vivres au peuple et d'argent aux prétoriens. Pariant sur l'avenir, beaucoup se répandent en louanges sur

Néron dont on dit qu'il s'exerce en privé à conduire un char et passe ses nuits à chanter de sa voix grêle.

Il est de nouveau demandé à Sénèque d'écrire les discours que prononce le jeune marié devant le Sénat, pour défendre les intérêts de diverses communautés. Nul n'ignore plus l'omnipotence de l'*Augusta*. Ainsi fait-elle accuser de concussion et de superstitions l'ancien gouverneur et proconsul de l'Afrique, Statilius Taurus, parce qu'elle convoite ses jardins. Le malheureux ne résiste pas à l'humiliation et se suicide. Quand le délateur qu'elle avait recruté pour l'occasion est expulsé du Sénat, elle ne fait pas un geste pour le défendre.

Ce comportement, qui donne une fois de plus raison à Paulina, a de quoi inquiéter l'Ancien lorsque Agrippine le convoque pour lui demander de commettre un mensonge public : annoncer une disette de grain alors que l'annone en a encore en réserve.

— C'est impossible, *Augusta*, cela se saura et le peuple réagira. Je risque gros…

— N'aie crainte, c'est moi qui te l'ordonne, Paulinus, et je le fais pour une raison importante.

Mal en prendrait au préfet de l'annone s'il s'obstinait à refuser. Il se résigne donc à déclarer publiquement qu'il ne reste dans les entrepôts que quelques jours de vivres et que les distributions devront donc cesser. Ainsi qu'il le prévoyait, la réaction populaire est violente.

Paulinus est en train d'échanger avec sa fille quelques nouvelles en provenance d'Arelate, lorsqu'un employé survient, affolé, pour annoncer qu'une foule furieuse assiège les bureaux de l'annone. L'Ancien ordonne à un esclave d'alerter le préfet de la ville mais déjà des clameurs parviennent de l'extérieur. Une centaine d'hommes et de femmes hurlant injures et menaces tentent de pénétrer dans le jardin, et la douzaine de gardes, aidés des *lecticarii* et des esclaves de l'Ancien, peinent à les contenir. Paulina est aussi bouleversée qu'effrayée mais, voyant son père désemparé, elle propose d'aller elle-même alerter le préfet du prétoire Afranius Burrus, un ami de Sénèque.

— Non ! Tu vas te faire écharper !

Têtue, Paulina demande à Rubellina s'il n'y a pas une issue dérobée et, comme celle-ci fait un signe de tête affirmatif, elle ordonne à deux *lecticarii* de préparer une *sella gestatoria*. L'intendante la conduit au verger et lui ouvre une petite porte dissimulée derrière une haie de buis. Elle grimpe dans la chaise à porteurs que les deux Bithyniens emportent au pas de course vers le camp des prétoriens.

Pendant ce temps, l'Ancien, qui s'est ressaisi, fait front. Il va à la rencontre des furibonds et tente de les calmer en invoquant une tempête qui empêche l'arrivée des navires d'Égypte et d'Afrique. Il promet que les distributions gratuites reprendront aussitôt que possible. Les émeutiers, qui sont maintenant plusieurs centaines, le huent et certains appellent à lancer l'assaut. Devant l'air déterminé des gardes et des esclaves du préfet, la plupart hésitent. Cela suffit pour qu'une troupe de prétoriens dépêchée par Afranius Burrus ait le temps de survenir et de les disperser.

Ils se dirigent alors vers le Forum où le prince est en train de rendre la justice, l'un de ses péchés mignons étant de faire fonction de préteur. Ils lui réclament des vivres, l'insultent, bousculent sa poignée de gardes germains, et l'entraînent de force à l'autre extrémité du Forum. Burrus et ses prétoriens arrivent à point nommé pour le dégager et le ramener au palais, où il s'écroule.

Agrippine surgit et le secoue sans vergogne :

— Allons, César, redresse-toi, voyons ! Il faut que tu t'adresses au peuple et lui déclares qu'en réalité il y a du blé en réserve grâce à Néron, et que tu donnes aussitôt l'ordre de le distribuer. Tu peux ajouter que tu le charges désormais de surveiller le ravitaillement de Rome.

Le prince hésite mais finit par accepter. Quand il fait cette déclaration aux émeutiers qui ont envahi le Palatin, Néron est à son côté, poussé par sa mère. C'est lui que la foule acclame.

De cette péripétie dont il se serait passé, Paulinus l'Ancien sort furieux et humilié. Furieux contre Agrippine, humilié de n'avoir pas eu le courage de refuser le mensonge. Paulina partage évidemment sa colère mais, quand il parle de démissionner, elle exprime sa désapprobation :

— Ce serait donner raison à Agrippine. J'en ai parlé à Sénèque, il m'a promis de la voir et de lui faire reproche de ce qu'il considère comme un abus de pouvoir.

Paulinus le Jeune intervient :

— N'y compte pas trop. Je fais confiance à l'esprit de vérité de ton mari, mais je ne crois pas à sa capacité d'influencer l'*Augusta*. Ce serait comme frapper une pierre à coups de jonc !

Paulina partage dans le fond cet avis, tout comme son père :

— Il ne faut pas se faire d'illusions. Elle étouffe César et, si un jour son fils est empereur, elle l'étouffera aussi.

C'est sur ce dernier point, à la capacité de Néron à résister à sa mère que Paulina veut croire. Sénèque, au retour de son entrevue avec Agrippine, lui apprend qu'elle justifie tout ce qu'elle commet en invoquant les « justes intérêts » de son fils. Paulina lui demande :

— Toi qui es son précepteur et qui le connais mieux que quiconque, crois-tu que Néron ait suffisamment de tempérament pour se dégager de l'emprise maternelle ?

— Je le crois, oui. Je m'emploie en tout cas à l'y aider et j'ai un allié, Burrus, à qui l'*Augusta* a confié l'instruction militaire de Néron.

— N'est-il pas un de ses fidèles ?

— Certes, mais comme je te l'ai dit, il est intègre et ne se prosterne pas.

L'affaire du mensonge ne cesse de tourmenter l'Ancien. Sa dignité de père l'empêchant de s'en ouvrir à ses enfants, il décide, non sans avoir longuement hésité, de s'adresser à Sénèque dont il estime le jugement, fondé sur son expérience de la cour et sa connaissance des maîtres du pouvoir. Il va donc le voir un jour où il sait Paulina absente. Il le trouve en train de dicter un texte à Xyrax. Resté seul avec lui, il lui parle longuement de ses inquiétudes et des conséquences de la mainmise d'Agrippine sur l'État :

— Que faire ? César est plus faible que jamais, le Sénat est à genoux, le parti de l'*Augusta* tout-puissant, Britannicus de plus en plus écarté...

— Le seul espoir est dans Néron.

— Et c'est toi qui l'instruis. Là est l'espoir...

Sénèque acquiesce, pensif.

— Aurai-je le temps de le voir ? Je suis las, Sénèque.

— Je sais. Depuis que je te connais, je t'observe. Tu te tues à la tâche, Paulinus ! J'ai même commencé à écrire un texte à ton intention pour t'inciter à épargner ta santé et à calmer ta frénésie de travail.

Le visage de l'Ancien s'éclaire d'un sourire étonné :

— Peux-tu me le faire lire ?

— Pas encore. Je vais y ajouter des réflexions plus générales pour que tu comprennes à quel point la vie est brève, que le temps est précieux et qu'il convient de l'employer autrement qu'à s'épuiser pour une charge dont on ne t'est même pas redevable. Tu consacres ta force et ton énergie à une fonction importante mais ingrate, où il est difficile d'éviter les abus de pouvoir comme l'envie qu'elle suscite. Alors crois-moi, mieux vaut s'occuper à régler les comptes de sa propre vie que ceux des subsistances publiques.

— Tu ne voudrais pas que j'abandonne mes fonctions

tout de même ! C'est impossible. Ce serait une fuite, une lâcheté.

— Je te comprends, mais tu peux préparer ton départ. Le divin Auguste lui-même, à qui les dieux ont accordé le pouvoir sur le monde, souhaitait en être libéré. Tu as consacré à l'Empire la meilleure partie de ta vie, prends un peu de temps pour toi.

— J'en suis incapable. L'action est pour moi vitale.

Paulina, qui rentre à ce moment, s'inquiète de leur conciliabule :

— Quelque chose ne va pas ?

— Pour nous, si, c'est le reste qui ne va pas, répond son père. À commencer par Agrippine ! Elle va conduire Rome à l'abîme.

*

An 807 depuis la fondation de Rome (54 après J.-C.)

La nouvelle année commence sous d'inquiétants auspices.

Étranges phénomènes en effet que la foudre frappant les enseignes des légions et des cohortes prétoriennes et mettant le feu aux cantonnements, ou que l'essaim d'abeilles qui a pris le temple de Jupiter et le Capitole pour une ruche. Et ce porc né avec des serres d'épervier ! Ces naissances d'hermaphrodites qu'on s'est d'ailleurs empressé de mettre à mort ! Également annonciateur de malheur pour l'Empire, le passage de vie à trépas en quelques mois de plusieurs magistrats, curieusement un dans chaque collège : questeur, édile, tribun, préteur et consul…

Agrippine ignore superbement ces présages. Elle est occupée à préparer la condamnation de la femme qu'elle hait sans doute le plus au monde, Domitia Lepida, celle qui lui dispute l'affection de Néron et dont elle ne supporte pas d'entendre dire qu'elle est d'une naissance aussi illustre que la sienne. Leur rivalité, sur laquelle se greffe celle de Pallas et de Narcisse, s'étend jusque dans le sud de la péninsule où elles possèdent toutes deux des terres voisines et des troupeaux. Une rixe entre leurs bergers pour une contestation de pâturage offre à l'*Augusta* le prétexte pour faire accuser Lepida de troubler la paix de l'Italie en entretenant des bandes d'esclaves armés, et d'user de magie contre elle afin de la faire mourir. Déférée devant le Sénat, Lepida se défend avec vigueur mais elle s'effondre quand elle entend son cher petit Néron qu'elle a élevé, qu'elle adore et qu'elle comble de cadeaux, affirmer l'avoir vue pratiquer des rites magiques : allumer un feu sur l'autel domestique, laisser fondre une figurine de cire dans des braises, disperser des cendres au cimetière des Esquilies. Impressionnés, les Pères condamnent Lepida à mort.

La malheureuse n'a pas été la seule à être surprise par le comportement de Néron.

— Je ne comprends pas ce qui lui a pris, se demande Sénèque. Il m'a toujours affirmé éprouver pour sa tante un profond sentiment l'affection.

Paulina, elle, n'est pas étonnée.

— Quoi que tu en dises, il est totalement sous la coupe de sa mère. Toi qui croyais exercer une réelle influence...

Sénèque se refuse à l'admettre :

— Il s'agit d'une histoire de famille et de haine inexpiable entre deux femmes. Je n'ai aucune prise sur ce terrain. Il est d'ailleurs normal que Néron, s'il devait faire un choix, ait été du côté de sa mère.

— Tu lui trouves toujours des excuses. Les deux terrains ne sont pas aussi séparés que tu le dis. J'espère pour toi, pour nous, que Néron t'écoutera lorsqu'il sera au pouvoir. Ce jour ne me semble pas très éloigné.

Sénèque ne saurait la contredire. La santé du prince s'affaiblit, pourtant il ne se soigne pas. Au contraire, il s'enivre presque tous les soirs. Agrippine ne s'en soucie guère. Elle est plutôt préoccupée par le comportement de Narcisse, qui ne lui pardonne pas les accusations de malversations qu'elle a lancées contre lui à propos du canal du Fucin. Il tient des conciliabules avec ses fidèles et ne quitte pas le prince.

— La tension monte entre la tigresse et le serpent, constate Paulinus le Jeune. Qui va prendre l'initiative de l'attaque ?

Ce sera Agrippine.

Tout Rome suit le drame qui se joue sur le Palatin par les échos qui s'en échappent. Agrippine fait courir le bruit d'un complot visant à assassiner le prince et elle-même. Cependant l'effet produit est inattendu. César, en général tourmenté par toute menace de conjuration, ne sévit pas contre le coupable désigné, Narcisse, mais se rapproche de Britannicus en déclarant qu'il veut en faire son héritier. Multipliant les paroles et les gestes d'affection à son égard, il fulmine devant toute la cour contre ceux ou celles qui s'évertuent à l'éloigner de son fils et courbent l'échine devant Néron. Le rusé Narcisse en profite pour lui conseiller de faire prendre la toge virile à Britannicus avant sa quinzième année, comme Agrippine l'a fait avec Néron. Les paroles du prince sont colportées sous tous les portiques de la ville : « Que Britannicus chasse tous mes ennemis et fasse payer ceux qui ont assassiné sa mère... Ah ! Quelle stupidité j'ai commise en adoptant Lucius ! » Elles font enrager Agrippine.

— Il ne sait plus ce qu'il dit ! Voilà qu'il a oublié le nom de Néron ! Il retombe en enfance ! Il va bientôt falloir qu'il lâche les rênes.

Personne ne doute qu'il sache parfaitement ce qu'il fait lorsqu'après avoir embrassé Britannicus, il déclare à haute voix, presque sans bégayer :

— Achève de grandir, mon fils. Je te ferai confidence de tout ce que j'ai réalisé ou commis...

Et il ajoute en grec :

— Qui a fait la blessure la guérira.

À l'issue d'un procès où il venait de condamner une femme adultère, sa menace se fait précise :

— Les dieux m'ont donné comme épouses des femmes impudiques, mais aucune n'est restée ou restera impunie.

Lorsqu'on lui rapporte le propos, Agrippine fulmine :

— Il ne perd rien pour attendre ! lance-t-elle à ses fidèles qui se retiennent d'applaudir, prudence oblige.

Comme pour faire écho à cette menace, plusieurs autres sinistres présages se produisent : des étoiles chevelues, autrement dit des comètes, traversent le ciel et la foudre frappe le tombeau de Drusus, le père du prince. Ce dernier, comme s'il sentait sa fin approcher, exhorte devant le Sénat ses enfants à ne pas se disputer et recommande aux Pères de les protéger en raison de leur jeunesse. Il finit même par déclarer qu'il est arrivé au terme de sa vie et rédige un testament qu'il fait signer par les magistrats.

Ce n'est pourtant pas encore sa dernière heure. L'empereur de soixante-quatre ans résiste bien à la chaleur accablante de cet été romain et le cours ordinaire de la vie sur le Palatin se poursuit. Pour profiter de la douceur de l'automne, Agrippine emmène Néron dans sa villa de Baïes, la ville d'eaux du cap Misène que se doivent de fréquenter tout patricien et tout riche Romain. Paulina et Sénèque sont, eux, dans la propriété familiale près d'Ostia.

Un matin, Paulinus le Jeune se présente à l'improviste. Venu à cheval de Rome, il met pied à terre et se précipite vers sa sœur et Sénèque, qui rentrent d'une promenade sur la plage :

— Le prince est décédé, mais la nouvelle est tenue secrète ! Ordre de l'*Augusta*.

— Je la croyais à Baïes.

— Elle est revenue depuis trois jours.

— Comment est-il mort ?

— Une indigestion, paraît-il…

Sénèque et Paulina partent aussitôt mais n'arrivent que le soir à Rome à cause d'un accident qui les a obligés à changer d'équipage. Une atmosphère assez étrange règne sur le Palatin, où une foule de silhouettes de césariens, de sénateurs, de magistrats s'agitent et chuchotent à la lumière des torches. Une sourde angoisse se mêle à l'émotion réelle ou feinte.

— C'est toujours ainsi à la mort d'un empereur, affirme un vieux sénateur.

Au troisième jour des ides d'octobre, sous le consulat d'Asinius Marcellus et d'Acilius Aviola, est annoncée officiellement la mort de Claude, après quatorze ans de règne. Néron est acclamé par les cohortes prétoriennes.

La cause avancée du décès – une indigestion – n'est guère convaincante. Sénèque, le premier, cherche à connaître la véritable cause et la raison du secret exigé par Agrippine. Seul Burrus pourrait lui révéler la vérité. Il le fait mander et Burrus le rejoint dans son cabinet de travail où Paulina se trouve déjà.

— Maintenant, dis-moi tout ! dit Sénèque au préfet. Comment est-il mort ? Était-ce vraiment une indigestion ?

— Une drôle, oui. Survenue après un dîner, copieux comme d'habitude.

— Ne tourne pas autour du pot !

Burrus se racle la gorge et s'écrie de sa voix rêche :

— Tu sais bien qu'Agrippine est persuadée que Narcisse poussait le prince à la faire assassiner, sinon condamner pour adultère. Eh bien, elle a pris les devants ! Elle était à Baïes dans sa résidence quand elle a appris que Narcisse était absent de Rome. Elle est immédiatement revenue au palais, a convoqué cette femme qui vit au milieu des serpents et des fioles dans un recoin du Palatin…

— Locuste !

— Elle lui a fait préparer des cèpes à sa manière…

— Les champignons préférés du prince.

— Agrippine a acheté la complicité du *praegustator* Halotus, l'eunuque chargé de goûter les mets avant de les présenter au prince.

— Ne disait-on pas qu'il était fidèle jusqu'à la mort, celui-là ?

Burrus a un rictus désabusé :

— Jusqu'à la mort des autres, oui ! Mais ce n'est pas fini. Les dieux ont protégé César. Il n'a eu que des maux de ventre. L'*Augusta* a fait appeler Xénophon de Cos…

Le nom de ce médecin fait tressaillir Paulina qui se souvient de ses conseils pour enfanter :

— Je doute qu'il ait été capable de le soigner.

— Ce n'est pas pour le soigner qu'Agrippine l'a fait venir…

— Quoi ? Il concurrence Locuste maintenant ? demande Sénèque.

— Il a une autre technique, rudimentaire mais efficace. Le lendemain soir, deuxième tentative avec du vin empoisonné. Deuxième échec de Locuste. César a vomi. Alors Xénophon, sous prétexte de le soigner, lui a enfoncé dans la gorge une plume d'oie imprégnée d'un poison très violent, également préparé par la Locuste. Cette fois, les dieux ont retiré leur protection.

— Mais pourquoi maintenir secrète la mort du prince ?

— Pour donner le temps de préparer la proclamation de Néron comme empereur, avant que Narcisse et le clan de Britannicus ne fassent de même avec le fils de Messaline, grâce au Sénat. Notre *Augusta* a donc retenu Britannicus et ses sœurs au palais et, afin de donner le change, a poussé l'hypocrisie jusqu'à faire publiquement des offrandes aux dieux pour la guérison de son impérial époux. Elle a même fait donner une représentation théâtrale au palais en disant que l'empereur l'avait exigé ! Pallas m'a dit sans rire : « En épouse vertueuse, elle a offert à son mari un dernier plaisir : lui donner à écouter de la musique et des chants. »

— Comment ont réagi les prétoriens lorsqu'on leur a annoncé que Néron serait le successeur de Claude ?

— À midi, je leur ai présenté Néron et donné l'ordre de l'acclamer. Certains ont lancé le nom de Britannicus, mais c'était une minorité. On a ensuite amené Néron au camp. Il a exhorté les cohortes à être fidèles et à défendre l'Empire. Il a promis de faire distribuer de l'argent. Il a été aussitôt salué *Imperator*. Il ne reste plus que le Sénat pour le déclarer officiellement César.

Le rude visage de Burrus s'éclaire d'un sourire :

— Maintenant, notre élève est au pouvoir. Que les dieux fassent qu'il ait bien retenu nos leçons !

Les funérailles de Claude ont lieu avec toute la pompe due à un empereur dont la divination vient d'être prononcée par le Sénat. Il a été décidé de lui construire un temple dans le vallon des Camènes. La fin de son règne est accueillie comme une délivrance. Des patriciens au peuple, tout le monde était las de ce prince imprévisible, qui frappait à tort et à travers, diminuait les jours de fêtes, s'amusait à multiplier les innovations sanglantes dans les jeux, adorait rendre la justice mais ne respectait guère la loi, permettait à des affranchis de s'enrichir de façon scandaleuse et se faisait berner par les femmes. On en oubliait qu'il avait mis en œuvre de grands travaux, agrandi l'Empire de cinq provinces et empêché certaines tensions internes de dégénérer en conflits ouverts.

— Chacun a l'air soulagé, remarque Paulina. Mais avec un César aussi jeune, que va-t-il se passer ? Il a toujours sa mère auprès de lui.

— Ton regard est trop sombre, *dulcissima*. Agrippine est parvenue à ses fins. Que veux-tu qu'elle cherche encore ? Et puis Néron a de la personnalité, il pourra se libérer de son emprise… Burrus et moi l'y aiderons.

VI

Le parfum

An 807 depuis la fondation de Rome (54 après J.-C.)

Le début du nouveau règne est d'assez bon augure pour que le regard de Paulina s'éclaircisse. Sénèque est passé de la fonction de précepteur à celui de conseiller. Tout le monde reconnaît son esprit et sa patte dans les premières paroles publiques et les premiers actes du César de dix-sept ans. L'éloge funèbre de Claude que celui-ci a prononcé devant le Sénat a surtout démontré le talent du philosophe stoïcien dont il a été facile de reconnaître l'ironie dans l'éloge de la clairvoyance et de la sagacité du défunt. Si certains des Pères ont jugé indécent que l'ancien proscrit se venge ainsi, dès sa disparition, de celui qui l'avait banni, la plupart n'ont pu s'empêcher de rire. Dans l'ensemble, ils attendent surtout de lui qu'il parvienne, avec l'aide de son ami Burrus, à neutraliser une Agrippine toujours acoquinée avec Pallas, et à donner une nouvelle orientation au principat, puisque l'un et l'autre font désormais partie du *consilium principis*, ce conseil privé qui assiste le prince dans le gouvernement de l'Empire.

Pourtant, le règne est à peine commencé que « la meilleure des mères » n'abandonne rien de ses pratiques habituelles. Elle fait empoisonner le proconsul d'Asie,

Junius Silanus, dont elle redoutait l'éventuelle ambition. N'était-il pas lui aussi petit-fils d'Auguste ? Bien que réputé indolent et surnommé « la brebis d'or », il aurait pu être tenté de briguer le pouvoir avec l'appui de ceux qui acceptent difficilement la mise à l'écart d'un fils naturel au profit d'un beau-fils. Elle pouvait également craindre sa vengeance, car elle avait provoqué le meurtre de son frère. C'est ensuite Narcisse, victime désignée de longue date, qui est emprisonné et condamné au suicide.

Paulina, que Luda tient au courant de ce que l'on murmure dans Rome, fait remarquer à Sénèque que le nouveau principat est aux yeux du peuple une continuation du précédent puisque l'*Augusta* est toujours aux commandes.

— Je le sais, mais c'est elle aussi qui a décidé que Burrus et moi-même devions faire partie du Conseil. Et elle sait que je n'ai pas l'intention de renoncer à mes idées. Le discours que j'ai écrit pour Néron et qu'il va prononcer devant le Sénat annoncera la nouvelle direction.

— Tout le monde le souhaite… Mais Néron saura-t-il t'écouter ?

— On ne peut jurer de rien, mais il est intelligent et comprend parfaitement qu'il doit rompre avec les pratiques de Claude.

Paulina ne semble pas totalement convaincue :

— Sait-il comment est mort son père adoptif ? Et s'il le sait, comment pourra-t-il gouverner avec sérénité, en ayant à l'esprit qu'il doit la pourpre impériale à un meurtre commis par sa mère ?

— Qu'il le sache ou non ne diminue en rien le fait qu'il est le prince. Gouverner n'est pas un jeu, Paulina. Je lui ai inculqué tous les principes pour qu'il ne suive pas l'exemple paternel.

Sénèque sait que l'on attend beaucoup de lui, à commencer par les Pères qui espèrent ne plus être considérés comme une assemblée de marionnettes. N'osant pas encore relever la tête, ils s'inquiètent de savoir si Néron va écouter et garder auprès de lui Sénèque, ou s'il va se soumettre à sa mère et prêter l'oreille à Pallas et aux autres affranchis corrompus. Le discours tant attendu est plutôt rassurant : Néron promet de ne pas mêler les affaires de sa propre maison et celles de l'État, de respecter les prérogatives du Sénat, de considérer la vie de chaque sénateur et de chaque citoyen comme sacrée, de ne pas se faire juge de toutes les affaires. Particulièrement remarquée est l'invocation aux lois fondatrices et à la clémence qui porte la marque évidente de Sénèque. La séance se conclut par de chaleureuses acclamations adressées au « digne héritier du divin Auguste et représentant des dieux ». Il est décidé de graver ce discours mémorable sur une tablette d'argent bien exposée à la Curie afin que nul ne l'ignore et que les termes puissent en être rappelés solennellement chaque fois que les consuls prendront leurs fonctions. Nombreux sont les Pères qui entourent le nouveau conseiller pour lui prodiguer félicitations et encouragements : « Maintenant il faut qu'il tienne ses promesses ! », « Que toi et Burrus le protégiez des mauvais courants ! »…

Le soir venu, Sénèque est en train de dîner chez lui avec Paulina lorsque, dans la maison, une agitation soudaine annonce une visite. Agrippine, qu'il s'est étonné de n'avoir vue de la journée, surgit inopinément. Elle est hors d'elle. D'un geste, elle chasse serviteurs et servantes et fait face à Sénèque qui s'est avancé vers elle pour la saluer.

— Que me vaut ta venue ? demande-t-il.

— Le discours de Néron à la Curie ! s'écrie-t-elle.

— Eh bien ! Il a fait sensation, non ? Néron a pu mettre en valeur son éloquence.

— Va pour la forme ! Je n'aime pas le contenu.

— Que lui reproches-tu ?

— Pourquoi toutes ces promesses aux clarissimes ?

— Il fallait les rassurer.

— À quoi bon ?

— Je te savais plus adroite en politique.

Le regard d'Agrippine flamboie :

— Je n'ai de leçon à recevoir de personne, surtout pas de toi, Sénèque !

Sénèque, imperturbable, ne baisse pas les yeux. À la surprise de Paulina, l'*Augusta* revient à un ton plus modéré :

— Pourquoi as-tu fait dire à Néron que la clémence était la vertu des princes ?

— Il n'y a rien de plus glorieux pour un chef que la clémence. Un prince juste doit pouvoir se maîtriser lorsqu'il punit. Cette vertu est d'autant plus belle que le chef ou le prince qui la pratique est grand. Mon ambition est de faire de Néron un grand César, digne d'Auguste.

— Bel exemple ! Il savait châtier, lui !

— Avant d'avoir pris les rênes de l'État, oui, mais ensuite il a compris que la différence entre un roi et un tyran reposait sur la clémence. Le roi y a recours pour protéger la paix publique, le tyran pour exercer la terreur. Veux-tu faire de ton fils un tyran ?

— Je veux qu'il gouverne avec énergie, qu'il ne cède pas au sentiment, qu'il sache ce que signifie la raison d'État. C'est l'autorité et la capacité de sévir qui importent. Si je t'ai engagé pour le préparer au pouvoir, ce n'est pas pour qu'il devienne un prince philosophe.

— Un prince philosophe ? Je doute qu'il le soit un jour, mais qu'il écoute les philosophes ne peut que lui apprendre à voir et à regarder. L'enjeu est de taille…

— Quel est-il, d'après toi ?

— La liberté pour tous, puisque le prince n'aurait à craindre ni haine ni révolte, et le peuple ni injustice ni répression. Au demeurant, ton fils penche plutôt vers l'art et je ne crois pas que son maître en la matière, le citharède Terpnus, exerce sur lui une mauvaise influence.

Agrippine hausse les épaules. Elle se tourne alors brusquement vers Paulina :

— Pourquoi me regardes-tu comme ça ? Je te choque ?

Paulina répond d'une voix douce :

— Sauf le respect que je te dois, *Augusta*, je pense que le peuple de Rome attend d'être gouverné avec discernement et équité, et je crois le prince assez sensible et intelligent pour le comprendre.

Sénèque est surpris, mais le regard d'Agrippine laissant prévoir une violente réaction, il s'empresse d'intervenir :

— Ne te fâche pas, *Augusta* ! Paulina exprime une opinion générale dont tu dois tenir compte. Ton fils a la capacité d'être un César comme on n'en a encore jamais vu depuis le dieu Auguste !

Le compliment semble apaiser l'irritation d'Agrippine :

— Puisqu'il te respecte et t'écoute, dit-elle avec une nuance de regret, veille donc à lui raffermir la pensée et cette main qu'il consacre un peu trop à jouer de la lyre.

Cette visite ne modère pas Sénèque qui inspire au Sénat plusieurs mesures afin de remédier à des abus. Ainsi est remise à l'honneur la loi Cincia qui interdit aux avocats de se faire payer, afin que l'éloquence allégée du poids de l'intérêt retrouve sa force d'antan. Interdiction aux nouveaux questeurs d'offrir des spectacles de gladiateurs, pour éviter que les jeunes sénateurs ne se ruinent. De même, pour préserver les soldats de la corruption, la cohorte chargée du maintien de l'ordre ne devra plus s'occuper des jeux publics.

Le prince s'attire des louanges en demandant au Sénat de faire ériger une statue de son père, et en refusant des statues d'argent ou d'or massif à son effigie. Il repousse même le vœu de certains sénateurs de faire commencer l'année en décembre, mois de sa naissance. Il se fait magnanime en récusant la mise en jugement d'un chevalier accusé d'attachement à Britannicus, et la proposition de sénateurs donnant aux maîtres le droit de révoquer la liberté d'un affranchi en cas d'ingratitude.

Sénèque fait remarquer à Paulina que les promesses sont tenues :

— La clémence remplace l'arbitraire, l'équilibre des deux pouvoirs est rétabli. C'est pour moi, et aussi pour Burrus, une grande victoire.

Une autre va suivre, cette fois à l'extérieur, dans la lointaine Arménie que les Parthes ont envahie. Grâce à une action diplomatique menée auprès du roi parthe par Domitius Corbulon, un général de grande valeur qui s'était illustré sous le règne de Claude comme légat de Germanie inférieure, les Parthes se retirent. Le Sénat vote plusieurs jours d'actions de grâces et s'empresse de flatter le prince en décidant de lui faire porter les attributs du triomphe et d'ériger à son effigie des statues d'une grandeur égale à celle de Mars Vengeur.

— Le principat est en de bonnes mains, constate le longiligne Chaeremon aux petits yeux de lynx, lorsqu'il vient dîner chez Sénèque. Néron t'écoute et, pour avoir participé à son instruction, j'en éprouve une grande satisfaction. Mais peux-tu déjà le considérer comme un disciple ?

— Pas encore. Le prince doit se vouer à faire appliquer les lois, à garantir la justice, à être le guide de la Cité. Il n'est pas encore assez mûr pour assumer cette fonction et il y a toujours sur lui l'ombre de sa mère… que tu connais bien.

— Tu as tout de même de bonnes relations avec elle, il me semble.

— Pour l'instant, dit Paulina.

Chaeremon, surpris de la voir pour une fois sortir de sa réserve, tourne son regard vers elle et l'approuve :

— Tu as raison, avec Agrippine, on doit s'attendre à tout.

— L'*Augusta* dispose d'une forte clientèle, même au Sénat, enchaîne Sénèque. Tu sais mieux que quiconque, pour en avoir discuté avec elle autrefois, qu'elle est imprégnée d'une conception du pouvoir absolu à l'orientale, ce qui convient bien d'ailleurs à son tempérament. As-tu lu ses *Commentarii* ?

— Quoi ? Elle a publié ses mémoires ?

— À bon escient ! Elle y justifie son autoritarisme. Elle défend la mémoire du prince défunt. Bref, on dirait un manuel à l'usage de son fils.

— C'est dangereux. Pour avoir instruit Lucius, je crains qu'il ne se laisse convaincre. Sa mère a un tel pouvoir sur lui…

— Pour le moment, il est difficile d'en juger. Il est en train de passer de l'adolescence à l'âge adulte et cela suscite quelques problèmes. Il a les ardeurs de son âge…

— Je m'en doute, mais il a une femme.

— Octavie ? Elle est trop jeune…

— Elle a quatorze ans et elle est nubile, intervient Paulina. Quel est l'homme qui se gênerait pour consommer le mariage ?

Sénèque, comprenant l'allusion faite à son propre cas, semble mal à l'aise, mais l'Égyptien reprend la parole :

— Il y a suffisamment d'esclaves au palais pour satisfaire les ardeurs de César !

— Il est à craindre qu'il ne soit un bon gibier pour tous ceux qui espèrent ses faveurs et s'empresseront de lui mettre dans le lit d'expertes courtisanes.

— Il faut l'en protéger… Je suppose que sa mère s'en soucie.

— Évidemment, mais elle s'y prend mal. Ce sont des

gardes qu'elle place autour de lui, et le jeune César renâcle. On n'emprisonne pas un jeune homme, surtout Néron qui est bien capable de faire sauter tous les verrous.

— Alors, que faut-il faire ? demande Paulina.

— Aucune digue ne peut empêcher un torrent de couler. Il faut le canaliser et dompter son énergie, non la réprimer.

Paulina et Chaeremon regardent Sénèque, attendant une explication plus concrète, mais il s'abstient d'en dire davantage et ils n'insistent pas.

Au palais, nul n'ignore que Néron n'a pas encore touché Octavie et qu'il n'éprouve aucune attirance pour elle. Il lui arrive même de faire une grimace quand elle apparaît devant lui. Les commentaires vont bon train et Paulinus le Jeune ne s'en prive pas. Lors d'une promenade en compagnie de sa sœur et de Faustina aux monts Albains, où Sénèque possède le domaine d'Albanum[1] il donne raison à Néron :

— Comment serait-il attiré par Octavie ? Elle est sans formes, elle a un visage ingrat. Ah ! elle n'a pas hérité de la beauté de Messaline.

— Non plus de son tempérament… heureusement ! dit Paulina.

— Elle déteste surtout celui qui a pris la place de son frère, et dont la mère est celle qui a fait tuer son père. Il paraît qu'elle et Britannicus appellent Néron « l'usurpateur ».

— C'est vrai, je les ai entendus de mes propres oreilles, affirme le Jeune.

— En tout cas, ce n'est sûrement pas la femme dont a besoin notre César, estime Faustina. L'*Augusta* devrait

1. Actuellement Albano Laziale, situé à environ 400 mètres d'altitude.

chercher pour le dégrossir une de ces louves qui ravagent les litières des patriciens.

— Elle aurait trop peur qu'il ne tombe sous une autre emprise que la sienne, dit Paulina.

— Elle ne pourra empêcher l'inévitable.

*

An 808 depuis la fondation de Rome (55 après J.-C.)

Faustina ne se trompe pas. Deux jeunes hommes, Salvinius Otho, d'une famille patricienne, et Claudius Senecio, un affranchi du palais, vont être à l'origine de « l'inévitable ». Plus âgés que le prince, ils se consacrent à ses distractions et se plient à tous ses désirs, d'une initiation à la conduite de chars au recrutement de musiciens pour l'accompagner quand il joue de la lyre, d'une partie de *latrunculi* à une sortie en bateau sur le Tibre. L'*Augusta* tente de le faire rompre avec ces deux « âmes damnées », surtout après avoir appris qu'ils faisaient partie d'un cercle de jeunes gens qui se piquent de philosophie. Elle en parle à Sénèque et lui demande d'intervenir.

— Je les connais bien, ils organisent des lectures de mes œuvres, répond-il. J'ai parfois de longues discussions avec eux sur le stoïcisme et l'épicurisme, mais je n'exerce sur eux aucune emprise. Au demeurant, Néron tient beaucoup à leur compagnie et tu aurais tort de le priver de cette amitié. Lui imposer une telle frustration pourrait lui faire commettre des excès plus graves.

En fait, Sénèque minimise son influence. Il ne se prive pas de conseiller discrètement les deux compagnons de Néron : « Ne bridez pas sa nature, modérez-la, faites en sorte qu'il la maîtrise. » Ils vont l'écouter.

Le comportement de Néron avec les femmes oscillant

entre timidité et gestes obscènes donne à penser qu'il est temps de lui faire perdre sa virginité. Nombre de candidates s'offrant ou lui étant proposées avec des intentions suspectes, Otho et Senecio jugent prudent de lui en trouver une qui puisse à la fois lui plaire et ne pas nourrir de projets tortueux. Leur choix se porte sur une jeune et jolie esclave du palais, nommée Acté.

Achetée très jeune sur un marché d'Asie, elle avait été amenée à Rome par quelque procurateur de province qui l'avait jugée digne de figurer dans la troupe impériale. Néron est aussitôt subjugué par la beauté, la spontanéité et la candeur virginale de cette fille de son âge. Le problème est de dissimuler cette passion naissante à l'*Augusta* et de trouver un nid d'amour discret. Or tromper la vigilance maternelle exercée par un réseau d'espions relève de l'exploit. Néron y parvient grâce à la complicité de ses deux comparses et d'une poignée d'esclaves dont le dévouement est acquis par de généreux dons et la promesse d'un affranchissement prochain. Comme la meilleure cachette est la plus improbable, les rencontres ont lieu au palais même, dans la pièce où Néron reçoit ses leçons de musique. Elle offre l'avantage de pouvoir être close, à la demande du maître Terpnus qui exige une tranquillité absolue pour dispenser ses cours. Le seul danger est une irruption impromptue d'Agrippine, ce qui ajoute quelque piment aux longs moments que les deux jeunes amants passent ensemble.

— J'aimerais te couvrir de perles, des joyaux les plus brillants… et j'enrage de ne pouvoir le faire !

— Pourquoi veux-tu me « couvrir » de bijoux ? Mon corps ne te suffit pas ?

— Il me suffit, mais il est si beau, si délicat que le parer devrait nous apporter, à toi comme à moi, une jouissance de plus, non ?

— Alors, offre-moi un parfum, je les adore. Un parfum qui serait le nôtre… Un parfum étonnant.

— Tu l'auras, *dulcissima* Acté.

Paulina est entre les mains de Catiola, son *ornitrix*, lorsque Luda surgit dans la chambre pour lui annoncer qu'un secrétaire du bureau des dépêches lui apporte un message du prince.

— Ce doit être pour Sénèque, il est aux thermes.

— C'est pour toi, *Domina*. Il veut te parler.

— Qu'il attende.

Une fois que Catiola a achevé de la coiffer, elle le reçoit dans l'*atrium*. Le messager l'informe que le prince la mande au palais et qu'elle ne doit en parler à personne, pas même à Sénèque. Se souvenant des regards qu'il a posés sur elle chaque fois qu'elle l'a rencontré, l'idée l'effleure qu'il nourrit quelque pensée trouble.

Néron la reçoit dans sa salle de musique. Quand elle entre, il est seul, assis sur un siège rouge, en train de lire un papyrus avec une émeraude en guise de loupe, ce qui ne semble guère aider sa vue assez faible. Alors qu'elle s'attendait à le trouver tel qu'il se montre de plus en plus souvent, théâtral et provocateur, c'est un jeune homme plutôt intimidé qui l'invite à prendre place sur un divan aux coussins de soie, où il la rejoint. Paulina s'efforce de rester calme et naturelle.

— Pardonne-moi de t'avoir fait venir, mais je voudrais te demander une faveur, dit-il d'une voix d'enfant.

— Toi, César, me demander une faveur ? Que pourrais-je te donner que tu n'aies déjà ou que tu ne pourrais avoir ?

— Te souviens-tu de ce que je t'ai dit un jour ?

— Tu m'as si peu parlé…

— Quoi ? Tu as oublié ? Ton parfum, voyons ! Accepterais-tu de m'en donner un flacon ?

Paulina est interloquée. En voyant ses traits un peu

efféminés, elle pense aussitôt aux rumeurs qui lui prêtent des relations intimes avec des jeunes gens de son entourage. Mais humant l'âcre odeur de transpiration qu'il dégage, elle lui demande :

— Est-ce pour toi, César ?

Il hoche la tête en souriant :

— Évidemment… mais prendrais-tu ombrage qu'une autre femme s'en imprègne ?

Si ce n'était le prince, Paulina refuserait net. Elle ne tient guère à sentir sur une autre femme cette fragrance composée spécialement pour elle. Elle y est d'autant plus attachée que Taurus lui avait dit en avoir horreur et qu'Ilion en avait vanté la profondeur sensuelle.

— Une femme n'aime guère partager un parfum, c'est si personnel, si intime.

— Rassure-toi, c'est pour une amie, une amie très chère…

— Elle a de la chance, cette amie, murmure Paulina en songeant qu'aucun des hommes qu'elle a connus n'a eu l'idée de lui offrir un tel présent.

Néron, impatient d'avoir une réponse, la regarde alors fixement, avec une lueur que Paulina a déjà vue dans les yeux d'Agrippine. Elle n'en est nullement intimidée, mais pense qu'après tout renoncer à ce parfum lui coûterait peu car elle vient d'en recevoir de nouveaux, envoyés par Valicinia.

— Je t'en donnerai un flacon, dit-elle enfin, avant d'ajouter : Quant à moi, je ne le porterai plus.

Dans un élan spontané, Néron se redresse et l'embrasse, comme le ferait un enfant qui viendrait de recevoir un cadeau de sa mère.

— Je ne l'oublierai jamais, s'écrie-t-il avec emphase. Sais-tu que ton parfum est unique ? Qui est l'*unguentarius* ?

— Une *unguentaria* d'Arelate.

— Les ingrédients sont de Gaule narbonnaise ?

— Pas seulement, certains proviennent d'Asie et ont été acheminés par les navires de mon père. Je crois qu'il contient de l'huile d'amande, de la cardamome, de la myrrhe, de la cannelle, une pointe de nard de l'Inde, mais je ne sais dans quelle proportion, c'est un secret.

— J'aimerais que désormais ton *unguentaria* ne fasse plus ce parfum que pour moi.

— Je lui enverrai un message.

— Inutile ! Je la ferai venir ici. Elle travaillera uniquement pour moi…

Paulina esquisse un froncement de sourcils qui n'échappe pas à Néron :

— … Et pour toi, évidemment, si tu le désires. Mais que tout cela reste entre nous. N'en parle même pas au maître.

— Je ne mens jamais et ne cache rien à Sénèque, prince.

— Peu importe. Je sais qu'il ne me trahira pas.

— Puis-je te demander une faveur ?

— Parle !

— Est-ce que je pourrais connaître celle à qui est destiné ce parfum ?

— Je te la présenterai.

En remettant le flacon d'albâtre à Néron, Paulina lui dit :

— J'espère que tu ne seras pas déçu.

— Comment pourrais-je l'être ? s'écrie-t-il en humant le parfum. D'ailleurs, tu le portes aujourd'hui, n'est-ce pas ?

— Oui, mais la senteur que dégage un parfum diffère selon la peau qui en est imprégnée.

— Je sais qu'il ne perdra rien de son pouvoir sur la peau d'Acté. Il couronnera sa beauté. Tu voulais la voir ?

Il fait un signe et le rideau, qui ferme une partie de

la pièce, s'ouvre pour laisser apparaître cinq jeunes esclaves.

— Elle est au centre, chuchote-t-il.

La précision est inutile. Tout en Acté la distingue des autres : son corps harmonieux, sa peau claire et satinée qui fait ressortir sa chevelure brune, dense, légèrement bouclée, son port de tête princier, son visage aux traits doux, qu'éclairent de grands yeux bleus pleins d'innocence.

— Elle est ravissante, murmure Paulina.

Néron sourit de satisfaction et, sur un autre signe les cinq femmes s'éclipsent.

— Tu dois comprendre cette mise en scène : Acté et moi devons nous cacher de ma mère qui peut surgir d'un moment à l'autre. Je cherche un endroit où nous pourrions nous rencontrer sans crainte, et j'ai pensé que tu pourrais m'aider.

Paulina sursaute. Après le parfum, voilà qu'il veut en faire sa complice. La passion juvénile de César l'attendrit, mais si elle pouvait s'accommoder d'une complicité secrète limitée à un parfum, la perspective est maintenant tout autre : elle sait à quel point la découverte de ces amours clandestines déclencherait l'ire de l'*Augusta*. Elle n'ose imaginer les conséquences si l'on apprenait que l'épouse de Sénèque est mêlée à une telle intrigue, ni la réaction de celui-ci alors qu'il est engagé dans une lutte d'influence capitale pour l'État. Au demeurant, elle ne connaît guère de lieu discret et sûr, et serait obligée de faire appel à son frère ou à des tiers. C'est ce qu'elle explique à Néron. Le visage du prince se durcit brusquement.

— Tu es déjà ma complice, tu dois m'aider ! dit-il sèchement.

— Si c'est un ordre…

Néron la regarde et, devant l'expression angoissée de Paulina, change de ton :

— Non, c'est un service que je te demande. Sache que je te protégerai en cas d'incident. Je suis le maître.

Paulina comprend qu'il lui est impossible de refuser sans s'attirer des ennuis et en causer à Sénèque. Elle accepte. De retour chez elle, et après avoir longuement réfléchi, elle décide de parler à son mari de l'histoire du parfum et du « service » demandé par Néron. Sénèque réagit de façon inattendue :

— Je suis au courant de la liaison du prince et du problème des rencontres, mais pas de cette histoire de parfum. Pourquoi me l'as-tu cachée ?

— Il m'a demandé le secret. J'ai jugé préférable d'attendre pour t'en parler.

Sénèque a l'air quelque peu contrarié, mais fait un geste comme pour signifier que ce n'est pas grave :

— Comment est cette fille ?

— C'est une petite esclave d'une grande beauté.

— T'a-t-elle semblé dangereuse ?

— Je ne l'ai qu'aperçue, mais qu'entends-tu par dangereuse ?

— T'a-t-elle donné l'impression d'une intrigante ?

— Elle a l'air plutôt timide, innocente même. En tout cas, Néron en est fou.

— Otho et Senecio semblent avoir bien choisi.

Le visage de Paulina s'éclaire d'un large sourire. En entendant ces noms, elle vient de comprendre que Sénèque n'est pas innocent dans cette affaire.

— Oui, c'est moi qui leur ai suggéré de mettre dans les bras de Néron une fille dont on soit sûr. Le principat a trop bien débuté pour ne pas le compromettre par de vulgaires histoires de lit.

Paulina lui fait alors remarquer qu'elle n'a pas été la seule à cacher quelque chose. Sans répondre à cette légère pique, il évoque d'un air soucieux la réaction d'Agrippine si elle apprenait tout cela et, par voie de conséquence, quelle pourrait être la réaction de Néron.

— Que comptes-tu faire ? J'ai promis de lui chercher un lieu de rencontre discret.

— Ne t'inquiète pas, je m'en occupe.

À peine Burrus est-il entré dans le cabinet de travail de Sénèque que celui-ci le met au courant du problème que posent les amours de Néron.

— Crois-tu qu'Agrippine craindrait cette jeune esclave ? lui demande-t-il.

— J'en suis sûr, répond sans ambages le vieux guerrier. Esclave ou princesse, peu importe ! Elle ne souffrirait pas de voir son fils entre les mains d'une autre femme. Que proposes-tu ?

— Selon Paulina et les deux amis du prince, Otho et Senecio, la petite Acté est inoffensive et docile, l'idéal pour une liaison sans histoire. Favorisons-la en la dissimulant à Agrippine.

Burrus fait la moue. Il n'est guère enclin à ce genre d'intrigue.

— Comment comptes-tu t'y prendre ?

— Me fais-tu confiance ?

— Évidemment. Mais quoi que tu fasses, tu ne pourras le cacher longtemps.

— Juste le temps d'éviter un premier choc entre mère et fils. Et puis Néron va vite se lasser.

Sénèque a, dans son cercle de fidèles, un ami très sûr, Annaeus Serenus, le préfet des vigiles, autrement dit le chef de la police urbaine. Il lui demande d'héberger secrètement les amours du prince et d'Acté, quitte à jouer le faux amant et même à affranchir la jeune femme et à l'adopter. Célibataire et n'entretenant pour l'heure aucune liaison, Serenus prend chez lui Acté. Afin de mieux donner le change, il va jusqu'à lui offrir de nombreux cadeaux, puis l'affranchit. Acté devient ainsi Claudia Acte Tiberii Claudii Liberta.

Les deux jeunes gens se retrouvent tous les soirs chez lui pour filer le parfait amour. Pour Néron, c'est grâce à Paulina. La comédie ne sera découverte qu'au bout de quelques mois. Lorsqu'elle l'apprend, l'*Augusta* fait irruption chez Serenus et le menace de relégation. Quant à Acté, elle lui promet tous les malheurs possibles. Comme Néron ose se dresser contre elle, c'est sur Sénèque qu'elle libère sa colère.

— Calme-toi, *Augusta*. Il faut bien que ton fils fasse l'apprentissage de l'amour.

— Avec cette Acté, une vulgaire esclave venue d'on ne sait quelle région barbare ? C'est dégradant !

— Tu préférerais qu'il couche avec une courtisane plus âgée qui pourrait le dominer ? Tu aimerais qu'il s'attaque un soir à une de ces jeunes filles de notre noblesse qui traversent parfois le portique du palais ? S'il y a une victime dans cette affaire, c'est la pauvre Octavie, mais elle ne l'intéresse pas. N'est-ce pas toi qui as voulu ce mariage ?

L'*Augusta*, ne supportant pas d'entendre toutes ces vérités, s'en va sans un mot. Mais quelques jours plus tard, elle convie à un dîner son fils et Acté en signe de conciliation. Elle couvre le premier de dons et offre une maison à la jeune affranchie.

— C'est une façon d'éviter qu'Acté ne s'incruste au palais, se prenne pour une princesse et se fasse épouser, commente Faustina.

— Cette concession ne suffira pas. Néron est trop épris, estime Paulina.

Effectivement, quelque temps plus tard, Paulinus le Jeune annonce :

— Néron vient de faire dresser un arbre généalogique d'Acté qui la fait descendre des Attalides, les anciens rois de Pergame. Il a contraint d'anciens consuls à jurer qu'elle est de sang royal. À votre avis, pourquoi ? Pour l'épouser évidemment !

Agrippine ne peut le laisser faire. Elle réagit en cessant toute amabilité et en avertissant son fils qu'elle s'opposerait à une union, et d'ailleurs que les sénateurs et les prétoriens n'accepteront jamais pour impératrice une fille d'extraction aussi misérable. Néron tente de l'amadouer en lui offrant une magnifique parure. Elle refuse en l'accusant d'avoir prélevé ce bijou dans le trésor des épouses d'empereurs et que, par conséquent, il lui appartenait. Furieux, Néron riposte en destituant... Pallas.

— Cette fois, c'est la guerre ! constate Sénèque.

*

Le conflit entre la mère et le fils se greffe sur celui que se livrent déjà l'*Augusta* et Sénèque sur le terrain politique. Ce conflit, Paulina l'entretient en rapportant à son époux ce qu'elle entend en ville.

— Comme tout le monde sait que je suis ta femme et que tu es le conseiller du prince, des gens m'interpellent dans les rues, sur le Forum. Ils attendent que César tienne les promesses qu'il a faites dans ses discours.

— Tu te fais l'interprète du peuple maintenant ? plaisante Sénèque.

Paulina rougit, vexée :

— Ne te moque pas. Il fut un temps où tu tenais compte de mes remarques.

— J'en tiens toujours compte.

— Alors, permets-moi de te dire que l'*Augusta* te défie avec succès.

— Si tu veux parler de son influence sur Néron, je ne crois pas qu'elle parvienne vraiment à le maîtriser. Tu as vu qu'il a destitué Pallas. Je n'ai pas eu besoin de le lui conseiller. Il est orgueilleux et n'a pu supporter davantage les interventions de ce gredin qui le vole.

— Cela n'empêche pas que Néron craint toujours sa mère. On dit que, toi aussi, tu la crains.

— Moi, la craindre ? J'ai fait prendre de nombreuses mesures qui ont transformé le principat, sans qu'elle ait pu s'y opposer.

— Beaucoup de gens ont lu ses *Commentarii* où elle fait l'éloge de l'empereur Claude et condamne tes idées politiques. Ils se demandent pourquoi toi, l'écrivain, le philosophe stoïcien, tu ne réponds pas.

— Ce qu'elle a écrit n'a aucun intérêt.

— Elle critique pourtant la manière dont toi et Burrus orientez le gouvernement de Néron...

— Elle ne nous nomme même pas.

— Il est clair pour tout le monde que c'est vous deux qui êtes visés...

Sénèque fait un geste comme pour chasser une mouche importune.

— Et, poursuit Paulina, je pense que tu dois répondre.

Sénèque se lève et se met à arpenter la pièce.

— Sache que j'y ai pensé, dit-il, mais ma rancœur à l'égard de Claude est si forte qu'elle aurait donné à mon texte un caractère direct et violent qui serait allé à l'encontre de mes efforts pour éviter la colère... Tu as sans doute raison, je vais de nouveau y réfléchir.

La réflexion finit par porter ses fruits : il fera un parallèle entre Claude et Néron. Après avoir hésité entre plusieurs genres d'écriture, il porte son choix sur une satire où, en alternant vers et prose, il peut passer d'un ton léger à la gravité, du pamphlet contre Claude à l'éloge de Néron.

— Tu vas être satisfaite, annonce-t-il à Paulina, j'ai écrit le texte et l'ai intitulé *Apocoloquintose – La Transformation de l'empereur Claude en citrouille*. Lis-le avant que Xyrax le porte aux frères Sosion.

Paulina s'y plonge aussitôt. Elle rit beaucoup de la verve quelque peu acide de l'ancien exilé quand il fait le portrait du César défunt, personnage grotesque et pitoyable qui est privé de son titre divin après son entrée dans l'autre monde, et se mue en citrouille. Elle sent de l'amertume dans sa condamnation de tous les maux du dernier principat. Et si les allusions voilées à Agrippine et à l'inceste l'amusent, elle s'émeut du lyrisme déployé dans l'éloge d'un Néron comparé au soleil et présenté comme l'incarnation d'Apollon. Elle se hâte d'exprimer son enthousiasme à l'auteur, sans exclure quelques objections :

— Tu voulais éviter un texte direct et violent, mais finalement, tu t'es tout de même acharné sur Claude. N'a-t-il pas fait preuve de clémence en te rappelant d'exil et en te dédommageant ?

— Ce n'est pas à lui que je le dois, mais à Agrippine, tu le sais bien ! réplique vivement Sénèque.

— Pourquoi ne le signes-tu pas ?

— Je ne peux me mettre en contradiction avec moi-même, car cette *Apocoloquintose* est le contraire de l'apologie du prince dans ma *Consolation à Polybe* et de l'éloge funèbre prononcé par Néron. Je sais que cela te paraît peu conforme à ma philosophie, mais l'existence et surtout la vie publique sont faites de contradictions. La tâche du sage est d'apprendre à les surmonter. Et elle n'est pas aisée. L'avantage est que ces difficultés m'ont conduit à commencer un texte, en réponse à une interrogation de mon ami Afranius Silanus, sur les moyens de sortir l'âme de ses fluctuations, de ses inquiétudes, du malaise créé par des aspirations contradictoires, autrement dit de lui permettre d'atteindre à la tranquillité.

Quoi qu'il en soit, le succès du texte est immédiat. On se l'arrache chez les frères Sosion et les libraires de l'Argiletum.

— Comment va réagir l'*Augusta* ? se demande Paulina.

La réponse ne tarde pas. Agrippine fait irruption un soir et lance d'emblée à Sénèque :

— C'est toi qui as écrit cette *Apocoloquintose* !

— Pourquoi le crois-tu ?

— J'ai reconnu ton style, tes idées et cet acharnement à détruire l'œuvre d'un prince dont les réalisations font honneur à l'Empire, à le ridiculiser.

Elle appelle un de ses esclaves qui lui présente un rouleau de cuir. Elle l'ouvre, en sort un parchemin et lit :

— « *On annonça à Jupiter l'arrivée d'un quidam de bonne taille, ayant les cheveux d'un blanc parfait et une sorte d'allure menaçante, car il branlait continuellement la tête et traînait le pied droit. On lui a demandé de quelle nation il était, il a répondu on ne sait quoi en bredouillant et d'une voix inarticulée. On ne comprendrait pas son jargon qui n'était ni grec, ni romain, ni d'aucune nation connue. Alors Jubiter donna l'ordre à Hercule qui, ayant parcouru toute la terre, était censé connaître tous les peuples, d'aller voir et d'examiner de quelle race il était. Or donc Hercule, au premier aspect, éprouva un trouble réel en homme qui n'aurait pas dompté encore tous les monstres. Il vit cette face d'espèce nouvelle, cette démarche insolite, il ouït cette voix qui n'appartenait à aucun animal terrestre, qui n'était, comme chez les monstres marins, qu'un rauque et sourd grognement, et il pensa que le treizième de ses travaux lui tombait sur les bras. En y regardant mieux, il crut démêler quelque chose d'un homme.*

» Et tu fais dire à Jupiter en s'adressant aux dieux : *"Songez donc, pères conscrits, quel est ce monstre qui sollicite pour qu'on l'admette au rang des dieux ! Voudrez-vous maintenant faire de lui un des vôtres ? Voyez ce corps, pétri par la colère céleste. Au surplus, qu'il prononce seulement trois paroles de suite, et je veux qu'il m'emmène comme esclave. Lui, un dieu ? À quel*

culte, à quelle foi pourra-t-il prétendre ? Vous-mêmes,
si vous divinisez de tels êtres, qui croira en votre divi-
nité ? [...] Je vote pour qu'une peine sévère lui soit
infligée : des procès à juger sans vacance aucune, qu'il
soit au plus tôt déporté, et qu'il ait à vider le ciel en un
mois et l'Olympe en trois jours.

» Tu as été jusqu'à écrire : *"Son dernier mot après*
avoir lâché un grand bruit du côté où il s'exprimait le
mieux a été : 'Aïe ! Je crois que j'ai chié sous moi !'
N'a-t-il pas toujours fait ça sur tout ! » C'est bien trivial
pour un philosophe qui prétend à la supériorité de
l'esprit, non ?

Paulina ne peut s'empêcher de rire, imitée, malgré
elle, par Agrippine qui poursuit :

— En revanche, je reconnais que ton discours sur
Néron-Apollon est convaincant.

— Cette appréciation ne m'étonne pas de toi,
Augusta.

Le visage d'Agrippine se durcit soudain :

— Tu le compares au soleil ! Prends garde de ne pas
t'y brûler.

*

Toute à sa fureur contre ce fils qui lui échappe,
l'*Augusta* se lance dans d'invraisemblables menaces. La
première, adressée à Néron, est de faire intervenir Britannicus. Le fils de Claude et de Messaline n'est-il pas
assez grand maintenant pour prendre le pouvoir que
détient son frère adoptif, cet usurpateur ? La deuxième,
adressée à Sénèque et à Burrus, est de révéler publiquement les conditions du décès de Claude afin de provoquer une confrontation devant les cohortes prétoriennes
entre son fils et ses deux conseillers d'une part, et Britannicus et elle-même, fille du vénéré Germanicus,

d'autre part. On verrait alors qui devrait être le vrai maître de l'Empire.

— Elle perd la tête, estime Burrus.

— Il vaut mieux ne pas répondre, conseille Sénèque.

En revanche, Néron prend les menaces maternelles au sérieux, d'autant qu'un incident inquiétant s'est produit lors de la dernière fête des Saturnales. Ses rapports avec Britannicus étant restés corrects, tous deux participaient à un jeu avec d'autres jeunes gens : il fallait tirer un roi au sort. C'est Néron qui a été désigné. Selon la règle, il devait donner divers ordres. À Britannicus, il ordonna de chanter, comptant bien qu'avec sa voix vacillante il se ridiculiserait. Britannicus choisit d'entonner un *canticum*, sorte de chant accompagnant une tragédie. Il improvisa alors des paroles pour rappeler que l'héritage de son père lui avait été confisqué et qu'on l'avait chassé de la position suprême. L'assistance en fut si émue que Néron jugea sur le moment préférable de se maîtriser, mais décida de se venger de celui qui se posait en rival, en l'éliminant.

Suivant l'exemple maternel, il fait concocter un poison par la Locuste et, à l'insu de Sénèque et de Burrus, le fait avaler au malheureux Britannicus. Comme pour son défunt père, il faut s'y reprendre à deux fois. La seconde tentative a lieu au cours d'un dîner, en présence d'Agrippine, d'Octavie et de Néron. Après avoir ingurgité une boisson, Britannicus est saisi de convulsions. On croit à l'une de ces crises d'épilepsie auxquelles il est sujet, mais après un dernier soubresaut, il rend son dernier soupir sous les yeux d'une Octavie hagarde, d'un Néron impassible et d'une *Augusta* dont le regard plein d'effroi adressé à son fils révèle à la fois son ignorance du complot et la crainte de ses conséquences.

Britannicus est rapidement incinéré et ses cendres ensevelies au Champ de Mars sous des trombes d'eau. Le peuple interprète ce déluge comme une manifestation de la colère des dieux. D'inévitables rumeurs se répandent, notamment l'une accusant le prince d'avoir sexuellement abusé de son frère avant de l'empoisonner !

Ce crime bouleverse Paulina qui le trouve encore plus terrifiant que le meurtre de Claude.

— Je ne peux croire que Néron soit allé jusque-là. Tu avais eu vent de son intention ?

— Pas du tout, mais après les incidents qui se sont succédé, je le craignais. J'ai tenté de le calmer quand sa mère a agité la menace d'une prise de pouvoir par Britannicus, mais il sait très bien cacher son jeu. Il pratique à merveille la pantomime glorieuse, sans rien dévoiler de ce qu'il mijote derrière la scène.

— Agrippine, elle, devait bien s'en douter.

— Ce n'est pas sûr. Entre mère et fils, la guerre est d'autant plus féroce que, d'une main, ils se font des caresses, et de l'autre, ils aiguisent leurs couteaux.

Pendant que César et l'*Augusta* s'affrontent, le cercle familial de Paulina s'apprête à des changements. Un soir de printemps, au cours d'un dîner dans la résidence du préfet de l'annone, la conversation roule sur les mesures édictées depuis l'avènement de Néron et la part de Sénèque dans ces décisions.

— Je souhaite qu'il puisse continuer dans le même sens, apaiser le conflit entre Agrippine et Néron, et faire cesser ces meurtres, déclare Paulinus l'Ancien. Pour ma part, je l'observerai de plus loin.

— Que veux-tu dire, Père ? s'inquiète Paulina.

— Avez-vous lu tous les deux le texte que Sénèque m'a dédié : *De la brièveté de la vie* ?

— Non, Père, répond le Jeune.

— Moi, je l'ai lu, dit Paulina qui croit deviner ce que son père a l'intention d'annoncer. Il t'incite à ne plus te vouer à une tâche qui absorbe toute ton existence.

— Qu'en penses-tu ?

— Il a raison et tort à la fois. Raison quand il écrit que tu as dû surmonter les fatigues d'une vie agitée, affronter orages et tempêtes sans qu'on t'en ait su gré, et que nombre de gens ont mis ta vie au pillage. Mais il a tort quand il méprise la tâche que tu dois remplir. Cette préfecture de l'annone est capitale pour Rome. Je lui ai rappelé que la diriger était un devoir pour toi. Ai-je eu tort ?

— Que t'a-t-il répondu ?

— Il m'a lu son texte : « *Personne ne te restituera tes années perdues, personne ne te rendra à toi-même sinon toi. Pour rentrer paisiblement au port, n'attends pas que toute ta vie ait essuyé la tempête...* »

— Eh bien, voilà ! dit l'Ancien, je pense que le moment est venu de « rentrer au port ».

— Pourquoi choisir précisément ce moment, Père ? demande le Jeune.

— J'ai failli m'en aller plus tôt. Vous souvenez-vous de l'affaire de la fausse disette ? J'y songe depuis cette pénible journée. Je regrette d'avoir manqué de courage et de m'être plié à l'injonction d'Agrippine...

— Tu ne serais peut-être plus parmi nous si tu ne lui avais pas obéi.

— J'avais demandé à l'empereur Claude de me laisser partir. Il a refusé. Aujourd'hui, Néron a accepté. Il a désigné Faenius Rufus...

— Un protégé d'Agrippine, commente le Jeune.

— Je vais donc retourner en Arelate, poursuit l'Aîné. Votre mère m'y attend depuis des années. Je dois voir où en sont les affaires. Votre cousin Taminius se débrouille bien, mais il est assez prodigue.

— Sénèque te recommande aussi, il me semble, de te consacrer à des sciences utiles, d'oublier les passions et de pratiquer la vertu...

— Là, il en demande trop... Je vais plutôt chercher ce qu'il appelle « la tranquillité de l'âme ».

Paulina se tourne vers son frère :

— Heureusement que tu es encore là, toi.

Le Jeune semble tout à coup embarrassé :

— Pourquoi ? Tu es bien installée maintenant, tu es la femme de Sénèque.

— J'aime avoir quelqu'un de ma famille près de moi.

Le père et le fils échangent un regard et ce dernier est obligé de lui faire un aveu :

— Je vais être nommé légat en Germanie inférieure. Ton mari ne t'en a rien dit ? C'est à lui que je dois cette promotion. Il n'oublie pas les siens d'ailleurs : son frère Gallion est consul suffect, son autre frère Mela est chargé du ravitaillement de l'*Urbs*, et son neveu Lucain questeur avant l'âge légal.

— Sans vous, je vais me sentir bien seule. Et je ne t'aurai plus, toi, mon frère, pour me rapporter les rumeurs de la cour.

— Tu en sauras bien plus par une femme que tu connais depuis longtemps : Valicinia ! Néron l'a fait venir pour lui fabriquer des parfums. Il lui en faut un pour chaque partie du corps et il en fait mettre partout, même aux latrines. Elle pourra t'en apprendre beaucoup sur lui.

— Elle ne dira rien, dit l'Ancien. Elle aura trop peur de parler. Peu importe ! Sénèque en sait de toute façon plus que quiconque.

— Il est prévu que le Sénat le nomme consul l'an prochain, rappelle le Jeune.

— Une titulature qui n'ajoutera rien au pouvoir qu'il détient déjà.

— Peut-être, mais il en est fier, dit Paulina. Quant au pouvoir, il signifie surtout pour lui la possibilité de rendre la société plus juste, plus pacifique. Il expose ces idées dans un ouvrage qu'il prépare sur la clémence.

— Les écrire est important, mais les appliquer est un combat qui requiert une singulière énergie.

— Il a cette énergie. Sa santé est restée bonne depuis son retour. Il s'emploie à la maintenir avec ses exercices, ses courses, ses bains froids.

— En tout cas, nous souhaitons tous qu'il réussisse. Quand je pense qu'il me disait en me conseillant d'abandonner mes fonctions : « L'homme trop occupé ne peut rien faire de bien. » Que fait-il d'autre maintenant ? Et sa situation est pis que la mienne. Il est le trop proche témoin d'un duel entre un serpent et un vautour. Qu'il se méfie du venin et des coups de bec mortels !

— Je ne m'en fais pas pour lui, il croit en sa mission et il a la peau dure, conclut Paulinus le Jeune.

VII

La femme de Sénèque

An 809 depuis la fondation de Rome (56 après J.-C.)

Après le départ de son père et de son frère, Paulina ressent un grand vide. Si elle ne les voyait pas tous les jours, et s'ils ne pouvaient compenser l'absence de sa mère et de sa tante, leur présence non loin d'elle la rassurait. Aussi paisible que puisse être son existence avec Sénèque, resté attentionné malgré son activité publique, elle éprouve le besoin de ce lien familial, comme d'un recours en cas de tempête.

Elle se félicite que Sénèque, par souci d'indépendance, soit retourné vivre dans sa résidence personnelle où il peut recevoir librement le cercle de ses amis et de ses disciples, de plus en plus nombreux depuis qu'il est le conseiller du prince. Elle se sent maintenant chez elle et dirige la maison avec cette autorité non dénuée de souplesse que lui a enseignée sa mère. Elle prend même à son service Rubellina, libérée par le départ de son père. Selon la volonté de Sénèque, sa domesticité demeure très réduite pour une personnalité aussi éminente. Hormis un Silas vieillissant, l'indispensable Luda qui a eu un enfant de Xyrax, et Catiola, *l'ornitrix*, cinq esclaves chargés des travaux domestiques composent le personnel, avec les six Thraces porteurs de litière.

Sénèque a recruté en outre un scribe pour seconder Xyrax dans les travaux d'écriture.

Paulina s'est empressée de transformer la maison de façon qu'elle ressemble le plus possible à celle d'Arelate, même si la structure en est différente. Elle apporte un soin particulier au jardin, laissé pratiquement en friche pendant l'exil. Elle l'a recomposé essentiellement autour de trois ifs et d'un palmier, en y faisant planter des fleurs, rosiers, lis, lauriers, et aménager un bassin qu'elle a peuplé de poissons exotiques aux immenses nageoires semblables à des voiles de nymphe. Elle a songé un moment à acheter une colombe en souvenir d'Albilla, puis y a renoncé à la suite d'un cauchemar qui lui a fait revivre la tempête à bord du *Gaïa*.

Au Palatin, depuis un an, le duel se poursuit entre le prince et l'*Augusta*. Déjà agacé des attentions que sa mère n'a cessé de prodiguer ouvertement à Octavie, Néron s'est surtout inquiété de ses agissements suspects : Agrippine a recruté des partisans, collecté de l'argent et organisé des réunions secrètes avec sa clientèle. Sans doute a-t-elle été affectée par la perte du puissant soutien qu'était Pallas, mais il lui reste, entre autres, Ummidius Quadratus, légat de Syrie et chef d'une importante armée. Informé de ces manigances et la soupçonnant de fomenter un complot, Néron l'a sommée de quitter le palais et d'aller habiter son ancienne résidence. Il l'a privée de la garde militaire dont elle bénéficiait en sa qualité d'épouse d'empereur, et même de l'escorte d'honneur de Germains qu'il avait lui-même affectée à sa sécurité. À la réception des ambassadeurs d'Arménie au Sénat, il lui a infligé en public une cuisante humiliation en refusant de la laisser siéger à son côté, un geste que Sénèque et Burrus se sont gardés de contrarier.

Ces coups, assénés avec rudesse, ont créé le vide autour d'Agrippine. Nombreux sont ses prétendus amis qui ont déserté son entourage et de plus en plus rares sont les visites. Au point que certains de ses ennemis, telle Junia Silana, ont cru le moment venu de l'abattre. Cette ancienne amie, qui aurait perdu un amant à cause d'elle, convainc l'histrion Pâris, un favori de Néron, de faire accuser Agrippine d'une conjuration visant à chasser son fils pour le remplacer par Rubellius Plautus. Celui-ci, cousin de Néron et descendant d'Auguste, fait partie d'un cercle politique animé par Musonius Rufus, personnage remuant, adepte d'un stoïcisme rigide. Fou de rage, le prince menace de faire exécuter sa mère ainsi que Plautus ; il s'en prend même à Burrus, lui reprochant d'avoir permis à l'*Augusta* de corrompre les cohortes. Sénèque doit déployer toute sa force de persuasion pour le calmer, faire maintenir le chef des prétoriens dans ses fonctions, et donner à l'*Augusta* la possibilité de se défendre. Néron accepte, à condition qu'elle soit exécutée si sa culpabilité est reconnue.

Paulina, dont la sympathie pour le jeune prince avait été déjà singulièrement ébranlée par les circonstances de la mort de Britannicus, est scandalisée par ce comportement :

— Ton élève t'échappe, dit-elle à Sénèque.

Celui-ci secoue négativement la tête :

— Non ! Il m'a tout de même écouté. C'est Agrippine qui m'inquiète.

— Est-ce qu'elle complote vraiment ?

— C'est une certitude. Elle est capable de tout, même d'aller jusqu'à la guerre civile, cette abomination !

— Je t'ai toujours dit qu'elle me faisait peur. Tu n'en as pas fini avec elle.

Au cours du procès conduit par Burrus en tant que préfet du prétoire, Agrippine va se défendre avec acharnement, défiant quiconque de prouver qu'elle a tenté de fomenter une révolte en province ou de corrompre l'armée. Comment aurait-elle pu survivre si un Rubellius

Plautus ou un Britannicus avait pris le pouvoir ? clame-t-elle. Elle réussit à être lavée de l'accusation de complot tandis que Silana et ses complices sont condamnés à l'exil ou à la relégation. Seul Pâris en réchappe grâce à la faveur de Néron, qui le juge indispensable pour animer au palais ses soirées théâtrales et poétiques.

— Les nuitées artistiques ne suffisent plus à distraire notre jeune César, révèle un jour Sénèque à Paulina. Il s'est trouvé un nouveau jeu : sortir la nuit avec un groupe d'affranchis de son entourage, et sans les prétoriens attachés à sa sécurité.

— Où va-t-il ? À Suburra voir les filles ?

— Non, je pense que, sur ce plan-là, Acté lui suffit. Il parcourt les rues et s'amuse à brutaliser les passants, il agresse les hommes, contraint les femmes à l'embrasser... Quand il se heurte à une sérieuse résistance ou à une riposte, il n'insiste pas. Un vrai gosse ! Le risque est que cela tourne mal un jour.

Effectivement, c'est ce qui arrive peu de temps après. Néron s'en prend à une femme et tente de l'enlacer, mais le mari survient et lui décoche un coup de poing, le contraignant à fuir. Le prince reçoit le lendemain une lettre de cet homme, qui n'est ni plus ni moins qu'un sénateur : le clarissime s'excuse d'avoir molesté l'empereur, qu'il n'avait pas reconnu.

— Ah ! il sait donc qu'il a frappé César ! Eh bien, qu'il meure ! s'exclame Néron.

Lorsque Sénèque avoue à Paulina sa consternation et son incapacité à convaincre Néron de faire preuve de clémence, elle ne peut s'empêcher de dire :

— Il n'a pas vingt ans. Est-il encore possible de le remettre sur une voie plus digne ?

— Il ne faut jamais désespérer, Paulina.

Néron ne cesse en fait de dérouter son entourage et le peuple. On l'a loué pour sa piété filiale lorsqu'il a demandé au Sénat d'ériger une statue de son père

Domitius. On s'est étonné de sa modestie lorsqu'il a interdit qu'on le statufie en argent ou en or. On s'est félicité de sa fidélité à ses précepteurs Sénèque et Burrus. On juge ses amours avec Acté bien naturelles pour un si jeune prince et même attendrissantes, l'ancienne petite esclave venue d'Orient étant une douce agnelle comparée à Messaline et à Agrippine, ces redoutables prédatrices. On considère son goût prononcé pour le chant et la musique préférable à la passion de Claude pour les jeux sanglants. Des voix s'élèvent même au Sénat, non sans la flagornerie de rigueur, pour vanter sa grandeur d'âme.

Sénèque explique ainsi son élève :

— Il s'agit d'un caractère contradictoire où se mêlent une générosité naturelle et un sens aigu de ses intérêts. Il peut dépenser des millions de sesterces pour des jeux ou faire plaisir à ses amis, mais aussi pour acheter le soutien de personnalités influentes. Son désir de s'imposer peut aller jusqu'à la violence, et il a une tendance irrésistible à faire des caprices d'enfant. Cet amalgame, que couronne l'impunité du pouvoir, lui permet de se croire protégé des dieux.

Paulina s'abstient de formuler la moindre objection. Ce que lui rapporte Valicinia, devenue l'*unguentaria* personnelle de Néron, sur les lubies du jeune César, lui confirme ces contradictions, mais elle sent surtout que cette argumentation permet à Sénèque de se persuader qu'avec le ferme soutien de Burrus, il est encore maître du jeu. « C'est l'association de l'encre et du fer », se plaisait à dire Paulinus le Jeune.

À sa puissance s'ajoute en effet la gloire de l'écrivain. Après l'entretien *De la brièveté de la vie* dédié à son beau-père, le philosophe stoïcien publie *De la tranquillité de l'âme*. Ces textes remportent un vif succès et suscitent beaucoup de commentaires et de discussions sous les portiques du Palatin comme sous ceux du

Forum, la position de l'auteur y ajoutant un singulier piment. Comment ne pas percevoir de lien entre ses réflexions philosophiques et son expérience du pouvoir ? Comment ne pas voir une allusion teintée d'une certaine amertume à sa situation lorsqu'il écrit : « *N'ouvrons pas un champ trop étendu à nos désirs, renonçons à l'impossible ou à ce qui est trop ample à construire... Gardons-nous d'envier les situations les plus hautes, car une cime peut n'être que le bord d'un gouffre*[1] »? Les amateurs de rumeurs croient aussi pouvoir y trouver des allusions aux intrigues de la cour, aux disputes princières, aux failles du pouvoir. Conçu comme un dialogue avec son ami Annaeus Serenus, le faux amant d'Acté, *De la tranquillité de l'âme* est en quelque sorte une suite du premier. Il y avoue sa conscience de la fragilité des choses : « *Existe-t-il une toute-puissance qui ne soit pas menacée d'effondrement et des violences d'un maître ou d'un bourreau ?... En une heure de temps, on peut passer du trône aux pieds d'un vainqueur... Garde en tête que toute condition est exposée à des revirements et que tout ce qui affecte autrui est susceptible de t'atteindre.* »

Sénèque ne se contente pas d'écrire. Il réunit le soir ses amis avec qui il forme depuis quelques années le cénacle le plus animé de Rome. Si celui d'un autre stoïcien, Musonius Rufus, est plutôt tourné vers la défense de la morale et l'austérité, et si celui de Thrasea Paetus est essentiellement fondé sur la défense des prérogatives du Sénat, chez Sénèque, écrivains, philosophes et diverses personnalités de l'administration se côtoient et débattent de politique ou de philosophie, de littérature nouvelle ou de l'évolution du prince. Les plus assidus sont, outre ses frères Gallion et Mela, lorsqu'ils sont présents à Rome, le fidèle Chaeremon, le poète épicurien

---

1. Citation extraite de *De la tranquillité de l'âme*, chapitre intitulé « Supériorité et détachement du sage ».

Lucilius, l'historien Fabius Rusticus, le poète lyrique Caesius Bassus, l'écrivain helléniste Cornutus, l'orateur Julius Africanus, et des membres de sa clientèle. Burrus y fait de fréquentes apparitions, néanmoins le plus fougueux est Lucain, neveu du maître. Il n'a pas encore atteint sa vingtième année mais écrit des vers depuis trois ans. L'un des sujets littéraires du moment est la question du style nouveau dont Sénèque lui-même offre le modèle en prônant la concision et l'énergie, la recherche de l'originalité, l'imaginaire poussé jusqu'au fantastique, « comme je le fais dans mes tragédies ! » précise-t-il. Le plus ardent à s'y appliquer est évidemment son neveu, toujours prêt à critiquer les grands classiques, en particulier Virgile.

Paulina assiste parfois à ces débats, mais elle s'abstient de participer aux discussions qui portent trop fréquemment à son goût sur les rapports entre stoïcisme et épicurisme, parce que ces spéculations philosophiques la dépassent et l'ennuient.

De son côté, elle reçoit ses amies, comme la fille de Burrus, la sœur d'Annaeus Serenus ou Faustina. À la belle saison, elle les emmène à la résidence marine de son père, dont l'entretien lui a été confié, et l'été, afin d'échapper à la chaleur de Rome, au domaine d'Albanum. Parfois, c'est Faustina qui l'invite dans sa villa de Baïes, sur la côte de Campanie.

Excepté cette dernière, personne ne la distrait mieux qu'Acté qu'elle connaît depuis l'affaire du parfum et qui l'a choisie pour confidente, la trouvant bien disposée à son égard et surtout tolérée par Néron. Depuis que Paulina l'approche, elle comprend la passion de Néron. Le contraste entre un minois enfantin et des lèvres sensuellement ourlées, entre la minceur d'un corps adolescent et la rondeur d'une poitrine singulièrement développée lui donne un attrait indéniable. Il s'y ajoute une qualité morale assez rare sur le Palatin, la franchise.

Aussi Paulina peut-elle la croire quand elle affirme entendre Néron se louer de son cher précepteur :

— Il me dit souvent que Sénèque ne sait pas seulement le conseiller pour les affaires de l'État, mais aussi le comprendre. Et il n'oublie pas que c'est grâce à toi et à ton époux que nous pouvons nous aimer.

Les fantaisies nocturnes de Néron ne semblent guère troubler Acté, qui les admet comme des jeux adolescents, jusqu'à ce qu'un jour Paulina la voie arriver en pleurs :

— Il se détache de moi… Il vient de moins en moins souvent et quand il vient, il tourne en rond, me regarde à peine et ne me touche pas. Il se fait apporter une lyre et se met à jouer… L'autre jour, comme la musique était jolie, je me suis mise à danser, nue. Là, il m'a regardée et s'est mis à réciter des vers évoquant des nymphes, puis il s'est brusquement arrêté et il est parti sans un mot.

— Crois-tu qu'il y a quelqu'un d'autre… une autre femme ?

— Je ne sais pas. On me dit qu'il passe ses nuits avec ses amis.

— Et l'*Augusta* ?

— C'est le contraire. Elle me fait des cadeaux, mais elle a parfois un comportement bizarre.

— De quelle sorte ?

— Elle emmène Néron dans sa litière et ils y restent longtemps, tous rideaux fermés. Ce n'est pas normal. Tu devrais en parler à Sénèque.

Paulina ne sait comment la rassurer, sinon par des paroles banales, mais elle alerte Sénèque :

— Acté se fait des idées… encore qu'Agrippine ne reculerait pas devant un inceste. Elle récidiverait, mais avec son fils ! Ce serait proprement scandaleux !

— La crainte de le perdre pourrait l'y pousser, non ?

— De toute façon, les prétoriens et l'armée se révolteraient. Pour le moment, l'information reste trop vague pour que j'intervienne.

Acté n'est pas la seule à venir s'épancher auprès de Paulina. Depuis le départ du Jeune, Faustina sombre de plus en plus dans la mélancolie. Paulina n'aurait pas imaginé qu'elle fût si amoureuse de son frère. Elle savait qu'elle n'avait pas cherché à se faire épouser, mais qu'il soit parti sans le lui proposer l'a meurtrie.

— S'il l'avait fait, l'aurais-tu accompagné ? lui demande-t-elle.

Faustina hésite avant de répondre :

— Je ne tenais pas à aller vivre chez ces Barbares, mais aujourd'hui je suis perdue… Avec Paulinus, j'avais trouvé ce que je pensais ne plus pouvoir ressentir…

Paulina ne sait que lui dire. Sa pudeur l'empêche de lui suggérer de trouver un autre amant. Faustina n'y aurait aucune peine. Avec son visage aux traits délicats et un corps aux formes épanouies, elle a des attraits qui rendaient le Jeune fou de jalousie. La consolation, Faustina va la trouver dans une autre forme d'amour.

Un après-midi, elle rend visite à Paulina accompagnée d'une femme plus âgée qu'elle, du nom de Pomponia Graecina. Outre la différence d'âge, cette matrone imposante de dignité et portant d'austères vêtements noirs, le visage sans fard et le regard mélancolique, offre un surprenant contraste avec l'élégante Faustina, toujours fardée et apprêtée comme pour se rendre à une fête. Elle est l'épouse d'Aulus Plautius Silvanus, un légat de Pannonie, qui s'était distingué durant la campagne de l'empereur Claude en Britannia. N'ayant jamais entendu Faustina lui parler de cette amitié, Paulina attend d'être seule avec elle pour lui faire part de son étonnement :

— Ton amie Graecina est certainement une femme de grande qualité, mais elle est si différente de toi !

— Que nous soyons si différentes, quelle importance ? Elle sait trouver les mots pour me consoler.

— Pardonne-moi d'en être incapable !

— Ne dis pas ça ! Ton amitié est la meilleure des consolations. Entre Graecina et moi, il y a une autre sorte de lien, une même foi.

Paulina, se souvenant que Faustina a elle aussi pratiqué le culte d'Isis, s'abstient d'en demander davantage.

Quelque temps plus tard, elle la voit arriver bouleversée.

— Il faut que tu nous aides.

— Vous aider ? Mais qui d'autre que toi et comment ?

— Tu te souviens de Graecina ? Elle est accusée de superstitions étrangères et menacée d'une sévère condamnation.

— Le culte d'Isis ? Il me semble qu'il est autorisé.

— Il ne s'agit pas de cela. Je suppose que tu as entendu parler de ce culte qui s'est développé chez les Juifs autour de l'enseignement d'un homme appelé Christos, exécuté il y a plus de cinquante ans.

— Celui qui a été crucifié en Judée ? Vaguement, et alors ? Graecina est juive ?

— Non. Christos était un prophète dont la parole ne s'adressait pas seulement aux Juifs.

— Je me doutais bien que Graecina cachait quelque chose.

— Son deuil prolongé suscite beaucoup de rumeurs.

— Pourquoi le porte-t-elle si longtemps ? Qui a-t-elle perdu ?

— C'était une amie de Julia Drusilla et, depuis sa mort ordonnée par Messaline, elle a fait serment de porter des vêtements noirs en signe de pénitence.

— Pénitence ? Mais elle n'y était pour rien !

— Graecina a trouvé dans la parole de Christos le sens de la justice et de la compassion qui a presque totalement disparu de notre Cité. Elle prie Dieu pour le pardon des fautes et des crimes commis par les hommes, pour demander le salut de tous.

Paulina regarde Faustina avec stupéfaction :

— Pénitence, salut ? Ces mots sonnent bizarrement dans ta bouche. Ils ne sont pas de notre religion.

— Ils sont universels, Paulina.

— Qu'attends-tu donc de moi ?

— Tu es la femme de Sénèque, l'homme le plus puissant de Rome après César, peux-tu lui en parler, lui demander d'intervenir en faveur de Graecina ? Il connaît bien son mari, Silvanus. Il comprendra sûrement.

— Je lui en parlerai… Est-ce que, toi aussi, tu es entrée dans cette secte ?

— Je respecte ceux qui en font partie et j'admire leurs vertus, mais je ne suis pas capable de me soumettre à leurs règles, trop sévères à mon goût. Je ne saisis pas très bien cette histoire de dieu unique et aussi cette prière pour le rachat des fautes. Et puis, je ne suis pas capable de sacrifier certains plaisirs de la vie et de me vêtir de noir comme Graecina. Si je l'aide, c'est par pure amitié.

Paulina transmet à Sénèque la supplique de Faustina. Il hausse les épaules comme si cela l'importunait :

— Je suis au courant. Je déplore ce qui arrive à Silvanus, un homme que je respecte. Mais je ne comprends pas pourquoi sa femme va se commettre avec les Juifs et avec ces adeptes de Christos, un illuminé qui affirmait être envoyé par le dieu des Juifs pour sauver le monde et dont les sectateurs prétendent qu'il est ressuscité ! Tout cela s'apparente à de la superstition ! Et comme elle est punissable, je ne peux, moi qui prône le respect des lois, intervenir pour soutenir quelqu'un qui les viole.

— Cette femme n'est pas une criminelle…

— Écoute, Paulina, ne te mêle pas de ça.

— J'ignore tout de cette secte, mais cette Graecina m'a paru très digne. Faut-il la punir parce qu'elle croit en un seul dieu ? Ne peux-tu persuader Néron de faire acte de clémence ?

Sénèque finit par céder. Cependant, il connaît assez Néron pour ne pas invoquer à nouveau la clémence. Il sort de la poussière du temps une antique coutume selon laquelle une femme coupable peut être soumise au jugement de son époux, entouré d'un conseil de famille. Néron, qui aime à donner l'image d'un empereur respectueux des lois anciennes, accepte la procédure. C'est ainsi que Graecina est innocentée par son mari et le « tribunal » familial. En apprenant le verdict, le prince déclare haut et fort que Graecina a bénéficié de sa clémence, mais il avertit les fidèles de Christos qu'il ne tolérera pas le moindre manquement aux lois de Rome.

— Tu vois qu'il m'écoute, ne manque pas de dire Sénèque à Paulina.

*

An 810 depuis la fondation de Rome (57 après J.-C.)

Paulina, qui est devenue une lectrice assidue des ouvrages de son mari, est très fière de la renommée qu'ils lui valent. Elle aime à s'attarder chez les libraires de l'Argiletum, dans la boutique des frères Sosion, et à fureter dans les « nids de volumes » où sont rangés les rouleaux contenant les manuscrits. Tout le monde la connaît et la laisse entrer dans les ateliers de scribes, qui sentent l'encre, et ceux de la reliure où elle aime à observer l'assemblage des feuilles et leur enroulement.

L'un des succès dont s'honore Sénèque est d'avoir incité Néron à suivre, à son exemple, une grande tradition de la Grèce : réunir le soir des philosophes appartenant à diverses écoles, au lieu de courir les rues ou d'organiser des combats de gladiateurs au Champ de Mars.

— Tu rassembles déjà des poètes et des musiciens, pourquoi ne pas appeler de grands esprits pour s'enrichir de leurs propos et de leurs discussions ? Toi qui parles toujours d'Orient, reçois donc mon ami Chaeremon ! Il est la meilleure source pour connaître l'Égypte, sans les divagations auxquelles peuvent conduire certaines interprétations erronées. Je voulais aussi te présenter mon neveu Lucain. Il n'a que dix-huit ans mais c'est un poète très doué.

— Il sera le bienvenu. À propos, ne comptais-tu pas donner lecture d'une tragédie ? J'espère que ce sera au palais.

Sénèque aurait préféré un lieu privé, comme la résidence de son beau-père, sur l'Aventin, mais il ne peut refuser la proposition du prince qui lui demande le titre de la pièce.

— *Thyeste*.

Lorsque Paulina apprend quelle tragédie Sénèque a choisie pour une lecture devant l'empereur, et peut-être l'*Augusta*, elle sursaute :

— Tu veux provoquer le prince ? Cette terrible histoire d'Atrée et de Thyeste, deux frères qui se disputent le trône jusqu'au crime, rappelle trop celle de Néron et Britannicus.

— Ne place pas la tragédie au même niveau que la réalité. Si le forfait de Thyeste, qui séduit la reine Etrope et, avec son aide, vole le bélier d'or, relève de la loi des hommes, la vengeance d'Atrée qui tue les enfants de son frère et les lui offre à manger n'en dépend plus, elle viole la loi divine. Nous sommes là bien au-delà de la réalité, nous sommes dans le monde de l'imaginaire, de la folie furieuse. Ne t'ai-je pas déjà dit que cet imaginaire a le pouvoir de dissiper les élans obscurs de l'âme dans les brumes de la poésie ?

— Néron va amalgamer les deux mondes, lui qui a déjà tendance à se prendre pour Apollon ou Orphée !

— Ne t'inquiète pas. Je lui ai appris ce qu'était une tragédie. Il n'y verra ni allusion ni exemple à suivre. Et puis ses rêves ne le poussent tout de même pas à l'anthropophagie...

C'est devant une trentaine de personnes que se donne la lecture, très attendue, de *Thyeste*. Parmi ce public restreint, qui a pris place sur des lits disposés en demi-cercle autour de celui où Néron s'est allongé, il y a Acté à son côté, l'histrion Pâris, le jeune Lucain, Chaeremon... Paulina, assise juste derrière la jeune favorite, est aussi anxieuse qu'un acteur avant d'entrer en scène mais, comme les autres auditeurs, elle se laisse vite envoûter par la voix grave de Sénèque qui déroule les mots en un flot continu, rythmé, presque incantatoire :

« *Ombre funeste, que ton souffle déverse sur ton palais la colère des Furies... que tes descendants s'arment du glaive meurtrier pour une lutte fratricide... que le destin de cette impitoyable famille hésite entre deux rois...* »

Paulina ne peut se retenir de glisser un coup d'œil vers Néron, mais celui-ci, le regard fixe, ne bronche pas...

« *Le malheur succède à la puissance, la puissance au malheur... Atrée furieux pénètre en ce lieu funeste, entraînant avec lui les enfants de son frère...* »

Acté se serre alors contre le prince. Toujours immobile, celui-ci commence à avoir un regard étrange, comme perdu dans on ne sait quel horizon trouble ou quel insondable gouffre, lorsque la voix, de plus en plus vibrante, poursuit le récit de l'horrible crime :

« *Comment peut-on raconter avec dignité l'abominable sacrifice ? Quelle partie du monde a pu servir de scène à un crime aussi monstrueux ? Il attache lui-même* »

les nobles mains de ses neveux et ceint leurs fronts d'une
bandelette de pourpre... Et ose parer l'horreur du forfait
de rites sacrés ! »

Le personnage d'Atrée :

« *Je marche du même pas que les dieux, je vois à mes*
pieds tous les hommes et ma tête touche au ciel. C'est
maintenant que le trône de mon père m'appartient... »

Dans la salle, la tension grandit, Néron s'agite soudain
sur son fauteuil, en secouant la tête comme pour chasser
quelque mauvais songe. Il se redresse et repousse brutalement Acté qui se recroqueville comme une chatte
apeurée.

« *Entre le jour et la nuit, le ciel semble étonné de*
n'avoir plus de clartés. Que se passe-t-il ? La voûte
céleste s'ébranle avec de plus en plus de force, les
ténèbres s'épaississent, l'obscurité grandit, la nuit se
dissimule... »

Lorsque l'ultime et terrible dialogue résonne tel le
claquement d'un fouet : « *Quel crime ont pu commettre*
mes enfants ? » demande Thyeste. « *D'être nés de toi !* »
répond Atrée, l'auditoire est pétrifié et le silence se fait
lourd. Néron le brise en battant des mains à tout rompre
déclenchant une vague d'applaudissements.

Il se précipite vers Sénèque pour l'embrasser et le
féliciter, pendant que toute l'assistance se répand en
compliments enthousiastes.

Paulina, qu'Acté tremblante d'émotion a rejointe,
flotte entre le sentiment de bonheur que donne le succès
et un indéfinissable malaise, comme si l'horreur de cette
histoire représentait un mauvais présage.

*

Paulina se réveille en sursaut et saute du lit. Elle est en sueur, essoufflée. Sénèque, qui dort à son côté, se redresse, inquiet, mais elle sait qu'il ne croit pas aux présages.

— Ce n'est rien, dit-elle en essayant de reprendre ses esprits.

Ce « rien » est un cauchemar. Depuis la lecture de *Thyeste*, elle en a fait plusieurs, mais décousus, légers, vite oubliés. Celui-ci la terrifie et l'empêche de se rendormir. Il était si prenant et si mouvementé, si angoissant qu'en cette nuit d'hiver qui coiffe le Palatin d'un brouillard givrant elle a l'impression que la frontière entre le songe et la réalité s'est effacée. Elle s'est vue sur un navire, sorte de *Gaïa* fantôme submergé par une énorme vague, puis emportée par un monstrueux poulpe qui l'étouffait de ses tentacules et aspirait son sang. Elle était jetée exsangue sur une plage comme celle d'Ostia, où un monstre velu et ressemblant à Plautus la dépeçait. Réapparaissant en une nymphe parée comme Isis, elle était jetée dans un bassin grouillant de serpents, auxquels elle tentait d'échapper en s'accrochant en vain aux plumes d'une colombe…

Elle s'abstient d'en parler à Sénèque, mais se confie à Luda et à Faustina. La première, effrayée, y voit également un mauvais présage, la seconde n'y croit pas.

Paulina espère oublier le songe en assistant à une pantomime donnée à la mi-février à l'occasion des Lupercales. Le sujet, qui tourne autour d'Arion, le musicien de Lesbos, a été suggéré, autant dire imposé, par Néron à Catullus, l'auteur de cette pantomime que Pâris doit interpréter.

En cette dernière journée festive, l'animation que connaît le théâtre de Pompée dissipe la tristesse d'un ciel plombé. L'apparition de Néron déclenche une ovation, signe de son incontestable popularité. Vêtu d'une éclatante toge pourpre et or, il fait une apparition digne de Phébus, qu'il prétend incarner. Il est facile de comprendre pourquoi il a choisi le thème de la légende d'Arion : ce joueur de lyre avait une voix dont on disait qu'elle suspendait le cours des torrents et des fleuves, rendait le loup aussi doux que l'agneau, faisait reposer chien et lièvre sous le même ombrage et voleter la colombe devant l'épervier. On raconte que Diane, en l'entendant, croyait ces accords issus de la lyre de son frère Apollon. Le maître d'Arion, Périandre, tyran de Corinthe, l'avait autorisé à aller chanter en Sicile et il en revenait lorsque l'équipage du bateau projeta de le voler et le tuer. Il obtint de chanter et de jouer une dernière fois. Au moment où les agresseurs apprêtaient leurs armes, il sauta dans la mer et fut recueilli par un dauphin, envoyé par Apollon, qui le lui avait promis en songe. C'est ainsi que Jupiter fit de la lyre d'Arion et du dauphin sauveur une constellation de neuf étoiles portant le nom d'Arion.

Alors que la danse et les gestes de Pâris, dont le corps longiligne est d'une infinie souplesse et d'une force insoupçonnée, enflamment Néron et le public, qui associe le prince au triomphe de l'histrion, Paulina sent un regard dirigé sur elle plutôt que sur la scène. Elle se tourne, pâlit et saisit le bras de Faustina :

— Je savais que ce cauchemar n'était pas anodin. Regarde sur notre droite…

Faustina jette un coup d'œil et murmure :

— Atilia… Et alors ? Elle ne va pas fondre sur toi comme en Arelate !

Paulina ne parvient plus à prêter attention à la pantomime, et lorsque celle-ci s'achève, elle presse Faustina de partir pour éviter une rencontre. C'est avec soulagement que toutes deux retrouvent leur litière.

— La louve a fait du chemin, évidemment en position allongée.

— Qui était l'homme qui l'accompagnait ?

— Publius Rufus Suillius, un ancien questeur, il a été le gendre d'Ovide. Il est très riche.

Faustina ignore, ou omet d'ajouter que le personnage a sévi sous le règne de Claude comme redoutable délateur. Sénèque en dira plus :

— Il y a longtemps, il a été accusé de prévarications et de corruption, et condamné à la relégation, mais s'y ajoutait un autre motif : il était lié à la famille de Germanicus.

— Il serait donc un client de l'*Augusta*…

— C'est plus compliqué. Entre-temps il est revenu en grâce sous le règne de Caius Caligula, puis il a été consul suffect sous Claude. C'est le genre d'individu qui rentre par la fenêtre quand on le fait sortir par la porte. Il est alors devenu délateur pour le compte de l'empereur et de Messaline.

— Il n'était donc plus du côté d'Agrippine.

— Oh ! Il a bien tenté de rejoindre sa clientèle, mais elle s'en est méfiée.

— Et maintenant ?

— Néron l'a éloigné sur mon conseil. Il est évidemment devenu un ennemi du prince…

— Par conséquent de toi.

— Comme beaucoup d'autres, surtout depuis la loi Cincia que j'ai inspirée et qui interdit toute perception d'argent pour plaider une affaire en justice. Les rapaces comme Suillius, qui monnayaient leur influence auprès du prince Claude, ont perdu une belle source de revenus… mais pourquoi ces questions ?

— Je t'ai déjà parlé de la première épouse de Taurus. Elle avait tenté de m'agresser au théâtre, en Arelate. On la voit souvent en compagnie de ce Suillius.

— Et alors ? Que veux-tu qu'elle te fasse ? Si tu crains une agression, fais-toi toujours accompagner.

Paulina hésite à lui avouer qu'elle a fait un terrible cauchemar et qu'elle l'a interprété comme un mauvais présage, puis elle n'y résiste pas et commence à le lui raconter. Il l'interrompt très vite :

— Ne m'en dis pas plus et essaie de l'oublier. Il faut que tu apprennes à chasser de ton esprit des songes qui ne sont pas des avertissements divins mais les effets d'un état physique. Te souviens-tu si tu étais bien portante, cette nuit-là ?

Paulina retient un geste de mécontentement :

— Il m'est difficile de ne pas y croire... La réapparition de cette Atilia le confirme. Elle est sortie de mon mauvais rêve.

Sénèque fait un signe pour lui faire comprendre qu'il ne veut plus en entendre parler.

— J'ai d'autres soucis en tête, Paulina. Les Parthes ont pénétré en Arménie où ils causent des troubles, et les légions sont impuissantes à les déloger. Nous devons éviter une nouvelle guerre, qui absorberait notre énergie et nos ressources, et à laquelle personnellement je répugne. Alors, ton Atilia...

Paulina n'insiste pas.

La situation extérieure est en effet devenue préoccupante, en particulier en Arménie où les incursions des Parthes ont repris. Sénèque et Burrus ont nommé Domitius Corbulon commandant suprême en Orient. Le nouveau chef a trouvé des légions démoralisées, éprouvées par un hiver rude et frappées par une vague de désertions. Au printemps, il lance pourtant une puissante contre-attaque et chasse les Parthes d'Arménie après s'être emparé de la principale ville, Artaxate. La victoire offre pour la sixième fois à Néron le triomphe d'*Imperator*. Actions de grâces aux dieux, érection d'arcs de triomphe, statues à son effigie, attribution du consulat pour plusieurs années[1] se succèdent. Tout Rome est en fête pour voir le défilé sur la Via Sacra, au son des trompes et au milieu des fumées d'encens s'échappant des temples. En tête du cortège, l'exposition du butin de guerre, suivie des taureaux destinés au sacrifice, avec leurs cornes dorées ornées des bandelettes rituelles, puis vient la colonne de prisonniers, et enfin le triomphateur sur son char monumental, entouré des chefs militaires à cheval, à la tête desquels apparaît le véritable vainqueur, Corbulon. L'empereur de vingt ans, couronné de laurier, revêtu de la toge pourpre brodée d'or et de la tunique décorée de palmes et de victoires, tient une branche de laurier et un sceptre d'ivoire surmonté d'un aigle. Se haussant de toute sa taille, il laisse planer son regard sur la foule qui l'ovationne. L'armée victorieuse ferme la marche, acclamant Corbulon, son chef, en y mêlant, selon la coutume, railleries et quolibets.

Une fois les prisonniers exclus du cortège afin d'être vendus ou suppliciés – le prix de la défaite –, le prince célèbre un sacrifice au temple de Jupiter Capitolin, et la cérémonie s'achève par un banquet monumental auquel sont conviés les dignitaires et magistrats, mais également, selon le désir de Néron, les soldats et le peuple.

Sénèque tire gloire lui aussi du triomphe, car il est applaudi par la foule quand elle l'aperçoit dans la suite du prince. Au milieu des épouses de sénateurs qui assistent au sacrifice, Paulina partage sa fierté, mais ne peut chasser de son esprit les images persistantes de son cauchemar.

1. Le Sénat décrète que Néron pourrait être nommé consul de façon ininterrompue. Il l'avait déjà été en 55, 57, il l'était en cette année 58, et le sera en 60 et en 68.

*

Un après-midi, Lucain, rouge de colère, surgit chez son oncle qu'il trouve en train de dicter un texte à un scribe.

— Que t'arrive-t-il ? lui demande Sénèque.

— Je viens d'avoir une altercation au Forum.

— À quel propos ?

— Un certain Suillius se répandait en propos injurieux à ton égard.

— Tiens ! Le revoilà ! murmure Sénèque. Que disait-il ?

— Il te traitait de flatteur, d'adulateur ayant débauché des femmes de la maison princière… Il faisait rire quelques imbéciles en disant que l'odeur des filles de Germanicus t'excitait et que tes doigts crochus aimaient à fouiner dans leurs fourrures princières…

— Minable grossièreté, marmonne Sénèque.

— Tu tiens à ce que je continue ?

— Évidemment !

— Eh bien, tu serais un prétendu philosophe qui pataugerait dans des travaux inutiles et ne séduirait qu'une jeunesse sans instruction, ébahie par ton beau langage…

Cette fois, le visage de Sénèque se crispe :

— C'est tout ?

— Oui, parce je l'ai interpellé en lui reprochant ses grossièretés. Il s'est alors montré agressif et ses amis m'ont bousculé, puis il m'a lancé « Tu es son neveu, alors sache que ton oncle est un envieux qui se venge de son exil sur les amis de l'empereur défunt. N'est-ce pas pathétique ? Il est jaloux de ceux qui pratiquent la vraie éloquence et défendent les citoyens victimes d'injustices ou d'escroqueries »…

— Ah ! c'est bien ce que je pensais ! coupe Sénèque. Il me reproche d'avoir remis à l'honneur la loi Cincia,

401

évidemment ! Sa principale activité était de se faire grassement rétribuer pour plaider dans les procès. Il a ainsi soutiré beaucoup d'argent en faisant croire qu'il avait l'oreille du prince.

— Il avait vraiment de l'influence ?

— Avec un Claude, on pouvait tout obtenir si on savait y faire. De toute façon, peu importe !

— Il faut que tu réagisses !

— Comment ? En lui envoyant des gens pour le rappeler à l'ordre ? Ce n'est pas dans mes habitudes.

— Tu as tort, mon oncle. Cet individu va continuer à t'insulter.

Sénèque hausse les épaules et reprend son travail. Mais, incapable de se concentrer, il s'interrompt et renvoie son scribe. Il reste un long moment dans son cabinet à ruminer ce que lui a rapporté Lucain et finit par envisager une riposte si Suillius persistait dans ses propos malveillants.

Le soir venu, Paulina s'étonne de sa mine sombre. Quand elle lui en demande la raison, il répond que ce sont des tracas anodins, mais comme elle insiste, il lui raconte l'incident. Elle pâlit :

— Je le savais ! C'est cette sorcière d'Atilia. Elle a jeté sur nous le mauvais œil.

— Que racontes-tu ?

— Je t'ai parlé de la femme répudiée par mon premier mari, de mon cauchemar. Atilia est la maîtresse de Suillius. Je suis sûre que c'est elle qui l'a poussé à te dénigrer.

Sénèque est surpris par la véhémence inhabituelle de Paulina.

— Calme-toi, *dulcissima*. Suillius est un ignoble individu qui n'a besoin de personne pour cracher son venin. Tu me dis avoir vu cette Atilia au théâtre. A-t-elle tenté un geste, prononcé une parole contre toi ?

— Non, elle m'a lancé un terrible regard.

— Un regard ne peut nous faire du mal.

Aussi rassurantes que puissent être les paroles de Sénèque, elles ne suffisent pas à ôter de l'esprit de Paulina la conviction qu'Atilia est à l'origine de cette campagne de dénigrement qui, chaque jour, prend de l'ampleur. La nouvelle attaque met en cause l'argent et les biens de Sénèque. Un peu partout, dans les tavernes de l'Esquilin, sous les portiques du Forum, autour de la Curie, dans les allées du Palatin, les langues s'activent pour dénoncer une fortune qui serait scandaleuse, obtenue par des moyens douteux – courbettes au prince, extorsion à des vieillards en leur dictant leurs testaments, et pis :

— C'est un *fenerator*, un usurier, un amateur de jeunes esclaves épilés, aux joues lisses… Comment a-t-il pu, en quatre ans, amasser une fortune de trois cents millions de sesterces[1] ? vocifère Suillius qui va jusqu'à donner des détails.

Il y aurait chez lui quelque cinq cents guéridons de bois à « œil de paon[2] », une multitude de vases en cristal de roche ou en porcelaine venant de lointaines contrées orientales, des statues en or ou en argent, bref tout ce que lui-même, le stoïcien, reproche aux autres de posséder.

— Il fait tout le contraire de ce qu'il enseigne dans sa philosophie !

— Ignobles et stupides calomnies ! s'indigne Sénèque, qui en oublie ce qu'il a écrit sur la colère. Moi un *fenerator* ? M'a-t-on jamais vu fureter au Janus Medius[3] ? Un amateur de jeunes esclaves, moi qui ne supporte pas de voir de vieux sénateurs se tortiller devant les *tunicati*[4] ? Et ces trois cents millions de sesterces,

---

1. Évalués par Paul Veyne à 1 800 millions de francs.
2. Incrustations d'écailles de tortue marine.
3. Lieu de réunion des agents financiers.
4. Rétiaires combattant vêtus d'une simple tunique.

pourquoi pas huit cents ? Où pourrais-je mettre chez moi cinq cents guéridons ?… Ce Suillius n'est qu'un envieux qui voudrait voir tout le monde tomber parce qu'il n'a pu s'extraire de sa fange !

Cette indignation est partagée par Paulina, comme si elle se sentait elle-même salie par tant de malveillance. Certes, Sénèque est riche, mais peut-on lui reprocher d'être né dans une famille aisée et d'avoir hérité d'un certain nombre de biens ? Il a épousé une jeune femme dont la dot lui permet de soutenir son train de vie, assez modeste pour un clarissime, proche conseiller du prince. L'empereur Claude lui a restitué les propriétés qui lui avaient été confisquées et l'a en outre dédommagé en lui octroyant des terres en Égypte. À cela s'ajoutent des terres en Italie et en province, dons de Néron à son maître. N'est-ce pas la règle que l'on reçoive des bienfaits du prince en échange de services rendus ? Quant à l'accusation de bénéficier de dispositions testamentaires, n'est-il pas coutumier de voir un patricien fortuné léguer un bien à un écrivain qu'il admire ? Il y a enfin les affaires, en l'occurrence les investissements et les participations financières, conseillés par son beau-père et le financier Cornelius Senecio, dans le fret maritime, ainsi que les prêts consentis à des villes ou à des provinces. Le plus important est celui accordé à la Britannia, dernière conquête, qui a un grand besoin d'argent pour son développement. Le montant en est considérable : quarante millions de sesterces qui produisent des intérêts consistants. Cette fortune, dont on dit qu'elle est la plus importante de Rome, a été acquise légalement, justifiée par la pratique ordinaire et l'importance des tâches publiques assumées. Au demeurant, le philosophe stoïcien sait en faire usage, en prodiguant ses propres bienfaits aux membres de sa clientèle et aux nécessiteux. Quoi qu'il en soit, on ne défie pas impunément un homme aussi puissant que Sénèque. La riposte est aussi sévère que l'attaque. Ne pouvant tolérer plus longtemps la campagne de dénigrement de Suillius, il engage un procès contre ce diffamateur à la bave empoisonnée. Il ne lui est pas difficile de trouver des témoins et des accusateurs, les agissements du personnage ayant toujours été douteux : outre des détournements de fonds publics et la mise au pillage des trésors de princes amis lorsqu'il gouvernait la province d'Asie, il a acculé Julia, fille de Drusus et de Poppaea Sabina, à se suicider, et commis nombre de graves méfaits sous la protection de son maître, l'empereur Claude. Pour sa défense, Suillius invoque l'obéissance au prince et à Messaline, ce qui ne peut lui éviter l'exil aux Baléares et la confiscation d'une partie de sa fortune, le reste étant laissé à sa descendance.

Suillius s'en tire à bon compte. Il peut partir tranquille, dispose d'assez de moyens pour couler des jours agréables, mais Atilia refuse de le suivre. En l'apprenant, Paulina s'en désole :

— Une femme comme elle ne désarme pas si vite.

Il reste que la condamnation de Suillius ne saurait effacer ce qui a été dit. Une médisance ou une calomnie reste attachée à qui l'a subie. Ce qui irrite le plus Sénèque est le reproche qui lui a été fait de combattre la puissance de l'argent dans le champ public et de la rechercher dans sa vie privée. Il va se justifier par le meilleur moyen dont il dispose : en écrivant *De vita beata – De la vie heureuse –* qu'il dédie à son frère Novatus Gallion. Sous prétexte de chercher à définir le bonheur et d'exalter celui du sage qui « n'a ni désir ni crainte grâce à la raison », il s'en prend aux « chiens qui aboient » contre la philosophie et les philosophes. Parler d'une façon et vivre d'une autre est un reproche qui a été auparavant infligé à Platon, à Épicure, à Zénon : *« Quand on prononce devant vous des noms que quelque mérite singulier a faits grands, vous aboyez comme des roquets quand ils rencontrent des inconnus... »*

Cependant Sénèque s'inquiète de la réaction de Paulina. Elle n'a cessé de le soutenir, mais il sait à quel point cette affaire l'a profondément affecté, d'autant qu'elle est convaincue de l'intervention sournoise d'Atilia.

— Ne pense donc plus au mauvais œil, insiste-t-il. Ma situation m'expose, et toi avec, à ce genre d'attaque. L'essentiel est de ne pas laisser l'argent corrompre notre âme par des excès et une utilisation perverse. N'est-ce pas notre cas ?

Pour lui-même au moins autant que pour son frère et ses lecteurs, il écrit plus loin : « *Le sage ne se croit pas indigne des bienfaits du sort, il apprécie les richesses, qui lui donnent la même joie qu'un vent favorable au navigateur ou qu'une journée ensoleillée en plein frimas hivernal... Les richesses lui permettent de prodiguer des bienfaits aux personnes vertueuses et pour des motifs justes... Le sage ne permet rien aux richesses, elles permettent tout.* »

Il s'interrompt un instant et, après avoir hésité, il durcit le ton : « *Vous vous permettez de fouiner dans les maux des autres et de porter des jugements sur le philosophe qui a une belle et spacieuse maison où il offre de fastueux banquets, vous regardez les petits boutons sur les joues des autres, vous qui êtes couverts d'ulcères, pourquoi ne vous regardez-vous pas ? Et cessez de vous en prendre au philosophe qui a le bonheur de posséder une grosse fortune, mais sans l'avoir arrachée à quiconque ou l'avoir souillée du sang d'autrui... Cessez donc d'interdire l'argent aux philosophes, personne n'a condamné la sagesse à la pauvreté !* » Il fait aussitôt lire son texte à Paulina, comme s'il avait encore besoin de se justifier.

— C'est bien, dit-elle, mais tu ne convaincras que tes amis et tes fidèles.

— Je le sais, mais j'avais besoin de l'écrire... Pour

406

le reste, l'expérience du pouvoir m'a appris que l'appui d'un noyau sûr et intègre suffit à la tranquillité de l'âme.

Néanmoins conscient de la force que représente l'opinion de la multitude, il va conseiller à Néron de se montrer à l'écoute du peuple. À la suite de nombreuses plaintes contre la voracité et la tyrannie des sociétés de publicains chargées du recouvrement des taxes, il l'incite à proposer au Sénat de supprimer les impôts indirects. C'est aller trop loin au gré des clarissimes qui redoutent de subir une augmentation des impôts directs sur leurs biens, en compensation de cette perte de revenus fiscaux. « C'en serait fait de l'Empire, si l'on diminuait ainsi les revenus qui soutiennent sa puissance ! » s'indignent-ils.

L'argument se révèle décisif au moment où Néron se livre à des dépenses somptuaires et fait construire un vaste amphithéâtre au Champ de Mars. Le prince se contente donc de publier un édit stipulant, entre autres, que les lois réglant chaque impôt, tenues secrètes jusqu'alors, soient affichées, et que soit prise en compte toute plainte contre les publicains. Cela ne suffit pas à rassurer le peuple qui interprète comme un mauvais présage le dessèchement, à la fin de l'été, du Ruminal, le figuier sacré à l'ombre duquel, plus de huit cent quarante ans auparavant, Remus et Romulus ont été allaités par une louve : Rome ne serait plus sous la protection des dieux ! Une crainte un peu trop hâtive car, quelques semaines plus tard, de nouvelles pousses apparaissent sur le figuier sacré.

VIII

Une raison d'État

An 812 depuis la fondation de Rome (59 après J.-C.)

Au lendemain des festivités qui ouvrent la nouvelle année, Acté envoie à Paulina sa servante pour lui dire qu'elle est souffrante et lui demander de venir dans la dépendance du palais, où Néron vient de la reléguer. Celle-ci se rend à son chevet et la trouve amaigrie, très pâle.

— Elle ne se nourrit plus, explique l'esclave.

Acté semble épuisée, mais la présence de sa confidente la rend presque volubile :

— Il me délaisse complètement. Il m'interdit même de mettre ton parfum et, d'ailleurs, il m'a enlevé le flacon, dit-elle de sa voix restée enfantine.

— Je peux t'en donner un autre.

— Oh, non ! Il me ferait fouetter... Il est devenu fou de cette femme, cette Poppée qui le flatte, le caresse sous les yeux de tout le monde ! Néron aime qu'on l'adule.

Acté se met à sangloter.

— Quand je pense que l'*Augusta* a eu peur de moi ! J'aime Néron, mais je n'ai jamais essayé de me faire épouser... Octavie l'a très bien compris, elle !

Elle se ressaisit.

— Avec cette femme, les choses vont changer. Dès

que je l'ai vue, j'ai compris qu'elle savait s'y prendre. Elle est belle, mais elle sait surtout enduire sa langue de miel et dissimuler ses griffes dans de la soie. Au début, elle minaudait, le faisait rire, mais quand il voulait l'embrasser, elle lui rappelait qu'elle était mariée. C'est ridicule ! Otho, son mari, l'a vendue à Néron. Il ne cessait de dire qu'il avait hâte de retrouver « ce trésor divin, cette beauté que les dieux pourraient me ravir... »

— Ils jouaient à ça devant toi ? Et tu n'as rien dit ?

— Que voulais-tu que je fasse ? Je me suis plainte à Néron, il s'est mis en colère et a fini par ne plus m'appeler...

— Poppée n'est peut-être qu'une passade.

— Pas du tout ! Je sais qu'il ne peut plus vivre sans la voir. Le seul espoir pour qu'il me revienne repose sur la réaction de l'*Augusta*. Je ne crois pas qu'elle acceptera une telle femme !

Paulina l'approuve. Elle a entrevu Poppée qui lui a lancé un regard glacial, signe qu'elle est au courant de son amitié pour Acté. C'était suffisant pour qu'elle la voie comme une patricienne aussi distinguée qu'arrogante, habile à jouer de sa *stola* pour ajouter du mystère à son indéniable beauté. Valicinia, qui a été chargée de confectionner parfums et onguents pour la nouvelle maîtresse et l'approche assez souvent, confirme qu'elle est pour Acté une rivale de taille.

— Il suffit de voir comment il la regarde. On le dirait amoureux d'une femme qui serait à la fois sa mère, sa sœur et une déesse.

Faustina, qui connaît Poppée, affirme qu'elle est très déterminée.

— Elle a toujours su mener son existence en fonction de ses intérêts et de ses ambitions.

— Comme Agrippine, en somme.

— Elle a d'abord joué les épouses vertueuses pour mieux appâter Néron.

Habile tactique. Elle a de qui tenir. Sa mère était l'une des plus belles femmes de Rome, connue et appréciée pour sa distinction, mais derrière cette façade, elle n'avait rien à envier à Messaline. Elle collectionnait les amants et a du reste été condamnée pour adultère. Elle ne l'a pas supporté et s'est suicidée.

— Et son père ?

— Titus Ollius ? Impliqué dans le complot de Séjan contre l'empereur Tibère, il a été exécuté. C'est pour cette raison qu'elle a pris le nom de son grand-père maternel, Poppeius Sabinus, qui a été consul et gouverneur des provinces danubiennes et grecques.

— Je connais Otho, son mari. C'est lui et Senecio qui avaient présenté Acté à Néron…

— Il n'est pas son premier mari. Elle a d'abord épousé Rufrius Crispinus, le préfet du prétoire. Elle l'a trompé sans vergogne, mais l'exemple de sa mère l'a rendue prudente et on ne l'a jamais surprise dans le lit d'un amant. Elle a choisi Otho à bon escient.

— C'est un intrigant ! Il revendique l'amitié de Sénèque, mais n'a plus sa confiance. Sénèque dit qu'il exerce avec Senecio une influence néfaste sur le prince en flattant tout ce que son âme recèle de ténébreux.

— Le personnage est assez pervers.

— Crois-tu qu'en épousant Poppée il comptait la mettre dans les bras du prince ?

— Il se disait très amoureux.

— Peut-être l'était-il, mais Acté m'a affirmé qu'il vantait la beauté de Poppée à Néron comme pour la lui vendre. Il y est parvenu.

— Oui, mais du coup, il se retrouve en Lusitanie.

— Comme gouverneur ! Quoi qu'il en soit, Poppée est bien installée sur la couche du prince. Mais elle a une rivale d'une autre envergure qu'Acté : l'*Augusta*.

*

Définitivement évincée, Acté se retire à Puteoli[1], dans une villa offerte par Néron qui lui marque son attachement, en la comblant de dons en argent et en terres. Elle vit dans le souvenir du temps, en définitive assez bref, de ses amours avec le prince, et voyage beaucoup entre le Latium, l'Étrurie, la Campanie. Pour dissiper sa mélancolie, elle vient souvent à Rome s'épancher auprès de Paulina.

— Avec toi, je me sens à l'aise parce que tu m'écoutes, explique-t-elle. Et je te dois ce parfum si particulier, si troublant, que tu as donné à Néron. Il n'en veut plus parce que sa Poppée le lui interdit, mais pour moi, il reste celui de mon premier amour.

La confidence émeut Paulina qui pose sa main sur celle d'Acté et la serre.

— Tu vois, ce premier amour était si sincère, si entier que l'*Augusta* s'est amadouée. Elle a compris que je ne lui enlevais pas son fils et que je la respectais. En revanche, elle est férocement jalouse de Poppée car elle sait que sa passion est intéressée et que son fils lui échappe. Cette jalousie peut la mener très loin.

— Très loin, qu'entends-tu par là ? Au meurtre ?

— Oh ! Pas encore. Elle est plus perverse que tu ne le penses.

— Que veux-tu dire ?

— Elle voit en Poppée une rivale plus jeune.

— C'est son fils, pas un amant !

Acté lâche un petit rire :

— Elle se comporte avec lui plus comme une amante que comme une mère. Je t'ai parlé de promenades en litière fermée, eh bien, je n'avais pas osé te le dire, mais

1. Pouzzoles.

je l'ai surprise dans la salle de musique du palais en train de l'enlacer, de le caresser là où c'est d'ordinaire réservé à une maîtresse.

Paulina rougit en imaginant la scène :

— Et Néron, quelle était son attitude ?

— Il se laissait faire… Tu sais bien qu'il a peur d'elle.

— Décidément, cette famille a l'inceste dans le sang !

Paulina s'empresse de rapporter à Sénèque la confidence d'Acté.

— La menace que représente Poppée fait perdre la tête à Agrippine. Je comprends qu'elle cherche à l'écarter mais en séduisant son propre fils, elle va provoquer des réactions imprévisibles au Sénat, chez les prétoriens et dans le peuple.

— L'inceste avec son oncle a bien été accepté ! réplique Paulina.

— Entre une mère et un fils, c'est intolérable… En outre, Poppée en profitera pour assouvir une haine familiale. Il ne faut pas oublier que son père, Titus Ollius, a été exécuté parce qu'il était dans le complot de Séjan, l'homme qui s'est évertué à persécuter la famille de Germanicus, le père d'Agrippine.

— Que vas-tu faire ?

— En parler à l'*Augusta*.

En voyant Sénèque arriver chez elle l'air soucieux, Agrippine s'étonne :

— Que se passe-t-il ? Ton protégé se permet des caprices ?

— Ne plaisante pas ! C'est plus grave que ça.

Agrippine le fixe de ce regard métallique qu'elle prend pour se prémunir d'une attaque :

— De quoi s'agit-il ?

— Des rumeurs courent sur la façon outrageante pour les dieux de vous comporter, toi et Néron. Je n'ai pas autorité sur toi mais je peux te rappeler que ton mariage avec ton oncle avait soulevé beaucoup d'oppositions, surtout dans l'armée et chez les prétoriens.

— Nous avons su régler le problème, non ? Mais aujourd'hui, qu'insinues-tu ? Que je couche avec mon fils ?

Elle éclate de rire :

— Quelle ignominie ! Tous ces gens qui me détestent inventeraient n'importe quoi pour me salir ! Faire passer des signes d'affection maternelle pour des caresses impudiques ! Comment peux-tu le croire ?

Le ton est si véhément que Sénèque est ébranlé :

— Je ne t'ai pas dit que je le croyais. Je m'inquiète des conséquences. Ton sens politique est assez affûté pour comprendre qu'il faut mesurer tes gestes.

Elle hausse les épaules :

— De toute façon, en ce qui concerne les prétoriens, je sais que je peux compter sur Burrus, n'est-ce pas ? Et sur toi ?

— Nous nous sommes montrés fidèles… Je fais de mon mieux pour empêcher les déviances de Néron, mais de ton côté, évite d'y plonger !

Agrippine répond d'un léger signe de tête qui pourrait aussi bien signifier de l'indifférence qu'un vague acquiescement.

Sénèque se rend ensuite chez le prince qu'il trouve en train de jouer de la lyre au milieu de sa cour d'affranchis, parmi lesquels l'histrion Pâris.

— J'ai à te parler, lui dit-il.

Néron fait sortir ce petit monde d'un signe de main et pose sa lyre :

— Tu as l'air préoccupé, mon maître.

— Je m'inquiète de ce qu'on dit de tes rapports avec ta mère.

— On se dispute, on se réconcilie, comme toujours. Elle m'ennuie à cause de ma liaison avec Poppée et, croyant que je veux l'épouser, elle me supplie de ne pas répudier Octavie.

— Elle a raison pour Octavie, mais il ne s'agit pas de cela. On vous a surpris, l'*Augusta* et toi, vous livrant à des effusions un peu trop chaleureuses.

Néron soupire :

— Il est vrai qu'elle exagère… elle me provoque…

— Je ne veux pas savoir jusqu'à quel point, je te demande seulement de t'éloigner d'elle, de la tenir à distance. Le peuple et les prétoriens n'accepteraient pas une relation qui serait incestueuse.

— Ils l'ont bien accepté pour ma mère et mon oncle.

— La situation est différente. Prends garde que ce ne soit un prétexte à complots, rappelle-toi ce qui est arrivé à ton oncle Caius Caligula.

Néron pâlit. Ses mâchoires se crispent, comme toujours lorsqu'on évoque devant lui cette sorte de menace.

— On n'en arrivera pas là, ne t'inquiète pas, Sénèque.

Quelques jours plus tard, alors que les premiers bourgeons annoncent le printemps, le prince, accompagné de Poppée, de sa cour, de ses musiciens, et d'un impressionnant cortège, quitte Rome pour un séjour à Antium, sa ville natale située au bord de la mer Tyrrhénienne. Son départ détend l'atmosphère de la Curie et du Palatin, toujours bourdonnants de rumeurs, où l'on s'interroge sur l'issue de la lutte engagée entre une mère et une maîtresse pour garder ou gagner le cœur et le corps du prince.

*

Avec les premiers beaux jours, Paulina est invitée par Faustina à séjourner dans sa maison de Baïes. Elle a accepté pour essayer de se remettre de l'affaire Suillius. Quand elle circule en litière dans les rues, elle croit toujours entendre des propos médisants, voire injurieux à l'égard de Sénèque. Aussi éprouve-t-elle un grand soulagement à respirer la brise marine si efficace pour dissiper son anxiété.

Donnant sur l'anse creusée entre le cap Misène et le lac de Baïe, la résidence de Faustina est luxueuse. Paulina y est installée depuis quelques jours lorsque la nouvelle se répand que César, accompagné de Poppée, vient séjourner dans sa résidence toute proche afin de célébrer le *Quinquatrus*. Un lieu inattendu, car cette fête, consacrée à la purification des armes et dédiée à Minerve, est généralement célébrée sur l'Aventin, en principe pendant cinq jours, par les corporations d'artisans qui y font un sacrifice, suivi de combats de gladiateurs. Plus surprenant encore, Néron a invité sa mère à y participer.

— Il s'agit sûrement d'un geste de réconciliation, estime Faustina.

Paulina, se souvenant de la conversation entre Sénèque et Burrus, s'en réjouit. Elle croit toujours en ses premières impressions et garde une certaine sympathie pour Néron, en dépit des soupçons qui pèsent sur lui concernant la mort de Britannicus. Pour elle, tous les méfaits qui lui sont attribués relèvent de la responsabilité de sa mère. Elle est néanmoins effleurée par un doute :

— Ce qui m'étonne, dit-elle, c'est que Poppée l'accepte. Je me demande comment elle va accueillir Agrippine.

— On a bien fait de venir, s'écrie Faustina. J'ai l'impression que nous allons assister à une belle comédie !

En ce quatorzième jour des calendes d'avril[1] qui ouvre le *Quinquatrus*, la nuit s'annonce fraîche, mais douce. Scintillant de milliers d'étoiles, le ciel offre un dais

1. 19 mars.

sompteux à la lune qui se reflète sur la mer dont une légère brise caresse la surface. Un navire est ancré dans l'anse, juste devant Baïes ; illuminé et paré de guirlandes de fleurs, il semble sortir d'un rêve. C'est à son bord que Néron doit offrir un festin à sa mère.

Faustina a invité quelques amis pour assister au spectacle. Paulina aurait préféré plus de discrétion, mais elle ne résiste pas à la curiosité générale. De la résidence, la vue est exceptionnelle sur la rade. Ainsi peut-on apercevoir le prince étendu sur des coussins, écoutant une cithare et des flûtes.

— Pas de lyre ! fait remarquer Rufia, une matrone bien en chair qui agite ses bracelets comme des grelots pour souligner ses commérages. Il interdit à quiconque d'en jouer en sa présence, car il n'accepte pas qu'on puisse en jouer mieux que lui.

— On ne voit pas Poppée, constate Paulina.

— Elle doit être à l'intérieur. Elle va sans doute se montrer plus tard.

Une agitation se produit sur la rive où sont alignés prétoriens et légionnaires, chargés de contenir la foule très dense venue des environs assister à la réception impériale. Soudain une clameur s'élève : « *Augusta ! Augusta !* » à l'apparition sur le quai d'une voiture attelée de six chevaux empanachés comme pour une course. L'impératrice mère en descend, majestueuse, vêtue de rouge et couverte de bijoux. Elle est accompagnée de son inséparable amie Acerronia et d'un homme de sa suite, Crepereius Gallus. Mais très vite, elle disparaît derrière un véritable cercle de gardes armés qui l'escortent jusqu'au pont où Néron l'accueille à bras ouverts.

Rufia applaudit, imitée avec plus ou moins de chaleur par les convives. Paulina le fait du bout des doigts, ne pouvant s'empêcher de soupçonner quelque feinte.

Néron emmène respectueusement sa mère vers la

proue où des lits ont été dressés à l'abri des regards indiscrets, derrière des rideaux pourpres.

— Nous pouvons aller dîner, dit Faustina.

Pendant le repas, la conversation roule sur les jeux et les spectacles à venir, les bonheurs et les malheurs survenus aux uns et aux autres, la qualité des vins de Campanie, la crainte des tremblements de terre, bref tout sauf la question qui hante les esprits : la réconciliation a-t-elle vraiment lieu ou la rencontre est-elle en train de tourner au désastre ? Derrière les masques souriants, Paulina sent une certaine angoisse car chacun ayant des liens avec les divers clans, et sachant de quoi sont capables la mère et le fils, aimerait savoir dans quel sens va souffler le vent.

Le festin impérial se révèle interminable et ce n'est qu'au milieu de la nuit que le prince et l'*Augusta* réapparaissent.

— Ils se sont réconciliés ! s'écrie Rufia avec un grand sourire.

Le soulagement semble général, mais Paulina jette un froid en observant que c'est Néron, et non Agrippine, qui quitte le bateau.

— Évidemment, explique Rufia. Le navire doit ramener l'*Augusta* jusque chez elle.

— Sa villa n'est pourtant pas loin, observe Faustina.

— César veut lui éviter les secousses d'un chemin plutôt cahoteux.

— Et Poppée, on ne l'a toujours pas vue !

Rufia lance un regard sévère à Paulina, comme si sa méfiance l'exaspérait. Profitant d'un instant où elle est seule avec Faustina, Paulina lui glisse à l'oreille :

— Qui est cette Rufia ? Elle semble me détester.

— C'est une amie de Poppée.

— Je me suis doutée qu'elle n'était pas dans le camp de Sénèque ! Pourquoi l'avoir invitée ?

— Je la connais depuis longtemps. Ne crains rien, elle est inoffensive.

— Je n'en suis pas si sûre.

Plusieurs voix s'élèvent alors :

— Venez voir, le navire lève l'ancre.

Tous les regards se tournent pour voir la nef illuminée glisser sur la mer étale, poussée par une batterie de rameurs. Sur le rivage, une foule de spectateurs, après avoir eux aussi fait ripaille, chantent et dansent. Soudain, un craquement épouvantable déchire l'air. Le navire semble s'ouvrir comme un fruit mûr. Des hurlements s'en échappent alors qu'à la stupeur de tous il commence à sombrer lentement, avalé par une mer quasi immobile qu'on ne peut incriminer. Et chacun de se demander s'il a entraîné avec lui l'*Augusta*.

— Regardez ! Il y a des gens à l'eau ! s'écrie Faustina.

En voyant des pêcheurs monter dans leurs barques pour secourir les rescapés, les invités donnent peu de chances de survie à Agrippine. Ils discutent surtout de cet incroyable naufrage, par temps serein, sans un brin de vent ni la moindre vague. Comment le soupçon d'un attentat ne leur viendrait-il pas à l'esprit ? Chacun évite pourtant de donner le nom de celui ou de celle qu'il considère comme responsable. Pour Paulina, c'est Poppée. Elle persiste à croire que Néron n'oserait attenter à la vie de sa mère. Quoi qu'il en soit, comme le fait remarquer Faustina, on ignore si Agrippine en a réchappé ou non. Rufia s'empresse de répliquer :

— Pourquoi pas ? Elle a de nombreux tours dans son sac. Et elle sait bien nager.

— Oui, mais avec *stola* et *palla*, on coule et l'eau est très froide, affirme Paulina.

Un dernier regard sur l'anse retombée dans l'obscurité ne permet aucune réponse.

Le lendemain, alors qu'on ne sait encore rien des conséquences du naufrage, Paulina décide de retourner à Rome, mais un message de Sénèque lui parvient, lui demandant de rester où elle est et d'attendre ses instructions.

*

La nouvelle a couru très vite en Campanie et jusqu'à Rome : l'*Augusta* est bien vivante. Elle se serait jetée à l'eau et, bien que blessée, a pu nager avant d'être recueillie par des pêcheurs. Ramenée à terre, elle a regagné son domaine.

Sénèque a appris tous les détails de l'affaire par l'un de ses informateurs, un affranchi de l'entourage de Néron : à Antium, Poppée se serait plainte auprès de César de son indécision concernant Octavie, et lui aurait reproché d'écouter sa mère qui se répandait en ragots malveillants sur son compte. Elle aurait aussi parlé d'une conjuration, ce qui aurait décidé le prince à en finir. Il aurait confié cette tâche à Anicetus, l'un de ses tout premiers précepteurs...

— Un pareil incapable ! s'écrie Sénèque. Je comprends pourquoi l'attentat a échoué... Dire qu'il commande maintenant la flotte de Misène !

— Toujours est-il qu'il a convaincu le prince de sa capacité à organiser le crime parfait. Estimant qu'en mer tout peut arriver sans qu'on puisse incriminer quiconque, il a suggéré de faire monter l'*Augusta* sur un de ces bateaux dont on ouvre la coque pour embarquer ou débarquer des chevaux. Il aura suffi de provoquer cette ouverture pour le faire couler.

— Et c'est ainsi que le prince a attiré sa mère sur le navire en lui offrant tous les honneurs et le simulacre d'une réconciliation ! Ce qui m'étonne, c'est qu'Agrippine, si méfiante, y a cru.

— Elle s'est entourée de précautions : présence de ses nouveaux gardes – des anciens gladiateurs –, de son *praegustator* et de deux personnes sûres, Crepereius Gallus et Acerronia. Mais comme chacun sait, le prince est doué pour la comédie. Il a su endormir la méfiance de l'*Augusta* en multipliant les gestes d'affection filiale et les signes d'un profond respect. Il l'a, entre autres, placée sur un lit surélevé par rapport au sien... Quand il a quitté le navire qui devait la raccompagner jusque chez elle, comment aurait-elle pu croire à un attentat ou à un naufrage ? Elle avait ses gardes auprès d'elle, la mer et le ciel étaient parfaitement sereins...

— Le navire s'est tout de même cassé en deux ! Mais elle avait les dieux de son côté...

— Certainement, car si ses gardes se sont presque tous noyés, les hommes de main d'Anicetus chargés de la tuer se sont trompés et ont massacré la pauvre Acerronia, ainsi que Crepereius Gallus. L'*Augusta* a pu se jeter à l'eau et nager vers la côte.

— Comment César a-t-il appris l'échec ?

— Par l'affranchi Agermus. Elle a envoyé annoncer à son fils qu'elle avait été sauvée par la bonté des dieux et la fortune de sa famille. Elle l'a prié de s'abstenir de lui rendre visite, car elle devait se remettre de sa blessure et de ses émotions.

Se remettre ? Sénèque n'en croit rien. C'est désormais une tigresse meurtrie, prête à tout pour se venger. Il n'en doute pas un instant. Il rencontre aussitôt Burrus et tous deux décident de se rendre à la résidence de Misène pour discuter de la situation avec Néron.

Ils le trouvent dans un état d'excitation intense, tournant en rond dans son *atrium*, arrachant çà et là du feuillage ou des fleurs, passant sa tête sous l'eau de la fontaine, donnant des coups de pied aux statues, tenant des propos désordonnés :

— Elle va armer ses esclaves, soulever les soldats, rameuter ses partisans et le Sénat, dénoncer le naufrage, le meurtre de ses amis, exhiber sa blessure !… Imbécile d'Anicetus qui n'a pas bien organisé le coup ! Le peuple va m'accuser de tout…

Burrus tente de le calmer, mais Néron sait que la question à résoudre est grave : faut-il en finir avec une Agrippine déterminée à frapper à n'importe quel prix, ou affronter le risque d'un soulèvement du peuple ?

— Et tes prétoriens ? Comment ont-ils réagi ? Es-tu sûr d'eux ?

— Certains sont horrifiés, mais pour l'heure, je garde mon autorité sur eux.

Ce qui est à craindre est que l'*Augusta* se pose en innocente victime, comme elle l'a si souvent fait, et puisse former une coalition réunissant les fidèles de Germanicus, ceux de Britannicus et d'Octavie, les descendants du divin Auguste, la foule des envieux et des ambitieux écartés du pouvoir, les sénateurs frustrés… Le regard de Néron se tourne vers Sénèque :

— Tu ne dis rien, qu'en penses-tu ?

— Je condamne le matricide, Néron ! C'est un acte inhumain que les dieux vont te faire payer.

Néron devient livide :

— Alors, tu vas prendre parti contre moi et rejoindre ma mère ? Après tout, tu lui dois tant !

— Ne raisonne pas comme un enfant ! L'affaire que tu as déclenchée est grave. Il faut la résoudre dans l'intérêt de l'Empire.

— Explique-toi !

— Je reconnais, à ta décharge, que ta mère porte une grande part de responsabilité dans ce qui arrive, n'est-ce pas, Burrus ?

— Je le crois aussi, dit le préfet du prétoire.

— Ses agissements ont fait germer une menace de guerre civile. Rome en a trop souffert autrefois. Pour un peuple, c'est le pire des maux. Le stoïcien que je suis la considère comme contraire à la conciliation, une règle fondamentale à respecter pour la survie de la nature humaine. Si ton acte est condamnable, il a le mérite de clarifier la situation.

— Alors, que proposes-tu ?

— Tu dois aller jusqu'au bout de ton acte. Revenir au milieu du gué lorsque le torrent déferle revient à se condamner.

Le regard que Néron lance à cet instant à Sénèque exprime un mélange de reconnaissance et d'admiration, mais il se garde du moindre geste et jette un coup d'œil à Burrus.

— Je suis d'accord avec Sénèque, dit le préfet. Il est seulement dommage qu'on ne puisse imputer l'attentat à des éléments rebelles de l'armée revenus d'Asie, comme j'y ai songé. Il y a trop de témoins qui ont vu ce naufrage bizarre.

— Il te faudra affronter le risque de la colère du peuple, César. Mais tu ne peux t'y soustraire.

Néron baisse un instant la tête et, quand il la relève, il lâche d'une voix anormalement grave, presque hésitante :

— Je vais ordonner à Anicetus d'achever son ouvrage !

*

À Baïes, dans la résidence de Faustina, les nouvelles parviennent de façon fragmentaire. Entre les rumeurs colportées par les habitants de la région et les nouvelles qui parviennent de Rome, il apparaît de plus en plus que le naufrage a été provoqué délibérément et que l'ordre en a été donné par César. Paulina se refuse à croire que Néron ait pu pousser ce qu'elle appelle sa « volonté de rébellion filiale » jusqu'à commettre un crime de nature à révolter les consciences et à déclencher l'ire des dieux. Elle s'indigne quand elle entend insinuer qu'il l'a fait sur le conseil de Sénèque.

— Quand donc cesseront ces calomnies ? s'écrie-t-elle.

Elle s'emporte contre le silence de Faustina à laquelle elle reproche d'y croire.

— Pourquoi t'énerves-tu ainsi ? Tu sais très bien ce que je pense des rumeurs. Attendons plutôt de connaître les conséquences du naufrage.

L'attente ne sera pas longue. La nouvelle de la mort de l'*Augusta* ne tarde pas à arriver, apportée par un cousin de Faustina et assortie de terribles détails sur ce meurtre, puisqu'il est désormais impossible de le qualifier autrement. Néron aurait d'abord fait mettre à mort Agermus, l'émissaire de sa mère, sous prétexte qu'elle l'avait chargé de le tuer. Puis il a dépêché Anicetus, accompagné du triérarque Herculeius, du centurion de la flotte de Misène Obaritus et d'une troupe armée, à la villa de l'*Augusta*. Il paraît qu'elle aurait défié le triérarque qui s'apprêtait à porter le fer, en s'écriant, désignant son ventre : « Frappe ici, là où les dieux ont fait naître ton maître. Ils te puniront pour ce crime ! »

En entendant ce récit, Paulina éclate en sanglots. Elle, qui n'a jamais éprouvé la moindre sympathie pour Agrippine, ne peut supporter d'imaginer cette femme terrassée par un coup ordonné par son propre fils. Elle décide de ne plus attendre et de retourner à Rome pour retrouver Sénèque. Peut-être lui expliquera-t-il comment Néron a pu commettre un tel acte.

À son arrivée, elle aperçoit Sénèque déambulant dans le jardin. Elle devine à sa physionomie qu'il est la proie d'un grand trouble.

Il la regarde et s'apprête à parler, quand elle lui dit :

— Je sais ! Agrippine a été assassinée… Est-ce vraiment sur ordre de Néron ?

Il acquiesce d'un signe de tête.

— C'est une abomination ! s'écrie-t-elle. Tu n'as pas pu l'en empêcher ?

— Calme-toi, Paulina. Cela devait arriver.

— Tu ne me réponds pas !

— Le conflit entre Néron et sa mère ne pouvait se résoudre que dans le sang, poursuit-il. Et Agrippine en portait toute la responsabilité. Tu la connaissais, tu n'as pas arrêté de me dire que tu en avais peur et de me reprocher mes liens avec elle. Tu avais raison. J'avais pourtant une grande amitié pour elle.

— Je suppose que Néron t'a consulté avant d'ordonner ce crime ignoble. Que lui as-tu dit ?

Il regarde Paulina avec gravité :

— Il ne s'agit plus d'amitié quand le sort de Rome, de son peuple, de son Empire est en jeu.

— Tu veux dire que…

— Lorsqu'il nous a appelés, Burrus et moi, pour nous consulter, il était trop tard.

— Trop tard ? Comment cela ?

— Avec ce naufrage raté, l'attentat était flagrant. Il fallait s'attendre de la part d'Agrippine à une riposte qui ne pouvait que dégénérer en guerre civile, une calamité pour Rome. La seule solution était d'aller jusqu'au bout.

— Quelle horreur ! Je comprends que tu aies pu écrire *Thyeste, Médée* et toutes ces monstrueuses tragédies ! hurle-t-elle avant de s'effondrer en larmes.

Sénèque veut la prendre dans ses bras, mais elle se dérobe et, comme lorsqu'elle était malheureuse en Arelate, elle court se réfugier au fond du jardin pour se recroqueviller au pied d'un figuier. Sénèque l'y rejoint :

— Tu dois me comprendre, Paulina. Tu le devrais en tout cas. Depuis que je conseille le prince, tu as bien appris l'enjeu que représente mon engagement, la difficulté à mettre en harmonie mes idées et la conduite d'un empire, l'aspiration à la paix et l'obligation du recours aux armes. Un grand nombre de décisions que j'ai dû prendre ou faire prendre m'ont beaucoup coûté…

Elle relève soudain la tête.

— Tuer sa mère est le pire des forfaits. Tu m'as expliqué la fureur de tes tragédies, que tu mettais en scène des monstres qui ne relevaient pas de la loi des hommes… Eh bien, celui que tu sers en est un !

— Écoute-moi…

— Non ! Laisse-moi seule.

Elle ne lui adressera plus la parole de la journée. Cette brouille, la première entre eux, la fait souffrir. Elle sait que leur affection mutuelle est assez profonde pour surmonter l'épreuve, mais elle sent la nécessité de s'éloigner de lui et de Rome, de laisser le souffle du temps dissiper le nuage. Le soir, elle lui dit son intention de se retirer à la résidence paternelle d'Ostia.

— Si tu le désires…, répond Sénèque.

Son ton est d'une infinie tristesse. Il n'ose lui avouer qu'il préférerait qu'elle reste auprès de lui, en ce moment où il éprouve un sentiment d'échec. Il croyait pouvoir faire de Néron un modèle de justice, de vertu, de raison, et se retrouve impuissant devant la folie qui s'est emparée peu à peu du fils d'Agrippine. Il pensait pouvoir rompre le fil de l'atavisme, mais Lucius Ahenobarbus est autant le fils de son père que de sa mère. Cette mère qu'il n'a pu raisonner, excepté lorsqu'il l'a retenue de commettre un inceste, et encore n'est-il pas sûr qu'elle ne soit allée jusqu'au bout.

Certes, il a réussi, durant quatre ans, à remettre Rome dans la bonne direction, à faire adopter et appliquer des mesures dont il est fier, mais il a sous-estimé la force des mauvais instincts qui ont fait dériver le prince et sa mère. Lui qui a écrit que tout bienfait mérite reconnaissance, ne s'est-il pas résigné à accepter le meurtre de celle à laquelle il devait la fin de son exil, son retour aux affaires publiques et cette offre magnifique d'éduquer un futur prince ? Bien sûr, Agrippine l'a aidé dans le seul but de préparer son fils au pouvoir… Mais une autre pensée l'afflige : n'a-t-il pas exalté le devoir princier de clémence, alors qu'il vient de pousser César à le bafouer pour pouvoir donner libre cours à sa passion pour une femme ? Il en vient à se demander s'il n'a pas exagéré ce risque de guerre civile. Ne restait-il pas une chance de trouver une solution équitable ?

Plongé dans ce flot de questions et d'incertitudes, il se dit que Paulina a peut-être raison lorsqu'elle trouve un lien entre ce que son imagination l'incite à écrire dans ses tragédies et ces instincts de mort enfouis en l'âme de tout homme. Il y a de l'Atrée en Néron. À cette pensée, l'épouvante le saisit en même temps qu'une douloureuse impression de solitude, la seule personne qui pourrait l'en sortir ayant décidé de s'éloigner. Il n'en est que plus déterminé à surmonter son échec.

IX

Entre chien et loup

En ce matin de fin d'été, dans la lumière pure d'un ciel encore vierge de nuée, Paulina rêve de la sérénité qu'inspire « l'aurore aux doigts de rose ». Le regard perdu vers l'horizon, elle songe à son pays, à Arelate qu'elle imagine à portée de voile. Elle est saisie de l'envie d'y retourner, de revoir ses parents, de respirer un air plus sain. Cela fait plusieurs semaines qu'elle s'est retirée ici, chez son père, dans cet enclos de calme qu'embaument les roses et les iris. Elle n'a auprès d'elle que Silas et une poignée d'esclaves, Luda ne venant la rejoindre avec son enfant que trois jours par semaine car elle tient à ne pas la séparer de Xyrax. C'est par elle que lui parviennent des messages de Sénèque. Sans la supplier, avec ce mélange de dignité, de fierté et de tendresse qu'elle lui connaît, il ne cesse de lui demander de revenir à Rome. Elle répond qu'elle a besoin de solitude.

Les premiers temps de son séjour, elle s'est enfermée et n'a cessé de revoir le spectacle de l'étrange naufrage, d'entendre le fracas du navire ouvert comme une coquille de noix, d'apercevoir les rescapés qui tentaient de nager, empêtrés dans leurs vêtements. Elle imaginait aussi l'horrible crime final et, certaines nuits, rêvait que sa chambre était inondée de sang. Elle relisait la lettre que Néron, resté en Campanie par crainte d'être mal accueilli à Rome, avait envoyée au Sénat pour expliquer qu'Agrippine, après avoir fomenté un complot contre lui, avait préféré se donner la mort plutôt que de la recevoir de son fils. La défunte *Augusta* y était accablée de toutes sortes de méfaits, notamment de s'être opposée à ses largesses au peuple, de s'être flattée de l'appui des cohortes prétoriennes, d'avoir menacé tant de notabilités de sa vindicte et surtout d'avoir comploté pour s'emparer du pouvoir. Paulina connaît trop le style de Sénèque pour ne pas deviner qu'il en est le véritable auteur.

À Rome, peu croient au suicide, mais les clarissimes, soulagés d'être débarrassés de la redoutable Agrippine, ont entériné officiellement le mensonge. Seul Thrasea Paetus, véritable chef d'une opposition sénatoriale réduite et minée par la peur ou la servilité, a osé protester en quittant la Curie au moment du vote. Il n'y retournera plus. De plus en plus nombreux sont ceux qui absolvent Néron en rejetant la responsabilité du crime sur celui qui est resté son proche conseiller.

Paulina elle-même ne peut se défaire de l'idée que Néron est resté une sorte d'enfant cruel qu'il est possible et nécessaire de guider, comme a déjà su le faire son précepteur. À la pensée que celui-ci ait failli, elle se couvre le visage, comme si elle estimait devoir partager cette responsabilité et craignait que du sang ne rejaillisse sur elle. Elle s'est confiée à sa mère qui lui a répondu : « Je ne sais pas grand-chose des arcanes du pouvoir, sinon par ce que tu m'écris, mais tu devrais comprendre que la tâche de ton époux est difficile et dangereuse. Je ne doute pas de ses qualités de pédagogue, mais nul ne peut forger une personnalité vivante comme on sculpte une statue de pierre. Je désapprouve l'assassinat d'Agrippine, mais ton père m'a raconté ce à quoi cette femme l'avait obligé et il semble évident qu'elle était prête à tout pour garder ses prérogatives, jusqu'à l'inceste et la guerre civile. Elle s'est condamnée elle-même. » Aussi claire qu'ait été cette réponse, elle n'a pas totalement dissipé les doutes de Paulina.

Elle reçoit alors une visite inattendue, celle d'Acté. La jeune femme arrive en grand équipage. Néron s'est montré très généreux avec elle ; en lui donnant une maison et des terres, il lui a assuré plus que la sécurité financière : une fortune lui permettant de vivre dans l'opulence.

À peine est-elle descendue de sa *carruca* à l'ornementation dorée tirée par un attelage de chevaux blancs empanachés, que Paulina se précipite vers elle pour lui demander sans ambages ce qu'elle pense du drame de Baïes.

— Il a obéi à cette garce de Poppée ! déclare Acté sans hésiter. Elle veut se faire épouser et, comme Agrippine s'opposait à la répudiation d'Octavie, elle l'a poussé à ordonner le meurtre ! Je m'étonne que ton mari et Burrus aient consenti à ce matricide. Que t'a dit Sénèque ?

Paulina hésite à répondre :

— Il n'y avait pas d'autre moyen d'éviter une guerre civile, finit-elle par avouer.

— C'est ce que m'a dit Néron.

— Tu l'as vu ? s'étonne Paulina.

— Lorsqu'il était en Campanie et hésitait à retourner à Rome, il est venu me voir en secret. Il avait besoin de s'épancher. Figure-toi qu'il était hanté par le crime, en proie à des hallucinations, il ne dormait plus la nuit, il voyait sa mère partout, croyait l'entendre hurler dans les ténèbres et fuyait son fantôme. Il ne pouvait rester deux jours au même endroit, sauf à Pompéi où il s'estimait protégé.

— Éprouvait-il du remords ?

— Non ! C'était de la peur. Il ne regrettait rien. Il m'a avoué que, devant les gens, il faisait semblant de pleurer, d'être accablé. En fait, il voulait se libérer d'Agrippine.

— Se libérer ? Mais il est dans les griffes de Poppée !

— C'est différent. Poppée veut être *Augusta*, mais le pouvoir ne l'intéresse pas autant qu'Agrippine…

Acté regarde autour d'elle et s'étonne de l'atmosphère morne qui règne dans la maison :

— Sénèque n'est pas là ?

— Il est à Rome… J'ai préféré venir ici quelque temps…

Acté dévisage Paulina.

— Pourquoi ?

— Cette affaire m'a bouleversée. J'étais à Baïes et j'ai été témoin du premier attentat.

— Sénèque doit se languir…

— Si tu veux le savoir, je n'ai pas compris qu'il ait laissé Néron commettre un tel acte. Un philosophe qui possède ses principes se devait de s'opposer au prince qu'il a éduqué.

— Néron n'est plus l'adolescent timide qui te demandait un parfum. Il était tout à fait responsable quand il a pris sa décision. D'ailleurs, depuis que le peuple et les sénateurs l'ont acclamé et se sont prosternés sur son passage, il se croit tout permis. Tu aurais vu cela ! C'était presque un triomphe.

— Crois-tu vraiment que Sénèque n'a plus d'influence sur lui ?

— Je n'en sais rien, mais il est entouré d'âmes damnées qui le caressent et l'entraînent sur une mauvaise pente, et c'est Poppée qui mène la danse. Il faudrait que ton mari et le vieux Burrus réagissent plus sévèrement.

Paulina regarde Acté avec un certain étonnement.

— Es-tu venue pour dire cela à Sénèque ?

— Oui. Tu le sais, j'aime toujours Néron et j'ai peur pour lui.

— Tu devrais aussi avoir peur pour tous ceux qui tomberont sous son glaive.

Acté soupire.

— Tu as raison… Tiens ! J'allais oublier de te dire de te méfier d'une certaine Atilia…

Paulina pâlit.

— Je ne sais pas ce qui s'est passé entre elle et Sénèque, mais elle a l'air de lui en vouloir. Elle prétend savoir qu'il a organisé l'assassinat.

— En fait, c'est à moi qu'elle en veut. Elle était la femme de mon premier mari avant d'être répudiée.

— Alors c'est plus grave. Elle est liée à des favoris de Néron. On la voit avec l'histrion Pâris, l'horrible bouffon Vatinius, l'affranchi Epaphrodite. Elle est devenue une grande amie de Poppée qui ne t'aime pas non plus à cause de notre amitié et du parfum. Elle répand aussi le bruit que tu aurais fait ingurgiter à Néron un philtre afin de le rendre amoureux de moi.

— Voilà que le parfum s'est mué en philtre d'amour !

— Prends garde à toi, Paulina, cette femme semble capable de tout.

Le lendemain, alors que Paulina achève de prendre son bain, Luda lui annonce la visite de Valicinia, la parfumeuse.

— Elle demande à te voir de toute urgence.

— Comment est-elle venue ?

— En croupe, avec un cavalier.

— Fais-la entrer.

C'est une femme essoufflée, effrayée, qui fait irruption chez Paulina avant de s'effondrer en pleurs.

— Que t'arrive-t-il ? s'enquiert Paulina en enfilant une tunique.

— C'est terrible, *Domina* ! Poppée a envoyé des hommes pour détruire mon cabinet de parfums et me tuer. J'ai pu m'enfuir à temps. Je dois prendre le bateau à Ostia pour Arelate, mais je suis venue te prévenir qu'Atilia a l'intention de venir ici. J'ai vu que tu n'avais personne pour te protéger.

— Il y a Silas et les *lecticarii*…

— Ce n'est pas assez ! Il faut que tu partes, *Domina*.

Si le visage de Paulina s'est fermé au nom d'Atilia, elle a trop de fierté pour céder à la peur et s'est ressaisie. Après tout, mieux vaut un affrontement que l'angoisse d'on ne sait quelle menace.

— Elle n'a qu'à venir ! Je ne crains personne, Valicinia.

La parfumeuse secoue la tête :

— Je t'aurai prévenue, *Domina*. Pardonne-moi, mais j'ai à peine le temps de gagner le port.

Après son départ, Luda, tout en émoi, demande à Paulina ce qu'elle compte faire.

— Attendre cette harpie.

— *Domina*, il vaudrait peut-être mieux…

— Quoi ? Je n'ai pas l'habitude de fuir, Luda. La seule arme de cette Atilia est sa langue de vipère, et j'ai appris avec Sénèque à résister à ce genre de venin.

— Et si elle vient avec des hommes de main pour…

— Pour me tuer ? Pourquoi voudrait-elle me tuer ? Je suis l'une de ses raisons de vivre ! Je l'attends de pied ferme… Avertis tout de même Silas d'être prêt à intervenir.

Dès le lendemain matin, Atilia fait son apparition en grand équipage, dans une luxueuse *carruca*, mais sans la moindre escorte. Couverte de bijoux, le visage lourdement fardé, la poitrine en avant et le regard flamboyant, Atilia pénètre dans l'*atrium* et marche droit sur Paulina. Elle s'arrête à un pas et, sans la saluer, sort d'un sac un flacon brisé en deux :

— De la part de mon amie Poppée. Pour t'avertir de ne pas mettre dans le lit de César des courtisanes comme cette Acté, de ne pas envoyer de drogues ou de parfums empoisonnés au palais, sinon elle te fera accuser de magie.

— C'est ridicule !

— Qu'est-ce qui est ridicule ? Les turpitudes de ton époux ? Il ne lui a pas suffi de coucher avec Julia Livilla, il a fallu qu'il devienne l'amant d'Agrippine avant de la faire assassiner. Et puis cette fortune amassée à force de se prosterner, ces intérêts exorbitants qu'il tire de la Britannia, ces domaines d'Égypte qui proviennent des dépouilles de Britannicus ! Et toi, la vertueuse, ne fais pas semblant de croire qu'il t'a épousée pour autre chose que ta dot ! Et qu'attendais-tu de lui ? Sûrement pas qu'à son âge il te fasse crier de plaisir…

Immobile, drapée dans sa *stola*, Paulina a laissé couler le torrent d'immondices et, tout d'un coup, sans un mot, elle fait un signe de la main. Silas et les *lecticarii* accourent ; comme en Arelate, ils prennent à bras-le-corps une Atilia qui hurle des obscénités et l'emportent pour la jeter dans sa voiture, sans que réagissent ses esclaves.

— Elle va sûrement se venger, murmure Luda.

Paulina hausse les épaules. Comme si sa brusque décision l'avait libérée de ses angoisses et de ses doutes, elle lance d'une voix déterminée :

— Luda, Silas ! Préparez les affaires, nous retournons à Rome.

Lorsqu'elle arrive à leur résidence, Sénèque l'attend sur le seuil et lui ouvre ses bras. Elle s'y jette, sans un mot. Ils reprennent le cours de leur vie commune, mais elle le trouve amaigri, fatigué. Le soir, il l'enlace comme s'il avait besoin de chaleur, car il reste chaste. Elle se garde de susciter un désir qui ne se manifeste pas et qu'elle n'éprouve pas elle-même. Annaeus Statius, le médecin personnel de Sénèque, lui révèle qu'il a parfois des crises de suffocation assez vives et que sa santé s'est fragilisée :

— Il travaille trop, il écrit beaucoup. Ah ! son esprit n'a rien perdu de sa vigueur ni de sa sagacité, mais il faudrait qu'il se calme. Je compte sur toi, Paulina...

Devinant ce qu'il lui recommande, elle sourit :

— Ne t'inquiète pas, Statius, je ne suis pas une louve.

— Je n'ai pas voulu dire... enfin, tu le sais bien, Paulina ! proteste le médecin, confus. Mais sache que ta présence lui a beaucoup manqué, il t'écoute plus que tu ne le crois. Cette triste affaire de Baïes le tourmente. Il n'en dit rien, mais il en est très marqué, et ce n'est pas le comportement de Néron qui pourrait le rassurer.

— Le rassurer ? Pourquoi ? Est-il menacé ?

— Non, mais il perd de son emprise sur son ancien élève. Néron emprunte des chemins dangereux. Il t'en parlera sûrement.

Paulina s'abstient pourtant de questionner Sénèque, jugeant préférable d'attendre qu'il lui confie ses préoccupations, ce qui ne tarde guère.

— Depuis son retour au palais, Néron nous cause des soucis. Son entourage entretient une atmosphère d'adulation malsaine. Il est convaincu que sa naissance le prédestine à la divinisation. Et quand ce n'est pas au chant qu'il se consacre, c'est à la conduite de chars. Il veut jouer les auriges. Burrus et moi le laissons faire pour éviter qu'il ne s'exhibe sur scène. On a fait aménager dans la vallée du Vatican une piste fermée au public pour qu'il puisse s'exercer, mais il n'en restera pas là.

— On m'a dit qu'il avait créé de nouveaux jeux.

— Les *Juvenalia*, dédiés à Juventas, la déesse de la jeunesse. Ils sont consacrés au théâtre et à la musique. Il y invite des jeunes gens de l'aristocratie. Il a aussi créé des écoles de musique et de gymnastique. Figure-toi qu'il veut aussi chanter en public !

— Un empereur sur scène, quel déshonneur !

— Pour le moment, il n'ose le faire qu'en privé.

Comme il veut être sûr d'être ovationné à chacune de ses apparitions, il a fondé une compagnie, les Augustiani, une bande de jeunes chevaliers qui lui sont totalement dévoués et dont la fonction essentielle est de l'applaudir et d'acclamer le « Nouvel Apollon ». Ils reçoivent assez de gratifications pour se dispenser de porter l'anneau équestre !

L'accablement qui se lit sur le visage de Sénèque ravive le remords de Paulina de l'avoir abandonné à un moment aussi crucial. Comment a-t-elle pu, elle, l'épouse du philosophe et conseiller du prince, se comporter comme une jeune femme inconsciente ? N'aurait-elle pas dû se maîtriser et envisager l'assassinat d'Agrippine avec plus de sang-froid, comme un acte politique au-delà de toute idée morale ? Mais elle sait au plus profond d'elle-même qu'il lui était impossible de réagir autrement. Elle ne regrette ni son jugement ni son indignation. Sénèque, qui l'observe, devine la nature de son trouble et s'empresse de poursuivre :

— Heureusement, j'ai des armes pour me défendre des blessures de l'âme, la recherche de la sagesse, l'écriture… La raison est un véritable bouclier. J'ai appris à ne pas céder aux circonstances, qu'elles soient favorables ou défavorables, ni aux provocations malfaisantes.

Il s'interrompt pour regarder Paulina dans les yeux et, comme s'il y lisait encore un reproche, il ajoute :

— Je n'ai jamais menti au prince. Je n'ai jamais flatté ses mauvais penchants, j'ai toujours agi dans l'intérêt de l'Empire, en essayant d'éviter des guerres inutiles.

— Tu n'as pas besoin de me le dire, je le sais.

— Néron est porté aux excès. Le maîtriser est une entreprise aléatoire et la partie n'est pas gagnée, mais Burrus et moi, nous n'aimons pas perdre.

— Je le sais aussi.

Il sourit et l'attire à lui. Ils restent ainsi un long moment, chastement mais tendrement enlacés.

*

L'année terrible s'achève sur des prodiges qui suscitent comme toujours des interprétations aussi diverses
que contradictoires : une éclipse de soleil, l'embrase-
ment de plusieurs quartiers de l'*Urbs*, un serpent né
d'une femme, une autre foudroyée dans les bras de son
mari. Aucun devin ne perçoit de relation avec le massacre qui a suivi une bagarre entre des habitants de Nuceria
et de Pompéi, à l'occasion d'un combat de gladiateurs.
En revanche, certains voient dans ce prétendu reptile
sorti des entrailles d'une femme une allusion des dieux
au couple que formaient Agrippine et son fils. Comme
pour la justifier, Néron s'acharne à détruire le lien qui
pourrait encore le rattacher à sa mère. Ainsi accorde-t-il
sa grâce à Junia[1], à Calpurnia[2] et aux anciens préteurs
Valerius Capito et Licinius Gabolus, qu'Agrippine avait
fait condamner. Il autorise le retour des cendres de Lollia
Paulina[3] et l'érection d'un tombeau pour les abriter.

L'année suivante[4], Sénèque et Burrus ne peuvent
empêcher Néron d'ouvrir les Juvenalia au peuple qui
afflue en masse autour du lac où avait été organisée la
naumachie d'Auguste. Dans cette véritable foire où se
côtoient boutiques, estaminets et cabarets, on voit s'exhiber, chanter et même faire ripaille les descendants de
familles patriciennes, d'anciens magistrats, des cheva-

1. Junia Calvina et son frère, Silanus, fiancé d'Octavie, avaient
été accusés d'inceste pour permettre les fiancailles de Néron et
d'Octavie. Junia Calvina avait alors été bannie. Cf. p. 250.
2. L'empereur Claude ayant loué sa beauté, Calpurnia avait été
bannie.
3. Lollia Paulina avait été l'une des deux rivales d'Agrippine
avant que cette dernière n'épouse l'empereur Claude. Bannie, Lollia
Paulina avait finalement été condamnée au suicide. Cf. p. 253.
4. An 813 depuis la fondation de Rome (60 après J.-C.).

liers, ainsi que des femmes de l'aristocratie. On y a même vu danser une matrone de soixante-dix ans !

— Voilà où sont tombées nos grandes familles ! peste Sénèque.

Après les *Juvenalia*, Néron crée les *Neronia*, des jeux quinquennaux inspirés de la Grèce. Jusqu'à une heure avancée de la nuit, les concurrents s'y s'affrontent dans plusieurs domaines : musical, gymnique, hippique, poétique et art oratoire. Ce prétexte culturel permet de se montrer en chlamydes dans une frénésie de plaisirs et d'exhibitionnisme, orchestrée par le prince aux frais de l'Empire. Néron se fait attribuer à l'occasion la couronne d'éloquence et de poésie latine, très disputée par les meilleurs orateurs et poètes. Il baise celle qui lui est décernée au titre de joueur de luth et la fait placer au pied de la statue d'Auguste. Il va jusqu'à inviter les Vestales au spectacle gymnique, sous prétexte qu'à Olympie, il était permis aux prêtresses de Cérès d'y assister. Il fait construire un amphithéâtre en bois pour y faire combattre des gladiateurs, mais aussi des sénateurs et des chevaliers.

— Après tout, ce n'est que le reflet des turpitudes actuelles, commente Faustina.

— L'empereur se doit d'être un exemple, il ne doit pas flatter les mauvais penchants de l'homme, lui répond Paulina.

Néron se croit tellement protégé des dieux qu'il se permet de prendre un bain dans l'eau d'une source sacrée sans craindre une punition divine. Néanmoins, il reste attentif à toute menace de conjuration. Une comète ayant pu faire croire à un prochain changement de règne, le nom de Rubellius Plautus, descendant d'Auguste, qui avait été accusé de briguer le pouvoir, lors du procès d'Agrippine, circule de nouveau dans la Cité. Il jouit d'une excellente réputation par son attachement aux principes antiques, mais semble particulièrement désigné à une éventuelle succession après l'incident survenu près de Tibur, lieu d'origine de son père : la foudre est tombée sur une table du banquet auquel participait Néron. Ébranlé, celui-ci réagit aussitôt en envoyant Plautus en exil en Asie.

Paulina, qui s'était résolue à éviter toute discussion sur la conduite du prince, ne peut s'empêcher d'exprimer certains doutes :

— Est-ce que tu peux encore te faire entendre, malgré la présence des amis, plutôt équivoques, du prince ?

— J'ai encore de la voix ! réplique Sénèque, agacé. Il n'y a pas que des gredins autour de lui, Néron s'entoure aussi de gens de qualité. Il écrit des vers et réunit au palais de jeunes poètes qu'il charge de revoir ses propres vers. Tu sais bien que Lucain en fait partie. Ce cénacle fait revivre notre poésie qui dépérissait depuis Horace et Virgile, même s'il y a eu Tibulle, Properce, Ovide. Quant aux philosophes, Néron est attentif à leurs discussions. C'est moi qui lui ai donné le goût de ces échanges.

Le ton est vif et Paulina n'ose prolonger son propos, mais ce qu'elle sait du caractère du prince ne l'incite guère à l'optimisme. Néron n'est-il pas qu'un Apollon de scène qui se plaît au milieu d'intrigants flagorneurs et de délateurs prêts à tout pour lui plaire ? Les plus redoutables sont les affranchis : Anicetus, l'assassin d'Agrippine, Doryphore, le secrétaire *a libellis*, Polyclitus, le plus hargneux. Elle ne peut que douter de sa capacité à diriger l'Empire selon la vision de Sénèque. Mais elle sent bien qu'il est inutile d'accabler celui-ci davantage.

Il devient en effet de plus en plus taciturne. S'il participe toujours aux réunions du Conseil impérial, il en revient assez vite et ne parle guère des décisions prises.

En revanche, il s'adonne plus que jamais à ses exercices physiques habituels, avec pour compagnon, non plus Xyrax maintenant entièrement voué aux écritures, mais Earinus, un esclave robuste de vingt-cinq ans au souffle inépuisable. L'hiver revenu, il prend ses bains dans les eaux froides et même glacées de l'*euripus* ou du Tibre. Et lorsque Paulina croit bon de lui rappeler les prescriptions de prudence de Statius, il répond que la course, la gymnastique et la natation sont aussi indispensables à sa santé corporelle et mentale que l'écriture. Il consacre d'ailleurs à cette dernière activité presque toutes ses soirées et réunit moins souvent les membres de son cénacle.

Il avoue à Paulina qu'il est las de discourir :

— J'ai l'impression de me répéter, de fustiger pour la millième fois la tyrannie qui nous menace. Quand j'indique les moyens d'atteindre la tranquillité de l'âme et la sagesse, n'est-ce pas à moi-même que je m'adresse ?

— Je suis sûre que tous t'écoutent.

— Par respect, mais m'entendent-ils ?

— J'en suis persuadée. Moi aussi, je t'écoute et je t'entends, bien que tu n'aies pas l'air de t'en apercevoir.

Sénèque la regarde avec tendresse.

— Je le sais… Je sais aussi que je t'ai déçue…

— Nous nous sommes expliqués, n'y revenons pas.

Il l'attire contre lui et la serrant dans ses bras, murmure :

— Je n'ai plus l'énergie ni le souffle pour te donner tout l'amour que j'éprouve pour toi…

Elle lui met la main sur la bouche.

— Ta tendresse me suffit… N'as-tu pas écrit qu'aimer sa femme d'une passion trop charnelle ressemblait à de l'adultère ?

An 814 depuis la fondation de Rome (61 après J.-C.)

La nouvelle année voit la Britannia en feu. Les outrages infligés par les Romains à Boudicca, veuve du roi des Icéniens Prasutagos, et à ses filles, l'avidité du procurateur Catus Decianus, qui a imposé aux notabilités le remboursement immédiat des prêts de l'empereur Claude, déclenchent une violente insurrection. Sénèque, mis en cause pour ses investissements, s'insurge évidemment contre le reproche calomnieux qu'on lui fait d'avoir exigé lui aussi des paiements d'intérêts excessifs. Il riposte en condamnant les procédés de Catus, selon lui trop courants dans les provinces, et conseille au prince de combiner diplomatie et usage de la force en Britannia. La situation se complique par la mésentente entre le légat et le nouveau procurateur, Classicianus. Néron veut charger l'affranchi Polyclitus du rétablissement de l'ordre.

— Ne fais pas ça, César ! lui dit Sénèque. Le peuple celte de la Britannia est trop fier pour accepter l'autorité d'un ancien esclave !

Le prince se garde de l'écouter et l'arrivée de Polyclitus sur la grande île est accueillie par des ricanements : « La grande Rome est tombée bien bas pour confier le pouvoir à un affranchi ! » La résistance s'amplifie et l'envoyé doit se retirer en laissant le pays dans une paix précaire.

Ce n'est pourtant pas cela qui préoccupe le peuple de l'*Urbs*, mais deux meurtres commis presque simultanément. L'un a été perpétré par un personnage de rang sénatorial à cause d'une sombre histoire de faux testament, l'autre par un esclave du préfet de Rome, Pedanius

Secundus, qui a assassiné son maître pour un motif incertain : refus d'affranchissement en dépit d'une entente sur le prix ou rivalité amoureuse pour un jeune homme aux « joues lisses ». Le second crime suscite un vif débat au Sénat. Les tenants de l'usage ancien, qui voulait que soient condamnés au supplice tous les esclaves de la même maison que l'assassin, finissent par l'emporter, arguant que la peur d'un tel châtiment serait le seul moyen de protéger les maîtres.

Paulina juge révoltante la décision sénatoriale que Sénèque ne se prive pas de critiquer ouvertement :

— Nous parlons d'esclaves ? déclare-t-il à qui veut l'entendre. Pour moi, ce sont des hommes comme nous, des amis d'humble condition. Quand je pense que tant de maîtres se remplissent la panse devant leurs serviteurs, debout, condamnés au silence sous peine de fouet ! J'entends dire : « Autant d'esclaves, autant d'ennemis ! » C'est indécent ! Ils ne sont pas nos ennemis, nous les faisons tels. Que dire du malheureux au corps rasé ou épilé, qui voue toutes ses nuits au service et à la lubricité du maître, tel Ganymède avec Jupiter ? Je ne peux que respecter sa révolte…

La diatribe étonne ses amis du cénacle.

— Quel drôle de regard vous me lancez ! Je devine votre pensée : j'appellerais les esclaves à se libérer, je prônerais la fin des prérogatives des maîtres. Sachez que, pour moi, il vaut mieux respecter son esclave que le craindre.

Le vote des Pères, qui envoie à la mort des esclaves innocents et de tout âge, provoque la colère du peuple qui s'oppose violemment à leur exécution au point que le convoi des malheureux condamnés doit être escorté militairement. La *familia* de Sénèque s'agite elle aussi, et les plus jeunes esclaves ne manquent pas d'aller participer aux manifestations : s'ils échappent aux arrestations, l'un d'eux, Priscus, à peine âgé de quinze ans, disparaît. Paulina s'était intéressée à lui parce qu'il est le fils d'un gladiateur originaire de Gaule narbonnaise, tué au combat.

— Où est-il allé ? Il ne connaît personne ici.

Après avoir longuement hésité, Earinus, le compagnon d'exercices du maître, révèle à Paulina qu'après avoir été arrêté, il s'est enfui et réfugié auprès de membres de sa secte.

— Sa secte ? Quelle secte ?

— Celle de Christos.

— Il ne manquait plus que ça !

Connaissant la position de Sénèque sur les esclaves, elle lui en parlerait si elle ne craignait une rebuffade, sachant qu'il reproche en général aux Juifs, qu'ils soient orthodoxes ou fidèles de ce Christos, de se livrer à un prosélytisme religieux. Il a souvent regretté que les coutumes juives se propagent si vite et que les vaincus fassent la loi aux vainqueurs. Elle décide donc de s'adresser à Faustina. Celle-ci lui annonce, quelques jours plus tard, qu'elle sait où se cache Priscus.

— De l'autre côté du fleuve, chez les Juifs du Trastevere.

— Peux-tu m'y faire conduire ?

— Tu m'en demandes beaucoup ! Il faut une absolue discrétion. Ton esclave a été introduit dans la secte par un Juif récemment arrivé à Rome et qui est en *custodia libera*[1]. Il s'appelle Paul, est originaire de Tarse[2], en Cilicie. C'est un des plus ardents propagandistes de la nouvelle foi.

— Pourquoi est-il en liberté surveillée ?

— Les docteurs de la loi juifs l'ont traité de renégat et traîné en justice. Comme il est citoyen romain de naissance, il a demandé à être jugé à Rome.

1. Liberté surveillée.
2. Içe, en Turquie.

— Priscus ne s'est tout de même pas réfugié chez lui !

— Non, mais Paul sait où il est... Pourquoi tiens-tu tellement à retrouver Priscus ?

— C'est un garçon innocent, il est de la *Provincia* et j'ai promis de le protéger.

Pour se rendre discrètement chez Paul de Tarse, Paulina et Faustina ont revêtu des robes simples et utilisé une modeste *sella*.

Le missionnaire du Christ vit sur la rive gauche du Tibre, dans un quartier modeste où il loue une habitation, comme le statut de *custodia libera* lui en donne le droit. Une garde lui est imposée, limitée pour l'heure à un seul prétorien qui ferme volontiers les yeux sur les nombreuses visites que le « prisonnier » reçoit. Le quartier est très peuplé, en grande partie par la communauté juive, qui compte dans la Ville une trentaine de milliers de personnes, pour la plupart originaires d'Alexandrie. L'empereur Claude l'ayant exclue de la Cité, elle s'est établie dans la périphérie où elle a édifié plusieurs synagogues. Elle exerce de multiples activités, principalement le négoce. Quelques-uns sont artistes, tel Alityrus, comédien de la cour.

Au premier abord, l'homme qui les accueille ne paie pas de mine : petit, bien planté sur ses jambes, chauve, il arbore une barbe noire, courte et dense, qui souligne un visage ovale au long nez busqué, des sourcils épais au tracé si net qu'on pourrait les croire dessinés au noir de charbon. Paulina est surtout frappée par l'éclat de son regard, doux mais d'une étrange intensité.

— Ainsi, tu es la femme de Sénèque ! Je suis heureux de faire ta connaissance, dit-il avec un sourire avenant. Sais-tu qu'à Corinthe, où je séjournais, j'ai été secouru par le proconsul de l'Achaïe, Gallion, le frère de ton mari ? J'avais été traîné devant le procurateur par des Juifs furieux qui m'accusaient d'inciter les gens à servir Dieu d'une façon contraire à la loi. Gallion a dit qu'il ne s'agissait pas là d'un crime, mais d'une discussion doctrinale, et que ce n'était pas son affaire. Plus récemment, si je jouis d'une liberté à peine surveillée, je le dois à l'ami de Sénèque, le préfet du prétoire Afranius Burrus. Je suppose que Gallion y a été pour quelque chose, à moins que ce ne soit ton mari.

— C'est possible, murmure Paulina.

— Je connais la pensée de Sénèque. J'ai lu ses ouvrages. Beaucoup de choses nous rapprochent, ne le crois-tu pas, Paulina ?

— Je ne suis pas en mesure d'en discuter.

— Je comprends. Tu n'es pas venue me voir pour cela, mais pour chercher un jeune esclave. Priscus, n'est-ce pas ?

— Il risque d'être arrêté car il a participé à la manifestation contre la condamnation collective des esclaves du préfet assassiné.

— Ne t'inquiète pas. Sache que c'est moi qui l'ai converti. Je connaissais son père, le gladiateur. Évidemment, je comprends que tu veuilles le faire revenir, il est ton esclave…

— Plutôt celui de mon mari. Mais si je le fais revenir, c'est pour le protéger.

— Ici, au milieu de nous, il est en lieu sûr.

— Moins que chez Sénèque.

Paul esquisse une moue dubitative :

— Le Sénat a voté la mort de ces malheureux innocents…

— Sénèque l'a désapprouvé. Il respecte les esclaves, lui. Puisque tu as lu ses écrits, tu dois savoir qu'il est compatissant, profondément humain, et qu'il croit en un dieu suprême, comme toi.

Paul garde un instant le silence, puis lui répond :

— Contrairement à ce que tu m'as dit, nous pourrions

en discuter. Puisque tu évoques Dieu, sache que ce n'est pas la raison qui nous fait croire en Lui, à la façon des stoïciens, mais l'amour pur. Dieu s'est incarné en homme afin de sauver le monde. Cet homme m'est apparu, après avoir été crucifié pour s'être présenté comme le fils de Dieu. Cet homme est le Christ.

Paulina, troublée par l'accent vibrant d'émotion et de foi de Paul, ne sait que dire. Au bout d'un instant, elle se ressaisit.

— Alors, que décides-tu ? demande-t-elle en le regardant droit dans les yeux.

— Ce n'est pas à moi de décider ce que veut Priscus, mais à lui-même. Chez nous, il n'y a pas d'esclave. Je vais lui parler. Si tu ne le vois pas arriver chez toi dans trois jours, c'est qu'il reste parmi nous.

Paulina se retire, suivie de Faustina qui, après avoir gardé le silence, confie dans un murmure :

— Je comprends que Paul ait pu convertir tant de gens…

De retour chez elle, Paulina trouve un Sénèque morose. Il sort des thermes et se plaint de n'avoir pu y trouver la tranquillité.

— C'était odieux ! J'en ai encore les oreilles déchirées ! Des ahans de ceux qui s'exerçaient aux haltères aux sifflements des coureurs essoufflés, des claquements de mains sur les corps qu'on frictionne aux cris des imbéciles qui se jettent à l'eau, je n'en pouvais plus. Il y a eu un moment de calme et puis le vacarme a repris : cette fois c'était les joueurs de balles comptant les coups ou se disputant, les hurlements de ceux qui se font épiler les aisselles, les appels des marchands de saucisses ou de gâteaux ! Bref, je me demande si désormais je ne vais pas me contenter des bains d'eau froide dans l'*euripus*… et m'y perdre.

— T'y perdre ! Pourquoi dis-tu ça ?

— Tu m'as demandé si Néron ne m'échappait pas ? Eh bien, je crois qu'il fait tout pour se dégager de moi, de Burrus, de nos amis, de tous ceux qui peuvent conduire le bateau vers un port apaisé et prospère.

— Que s'est-il passé ?

— Il semble préférer la voie de la tyrannie à l'orientale, avec ses jeux et l'abaissement de notre aristocratie.

— Les patriciens s'y prêtent volontiers.

— La plupart ont oublié les vertus de leurs ancêtres. Ils ne sont même pas conscients qu'il y a de moins en moins de hauts magistrats sortis de leurs rangs. Néron va les chercher ailleurs, là où il peut trouver des valets, comme cet incapable de Polyclitus, ou la bande de délateurs et de courtisans qu'il entretient à sa dévotion...

— Ton neveu Lucain fait bien partie du cercle des favoris !

Sénèque esquisse un geste d'agacement.

— Dis plutôt du cercle des poètes. C'est moi qui l'y ai introduit. Il a suffisamment d'intelligence et de personnalité pour ne pas plier le genou. Il a encore beaucoup à apprendre dans l'entourage du prince, en bien ou en mal. Au demeurant, c'est une bonne source d'informations.

— Et le Sénat ?

Sénèque soupire.

— Les Pères sont presque tous émasculés, occupés à digérer leurs revenus ou à se frotter à des corps juvéniles.

— Si tu penses que la tendance est irréversible, pourquoi ne pas te retirer ? Tu as suffisamment servi César et l'Empire. Tu avais conseillé à mon père de le faire. N'est-il pas temps pour toi de suivre le conseil ?

— Non ! La situation est différente. Je suis le conseiller de César et je ne veux pas abandonner le navire au moment où il le dirige droit vers la tempête. Il faut essayer de l'en détourner.

— Est-ce encore possible ?

— Je le pense, et je peux compter sur Burrus.

Paulina n'ose contester l'argument qui lui rappelle cette maudite raison d'État invoquée à propos de l'assassinat d'Agrippine. Elle choisit de changer de sujet.

— À propos ! dit-elle, je sais où s'est enfui Priscus.

— Je m'en doute : dans la secte de Christos. On m'a rapporté ton expédition avec Faustina. Je suis encore bien informé, tu sais ! Lors de l'affaire de Pomponia Graecina, je t'avais pourtant demandé d'éviter ces gens qui sapent nos croyances ancestrales et les fondements de notre Cité.

— Tu me crois si faible que je puisse leur prêter l'oreille ? se récrie Paulina.

— Ne te fâche pas... Alors, as-tu vu Priscus ?

— Non, mais Paul m'a dit qu'il allait lui parler.

Sénèque hausse les épaules.

— Tu te fais des illusions. Il ne reviendra pas. La secte a besoin pour se répandre de jeunes aussi ardents et déterminés... Je me demande d'ailleurs ce que tous ses adeptes trouvent à cette doctrine. Passe encore pour ceux des Juifs qui croient que Christos est le Messie qu'ils attendaient, mais les autres, des Romaines comme Pomponia Graecina ou Faustina...

Soudain inquiet, il regarde Paulina :

— Les propos de ce Saül de Tarse ne t'auraient-ils pas troublée ? Gallion et Burrus m'ont dit qu'il avait un grand pouvoir de séduction.

— Tu ne crois tout de même pas que je suis attirée par cet inconnu et par cette secte ! s'écrie-t-elle, ulcérée.

— Pardonne-moi...

— D'ailleurs, Faustina ne s'est pas convertie.

— Elle fraye avec eux et finira par y adhérer. Comme toutes les femmes, elle privilégie les sentiments. Ce que prêche ce Saül...

— Il ne veut plus qu'on l'appelle de son nom juif, mais Paul.

— Eh bien, ce que prêche Paul est insensé.

— Il dit que la seule différence entre eux et vous, les stoïciens, est que tu conçois dieu par la raison et lui par l'amour.

Sénèque hausse les épaules.

— Nous n'avons pas la même conception de la divinité. Pour nous, il y a les dieux qui jouent sur le même registre que les hommes et tout ce qui peuple la nature, animaux et plantes. On ne peut éprouver pour eux de l'amour, mais seulement du respect ou de la confiance, voire de la soumission. Leur rendre un culte relève de la superstition, je te l'ai souvent dit. Et au-dessus, il y a un dieu qui est le grand organisateur du Cosmos, œuvre d'une intelligence souveraine créée pour le bien de l'homme, mais ce dernier est si dépravé qu'il passe son temps à en détruire les effets. C'est pourquoi nous, stoïciens, cherchons à parer aux désordres humains en prônant une morale exigeante. Nous pensons que le bonheur et la vertu dépendent de nous seuls. Paul de Tarse est, paraît-il, un érudit, mais je considère que son dieu tout-puissant qui s'incarne en un homme n'est qu'un rêve. Ne prétend-il pas l'avoir rencontré sur la route de Damas en la personne de Christos le crucifié ?

— Je suis incapable d'en débattre, murmure Paulina.

*

An 815 depuis la fondation de Rome (62 après J.-C.)

Au mois de février, un tremblement de terre détruit en grande partie Pompéi et touche les villes voisines de Campanie, notamment Herculanum et même Naples. Sénèque, curieux du phénomène, décide de se rendre sur

448

place, malgré les objections de Paulina qui se soucie de sa santé et de la fatigue d'un tel voyage.

— Je dois aller constater les dégâts et interroger les habitants sur ce qui s'est passé. Tu sais bien que c'est important pour moi, qui ai toujours prêté grande attention à tout ce qui touche la nature et ses phénomènes. Certaines choses semblent inexplicables, mais tout a une cause, rien n'est le fait du hasard. J'aimerais pouvoir le démontrer et prouver que l'apparition d'un météore n'est rien à côté du caractère grandiose de l'ordre de l'univers...

Et regardant Paulina avec tendresse, il ajoute :

— Ne t'inquiète donc pas, j'ai encore assez d'endurance pour un voyage aussi intéressant. Et puis Xyrax et Earinus m'accompagneront.

— Emmène aussi Silas et quelques esclaves, les forêts et les marais sont infestés de bandits.

— Que veux-tu qu'ils me prennent ? Des tablettes de cire, du papyrus ?

— La vie, voyons !

Sénèque lève les bras au ciel.

— Tu as lu assez de mes écrits pour savoir ce que je pense de la vie et de la mort ! Tout homme de bien doit apprendre à se livrer au destin qui, dès la première heure d'une vie, en détermine la durée. Rien dans l'existence d'un homme n'est assuré ni stable, j'ai donc appris à m'attendre à tout, même à la mort, et que représente la mort sinon un instant fugitif et trop bref pour qu'on puisse en avoir conscience ?

— Je n'aime pas que tu parles de la mort comme d'une chose insignifiante.

— Il ne m'arrivera rien, tu verras. D'ailleurs, tu es bien allée à Baïes, toi, as-tu vu des bandits ? Ton amie Faustina qui y va souvent a-t-elle été déjà attaquée ?

Paulina hoche négativement la tête.

— Allons ! Ne fais pas cette mine.

Il n'écoute pas son conseil et part dans une *carruca* à deux chevaux en la seule compagnie de Xyrax et d'Earinus. Le voyage se déroule sans incident et le séjour en Campanie dure un long mois. Pendant ce temps, une lancinante angoisse, entretenue par des cauchemars sinistres, ne quitte pas Paulina. Aussi l'accueille-t-elle à son retour avec un immense soulagement, surprise de le voir rayonnant, en dépit de la description dramatique qu'il lui fait des dégâts causés par le séisme : morts innombrables, habitations, monuments, temples effondrés dont celui de Jupiter Capitolin, traces de multiples incendies aggravés par les feux de l'hiver. L'inondation n'a été évitée que grâce à la résistance du château d'eau en brique.

— On dirait que cette expédition, en te sortant des affaires d'État, t'a redonné le goût de vivre, constate Paulina.

— Au contact de la nature, de ses richesses et de ses colères, j'ai mieux saisi le *spiritus*, ce souffle vital, l'élément dynamique qui fait la cohésion de chaque être. C'est une forme de bonheur.

Ce bonheur ne durera guère.

Quelques jours plus tard, la mort frappe Burrus, l'ami, le fidèle compagnon avec lequel il a dirigé l'Empire pendant huit ans. Le solide préfet du prétoire souffrait depuis quelque temps déjà d'une « grosseur » à la gorge qui gênait sa respiration jusqu'à la bloquer définitivement.

En apprenant la nouvelle, Paulina ne peut retenir ses larmes. Bien qu'elle n'ait jamais eu avec lui qu'une relation assez distante, elle éprouvait une vive sympathie pour ce natif de Vasio Voncontiorum en lequel elle reconnaissait des qualités propres aux gens de la *Provincia*. La simplicité et la franchise de ce glorieux manchot lui rappelaient sa tante Bubate. Sachant ce qu'il représentait pour Sénèque, elle ressent cette disparition comme s'il s'était agi d'un proche parent. S'y ajoute une inquiétude lorsque des rumeurs se répandent attribuant la responsabilité de ce décès à César ou à son entourage, trop heureux de se débarrasser d'un personnage devenu encombrant. Si c'était le cas, Sénèque ne serait-il pas menacé ?

— Est-on sûr que Burrus est mort de ce mal qui l'affligeait ?

— Absolument ! N'écoute donc pas les ragots.

— Il ne s'agit pas de ragots. Ne s'est-il pas toujours opposé à la répudiation d'Octavie ?

— Moi aussi, mais si Néron est décidé à répudier sa femme pour épouser Poppée, il n'a nul besoin de nous tuer, Burrus et moi. Il prend déjà assez de décisions sans notre accord.

— Je veux bien te croire.

Soudain, Sénèque, cachant mal son émotion, dit à mi-voix :

— Je viens de perdre une partie de moi-même.

Paulina assiste à chaque étape du rituel des funérailles, au milieu des femmes de la famille de Burrus. Le corps est enduit d'aromates et revêtu de sa toge d'apparat avec ses insignes honorifiques, tandis qu'est déposé dans sa bouche un sesterce, prix du passage du Styx. Suit l'exposition sur un lit funéraire, dans l'*atrium* de la résidence orné d'une montagne de fleurs, devant lequel passent les visiteurs en un long défilé.

Le huitième jour, le cortège funéraire conduit par un *dissignator*, à la tête de licteurs vêtus de noir, se dirige vers le Forum où attend une foule considérable. Un soleil printanier resplendit sur Rome, comme pour narguer ce sort qui envoie un grand dignitaire dans le royaume de la nuit. Porté par des officiers prétoriens, le lit de parade sur lequel repose le corps précède les fils du défunt dont la tête est voilée, l'épouse et les filles décoiffées, les parents portant des masques de cire représentant les membres de la famille décédés. Suivent les dignitaires en char, puis ceux présentant les portraits des ancêtres, une troupe de pleureuses, de musiciens, d'acteurs mimant des épisodes de la vie de Burrus et entonnant des *neniae*[1]. Enfin, pour clore le cortège, un impressionnant défilé des cohortes prétoriennes marchant au rythme d'une musique lugubre. Au Forum, la halte est brève et c'est dans un silence recueilli que Sénèque prononce devant le prince et le lit de parade, maintenu verticalement, l'éloge funèbre. La marche reprend en direction de la Via Appia et jusqu'à la nécropole, où a été allumé un bûcher. Après un dernier panégyrique pendant que les flammes consument le corps et le dépôt d'offrandes diverses, la veuve attend que le feu s'éteigne pour verser du vin sur les cendres, laver ce qui reste d'os avec du parfum, et placer les restes dans une urne en or.

Sur le chemin du retour, Paulina contemple les nuages du crépuscule qui couvrent soudain le ciel. Elle ne peut s'empêcher de glisser à l'oreille de Sénèque :

— Retire-toi avant la tempête.

*

Le peuple de l'*Urbs* est d'autant plus affligé par la mort de Burrus que les deux nouveaux préfets du prétoire choisis par Néron l'inquiètent. Si l'un, Faenius Rufus, est populaire et jouit d'une réputation de probité, il ne semble pas avoir assez de caractère pour s'imposer face au second, Caius Ofonius Tigellinus. Issu d'une humble famille d'Agrigente, il est d'une beauté qui lui a valu,

1. Chants funèbres.

dit-on, les faveurs d'Agrippine et de Julia Livilla, faveurs sanctionnées par un bannissement pour adultère sous le règne de Caius Caligula. Rappelé par Claude mais interdit de séjour à Rome, il a élevé des chevaux de course en Apulie, ce qui lui a permis d'approcher Néron et de devenir l'un de ses favoris.

À peine nommé, il prend le pas sur Faenius Rufus et affiche un goût prononcé pour la débauche, le luxe tapageur et la répression. Il obtient la confiance de Poppée. Très attentive à tout ce qui pourrait menacer ses propres intérêts et le pouvoir de Néron, elle l'incite à éliminer de façon définitive les deux éventuels prétendants au trône, Rubellius Plautus et Faustus Cornelius Sulla, demi-frère de Messaline et époux d'Antonia, fille de Claude. Le premier se trouve en exil en Orient, et le second à Massilia. Tigellinus envoie des hommes de main pour les assassiner et rapporter leurs têtes à l'empereur.

Néron est néanmoins trop soucieux de sa popularité pour ne pas jouer la carte d'une apparente bienveillance. « Comme je voudrais ne pas savoir écrire ! » déclare-t-il un jour avant de signer une condamnation. Il évite même de s'acharner sur le préteur Antistius, accusé d'avoir composé et lu en public des vers injurieux à son égard. Bien que la loi de lèse-majesté soit remise en vigueur, le coupable est simplement banni et dépouillé de ses biens, une sentence *a minima*.

— Retiendrait-il finalement tes leçons de clémence ? s'interroge Paulina.

Sénèque laisse échapper un ricanement désabusé :

— Hélas ! je ne l'en crois plus capable. Il veut séduire le peuple. Il l'autorise à assister à ses exercices du Champ de Mars, l'abreuve de jeux et de spectacles, et lui octroie toutes sortes de largesses : repas, bons payables en grains, vêtements, bêtes de somme, or, esclaves ou terres… Il est également assez malin pour s'attacher les cohortes prétoriennes en leur faisant distribuer chaque mois des rations de blé gratuites.

— Il ne te consulte plus ?

— Parfois, sur les affaires extérieures, mais il ne suit pas mes conseils. Après l'envoi désastreux de Polyclitus en Britannia, il a chargé un autre de ses fidèles, Caesennius Paetus, d'affronter les Parthes en Arménie. Un désastre, qu'il masque ici par des arcs de triomphe et des trophées.

Amateur de spectacles en tout genre, Néron ne se prive pas de gestes théâtraux. Afin de montrer qu'aucune pénurie de vivres n'est à craindre malgré la tempête qui a coulé quelque deux cents navires et l'incendie qui en a détruit cent autres, il fait jeter des blés gâtés dans le Tibre… Les dieux et l'habileté du gouverneur de Mésie, Plautus Silvanus Aelianus, ayant permis de fortifier les positions romaines sur le Danube face aux Barbares, il lance un projet grandiose : une expédition jusqu'en Inde !

— Il se prend pour Alexandre, cela va mal finir, murmure-t-on dans les cercles qui lui sont hostiles mais n'osent manifester ouvertement la moindre opposition.

Sénèque est non seulement incapable de lutter contre la mégalomanie grandissante de son ancien élève, mais il est à nouveau l'objet d'une campagne de calomnies orchestrée par Tigellinus, qui reprend les accusations proférées quelques années plus tôt par le délateur Suillius : « Sénèque n'est qu'un fourbe qui fait le contraire de ce qu'il écrit, un cupide qui cherche à accroître sa fortune déjà immense, un ambitieux qui veut s'attirer la faveur des citoyens et surpasser le prince par la magnificence de ses jardins et de ses résidences, un écrivain vaniteux qui s'estime le plus talentueux de l'Empire… » Il étoffe aussi son réquisitoire : « Le conseiller est un flatteur qui compose des poèmes depuis que César aime la poésie, un hypocrite hostile aux divertissements princiers mais qui les approuve publiquement, tout en se moquant en privé de la voix de l'empereur et de son inhabileté à conduire les chevaux. »

Dès que ces rumeurs lui parviennent, Paulina s'écrie :

— Je sais qui lance ces insanités : Atilia.

— L'ancienne épouse de Taurus ?

— Elle est venue me menacer quand j'étais à Ostia.

— Tu ne me l'avais pas dit.

— Et derrière elle, il y a Poppée qui m'en veut d'avoir favorisé par le don de mon parfum, les amours de Néron et d'Acté.

— Encore cette histoire de parfum ?

— Pour les femmes, c'est important… et pour Néron aussi.

— Je crois plutôt que Poppée m'en veut d'être hostile à la répudiation d'Octavie.

— Tu ne vas tout de même pas laisser courir ces ignominies ? Lorsque Suillius t'avait attaqué, tu avais riposté.

— La situation est aujourd'hui différente. Tu sais que je n'ai plus le même pouvoir et que je suis isolé.

— Alors que comptes-tu faire ? Tu ne vas pas te laisser détruire !

— Moi ? Me laisser détruire par des attaques aussi vulgaires qu'infâmes ? Sûrement pas ! Les calomnies ne me touchent pas. J'ai écrit dans mon texte sur la providence que rien de mal ne peut arriver à celui qui s'efforce d'être un homme de bien. L'adversité est à mes yeux un exercice qui peut m'aider à progresser.

— Je n'ai pas ta sagesse, Sénèque, ni ta capacité à te situer au-dessus du déferlement de boue.

— Il le faut, ma Paulina. Tu as toujours montré assez de courage et de raison pour y parvenir.

Il réfléchit un instant avant d'ajouter :

— Il y a quelque temps, tu m'as demandé pourquoi je ne suivais pas le conseil que j'avais donné à ton père, eh bien, je crois qu'il est temps pour moi de me consacrer à l'étude et à la méditation.

— Enfin ! soupire Paulina.

Le lendemain, c'est dans l'anxiété qu'elle guette le retour de Sénèque. Au premier regard, elle devine que l'entrevue prévue avec l'empereur ne s'est pas bien passée.

— César a tout simplement refusé ce que je lui ai proposé : le retour au domaine impérial des biens qu'il m'a octroyés, car je ne peux plus en supporter la gestion ni les charges. Il m'a dit que tout ce que je tenais de lui m'était dû pour mes longues années de services, pour tout ce que je lui ai enseigné et dont il reconnaissait les bienfaits…

— C'est le moins qu'il puisse avouer ! Et ton retrait du Conseil ?

— Il l'a refusé aussi. Il m'a dit que j'avais assez de vigueur pour continuer à le soutenir dans son gouvernement.

— Serait-il prêt de nouveau à t'écouter ?

— Il m'a embrassé et, pour moi, ce baiser comme ses paroles sont révélateurs du jeu qu'il mène : osciller entre le chaud et le froid, la vérité et le mensonge, comme au théâtre.

— Pourquoi te retient-il ainsi ?

— S'il a la brutalité de son père, il a la ruse de sa mère. Il sait bien qu'il ne peut faire prendre au pouvoir un virage trop brusque. J'ai encore des amis au Sénat et dans l'administration de l'Empire. Il lui faut un peu de temps pour placer ses favoris et se détacher totalement de la ligne politique que Burrus et moi avions instaurée.

C'est donc réduit à l'impuissance que Sénèque assiste au déroulement d'une tragédie qu'il aurait pu écrire.

Néron, tenant à lever au plus vite l'obstacle que représente Octavie à son remariage avec Poppée, suggère comme motif de répudiation la stérilité. Mais Poppée exige une condamnation. Tigellinus est chargé de l'affaire. Il soudoie, voire torture des domestiques d'Octavie pour la faire accuser d'adultère avec un joueur de flûte nommé Eucaerus. Certaines nient et le paient aussitôt de leur vie, d'autres plient. Octavie est ainsi condamnée par le Sénat et reléguée en Campanie. Elle se voit octroyer la maison de Burrus et les terres de Plautus, dons plutôt funèbres, mais sa popularité, entretenue par les partisans de son défunt frère Britannicus, est telle que Néron, craignant comme d'habitude une conjuration, la fait revenir à Rome. Elle y est accueillie par une foule en délire qui place ses effigies au Forum et dans les temples, et renverse les statues de Poppée. La manifestation se poursuit devant le palais et il faut l'intervention des prétoriens pour rétablir l'ordre.

Le prince a déjà connu une situation analogue : comme Agrippine il y a trois ans, Octavie représente un danger. En s'appuyant sur ses partisans, elle pourrait très bien fomenter un complot. Aussi Néron envoie-t-il chercher le servile Anicetus, l'assassin de l'*Augusta*, qui affirme être l'amant d'Octavie. Celle-ci, de nouveau exilée, est assignée à résidence sur l'île de Pandateria, lieu où, par tradition, sont envoyés les membres de la famille impériale tombés en disgrâce. Elle y reçoit peu après l'ordre de mourir.

Sénèque est profondément ému lorsqu'il révèle à Paulina les conditions de cette exécution qu'un prétorien, qui était présent, lui a racontées.

— Quand on l'a ligotée, la malheureuse a clamé son innocence et invoqué les dieux, ses ancêtres et Germanicus. On lui a ouvert les veines des bras et des jambes, et ses hurlements se sont mués en cris de souffrance. Pour faire accélérer les saignements, on l'a plongée dans un bain brûlant où elle s'est étouffée avant d'être décapitée.

Sénèque n'ose ajouter que la haine de Poppée était telle qu'elle s'est fait présenter la tête de la suppliciée.

— C'est monstrueux ! s'écrie Paulina, horrifiée. Je n'ai jamais souhaité la mort de quelqu'un, mais Néron et Poppée méritent de finir dans les mêmes conditions !

À la nouvelle de ce décès, des émeutes éclatent à Rome et dans plusieurs cités de la péninsule, mais ce ne sont que des feux de paille qui n'empêchent pas l'empereur d'épouser solennellement Poppée. Pour s'y être opposé, l'affranchi Doryphore sera empoisonné à la fin de l'année. Pallas, l'ancien amant d'Agrippine, subira le même sort sous prétexte que sa longévité lui permet de jouir trop longtemps de sa grande richesse.

Le règne de Néron s'apparente si bien à une tyrannie que Sénèque décide de se retirer effectivement des affaires publiques, sans toutefois rompre avec l'empereur. Il peut mesurer la fragilité de sa position lorsqu'un délateur nommé Romanus, inspiré par ceux qui voudraient se débarrasser définitivement de lui, l'implique dans une conjuration que fomenterait Calpurnius Pison, un aristocrate épicurien qui jouit d'une grande popularité en raison de son affabilité et de sa générosité. Sénèque n'a aucune peine à s'en défendre, d'autant que Pison est un ami du prince dont il partage le goût de la musique, du théâtre et des jeux, et avec lequel il festoie souvent.

Néron accorde même une faveur à Sénèque en faisant de Paulinus le Jeune l'un des trois nouveaux gestionnaires des *vectigalia publica*, le service des impôts indirects.

— Ton frère exerçait de façon remarquable son proconsulat de Germanie inférieure, explique Sénèque à Paulina, mais il se languissait de Rome et m'a écrit pour que je le fasse revenir. Tu vas donc le revoir bientôt.

— Au moins une éclaircie en cette sombre fin d'automne ! s'écrie-t-elle en retrouvant le sourire.

X

Otium

Paulina attendait de son frère la diversion dont elle avait tant besoin pour échapper à la pesante atmosphère de cette fin d'année, marquée par la mort de Burrus. Elle l'a trouvé mûri, ou plutôt endurci par ce temps passé à guerroyer contre les hordes barbares dans les froides contrées de Germanie. Elle a cru bien faire en organisant une rencontre avec Faustina, mais celle-ci a vivement reproché à Paulinus d'être parti en l'abandonnant comme une vulgaire courtisane, et l'a informé d'un ton narquois qu'elle avait maintenant un jeune amant.

Quoi qu'il en soit, Paulina se réjouit de le voir en ce jour glacial de décembre :

— Où est ton mari ? lui demande-t-il d'emblée.

— Il effectue ses exercices physiques quotidiens, il sera là dans quelques instants. Tu avais quelque chose à lui dire ?

— Pas précisément... Je voudrais simplement connaître son opinion sur la façon dont Néron gouverne.

— Tu peux la deviner. Il ne s'est pas retiré des affaires sans raison... Mais toi, comment trouves-tu ta chère Cité ?

— C'est toujours le bruyant royaume de la vanité et du mensonge. La fortune continue de s'acquérir par le crime ou sur la couche d'un vieux patricien. Des filles nubiles se font déflorer avant leur nuit de noces par un joli esclave, des brus se donnent à leurs beaux-pères, des épouses nobles accouchent d'enfants ressemblant à quelque gladiateur thrace ou germain…

— Je te trouve bien moralisateur. Autrefois, tu naviguais avec plaisir dans ces eaux troubles.

— L'éloignement et la guerre m'ont donné un autre regard.

— Pourquoi t'en prendre aux femmes ? À cause de Faustina ?

— Pas du tout ! Je n'avais nullement l'intention de renouer avec elle…

Paulina a un sourire dubitatif.

— Rome ne manque pas de gibier pour qui sait chasser.

— Sur ce plan, tu n'as pas changé… Parlons d'autre chose. As-tu rencontré César ?

— Très rapidement. Il était occupé par la préparation d'on ne sait quel jeu.

— Il ne s'intéresse qu'à cela : le chant, la poésie, la conduite de chars…

— Et à la répression. On dirait qu'il trouve plaisir à expédier les gens aux chaînes, aux fers, aux feux du bourreau, quand ce n'est pas aux bêtes féroces. Dire qu'il a tué sa propre mère !

Le visage de Paulina se crispe.

— Ne me parle pas de cet épouvantable crime ! s'écrie-t-elle.

— J'imagine la déception de Sénèque. Tant d'efforts et d'années à éduquer un prince dans un esprit de justice et de clémence pour le voir se comporter en histrion et en tyran…

— Un tyran sous influence ! Il s'est libéré d'Agrippine pour tomber sous l'emprise de deux monstres, Poppée et Tigellinus. Prends garde à cet éleveur de chevaux et retiens ta langue ! S'attaquer à lui revient à se faire livrer aux tigres.

— On m'a déjà averti. D'ailleurs, je n'aime pas les vautours qui composent la cour. L'époque est bien révolue où il y avait autour de l'empereur des gens comme Burrus ou notre père, qui lui apportaient les vertus de notre peuple.

— Tiens ! Tu parles de la même façon que tante Bubate maintenant ?

— Je constate qu'il n'y a plus dans l'entourage de César que des affranchis grecs ou orientaux. Ce sont des rapaces ambitieux et retors. Je comprends pourquoi Sénèque prend ses distances avec les affaires publiques.

— J'ai dû insister pour qu'il se désengage, mais ce n'est pas à cause de ces gens. Les rapaces ne sont pas tous grecs ou orientaux.

— Alors pourquoi ?

— L'atmosphère du palais est irrespirable. Il est devenu aussi dangereux de le fréquenter que de faire la guerre sur les frontières de l'Empire, et Néron est de plus en plus versatile.

— Crois-tu que ton mari soit en danger ?

Paulina s'apprête à lui confier combien elle s'inquiète, car la retraite volontaire de Sénèque ressemble de plus en plus à une disgrâce, Néron s'abstenant du moindre signe d'amitié. Mais Sénèque fait son apparition, en tunique courte, essoufflé, en sueur.

— Tu continues de pratiquer la course par ce temps ? lui lance Paulinus.

— C'est ma manière de me défendre contre le mal. Tu sais bien que le froid revigore.

— Xyrax t'accompagne-t-il toujours ?

— Non, c'est Earinus, un bon garçon. Il est encore plus jeune que lui, mais j'arrive à le rattraper à la course.

Paulina hausse les épaules.

— Vouloir rivaliser ainsi est stupide !

— Allons donc, *dulcissima* ! Tu sais bien que la compétition me donne du courage… Mais parlons de toi,

Paulinus : te sens-tu mieux ici que sur le limes de Germanie ?

— Je me sens chez moi à Rome, mais j'avoue que l'air du Palatin est lourd...

— C'est le moins que l'on puisse dire. Tu comprends pourquoi je me suis retiré de la cour ! Je ne peux plus m'associer à la politique que pratique Néron. Il se veut Apollon, Alexandre et Ptolémée à la fois.

— L'inactivité ne te pèse-t-elle pas ?

— Détrompe-toi. Pas un jour ne s'écoule dans le repos. Je consacre à la méditation, à la lecture et à l'écriture – « cette manière de prendre possession de sa propre pensée » – la plus grande part de mes journées et de mes nuits, jusqu'à ce que je succombe au sommeil. Il y a quelques années, je disais à ton père et je l'ai écrit, que le temps était précieux. Aussi dois-je écarter tout ce qui peut me le faire gaspiller : quête de gloire, de plaisirs, intrigues, indolence... Mon retrait des affaires publiques n'est ni une fuite, ni une évasion. Il doit me permettre d'élever mon esprit, d'explorer le chemin vers la sagesse.

— Ne te sens-tu pas menacé par les vents empoisonnés qui soufflent sur le Palatin ?

— Pourquoi cette question ? As-tu entendu des rumeurs à mon sujet ?

— Non, mais la disparition de Burrus...

— Elle a été naturelle, coupe Sénèque. Et s'il existe à la cour des gens qui me détestent et sont prêts à me faire accuser de tout et de n'importe quoi, je ne crois pas que Néron m'en veuille au point de m'envoyer en exil ou au bourreau...

Scrutant la physionomie de son beau-frère, il ajoute :

— En ce qui te concerne, tu n'as pas à t'inquiéter. Reste discret, ne provoque personne et il ne t'arrivera rien.

— Je ne m'inquiète pas pour moi, mais pour toi, proteste Paulinus.

— Pour moi ?

Sénèque esquisse un sourire.

— Ne te soucie donc pas de moi. J'ai appris depuis longtemps qu'on vit très mal au milieu des craintes. Sans doute les sujets de trouble et d'inquiétude ne manquent-ils pas. Crois-tu que je puisse me leurrer sur les mauvais penchants qui dominent l'esprit de Néron ? J'ai appris depuis longtemps qu'il faut mépriser les périls extérieurs…

Après le départ de son frère, Paulina croit bon de dire à son mari :

— Je connais bien le Jeune. Il s'inquiète sincèrement pour toi, pour nous. Quoi qu'il arrive, je suis sûre que tu pourras compter sur sa fidélité.

*

An 816 depuis la fondation de Rome (63 après J.-C.)

Après des mois d'incertitude, celui de Janus qui inaugure la nouvelle année s'ouvre sur une note d'espoir venue du Palatin.

Vénérée en ce début d'année, Carmentis, divinité dont on attend les oracles et qui favorise les naissances, se montre bienveillante envers César : à Antium où il est né, Poppée donne le jour à une fille. La fosse aux serpents du Palatin déborde d'allégresse. Le Sénat, qui avait déjà recommandé aux dieux la future mère, se hâte d'honorer le prince et de prononcer des vœux solennels, accompagnés de prières aux divinités protectrices. Un temple de la fécondité est érigé, les statues en or des deux Fortunes d'Actium, dispensatrices d'oracles, sont placées sur le trône de Jupiter Capitolin, et des jeux sont donnés en l'honneur de la *gens* Julia. Néron décerne le

464

nom et la dignité d'*Augusta* à la mère et à l'enfant. Nombreux sont ceux qui croient que son bonheur va modifier sa façon de gouverner. Paulina elle-même finit par s'en persuader, mais Sénèque la rappelle à la réalité :

— Combien de fois m'as-tu répété que je me trompais sur la personnalité d'Agrippine ? Cette fois, c'est toi qui te fais des illusions sur Néron. Attends un peu et tu le verras se livrer à d'autres dérives.

Les faveurs des dieux se dissipant, l'enfant de Poppée décède quatre mois après sa naissance. Le chagrin de César est aussi démonstratif que l'a été sa joie, et s'accompagne de lubies : il assigne aux chevaliers des places spécifiques sur les gradins de cirque, il organise une grandiose naumachie, des spectacles mettant aux prises sénateurs, chevaliers et bêtes féroces, des danses dites pyrrhiques où est représentée la saillie de Pasiphaé par un taureau…

Paulina se console en voyant que Sénèque se voue entièrement à son *otium*, mais qu'il suit son conseil en se gardant de rompre formellement avec Néron. Outre le texte qu'il achève sur la providence, le philosophe entreprend de livrer ses convictions et les préceptes tirés de son expérience, ainsi qu'une réflexion sur la précarité des choses humaines, sous la forme d'une correspondance adressée à un ami, Lucilius le Jeune. Natif de Pompéi et procurateur de Sicile, cet épicurien qu'il a converti au stoïcisme est également poète et écrivain. Dans ces lettres, c'est aussi à lui-même qu'il s'adresse comme pour répondre aux questions qu'il n'a cessé de se poser : « *Pas un ne se demande s'il vit bien, mais s'il aura longtemps à vivre. Cependant tout le monde est maître de bien vivre, nul, de vivre longtemps* », « *Je m'amende mais plus que cela, je me transforme, Lucilius, et tu ne peux imaginer à quel point chaque jour m'apporte un profit visible… Si je ne suis pas encore un sage accompli, je suis engagé sur la bonne voie…* »

Depuis son retour de Pompéi, il transcrit ses observations sur la nature et le fruit de ses recherches sur les secrets du cosmos.

— Je les publierai sous le titre *Questions naturelles*, annonce-t-il.

Cet intérêt pour les phénomènes physiques naturels l'incite d'ailleurs à retourner en Campanie. Le projet ne plaît guère à Paulina qui s'inquiète de sa santé et tente de l'en dissuader :

— Tu ne peux pas voyager, tu as de nouveau des crises !

— Elles ne durent pas, j'en ai subi d'autres. En ce moment, je me sens bien, je t'assure, lui répond-il.

Elle lui propose alors de l'accompagner.

— Je ne te suivrai pas partout. Pendant tes excursions, je résiderai quelque part, à Neapolis[1], par exemple.

— Tu vas t'ennuyer... et me gêner.

Des deux entêtements, c'est celui de Sénèque qui, par le choix de l'argument, finit par l'emporter :

— J'ai besoin de toi ici. Comme j'emmène Xyrax, j'aimerais que tu t'occupes de la publication de mes ouvrages, que tu ailles à l'Argiletum porter aux frères Sosion plusieurs de mes textes, celui sur le mariage, celui sur les superstitions, et aussi le début de ma correspondance avec Lucilius. Puisque tu en as lu un certain nombre, tu peux classer tablettes et papyrus mieux que quiconque.

Le voyage va durer plusieurs semaines au cours desquelles Paulina se voue à sa mission. De Sénèque, elle reçoit des nouvelles par des lettres brèves, apportées par Xyrax ou Earinus qui font l'aller et retour à cheval. Il y livre ses impressions, exprime son dégoût pour Baïes, « un séjour à fuir, lieu de plaisance de tous les vices,

1. Naples.

rendez-vous de toutes les débauches, ivresse errante sur les rivages, orgie en bateau ». Liternum, où a résidé autrefois Scipion l'Africain, lui inspire une comparaison entre les temps anciens, rudes mais d'une haute moralité, et ceux d'aujourd'hui, où règne le goût du luxe et où flotte l'odeur du stupre :

« Scipion sentait la guerre, le travail, l'homme, s'il se baignait, c'était pour laver sa sueur, non ses parfums. »

Un peu vexée par cette dernière phrase, Paulina lui répond :

« Tu ne t'es jamais plaint de mon parfum que je sache et d'autres l'apprécient ! »

« Je reconnais qu'il n'est pas désagréable, réplique-t-il dans la lettre suivante, mais je n'ai pas l'odorat aussi fin que celui de Néron. »

Il se garde de raconter quelques épisodes plutôt risqués, comme l'excursion sur une mer démontée de Neapolis à Puteoli, qui manque de se terminer en naufrage, l'escalade de rochers escarpés, ou les difficiles trajets en chariot sur des chemins recouverts de boue.

Paulina ne le voit revenir qu'à la fin de l'automne. Il ne cache pas son plaisir d'apprendre que ses ouvrages sont en bonne voie de publication, mais il est épuisé et fiévreux. Elle s'évertue à lui redonner des forces, avec l'aide de Statius qui lui prépare des drogues à base de plantes, lorsqu'un jour une violente crise de suffocation le prend. Elle ne dure qu'une heure, mais elle est suffisamment pénible pour qu'il s'exclame, avec dans les yeux une lueur étrange :

— Les médecins ont bien raison d'appeler ça l'apprentissage de la mort.

En voyant son regard lointain, ses traits tirés, ses lèvres pincées, Paulina a le cœur serré.

— Je n'aime pas que tu prononces ce mot.

— Ce n'est pourtant pas la première fois et je te l'ai déjà dit : la mort ne cesse de me caresser... Ne sais-tu pas que la mort est le non-être, le néant ? Il en sera donc de moi, de nous tous, d'ailleurs, ce qu'il en était avant notre naissance. Nous sommes des chandelles qu'on allume, puis qu'on éteint. Alors qu'importe de ne pas commencer ou de finir ? Le problème est de résister aux souffrances entre ces deux moments…

Il lui prend la main et ajoute :

— Allons ! Ne sois pas triste. À te parler, je me sens déjà mieux.

L'après-midi, l'amélioration se confirme et il en profite pour lire, mais au bout d'un moment il avoue ne pouvoir maintenir son attention. Au lieu de se reposer, il appelle Xyrax pour lui dicter des notes. Paulina a beau le sermonner, il répond :

— Il le faut. Je ne veux pas céder au mal qui cherche à me vider de mon énergie, et me ramène au niveau des choses sordides.

Ces « choses sordides » qui encombrent l'existence quotidienne lui causent pourtant moins de soucis que les affaires publiques et les agissements du prince, auxquels il continue, malgré tout, de s'intéresser.

Néron n'admet ni d'être critiqué ni d'être surpassé dans les domaines où il croit exceller. Il se fait toujours applaudir par ses Augustiani, et lors des concours organisés à l'occasion de jeux auxquels il participe, il terrorise le jury pour qu'il lui accorde la victoire. Un jour pourtant, Lucain remporte le prix de poésie pour une *Descente d'Orphée aux Enfers*. Quand il vient l'annoncer triomphalement à son oncle, celui-ci le félicite mais lui demande :

— Néron était-il présent ?

— Oui, évidemment. Il participait au concours. Il a chanté *La Métamorphose de Niobé*.

— Et le jury t'a déclaré vainqueur ! Il a montré de l'audace, et lui, qu'a-t-il dit ?

— Rien… Beaucoup de monde est venu me congratuler, pas lui.

— Mauvais signe.

— Pourquoi ? J'ai remporté honnêtement le concours et ma poésie ne comporte aucune allusion condamnable.

— Je suis sûre qu'il n'a pas apprécié la décision du jury, intervient Paulina. Tu sais bien que, dans les courses de chevaux, il se fait proclamer vainqueur, qu'il perde ou qu'il tombe.

— C'est différent, il sait que j'aime ses poésies. Il a souvent montré de l'affection envers moi. Quand je lui ai lu des extraits de l'épopée sur la guerre civile[1] que je suis en train d'écrire, il m'a embrassé…

Sénèque ricane :

— Évidemment ! Je me souviens bien de ce que tu as écrit : « Quand ton séjour ici-bas s'achèvera, tu t'élèveras dans l'allégresse vers les astres, et le palais de l'Olympe te recevra avec joie… Monté sur le char étincelant de Phébus, tu illumineras la terre de tes feux, les divinités te céderont leur place… » Quelle destinée tu lui promettais !

— C'est vrai qu'aujourd'hui, cela me paraît d'une singulière flagornerie.

— Mais lui, quel histrion ! Il est si imbu de lui-même qu'il interdit à quiconque, lorsqu'il chante, de s'en aller, quelle qu'en soit la raison.

Le lendemain, Néron interdit désormais à Lucain de lire ses ouvrages en public. Lorsque celui-ci se rend au palais pour lui demander la levée de cette condamnation, la pire pour un poète, il est repoussé par les prétoriens de garde. Il court aussitôt annoncer sa disgrâce à Sénèque qui ne cache pas sa crainte de voir le prince aggraver la sanction, ainsi qu'il en a l'habitude.

---

1. Épopée intitulée *La Pharsale*.

— J'espère qu'il s'en tiendra là.

Très nerveux, Lucain marche de long en large, en agitant sa toge.

— Calme-toi, lui dit Sénèque.

— Il me le paiera un jour !

— Ne parle pas ainsi. Tu dois te situer au-delà de cette préoccupation et réserver ta pensée à des préoccupations plus dignes.

Lucain s'arrête brusquement devant son oncle.

— Cette sanction est injuste ! Et je crains qu'il ne s'en prenne maintenant à toi.

— Ne te soucie pas de moi. Que tu sois condamné au silence m'afflige profondément. Je n'ai pas instruit ce prince pour qu'il acquitte les corbeaux et condamne les colombes. Que vas-tu faire ?

— Je vais me consacrer entièrement à mon épopée sur la guerre civile.

— Voilà une réponse qui m'enchante ! Face au fer brandi, se dresser avec un poinçon à écrire est la riposte la plus digne qu'on puisse imaginer.

— Je veux montrer à César qu'on peut faire des vers sans sombrer dans un style maniéré et emphatique, comme il le fait dans son poème sur la chute de Troie… Je veux montrer à Pétrone qu'on peut écrire une épopée sans un fatras de symboles et de mythologie à l'ancienne.

— Pétrone, grogne Sénèque. C'est un de ces hommes-blattes qui hantent les nuits de Rome, un courtisan qui sait flatter César. Il a écrit un texte qu'il se plaît à faire lire partout, en se défendant d'en être l'auteur…

Pétrone, ou plutôt Titus Petronius Niger, est un épicurien. Considéré comme un maître du goût, un arbitre des élégances, il est l'un des compagnons de plaisirs de Néron.

— J'ai lu des passages de son *Satyricon*. Beaucoup le trouvent drôle. Mais une telle drôlerie est facile, grossière… et se moquer de ce dont on profite est indigne.

Je suis persuadé qu'il a excité la jalousie de Néron à ton égard.

— Tu ne parles que de jalousie, mais selon moi, ce n'est pas le seul motif, dit Paulina qui vient d'entrer dans la pièce.

— Que veux-tu dire ?

— Lucain a raison de craindre qu'il ne s'en prenne à toi. En le sanctionnant, c'est un avertissement que Néron a voulu te donner. Il attend la moindre occasion pour te sauter à la gorge. Je ne suis pas la seule à le penser. Lorsqu'on a su que tu étais souffrant à ton retour de Campanie, sais-tu qu'une rumeur s'est répandue affirmant que tu avais été victime d'un empoisonnement ordonné par César ?

— Je le sais, j'ai démenti…

— Certains ont cru que tu ne voulais pas accuser ouvertement le prince, mais le soupçon est resté ancré dans leurs esprits.

— Advienne que pourra, murmure Sénèque.

*

An 817 depuis la fondation de Rome (64 après J.-C.)

Lucain expulsé du cercle des favoris de Néron, Sénèque perd un informateur, mais il lui reste Claudius Senecio, demeuré dans l'entourage princier. Il s'en ajoute un autre, Paulinus le Jeune. Sans doute n'est-il pas introduit à la cour, mais il a gardé la même curiosité qu'autrefois. Par des amis qui exercent certaines fonctions au palais, il sait se mettre au courant de tout ce qu'il s'y passe. Et il a vu de ses propres yeux le prince chanter pour la première fois en public. Jusqu'alors, Néron n'avait osé monter sur scène qu'au palais, dans ses jardins, lors des

471

Juvénales. L'exhibition s'est déroulée à Neapolis, où Paulinus séjournait pour ses affaires. Le choix de cette ville, d'origine grecque, s'explique par l'engouement de l'empereur pour tout ce qui est hellénique.

Lorsque Paulinus lui rapporte le spectacle, Sénèque est d'abord effondré d'apprendre que Néron a contraint son frère Gallion à remplir la fonction de héraut.

— Il a voulu infliger une humiliation aux Annaei ! s'écrie Paulina.

— J'imagine ce qu'a dû penser mon frère, murmure Sénèque. Mais raconte-moi, Paulinus, comment le peuple a accueilli cette scandaleuse apparition.

— Il y avait une foule innombrable, accourue de Neapolis et de toute la région, rameutée par les Augustiani.

— Comment a-t-elle réagi en voyant l'empereur en histrion ?

— Par des acclamations sans fin !

— Dire que ce peuple se réjouit d'une telle dégradation, c'est lamentable.

— Cela a failli mal tourner. Après la représentation, le théâtre s'est écroulé ! Heureusement, il n'y avait presque plus personne à l'intérieur. Dans le peuple, on en a déduit que Néron était toujours protégé des dieux.

César est si convaincu de cet appui divin que, dès son retour à Rome, il annonce son projet d'aller en Orient.

— Qu'il s'éloigne le plus possible de nous ! s'écrie Paulina.

— Il y a longtemps qu'il rêve de suivre les traces d'Alexandre, commente Sénèque. Il faut dire que, pour l'heure, les circonstances lui semblent favorables. En Britannia, les légions ont brisé la révolte. En Orient, Corbulon a fait la paix avec les Parthes et reconnu Tiridate comme roi d'Arménie et vassal de Rome.

Pourtant, Néron décide soudain de renoncer au projet. Il explique au peuple qu'il ne veut pas lui déplaire en s'éloignant de Rome et qu'il reste afin de lui donner des jeux et des spectacles.

— Toujours le même mélange de rouerie et de cynisme, constate Sénèque.

Néron offre en particulier de somptueux festins en divers endroits de la ville. L'un des plus extraordinaires est celui qu'organise Tigellinus sur l'étang d'Agrippa. Il a lieu sur un radeau tiré par des navires aux décorations étincelantes d'or et d'ivoire, et dont les rameurs ont été choisis parmi des adolescents experts en jeux érotiques. Les attractions sont assurées au milieu des eaux par des fauves, des oiseaux exotiques et des poissons étranges, et sur les rives par des patriciennes perverses invitées à jouer les courtisanes et des prostituées dénudées exécutant des danses lascives. Il est rapporté quelques jours plus tard à Sénèque que Néron est allé plus loin dans sa débauche en jouant l'épousée dans une noce bouffonne où il avait pour mari l'affranchi Pythagoras.

Ces fantaisies n'interrompent pas la répression de tout complot, réel ou imaginaire. La victime la plus notable est cette fois le stoïcien Junius Torquatus Silanus, descendant d'Auguste par son père et soupçonné lui aussi de viser le trône. Exilé à Bari, il est peu après contraint au suicide.

Afin d'échapper aux échos des extravagances du prince, mais aussi aux miasmes de l'été romain qui lui donnent un début de fièvre, Sénèque décide de se retirer avec Paulina dans sa propriété de Nomentum.

Au milieu de ses vignes, Sénèque exulte :

— Je me sens revivre, s'écrie-t-il. Ce vignoble n'est-il pas un joyau offert par la nature ? Regarde, Paulina ! Je ne ressens plus aucune langueur ! J'ai l'impression d'être un coursier qu'on rend à la prairie.

Il se remet aussitôt à l'étude avec une ardeur qui étonne Paulina.

— C'est grâce à toi, à ton amour, lui avoue-t-il. Il n'est rien de plus tonifiant que cette tendresse.

Les senteurs estivales de la terre et du vignoble leur font oublier la menace latente qui plane sur leur existence jusqu'à ce jour de juillet, où ils voient d'épais nuages noirs s'élever au-dessus de Rome en colonnes obliques poussées par le vent, tandis qu'une odeur de brûlé se répand dans les airs.

— Le feu ! Il y a le feu à Rome ! hurlent les esclaves qui travaillent sur les vignes.

Une rumeur qui s'étend très vite le confirme, suscitant l'inquiétude sur le sort de Silas et du trio d'esclaves restés à Rome. Ils surviennent le lendemain, affolés, les visages et les vêtements noircis.

— C'est terrible ! On n'a jamais vu pareille catastrophe ! raconte Silas. Le feu a d'abord pris au Circus Maximus, du côté du Palatin et du Caelius. Le vent poussait les flammes tout le long du Circus, et partout où il ne trouvait pas d'obstacles, dans les boutiques pleines de marchandises, puis sur les collines... On aurait dit un mur rouge qui avançait dans un bruit terrible, détruisant tout, arbres, maisons... Nous avons à peine eu le temps de fuir avant qu'il n'encercle la maison... J'ai regardé du côté du palais, il brûlait comme une torche...

— Et les *vigiles urbani*[1] ?

— Débordés ! On a vu une cohorte arriver armée de seaux et de pompes, mais elle n'a pu atteindre les fontaines et s'est dispersée à cause de la foule qui les bousculait et courait dans tous les sens... Il y a eu des enfants, des vieillards piétinés... Tout le monde hurlait. Des parents cherchaient leurs enfants, essayaient de les sauver, des gens étaient transformés en torches vivantes,

---

1. Le corps des pompiers.

d'autres encore se sont fait prendre en essayant de sauver leurs meubles, beaucoup tombaient asphyxiés... Il y avait aussi des pillards qui ravivaient l'incendie pour mieux se livrer à leurs rapines... On a vu des *insulae* s'écrouler sous les catapultes et les haches des *vigiles* qui essayaient d'arrêter les vagues de flammes... Quel désastre !

— Il ne reste donc plus rien de notre maison, dit Paulina.

Silas acquiesce en silence.

— Il semble que ce ne soit pas fini, constate Sénèque en observant les gros nuages de fumée qui continuent d'obscurcir le ciel.

Dans les heures qui suivent, de nombreux citadins déferlent dans la campagne. Les voyant démunis et désemparés, Sénèque ordonne qu'on leur ouvre largement les portes de la propriété et qu'on les accueille le mieux possible. L'incendie poursuit ses ravages et, après une accalmie trompeuse, ne s'éteint que le sixième jour. Le sinistre est impressionnant. Des quatorze districts de l'*Urbs*, trois ont été entièrement rasés, sept en grande partie détruits, quatre seulement ont été épargnés. Outre le palais impérial, plusieurs temples et monuments ont été la proie des flammes, certains se sont écroulés, notamment le palais de Numa Pompilius, le temple de Jupiter Stator et surtout le temple circulaire dans le foyer duquel les six Vestales entretenaient le feu sacré. Les trésors rapportés des conquêtes, les manuscrits des bibliothèques ainsi que des centaines d'œuvres d'art dont s'enorgueillissait la capitale de l'Empire sont partis en fumée. Des cérémonies expiatoires sont aussitôt organisées pour calmer la fureur des dieux, et des prières adressées à Vulcain, à Cérès et à Proserpine, sur les indications des livres Sibyllins.

Chacun s'interroge sur l'origine de l'incendie, et nombreux sont ceux qui croient Néron capable de l'avoir provoqué afin de réaliser l'un de ses projets mégalomanes : construire une nouvelle capitale du monde portant son nom. Qu'il ait été absent de Rome ne suffit pas à dissiper le soupçon, d'autant que la reprise de l'incendie a eu lieu près de la résidence de Tigellinus. Il en est si conscient qu'à son retour d'Antium, avant même la fin de l'incendie, il s'efforce de regagner les faveurs du peuple en décidant l'abaissement du prix du blé, la construction d'abris ainsi que l'ouverture du Champ de Mars et de ses propres jardins aux trois cent mille habitants privés de toit. Mais Rome est une cité de rumeurs incessantes. Ainsi, le bruit court qu'à peine arrivé en ville, l'empereur aurait déclamé sur une scène privée un poème sur la ruine de Troie. Il prend une telle ampleur que Néron se voit contraint de faire taire la suspicion. Il lui faut trouver des coupables sans que cela provoque une émeute populaire. Son choix se porte sur les membres de la secte de Christos, pour la plupart des Juifs : une répression contre eux ne saurait susciter d'opposition ni de cette communauté, hostile à la secte dissidente, ni de ce bon peuple de Rome, qui ne manque pas de nourrir quelques sentiments xénophobes. Selon Paulinus le Jeune, venu à Nomentum apporter des nouvelles, Poppée ne serait pas étrangère à cette décision.

— Elle a un certain nombre d'amis juifs, comme le mime Alityrus qu'elle a introduit à la cour.

— Comment ! s'étonne Paulina. Je la croyais plutôt attirée par Isis.

— Elle consulte des astrologues juifs. Elle a même obtenu de Néron la libération de docteurs de la loi emprisonnés pour prosélytisme. Et tu sais que les Juifs sont les adversaires les plus acharnés des fidèles de Christos.

À Nomentum, on ne tarde pas à apprendre que la chasse à l'homme a été lancée dans tous les quartiers où vivent les chrétiens. Saisis, enchaînés et torturés, bien qu'ils clament leur innocence, ils sont crucifiés, brûlés vifs ou livrés, revêtus de peaux de bête, à des chiens féroces.

Dans la *familia* de Sénèque, on s'inquiète du sort de Priscus et Paulina ne peut s'empêcher de déplorer qu'il ait choisi de rester avec ses coreligionnaires. Elle songe même à envoyer Earinus aux nouvelles dans le Trastevere, lorsque le jeune esclave survient une nuit pour demander refuge. La tunique en lambeaux, il est couvert de suie, harassé.

— Tu as bien fait de venir, on s'inquiétait de toi, le rassure Paulina.

Priscus semble pourtant embarrassé et reste planté devant elle. Devinant qu'il voudrait lui parler en privé, elle l'entraîne à l'écart.

— As-tu quelque chose à me dire ?

— Je ne suis pas venu seul...

— Paul de Tarse ?

Priscus baisse la tête en signe d'acquiescement.

— Où est-il ?

— Là-bas, dans les vignes...

Paulina hésite. Elle ne veut pas contrarier Sénèque et sait le risque encouru à héberger un membre de la secte, qui plus est un de ses chefs. Une dénonciation fournirait à Néron un prétexte pour se débarrasser de son ancien conseiller. Elle ne peut pourtant refuser l'asile à cet homme qu'elle estime. Elle se souvient des mots qu'il a prononcés avec douceur et conviction lors de leur rencontre.

— Restez dans la propriété, dit-elle brusquement, mais ne vous mêlez pas aux autres réfugiés, vous pourriez être dénoncés. Tu connais les lieux. Il y a un entrepôt, fais-toi donner les clés par Silas et restez-y cachés.

— Le maître...

— C'est mon affaire.

— Nous te sommes reconnaissants, *Domina*. Toi, tu comprends que nous ne recherchons qu'une chose, la paix dans l'amour infini de Dieu...

— Je le sais.

— En tout cas, ne t'inquiète pas. Nous ne resterons qu'une nuit. Demain, il nous faut atteindre la mer pour prendre un bateau. Paul doit poursuive sa mission ailleurs, je l'accompagne...

Paulina lui fait signe de se taire et Priscus s'éclipse dans la nuit.

Le lendemain, alors qu'elle se promène dans la propriété, elle jette un coup d'œil dans l'entrepôt. Paul et Priscus n'y sont déjà plus.

*

L'odeur des cendres et celle du sang ne se sont pas encore dissipées que Néron entreprend la construction d'un nouveau palais, le sien, celui qu'il appelait la « Maison de Passage », ayant été détruit par le feu. Il le veut grandiose, digne du maître du monde. Les architectes Severus et Celer conçoivent un ensemble qui couvrira une vaste étendue, du Palatin à l'Esquilin et au Caelius, en passant par la vallée qui sépare ces trois collines. Des portiques à trois rangs de colonnes sur une distance d'un mille, une multitude de salles coiffées de coupoles et décorées pour la première fois de mosaïques verticales, une statue colossale de l'empereur et une variété inouïe de matériaux précieux et rares doivent lui assurer un éclat qui lui permettra de rivaliser avec les palais les plus fastueux des souverains d'Orient.

— Néron veut lui donner l'ampleur d'une véritable cité qui comprendra des parcs, des terres de culture, des bois et des pâturages, des canaux navigables et des lacs assez étendus pour relier le palais à la mer, explique Paulinus.

— Folie ruineuse ! grogne Sénèque.

— Tous les services fiscaux sont chargés de récolter le maximum d'argent. Provinces, cités libres, peuples alliés sont mis à contribution. César a envoyé partout des agents pour rapporter à Rome œuvres d'art et autres richesses artistiques. Le pillage a commencé dans les temples de l'*Urbs*. Même l'or des vœux et des triomphes a été prélevé ! L'affranchi Acratus et Secundus Carrinas, qui se prétend stoïcien, vont partir en Égypte et en Orient recueillir des trésors…

— L'Orient, ce rêve obsessionnel !

— Certains disent qu'il aurait en fait l'intention d'y établir la capitale de l'Empire.

— Non ! Il n'osera pas. Il sait que le peuple, les prétoriens, les clarissimes s'y opposeraient. D'ailleurs, j'ai reçu quelques visites d'amis sénateurs qui m'ont dit que, pour certains d'entre eux, le mécontentement n'était plus silencieux. Ils s'indignent de ce palais que l'on bâtit en dépouillant les citoyens.

— Ce ne sont que des paroles, ils ne bougeront pas, intervient Paulina.

— Tu as raison ! approuve Paulinus, mais jusqu'où Néron se permettra-t-il d'aller ?

— Je me pose la question depuis longtemps sans oser envisager une limite, murmure Sénèque.

Avant de prendre congé, Paulinus ajoute :

— Je suis passé devant votre maison, elle n'a plus de toit et il ne reste que des murs calcinés. Que comptez-vous faire ?

— La reconstruire, évidemment, répond Sénèque. En attendant, nous irons passer l'hiver sur ma terre de banlieue. Je serai à la fois hors et près de Rome.

XI

La noblesse de la mort

An 828 depuis la fondation de Rome (65 après J.-C.)

Située dans un quartier calme, à quelque six milles
de la ville, la maison de banlieue de Sénèque est plutôt
austère. Le maître s'y réfugie parfois pour écrire, loin
du bruit et de l'agitation urbaine. Elle est pourvue d'un
mobilier réduit à l'essentiel, mais tout visiteur est frappé
par la beauté exceptionnelle de deux œuvres d'art, com-
mandées par Sénèque au début du règne de Néron. L'une
est une sculpture de marbre de Zénodore, qui représente
Hercule luttant contre l'Hydre de Lerne. L'autre est une
peinture murale de Fabullus, où l'on voit Socrate entouré
d'amis en train de boire la ciguë. Paulina, qui la déteste,
se retient de la faire recouvrir d'un vélum pour ne pas
avouer à quel point elle la trouble.

Dans le courant du mois de février, Sénèque décide
de réunir deux soirs de suite quelques amis parmi les
plus proches et les plus fidèles pour une lecture de deux
de ses tragédies, *Médée* et *Agamemnon*. Il s'est enfermé
durant tout le mois de janvier pour les relire et les retra-
vailler. À Paulina qui lui en demandait la raison, il a
répondu :

— Je les ai écrites il y a quelque temps déjà, en
Corsica, t'en souviens-tu ? Depuis lors, mon expérience

de la vie et du pouvoir s'est enrichie, il fallait que j'y apporte quelques corrections.

— Qui va les lire ?

— Lucain. Il a demandé à le faire lorsque je lui en ai parlé.

— Après son interdiction, n'est-ce pas une provocation ?

— Cette lecture est privée.

Ce soir-là, les auditeurs qui prennent place dans l'*atrium* ne sont qu'une poignée, car le cercle des fidèles s'est réduit au fil des ans – beaucoup sont morts ou se sont éloignés, pour diverses raisons. Sont présents Gallion, très éprouvé et honteux d'avoir été contraint de jouer le héraut du prince histrion, Mela, le second frère de Sénèque, Paulinus le Jeune, Chaeremon, le sénateur Novius Priscus, l'historien Fabius Rusticus, et aussi Claudius Senecio, malgré l'objection de Paulina :

— Je devine que tes corrections se rapportent au pouvoir et au prince, a-t-elle dit. Senecio est un proche de César. Saura-t-il garder sa langue ?

— Que veux-tu qu'il puisse dire ? Ce n'est qu'une lecture de tragédie.

— Étrange réunion tout de même. Tu n'as pas invité une seule femme, pourquoi ?

— Aucune ne fait partie de mon cercle et je n'ai pas confiance dans la discrétion de certaines.

— Si ce n'est pas un complot, cette lecture en a tout l'air.

Ce n'est pas pour cette raison qu'elle-même n'assiste pas aux lectures, mais par crainte d'être impressionnée, comme elle l'a déjà été, par la couleur violente et tragique des pièces, par crainte aussi d'y voir une similitude avec ses propres appréhensions et l'atmosphère trouble qui règne à Rome. Elle choisit de se retirer dans sa chambre en compagnie d'Argentaria Polla, la jeune épouse de Lucain.

Le premier soir, c'est la tragédie de *Médée* que Lucain lit d'une voix vibrante de lyrisme. Comment le cercle des auditeurs ne verrait-il pas se dresser derrière le personnage de cette femme trahie et animée d'une monstrueuse fureur l'ombre d'une Agrippine perdant son emprise sur le fruit de ses entrailles ? Ne croirait-on pas entendre l'*Augusta* quand Médée clame que la Fortune peut lui enlever sa « puissance », mais pas « son courage » ? Ou quand elle invite les déesses aux chevelures de serpents, et aux mains couvertes du sang de ceux qui ont commis des crimes, à l'aider à commettre le sien ? Agrippine, après l'attentat perpétré contre elle, n'a-t-elle pas éprouvé la même amertume que Médée lorsque celle-ci clame : « *Veux-tu savoir à quel point tu dois haïr ? Alors rappelle-toi à quel point tu as aimé* » ?

Aux derniers mots de Jason lançant à Médée : « *Envole-toi dans les airs et va partout proclamer qu'il n'y a pas de dieux !* », l'auditoire, partagé entre l'enthousiasme et l'émotion, se lève pour féliciter l'auteur. Comme tous s'abstiennent d'évoquer les rapprochements qui leur sont venus à l'esprit, Sénèque peut croire qu'ils ont deviné une tentative d'apaiser, par l'écriture de cette tragédie et sa lecture, la souffrance secrète de sa conscience.

Il attend des réactions plus nettes de la deuxième lecture, celle d'*Agamemnon*, une tragédie du pouvoir qu'il estime plus proche des soucis du présent. L'avertissement au prince est évident, d'abord quand le chœur des femmes d'Argos invoque la Fortune, cette funeste divinité qui pousse la grandeur des rois au bord de l'abîme et chante que les souverains ne sont jamais assurés de régner un seul jour. Avertissement qui se répète dans la bouche d'Agamemnon déclarant que tout pouvoir fondé sur la violence ne saurait durer, alors que la modération l'affermit : « *L'homme favorisé par le sort se doit de rabattre son orgueil car l'inconstance du destin le menace.* » Et comment ne pas voir Néron dans ce souverain qui se montre plein d'orgueil tant que ce destin l'emplit de courage, mais timoré au moindre péril ?

Les auditeurs, de plus en plus agités, particulièrement Gallion et Senecio, négligent la dramaturgie pour guetter les allusions politiques. S'ils les applaudissent, ils ne résistent pas à l'émotion en entendant ces paroles du chœur des Troyennes : « *Tout ce qu'éclaire le soleil levant ou le soleil couchant, tout ce qui baigne dans les eaux de l'océan, rien n'échappe au temps... Et lorsque la mort met un terme à cette course rapide, il n'est plus aucun désir, aucune angoisse, aucune espérance, aucune crainte !* » Nul dans l'assistance ne doute que Sénèque a exprimé là ses sentiments de l'heure. Gallion et Novius Priscus ne retiennent plus leurs larmes. Les uns, comme Annaeus Mela, baissent la tête, les autres respirent profondément pour retrouver contenance. Ils ne peuvent s'empêcher de penser à la menace qui plane sur la tête de leur frère, de leur ami, et parfois même sur la leur.

C'est ce que le Jeune confie à sa sœur lorsqu'elle lui demande en aparté ses impressions. Mais craignant de l'affoler, il n'ose lui révéler qu'une rumeur de conjuration serpente dans les milieux de la Curie et que le nom de Calpurnius Pison y est mêlé. Ce patricien de haute réputation avait déjà été accusé, quelques années auparavant, de fomenter un complot avec Sénèque. Il y a donc de quoi s'inquiéter.

Néanmoins, durant les semaines qui suivent, rien ne vient confirmer ce bruit sur la colline du Palatin, caressée par la brise du printemps.

*

Comme Baïes semble destiné à servir de scène à la dramaturgie impériale, c'est là que se manifeste le premier souffle de la tempête. Une affranchie nommée Epicharis est arrêtée pour avoir tenté d'entraîner Volusius Proculus, un capitaine de la flotte de Misène, dans un complot contre le prince. Proculus, qui a participé à l'attentat contre Agrippine et s'estime mal payé en retour, avait d'abord accepté avant de retourner sa tunique. Il dénonce alors la jeune femme à Tigellinus, mais faute de témoin, elle aurait été relâchée sans la suspicion maladive de Néron. C'est un incident mineur et sans conséquence immédiate, mais qui pourrait se révéler embarrassant pour Sénèque, car Epicharis fait partie de la clientèle d'Annaeus Mela.

Peu de temps après, entre le 12 et le 19 avril, alors que se déroulent les jeux dédiés à Cérès, une trahison associée à une imprudence déclenche un terrible engrenage. L'affranchi d'un certain Flavius Scaevinus avertit Epaphrodite, le chef du bureau *a libellis*, que se fomente un complot visant à assassiner le prince. Il exhibe même un poignard que son maître lui a ordonné d'aiguiser. Flavius Scaevinus est aussitôt arrêté et sous la torture livre des noms. Est alors dévoilée une vaste conjuration visant à tuer Néron et à le remplacer par Caius Calpurnius Piso, dit Pison.

Ancien consul de Claude, sénateur puissant allié aux plus grandes familles, cet aristocrate de belle prestance jouit d'une grande réputation. Prévenant et généreux, toujours prêt à défendre les citoyens, il semble le meilleur candidat au pouvoir suprême, même si sa manière de vivre, fastueuse et parfois dissolue, suscite des critiques. Les fils du complot ont été noués dans l'ombre depuis des mois, impliquant une cinquantaine de personnes, parmi lesquelles des sénateurs, des chevaliers, des militaires, des officiers prétoriens fidèles à Burrus, tous motivés par la haine, la vengeance, l'ambition ou convaincus de la nécessité de sauver l'Empire de la ruine où le conduisent les caprices de Néron. Il était d'abord prévu de le tuer à Baïes, dans la maison même de Pison qui l'y invitait parfois, mais ce dernier s'est refusé à souiller de sang sa demeure, intolérable outrage aux dieux lares. Le projet a été reporté aux jeux en l'honneur de Cérès, quand la révélation du complot incite les conjurés à précipiter la date d'exécution.

Or il est déjà trop tard.

Alors que s'engage la ronde infernale des dénonciations et des arrestations, des conjurés tentent de pousser Pison à jouer une dernière carte en l'incitant à haranguer le peuple et l'armée sur la place publique. Ils comptent ainsi rameuter les opposants et prendre Néron par surprise. Mais Pison n'en a pas le courage. Il s'enferme chez lui, puis laisse les sbires de Néron lui trancher les veines.

La mort de Pison est aussitôt suivie de celle du consul désigné Plautius Lateranus, que Néron, ajoutant l'infamie à la peine, fait égorger par le tribun Statius, sur le lieu de supplice réservé aux esclaves. Et la ronde se poursuit.

La résidence suburbaine de Sénèque est à l'écart de la tempête, mais ses proches lui en rapportent les échos. Paulinus le Jeune fait irruption un matin pour annoncer qu'Annaeus Mela et Lucain ont été arrêtés, le premier parce que l'affranchie Epicharis fait partie de sa clientèle et qu'il est considéré comme un complice, le second parce qu'il a été dénoncé comme l'un des conjurés. Le sont également Senecio et le sénateur Flavius Quintianus, qui se livrent à une véritable surenchère de dénonciations, ce qui ne manque pas d'aggraver l'effroi de Néron. Il était loin d'imaginer que le glaive qui lui était destiné serait aiguisé par des membres de son entourage. Jugeant le nombre de gardes insuffisant, il fait

ériger des murailles partout, comme si Rome était assié-
gée. Il se retient toutefois d'engager un procès de lèse-
majesté au Sénat mais ordonne la multiplication des
gardes chargés de sa protection, recrutés essentiellement
chez les Germains, les seuls en qui il ait confiance.
Secondé par Tigellinus, il prend l'enquête en mains. Une
vaste opération de répression est déclenchée. La troupe
sillonne la ville et les campagnes, traque amis et parents
des conjurés, débusque une foule de suspects, vrais ou
prétendus, et les parque dans les jardins.

— C'est de la démence, révèle Paulinus le Jeune. Il
paraît que gestes et regards sont surveillés. Malheur à
celui qui est surpris à sourire à un suspect, ou qu'un
délateur accuse d'avoir dîné avec un conjuré.

À l'écoute des nouvelles et des rumeurs que lui rapporte son beau-frère, Sénèque est accablé, mais reste
serein sur son propre sort, sans pouvoir rassurer Paulina.

— C'est toi qu'il vise, assure-t-elle, parce que c'est
toi qu'il craint le plus.

— Il ne peut m'accuser de quoi que ce soit. Je
n'entretiens aucune relation avec Pison. Tu sais bien que
j'ai refusé de le recevoir lorsqu'il m'a envoyé son confi-
dent, Antonius Natalis, pour me demander d'accepter
son amitié. J'ai répondu que, si j'avais de l'estime pour
lui, je ne croyais pas à l'intérêt de visites mutuelles et
d'entretiens fréquents, qu'il était lui-même très occupé
et que, pour ma part, je consacrais mon temps à l'étude
et devais ménager ma santé.

— Je le sais, mais je pense que tu n'as pas oublié
qu'il y a quelques années un certain Romanus vous avait
tous les deux accusés de comploter.

— C'était totalement mensonger, et mal en a pris au
délateur.

— Néron est capable de faire ressortir l'affaire.

— Allons, Paulina ! Ne te mets pas à imaginer le
pire.

— On voit que tu ne sors plus en ville. La peur est partout.

— Ici, la paix règne.

— Pour combien de temps ?

Aussi assuré qu'il paraisse de son innocence, Sénèque sait que les craintes de sa femme sont fondées. Si les conjurés avaient choisi Pison pour lui confier l'Empire, Néron ne peut croire au sérieux de sa candidature, car nul n'ignore que ce personnage populaire mais voué au plaisir est dénué d'une véritable ambition. Non ! Celui que l'empereur craint vraiment, c'est lui, Sénèque, l'homme qui a conduit l'Empire avec habileté et réalisme, le philosophe que son existence irréprochable rend digne du rang suprême. D'ailleurs, une rumeur inquiétante commence à se répandre : le tribun des cohortes prétoriennes Suorius Flavus, un des principaux accusés, aurait décidé, de concert avec les centurions, qu'une fois Néron tué par la main de Pison, celui-ci aurait été éliminé et l'Empire donné à Sénèque. Pour les esprits politiques, seul un homme de son envergure serait capable de provoquer la déchéance du prince régnant et de soulever le peuple. Alors comment Néron ne donnerait-il pas créance à ce projet des prétoriens ?

La menace qui plane sur Sénèque se précise lorsqu'un soir des soldats cernent la maison et qu'un tribun de cohorte prétorienne, Gavius Silvanus, demande à rencontrer le maître de maison. Sénèque est en train de dîner en compagnie de sa femme, de son beau-frère et de Fabius Rusticus, l'historien.

Paulina sent son cœur battre à tout rompre. Elle saisit le bras de Sénèque comme pour le retenir, mais il se dégage doucement et se lève pour recevoir le tribun dans une pièce adjacente.

— Clarissime Sénèque, tu connais Antonius Natalis, je crois ?

487

— Je le connais mais ne le fréquente guère.

— J'ai été chargé par César de vérifier ses dires auprès de toi.

— Donc, qu'a-t-il dit ?

— Il prétend que Pison l'a envoyé te demander de nouer avec lui des relations d'amitié. Est-ce vrai ?

— C'est exact, mais j'ai refusé. Ne l'a-t-il pas dit ?

— Il l'a dit, mais pourquoi as-tu refusé ?

— D'abord, ce n'est pas de cette façon désinvolte que je choisis mes amis, mais j'ai surtout d'autres occupations et je dois ménager ma santé.

— Je rapporterai ta réponse à César.

— Dis-lui aussi qu'il n'est pas dans mon caractère de sacrifier mon temps aux sollicitations ou aux désirs de l'un ou de l'autre, quel qu'il soit. Ma liberté est précieuse, César sait bien que, sur ce point, je me refuse à toute complaisance.

Le tribun, surpris par cette dernière phrase et le ton sec sur lequel elle a été prononcée, salue et se retire. Sénèque rejoint lentement les convives.

— Par quel monstre sommes-nous gouvernés ! s'écrie Fabius Rusticus. Envoyer une troupe comme si tu étais un bandit, et un prétorien pour te faire peur !

— Je m'y attendais, murmure Sénèque. Je connais trop Néron pour savoir qu'il tente de me mettre en contradiction avec moi-même.

— Tu reconnais enfin qu'il nourrit de mauvaises intentions, dit Paulina. Il ne manquera pas de serpents pour le satisfaire. Sais-tu qu'Atilia est la maîtresse de Cossutianus Capito, le gendre de Tigellinus ?

— Néron n'a nul besoin d'écouter les uns et les autres pour faire le mal et savoir qu'il le fait.

— Peut-être n'est-ce qu'une menace sans suite, avance Paulinus le Jeune.

— Je suis sûr que non. Il a envoyé cet officier pour

voir quelle serait ma réaction. Il cherche toujours à effrayer avant de frapper. C'est sa manière de jouer.

À ses mots, Paulina s'effondre en larmes. Sénèque la prend dans ses bras et lui dit :

— Tu es une âme forte, *dulcissima* Paulina, tu dois faire face au destin. Souviens-toi de ce que j'écrivais à Lucilius : « Il me semble que pour toi le plus grand des maux est la mort. Eh bien, sache que son vice principal est ce qui la précède, la peur... Tu n'ignores pas qu'un jour ou l'autre tout être doit cesser de vivre. Pourtant, à l'approche de ce moment, on tremble, on geint, on se met à imaginer pouvoir vivre encore mille ans ! C'est absurde ! Ne plus être et n'avoir jamais été, n'est-ce pas la même chose ? Nous ne devons rien espérer du destin qui est sourd à toute prière. La loi de fatalité règle toute existence sans retour. Voilà pourquoi nous devons apprendre à affronter le présent et l'avenir d'un regard sans crainte. »

*

Le lendemain, il y a foule chez Sénèque. Alerté par Paulinus, son frère Gallion est arrivé le premier. Plusieurs amis, disciples et clients ont suivi. Bien que conscients de la menace qui pèse sur le maître et du risque d'être considérés comme ses complices, ils ont tenu à venir le soutenir dans l'épreuve. Le sang-froid qu'il affiche permet d'entretenir une atmosphère presque légère, comme une assurance contre le sort. On discute de choses et d'autres, de vigne et de chevaux, des colères de la nature, de la clarté des astres.

Paulina, enveloppée dans une *palla* mauve, a le regard vague, absent. Toute la nuit, elle a cherché le courage de faire front au pire. Ce n'est pas dans les textes de son mari qu'elle l'a trouvé, mais en elle-même, en ce souffle irrésistible de vie qui lui a permis autrefois de surmonter tant d'épreuves. Elle a aussi écrit à sa mère, à son père, à sa tante, une façon d'apaiser son angoisse. Et maintenant, dans l'attente de la visite du messager de César, elle s'acharne à cultiver l'espoir qu'il fera preuve de l'esprit de clémence – l'apanage des princes – à l'égard de celui qui avait tenté de le lui inculquer.

Fabius Rusticus, prenant à l'écart Paulinus le Jeune, lui confie à voix basse une rumeur captée au Palatin : le tribun Gavius Silvanus ayant fait son rapport à Néron et à Tigellinus, en présence de Poppée, le prince lui aurait demandé sur un ton étrange si Sénèque avait eu l'air inquiet. Silvanus aurait répondu qu'il n'en avait rien été et que le philosophe affichait la mine de celui qui a la conscience tranquille.

— Que lui aurait répondu César ?

— Sur ce point, on en est aux conjectures. On dit que Silvanus serait lui aussi un conjuré…

— Encore un ! Ce ne serait donc pas lui qui reviendrait pour délivrer une sentence.

— Rien n'est moins sûr. Dans cette conjuration qui réunit beaucoup de monde, on ne sait quelle motivation prédomine, mais aucune ne préserve de la lâcheté.

Au fur et à mesure que l'après-midi avance, l'espoir grandit jusqu'à ce que soudain, alors que les amis font cercle autour de Sénèque pour écouter ses propos sur la nature, survienne la visite qu'on n'attendait plus. Mais au lieu du tribun Silvanus, c'est un simple centurion au visage anguleux et froid qui entre sans être introduit et s'adresse au maître de maison pour lui signifier sans ambages et d'une voix haute et claire qu'il est porteur d'un ordre formel de Néron. Lucius Annaeus Seneca est condamné à se donner la mort pour avoir participé à une conjuration visant à assassiner l'empereur.

Un lourd silence tombe sur la maison, seul le pépiement des oiseaux qui parvient de l'extérieur résonne de façon incongrue. Paulina, livide, chancelle, puis se ressaisit et repousse son frère qui veut la soutenir. Frères et amis sont pétrifiés, certains serrent les poings. Sénèque, impassible, a le visage fermé, il demande à Xyrax de lui apporter les tablettes sur lesquelles il a rédigé son testament. Le centurion refuse sèchement. Un sourire ironique effleure les lèvres de Sénèque.

— Quoi ? Tu crains que j'annule le legs que je devrais, en bon et fidèle sénateur, à César ? Ou que je veuille proférer contre lui des accusations et des malédictions qu'une lecture publique de mon testament révélerait au peuple ?

Puis il se tourne vers ses amis :

— Je voulais faire des legs en votre faveur pour vous manifester ma profonde reconnaissance, mais puisqu'on m'en empêche, je ne peux que vous laisser le seul bien qui me reste : l'image de mon départ. Gardez en tête le souvenir de ce que j'ai pu accomplir de juste, et au cœur cette fidélité dans l'amitié que rien n'a pu détruire…

À ses amis qui ne cachent plus leur émotion, il leur rappelle ses préceptes de sagesse, et cette raison qui, seule, peut préserver des coups du sort.

— Affreuse est l'association de la souffrance et de la mort, mais si le sage y est sensible, il doit être capable de la vaincre.

— Nous sommes en ce moment auprès de toi, avec toi, comme nous l'avons été durant notre vie entière, dit Fabius Rusticus, parlant au nom de tous.

— Je sais, mais la mienne arrive à un terme. Il en est de la vie comme d'un drame, elle finit un jour ou l'autre et l'important est la manière dont elle s'achève. N'ai-je pas toujours dit qu'il fallait s'exercer à bien se conduire à ce moment-là ? Car celui qui sait mourir n'est plus l'esclave de quiconque ou de quoi que ce soit, il accède à la liberté.

— Cette fin qu'on t'impose est inique ! s'écrie Gallion.

— Pourquoi s'étonner ? Nul n'ignore la cruauté de Néron. Que reste-t-il à celui qui a assassiné son frère et sa mère, sinon à se faire le bourreau du maître qui l'a instruit ?

Le centurion se raidit et porte instinctivement la main à son épée, mais il n'ose aller plus loin tandis que Sénèque, cette fois visiblement ému, se tourne vers Paulina en pleurs :

— Modère ta douleur, *dulcissima*. Souviens-toi de ce que j'ai écrit de Livie, l'épouse du César Auguste qui a su, après la mort de son très cher fils, éviter de sombrer dans l'affliction en montrant une suprême dignité. Cherche plutôt, dans la contemplation d'une vie toute consacrée à la vertu, une noble consolation à la perte d'un époux.

— Non ! Je veux mourir avec toi ! s'écrie-t-elle.

— Sans toi, lui murmure-t-il en la prenant dans ses bras, il y a longtemps que j'aurais traversé le Styx. Alors ne pense qu'à une chose : nous avons vécu ensemble une existence aussi heureuse que possible… Ta vertu et ton courage te protègeront du mal que les hommes s'obstinent à infliger à leurs semblables.

Elle l'implore une nouvelle fois :

— Je veux te suivre, je veux mourir !

Bouleversé, Sénèque la serre plus fortement contre lui. Il pense que Néron ne l'épargnera pas. Pourquoi le ferait-il ? Alors peut-être vaudrait-il mieux qu'elle le suive dans la mort et échappe ainsi aux outrages. Il se détache d'elle et la regarde avec une infinie tendresse.

— Tu as toutes les vertus qu'une femme peut posséder, Paulina. Je t'ai montré autrefois ce qui pouvait te rattacher à la vie, mais si tu préfères l'honneur de la mort, je ne t'envierai pas le mérite d'un tel exemple. Mourons ensemble, et ton sacrifice sera plus admirable que mon trépas.

Le centurion saisit un couteau effilé que lui présente un soldat, et le lui tend :

— Tu sais ce que tu dois faire maintenant, dit-il sèchement.

Sénèque, sous le regard pétrifié d'épouvante de ses amis, se tranche sans hésiter les veines de chaque poignet. Paulina esquisse un geste de recul mais, se ressaisissant, s'empare du couteau et s'entaille à son tour les poignets.

Le corps de Sénèque, rompu à toutes les agressions, résiste de façon inattendue. Son sang s'écoule très lentement. Pour abréger son supplice, Sénèque demande au centurion qu'on lui coupe les artères des jambes. Le sang coule maintenant en abondance de ses membres tailladés. Paulina, dont la tunique se couvre de son propre sang, voit, muette d'horreur, la douleur déformer le visage de son mari. Comme une dernière marque d'amour, craignant qu'elle ne perde courage, Sénèque prie Paulinus de l'emmener hors de la pièce.

— À quoi cela sert-il de lui imposer un tel spectacle ?

Mais Paulina ne voit plus rien, elle s'est évanouie et son frère l'emporte, inanimée, dans la pièce voisine.

Refusant de se laisser dominer par ses souffrances, Sénèque se juge assez lucide pour adresser à Néron une ultime déclaration. Peut-être par un reste d'humanité, le centurion donne son agrément. Et d'une voix étouffée, haletante, il dicte à Xyrax :

— César, tu as été, seul entre tous les mortels, jugé digne de représenter les dieux sur terre. Tu as reçu droit de vie et de mort sur les peuples et c'est par ta bouche que se règle le sort de chaque individu. Te souviens-tu que je t'ai écrit de ne pas oublier que le prince est le lien qui unit les centaines de milliers d'hommes qui peuplent l'Empire, qu'il est le souffle de la république…

Sénèque s'interrompt un instant, puis reprend :

— … Avec Burrus et moi à tes côtés, tu as pu te

glorifier de n'avoir pas versé dans le monde entier une goutte de sang humain, chose d'autant plus grande et admirable que jamais le glaive n'a été confié à de plus jeunes mains. Je t'ai enseigné que la clémence est l'ornement et le socle le plus sûr de tout empire... La clémence n'est jamais plus belle que chez un souverain, car sa puissance ne peut être glorieuse que si son action est salutaire, et qu'il n'est pire fléau s'il la voue au mal. Aujourd'hui, César, peux-tu jurer que tu as agi dans un esprit de justice et de clémence ?

Cette fois, l'interruption se prolonge et le centurion est sur le point d'intervenir, mais Sénèque réunit toute l'énergie qui lui reste et parvient à reprendre :

— S'emporter jusqu'au délire comme tu le fais est une faiblesse de femme. Tu es en train de porter un coup fatal à la paix que Rome peut s'enorgueillir d'avoir donné au monde, le plus grand des empires éclatera en mille morceaux... N'oublie pas que le vice de la cruauté est dans le besoin qu'elle a de renouveler ses fureurs...

La voix devient de plus en plus faible :

— Quelle horrible jouissance éprouves-tu à faire égorger, torturer, décapiter des citoyens, à faire couler des flots de sang, à voir les gens trembler et fuir devant toi ? Est bien digne de pitié celui qui ne voit autour de lui que des suspects, et qu'un peuple aux abois... Voilà ce que j'avais à te dire, César.

Et s'adressant au centurion :

— Il faut en finir, j'ai le choix du moyen, je suppose.

Le centurion fronce les sourcils et, après un instant d'hésitation, répond :

— Cela dépend...

Sénèque appelle son médecin Annaeus Statius qui comprend et lui tend un flacon de céramique :

— La ciguë, dit-il.

Le centurion acquiesce d'un signe de tête.

Sénèque absorbe le breuvage. Les minutes s'écoulent, mais la mort ne se manifeste toujours pas.

— La ciguë s'est sans doute éventée avec le temps, murmure Statius.

Le centurion s'impatiente et ordonne de transporter le supplicié derrière l'*atrium*, là où a été préparée une cuve d'eau bouillante, moyen que l'on utilise pour mettre définitivement fin aux battements du cœur d'un condamné. Épuisé, Sénèque doit être aidé pour entrer dans le bain brûlant, mais il a encore la force d'asperger d'eau ses esclaves qui l'entourent :

— J'offre cette libation à Jupiter Libérateur ! souffle-t-il.

Puis, suffoqué par la vapeur, il expire.

Dans le silence qui suit s'élève la voix de Gallion :

— Il est noble d'apprendre à mourir, disait mon frère, de vivre pleinement cet instant où est vain tout subterfuge, où l'on peut voir enfin en pleine clarté si la vertu dont on se targue est sur les lèvres ou au fond du cœur. Sénèque vient de nous montrer la noblesse de la mort.

Dans la pièce adjacente, Paulina reprend peu à peu connaissance. Elle ne perçoit d'abord qu'un corps penché au-dessus d'elle, et finit par reconnaître Andromachus, le médecin de la cour, qui est en train d'arrêter l'épanchement du sang. Elle tente de résister, mais vaincue par une infinie lassitude, s'abandonne aux soins. Le médecin, réputé pour sa science des remèdes et des drogues, lui applique une pommade sur les entailles, enveloppe ses avant-bras dans des bandages et prépare un breuvage qu'il lui fait boire.

— Pourquoi me soigner ainsi ? lui demande-t-elle. Pourquoi ne pas m'avoir laissée mourir ?

— César, dans sa clémence, a ordonné – et c'est la raison de ma présence – d'empêcher que l'épouse suive son mari. César est juste et ne punit que les coupables.

— Sénèque n'était pas coupable !

— Ce n'est pas à toi de juger. Et il y a une autre raison…

Il sort une fiole de sa manche et se penche vers elle pour lui dire à voix basse :

— Hume ce parfum, tu dois le reconnaître, c'est toi qui le lui as procuré, n'est-ce pas ?

Paulina acquiesce d'un signe de tête.

— Eh bien, il m'a chargé de te dire qu'il n'a pas oublié les moments de bonheur qu'il a connus grâce à ce parfum.

Incrédule et horrifiée, Paulina parvient à dire :

— Le monstre ! Il vient de tuer mon mari et il ose m'envoyer ce parfum qui a accompagné ses débauches !

Réunissant le peu de force qui lui reste, elle prend le flacon des mains du médecin et le laisse tomber par terre où il se brise.

— Voilà ce que j'en fais, tu peux le lui dire !

— Je le ferai, marmonne Andromachus en quittant la pièce.

Paulinus s'approche d'elle :

— Calme-toi, ma sœur, et dis-toi que ce n'est pas à Néron que tu dois la vie, mais à ta générosité qui a aidé au bonheur de celui qui n'était pas encore un monstre. Alors, laisse le souffle de la vie t'animer. Ne t'a-t-il pas toujours permis de surmonter les pièges et les obstacles dont le destin a parsemé ton chemin ?

— J'avais une route devant moi, murmure-t-elle. Je n'ai plus devant moi qu'un désert.

*

L'incinération a lieu sans cérémonie, selon la propre volonté de Sénèque, exprimée dans un codicille datant de l'époque où il était au faîte de sa puissance et de sa fortune. Paulina s'est installée à Nomentum, elle ne pouvait rester dans la résidence du faubourg à jamais liée à la tragédie. Le choix du vignoble a été dicté par le souvenir du plaisir que Sénèque éprouvait à y vivre, lui qui aimait à se qualifier de vigneron.

Épuisée, elle éprouve quelque peine à retrouver ses esprits. Il lui semble flotter au milieu de formes impalpables, évanescentes, qui errent dans un vague brouhaha. Lorsque Rubellina, la fidèle intendante, et Luda lui demandent des instructions, elle ne répond pas, elle ne semble pas entendre. Lorsque Faustina, qui reste à son chevet de longues heures, lui adresse la parole, elle la dévisage d'un air hagard, comme si elle ne la reconnaissait pas. Lorsque Paulinus le Jeune vient la voir, elle est saisie d'une étrange frayeur : il lui rappelle trop ce jour de souffrance et de mort.

Elle vit ainsi, prostrée, durant des semaines.

Perdue, tiraillée entre le chagrin, la colère et le flot de ses souvenirs, elle en vient à regretter l'échec de sa tentative de suicide et songe à la renouveler, mais la vision des derniers instants du sage la fait reculer. Elle se rappelle qu'il qualifiait le suicide volontaire de certains stoïciens d'échappatoire, de désir capricieux : « *Le sage ne doit pas fuir la vie, mais en sortir librement.* » Ces mots, sa voix qui résonne à son oreille, son image encore si présente qu'elle s'étonne parfois de ne pas le voir déambuler au milieu des vignes ou, comme à son habitude, penché sur une tablette dans la pièce où il aimait travailler, la sauvent de l'abîme. Comme le souci de faire publier ses dernières œuvres, en particulier cette correspondance avec l'ami Lucilius à laquelle il tenait tant, parce qu'elle représentait la somme de ses expériences et de son cheminement de philosophe stoïcien. Elle rencontre Lucilius, qui était absent de Rome lorsque Sénèque est mort, mais cela ne l'aide guère. Elle s'applique alors à lire ces lettres, au nombre d'une centaine.

Avec quelle émotion elle y retrouve Sénèque, ses

doutes et ses faiblesses, son énergie et sa volonté, son attachement à la grandeur de Rome, aux vertus et son amour de la liberté. Curieusement, alors qu'il y évoque souvent la mort, c'est vers la vie que ses mots l'orientent. Elle n'y décèle aucun pessimisme, simplement un regard lucide sur l'homme et le monde, et y puise le courage qui lui manquait. Elle sort de sa solitude pour rendre visite aux éditeurs de l'Argiletum. Elle s'emporte quand ces derniers se montrent hésitants, par crainte d'une réaction de Néron, et parvient à les convaincre qu'il ne s'agit pas d'une œuvre d'opposant, mais d'une sorte de confession intime et philosophique. Ils finissent par céder.

Pendant ces mois de retour à la vie, le temps a couru pour d'autres, un temps dramatique dont Faustina et Paulinus lui font le récit. Sénèque n'aura pas été la dernière victime de l'effrayante vindicte de Néron. Tous les jours, pendant des semaines, le ciel de Rome a renvoyé les échos lugubres de la musique et des chants de funérailles, des incantations et des prières. Tout ce que l'âme humaine recèle en elle de plus secret s'est révélé, bravoure ou lâcheté, faiblesse ou ultime arrogance. Un Faenius Rufus a joué les procureurs avant d'être confondu et de mourir sans dignité. Au contraire, le tribun Subrius Flavus, interrogé par Néron, lui a lancé : « Aucun soldat ne te fut plus fidèle tant que tu méritas d'être aimé ; j'ai commencé à te haïr quand tu es devenu assassin de ta mère et de ta femme, cocher, histrion, incendiaire… » Le tribun Veianus Niger, chargé de décapiter Flavus, était si impressionné qu'il dut s'y reprendre à deux fois, et s'en vanta auprès de Néron en disant qu'il avait tué Flavus une fois et demie.

Vint le tour de Lucain qui, sous la torture, a dénoncé à tort et à travers. Avant d'expirer, alors qu'il perdait tout son sang, il a trouvé la force de réciter ses propres vers sur la mort d'un soldat blessé. Senecio l'a suivi de près, puis les sénateurs Quintianus et Scaevinus. Les frères de Sénèque, Gallion et Mela, pouvaient s'attendre au pire. Le premier a sollicité et obtenu la grâce de Néron, mais s'est vu au Sénat traité d'ennemi public et de parricide par Salienus Clemens. Les Pères ont fait taire ce dernier en lui reprochant d'abuser des malheurs publics pour satisfaire sa haine personnelle, au moment où « la clémence du prince étendait le voile de la paix et de l'oubli ». Quant à Mela, au fait qu'on lui prêtait une liaison avec l'affranchie Epicharis s'ajoutait celui d'être le père de Lucain. Mela s'est ouvert les veines, après que Néron lui a fait porter une prétendue lettre de son fils, conçue pour justifier l'accusation de complicité.

— Il y avait une autre raison de faire disparaître Mela, assure Paulinus le Jeune. César voulait mettre la main sur ses biens, réputés considérables.

— Sordide !

— Et que penser du Sénat ? Il est tout entier à plat ventre devant le prince.

— Où sont les *viri boni*, ces hommes excellents sur le modèle de Caton d'Utique qu'admirait tant Sénèque ?

— Sénèque savait à quoi s'en tenir. Aujourd'hui, seul un Thrasea se montre digne, mais ses jours sont comptés. Néron…

Paulina se redresse :

— Non, mon frère ! Ne prononce plus jamais ce nom devant moi !

Si le nom la fait frémir, peu lui importe désormais tout ce que peut encore commettre le personnage.

La brutalité et l'étendue de la répression ont dressé nombre de gens contre le prince, accusé d'agir sous l'emprise de la peur et de faire tuer plus d'innocents que de coupables. Il réagit avec le souci de tirer gloire de l'affaire et commence par faire octroyer aux prétoriens fidèles une allocation de blé gratuite et deux mille sesterces par homme. Il distribue les récompenses : impunité pour les premiers délateurs – Natalis, Cervarius

Proculus, Milichus l'affranchi, qui ose s'affubler d'un surnom grec signifiant le Sauveur –, ornements triomphaux pour Tigellinus. Des offrandes et des actions de grâces honorent les dieux, et des hommages particuliers sont rendus au soleil. Il est décidé d'ajouter de nouvelles courses de chars aux jeux de Cérès, de donner le nom de Néron au mois d'avril et d'élever un temple à la déesse Salus, protectrice de l'État et des empereurs, au lieu même où le conjuré Scaevinus avait pris son poignard. Néron consacre cette arme dans le Capitole, avec l'inscription : « À Jupiter Vengeur. » Un recueil des témoignages, des dépositions et des aveux des condamnés est publié afin de détruire l'accusation selon laquelle le prince a fait massacrer des innocents par caprice. La palme de la servilité est remportée par le consul désigné Cerialis Anicius qui propose de faire édifier à ses frais un temple au dieu Néron, mais celui-ci le refuse : on ne décerne les honneurs divins qu'à un empereur mort ! Comme une punition des dieux, Poppée, qui est enceinte, meurt. Le bruit court qu'elle a succombé à la suite d'un coup de pied infligé par Néron. Affecté par sa mort, il la fait élever au rang de déesse.

Ces événements, Paulina se refuse à les entendre. Ses oreilles ne peuvent pourtant être closes, et elle n'ose interrompre les propos d'Argentaria Polla, la veuve de Lucain, qui vient épancher son chagrin auprès d'elle et lui donne les détails du supplice enduré par son mari.

— Comment peux-tu raconter ces horreurs ? lui demande-t-elle.

— J'ai besoin de dire ou plutôt de crier ma colère et mon chagrin. Je t'admire de supporter avec une telle dignité l'injustice de ces morts. Je n'ai pas eu la chance de recevoir l'enseignement d'un sage et ne possède pas cette vertu digne des temps anciens dont tu fais preuve. J'ai néanmoins conscience d'avoir une mission, celle de défendre la mémoire de mon époux.

— Sa mémoire n'a nul besoin d'être défendue, son œuvre s'en chargera... Pour l'heure, celle de Sénèque me permet de survivre.

*

Une année s'est écoulée depuis la tragédie. L'hiver a été particulièrement long, la présence presque constante de Faustina et de Paulinus le Jeune, à nouveau réunis et même mariés, l'aide à supporter sa solitude. Paulina s'efforce de chasser ce que Sénèque appelait les pensées sombres qui se repaissent de leur propre amertume et font de la souffrance une sorte de plaisir pervers. Il n'est sans doute plus qu'une ombre, mais elle le sent toujours présent. De quelque côté qu'elle se tourne, elle le voit, elle l'entend, et se répète ce qu'il a écrit.

— Tu penses trop à lui, dit un jour Faustina.

— Pourquoi ne vas-tu pas habiter notre résidence près d'Ostia ? lui propose un jour Paulinus. Ici, tu es chez lui, son souvenir est partout, dans cette maison, dans les plantes du jardin et dans les vignes. Pardonne-moi de te le dire, mais tu es devenue prisonnière de ce lieu.

Paulina ne dit mot. Le respect l'empêche de reconnaître que son frère a raison. Ne s'est-elle pas enfermée elle-même dans cette maison ?

— J'ai besoin de lui, murmure-t-elle.

— Ce besoin n'est pas charnel, il est intellectuel, spirituel, et partout où tu seras, où tu iras, il restera auprès de toi. Rien ne te retient plus ici. Il faut que tu respires. Tu ne t'en rends pas compte, mais tu es encore très pâle.

Paulinus n'est pas le seul à lui donner ce conseil.

— Tu devrais écouter ton frère, tu as besoin d'un autre air, affirme Annaeus Statius. Sénèque, lui, ne négligeait pas son corps, tu le sais aussi bien que moi.

Paulina finit par céder. Aux premiers jours du printemps, elle décide d'habiter la résidence du bord de mer. En contemplant l'immensité marine, elle se souvient de cette phrase de Sénèque : « *Quel bonheur de voir les étoiles innombrables et de sentir sur soi la chaleur de cet astre merveilleux qui emplit tout l'espace, et dont la course quotidienne fait les jours et les nuits, et partage, par sa marche annuelle, les étés et les hivers.* » Elle entreprend de nouveau la lecture du premier ouvrage qu'il lui ait fait lire, la *Consolation à Marcia*. C'était de circonstance. Elle venait de quitter Arelate pour commencer une nouvelle vie. « *N'est-ce pas fou de se punir de ce que le sort inflige et d'aggraver son malheur de cet autre qu'est une affliction éternelle ?* » Nulle phrase ne peut mieux éclairer Paulina quand la douleur la submerge. Lorsque son frère vient lui rendre visite et se réjouit de lui trouver meilleur visage, elle lui parle de ses dernières lectures.

— Il n'a pas écrit que des choses désespérées, constate Paulinus le Jeune. On dirait que tu revis.

— Revivre, c'est aussi prendre des décisions. Je viens d'en prendre une.

— Laquelle ? Retourner à la résidence de Rome ?

— Ah non ! Qu'y ferais-je ? J'ai décidé de retourner chez nous.

— En Arelate ?

— J'ai bien dit chez nous.

— Ne crains-tu pas de retrouver la mémoire des années terribles ?

— Sénèque et Rome ont jeté un voile sur cette mémoire… Et l'épreuve que je viens de subir m'a rendue forte. Tu avais raison, changer de lieu m'a fait du bien. J'ai besoin de me sentir libre. Sénèque parlait souvent de liberté, tu le sais. Il abhorrait la tyrannie, qu'elle s'exerçât sur les corps ou sur les âmes. Ici, je ne veux plus vivre sous celle d'un monstre… Alors quel est le seul lieu où je pourrais trouver la force de n'être soumise à personne ni à rien ? Où je pourrais montrer que je suis, moi aussi, aussi éloignée de la « pusillanimité de mon sexe » que Marcia ? Ce lieu-là ne peut être que la terre où j'ai vu le jour.

Paulinus approuve chaleureusement et lui murmure, en la prenant dans ses bras :

— Tu as raison, ma sœur. Un jour, je t'y rejoindrai.

Une semaine plus tard, après avoir fait ses adieux à ses amis, à Faustina et Argentaria Polla, à la maisonnée de Sénèque, Paulina embarque, accompagnée de Luda, de Xyrax et de Silas, sur un navire de la compagnie paternelle à destination d'Arelate.

À Rome, sur la colline du Palatin, des voix se sont interrogées sur l'étrange clémence de Néron à l'égard de la femme de Sénèque, mais celles qui portaient quelque insinuation malveillante se sont vite tues. La Dame du Palatin a imposé l'image d'une femme de devoir qui a été la conscience du sage et a su se retirer dans la discrétion. On n'a plus entendu parler d'elle, jusqu'à ce que les marins d'Ostia colportent la nouvelle de sa mort. Si son âme était vaillante, son corps a finalement succombé au profond épuisement dont elle ne s'était jamais remise.

« Rien de plus inégal que la destinée. Le terme de chaque vie est fixé d'avance et rien ne peut le modifier... »

Sénèque, *Consolation à Marcia.*

Chronologie

14 ap. J.-C. Mort de l'empereur Auguste, consacré dieu. Avènement de Tibère (14-37).

37 Mort de Tibère, avènement de Caius surnommé Caligula (37-41)
Naissance du fils d'Agrippine, Lucius Domitius Ahenobarbus, futur Néron.

41 Assassinat de Caligula. Avènement de Claude (41-54).
Exil de Sénèque.

43 Conquête de la Britannia.

49 Mariage de Claude et d'Agrippine.
Retour de Sénèque.
Agrippine reçoit le titre d'*Augusta*.

50 Lucius, adopté par Claude, devient Néron.

51 Burrus, préfet du prétoire.

53 Mariage de Néron et d'Octavie.

54 Mort de Claude, avènement de Néron (54-68).
Début de la guerre d'Arménie contre les Parthes.

55 Début du *Quinquenium Neronis* sous l'égide de Sénèque et de Burrus.

58 Victoire de Corbulon en Arménie.

59 Assassinat d'Agrippine.

60 Premiers Jeux quinquennaux.
Soulèvement en Britannia.

61 Reprise de la guerre contre les Parthes.

62 Mort de Burrus. Tigellinus, préfet du prétoire.
   Déclin de l'influence de Sénèque.
   Répudiation d'Octavie, mariage de Néron et de Poppée.
63 Fin de la guerre contre les Parthes. Fin de la révolte en Britannia.
64 Incendie de Rome et massacre de chrétiens.
65 Conjuration de Pison. Mort de Sénèque.
   Mort de Poppée.
   Voyage de Néron en Grèce
68 Retour de Néron.
   Complot pour renverser Néron.
   Soulèvements en Gaule et en Afrique. Défection des armées.
   Néron contraint au suicide.
69 Guerre civile et année des quatre empereurs : Galba, Othon, Vitellius, Vespasien.

Bibliographie de Sénèque
(selon Pierre Grimal)

39-40	*Consolation à Marcia.*
41	Composition et publication du *De ira (De la colère)*
42	*Consolation à Helvie.*
43-44	*Consolation à Polybe.*
49	Composition du *De brevitate vitae (De la brièveté de la vie)*
53 ou 54	*De tranquillitate animi (De la tranquillité de l'âme).*
54	*Apocoloquintose* ou *Transformation en citrouille du dieu Claude.*
55	*De constantia sapientis (De la constance du sage).*
56	1er livre du *De clementia (De la clémence).*
58	*De vita beata (De la vie heureuse).*
59-60	*De beneficiis (Des bienfaits).*
62	*De otio (De l'oisiveté).*
	Début des *Questions naturelles*, début des *Lettres à Lucilius*
63	*De superstitione (De la superstition).*
	De providentia (De la providence).

Remerciements

Je remercie particulièrement Philippe Franchini, pour son remarquable travail de documentation, et Muriel Beyer, mon éditrice.

Table des matières

Achevé d'imprimer en Espagne
par Liberdúplex
en septembre 2014

POCKET - 12, avenue d'Italie - 75627 Paris Cedex 13

Dépôt légal : octobre 2014

S22005/01